Decyzja

Nakładem Wydawnictwa Sonia Draga
ukazały się następujące książki tej autorki:

Ciernista róża
Dom sióstr
Drugie dziecko
Echo winy
Gra cieni
Grzech aniołów
Lisia dolina
Nieproszony gość
Obserwator
Ostatni ślad
Oszukana
Przerwane milczenie
Sześć lat. Pożegnanie z siostrą
Wielbiciel
Złudzenie

Charlotte
LINK

Decyzja

Z języka niemieckiego przełożył
Dariusz Guzik

WYDAWNICTWO
SONIA DRAGA

Tytuł oryginału:
DIE ENTSCHEIDUNG

Projekt graficzny okładki: Mariusz Banachowicz

Redakcja: Marzena Kwietniewska-Talarczyk
Korekta: Maria Zając, Iwona Wyrwisz, Marta Chmarzyńska

ISBN: 978-83-8110-307-7

WYDAWNICTWO SONIA DRAGA Sp. z o.o.
ul. Fitelberga 1, 40-588 Katowice
tel. 32 782 64 77, fax 32 253 77 28
e-mail: info@soniadraga.pl
www.soniadraga.pl
www.facebook.com/wydawnictwoSoniaDraga

Skład i łamanie: Wydawnictwo Sonia Draga

Katowice 2018. (D618)

Goussainville, Francja, poniedziałek, 7 grudnia

Potrzebowała ledwie kilku sekund, by uporać się z zamkiem w drzwiach. Otworzyła go za pomocą drutu, który wygięła i uformowała w sposób, jaki przed wieloma laty pokazał jej Boris, starszy brat. Była wtedy małą dziewczynką, on zaś był dorosłym już mężczyzną. Każdy, kto znał jego szczególne zamiłowania, poszedłby pewnie o zakład, że któregoś dnia wejdzie na krętą ścieżkę kryminalisty – z uporem ćwiczył wyłamywanie zamków i wyważanie okien, rozwijając przy tym niemałe zdolności. W końcu jednak został solidnym stolarzem. Nigdy też nie dopuścił się najdrobniejszego choćby wykroczenia.

Selina uchyliła drzwi, wśliznęła się do pokoju, zamknęła je za sobą i na chwilę oparła się o nie plecami. Jak dotąd wszystko szło zgodnie z planem, a przede wszystkim bezgłośnie. Mimo to zdawała sobie sprawę, że w każdej chwili mogą ją przyłapać – a wtedy pewnie pożegna się z życiem. Jeśli Siergiej i Igor nakryją ją przy próbie ucieczki, będzie po niej.

Jej oczy przywykły do panującego we wnętrzu mroku. Uliczna latarnia, stojąca tuż przy granicy działki, rzucała bladą poświatę, tłumioną nadto przez zasłaniające ją po części drzewo. Znajdujące się w pokoju meble – biurko, regały, szafa na akta – przybierały niewyraźne kształty. Pokój Taisy. Taisa była z nich najgorsza. Siergiej i Igor to brutalni zabójcy, Taisa natomiast była ich mózgiem – nieczuła, pozbawiona skrupułów, bez sumienia. To ona rządziła w tym domu. A wszyscy pozostali wykonywali jej polecenia.

Tylko jeden jedyny raz Selina miała okazję zajrzeć przelotnie do biura Taisy, gdyż drzwi uchylono zaledwie na chwilę.

Dostrzegła wówczas, że okna – odmiennie niż w całym domu – nie posiadały tam krat. Drzwi wejściowe zabezpieczono kilkoma dodatkowymi zasuwami, z okien usunięto klamki. Nie sposób się było stąd wydostać, nie zadając sobie przy tym sporo trudu i nie robiąc mnóstwa hałasu. O jakiejkolwiek próbie ucieczki można było zapomnieć.

Tylko ten jeden pokój stwarzał po temu szansę, pokój, w którym pracowała Taisa... Widocznie nie potrzebowała w nim krat. Ani odkręconych klamek. Prawdopodobnie chciała czasem wpuścić do wnętrza nieco świeżego powietrza. Za to drzwi starannie zamykała, zawsze zabierała z sobą klucz. I pewnie stale nosiła go przy sobie.

Teraz jednak położyła się spać. Pozostałe dziewczęta przebywały poza domem. Siergiej i Igor siedzieli w niewielkim pomieszczeniu obok kuchni i grali w karty. Selina wiedziała, że kategorycznie zakazano im picia alkoholu, nie miała co liczyć na to, że z czasem stracą czujność i zdolność reakcji. Byli zupełnie trzeźwi i groźni niczym wściekłe psy. Gdyby któremuś z nich przyszło do głowy sprawdzić, co u niej...

Na samą myśl o tym oblała się potem. Nie wolno jej teraz roztrząsać takich scenariuszy, bo wtedy nogi się pod nią ugną, wpadnie w panikę i z pewnością popełni jakiś fatalny błąd.

W dłoni wciąż trzymała drut. Schyliła się i wsunęła go pod szafę. Pewnie go tam znajdą, lecz to nieistotne. Kiedy już zdoła się stąd wydostać, niech wiedzą, w jaki sposób udało jej się zbiec. Drut wyciągnęła z gorsetu, cierpliwie rozsupłując paznokciami nici. Dziewczęta nie dysponowały nawet pilnikiem do paznokci, nie mówiąc już o nożyczkach, po powrocie do domu musiały oddawać także spinki do włosów. Nie sposób było zdobyć jakiekolwiek narzędzia.

Selinie się jednak udało.

Bo była sprytna. A także dlatego, że znalazła pomoc.

W kieszeni jej dżinsów tkwił telefon komórkowy. Fakt, że w trakcie wszystkich dotychczasowych kontroli zdołała go ukryć, graniczył z cudem. Bez wątpienia również dlatego, że przebywała tu od niedawna i jak dotąd nie przeszukano jej pokoju. A rewizje, jak się dowiedziała, zdarzały się bez uprzedzenia, żaden przedmiot nie pozostawał wtedy na swoim miejscu. Sprawdzano każdą szparę w murze, każdą wnękę, każdą półkę w szafie. Najgorsze jednak były rewizje osobiste dokonywane przez Taisę. Selina dostawała mdłości na myśl, że ta odrażająca kobieta sięga do każdego zagłębienia jej ciała. Gdyby wówczas znaleziono przy niej telefon... Nie potrafiła sobie wyobrazić konsekwencji tego odkrycia. Ostatecznie doprowadziłoby to do zguby także jej wspólnika. Ze względu na niego musiała się postarać, by dziś wieczorem wszystko poszło, jak należy. Selina doskonale zdawała sobie sprawę, że ma tylko tę jedną szansę. Albo dziś się uda, albo... drugiej okazji nie będzie.

Znów odważyła się poruszyć. Zaczęła się skradać przez pokój, powoli, by niczego nie potrącić. Nie mogła czegokolwiek przewrócić, pchnąć krzesła po podłodze, niczego dotknąć, o nic zawadzić. Nagle dopadła ją myśl, czy w oknie nie zainstalowano aby alarmu. Zamarła na chwilę przerażona, zaczęła się zastanawiać. Nie miała pojęcia, musiała zaryzykować. Albo zrezygnować i wycofać się do swego pokoju. Zawrócić bała się jednak równie mocno, jak iść dalej. Niepostrzeżenie zdołała po cichu zejść po schodach i dotrzeć korytarzem aż do tego miejsca, szczęście jej dopisywało. Nie mogła mieć jednak pewności, czy udałoby jej się to powtórnie, Siergiej i Igor bowiem regularnie dokonywali obchodu całego domu. W każdej chwili mogła na nich wpaść, a wtedy niech ją ręka boska broni.

Alarm w oknie... no cóż, musiała zaryzykować. W razie trudności może uda jej się mimo wszystko wydostać na zewnątrz i błyskawicznie skryć w ciemnościach. Nagle usłyszała dziwny odgłos, po chwili uświadomiła sobie, że sama w sposób niekontrolowany szczęka zębami. Nie miała pojęcia, że przysłowiowe *dzwonienie zębami* może być w istocie rzeczywistym odruchem. Zastanawiając się nad tym, zrozumiała, że jej postępowanie to czyste szaleństwo, bardzo prawdopodobne, że nie przeżyje tej nocy.

Przemknęła obok biurka. Laptop Taisy leżał zamknięty na podkładce. Był stosunkowo niewielkich rozmiarów. Selina bez zastanowienia po niego sięgnęła. Zabranie go z sobą nie stanowiło problemu. Kto wie, co w nim zapisano. Zależało jej przede wszystkim na ucieczce, chciała przeżyć, wyrwać się z tego obłędu. A jednak ów czysty, niezmącony instynkt przetrwania nie zdołał przesłonić innej jeszcze myśli: o pociągnięciu tych ludzi do odpowiedzialności. Może któregoś dnia. Jakimś sposobem.

Kiedy dotarła do okna, jej przyspieszony oddech stał się nazbyt głośny. Od chwili otwarcia drzwi minęły dotąd najwyżej trzy minuty, Selina miała jednak wrażenie, jakby odbyła wyczerpującą, wyniszczającą jej siły, ciągnącą się bez końca wędrówkę. Oblewał ją pot, ciepły sweter, który miała na sobie, lepił się do ciała. Czuła się pobudzona, a zarazem śmiertelnie zmęczona. Bliska załamania. A załamanie to ostatnia rzecz, na jaką mogła sobie teraz pozwolić.

Sięgnęła do klamki, dotknęła jej, ostrożnie nią poruszyła. Spodziewała się, że zaraz rozlegnie się przeraźliwy pisk alarmu, a jednak wokół wciąż zalegała cisza. Przekręciła klamkę.

Cisza.

Otworzyła okno.

Zimne, wilgotne powietrze wdarło się do wnętrza pokoju. Selina głęboko zaczerpnęła tchu. Ileż to czasu minęło, odkąd ostatni raz przebywała na zewnątrz, oddychając powietrzem innym niż stęchły, dławiący zaduch tego starego domu? Chociaż okolica, dawny teren przemysłowy na jednym z paryskich przedmieść, była niemal pozbawiona drzew, krzewów i trawników, Selina poczuła woń ziemi, zapach jodłowych igieł, lasu, drewna. Do oczu napłynęły jej łzy, gdyż w tej samej chwili z bolesną intensywnością powróciły wspomnienia – wspomnienia spacerów z rodzicami w odległych latach, kiedy była jeszcze małą dziewczynką. A potem z Sarkiem, jej chłopakiem. W niedziele odbywali długie wędrówki z jego psem. W lasach pachniało tak samo jak tutaj, a na tle nieba ponad ich głowami krzyżowały się konary drzew.

Jak mogła tak nisko ocenić Sarka i jego nieśmiałą miłość? Tak nisko, że nie mrugnąwszy okiem, wzgardziła nią i ją odrzuciła.

Tylko nie rycz, napomniała samą siebie. Nie teraz!

Wdrapała się na parapet, spojrzała w dół. Pokój mieścił się na wysokim parterze, mimo to skok z okna nie wydawał się groźny. Musi go zręcznie wykonać, nie może zwichnąć przy tym nogi, gdyż wszystko zależy teraz od tego, jak szybko zdoła stąd uciec. Zastanawiała się przez chwilę, czy nie zostawić laptopa, który mógł jej utrudnić skok, w końcu jednak postanowiła go z sobą zabrać.

Skoczyła. Upadła na miękką ziemię, a mimo to odniosła wrażenie, że wywołała tym nadmierny hałas. Pewnie każdy przebywający w promieniu dziesięciu kilometrów usłyszał, że oto z okna wyskoczyła kobieta. Tyle że w promieniu dziesięciu kilometrów nie było nikogo, kto mógłby ją usłyszeć, nikogo oprócz Igora, Siergieja i Taisy w domu za jej plecami. W okolicy nikt już nie mieszkał. Jak okiem sięgnąć, tylko opustoszałe sklepy, porzucony warsztat samochodowy, niedokończone centrum handlowe. Nic więcej. W Paryżu z powodu dokonanych w listopadzie potwornych ataków terrorystycznych wciąż kłębiło się mnóstwo policji i wojska, tak przynajmniej doniesiono Selinie, lecz tutaj nie było po nich śladu.

Gdyby Siergiej i Igor zabili ją w tym ogrodzie, nikt by się o tym nie dowiedział.

Z wnętrza domu nie dobiegał żaden odgłos. Nadal niczego nie zauważyli.

Selina pognała przez niewielki ogród, przeskoczyła przez ogrodzenie, które na szczęście nie okazało się dla niej żadną przeszkodą. Obejrzała się za siebie: wszędzie panowała ciemność.

Niedawno padał pewnie deszcz, gdyż ulica była mokra. Kruczoczarna i błyszcząca. Oświetlona blaskiem ulicznych latarni – niewielu, które wciąż były sprawne.

Drogi wyuczyła się na pamięć: prosto ulicą, na pierwszym rozwidleniu w lewo. Po kilkuset metrach powinna dotrzeć do placu zarzuconej budowy centrum handlowego. Będzie na nią czekał na parkingu. Tak uzgodnili. Że ktoś będzie tam na nią czekał w samochodzie. Mogła się tylko modlić, by przybył na czas. On, a zwłaszcza jego samochód – to jej jedyna nadzieja.

Selina ruszyła przed siebie.

Dziś wiem, że moja matka już wcześniej nadużywała alkoholu, lecz tak naprawdę zaczęła się upijać, gdy opuścił nas ojciec. Miałam wtedy siedem lat i nie wszystko jeszcze rozumiałam, patrząc z perspektywy czasu, mogę jednak powiedzieć, że w tym właśnie okresie jej uzależnienie przybrało ostrzejszą formę. Kiedy wieczorem zasiadałyśmy do wspólnej kolacji, na stole stała zawsze butelka wina, którą zdążyła opróżnić, zanim położyłam się do łóżka. Nie miałam pojęcia, czym właściwie jest alkohol. Uznałam jedynie, że zawartość butelki nie pachnie zbyt przyjemnie, dlatego dziwiło mnie, że matka tak bardzo za nią przepada. Po kolacji siadała z butelką i kieliszkiem w dłoni przed telewizorem i wkrótce potem zasypiała. Czasem się zrywała, a wtedy sobie dolewała i znów popijała. Dawniej nie zasypiała tak szybko. Wywnioskowałam, że wino, cokolwiek zawiera, wywołuje tylko znużenie.

Jako że nigdy nie sprzątała ze stołu, ja się tym zajmowałam. Z czasem szło mi coraz sprawniej, gdyż niewiele było do uprzątnięcia. Nie gotowała, nic specjalnego też nie kupowała. Często miałyśmy do jedzenia tylko połowę dość już suchej bagietki, która została nam po śniadaniu, do tego trochę sera. Jeśli miałam akurat szczęście. Czasem tylko masło.

Obiad jadłam w szkole, dlatego wieczorem mogłam się zadowolić skromnym posiłkiem. Mimo to tęskniłam za dawnymi latami. Matka gotowała pyszne potrawy, nakrywała do stołu w salonie, zapalała świece. Kiedy ojciec wracał z pracy, cieszył się z naszej obecności. Zwłaszcza mojej. Chodziłam wówczas do *école maternelle*, przedszkola. Zawsze chciał wszystko wiedzieć o moich zajęciach i przeżyciach. Znał imiona pozostałych dzieci, a kiedy opowiedziałam mu o sprzeczce z moją przyjaciółką Bernadette, następnego dnia wspomniał o tym, wypytując, czy już się pogodziłyśmy.

Tymczasem poszłam do szkoły podstawowej, *école élémentaire*. Nadal przyjaźniłam się z Bernadette. Kłóciłyśmy się każdego dnia, lecz mamy to nie obchodziło. Gdy zaczynałam opowiadać o tym przy kolacji, mawiała: „Mój Boże, Nathalie, ciągle to samo. Bez przerwy to samo. Kiedyż wy dorośniecie?".

A potem upijała parę łyków Grand Marniera. Coraz bardziej lubiła ten lepki, słodki i dość mocny likier. Po pewnym czasie szkliły jej się od niego oczy, a wzrok stawał zamglony. Wówczas nie sposób było z nią o czymkolwiek porozmawiać, zbywała każdy temat, o jaki ją zagadnęłam. Nauczyło mnie to, że ważne kwestie muszę omawiać wczesnym wieczorem, w porze, gdy coś jeszcze do niej docierało. Na przykład jeśli potrzebowałam pieniędzy na szkolną wycieczkę czy nowe zeszyty albo gdy musiała podpisać ocenę z dyktanda.

Mieszkaliśmy w Metzu, stolicy Lotaryngii. Dość blisko niemieckiej granicy. Żyje tam sporo ludzi pracujących w Niemczech i mówiących po niemiecku. Kiedy w drugiej klasie zaczynaliśmy naukę pierwszego języka obcego, wybrałam niemiecki. Tak doradził mi ojciec. Wkrótce potem nas zostawił.

Rodzice nigdy się nie kłócili, a przynajmniej nie w mojej obecności, stąd też nie miałam pojęcia o zbliżającym się rozstaniu. Później dowiedziałam się, że od samego początku dochodziło między nimi do nieporozumień, w swej naiwności nie wyciągałam jednak właściwych wniosków. Podobało mi się, że matka tak uroczyście przygotowuje każdą kolację, uznałam za rzecz całkiem normalną, że się do niej przebierała, wkładała krzykliwe sukienki, delikatne pończochy, buty na wysokim obcasie. Starannie nakładała szminkę, a szyję skrapiała perfumami. Zazdrościłam jej tych pięknych ubrań, nie dostrzegając rozpaczy, z jaką się stroiła, by oczarować mężczyznę, który pewnie już od dawna niewiele się nią interesował. Któregoś dnia – byłam już nieco starsza, miałam może trzynaście, czternaście lat – wyznała mi, że zdradzał ją już wówczas, gdy była ze mną w ciąży, i robi to w dalszym ciągu. Słuchając jej słów, miało się wrażenie, że ojciec wdawał się w romans z każdą kobietą, którą spotkał w swoim życiu. Prawdopodobnie przypisywała mu wiele niestworzonych rzeczy, często jednak jej podejrzenia mogły być uzasadnione. Był przystojny i szarmancki, a wszystko, czym tak bardzo mi imponował – ciekawość, życzliwość, dobry humor oraz uprzejmość – okazywał także innym ludziom. W szczególności, rzecz jasna, kobietom.

Ojciec pracował jako kierownik działu w firmie bieliźniarskiej. Wspaniale! Matka dostawała w prezencie najwykwintniejszą bieliznę, nie kosztowała jej ani centa, lecz na niewiele też się zdała.

Kiedy coraz bardziej pogrążała się w nałogu, nie przeczuwałam jeszcze, że alkohol zniszczy doszczętnie zarówno ją samą, jak i nasze wzajemne stosunki. Byłam małą smutną dziewczynką, która straciła ojca.

– A dokąd sobie poszedł? – zapytałam matkę, zalewając się łzami, kiedy oznajmiła, że nas opuścił i już nie wróci.

Mama pobladła na twarzy. W dłoni trzymała kieliszek, który już po raz trzeci hojnie napełniła trunkiem Grand Marnier.

– Wybrał sobie inną – wyjaśniła. – Ostatecznie.

Widocznie od pewnego czasu nadciągała znacznie potężniejsza katastrofa: ojciec nie wikłał się już w przelotne romanse, lecz na poważnie zakochał się w innej kobiecie.

– Kim ona jest? – zapytałam.

– Modelką bieliźnianą – odparła matka, po czym znów sobie dolała. – Ma dwadzieścia lat.

Mając lat siedem, uznałam, że dwadzieścia jest równie stare i odległe co czterdzieści czy pięćdziesiąt. Zupełnie nie potrafiłam pojąć, dlaczego nas, swoją rodzinę, porzucił dla tej kobiety.

– Czy jeszcze nas kiedyś odwiedzi?

– Mój Boże, Nathalie, co za pytanie – obruszyła się, po czym opróżniła kieliszek i znów sięgnęła po butelkę.

Na koniec tamtego przedpołudnia w czerwcu roku dwa tysiące drugiego mama zatoczyła się do łóżka i natychmiast zasnęła.

Ojca już nie zobaczyłam. Razem ze swoją dwudziestoletnią bieliźnianą modelką przeniósł się do Paryża. Regularnie przelewał nam pieniądze.

Poza tym jednak już dlań nie istniałyśmy.

Sofia, Bułgaria, listopad 2015

1

Sofia okazała się jeszcze gorsza niż Płowdiw, a przecież wszystko miało się ułożyć. Kirił sądził, że znajdzie tu pracę, podobnie jak jego przyjaciel Dano, który wyjechał z Płowdiwu prawie rok wcześniej. Dano był odważny, stanowczy, podczas gdy Kirił wciąż się wahał i zwlekał. Dano od razu znalazł pracę na lotnisku i chwalił sobie pobyt w Sofii.

– Tu się żyje znacznie lepiej. Masz wielką szansę. Musisz się tylko przemóc i w końcu zdecydować!

Kirił się przemógł, gdy sytuacja w Płowdiwie stała się nie do zniesienia. Kiedy niewielkie centrum ogrodnicze na obrzeżach miasta, w którym pracował od lat, zostało zamknięte, a on wylądował na ulicy. Gdy wszelkie próby znalezienia nowej pracy spełzły na niczym. Gdy po dziewięciu miesiącach wstrzymano mu wypłatę zasiłku dla bezrobotnych, a zasiłek rodzinny ledwie wystarczał, by wyżywić siebie, żonę Iwanę oraz piątkę ich dzieci. Kiedy przez trzy miesiące zalegał z czynszem i właściciel zagroził eksmisją.

Iwana od rana do wieczora płakała.

– Nie chcę do Stolipinowa, Kirił. Tak strasznie się boję. Nie chcę się tam znaleźć!

Stolipinowo było dzielnicą biedoty. Straszono nią dzieci, gdy nie przykładały się w szkole do nauki. Kto tam trafiał, sięgał dna. Szare, podniszczone, zrujnowane budynki z płyty. Wilgotne, zapaskudzone, lodowate mieszkania. Góry śmieci na ulicach, czeredy zaniedbanych dzieci, o których nie wiadomo, czy mają jeszcze gdzieś jakieś schronienie, czy może od dawna żyją na ulicy. Wychudłe, nastroszone, chore psy, wałęsające się w poszukiwaniu pożywienia. Odór. Brud. Brzydota.

Do Stolipinowa wciąż przyjeżdżali z Zachodu dziennikarze. Robili zdjęcia, dokumentowali ten obraz nędzy i rozpaczy. Kirił wyobrażał sobie, z jakim przejęciem zamożni ludzie z Niemiec, Francji czy Anglii oglądają te fotografie. Bułgaria, przytułek Europy. Kto nie wierzy, musi tu przyjechać.

Wyrzuceni z mieszkania, bez wątpienia wylądowaliby w Stolipinowie, dlatego też Kirił postawił wszystko na jedną kartę, wyzbył się dotychczasowych wątpliwości i lęków i przeprowadził z całą rodziną do Sofii. Skoro Dano sobie poradził, jemu też musi się udać. Dano pożyczył mu trochę grosza i poręczył za niego, dzięki czemu dostali mieszkanie, choć Kirił nie znalazł jeszcze pracy. Lokum mieściło się na najwyższej kondygnacji wielopiętrowego budynku, który zdaniem Kiriła wyglądał tak, jakby wzniesiono go z ułożonych jeden na drugim, wgniecionych, okropnych kartonów po butach. Zresztą cały budynek wydawał się krzywy. Pewnie było to tylko złudzenie, niemniej tak właśnie wyglądał.

Mieszkanie było ciasne, zaledwie dwa pokoje dla siedmiu osób. W jednym z nich spały dzieci, w drugim zaś Kirił i Iwana rozkładali sobie na noc tapczan. Mieli jeszcze niewielką kuchnię, która nie była jednak w stanie pomieścić wszystkich jednocześnie. Dlatego też posiłki spożywali w dwóch turach. Choć i tak Iwana niewiele mogła im podać.

„Latem – pomyślał Kirił – dzieci spędzałyby większość czasu na ulicy, przez co życie tu stałoby się nieco znośniejsze". Zbliżał się jednak koniec listopada, co prawda nie spadł jeszcze śnieg, lecz z każdym dniem robiło się coraz chłodniej. Nadciągała sroga, mroźna zima, która trwać będzie pewnie aż do marca.

A Kirił wciąż był bez pracy.

***

W ostatnich tygodniach zauważył, że Dano zmienił swój dotychczasowy przyjacielski wobec niego ton. To prawda, bardzo im pomógł, lecz widząc, że od miesięcy sytuacja nie ulega poprawie, zaczął się niecierpliwić. Kirił wciąż musiał go prosić o pieniądze – na czynsz, na jedzenie. Dzieci pilnie potrzebowały nowych butów na zimę, lecz o to nie miał nawet odwagi kumpla zagadnąć. Dano dał mu do zrozumienia, że dług urósł już do takich rozmiarów, że zaczyna mieć wątpliwości, czy Kirił kiedykolwiek będzie w stanie go spłacić.

– A darować tej sumy – oznajmił Dano – naprawdę nie mogę!

– Wiem – przyznał zrozpaczony Kirił – ale jak dotąd nic nie wskórałem. Tracę zdrowie w poszukiwaniu pracy, lecz żadnej nie mogę znaleźć.

Siedzieli w knajpie. Na dworze panował ziąb, było wietrznie i ciemno, w lokalu zaś o wiele za ciepło i bardzo tłoczno. Wnętrze wypełniała woń papierosów, potu i alkoholu. Kłębiący się ludzie co chwila uchylali drzwi, a wtedy do wnętrza wpadał powiew świeżego powietrza, którym Kirił mógł z ulgą odetchnąć. Rozbolała go głowa, od śniadania nic nie jadł. Miał za sobą nieprzespaną noc, gdyż Iwana nieustannie szlochała. Nie potrafił jej pocieszyć, mógł jedynie zapewnić: „Pójdę do Dana. Może znów udzieli nam wsparcia".

To dlatego znaleźli się w knajpie. Zamierzał odwiedzić Dana w jego mieszkaniu, ale on miał ochotę wyjść na miasto. Kirił oczywiście się wahał, lecz Dano w końcu oznajmił:

– Postawię ci piwo. Idziemy!

Po pierwszych dwóch łykach Kirił poczuł zawroty głowy. Koniecznie powinien przedtem coś zjeść, lecz nie ośmielił się o to poprosić. Przy sąsiednim stoliku jakiś mężczyzna zajadał się daniem jednogarnkowym, od jego zapachu oczy Kiriła łzawiły.

Tak strasznie był głodny.

– Słuchaj, Dano, wiem, jak bardzo nam już pomogłeś, ale obecnie... Dłużej już nie dam rady. Nie mam z czego opłacić czynszu za listopad. Ledwie starcza na jedzenie. Iwana wciąż tylko płacze. Dzieci skrobią po pustych talerzach i patrzą na mnie wielkimi oczami, a ja mam dla nich ledwie mikroskopijne porcje. Ciągle chorują, bo chodzą w lichych ubraniach. Nie wiem, co będzie, kiedy wyłączą nam ogrzewanie. Nic już nie wiem. To koniec. Jestem u kresu sił. – W oczach Kiriła pojawiły się łzy. Otarł je bezradnym, niemal dziecinnym gestem. Nie rycz. Tylko nie rycz. Wiedział, że nie wzbudzi tym u Dana współczucia, a jedynie go rozzłości.

– Po prostu masz za dużo dzieci – stwierdził Dano.

Kirił skinął pokornie głową, choć uznał ten komentarz za niesprawiedliwy i zupełnie niepotrzebny.

– Latami pracowałem w centrum ogrodniczym. Bóg mi świadkiem, że mało płacili, ale zawsze jakoś wiązaliśmy koniec z końcem. Nawet mając piątkę dzieciaków.

– No tak, ale nie możesz płodzić dziecka za dzieckiem i mieć nadziei, że jakoś zdołasz je utrzymać – odparł Dano. – A zasiłek rodzinny... nie licz na to, że wystarczy!

Sam Dano nie miał ani żony, ani dzieci, co rzecz jasna czyniło jego życie łatwiejszym.

„Ale także niespokojnym i samotnym" – dodał w myślach Kirił, lecz nie powiedział tego na głos.

– Przecież dzieci już się teraz nie pozbędę – rzekł za to i roześmiał się nerwowo z powodu absurdalności tego stwierdzenia.

Dano westchnął przeciągle, upił spory łyk piwa, odstawił szklankę i spojrzał natarczywie na przyjaciela.

– Tak dalej być nie może, Kirił. Nie jestem w stanie dłużej ci pomagać. Praktycznie od miesięcy utrzymuję siedmioosobową rodzinę, a końca nie widać. Mówię serio, wiesz dobrze, że to za wiele nawet dla najlepszej przyjaźni.

– Musimy tylko przetrwać tę zimę, Dano. Zimą znacznie trudniej o pracę. Kiedy nadejdzie wiosna...

– Ach, przestań, nie rób sobie nadziei! Kiedy przyjechaliście do Sofii? W kwietniu! W środku wiosny. I nic nie znalazłeś.

Podobnie przez całe lato. A teraz mamy jesień. I myślisz, że następnej wiosny będzie inaczej? Do cholery, Kirił, nie bądź taki naiwny!

– To ty mnie namawiałeś na przyjazd do Sofii! Mówiłeś, że...

– No proszę, teraz na mnie zwalasz winę? Po wszystkim, co dla was zrobiłem? Co porabialiście w Płowdiwie? Nie mieliście tam czego szukać. Sofia była dla ciebie szansą. Ale ty nie potrafiłeś jej wykorzystać!

– Przecież próbuję wszystkiego. Ja...

– Kolega z pracy opowiedział mi niedawno ciekawą historię – oznajmił Dano. – Bardzo, ale to bardzo zajmującą. W okamgnieniu zarobił kilka tysięcy euro. Powtarzam: euro. Nie lewów.

Kirił wpatrywał się w niego bezradnie. Przeciętne miesięczne wynagrodzenie w Bułgarii wynosi jakieś trzysta euro. *Kilka tysięcy euro* zabrzmiało jak jakaś bajka. Zła bajka. Nazbyt podejrzana.

Dano zniżył głos, choć zupełnie niepotrzebnie, gdyż w lokalu panował taki rwetes, że niewielu słyszało własne słowa, nie wspominając o rozmowach przy sąsiednich stolikach.

– Daj szansę swoim dzieciom – powiedział Dano. – A przynajmniej jednemu z nich.

Kirił nie miał pojęcia, o czym on mówi.

2

Kobieta miała na imię Vjara, budziła zaufanie i respekt. I z pewnością sympatię. Miała przyjemny głos, ładną twarz o inteligentnym wyrazie, nosiła elegancki szarobłękitny kostium, który wyszedł pewnie spod igły jakiegoś projektanta, na pewno nie pochodził z jednego z domów towarowych, w których kupowała ubrania Iwana. Cechowały ją nienaganne maniery: w progu mieszkania dobrowolnie zdjęła mokre obuwie, z torebki wyjęła parę dopasowanych kolorystycznie do kostiumu zamszowych butów i nałożyła na szczupłe stopy. Siedziała teraz w pokoju na lichym tapczanie, na którym nocą sypiali Kirił z Iwaną, i obejmowała dłońmi kubek kawy, którą ją poczęstowali. Ogrzewała się jego ciepłem. W pokoju panował ziąb.

Vjarę przysłał do nich kolega Dana. Kirił całymi dniami zmagał się z samym sobą oraz z Iwaną, zanim zgodził się na spotkanie. Nastał już grudzień, śnieg co prawda nie spadł, lecz powietrze było wilgotne i zimne. Właściciel mieszkania przysłał im groźne napomnienie. Z powodu zaległości w opłatach czynszu odcięto ogrzewanie.

Nie mogli się znaleźć w rozpaczliwszym i bardziej beznadziejnym położeniu.

– A zatem chodzi o państwa córkę Ninkę – powiedziała Vjara. – Ma siedemnaście lat, jeśli dobrze mnie poinformowano?

– Tak – potwierdził Kirił.

Iwana nie odzywała się słowem. Wbiła tylko wzrok w tę ładną obcą kobietę, jakby chciała zajrzeć w głąb jej głowy, by wszystkimi zmysłami przeniknąć każdą myśl, każde jej uczucie.

– Czy mogę ją poznać? – zapytała Vjara.

Kirił wstał, poszedł do sąsiedniego pokoju i wrócił z Ninką, która już tam czekała. Wystroiła się, jak tylko mogła: miała na sobie nieco podniszczoną, lecz podkreślającą figurę czarną bawełnianą sukienkę z białym koronkowym kołnierzykiem oraz białymi mankietami przy rękawach, do tego cieliste rajstopy i trochę niepasujące do reszty brązowe baletki o wytartych czubkach. Świeżo umyte blond włosy sięgały jej niemal aż do wąskiej talii. Spojrzała na Vjarę ciemnymi oczami, wzrokiem równie bojaźliwym, co pełnym nadziei. Vjara podniosła się i wyciągnęła do niej rękę.

– Dzień dobry, Ninko. Jestem Vjara.

Ninka uśmiechnęła się płochliwie.

– Dzień dobry.

Vjara zwróciła się do Kiriła:

– Mają państwo piękną córkę – powiedziała. – Byłoby naprawdę szkoda, gdyby...

– Tak? – zapytała Iwana.

– Gdyby tego nie wykorzystała. Za taką twarz koncerny kosmetyczne i projektanci mody zapłacą majątek. Ma w sobie coś niezwykłego. Dobrze, że zwrócili się państwo do mnie.

– Mój przyjaciel... Dano... mówi, że prowadzi pani jedną z największych agencji modelek w Europie Zachodniej.

– Zgadza się. Siedziba mieści się w Rzymie. Często jednak bywam tu, w Bułgarii, to moja ojczyzna. Mamy nadzwyczaj ładne dziewczęta. Choć muszę przyznać – ponownie zmierzyła Ninkę bacznym wzrokiem – że tak ładnej już dawno nie widziałam.

Ninka nie wiedziała, w którą stronę patrzeć. Iwana wzrokiem dała jej znak, córka z ulgą wyszła z pokoju. Jej policzki płonęły. Fotomodelka! Kiedy dwa dni wcześniej rodzice opowiedzieli jej o swoim pomyśle, wydawało jej się, że to sen.

– Jest też mądra – zauważył Kirił, kiedy ponownie zostali sami. – I ambitna.

– Rozumiem – odparła Vjara. – I dlatego, że jest mądra i ambitna, chcą państwo dać jej szansę na lepsze życie.

– Tak. Jestem pewien, że potrafi wiele w życiu osiągnąć. Tyle że... tutaj... ma kiepskie warunki...

– Przepraszam, że powiem to bardzo wyraźnie – oznajmiła Vjara – lecz tutaj ona nie ma praktycznie żadnych szans na dobry start. Zgodnie z tym, co przekazał mi kolega pańskiego przyjaciela Dana... – Odchrząknęła taktownie, usiadła na tapczanie i sięgnęła śpiesznie po kubek z kawą, jedyny przedmiot w pokoju promieniujący odrobiną ciepła.

– No tak – przyznał Kirił. Czego miałby jeszcze spróbować, by zachować pozory? – W tej chwili jesteśmy u kresu sił. Nie wiemy, co dalej z nami będzie. Naprawdę nic więcej nie mogę zrobić dla moich dzieci... ani dla mojej żony... ani nawet dla siebie. Nie widzę żadnego wyjścia. – Musiał przełknąć, gdyż do oczu znów napłynęły mu łzy. Miał tak zszargane nerwy, że powoli zamieniał się w beksę. – Żadnego wyjścia – powtórzył. – Oprócz...

– Podjął pan właściwą decyzję – oznajmiła Vjara miękkim głosem. – Doskonale rozumiem, że nie jest to dla państwa łatwe. Lecz Nince zapewnią państwo w ten sposób stabilną i bezpieczną przyszłość. A zarazem poprawi się również sytuacja państwa pozostałych dzieci.

Po raz pierwszy do rozmowy wtrąciła się Iwana:

– I naprawdę będzie jej się dobrze powodzić? Ma dopiero siedemnaście lat, nigdy jeszcze nie wyjeżdżała z domu. Nie ma przyjaciół. W pewnym sensie... to jeszcze dziecko.

– Naprawdę bardzo dbamy o nasze dziewczęta – zapewniła Vjara swym miękkim, łagodnym głosem. – Staramy się, by zrobiły wielką karierę. Jako modelki, może nawet aktorki. Strzeżemy ich jak oka w głowie.

– Dano mówił... że córka kolegi niedawno wyjechała na Zachód. Tak trafił na pani agencję. Wie pani, jak się wiedzie tej dziewczynie?

– Doskonale, ależ oczywiście. Wszystkim naszym dziewczętom wiedzie się doskonale.

– Czy będziemy mogli odwiedzić naszą Ninkę?

Po raz pierwszy Vjara zawahała się przez sekundę.

– O tym możemy porozmawiać później – odparła. – Najważniejsze, by Ninka najpierw przywykła do swego nowego życia. Będzie często podróżować, dziś Madryt, jutro Londyn, pojutrze Rzym albo Paryż. Wolnego czasu zostaje niewiele. Ale polubi to nowe życie, już dziś mogę to państwu obiecać. One wszystkie je lubią.

– Boże, jakże jej tego życzę – zapewnił żarliwie Kirił.

Po tym stwierdzeniu w pokoju zaległo kłopotliwe milczenie, milczenie wypełnione wstydliwym, niedopowiedzianym wyczekiwaniem.

Vjara wiedziała, o jakiej kwestii rodzice nie mieli odwagi napomknąć – to przez nią cała sytuacja jawiła im się jako niewiarygodna, lecz w ich obecnym położeniu nie mogli jej pominąć.

– Trzy tysiące euro – oznajmiła. – Półtora tysiąca dostaną państwo. Drugą połowę państwa córka.

Nareszcie zostało to powiedziane. Kirił spostrzegł, że wstrzymuje oddech. Spojrzał na Iwanę. Półtora tysiąca euro to niewyobrażalnie duża suma. Półtora tysiąca euro oznaczało, że aż do lata nie braknie im na czynsz. Ani na ogrzewanie. Na ciepłe ubrania dla pozostałej czwórki dzieci. Na zakup porządnej i zdrowej żywności. Kirił w spokoju będzie mógł poszukać pracy. Ich położenie poprawi się w sposób, o jakim nie mogli nawet marzyć.

Za to sprzedamy naszą córkę.

Również i to zdanie kołatało się po pokoju ogłuszająco głośno, choć na głos nikt tych słów nie wypowiedział.

Także Vjara je dosłyszała.

– Państwa córka otrzyma pieniądze jako zaliczkę na poczet swej pracy. Taką sumę zarobi w mgnieniu oka. Przekazujemy ją tylko po to, by nie wyjechała na Zachód bez żadnych środków. Część wypłacona państwu to dowód naszego uznania za to, czego państwo dokonali, wychowując córkę. Później wszystko zostanie rozliczone z uwzględnieniem naszej prowizji. Mogą być państwo spokojni. To nie jest żaden gorszący interes. Tego byśmy nie chcieli.

Kirił, wstrzymujący dotąd oddech, głośno zaczerpnął powietrza. Ich gość wypowiedział rozsądne zdanie: *To nie jest żaden gorszący interes*. Zdanie, którego można się będzie trzymać.

Po raz pierwszy tego dnia – a ściślej mówiąc, po raz pierwszy od wielu tygodni – Kirił wykrzywił nieznacznie usta w sposób przywodzący na myśl nieśmiały uśmiech. A widzisz, mówiło jego spojrzenie skierowane do żony, Dano słusznie nas zapewniał, że to wszystko prawda. Że możemy tym ludziom zaufać.

Iwana odpowiedziała mu, choć nie uśmiechem, lecz błyskiem nowo rozbudzonej nadziei w oczach. Nadziei, że postępują słusznie.

– Dziewczęta wyjeżdżają na Zachód samochodem – oznajmiła Vjara. – Miałabym kierowcę na pojutrze. Sprawy mogłyby się więc teraz bardzo sprawnie potoczyć.

– Tak szybko? – zapytała przerażona Iwana. – Jeszcze przed świętami?

– Na święta córka prześle państwu piękną paczkę z cudownymi upominkami – zapewniła Vjara z uśmiechem na twarzy.

Kirił położył Iwanie dłoń na ramieniu.

– Ona ma rację. Jeśli będziemy odsuwać to w czasie, stanie się to dla nas trudniejsze.

– Ale... tak szybko...

Kirił przemilczał uwagę, że od następnego tygodnia znajdą się na ulicy, jeśli niezwłocznie nie opłacą czynszu. Iwana dobrze o tym wiedziała. Pismo od właściciela mieszkania było jednoznaczne w tonie, pod jego wpływem Iwana ostatecznie zgodziła się spotkać z Vjarą.

– Tym szybciej Ninka wyjedzie z tego chłodu – oznajmił – i zacznie nowe, lepsze życie.

Iwana skinęła głową. Wstała i wyszła z pokoju. Widząc jej drżące ramiona, Kirił domyślił się, że płacze.

– Dla matek to zawsze trudna decyzja – przyznała ze współczuciem Vjara.

„Dla ojców też” – dodał w myślach Kirił.

– Ale postępujemy słusznie? – zapytał bojaźliwie.

– Z całą pewnością tak – potwierdziła Vjara.

Lyon, Francja, środa, 9 grudnia

Nathalie uznała mężczyznę za odrażającego i zaniedbanego, przesiedziawszy jednak w kucki cztery godziny w bramie domu przy jednej z licznych bocznych uliczek quai Perrache w Lyonie, gdzie schroniła się przed chłodną mżawką, i słaniając się z głodu, była gotowa odpowiedzieć niemal każdemu, choćby wyglądał na przestępcę seksualnego i przeraźliwie cuchnął alkoholem.

Spadaj, powiedziałaby do kogoś takiego w normalnych okolicznościach. Teraz jednak usiłowała zrobić przyjazną minę i się uśmiechnąć. Wyczuła, że uśmiech wyszedł jej kiepsko: była po prostu zbyt zmęczona, głodna i zziębnięta.

Skonana i podszyta strachem.

– Miałby pan parę drobniaków? – zapytała.

Mężczyzna wracał ze sklepu, trzymał w dłoni foliową torebkę, w której coś zdradliwie brzęczało. Musiał więc mieć przy sobie pieniądze. Chyba że wszystko zainwestował w alkohol.

Wyszczerzył zęby.

– Nie mam. Wszystko wydałem.

Nie uwierzyła mu, lecz nie mogła niczego udowodnić. Pochyliła się nieco do przodu, nie wiedziała, że głód tak boleśnie potrafi doskwierać. Miała wrażenie, jakby w jej trzewia wbijano setki noży.

Choć stojący przed nią człowiek był zapijaczony, zauważył, że kuliła się z bólu.

– Dawno nic nie jedliśmy, co? – zapytał, nie przestając się szczerzyć.

Czemu miałaby przed nim udawać?

– Tak – przyznała.

– Jeśli pójdziesz ze mną, zrobię ci kanapkę. I znajdzie się jeszcze trochę gorącej zupy, rozgrzejesz się.

Na samo wspomnienie tych drażliwych pojęć – *kanapka, zupa, rozgrzać się* – Nathalie niemal jęknęła. Przeczuwała, że mieszkanie obcego jest paskudne, a jedzenie nadpsutej żywności z prawdopodobnie brudnych talerzy nie należy do przyjemności, była jednak gotowa na sporą dawkę ustępstw, jeśli tylko pozbędzie się przez to skurczów żołądka i choć przez pół godziny nieco ogrzeje.

– Jak ci na imię? – zapytał mężczyzna.

Nathalie wiedziała, że w żadnym razie nie powinna zdradzać swego prawdziwego imienia. Za nic w świecie nie chciała ryzykować.

– Aurelie – skłamała.

Tak właśnie miała na imię kobieta, która zabrała ją do Lyonu z parkingu przy autostradzie tuż za Dijon. Była to najlepsza część dnia: ogrzewany samochód, o którego szyby tłukły się krople deszczu, miękka tapicerka, cicha muzyka płynąca z radia. Kobiety bać się nie musiała, była uprzejma, przedstawiła się, przestrzegła ją, by nie podróżowała autostopem.

– To zbyt niebezpieczne. Dokąd się wybierasz?

– Do Prowansji – odpowiedziała Nathalie.

Tam znajdował się apartament. Miejsce spotkania.

Niestety, Aurelie jechała tylko do Lyonu, z tygodniową wizytą do mieszkających tam rodziców. Nathalie miała cichą nadzieję, że może zabierze ją z sobą albo pójdą razem na obiad. Młodej kobiecie się jednak spieszyło, wysadziła ją tuż za wielkim tunelem, przez który przebiega autostrada, sama zaś skręciła do centrum.

– Radzę ci wsiąść do pociągu – powiedziała na pożegnanie. – Jadąc TGV, szybko dotrzesz do Aix.

– Dobry pomysł – odparła Nathalie, przemilczając fakt, że nie miała pieniędzy na drogi bilet na ten szybki pociąg. W ogóle nie miała już pieniędzy, zero, nic, ani centa. Poprzedniego wieczoru kupiła sobie burgera i wodę, od tej pory nie miała już nic.

Została bez pieniędzy, była tak głodna, że zdecydowała się pójść za tym ohydnym typkiem, w nadziei, że rzeczywiście dostanie kawałek chleba i zupę.

– Aurelie – powtórzył. – Ładnie. Ja mam na imię Yves.

– Cześć, Yves.

– No to chodźmy.

Nathalie podniosła się z wahaniem, nie wiedziała, czy nogi utrzymają jej ciężar. Przez chwilę miała wrażenie, że kolana się pod nią ugną, niespodziewanie jednak stanęła na prostych nogach, wcale się nie trzęsąc. „Rue Marc Antoine Petit" – przeczytała. Przed nią, na Quai Perrache, dwie kobiety chodziły tam i z powrotem, najwyraźniej czekając na klientelę. Już wcześniej, zanim jeszcze dotarła do bramy tego domu i w niej przycupnęła, zauważyła, że trafiła do nieco podejrzanej dzielnicy. Niektóre budynki wyraźnie podupadły, inne sprawiały wrażenie dopiero co wyremontowanych. Mimo padającego deszczu na niektórych balkonach rozwieszono pranie, w jednym z mieszkań kobieta i mężczyzna tak głośno się kłócili, że ich wrzaski zagłuszały nawet hałas ruchliwej autoroute du Soleil, biegnącej pomiędzy bulwarem i Rodanem w kierunku wybrzeża Morza Śródziemnego. Mieściły się tu piekarnia i niewielka restauracja, lecz obok nich także liczne zamknięte sklepiki o zabitych deskami oknach wystawowych. Między paroma obskurnymi knajpkami włóczyli się mężczyźni, którzy z odległości kilometra przypominali dilerów narkotykowych. Zdawali się zupełnie nie przejmować faktem, że na pobliskim dworcu aż roiło się od policji – Francja wciąż żyła zamachami z trzynastego listopada, w kraju nadal obowiązywał stan wyjątkowy. Nie sposób było nie zauważyć wzmożonej obecności policji i wojska. A to zła wiadomość dla Nathalie: jeśli będzie tu nadal przesiadywać, zwróci na siebie uwagę jakiegoś funkcjonariusza i być może zostanie aresztowana.

Musiała się gdzieś schronić.

Miała nadzieję, że Yves nie zakładał, że odwdzięczy mu się za posiłek. Choć głód doprowadzał ją niemal do obłędu i nie miała pojęcia, co począć, w żadnym razie nie pójdzie z nim do łóżka. Być może chwila, w której będzie na to gotowa, nadciągała wielkimi krokami, lecz wciąż jeszcze nie nadeszła. Brzydziła się tym mężczyzną, poza tym miała pewność, że był nosicielem jakichś paskudnych chorób. Wprost to wyczuwała.

– Tylko zjeść – upewniła się.

Wyszczerzył obleśnie zęby.

– Nie mogę zapłacić – dodała. – Ani pieniędzmi, ani w inny sposób.

– Idziesz wreszcie czy nie? – zapytał Yves.

Błyskawicznie oceniła swoje szanse, na wypadek gdyby zaczął się jej naprzykrzać. Był sporo od niej wyższy, lecz bardzo chudy, nie sprawiał wrażenia mocarza. A do tego pił. Miała nadzieję, że w razie konieczności da mu radę.

Dla pewności włączyła ukradkiem telefon. Wyłączała go, by oszczędzać baterię, lecz kto wie, czy teraz nie będzie nagle zmuszona wezwać pomocy. Choć do policji zwrócić się w żadnym razie nie mogła.

Mocno zacisnęła dłonie na torebce, w której trzymała paszport, komórkę i pustą portmonetkę. Wszystko, co jej zostało.

A potem ruszyła za obcym mężczyzną do jego mieszkania.

La Cadière, Francja, poniedziałek, 14 grudnia

Lało jak z cebra. Lało od wczesnego ranka i nie zanosiło się na to, by miało tego dnia przestać. Morze i niebo stopiły się w jedną migotliwą, nieprzeniknioną, szarą powierzchnię. Za kurtyną deszczu znikł zupełnie Bec de l'Aigle, skała w kształcie ogromnego orlego dzioba, wrzynająca się głęboko w wody Morza Śródziemnego – znak, że kiepska pogoda nieprędko się poprawi.

W matowym świetle tego grudniowego dnia wilgotna, szara dolina sprawiała wrażenie wymarłej.

Simon wciąż nie mógł wyjść ze zdumienia, jak błyskawicznie Prowansja, ten idylliczny klejnot skąpany w słońcu rozświetlającym błękit nieba, wraz ze zmianą pogody potrafi przemienić się w smutne miejsce nieutulonej rozpaczy. Jakby w ułamku sekundy traciła wszelkie barwy, całą swą urodę, wszystko, co czyniło ją urzekającą i pożądaną.

„Jakby była całkowicie zależna od słońca – pomyślał – a bez niego nie znaczyła nic".

Stał przy ogromnym szklanym oknie domu należącego do jego ojca i spoglądał w stronę morza, choć nie mógł go dojrzeć. Po biegnącej doliną autostradzie pojazdy poruszały się niby drobne zabawki. Sprawiały wrażenie jedynych w okolicy żywych jeszcze stworzeń.

Poza nimi wszystko zdawało się martwe, zatopione w deszczu i ledwie namacalnym smutku.

Simon trzymał w dłoni telefon, od niemal godziny zastanawiał się, czy powinien zadzwonić do Kristiny. Prawdopodobnie spotka się z odmową, która ostatecznie zakończy ich nieśmiały związek – o ile już się tak nie stało, sam nie potrafił tego ocenić. Prosząc, by pozwoliła mu wyruszyć na południe Francji i spędzić Boże Narodzenie tylko z dziećmi, bez niej, uraził ją bardziej, niż się tego spodziewał. Sądził, że okaże mu zrozumienie. A jednak rozbudził w niej tylko gniew. A potem wpędził ją w głębokie przygnębienie.

„Zadzwonię do niej – postanowił w myślach – i tak nic gorszego spotkać mnie już nie może".

Wystukał numer i odczekał. Kristina odebrała po trzecim sygnale. Dzięki Bogu. Obawiał się, że w ogóle nie podniesie słuchawki, skoro tylko rozpozna na wyświetlaczu francuski numer kierunkowy.

– Witaj, Kristino – odezwał się ochrypłym głosem. – To ja, Simon.

– Cześć.

– Dzwonię z Francji.

– Wiem, zauważyłam.

Wyczekiwała. Uznał, że zachowuje się wobec niego niezbyt życzliwie, być może za wiele sobie obiecywał. Zazwyczaj mówiła dużo, w szybki, ożywiony sposób. Teraz zaś była chyba gotowa powiedzieć tylko to, co konieczne. Jej słowa brzmiały uprzejmie, lecz na pewno nie serdecznie.

– Wyjechałem wcześniej, niż planowałem – rzekł w końcu. – Sam. Bez dzieci.

– Tak?

– Tak. Nie chciały. Nie musiałem więc czekać do początku ferii. – Mówiąc to, poczuł, jak boleśnie wciąż ten fakt przeżywa. Że wystawiły go do wiatru. Niecałe dwa tygodnie przed świętami.

– Przykro mi – odparła Kristina oficjalnym tonem.

Wcale nie zamierzał się przed nią żalić, jak bardzo poczuł się upokorzony i zraniony, a jednak wyrzucił to z siebie:

– Ten facet zupełnie je omamił. Leon. Na Mikołaja podarował im nieziemskie sanki z dwoma siedzeniami i kierownicą, i czym tam jeszcze...

– Tutaj w ogóle nie ma śniegu – oznajmiła Kristina.

– Tak, ale są stoki ze sztucznym śniegiem, z których można pozjeżdżać. Narobił im tym apetytu. Dzieciom w tym wieku wszystko można wmówić, jeśli tylko umiejętnie się to rozegra. Poza tym uważam, że za sznurki i tak pociąga Maya.

Dosłyszał ciche westchnienie Kristiny. Wiedział, że swoim biadoleniem czasem działał jej na nerwy. To nieustanne przywoływanie Mai, jego byłej żony. Leona, pozbawionego skrupułów gogusia, dla którego go rzuciła. Faktu, że dzieci w coraz większym stopniu widzą w Leonie zastępczego ojca, Maya zaś niewątpliwie, choć w sposób wyrafinowany, podburza je przeciwko niemu, ich rodzonemu ojcu. Zdawał sobie sprawę, że kobiety mającej zostać jego nową partnerką pewnie nie bawią ustawiczne rozmowy o jego eks, nie wiedział jednak, jak miałby uniknąć tego tematu. Kwestia ta najmocniej go teraz zajmowała. Jak również to, że finansowo nie wiodło mu się najlepiej, że przeżywał kryzys, że to... i to... i to...

Niekiedy sam był zdumiony, że taka kobieta jak Kristina w ogóle zadaje się z takim facetem jak on.

– Obawiam się, że tym razem Maya wcale nie musiała się za bardzo wysilać – uznała Kristina. – Pomysł, by znów wyjechać z dziećmi nad Morze Śródziemne, chyba nie był zbyt udany. Opowiadałeś mi, że już w zeszłym roku wynudziły się tam jak mopsy.

To prawda. Przed rokiem spędził z nimi sylwestra we Francji, ich wspólna wyprawa zakończyła się fiaskiem. I to mimo ładnej, słonecznej, wietrznej aury. Cóż jednak dwójka dzieci, lat jedenaście i osiem, miała tam porabiać? Kąpiel w morzu wymagała sporej dozy samodyscypliny, w wodzie nie sposób było długo wytrzymać. Wiatr był zbyt chłodny na przesiadywanie na plaży, kopanie i grzebanie w piasku. Akwapark z ogromną wodną zjeżdżalnią, która latem stanowiła nie lada atrakcję, zamknięto. Dzieci narzekały i kaprysiły, Simon zaś rozpaczliwie usiłował przygotować na każdy dzień jakąś niespodziankę, która znalazłaby w ich oczach uznanie. W styczniu, dzień przed ich wyjazdem, doszło w Paryżu do ataku na redakcję magazynu satyrycznego „Charlie Hebdo". W drodze powrotnej przy każdym punkcie poboru opłat drogowych widzieli patrole uzbrojonych po zęby policjantów, a na ogromnych tablicach nad autostradą, na których zwykle wyświetlano informacje o korkach i utrudnieniach w ruchu, rzucały się teraz w oczy słowa: *Je suis Charlie.* Pomarańczowe, jaskrawe litery połyskiwały w tamten deszczowy dzień, rozjaśniając wcześnie zapadający zmierzch. Simon miał potem wrażenie, że zamach, o ile dzieci oczywiście rozumiały, o co w tym wszystkim chodzi, oraz jego zauważalne następstwa to jedyna zajmująca rzecz, jaką zapamiętają ze spędzonych razem z ojcem ferii. Świadomość ta głęboko go przybiła.

– Nie mam dość pieniędzy, by zabrać je na Florydę czy gdzie indziej – wyznał. – Mam tylko ten dom...

– To dom twojego ojca – poprawiła go Kristina – a ty możesz z niego tylko korzystać. Sam mi mówiłeś, że za każdym razem, gdy zabierasz klucz, musisz wysłuchiwać, jakim jesteś nieudacznikiem. Czemu więc wciąż go o to prosisz?

– A gdzie miałbym się podziać...?

– Zostań w domu, zamiast pozwalać się tak poniżać.

– W tym małym mieszkanku, z dziećmi, przez całe ferie... To nierealne.

– Musiałyby się z tym pogodzić. Podobnie jak z faktem, że w twoim życiu pojawiła się kobieta. Tyle możesz przecież od nich wymagać. Ale nie potrafiłeś się na to zdobyć!

Tym samym doszli do sedna.

– Chciałem dać im trochę czasu – oznajmił Simon.

Kristina się roześmiała, nie zabrzmiało to jednak wesoło.

– Znamy się od czerwca. Pół roku. Ile jeszcze czasu potrzebujesz, by im przynajmniej *napomknąć*, że *być może* w twoim życiu pojawił się ktoś nowy?

– Jestem ich ojcem. Trudno będzie im się pogodzić z faktem, że odtąd muszą się mną z kimś dzielić.

– A ponieważ są do ciebie tak bezgranicznie przywiązane, jest im całkiem obojętne, że Boże Narodzenie spędzasz samiuteńki, bo niecałe dwa tygodnie przed świętami zostawiły cię na lodzie – podsumowała cynicznie Kristina. – Obudź się, Simon! Jesteś marionetką swojej dawnej rodziny, robią z tobą, co chcą. Wszyscy do spółki. Bo od dawna wiedzą, że mogą sobie na to pozwolić. Bo ty nigdy nie będziesz się bronić. Bo... – Resztę zdania przełknęła.

„Bo żaden z ciebie mężczyzna" – dokończył w myślach Simon. Wciąż to powtarzał jego ojciec. Mało prawdopodobne, by Kristina wyraziła to w równie mocnych słowach. A jednak coś podobnego miała zapewne na końcu języka.

Uznał za nieistotne, że teraz jeszcze bardziej się poniży. I tak niewiele znaczył w jej oczach.

– Czy mimo wszystko nie chciałabyś przyjechać? – zapytał, po czym dodał ściszonym głosem: – Bardzo bym się ucieszył.

Kristina nie wahała się ani chwili.

– Nie. Nie przyjadę, Simon. I prawdę mówiąc, nie widzę dla nas żadnej przyszłości.

– Jak to rozumiesz?

– Tak jak mówię. Nie dzwoń do mnie więcej. Nie pisz do mnie maili. Doprowadź swoje życie do porządku, zastanów się, czy w ogóle jest w nim jeszcze miejsce dla kobiety. Wtedy będziesz mógł znów zacząć szukać. Ale z nami koniec. Przykro mi. – I odłożyła słuchawkę.

Gapił się na swój telefon. Deszcz dzwonił o dach. Za oknem zaskrzeczał ptak, chyba mewa albo gołąb.

Zastanawiał się, czy gdzieś na świecie istnieje jeszcze ktoś, kto z równie niezachwianą co on pewnością potrafi samego siebie niszczyć i pogrążać w otchłani.

Prawdopodobnie w tej dyscyplinie osiągnął smutny, niepobity rekord.

Później często rozmyślał o tym, jak to wszystko by się potoczyło, gdyby w trakcie tamtej rozmowy telefonicznej Kristina zgodziła się jednak przyjechać. Z całą pewnością nie poszedłby wtedy nad brzeg morza, by w strugach deszczu włóczyć się po wymarłej plaży. Prawdopodobnie zająłby się świąteczną dekoracją domu, zawiesiłby słomkowe gwiazdy, a daszek nad balkonem przyozdobiłby sznurem lampek choinkowych. Radosne oczekiwanie wprawiłoby go w dobry nastrój. Potem pojechałby do supermarketu Casino i kupił szampana, łososia, oliwki, bagietkę. Wszystko, co Kristina lubiła. Obok kominka ułożyłby stos drewien, by wieczorami rozpalać trzaskający ogień. Do wszystkich świeczników wstawiłby nowe świece.

A jednak byłoby to pewnie jedno wielkie samookłamywanie, gdyż zgoda Kristiny niczego by tu nie zmieniła. Wszystko bowiem, czego się w życiu tknął, w zasadzie kończyło się fiaskiem. Miałby przynajmniej dość zajęć, by o tym nie myśleć.

Skoro jednak do tego doszło, przez cały następny tydzień będzie roztrząsał wyłącznie własną porażkę.

Padało tak rzęsiście, że spodnie z miejsca mu przemokły, a w tenisówkach chlupotała woda. Tułów chroniła kurtka przeciwdeszczowa. Dłonie wcisnął głęboko do kieszeni, a mimo to czuł, że jest zdrętwiały i zziębnięty. Samochód zostawił na ogromnym parkingu przy plaży La Madrague, przeszedł po szerokiej drewnianej kładce pod sterczącymi nad brzegiem morza skałami, pokonał krótki odcinek jezdnią, po czym skręcił w stronę plaży Les Lecques. Jak okiem sięgnąć, nie było tam żywego ducha. W oddali dostrzegł joggera, lecz kiedy ten zniknął mu po chwili z oczu, nikogo więcej nie zobaczył. Ludzie skryli się w swych przytulnych domach. Albo kupowali właśnie świąteczne prezenty. Albo szturmowali supermarkety.

Nikt nie szedł samotnie plażą.

Powinien był zostać w domu. W Hamburgu. Pogoda pewnie wcale nie była tam gorsza. Byłby sam, lecz nie brakowałoby mu znajomych. Mógłby odwiedzić Kristinę, spróbować doprowadzić całą tę sytuację do ładu. Przez telefon, z odległości półtora tysiąca kilometrów, to się nie mogło udać, lecz może gdyby stanął przed drzwiami jej domu z butelką szampana w dłoni, z rozbrajającym uśmiechem na twarzy... Również Kristina spędzała święta sama. Może ucieszyłaby się z jego odwiedzin. Kobiety na jego widok reagowały spontanicznie i pozytywnie, to jedyne budujące doświadczenie, jakiego w życiu zaznał. Był przystojny, inteligentny i wykształcony. Zanim spostrzegły, że nie kryje się w nim nic szczególnego, zazwyczaj zdążyły się już do niego przywiązać.

Kiedy dzieci mu odmówiły, w żadnym razie nie powinien był tu przyjeżdżać. Wtedy jednak musiałby powiadomić ojca. Dał on wolne kobiecie, która zajmowała się domem, dbała o kwiaty i regularnie wszystkiego doglądała, gdyż założył, że Simon zatrzyma się tam na dwa tygodnie. Nie mógł więc ot tak, po prostu się nie zjawić. Ciarki przechodziły go na myśl, że musiałby powiedzieć ojcu prawdę – o tym, że jego własne dzieci nie lubią już spędzać z nim czasu.

Nazbyt dobrze potrafił sobie wyobrazić uwagi, jakie poczyni mu ojciec, nie znalazł w sobie dość sił, by dźwignąć jeszcze i ten ciężar. Wyjechał więc nawet wcześniej, niż planował – nie mając na to najmniejszej ochoty.

Kristina miała rację: był marionetką. Bodaj żadne inne określenie lepiej doń nie pasowało.

Morze było wzburzone, mieniło się głęboką szarością. Brudnożółta piana przelewała się przez wilgotny, ciężki piasek. Simon unikał zmoczenia nóg, choć jego stopy nie mogły już być wilgotniejsze. Marsz był wyczerpujący, a mimo to miał nań korzystny wpływ. W sumie dobrze zrobił, wychodząc z domu, inaczej zostałby w pokoju i dumał nad tym, jak to rozwiódłszy się z Mayą, zdołał teraz doszczętnie popsuć związek z Kristiną.

Minął nadbrzeżną promenadę, z jej ławkami, koszami i niewielkimi fragmentami trawnika. Miniaturowe pole golfowe, otoczony wysokim ogrodzeniem teren do gry w siatkówkę, dalej karuzela, nieczynna o tej porze roku. Za nią parkingi, na których latem nie sposób było znaleźć wolnego miejsca. Teraz zionęły pustką.

Za parkingami biegła ulica, Boulevard de la Plage, wzdłuż której wznosiły się duże kompleksy budynków. Szyldy informowały o możliwości wynajęcia apartamentu. Latem małe mieszkania z zadaszonymi balkonami były w większości zajęte, teraz jednak nic nie wskazywało na to, by nocowali w nich jacyś turyści. Szczególnie przy takiej aurze nie wyglądały zachęcająco. Wilgotne ściany, zaparowane szyby w oknach. Nadmorska wilgoć głęboko wnikała w mur. Simon mógł sobie wyobrazić, jak zawilgocone były wnętrza: meble, dywany, pościel. Latem podczas wielotygodniowych upałów wszystko wyglądało inaczej, lecz teraz nikt nie zdołałby go namówić na szukanie tu noclegu.

Był tak zatopiony w myślach, że niewielkie zbiegowisko zauważył dopiero wtedy, gdy się z nim zrównał. Choć *zbiegowisko* to zbyt wiele powiedziane. Na promenadzie, tuż przed pomalowanym w biało-szare pasy budynkiem, w którym na dole znajdowały się plażowe toalety, na piętrze zaś pomieszczenie dla *Poste de Secours*, ratowników wodnych, stały trzy osoby. Zwrócił na nie uwagę tylko dlatego, że poza nimi w okolicy nie było żywego ducha.

Simon spostrzegł dwóch mężczyzn i młodą kobietę. Jeden z nich coś wykrzykiwał. Choć Simon niemal perfekcyjnie znał francuski, to jednak zaraz po przyjeździe z Niemiec potrzebował zawsze chwili, by na powrót przywyknąć do francuskich głosek i zrozumieć treść rozmów.

– Nic a nic mnie to nie obchodzi! – wrzeszczał mężczyzna. – Natychmiast pójdziemy na policję.

Młoda kobieta odpowiedziała, lecz zbyt cicho, by Simon mógł ją zrozumieć.

Mężczyzna znów zaczął mówić podniesionym głosem:

– Oni już będą wiedzieć, co zrobić z takimi ludźmi jak pani. I żądam zwrotu pieniędzy! Niech sobie pani nie myśli, że tak po prostu pani odejdzie.

Simon mimowolnie zrobił krok w ich kierunku. Scena, której stał się świadkiem, w zasadzie była mu zupełnie obojętna, mimo to napełniła go dozą współczucia. Młoda kobieta, mająca ledwie dziewiętnaście, może dwadzieścia lat, wyglądała na zaniedbaną i chorą, wydawało się, że trzyma się na nogach ostatkiem sił. Zastanawiał się, co takiego zrobiła, że aż tak bardzo rozzłościła stojącego przed nią człowieka. Drugi mężczyzna, trzymający się dwa kroki z boku, milczał, sprawiał wrażenie niezdecydowanego.

– Idziemy! Wszystko wyjaśnimy na policji.

„Pewnie coś mu ukradła” – pomyślał Simon. „Wygląda przecież tak, jakby od wielu dni nie jadła”.

Nie mógł nic dla niej zrobić. Współczuł jej, lecz sama musi wybrnąć z tarapatów, w jakich się znalazła. Już miał odejść, lecz w tej samej chwili kobieta go spostrzegła, rzuciła się ku niemu i wychyliła przez poręcz prowadzących na plażę schodów. Simon ujrzał jej szeroko wybałuszone oczy na wychudłej, upiornie bladej twarzy.

– Monsieur, proszę mi pomóc. Proszę. Jeśli teraz zaprowadzą mnie na policję, już po mnie!

Mimowolnie podszedł bliżej.

– Co się stało?

Rozgniewany mężczyzna także wszedł na schody. Przezornie chwycił kobietę za ramię, za nic nie pozwoli jej uciec.

– Schowała się. W jednym z apartamentów. Nie płacąc, ma się rozumieć. Wyłamała dwa zamki, na dole, w drzwiach wejściowych, i na piętrze, w drzwiach do mieszkania.

A więc bezdomna. Simon stał już na tyle blisko, by mimo powiewu świeżego, wilgotnego i zimnego powietrza poczuć, że młoda kobieta nie pachnie zbyt ładnie. Bił od niej odór nieupranego ubrania i potu.

– Proszę, niech mi pan pomoże – powtórzyła.

– Jestem dozorcą tego budynku – wyjaśnił mężczyzna. Wskazał na apartamentowiec po przeciwnej stronie ulicy, a następnie na drugiego mężczyznę, wciąż trzymającego się z boku. – To jest Yanis. Mój współpracownik. Robił dziś obchód. Sprawdzamy także zimą, raz w tygodniu. I znalazł to ziółko. Natychmiast mnie powiadomił.

Simon dostrzegł na twarzy Yanisa grymas poczucia winy i współczucia. Mężczyzna żałował, że wezwał swego szefa. Mógł przecież przepędzić tę młodą i zachować całą sprawę dla siebie.

– Nie chciałem popełnić żadnego błędu – zaczął się tłumaczyć, choć nikt mu niczego nie zarzucał. – Nigdy przecież nie wiadomo... w obecnych czasach...

Cała trójka spojrzała na Simona, jakby oczekiwała od niego rozwiązania zaistniałego problemu. Simon znalazł się w absurdalnym na pozór położeniu, wyznaczony nagle do roli sędziego, choć nie miał ze sprawą nic wspólnego – ot, był zwyczajnym niemieckim turystą, niemieckim turystą *pogrążonym w apatii*, poprawił się w myślach, spacerującym akurat w deszczu.

– Nie sądzę, by to, co zrobiła ta młoda kobieta, było aż tak naganne – oznajmił. Jego francuski brzmiał nieco chropawo, wymagał doszlifowania. Przebywał tu dopiero od dwóch dni i jak dotąd prawie z nikim nie rozmawiał.

Dozorca obrzucił go nieufnym spojrzeniem.

– *Allemagne?*

– *Oui.*

– Proszę mi pomóc – powiedziała kobieta po niemiecku. – On nie może mnie oddać w ręce policji. Proszę. To sprawa życia i śmierci. – Mówiła całkiem poprawnie, co prawda z silnym akcentem, lecz bez błędów gramatycznych.

– Wyłamała pani tylko te zamki, prawda? Nic więcej?

– Proszę, tylko żadnej policji!

Simon wiedział, że francuska policja jest znacznie bardziej szorstka w obejściu niż niemiecka, a mimo to niezupełnie rozumiał, dlaczego kobieta wpadła w taki popłoch. Prawdopodobnie nie była w stanie zapłacić za wyrządzone szkody, lecz przecież nie wsadzą jej za to do więzienia. A może...? Co z nią, czyżby skądś uciekła? Czy jest niepełnoletnia? Ocenił, że ma około dwudziestu lat, lecz mógł się przecież mylić. Pewnie uciekła z domu albo z poprawczaka, a teraz umiera ze strachu, że będzie musiała tam wrócić.

– Proszę – powtórzyła po niemiecku. – Proszę mi pomóc!

– Ciekaw jestem, dlaczego jest pani tak bardzo wzburzona – wtrącił niezadowolony dozorca.

– Ile kosztują te zamki? – zapytał Simon.

Dozorca się zamyślił.

– No cóż, będę musiał wyłożyć jakieś pięćdziesiąt euro. To same zamki, a przecież korzystała jeszcze z prądu i wody...

– Nieprawda. Prąd jest wyłączony, a woda zimna.

– Wyjaśnimy to sobie na posterunku.

Simon sięgnął po portfel i wyjął z niego banknot pięćdziesięcioeurowy. Zważywszy na jego niewesołą sytuację finansową, pomysł, by wręczać temu facetowi pieniądze, był całkiem idiotyczny, miał jednak wrażenie, że albo dobiją targu, albo sprawą ostatecznie zajmie się policja.

„Mój dobry uczynek na święta" – pomyślał.

– Czy to zamyka sprawę? – zapytał.

Dozorca się wahał.

– Muszę znać jeszcze pańskie nazwisko i adres. Na wypadek, gdyby ta osoba była poszukiwana, a mnie wezwano na przesłuchanie... Będę wtedy mógł powiedzieć, że to pan interweniował.

Teraz zawahał się Simon.

– Proszę! – szepnęła młoda kobieta.

Właściwie nie miał się czego obawiać. Podał swoje nazwisko i francuski adres.

– Jestem tu na urlopie – dodał. – W razie jakichkolwiek problemów chętnie opowiem o tym, co zaszło.

Dozorca wyciągnął rękę po pieniądze.

– No cóż, niech będzie. Powinienem to zgłosić, to jasne, ale nie moja to sprawa, nie będę się zajmował włóczącymi się po kraju kryminalistami. Mam nadzieję, że postępuje pan słusznie, młody człowieku. W końcu to pan będzie ją teraz miał na głowie.

„*Młody człowiek* to miłe określenie dla czterdziestolatka" – pomyślał Simon. Wszystko jest jednak względne, sam dozorca musiał mieć około sześćdziesiątki.

I jeszcze: *to pan będzie ją teraz miał na głowie*... Wcale nie zamierzał się nią dalej zajmować. Dość już dla niej zrobił.

Dozorca i Yanis odeszli. Młoda kobieta stała nieruchomo, ramionami obejmowała tułów, próbując utrzymać równowagę albo nieco się ogrzać, albo jedno i drugie. Dygotała z zimna. Krótki pobyt na dworze wystarczył, by przemokła do suchej nitki.

– Dziękuję – powiedziała. – Uratował mnie pan.

– Już dobrze. Ja... – Chciał to mieć za sobą. – Muszę już iść.

Widział, jak bardzo zmaga się z sobą.

– Proszę... Tak wiele już pan zrobił, ale... czy miałby pan dla mnie... parę euro? Od dawna nic nie jadłam...

Na jej twarzy malowało się potworne zmęczenie. Miała na sobie krótki płaszczyk ze sztucznego, szarego włochatego futra, który zakrywał jej figurę, lecz wyzierające spod niego nogi w czarnych rajstopach wyglądały jak dwa szczudła. Dygotała z zimna.

Spostrzegł, że zalała się łzami.

– Nie mam już sił – szepnęła, po czym chwiejnym krokiem wróciła ze schodów na promenadę i oparła się plecami o drewnianą ściankę, osłaniającą przed ciekawskimi spojrzeniami ustawiony przed budynkiem plażowy prysznic.

Simon błyskawicznie wbiegł po schodach i stanął tuż przy niej.

– Czy pani źle się czuje?

Wydawało się, że kobieta ledwie trzyma się na nogach.

– Jestem tak strasznie głodna – mruknęła. – I kręci mi się w głowie.

Simon zrozumiał, że nie ma sensu dawać jej pieniędzy w nadziei, że zdoła dotrzeć do najbliższej czynnej kawiarni – o ile w ogóle zostanie tam obsłużona, zważywszy na jej odstręczający wygląd. W takim stanie nie dojdzie też do supermarketu, oddalonego o dobry kawałek drogi.

Zmełł w ustach przekleństwo. Nie mógł jej przecież tu zostawić. A w pobliżu jak okiem sięgnąć nikogo prócz niego nie było.

– Czy możemy kogoś powiadomić? – zapytał. – Kogoś, kto się panią zaopiekuje? Jakichś krewnych? Znajomych?

Potrząsnęła głową.

– Nie. Nikomu nie mogę wyjawić, gdzie jestem.

Przeszło mu przez myśl, że ona prawdopodobnie ma więcej na sumieniu niż tylko dwa wyłamane zamki i nielegalny nocleg w apartamencie, i pewnie dlatego tak panikuje na sam dźwięk słowa *policja*. Nie miał najmniejszej ochoty pomagać komuś, kto być może jest poszukiwany. Nie chciał się w nic wikłać. Dość miał własnych kłopotów. Nie potrzebował żadnych innych.

Z drugiej jednak strony był już po trosze w tę sprawę zamieszany. A pozostawienie jej tutaj samej sobie równałoby się niemalże nieudzieleniu pomocy.

– Jak się pani właściwie nazywa? – zapytał.

– Nathalie – odparła, nie patrząc mu w oczy. Chwilę potem ugryzła się w język, mógł niemal dostrzec, jak bardzo stara się cofnąć tę odpowiedź. Domyślił się, że podała mu swoje prawdziwe imię.

– Nathalie... a dalej?

Nie odpowiedziała. I nie odpowie.

Westchnął.

– Ja mam na imię Simon.

– Ja... jestem panu bardzo wdzięczna, Simonie.

Wciąż oparta plecami o drewnianą ściankę osunęła się nieco w dół. Simon uznał, że jej osłabienie wcale nie jest udawane. Zdecydowanym ruchem chwycił ją pod ramię i poprowadził ku jednej ze stojących obok budynku ławek. Była mokra od deszczu, lecz nic nie mógł na to poradzić.

– Proszę tu usiąść i zaczekać. Pójdę po samochód. A potem zobaczymy.

– Na pewno pan wróci?

– Tak. Zaparkowałem w La Madrague. Trochę to potrwa, zanim tam dotrę.

– A potem?

– A potem poszukamy czegoś do jedzenia. – Uśmiechnął się, by dodać jej otuchy.

„I będzie to ostatnia rzecz, jaką dla niej zrobię" – dokończył w myślach.

Kiedy miałam czternaście lat i poszłam do liceum, dawno już zrozumiałam, że moja matka ma poważne problemy i długo jeszcze będzie się z nimi zmagać. Przestała pracować. Była zatrudniona w hotelowej recepcji, od kiedy jednak popijała wino nie tylko wieczorami, lecz także nowy dzień zaczynała od kieliszka Grand Marniera, pierwszego z wielu, jakie wychylała w ciągu następnych godzin, stała się pewnie nie do zniesienia. Na dobrą sprawę nieustannie czuć było od niej alkohol, opieszale reagowała na zewnętrzne bodźce. Co gorsza, łykała też tabletki, i to w niekontrolowanych ilościach – były to antydepresanty, które przepisał jej jakiś niewydarzony psychoterapeuta, nie rozumiejąc, w czym tkwi źródło jej problemów, i nie bacząc na to, że tabletki w połączeniu z alkoholem nie poprawią jej sytuacji, a tylko ją pogorszą.

„Potrzebuję ich dla lepszego samopoczucia" – powtarzała, gdy ją błagałam, by je odstawiła. „Inaczej nie zdołam zapanować nad swoim życiem. To twój ojciec mnie zniszczył. Muszę się trzymać, dopóki będziesz mnie potrzebować".

W rzeczywistości już od dawna nie była w stanie zapanować nad własnym życiem. Kiedy zrezygnowała z pracy – albo raczej to z niej zrezygnowano, choć nigdy nie poznałam całej prawdy – straciła ostatnią podporę podtrzymującą strukturę jej dnia codziennego. Nie miała już powodu, by co rano wstawać z łóżka. Nie miała powodu, by ssać całe kilogramy miętówek dla odświeżenia oddechu – co i tak na niewiele się zdało. Nie miała już powodu, by wieczorami przestać pić z myślą o tym, by nazajutrz, choćby z trudem, narzucić na siebie ubranie i zdążyć na przystanek.

Zwyczajnie nie miała już powodu, by cokolwiek robić. Także dla mnie. Nawet jeśli wciąż tak twierdziła.

„Żyję dla Nathalie. Dla mojej córki".

Gówno prawda.

Nasza sytuacja drastycznie się pogorszyła, gdy przestała otrzymywać pensję. Miałyśmy jedynie to, co przekazywał nam ojciec. Przynajmniej pod tym względem nie zawiódł mnie przez te wszystkie lata – pewnie w ten sposób usiłował zagłuszyć w sobie wyrzuty sumienia. Zamienić żonę na inną to jedno. Zupełnie wykreślić ze swojego życia własne dziecko – to grzech znacznie cięższy. Czemu to zrobił? Według mojej teorii każdy kontakt ze mną nieuchronnie oznaczałby kontakt z moją matką, a tego pewnie nie chciał. Pragnął zapomnieć o jej istnieniu. Być może tego właśnie domagała się od niego nowa partnerka, bieliźniana modelka. Nie mam pojęcia. Nie wiem nawet, czy się z nią ożenił. W każdym razie moi rodzice w końcu się rozwiedli.

Musiałyśmy się przeprowadzić do innego mieszkania, gdyż pieniędzy na czynsz i utrzymanie już nie starczało. Znalazłyśmy lokum na obrzeżach Metzu, w dość ponurym blokowisku. Nasze nowe mieszkanie składało się z trzech pokoi, ja dostałam najmniejszy, choć nie zmieściła się w nim moja szafa na ubrania. Ostatecznie stanęła w pokoju matki, przez co wciąż musiałam tam wchodzić, jeśli czegoś potrzebowałam. Wszystko jedno, matka i tak ciągle leżała pijana w łóżku, spała. W ogóle mnie nie zauważała.

Mieszkanie posiadało niewielki balkon wychodzący na północny wschód. Słońce rozświetlało go wyłącznie wczesnym rankiem, kiedy i tak nie miałam czasu przesiadywać na świeżym powietrzu. Już w godzinach przedpołudniowych chowało się za rogiem budynku, od tej pory balkon spowijał chłodny cień. W skrzynce zasadziłam kilka kwiatów, lecz nie rozkwitały. Brakowało im światła i ciepła.

Tak jak mnie. Dosłownie, ja także cierpiałam w tym ciemnym, zimnym mieszkaniu. I w znaczeniu przenośnym. Pod koniec kwietnia dwa tysiące dziesiątego roku skończyłam piętnaście lat, a jednak nawet z okazji moich urodzin matka nie zdobyła się na to, by przez parę godzin zachować trzeźwość i coś zorganizować. Marzyło mi się, że może pójdziemy na spacer wzdłuż Seille, zjemy lody, usiądziemy na trawie i nacieszymy się ostatnimi promieniami słońca. Wciąż powtarzałam sobie to życzenie. Kiedy w ów wielki dzień o osiemnastej skończyła się wreszcie szkoła, pognałam co sił w nogach do domu, pełna nadziei i oczekiwań. Oczywiście, że nie czekała na mnie w progu mieszkania ani nie siedziała w pokoju dziennym gotowa do wyjścia. Jak niemal każdego dnia zastałam ją w sypialni. Leżała w łóżku, na nocnym stoliku stał kieliszek, a obok pusta butelka Grand Marniera. Był i pozostał jej ulubionym trunkiem. Wiedziałam już, że jest dość drogi, czasem sobie myślałam, że mimo braku pensji żyłoby się nam lepiej, gdyby przynajmniej popijała tańszy alkohol. Matka miała jednak własne zdanie na ten temat.

„Dopóki zważa się na to, co się pije, nie jest się uzależnionym" – powtarzała mi wciąż. „O nałogu można mówić dopiero wtedy, gdy człowiek wypija wszystko, co mu wpadnie w ręce".

Prawdopodobnie sama w to nawet wierzyła.

W każdym razie moje urodziny znów się nie odbyły. Zrobiłam to, co robiłam każdego dnia po powrocie ze szkoły: posprzątałam kuchnię, w której wciąż stały brudne naczynia ze śniadania, odkurzyłam pokój dzienny, nastawiłam pranie. Potem wzięłam z portfela matki pieniądze i poszłam na zakupy: chleb, masło, ser, trochę owoców. Byłam uczciwą dziewczynką. Dopiero rok później zaczęłam czasem po kryjomu kupować dla siebie papierosy albo tanie kosmetyki. I ciuchy. Matka i tak niczego nie zauważyła.

Ów dzień piętnastych urodzin stanowił punkt krytyczny w moim życiu. Może dlatego, że jak idiotka pokładałam w nim zbyt wielkie nadzieje.

Kiedy wróciłam z zakupów, przynajmniej zwlekła się z łóżka. Siedziała w pokoju dziennym z kieliszkiem Grand Marniera w dłoni. To też jedno z jej samooszukańczych dziwactw: nigdy nie piła prosto z butelki. Tak robią wyłącznie alkoholicy, twierdziła. Popijała zawsze z ładnych kryształowych kieliszków do likieru, pochodzących z czasów, gdy jeszcze się nam dobrze powodziło.

Nie miała na nogach pantofli, a jedynie różowe skarpety, moje skarpety, które widocznie wyjęła z mojej szafy. Włosy miała przetłuszczone i nierozczesane, a do tego przygniecione z tyłu głowy od długiego leżenia.

– Jesteś wreszcie – odezwała się na mój widok. – Wszystkiego najlepszego, Nathalie!

„A więc jednak nie zapomniała o moich urodzinach. I pewnie muszę jej za to okazać wdzięczność" – pomyślałam z goryczą.

Zrobiło mi się tak smutno, że przeszedł mnie zimny dreszcz, choć za oknem nastała ciepła wiosna, ludzie chodzili w T-shirtach i sandałach. Poczułam się samotna i opuszczona. Widok matki sprawiał mi ból. Jej nabrzmiała twarz. Błądzące spojrzenie jej oczu. Emanujący od niej smutek. Świadomość, że nie potrafię jej pocieszyć. Ojciec ją zostawił, z pewnością był to dla niej straszny cios, lecz przecież miała jeszcze mnie. Nie została zupełnie sama. Moglibyśmy się nawzajem wspierać. Dla niej jednak nie przedstawiałam żadnej wartości. Nie potrafiłam jej nic ofiarować – nic, co mogłoby jej pomóc stanąć na nogi. Nieustannie usiłowałam okazywać jej miłość i tego samego domagałam się od niej. Na próżno.

– Dziękuję – odpowiedziałam, słysząc jej życzenia. A wskazując na torbę z zakupami, dodałam: – Zaniosę rzeczy do kuchni.

– Zaczekaj. – Wstała i chwiejnym krokiem podeszła do stołu, na którym leżała portmonetka. Wyciągnęła dwudziestoeurowy banknot. – Masz. To dla ciebie. Na urodziny. Kup sobie coś ładnego.

Przełknęłam.

– A może wybierzemy się razem? – zapytałam. – Mogłybyśmy poszukać czegoś dla mnie.

Ponownie sobie dolała.

– Kiepsko się czuję. Lepiej, jeśli pójdziesz sama.

– Na dworze jest piękna pogoda. Możemy wstąpić do jakiejś kawiarenki.

Potrząsnęła głową.

– Dopiero co wzięłam moje tabletki. Wciąż mam po nich zawroty głowy.

– Nie powinnaś ich popijać alkoholem.

– Odrobina alkoholu nie zaszkodzi – stwierdziła. Drżały jej ręce. Złocisty likier poplamił jej szlafrok. – Nie trawię tych tabletek. Ale muszę je brać, wiesz przecież. Mam ciężką depresję, bo twój ojciec zrobił wszystko, by mnie zniszczyć. Odarł mnie z godności. Potrafisz sobie wyobrazić, jak się czuje żona człowieka, który idzie do łóżka z każdą napotkaną kobietą? Absolutnie z każdą. Zdradzał mnie z każdą... gotową, by ją... no cóż, w każdym razie z bardzo wieloma. Pamiętasz go jeszcze, prawda?

Znów musiałam przełknąć. Oczywiście, że pamiętałam mojego wspaniałego ojca.

– Był przystojnym mężczyzną – ciągnęła. – Naprawdę przystojnym. I dobrze o tym wiedział. A jednak sama tego świadomość mu nie wystarczała. O nie, w tym przekonaniu musiał się ciągle utwierdzać. Bez przerwy. Nie wystarczało mu, że go ubóstwiałam... że go kochałam. – Opróżniła kieliszek, natychmiast sobie dolała. – Dałam mu śliczną córeczkę, ale i to na nic się zdało.

Byłam więc śliczną córeczką. Prezentem. Na którym jemu dziś już nie zależało. A jej nie zależało od dawna.

– Gardził mną. Człowieka w ten sposób się nie traktuje. Tobą też pogardzał. Nie myśl sobie, że się tobą interesował. Czasem udawał, bo miał takie wyobrażenie... Wyobrażał sobie, jak... – Wychyliła kolejny kieliszek. Miała coraz większe trudności z formułowaniem myśli. – Miał pewne wyobrażenie, jaki powinien być dobry ojciec. Chciał w oczach innych ludzi uchodzić za dobrego ojca, rozumiesz? Ojca bawiącego się z córką, która go ubóstwia. Ale to tylko pozory. Tylko o to mu zawsze chodziło. O to, jak postrzegają go inni.

Następny kieliszek. Stałam pośrodku pokoju, wciąż trzymając w dłoni torbę z zakupami. I wtedy coś we mnie pękło, rana, ropiejąca, odkąd od nas odszedł, na której utworzył się ledwie cienki strup.

– Pogardzał tobą tak samo jak mną. Zdradzał cię tak samo jak mnie. I tak samo o tobie zapomniał. A może pomyślał dziś o tobie? O twoich urodzinach?

Nigdy w minionych latach nie zjawił się na moich urodzinach. Zawsze jednak przelewał dla mnie jakąś dodatkową sumę. Prawdopodobnie i tym razem tak zrobił. Sprawdzę na wyciągu z konta, i tak to ja go odbierałam, gdyż matka wciąż tylko powtarzała, że nie chce widzieć na oczy niezbitego dowodu swojego gorzkiego ubóstwa. Niezbyt mnie to jednak interesowało. I co miałabym począć z pieniędzmi? Tak bardzo ucieszyłby mnie list. Albo pocztówka. Albo SMS. Nie mówiąc już o rozmowie telefonicznej, podczas której mogłabym usłyszeć jego głos. Choć dobrze wiedziałam, że pewnie bym się wtedy rozpłakała. Ani przez sekundę nie zniosłabym brzmienia jego głosu.

– Na pewno znów przesłał mi pieniądze – próbowałam go bronić.

Matka wydała z siebie dźwięk przypominający szydercze parsknięcie.

– Pieniądze! – powtórzyła z pogardą. Czyżby już zapomniała, że kilka minut wcześniej sama wcisnęła mi do ręki dwadzieścia euro?

– On cię zbywa pieniędzmi, Nathalie. Tak jak i mnie. Czyżby uważał, że pieniędzmi można uleczyć złamane serce?

W końcu zalała się łzami. Jak zawsze, gdy dużo wypiła. Użalała się nad swoim życiem, nad swoim losem. A przy tym piła coraz więcej. Szlochała, kładła się na podłodze i płakała, przywierając twarzą do dywanu. Z trudem udawało mi się ją podnieść, zaprowadzić do łóżka, przykryć.

Tamtego wieczoru siedziałam jak zawsze sama w kuchni i jadłam kawałek bagietki. Nawet nie miałam siły, by nałożyć trochę sera. Moje urodziny. Moje cudowne piętnaste urodziny. Patrzyłam przez okno na sąsiednie domy, wyobrażałam sobie, że mieszkające tam rodziny zasiadają wspólnie do stołu, śmieją się, opowiadają sobie historie, jedzą. Miałam wrażenie, że mieszkam na bezludnej wyspie.

Ból stał się zbyt silny. Odłożyłam bagietkę. Przestałam jeść. Przestałam na dwa lata.

La Cadière, Francja, poniedziałek, 14 grudnia

Całą wieczność spędziła w łazience. Simon słyszał szum wody. Z pewnością rozkoszowała się ciepłem i pachnącą pianą, dobrze to rozumiał, zważywszy na stan, w jakim ją znalazł. Swoje ubranie podała mu zawstydzona przez szparę w drzwiach, natychmiast wrzucił je do pralki. Już po jej uruchomieniu zdał sobie sprawę, że w tej sytuacji szybko się jej nie pozbędzie: nie miał suszarki, gdyż nawet zimą pogoda była często słoneczna i wietrzna, więc pranie dobrze schło na świeżym powietrzu. Tego dnia nie przestawało jednak padać. Postanowił rozpalić w kominku ogień i ustawić przed nim stojak, mimo to Nathalie będzie mogła włożyć swoje rzeczy nie wcześniej niż następnego dnia. Do tego czasu musi u niego zostać.

Przed drzwiami łazienki położył dla niej swój T-shirt, sweter oraz grube skarpety. W stojącej w pokoju dziecinnym szafie znalazł bikini swojej córki, może będzie pasować na chudą jak szczapa Nathalie i nada się jako bielizna. W takim stroju nie mógł jej jednak, rzecz jasna, odesłać na ulicę.

Następnie musiał przygotować jej coś do jedzenia. Lodówka świeciła pustkami, gdyż Simon od dnia przyjazdu był zbyt przygnębiony, by kupić coś więcej ponad to, co niezbędne. Kilka jajek, butelka mleka, dwa pomidory. To wszystko.

Przynajmniej mógł przyrządzić omlet.

Pomidory pokroił w drobne kostki, wymieszał trzepaczką jajka i mleko, doprawił solą i pieprzem, po czym wylał wszystko na patelnię. Dosłyszał, że drzwi łazienki się otwarły. Nathalie zabrała przygotowane dla niej rzeczy.

Kiedy wszedł do pokoju dziennego, niosąc omlet i szklankę

mleka, Nathalie siedziała już przy stole. Patrzyła przez okno na deszcz, oplótłszy ramiona wokół tułowia, jakby wciąż odczuwała chłód. Wyglądała dość dziwacznie w sięgającym jej niemal kolan swetrze, spod którego wystawały gołe nogi, na stopach miała grube wełniane skarpety. Długie wilgotne włosy opadały jej na plecy. Pachniała jego żelem pod prysznic i szamponem.

– Pani rzeczy już się piorą – oznajmił. – Zaraz rozpalę ogień w kominku. Wtedy szybciej wyschną.

Westchnęła cicho. Domyśliła się oczywiście, dlaczego chciał, by jej rzeczy *szybko* wyschły.

– Czy mogę tu zostać do rana? – zapytała cichym głosem.

Talerz i szklankę postawił przed nią na stole, podał jej sztućce.

– Proszę najpierw coś zjeść. Naturalnie, zostanie tu pani, póki ubranie nie wyschnie.

Z nerwową łapczywością zabrała się do jedzenia, widać było, jak bardzo jest wygłodniała. Spałaszowała omlet w trzy minuty, a mimo to nadal wyglądała na głodną. Simon doszedł do wniosku, że nie pozostało mu nic innego, jak tylko udać się na zakupy. Jego nieproszony gość wciąż nie był syty, a i on sam chciałby się jeszcze tego dnia posilić.

– Musimy pojechać do supermarketu w Les Lecques – oznajmił. – Nie mam już nic więcej do jedzenia. Ani chleba, ani sera, nic. A nie wydaje mi się, by sobie pani pojadła.

– To prawda – przyznała – ale przynajmniej nie kręci mi się już w głowie.

Małymi łykami wypiła mleko. Simon z ulgą zauważył, że jej twarz powoli zaczyna nabierać kolorów.

– Ile ma pani lat? – Niegrzeczne pytanie, ale jeśli jest niepełnoletnia, będzie ją musiał zawieźć na policję, w przeciwnym razie czekają go kłopoty. Choć oczywiście może go okłamać.

– Dwadzieścia – odpowiedziała.

Nie wiedział dlaczego, lecz miał wrażenie, że mówi prawdę.

– W kwietniu skończę dwadzieścia jeden.

– A... od jak dawna pani podróżuje?

Na jej twarzy pojawiło się skupienie, jakby usiłowała zachować czujność.

– Od zeszłego wtorku. Nawet nie wiem... Dziś mamy poniedziałek, prawda?

– Tak. Czternasty grudnia.

– Och... jeszcze tylko dziesięć dni do świąt.

– Owszem. I wtedy najpóźniej powinna pani wrócić do domu.

Nie odpowiedziała. On jednak nie ustawał.

– Przypuszczam, że pochodzi pani z niemiecko-francuskiego pogranicza. Pani niemiecki brzmiał całkiem dobrze.

– Pański francuski też jest całkiem dobry.

– Pochodzę z Hamburga. Raczej daleko od granicy.

– Skąd więc tak dobrze zna pan język?

– Ten dom należy do mojego ojca. Przyjeżdżaliśmy tu na wakacje, kiedy byłem jeszcze dzieckiem. Na dobrą sprawę nauczyłem się języka podczas zabawy.

– I teraz także spędza pan tu urlop?

– Zgadza się.

– Całkiem sam?

– Miały przyjechać moje dzieci. Mieszkają z moją byłą żoną. Ale... – Nie chciał wyjawić zbyt wiele, jego życie osobiste nie powinno jej obchodzić. – Złożyło się jednak inaczej – rzekł niejasno. – Tym sposobem zażywam teraz nieoczekiwanego spokoju.

Uznał, że słowa te trąciły fałszywą nutą, odniósł nadto wrażenie, że Nathalie także zwróciła uwagę na zmienioną barwę jego głosu. Może to jednak było tylko złudzenie.

– Ile lat mają pańskie dzieci?

– Córka ma dwanaście. Syn dziewięć.

– Tęskni pan za nimi – stwierdziła Nathalie.

Nietrudno się było tego domyślić.

– Tak. Naturalnie. A przede wszystkim czynię sobie wyrzuty. Dla dzieci rozpad małżeństwa to okropne przeżycie.

– Moi rodzice też się rozwiedli – wyznała Nathalie, po czym zamilkła, bawiąc się widelcem.

– Dorastała pani z matką czy z ojcem?

– Z matką.

– To czemu nie jest pani teraz u niej?

Spojrzała na niego drwiąco.

– Już mówiłam, mam dwadzieścia lat. Nie muszę już mieszkać u matki.

– A gdzie pani mieszka?

– U mojego przyjaciela.

– Tu w okolicy?

– Nie.

Nie była skora do wyznań. Mimo to nie dawał za wygraną.

– Ten apartament w Les Lecques... Odkryła go pani przypadkiem? Czy może już tam pani kiedyś nocowała?

– Należy do krewnego mojego przyjaciela.

– Czemu w takim razie musiała pani wyłamać zamki? Z pewnością pozwoliłby pani tam się zatrzymać.

Znów zamilkła, bawiła się sztućcami. Jej długie brązowe włosy zaczęły schnąć, a przy tym skręcać się w loki. Simon pomyślał, że mogłaby być bardzo atrakcyjna, gdyby nie ta chorobliwa chudość oraz zaszczuty wyraz jej oczu.

– Proszę posłuchać – odezwał się – zważywszy na okoliczności, musi pani zostać tu na noc. Jeśli nie chce pani, bym wręczył jej mokre jeszcze rzeczy i ją stąd odesłał, musi mi pani powiedzieć nieco więcej o sobie. W końcu podejmuję pewne ryzyko.

– Ryzyko?

– Nie chciałbym obudzić się rano i stwierdzić, że pani zniknęła, zabrawszy wszystko, co wartościowe.

W jej oczach pojawił się wyraz, którego nie potrafił właściwie zinterpretować. Niemal błysk pogardy.

– Wypraszam sobie – odparowała. – Nie jestem złodziejką.

Zamilkli oboje. Simon miał wrażenie, że dalsze przesłuchanie mija się z celem. Wstał.

– Powinniśmy pojechać na zakupy. Nie mam w domu nic do jedzenia.

Spojrzała po sobie.

– Nie mogę jechać w takim stroju.

– Zostanie pani w samochodzie.

– Czemu nie mogę zostać tutaj?

– Bo nie. Wykluczone.

– Nie ufa mi pan ani trochę?

– A pani by się odważyła? Prócz imienia i wieku nic mi pani nie wyjawiła. Poznałem panią w dość podejrzanych okolicznościach. Na wspomnienie o policji wpadła pani w panikę, wydaje mi się absolutnie przesadną. Twierdzi pani, że mieszka z przyjacielem, wędruje jednak po kraju nieco zaniedbana, nie mając... – Przerwał na chwilę, gdyż właśnie sobie uzmysłowił rzeczywisty powód swego zdumienia. – Nie mając przy sobie *niczego* – dokończył. – Nic pani nie posiada. Ani torebki, ani plecaka. Nic. Pewnie też żadnych dokumentów, jak sądzę?

Potrząsnęła głową.

– Nie – przyznała cicho. – Nic.

Co za kretyn z niego. Czemu spacerując dziś rano po plaży, po prostu nie poszedł dalej? Czemu dał się wciągnąć w tę idiotyczną sprawę?

– Nawet jeśli się skądś ucieka, zabiera się z sobą kilka rzeczy – powiedział. Tak to sobie przynajmniej wyobrażał. Nigdy jeszcze znikąd nie uciekł. – Dowód osobisty. Pieniądze. Kartę debetową. Komórkę. *Cokolwiek*, do cholery!

– Wszystko to zabrałam.

– Pani *uciekła*?

Skinęła głową.

– Dlaczego? Miała pani problemy ze swoim przyjacielem?

– Niezupełnie.

– Co znaczy *niezupełnie*?

Skryła twarz w dłoniach. Jej włosy opadły niby gęsta zasłona.

– Nie mogę panu tego powiedzieć – szepnęła. – Proszę, ja naprawdę nie chcę pana okraść. Chcę tylko zostać tu na chwilę. Proszę!

– Gdzie się podziały pani rzeczy? Dowód, pieniądze?

– Przepadły.

– Powinna to pani zgłosić na policji.

Rozpaczliwie potrząsnęła głową.

– Żadnej policji. Żadnej policji.

– Ale czemu? Czego się pani boi? Nathalie, jeśli chce pani tu zostać, muszę to wiedzieć. To wszystko brzmi bardziej niż podejrzanie. Nie dam się uwikłać w coś, o czym nie mam zielonego pojęcia.

Uniosła głowę, spojrzała na niego. Poddała się. Chyba zrozumiała, że może liczyć na pomoc jedynie wówczas, gdy wyłoży przynajmniej niektóre karty na stół.

– Wydaje mi się, że zabiłam człowieka – oznajmiła.

Simon wszystkiego się spodziewał, tylko nie takiego wyznania. Spojrzał na nią skonsternowany.

– Zabiła pani człowieka? *Wydaje się* pani?

– On chciał mnie zgwałcić. Broniłam się. Myślę, że nie żyje. Uciekłam, nie wiem, co się z nim stało.

Hamburg, Niemcy, poniedziałek, 14 grudnia

Siedziała przy kuchennym stole, gapiła się w pusty kieliszek i zmagała z pytaniem, czy nie powinna powtórnie dolać sobie wina. Wiedziała, że człowiek pogrążony w melancholijnym nastroju samotności i pustki zwykle wypija za dużo. Zazwyczaj raczyła się wyłącznie w towarzystwie przyjaciół i kolegów. Albo Simona. Kiedy tu bywał, siadali często w pokoju dziennym na podłodze, oparci plecami o sofę, słuchali muzyki i sączyli wino. Była to rozkoszna, urocza, towarzyska degustacja. Nie z rodzaju tych, które mają oszołomić i na kilka godzin wyciszyć odgłosy rzeczywistości.

Dziś jednak Kristina nie potrafiła inaczej. Czuła się rozdarta, zdezorientowana. Zupełnie bezradna.

Być może popełniła właśnie wobec Simona ogromny błąd.

Nie namyślając się długo, ponownie napełniła kieliszek. Jej wzrok wędrował po kuchni, przemknął po podłodze, wyłożonej płytkami tworzącymi wzór czarno-białej szachownicy, po licznych sprzętach ze stali szlachetnej, pomalowanych na czerwono, ustawionych na oknie ceramicznych donicach, w których rosły bazylia, rozmaryn i pietruszka. Wszystko w idealnym porządku. Urządzone ze smakiem. Z przepychem. Kuchnia zamożnej kobiety.

Kristina zarządzała przedsiębiorstwem wytwarzającym części do maszyn. Nie była to posada wprost stworzona dla kobiety. Ona sama uważała się za osobę inteligentną, skuteczną, niezależną. Pewną siebie.

Choć niekiedy również samotną. Od rozwodu minęło już pięć lat, Simon tymczasem okazał się jedynym mężczyzną w jej życiu, z którym mogłaby sobie wyobrazić wspólną przyszłość. *Mogłaby*. Dziś rano bowiem dość jednoznacznie dała mu do zrozumienia, że to koniec. Choć właśnie zamierzał pójść na ustępstwa. Miałaby okazję polecieć do niego na święta, na południe Francji. A tak spędzi Wigilię sama. A święto miłości prawdopodobnie tak, jak dzisiejszy wieczór: w kuchni przy butelce wina.

Kristina poznała Simona na internetowym portalu dla singli. Od lat poszukiwała w ten sposób znajomości, żadna z nich jednak nie okazała się naprawdę zachęcająca. Między nią a Simonem zaiskrzyło już podczas pierwszego wspólnego wieczoru w pizzerii. Był bardzo przystojny. Szarmancki. Uprzejmy. Inteligentny. Usłużny. Szczerze nią zainteresowany.

Doskonały.

„Gdzie kryje się haczyk?" – mamrotał jej w myślach wewnętrzny głos, kiedy tamtego pierwszego wieczoru leżała w łóżku, przepełniona ekscytacją, uszczęśliwiona, z radością wyczekując wspólnego spaceru, na który się umówili w najbliższą niedzielę. Chciała go uciszyć, by nie psuł jej zabawy, nie miała już jednak lat osiemnastu, lecz czterdzieści jeden. Jako nastolatka najzwyczajniej w świecie poddałaby się własnej euforii. Tymczasem wiedziała już, że książęta nie istnieją. Podobnie zresztą jak księżniczki. Istnieją jedynie ludzie, pełni cech pozytywnych, lecz także naznaczeni błędami, słabostkami i dziwactwami. Im mniej wychodzi ich na jaw, tym bardziej wydaje się to podejrzane.

Mógł to być oczywiście nonsens, lecz z jakiegoś powodu, dla którego nie potrafiła znaleźć logicznego uzasadnienia, Kristina przypuszczała, że ludzie sprawiający zbyt perfekcyjne wrażenie tak naprawdę opanowali jedynie do perfekcji sztukę ukrywania spraw, które w ich życiu się nie układają. I wobec nich należy zachować większą ostrożność niż w kontaktach z tymi, którzy postępują w sposób niedoskonały, chaotyczny, zastanawiający czy nawet niekonsekwentny.

Kiedy poznała Simona, zadźwięczał w jej głowie sygnał ostrzegawczy. Zamierzała porozmawiać o tym ze swoją najlepszą przyjaciółką Leną, ta jednak przewróciła tylko oczami i głęboko westchnęła.

– Szczerze mówiąc, Kristino, sposób, w jaki do tego podchodzisz, sprawi, że już nigdy nie znajdziesz sobie nowego partnera. Jak dotąd każdemu miałaś coś do zarzucenia, a teraz, kiedy temu facetowi nic nie można zarzucić, robisz z tego problem. Na litość boską, jakiż on musi być, żeby zyskać w twoich oczach aprobatę? Simon świetnie wygląda, jest niezwykle miły, do tego jeszcze kulturalny i wykształcony. Ale ty znowu się czepiasz, aż w końcu on to wyczuje i tyle go zobaczysz. Ktoś taki jak on może mieć kobiet na pęczki, więc nie bądź lekkomyślna!

– No właśnie. Na pęczki. To gdzie się one podziały? Czemu musi ich szukać w Internecie?

– A dlaczego ty tam szukasz? Jesteś atrakcyjna, odnosisz sukcesy, ale nawet ty nie potrafisz sobie nikogo znaleźć. Ten Simon przez czternaście lat był żonaty, i teraz musi przywyknąć do nowej sytuacji. Z twojego opisu wnioskuję, że żaden z niego kozak. Pewnie jest zbyt nieśmiały, nie potrafi zagadać z kobietą, więc postanowił szukać w Internecie. A ty chcesz mu czynić wyrzuty z powodu jego powściągliwości?

Tego oczywiście nie chciała. Mimo to... coś nie dawało jej spokoju.

Jako tłumacz zarabiał znacznie mniej od niej, lecz nie o to chodziło. Przebywając w towarzystwie, nie miał jej pewności siebie, lecz nie o to chodziło. Nierzadko popadał w melancholię i zamykał się w sobie, lecz nie o to przecież chodziło.

Aż w którymś momencie zrozumiała: on wciąż nie zdołał się wyrwać ze szponów swojej byłej rodziny, w szczególności żony Mai. Otóż to. Spory problem. Zamiast ku lepszemu, szło coraz gorzej.

To nieprawda, że Simon nadal czuł bliską więź emocjonalną ze swoją byłą żoną. Zapewniał o tym Kristinę, a ona mu wierzyła.

Więź łączyła go jednak z dziećmi. I fakt ten wykorzystywała Maya, by nim do woli manipulować i rozniecać w jego życiu jeden pożar za drugim. Kristina uznała jej zachowanie za złośliwe, nikczemne i nad wyraz podłe, lecz przecież nie tylko Maya była tu winna. Simon wcale się nie bronił. A to się Kristinie nie podobało. Nie potrzebowała żadnego superbohatera, ale pragnęła mężczyzny, który potrafi zapanować nad swoim życiem.

Nierzadko dochodziło do sytuacji, kiedy to Simon w ostatniej chwili odwoływał zaplanowane weekendowe spotkanie, gdyż musiał się zaopiekować dziećmi. W dwóch pierwszych takich przypadkach Kristina zareagowała ze zrozumieniem, kiedy jednak zaczęły się one coraz częściej powtarzać, obruszyła się.

– Ona to robi, żeby ci dokuczyć! Mogłaby przecież wcześniej o tym pomyśleć. Dzwoni do ciebie w piątek rano i oznajmia, że od wieczora masz się zająć dziećmi, bo razem ze swoim partnerem rusza na spontaniczny weekendowy wypad i nie będzie ich aż do niedzielnego wieczoru. A że tym samym niweczy *twoje* plany, w ogóle jej nie obchodzi. A ty za każdym razem jej ulegasz i odgrywasz rolę opiekunki do dzieci!

– Nie jestem dla nich żadną opiekunką. Przecież jestem ich ojcem.

– A ona ich matką. Choć raz mogłaby zrezygnować z własnych planów, tak jak ty stale to robisz. Jak *my* to stale robimy!

Najgorsze jednak było to, że dzieci aż do dzisiaj nie miały pojęcia o jej, Kristiny, istnieniu. Był to najmocniej strzeżony sekret Simona. Także w tym względzie wykazywała z początku cierpliwość, rozumiała, że nie wiedział, w jaki sposób miałby im wyjaśnić fakt, że z dnia na dzień odsuwał ich pierwsze wspólne spotkanie. Z czasem jednak przemieniło się to w jakiś absurdalny spektakl. Kristina w ogóle nie istniała. A to oznaczało, że Simon nie tylko niweczył wszelkie ich wspólne plany, ilekroć na horyzoncie pojawiały się dzieci, lecz również to, że Kristina przez cały weekend nie mogła się u niego pojawić. Siedziała w domu, wyczekując odwołania alarmu.

Z każdym upływającym miesiącem sytuacja wydawała jej się coraz bardziej upokarzająca.

– Chcę dać im trochę czasu – tłumaczył. – Najpierw musiały się pogodzić z rozwodem. Krótko potem Maya przedstawiła im nowego faceta. A teraz ja pojawię się z nową kobietą. To zbyt wiele naraz.

– W takim razie może w ogóle nie powinieneś wyruszać na poszukiwania nowej partnerki. Skoro w twoim życiu nie ma dla niej miejsca. To byłoby fair – odparowała rozgniewana Kristina.

Często dochodziło między nimi do kłótni. Ich znajomość, tak z początku romantyczna, z czasem stała się dla obojga ciężarem. Gdyby nie urocze chwile, jakie spędzili razem, Kristina już dawno by to wszystko rzuciła.

Potem jednak nastał grudzień. Simon oznajmił, że Boże Narodzenie spędzi razem z dziećmi. Nie potrafił jej przy tym spojrzeć prosto w oczy. Konsekwencje były bowiem oczywiste.

– Aha – odparła Kristina. – Czyli święta spędzę sama.

– W poprzednie Boże Narodzenie zabrała je Maya. Za to sylwestra spędziły ze mną na południu Francji. W tym roku pojadę tam z nimi na święta, ale wrócimy trzydziestego pierwszego grudnia. Sylwester należy więc do nas.

Kristina miała już tego dość.

– Ach, przestań – powiedziała znużona. – Chcesz wiedzieć, jak to się skończy? W sylwestra Maya oświadczy, że niespodziewanie zaproszono ją z Leonem na jakieś przyjęcie, nie może odmówić, więc masz zatrzymać dzieci jeszcze dzień dłużej. A to oznacza, że już dziś powinnam się rozejrzeć za jakąś alternatywą, bo na ciebie nie mam co liczyć.

– Skąd to niby wiesz? Ty...

– Wiem. Ja to wiem. Jestem przekonana, że Maya od dawna się domyśla, że w twoim życiu ktoś się pojawił, nawet jeśli ty robisz z tego tajemnicę rangi państwowej. To kobieta, do tego przebiegła, i dobrze cię zna. Czerpie niesamowitą przyjemność, torpedując twój nowy związek, kiedy tylko nadarza się po temu okazja. A najlepsze, że ty tak niewiarygodnie ochoczo w tym uczestniczysz.

– Kristina...

– Zabierz mnie na południe Francji. Przedstaw mnie dzieciom. Jakoś to zniosą.

– Akurat w święta...

– Albo-albo. Jeśli mnie teraz pominiesz w swych planach, z nami koniec. Uznam nasz związek za zakończony.

– Powiem im zaraz na początku nowego roku. Obiecuję.

– To dla mnie za późno.

Nie pozwoli się dłużej zwodzić.

Od tej pory nie rozmawiali z sobą. Aż tu nagle tego ranka Simon niespodziewanie zatelefonował. Wcale nie była zaskoczona, słysząc, że przebywa we Francji sam, gdyż dzieci zrezygnowały z przyjazdu. Typowa zagrywka Mai. Uwielbiała tego rodzaju posunięcia.

Bądź co bądź, mimo upokorzenia, zdecydował się do niej zadzwonić. Z pewnością niełatwo mu to przyszło. Ale czy z tego powodu powinna mu ulec?

Doskonale wiedziała, co powie Lena: „Jedź do niego! Nie rezygnuj. Owszem, macie wielki problem. Ale wszystko się ułoży. Potrzebuje czasu, ale kiedyś wreszcie się do ciebie przyzna. A wtedy nawet nie będziesz pamiętać o tych waszych początkowych trudnościach".

„Ale on się nie zmieni" – pomyślała Kristina. „Kryje się w nim ta niezdecydowana, podatna na manipulacje, bojaźliwa natura. Może kiedyś nie będzie tak wyraźnie wyczuwalna, nie zmieni to jednak faktu, że nadal będzie istnieć".

Czy powinna jeszcze bardziej wikłać się w związek z mężczyzną, którego cechy już dziś ją... tak, już dziś ją niemal odstręczają?

Lena miałaby dla niej gotową formułkę: „Nie możesz sobie ulepić mężczyzny wedle własnego uznania. Zawsze będziesz musiała zaakceptować także te jego cechy, które ci się nie podobają".

Jakby tego nie wiedziała. Istnieje jednak różnica pomiędzy *nie podobać się* a *nie móc znieść*. Trudność polegała na tym, że w tej chwili nie potrafiła ocenić, do której kategorii winna zaliczyć swoje problemy z Simonem.

Po raz trzeci napełniła kieliszek. Było jej wszystko jedno.

Sofia, Bułgaria, wtorek, 15 grudnia

W połowie grudnia stan psychiczny Iwany zaczął budzić w Kirile obawy, wiedział, że coś musiało się wydarzyć. Przez pierwsze dni po wyjeździe Ninki była jeszcze w stanie zebrać się w sobie, by zatroszczyć się o sprawy niecierpiące zwłoki. Chodziła na zakupy, przygotowywała posiłki, prała, rozsądzała dziecięce kłótnie, sprzątała mieszkanie. Żyli w wyraźnie lepszych warunkach niż przez poprzednie miesiące: półtora tysiąca euro jak dotknięcie czarodziejskiej różdżki uwolniło ich od wszelkich trosk i zmartwień. Gdy Kirił uregulował zaległy czynsz, włączono im ogrzewanie i znów cieszyli się w mieszkaniu przytulnym ciepłem. Mogli kupić żywność oraz nowe buty przynajmniej dla dwójki swych dzieci. Kirił wystarał się o wełnę, by Iwana zrobiła im na drutach szaliki, rękawiczki i czapki. Kupił też zapas dobrej kawy. Miał wrażenie, że rzadko kiedy czerpał większą przyjemność z chwili niż wówczas, gdy po miesiącach sączenia lurowatej herbaty wypił wreszcie łyk mocnej prawdziwej kawy. Miał też nadzieję, że kawa wyczaruje uśmiech na twarzy jego żony, wyraz jej ust pozostawał jednak niezmieniony, a wzrok odrętwiały. Sprawiała wrażenie wewnętrznie zmrożonej, i to od wielu dni.

Z biegiem czasu zaniedbywała coraz więcej domowych spraw. Co prawda nadal wstawała wczesnym rankiem i przez cały dzień miała pełne ręce roboty, ale jej ruchy stawały się coraz powolniejsze i bardziej mechaniczne. Jako że Kirił wciąż był bez pracy, mógł przejąć część obowiązków, sytuacja ta zaczęła go jednak niepokoić. Zrobili dla Ninki wszystko, co mogli najlepszego.

A teraz z powodu rozstania Iwana była bliska załamania.

W końcu doszło do tego, że wprawdzie wstawała jak co dzień skoro świt i przygotowywała dla wszystkich śniadanie, sprawiała jednak wrażenie, jakby zużywała przy tym cały zapas swojej energii na resztę dnia. Zmywała naczynia, lecz potem zupełnie zamykała się w sobie. Zazwyczaj stawała przy oknie i zastygała w bezruchu, wpatrując się w dal. Zagadnięta, wzdrygała się, jakby bez reszty pogrążyła się w myślach, całkiem zapominając o otaczającym ją świecie.

Kirił obserwował jej zachowanie z narastającym niepokojem. Z początku próbował tę sytuację ignorować, w nadziei, że wszystko się jakoś ułoży, ale potem zrozumiał, że nic nie zmierza ku lepszemu, wręcz przeciwnie, jest coraz gorzej. Któregoś przedpołudnia, kiedy starsze dzieci przebywały w szkole, spróbował Iwanę o to zapytać. Jak zwykle stała akurat przy oknie. Był chłodny zimowy dzień. Sofię przykrywał całun śniegu, który właśnie zaczynał tajać. Strome, pokryte śniegiem skalne zbocza masywu Witosza z niemal nienaturalną wyrazistością rysowały się na tle głębokiego błękitu nieba. Z ich mieszkania roztaczał się piękny widok na góry.

– Co się dzieje? – zapytał Kirił. – Ja też za nią tęsknię, ale ty zupełnie się zmieniłaś.

Odwróciła się do niego. Dopiero teraz zauważył, jak bardzo wychudła. Nosiła luźne stroje, więc nie rzucało się to aż tak bardzo w oczy, dostrzegł to jednak w jej twarzy. Zmęczone rysy, wyraźne zmarszczki. Miała głęboko osadzone oczy, lecz teraz wydawały się jeszcze mroczniejsze. Spowite przez cień.

Od połowy listopada zachowywali post, trwający w Bułgarii tradycyjnie aż do dwudziestego czwartego grudnia – choć większość ludzi nie przestrzegała go zbyt ściśle. Podobnie Kirił i Iwana. Nie mógł to być zatem powód jej fatalnego wyglądu.

– Wciąż myślę tylko o Nince – wyznała.

– Ninka ma się dobrze – odparł Kirił niemal odruchowo. Inaczej być nie mogło. Od dobra Ninki uzależnili przecież wszystkie inne sprawy.

– Czemu się nie odzywa?

– Bo pewnie spadło na nią tyle nowości, że nie ma na nic czasu. Pomyśl tylko, znalazła się w obcym kraju, w całkiem nowych warunkach. Musi się przestawić, zaaklimatyzować. Założę się, że nie myśli o nas nawet w połowie tak wiele, jak ty o niej.

– Nocami we śnie słyszę jej głos – odparła Iwana. – Rozpaczliwe wołanie.

– Sama powiedziałaś, że *we śnie*. Podejrzewasz coś złego i to przenika do twoich snów. Nie musisz brać tego poważnie.

– Jestem jej matką, Kirił. Czuję, że jest jej źle.

– To *ty* czujesz się źle. I przenosisz to na nią.

Potrząsnęła głową, nic jednak nie odpowiedziała, odwróciła się tylko plecami i znów zatopiła wzrok w imponującym górskim pejzażu.

– Pewnie już nigdy tego nie zobaczy. Tych gór. Tego miasta. Nie usłyszy już nigdy ojczystego języka.

Kirił roześmiał się nienaturalnie.

– To kompletna bzdura, Iwano. Ona nas odwiedzi.

– To czemu się nie odzywa?

– A jak miałaby to zrobić? Ona dostanie tam wszystko, telefon, komórkę, komputer i czort wie, co jeszcze... Ale my tego nie mamy. Nie mamy nawet telefonu w mieszkaniu. Nie może ot tak, po prostu do nas zadzwonić i oznajmić: „Cześć, u mnie wszystko dobrze!”.

– Przecież wiem o tym, Kirił. I dlatego dałam jej numer pani Dimitrowej. Ale do niej też nie dzwoniła.

Rodzina Dimitrowów mieszkała na drugim piętrze i posiadała telefon.

– Może zgubiła numer – uznał Kirił. – Albo po prostu zapomniała.

Iwana ponownie potrząsnęła głową.

– Nie. Przyrzekła, że zadzwoni. Wie, jak bardzo na to czekamy.

Do świąt zostało ledwie dziewięć dni, nic jednak nie wskazywało na to, by Iwana miała zamiar rozpocząć przygotowania.

Rankiem dwudziestego piątego grudnia czas postu dobiegał końca, w normalnej sytuacji pewnie już by się zajęła gotowaniem, pieczeniem, smażeniem – tym bardziej że wybrnęli z kłopotów finansowych i mogła się zaopatrzyć we wszystko, co potrzebne. Nawet w znacznie trudniejszych czasach zawsze starała się przygotować na stół możliwie jak najwięcej smakołyków. Teraz jednak... zupełnie nic nie robiła. Nadal tylko spoglądała przez okno.

Tamtego ranka, piętnastego grudnia, Kirił przezornie zapytał, kiedy zamierza upiec chleb. Chleb bożonarodzeniowy, bez którego trudno sobie wyobrazić bułgarskie święta – ukrywa się w nim monetę, a temu, kto ją znajdzie, w nadchodzącym roku dopisze szczęście i pomyślność. Kirił nie pamiętał, by w którekolwiek święta w jego życiu zabrakło na stole takiego chleba.

Iwana wzruszyła ramionami. Schudła jeszcze bardziej, widać to było już nie tylko na jej twarzy.

– W tym roku nie upiekę chleba. Nie będzie żadnych świąt.

– Iwana... – Powoli ogarniała go czarna rozpacz. Tak dłużej być nie mogło.

– Wiem, że Nince nie jest dobrze. *Ja to wiem*, nieważne, czy mi wierzysz, czy nie. Popełniliśmy straszny błąd. Niewybaczalny.

– Chcieliśmy dla niej jak najlepiej...

– Jak najlepiej? – natarła na niego gwałtownie jak nigdy dotąd. – Dla kogo? Dla nas czy dla niej? Byliśmy w rozpaczliwej sytuacji, żeby się ratować, sprzedaliśmy jedno z naszych dzieci. Taka jest prawda! Ten chleb, który mam upiec, świąteczne potrawy, które mam przygotować – wszystko to opłacimy pieniędzmi otrzymanymi za nasze dziecko. Ja tak nie potrafię. Nie potrafię w ten sposób obchodzić świąt. Nie mogę tak żyć!

Kirił zrozumiał, że zostało mu tylko jedno: musi zdobyć od Ninki znak życia. I to możliwie taki, który zaświadczyłby o tym, jak dobrze się miewa i jaka jest szczęśliwa. W głębi duszy przeczuwał, że jego żona być może nie bez racji snuje czarne myśli, on także zaczął się poważnie niepokoić losem Ninki, choć nie chciał się do tego przyznać.

Włożył najcieplejszą kurtkę i futrzaną czapkę z nausznikami, gdyż nocą temperatura spadła poniżej zera, wyszedł z mieszkania i ruszył do Dana. Miał nadzieję, że zastanie przyjaciela w domu. Dano pracował na zmiany, istniała więc przynajmniej jakaś szansa.

Istotnie, Dano otworzył mu drzwi. Choć był zaspany, nie zareagował nieuprzejmie.

– Wróciłem do domu dopiero o drugiej w nocy – wyjaśnił, ziewając. – Nieważne, wejdź.

W niewielkiej kuchni Dano parzył kawę, a Kirił przedstawił mu swój problem.

– Muszę jakimś sposobem nawiązać kontakt z Ninką. Inaczej Iwana zupełnie się załamie. Jest zrozpaczona, bo nie mamy od niej żadnych wieści.

Dano ponownie ziewnął.

– Czy uzgodniliście, że dostaniecie wiadomość?

– To wszystko było trochę niejasno powiedziane. Ale Ninka przyrzekła Iwanie, że jak najszybciej się odezwie. Ma numer telefonu pewnej kobiety z naszego bloku. Nie daje jednak znaku życia. Mój Boże, ona ma dopiero siedemnaście lat!

Dano spojrzał na niego zaczerwienionymi, znużonymi oczami.

– Hmm. Nie mam pojęcia, co się dzieje. Coś mi się wydaje, że dziewczę cieszy się życiem i szybko zapomniało, że tu w Sofii ludzie się zamartwiają. Tacy właśnie są młodzi.

– Ciągle to Iwanie tłumaczę. Choć to wszystko rzeczywiście jest trochę dziwne. A ona nie przestaje powtarzać, że coś tu nie gra. Że Nince jest źle. Że popełniliśmy błąd.

– Hmm – mruknął ponownie Dano. Podał przyjacielowi kubek z gorącą, mocną kawą. – Masz. Najpierw się wzmocnij.

– Okropnie schudła. Nie chce obchodzić świąt. Nie chce nic przyszykować, nic ugotować. Nawet chleba nie zamierza upiec!

Dano uznał to za znak poważnych problemów.

– Brzmi niedobrze. Jak mogę ci pomóc?

– Muszę nawiązać kontakt z Ninką. Ale nie wiem, gdzie przebywa... Koniecznie muszę się skontaktować z tą kobietą, Vjarą. Do niej należy agencja w Rzymie, w której pracuje Ninka. Ona z pewnością coś poradzi. Potrzebuję tylko jakiegoś znaku życia.

– Nie wiem, gdzie mieszka Vjara – odparł Dano. – To wszystko odbyło się za pośrednictwem tego kolegi z lotniska. W zasadzie wiem tyle co ty.

– Możesz podać mi jego nazwisko i adres? Proszę!

– On tego nie chciał... – oznajmił nieswojo Dano.

– Proszę. To dla mnie jedyny punkt zaczepienia. Może dostał tymczasem wiadomość od swojej córki i da mi jakąś wskazówkę.

Dano był niezdecydowany, kręcił się niespokojnie, w końcu chyba jednak uznał, że nie pozbędzie się Kiriła, póki nie udzieli mu niezbędnych informacji.

– W porządku. Mam nadzieję, że nie wpędzisz mnie w tarapaty. I po co mieszałem się w całą tę sprawę? Po prostu jestem zbyt dobroduszny. – Wyrwał z bloku kartkę kratkowanego papieru i coś na niej nagryzmolił. – Masz. Gregor Siemionow. Ljulin. Musisz spróbować pod prywatnym adresem. Od wczoraj jest na zwolnieniu.

– Coś poważnego?

Dano wzruszył ramionami.

– Nie mam pojęcia.

Kirił zdziwił się, dlaczego nagle dostał gęsiej skórki na plecach. Choroba Gregora Siemionowa z całą pewnością nie miała żadnego związku z losem Ninki ani jego własnej córki. A jednak... Naraz owładnęło nim niedorzeczne uczucie. Ta sprawa mu się nie podobała. Poczuł wyraźnie, że znalazł się na krawędzi i najlepiej będzie nie robić żadnego kroku naprzód. Jakby otrzymał przestrogę, niesłyszalną i mało konkretną, a mimo to na tyle wyraźną, że przeszedł go dreszcz.

Jako że nie potrafił sobie tego wyjaśnić, postanowił to zignorować.

Oczywiście nie przestałam zupełnie jeść. Zaczęłam jednak igrać z pytaniem, jak niewiele mogę jeść, nie przestając normalnie funkcjonować. Chciałam być dobrą uczennicą, chciałam troszczyć się o mamę i dom, chciałam panować nad własnym życiem. Lecz wszystko to na absolutnie najniższym możliwym poziomie odżywiania. Często kręciło mi się w głowie, a wtedy usiłowałam jeść jeszcze odrobinę mniej, by dotrzeć do granicy omdlenia. Czułam się wówczas podobnie jak notoryczni hazardziści, którzy ryzykują coraz to większe sumy, balansują nad przepaścią bankructwa i za każdym razem dostają niesamowitego kopa, gdy licytują jeszcze wyżej, a mimo to nie spadają w otchłań. Ja także licytowałam możliwie jak najwyżej. I nie upadałam.

Dziś nie potrafię dokładnie wyjaśnić, co się ze mną wtedy działo. Może wiedziałby to psycholog. Nocami leżałam przytomna i przesuwałam dłońmi po moim ciele, po wystających kościach biodrowych, głęboko zapadniętym brzuchu, twardych, wygiętych w łuk żebrach. Doznawałam przy tym uczuć euforycznych. Kiedy stawałam na wadze i stwierdzałam, że znów straciłam kilogram, ogarniało mnie poczucie błogiego szczęścia. Z czasem głodówka przestała być dla mnie katorgą. Wręcz przeciwnie. Nie zniosłabym, gdyby ktoś zmusił mnie do jedzenia.

W liceum między dwunastą dziesięć a trzynastą dziesięć mieliśmy przerwę obiadową, dostawaliśmy wtedy posiłek. Można było jednak tego uniknąć, przynosząc zaświadczenie od rodziców, że podczas przerwy wraca się do domu i tam je obiad. Zaświadczenie takie przedłożyłam. Było sfałszowane, zamiast wracać do domu, włóczyłam się po parku, rozkoszując się poczuciem zupełnej pustki w żołądku.

Nawet jeśli wierzyłam, że wzniosłam się na duchowe wyżyny, w rzeczywistości było ze mną krucho. Schudłam niesamowicie, miałam zapadnięte oczy, osłabłam. Moje włosy straciły połysk, nieważne, jak często je myłam. Ciągle musiałam kupować nowe ciuchy, gdyż stare na mnie wisiały. Pieniądze brałam z portmonetki matki. I tak nigdy nie sprawdzała, ile akurat w niej ma. Od dawna posługiwałam się kartą debetową, sama pobierałam gotówkę z bankomatu. Matka była zadowolona, że się tym zajęłam, gdyż sama zazwyczaj nie byłaby w stanie tego zrobić. Przynosiłam jej także tabletki z apteki. Tylko po zapas Grand Marniera musiała się pofatygować sama, nie mogłam jej w tym wyręczyć. Byłam za młoda, by w sklepie sprzedano mi alkohol.

Czułam się świetnie, wyglądałam jednak tak mizernie, że w końcu, tuż przed moimi siedemnastymi urodzinami, zauważono to w szkole. Całymi latami nikogo nie obchodziło, że moja matka jest nałogową alkoholiczką, że w domu nikt mnie nie wspiera, że już w dzieciństwie sama musiałam się troszczyć o siebie, o matkę, o dom. Matka nigdy nie zjawiła się na szkolnej wywiadówce, ja zaś przedstawiałam zawsze mało przekonujące wyjaśnienia, którymi i tak nikt się nie przejmował. Miałam dobre stopnie, dlatego nie wzbudzałam podejrzeń u nauczycieli. W zeszycie do korespondencji, który każdy musiał obowiązkowo posiadać, nauczyciele wpisywali wiadomości dla rodziców, lecz ja za każdym razem podrabiałam podpis mojej matki. Nigdy nie zaprosiłam do domu żadnego z uczniów, stąd też sama nigdy nie zostałam przez nikogo zaproszona. W klasie czułam się zupełnie osamotniona. Lecz i na to nikt nie zwrócił uwagi.

Teraz jednak, kiedy wyglądałam jak patyk, pod oczami miałam brązowe obwódki, a na zajęciach sportowych raz nawet zemdlałam, wzbudziłam pewien niepokój. Moja wychowawczyni, do której musiałam się udać, zapytała mnie, co się dzieje i czy mam jakieś problemy.

– Nie. Dlaczego? – odparłam zdziwiona.

– Masz chorobliwą niedowagę – oznajmiła madame Beyle. – Jakbyś od pewnego czasu zupełnie odstawiła jedzenie.

– Jadam całkiem normalnie – upierałam się.

– Moja droga Nathalie, to niemożliwe. Wnioskując z twojego wyglądu, albo nic nie jesz, albo ciężko chorujesz. Chętnie porozmawiam o tym z twoimi rodzicami.

– Rodzice się rozwiedli. Ojciec mieszka w Paryżu.

– Ale twoja matka mieszka tutaj.

– No tak, oczywiście.

– W takim razie chciałabym uzgodnić termin spotkania. Porozmawiamy o twoich kłopotach we trzy, w absolutnej dyskrecji.

Sama myśl o tym, jak bardzo dyskretnie przebiegnie to spotkanie, kiedy moja kompletnie pijana matka będzie się zataczać na szkolnym dziedzińcu, zdążając na spotkanie z madame Beyle, wywołała we mnie gwałtowny atak paniki. Jak mogłam być taka głupia? Powinnam była przewidzieć, że moje nowe hobby kiedyś wreszcie wzbudzi zainteresowanie publiczności i sprawi, że te zatroskane hieny, których nigdzie nie brakuje, czyhające łapczywie na wszelkie kłopoty, które ich nie dotyczą, skoczą mi w końcu do gardła.

– U mnie wszystko w porządku – próbowałam jeszcze przekonać madame Beyle. – Wolałabym nie obciążać tym matki. Dość miała zmartwień ze swoim rozwodem.

Madame Beyle nie dała się oczywiście tak łatwo spławić. Wyznaczyła termin spotkania, poinformowałam o tym matkę. Ona jednak się nie zjawiła. Nie zjawiła się też ani na drugim, ani na trzecim spotkaniu. Madame Beyle nie dała wiary dość pokrętnym wyjaśnieniom, jakie sobie przygotowałam.

Powiadomiła Jugendamt, urząd do spraw dzieci i młodzieży.

Od kiedy matka popadała w delirium, a nawet w jedno wielkie delirium przemieniło się całe jej codzienne życie, zaczęłam odczuwać lęk. Jeśli kogokolwiek nienawidziłam i się obawiałam, to właśnie ludzi z Jugendamtu. Ich wizyty na naszym osiedlu, podobnie zresztą jak wizyty policji, wcale nie należały do rzadkości. Mieszkało tu zbyt wielu przegranych i pozbawionych nadziei, moja matka nie była tu jedynym nałogowcem. Frustrację i agresję, do pary z alkoholem, regularnie odreagowywano w gwałtownych rodzinnych kłótniach. Nie było dnia, by przynajmniej z jednego mieszkania nie dochodziły głośne wrzaski i przekleństwa, odgłosy tłuczonego szkła, trzaskających drzwi czy wołania o pomoc. Ktoś powiadamiał wtedy policję, która zjawiała się natychmiast, by zapobiec najgorszemu. Nie miałam jej nic do zarzucenia, wręcz przeciwnie, postrzegałam ją jako pomoc i ratunek. Być może dlatego właśnie nie byłam uprzedzona do funkcjonariuszy, wiedząc, że dla mnie i mojej matki nie stanowią żadnego zagrożenia. Mimo wszelkich nieporozumień nigdy się nie kłóciłyśmy i zupełnie nie zwracałyśmy na siebie uwagi. Moja matka pozostawała cichą alkoholiczką. Nigdy nie była kłótliwa ani głośna. Piła i spała, spała i piła. Na swój sposób była osobą na wskroś przystępną.

Często interweniował jednak Jugendamt, rodzinom trzeba było odbierać dzieci. Ludzie ci napędzali mi stracha. Przeczuwałam, że grozi mi z ich strony niebezpieczeństwo, nawet wówczas, gdy pozostawałyśmy całkiem niepozorne, usiłując się zatopić w zupełnej anonimowości mieszkańców wielkiego bloku. Uznałam, że twarze wszystkich pracowników tego urzędu przybierają wyniosły wyraz, można z nich było wyczytać, że uważają się za ludzi, którzy w każdym przypadku trzymają słuszną stronę, zawsze należycie postępują i dokładnie wiedzą, co dla innych jest właściwe. Cechowało ich nadto owo kłujące spojrzenie, którego nigdy nie zauważyłam u policjantów. Gdy któregoś z nich spotykałam na korytarzu albo na klatce schodowej – a zawsze z miejsca ich rozpoznawałam – podejrzewałam, że oni bezbłędnie wyczuwają, że u mnie w domu nie układa się najlepiej, i że za moją starannie utrzymywaną niepozornością wietrzą mroczne otchłanie.

A teraz pozwoliłam im, jak i całemu mojemu otoczeniu, niemal z dnia na dzień odkryć, że moim życiem zawładnęły ogromne problemy. Przestałam być niepozorna. To jakiś paradoks: byłam coraz lżejsza, coraz niklejsza, przezroczysta. A zatem coraz bardziej niepozorna, można by pomyśleć. Wcale tak jednak nie było. Jako chodzący szkielet pośrodku dobrze odżywionego społeczeństwa dobrobytu w pewnym sensie zawiesiłam sobie na szyi wywieszkę, na której krzycząco czerwoną farbą wymalowano: *Jestem anorektyczką!*.

To zaś skłaniało ludzi do samowolnego dopisania postscriptum: *Potrzebuję pomocy!*.

Samo pojęcie *anoreksja* usłyszałam zresztą dopiero znacznie później od psycholożki, do której mnie wysłano. Byłam kompletnie zaskoczona. Rodzaj uzależnienia? Ja? Jeśli ktoś tu był uzależniony, to raczej moja matka. Nawet jeśli sama o tym nie wiedziała. Czyżbym była taka jak ona?

Ale po kolei. Madame Beyle poruszyła niebo i ziemię, skończyło się dla mnie życie, które dopiero co uznałam za dobre. Pojawiła się u nas pracownica Jugendamtu, zamroczoną alkoholem matkę zastała, jakżeby inaczej, w łóżku. Od sąsiadów z naszego piętra dowiedziała się, że to nie żaden wyjątek, lecz norma.

– A jak długo to trwa? – zapytała przerażona.

Sąsiadka z mieszkania po lewej okazała się nad wyraz rozmowna.

– Od wielu lat, od kiedy się tu wprowadziła z córką. Tabletki też łyka bez przerwy. Biedna Nathalie jest zdana wyłącznie na siebie.

Oniemiałam ze zdumienia, skąd ona tyle wie. Najwyraźniej zupełnie nie doceniłam cienkich jak papier ścian ani ciekawości.

Pod naciskiem urzędników matka zgodziła się udać do kliniki, by rozpocząć kurację odwykową. Powiadomiono mieszkającego w Paryżu ojca, dzięki temu po raz pierwszy od wielu lat odbyliśmy rozmowę telefoniczną. Ze zdenerwowania serce podeszło mi do gardła, dość szybko jednak zrozumiałam, jak bardzo cała ta sytuacja była mu nie na rękę. Gorączkowo rozważał, jakim sposobem mógłby się wyplątać z sideł. A sidła oznaczały w tym przypadku nagłe pojawienie się w jego życiu własnej córki.

– Oczywiście mogłabyś przyjechać do nas do Paryża – oznajmił tonem dającym wyraźnie do zrozumienia, że jest to dla niego swego rodzaju *worst case scenario*. – Aczkolwiek uważam, że to nie najlepszy pomysł, byś akurat teraz zmieniła szkołę.

– Dlaczego?

– Niedługo matura. Chcesz ją oblać tylko dlatego, że przeniesiesz się do mnie?

– Cóż, ja…

– To byłoby bardzo niewłaściwe, także z psychologicznego punktu widzenia – wszedł mi w słowo. – Tak właśnie powiem ludziom z Jugendamtu. Na litość boską, dlaczego twoja matka musi tyle pić?

– Pije, odkąd od nas odszedłeś.

Westchnął.

– Tak mówi? No cóż, Nathalie, prawda jest taka, że odszedłem, bo piła. Już wtedy. Nie zauważyłaś tego?

Rzeczywiście, nie zauważyłam.

– Ale nigdy nie leżała w łóżku. Nie zataczała się. Pracowała…

– Widocznie bardziej nad tym panowała niż dziś, ale piła zawsze. To katastrofa. Jak można się tak stoczyć, kiedy ma się dziecko?

„Jak można tak zwyczajnie odejść, kiedy ma się dziecko?" – przemknęło mi przez głowę, lecz nie powiedziałam tego na głos. Wewnętrznie pogodziłam się już z myślą, że z nim nie zamieszkam. Nie byłam tam mile widziana, tyle zdołałam już pojąć.

– Lucille jest w ciąży – oznajmił ojciec. – To bardzo skomplikowana ciąża. Musisz zrozumieć, że wszystko jeszcze bardziej by się pokomplikowało, gdybyś się do nas przeniosła.

Lucille, bieliźniana modelka. Policzyłam, musiała mieć obecnie ze trzydzieści lat, pewnie ubyło zleceń. Modelki, zważywszy na ich zawód, dość wcześnie się zużywają. Pewnie próbuje z pomocą dziecka zabezpieczyć swoją przyszłość u boku mojego ojca. Zawsze jej nienawidziłam, teraz jeszcze bardziej. Miałam nadzieję, że się przeliczy. Miałam nadzieję, że któregoś dnia ojciec ją zostawi, tak jak zostawił nas.

A więc wkrótce będę mieć siostrę albo brata. Moje pragnienie przeprowadzki do Paryża definitywnie się rozwiało. Mieszkać tam razem z Lucille jako macochą oraz małym wrzeszczącym stworzonkiem, które zaskarbiłoby sobie całą miłość i uwagę, o których ja mogłam jedynie pomarzyć – nie, dziękuję.

Okazało się, że ojciec miał w zanadrzu inne rozwiązanie. Mieszkał w Metzu na tyle długo, by poznać tam wielu ludzi, rozmówił się już z dawną koleżanką z firmy.

Nazywał ją swoją „drogą przyjaciółką". Pewnie kiedyś się z nią przespał, a ona nadal była nim zauroczona. W każdym razie zgodziła się, bym zamieszkała u niej aż do matury.

– Może twoja matka wróci wcześniej i wszystko znów będzie w najlepszym porządku – dodał z nadzieją.

Urząd do spraw dzieci i młodzieży wziął „drogą przyjaciółkę" ojca pod lupę. Ta kobieta miała przecież przyjąć pod swój dach nie jakąś tam nastolatkę, lecz nastolatkę chorą na groźną anoreksję. Należało się zatem upewnić, czy nadmiernie jej to nie przeciąży, czy jest w stanie zagwarantować mi regularne wizyty u psychologa, czy jest gotowa pozostać w ścisłym kontakcie z urzędem. Itede, itepe. Jako że w żadnym wypadku nie chciałam już przeprowadzić się do ojca, Lucille i ich dziecka, umieszczenie mnie w jednym z podległych urzędowi mieszkań nie wchodziło w rachubę ze względu na moją niebezpieczną chorobę, rodzin zastępczych było niewiele, pobytu zaś w poprawczaku należało wedle możności uniknąć, ostatecznie zostałam tej kobiecie, o imieniu Éliane, osobie – jak się okazało – bardzo miłej i kooperatywnej, niejako przyrzeczona. Éliane była rozwódką, mieszkała sama, lecz miała stałego partnera. Ubóstwiała mojego ojca. Odniosłam wrażenie, że istotnie łączyła ich jakaś dawna historia, czuła się jednak nieco samotna w swoim ogromnym domu. Przyjaciel, mimo jej próśb, nie wprowadził się do niej, pewnie dlatego cieszyła ją każda forma towarzystwa. I bardzo się przy tym starała: oddała mi do dyspozycji osobny pokój, pomagała mi w zadaniach domowych, zawsze była dla mnie uprzejma. W weekendy chodziliśmy z jej przyjacielem popływać, urządzaliśmy wycieczki rowerowe, przesiadywaliśmy w bistrach i popijaliśmy kawę. Oboje próbowali opychać mnie croissantami, szarlotką oraz pain au chocolat. Nie udawało im się jednak nakłonić mnie do jedzenia, choć prowadziłam teraz uporządkowany tryb życia i trzy razy w tygodniu chodziłam do psycholożki, która zadawała sobie niemało trudu. Éliane gotowała po królewsku, często miałam ogromną ochotę skosztować jej potraw, czując ich smakowity zapach roznoszący się po całym domu. Kiedy jednak stawiała przede mną talerz, mój żołądek zwyczajnie odmawiał posłuszeństwa. Wystarczył kęs, bym poczuła się tak syta, że aż łapałam powietrze.

– Więcej po prostu nie mogę – mawiałam. – Ale i tak co nieco zjadłam.

– Tyle co nic – odpowiadała Éliane. Była zasmucona i rozczarowana. – Nathalie, jeśli twój stan się nie poprawi, zamkną cię w klinice. A ja nie będę w stanie temu zapobiec.

Moja matka tymczasem wróciła z kliniki do domu, zanim jednak zdążyłam się przemóc, by spakować swoje rzeczy i z powrotem się do niej przeprowadzić, ponownie wpadła w nałóg i sama podjęła na nowo kurację.

Musiałam ją na razie wykreślić z mojego życia.

Późnym latem osiągnęłam tak niską wagę, że opiekująca się mną urzędniczka wpadła niemal w histerię. Sama zrozumiałam, że to stan krytyczny: włosy wypadały mi garściami, przestałam miesiączkować. Dwukrotnie zemdlałam w szkole. Strasznie się bałam, że umieszczą mnie w klinice, a mimo to nie potrafiłam normalnie się odżywiać.

Éliane sprawiała wrażenie coraz bardziej zestresowanej, wydawało się, że zaczyna gorzko żałować przysługi wyświadczonej mojemu ojcu. Wszystko przybrało dla mnie dość beznadziejny obrót.

I oto we wrześniu przyjaciel Éliane z okazji swoich pięćdziesiątych urodzin urządził wielkie przyjęcie, na które zaprosił każdego, kogo tylko znał.

Zjawił się również jego znajomy, którego nigdy wcześniej nie poznałam. Przyprowadził z sobą dwudziestoczteroletniego syna.

Miał na imię Jérôme.

Moje życie zwróciło się ku lepszemu.

La Cadière, Francja, wtorek, 15 grudnia

Simon z początku sądził, że w ogóle nie zmruży oka, w końcu jednak zmorzyło go zmęczenie. Zerwał się z głębokiego snu, rzucił okiem na budzik radiowy i stwierdził, że minęła już ósma. Przez szpary w okiennicach do wnętrza wdzierało się poranne, szare światło dnia. Usłyszał szum wody, w pierwszej chwili nie wiedział, skąd dobiega, potem jednak sobie uzmysłowił, że to odgłos prysznica w łazience obok.

Przypomniał sobie, że ma gościa – nad wyraz nieproszonego gościa.

Usiadł na łóżku i westchnął.

Bądź co bądź ani go nocą nie zamordowała we śnie, ani też najwyraźniej nie zniknęła, zabrawszy wszystkie jego kosztowności – ściśle mówiąc, kosztowności jego ojca. Kto tak spokojnie i długo bierze rano prysznic, chyba nie żywi żadnych niecnych zamiarów.

Jej wyznanie z poprzedniego wieczoru było jednak szokujące: *Wydaje mi się, że zabiłam człowieka.*

Ostatecznie nie pojechał na zakupy. Słowa te tak bardzo zepsuły mu apetyt, że z miejsca zapomniał o uzupełnieniu zapasów.

– Jakiego człowieka? Gdzie?

– W Lyonie. Jakiegoś mężczyznę. Nie mam pojęcia. Miał na imię Yves. Nic więcej nie wiem.

– Zaczepił panią?

– Na ulicy. Siedziałam w bramie domu. Nic nie jadłam ani nie piłam prawie od dwudziestu godzin. Byłam przemoczona do suchej nitki. Marzłam. Byłam zrozpaczona. Powiedział, że da mi coś do jedzenia, jeśli z nim pójdę.

– A pani poszła z zupełnie obcym mężczyzną do jego mieszkania, tylko dlatego, że on pani...?

– Tylko dlatego – przerwała mu rozgniewana – że zaproponował mi coś do jedzenia. Tak, zgadza się. Bo padał deszcz. Bo miałam nadzieję, że będę się mogła przynajmniej przez chwilę ogrzać. Bo miałam zawroty głowy. Bo było mi niedobrze. Tak. A więc z dokładnie tych samych powodów, dla których poszłam z panem.

To prawda. Był dla niej równie obcy jak Yves z Lyonu. Yves prawdopodobnie usiłował ją zgwałcić. A mimo to wkrótce potem ta kobieta znów podjęła podobne ryzyko.

Jak bardzo była zdesperowana?

– Co się stało potem? – zapytał, usiłując zachować rzeczowy ton.

– Nie potrafi pan sobie wyobrazić, w jak obskurnych warunkach mieszkał. Zaniedbana nora. Zapaskudzona. Zapuszczona. Śmierdziało. Podłoga się kleiła. Było jednak dość ciepło. Usiadłam w kuchni. Byłam taka wycieńczona. Przez cały czas się na mnie gapił. Bałam się. Wiedziałam... – Zaczęła płakać. – Wiedziałam, że powinnam uciekać. Póki był zajęty. Szukał czegoś do jedzenia. Ale głód był silniejszy. Silniejszy niż strach.

Simon podsunął jej paczkę chusteczek. Przetarła oczy.

– Kiedy grzebał po szafkach, wciąż się odwracał. Pilnował mnie. To było... to było straszne.

– Ostatnia chwila, kiedy należało uciekać.

– Wydawało mi się, że nie zdołam się utrzymać na nogach. A on ciągle grzebał i grzebał po szafkach... Miałam nadzieję, że w końcu wyciągnie coś do jedzenia, cokolwiek, choćby i piętkę twardego jak kamień chleba. Woda kapała mi z włosów i ubrania. Chciałam tylko trochę odpocząć.

– A potem panią zaatakował? – zapytał Simon. Miał nadzieję, że usłyszy dobre, przekonujące wytłumaczenie. Byłby spokojniejszy, wiedząc, że Nathalie działała w obronie własnej. O ile cokolwiek było go jeszcze w stanie uspokoić. W tej historii coś się zwyczajnie nie zgadzało.

Skinęła głową.

– Najpierw zaczął robić seksistowskie uwagi. Wlepił we mnie gały i powiedział, że to dobrze, że deszcz przemoczył mi ubranie. Bo może zobaczyć moje piersi, a one są niesamowicie podniecające. A on przez cały czas się zastanawia, czy w dotyku są tak samo cudowne, na jakie wyglądają. Takie tam rzeczy.

– A pani nadal tam siedziała?

– Wstałam, nałożyłam płaszcz. Zrobiło mi się przy tym czarno przed oczami. Zrozumiałam, że i tak nic do jedzenia nie dostanę. W szafkach nic nie było, widziałam na własne oczy. Prócz alkoholu. Butelek bez liku. Lecz poza nimi nic do jedzenia. Chciałam podejść do drzwi. Powiedziałam, że muszę już iść. I wtedy zastąpił mi drogę. – Na to wspomnienie przeszły ją ciarki. – Był dość wysoki – ciągnęła. – Myślałam wcześniej, że pewnie silny nie jest, bo taki chudy. I zapijaczony. Ale nagle złapał mnie za rękę. Żelaznym uściskiem. Zrozumiałam, że go nie doceniłam.

– Rozumiem – rzekł Simon.

– Dotknął moich piersi. Usiłował sięgnąć mi między nogi. Okropnie cuchnął alkoholem. Sapał. To było... obrzydliwe. Ja... musiałam się przecież bronić?! – Zabrzmiało to raczej jak pytanie niż stwierdzenie.

– Tak, ależ oczywiście. Pytanie tylko... to znaczy... żeby od razu zabić...

– A co miałam zrobić? Pozwolić mu na to?

– Oczywiście, że nie. W jaki sposób w końcu go pani... unieszkodliwiła?

– Drugą rękę miałam wolną. Po omacku dotknęłam półki obok kuchennych drzwi. Nie widziałam, co na niej leży, ale udało mi się coś chwycić. Butelkę, a jakże. W tej kuchni nie było nic prócz butelek.

– I tą butelką go pani uderzyła – domyślił się Simon.

– Rozbiłam mu ją na głowie. Stał jeszcze przez chwilę, potem zachwiał się na nogach, oczy mu się zaszkliły, w końcu się przewrócił. Padł w kuchni jak długi, nie ruszał się.

– I wtedy pani uciekła?

– Ile sił w nogach. Spanikowałam. Spróbowałam jeszcze sięgnąć po torebkę. Upuściłam ją na podłogę, kiedy się przepychaliśmy, a teraz leżał na niej Yves, zakrywając ją w połowie swym cielskiem. Nie mogłam jej wyciągnąć, w końcu straciłam nerwy. Nie wiedziałam, czy za chwilę nie odzyska przytomności. Myślałam tylko o tym, by stamtąd uciec.

– To znaczy, że pani torebka wciąż leży w tamtym mieszkaniu?

– Tak. Prawdopodobnie. A w niej mój portfel, choć pusty. Moja komórka. Dowód osobisty. Wszystko, co wtedy miałam przy sobie, co pozwoliłoby potwierdzić moją tożsamość, nadal leży w tym cholernym mieszkaniu w Lyonie. Razem z martwym mężczyzną.

– Pani jednak nie sprawdziła, czy rzeczywiście jest martwy? Na przykład jego puls?

– O Boże, nie! Po prostu czym prędzej stamtąd uciekłam.

– Niekoniecznie więc nie żyje. Możliwe, że tylko na krótko stracił przytomność.

– A jeśli dostał ciężkiego urazu głowy? I tymczasem skonał, bo nie sprowadziłam pomocy?

Otóż to.

– Jednego nie mogę zrozumieć – powiedział ostrożnie Simon. – Dlaczego nie poszła pani na policję? Jednoznacznie działała pani w obronie własnej. Musiała się pani liczyć z tym, że ten mężczyzna panią zgwałci, i mogła temu zapobiec, jedynie sięgając po pierwszą lepszą broń, jaka wpadła pani w ręce. Nikt nie może pani pociągnąć z tego powodu do odpowiedzialności.

– A jak miałabym to udowodnić?

– Nikt w każdym razie nie udowodni, że było inaczej.

Potrząsnęła głową.

– Za bardzo się bałam.

Od tej chwili rozmowa nie posunęła się naprzód. Simon miał nieodparte wrażenie, że prócz kwestii adekwatnej obrony koniecznej istniały jeszcze inne powody, dla których Nathalie jak diabeł święconej wody bała się kontaktu z policją. W końcu jednak pogodził się z myślą, że nic więcej mu na ten temat nie powie. Zamówił pizzę z dostawą do domu, gdyż musieli się posilić, z piwnicy ojca przyniósł butelkę czerwonego wina. Tym razem Nathalie prawie nic nie zjadła. Simon odniósł wrażenie, że cierpi na zaburzenia gastryczne, zdrowy człowiek nie może być przecież aż tak chudy. Prawdopodobnie jadała normalnie tylko wówczas, gdy uprzednio całymi tygodniami głodowała.

Chciała się przespać. Oddał jej do dyspozycji pokój gościnny. Zniknęła za drzwiami, zamknęła je za sobą. Zapadła martwa cisza. Prawdopodobnie od razu zasnęła. Musiała być zupełnie wyczerpana.

W budzącym się świetle dnia Simon przemyślał raz jeszcze całą tę historię. Sytuacja wyglądała na znacznie bardziej skomplikowaną, niż z początku sądził, stojąc w strugach deszczu na plaży Les Lecques. Nie spotkał tam zwyczajnej wygłodniałej włóczęgi, która potrzebowała posiłku, noclegu i prysznica, a potem zamierzała pójść własną drogą. Ta młoda kobieta, słusznie czy niesłusznie, uciekała przed policją, a do tego nic nie miała, nawet dokumentów.

Co pocznie, jeśli on ją teraz wyrzuci za drzwi? Dokąd pójdzie? Jak daleko zajdzie bez pieniędzy, bez dowodu osobistego?

„W zasadzie to przecież nie moja sprawa" – pomyślał.

Tym bardziej że najwyraźniej wolała niektóre kwestie przemilczeć. Co z jej przyjacielem? Dlaczego od niego uciekła? Dlaczego nie mogła do niego wrócić? Dlaczego nie mogła się zwrócić do swoich rodziców? Co się wydarzyło, *zanim* poszła z tym obleśnym typkiem z Lyonu do jego mieszkania?

Póki nie wyzna mu całej prawdy, nie musi się nią przejmować.

Na swoje nieszczęście nie wiedział, w jaki sposób sam miałby się z tej historii wyplątać. Otworzyć drzwi i powiedzieć *Au revoir!*?

Z drugiej jednak strony nie spodziewał się, by dom wypełniła wkrótce jego liczna szczęśliwa rodzina, w radosnym i niecierpliwym oczekiwaniu na nadejście świąt Bożego Narodzenia. Nikt za to nie znajdzie czasu dla włóczęgi, która właśnie zatłukła mężczyznę butelką po wódce, nikt o niej nawet nie wspomni, kiedy już sobie pójdzie, gdyż wszyscy będą zbyt zajęci...

Siedział samiuteńki jak palec w dżdżystej Prowansji, musiał znieść odmowę własnych dzieci, schrzanił do tego obiecujący związek i nie mógł nawet wrócić do domu, gdyż nie chciał się przyznać przed własnym ojcem, że u niego wszystko po staremu, co znaczyło: nic nie poszło tak, jak powinno.

Czemu zatem miałby się tak szybko pozbyć Nathalie?

Bo coś tu nie gra. Bo kryje się za tym jakaś podejrzana historia. A ty należysz do osób, które chcąc zrobić dobry uczynek, wpadają w tarapaty.

Zerwał się z miejsca. W jego przypadku rozmyślania zawsze zmierzały w destrukcyjnym kierunku.

Nathalie wciąż zajmowała łazienkę, postanowił więc się ubrać i pojechać do Cadière, by kupić w piekarni bagietkę. Nie wierzył, że tymczasem ograbi mu dom. Niby jak miałaby wynieść wszystkie te rzeczy? Przeczuwał raczej, że najchętniej nigdy by się stąd nie wyniosła.

Po powrocie uderzył go zapach świeżej kawy, stół w pokoju dziennym był nakryty, a w kominku płonął ogień. Nathalie włożyła swoje suche, już czyste rzeczy, czarne wełniane rajstopy, krótką spódniczkę i gruby sweter. Włosy tym razem starannie wysuszyła.

Popijali kawę, zajadali bagietkę. Za oknem nieprzerwanie padał ulewny deszcz.

Przez większość czasu milczeli, w końcu jednak Simon podjął temat.

– Dokąd się pani teraz uda?

Wzruszyła ramionami, bawiła się leżącym na talerzu kawałkiem bagietki.

– Nie wiem.

– Co z pani matką?

– Albo jest pijana, albo przebywa akurat na odwyku. Do niej na pewno nie pójdę.

– A ojciec?

– Nie chce mnie znać.

– Pani przyjaciel?

– Do niego nie mogę.

– Dlaczego?

Nie odpowiedziała.

Nasunęła mu się pewna myśl. Właściwie przez cały czas kołatała mu się po głowie, a jednak wciąż ją od siebie odsuwał, gdyż powstrzymywał go tętniący w nim głos rozsądku.

– Gdyby pani wiedziała, że ten mężczyzna... jak on miał na imię?

– Yves.

– Właśnie. Gdyby pani wiedziała, że Yves wciąż żyje, czy to by pani pomogło? Nie musiałaby pani wówczas obawiać się policji.

– Pozostaje jeszcze... uszkodzenie ciała...

Simon wykonał ruch, jakby chciał ów punkt uprzątnąć ze stołu.

– Musiałby złożyć na panią doniesienie, a tego nie zrobi. Za bardzo się boi, że usłyszy wtedy zarzut usiłowania gwałtu. Będzie trzymał język za zębami, jestem tego absolutnie pewien.

Nathalie nie wydawała się do końca przekonana.

– Może rzeczywiście by mnie to trochę uspokoiło – przyznała wreszcie z wahaniem.

I znów Simon odniósł wrażenie, że kryje się za tym coś więcej. Znacznie więcej.

– Poza tym koniecznie musi pani odzyskać swoje rzeczy – kontynuował. – Przede wszystkim dokumenty. Na dłuższą metę nie może się pani włóczyć, nie posiadając niczego.

Spojrzała na niego.

– Myśli pan...

– Pojadę tam z panią – oznajmił. – Do Lyonu.

Kompletnie zwariowałeś, szepnął jego wewnętrzny głos.

– Do Lyonu? Ale to przecież...

– ...trzy godziny jazdy samochodem. I trzy godziny z powrotem. Ujdzie.

– Naprawdę zrobiłby pan to dla mnie?

Wypił ostatni łyk kawy, po czym podniósł się z miejsca, jakby chciał zdążyć, zanim jego wewnętrzny głos stanie się nie do zniesienia.

– Najlepiej będzie, jeśli wyruszymy od razu – oświadczył.

Metz, Francja, wtorek, 15 grudnia

To niedorzeczne i niesprawiedliwe, uznała Jeanne, by na tydzień przed Bożym Narodzeniem wylądować w łóżku z grypą. Przez ostatnie dni czuła się tak fatalnie, że wstawała tylko do toalety. Z lustra nad umywalką wyzierała żółtawoblada twarz z czerwonymi plamami na policzkach, do tego popękane, spierzchnięte usta oraz zmierzwione, sterczące na wszystkie strony świata włosy. Termometr wskazywał prawie czterdzieści stopni gorączki. Polewała zimną wodą wewnętrzną stronę przegubów, pochylała się i piła łapczywymi haustami. Dostawała zawrotów głowy, musiała się przytrzymać półki pod lustrem.

„Boże, jak człowiek może się czuć tak fatalnie" – pomyślała.

Wszystko ją bolało, każda kość, każdy mięsień. Zęby, dziąsła. Gardło. Wszystkie śluzówki jej ciała.

Nic prawie nie jadła, na samą myśl o jedzeniu dostawała mdłości.

Dziś, piętnastego grudnia, po raz pierwszy poczuła się odrobinę lepiej. Nie miała już gorączki, ból zelżał. Jakoś to przetrzyma. A przecież przez ostatni tydzień wcale nie była tego taka pewna.

Dwudziestego trzeciego grudnia zamierzała pojechać do rodziców, którzy zażywali jesieni życia w domku na atlantyckim wybrzeżu. Dzięki Bogu, że do tego czasu przynajmniej stanie na nogi.

W godzinach przedpołudniowych Jeanne zwlekła się z łóżka i boso, owinięta tylko kołdrą, poczłapała do okna. Mieszkała na najwyższym piętrze wieżowca. Spojrzała na leżący u jej stóp Metz, spowity bladym, lekko zamglonym zimowym światłem, patrzyła na unoszący się z kominów dym i pasemka chmur na horyzoncie. Chłodny, zupełnie bezwietrzny, dziwnie zastygły w bezruchu dzień.

Mieszkanie, składające się ze służącego za sypialnię pokoju dziennego, kuchni i łazienki, sprawiało dość chaotyczne wrażenie, jak stwierdziła Jeanne, odwróciwszy się plecami do okna. Wszędzie wokół poniewierały się zużyte papierowe chusteczki. Obok kanapy stały rzędy butelek z niedopitą wodą. Valérie, przyjaciółka Jeanne mieszkająca na parterze tego samego budynku, troskliwie się nią opiekowała podczas choroby, musiała jednak wyjechać na parę dni na szkolenie, a wtedy w mgnieniu oka w pokoju zapanował bałagan. Z kuchni dochodził nieprzyjemny zapach. Jeanne przypomniała sobie, że ostatni posiłek, przygotowany dla niej przez Valérie, zostawiła beztrosko na stole, nim dowlokła się do łóżka i wyczerpana zapadła w sen.

„Niezwłocznie muszę posprzątać" – pomyślała.

Okazało się jednak, że jest słabsza, niż sądziła. Zrobiwszy ledwie kilka drobnych kroków w kierunku okna, znów zachwiała się na nogach, cała zlana potem. Naraz zupełnie zabrakło jej sił, by pójść do kuchni.

Bezprzewodowy telefon leżał w zasięgu ręki. Postanowiła zadzwonić do matki. Powiedzieć jej, jak bardzo się cieszy ze spotkania z nią, z ojcem, ze wspólnych świąt. W chwili gdy sięgała po słuchawkę, zabrzęczał dzwonek do drzwi. A niech to.

Przez moment Jeanne próbowała go zignorować, ale potem uznała, że to pewnie listonosz. Może świąteczna paczka.

Ostrożnie poczłapała do drzwi. Tak bardzo kręciło jej się w głowie, że dwukrotnie musiała przytrzymać się ściany.

Obok drzwi wisiał domofon. Jeanne chwyciła za słuchawkę.

– Tak?

– Przesyłka ekspresowa – rozległ się męski głos.

Tak jak myślała.

– Proszę wejść – odparła, nacisnęła przycisk i jednocześnie uchyliła drzwi do mieszkania.

Do środka natychmiast wtargnęło dwóch mężczyzn. Jeanne

była tak bardzo zaskoczona, że w pierwszej chwili nawet się nie przeraziła. Jak dotarli na górę? Tak szybko? Jeden z mężczyzn wepchnął ją z powrotem do pokoju, drugi zamknął drzwi. Jeanne dopiero po chwili zdołała otworzyć usta i się odezwać. Cały jej organizm reagował z opóźnieniem, po prostu wciąż nie była jeszcze zupełnie zdrowa.

– Hola! – zaprotestowała. – Kim panowie są? Nie możecie sobie tak po prostu tu wchodzić.

Stojący przed nią mężczyzna uniósł rękę i dwukrotnie uderzył ją w twarz. Głowa Jeanne odskoczyła jak gumowa piłka, najpierw w jedną, potem w drugą stronę.

– Ja tu zadaję pytania. Zrozumiano?

Zamrugała powiekami. Dostrzegła, że drugi mężczyzna, ubrany podobnie jak jego kompan w czarne dżinsy i czarną skórzaną kurtkę, stanął przy drzwiach na szeroko rozstawionych nogach. Skrzyżowawszy ramiona, patrzył na nich z niewzruszonym wyrazem twarzy.

– Zaraz przyjdzie listonosz – powiedziała Jeanne. – Otwarłam mu drzwi. Już tu powinien być.

Policzki jej płonęły. Serce waliło jak oszalałe. Co się tu właściwie dzieje?

Mężczyzna obrzucił ją zimnym spojrzeniem.

– On jest z nami. Nie martw się. Nikt tu nie wejdzie.

Ten facet na dole postarał się, by w dobrej wierze otworzyła mu drzwi, wywnioskował ociężale pracujący umysł Jeanne. A te dwa typki już wcześniej jakimś sposobem dostały się do wnętrza budynku. Nie było to aż takie trudne, wiedziała o tym. Na klatce schodowej panował spory ruch, łatwo można się było przyłączyć do innych.

– Czego chcecie? – szepnęła.

Mężczyzna uniósł dłoń, tym razem jednak nie uderzył.

– Odpowiadasz tylko na moje pytania, czy to jasne? A jeśli zaczniesz krzyczeć... – Drugą ręką dobył nóż, wysunął ostrze.

Jeanne ujrzała jasną stal klingi.

– Jeśli będziesz krzyczeć, już po tobie. Nie chcę słyszeć ani mru-mru. Masz tylko odpowiadać na moje pytania. Jasne?

Skinęła głową. Była skonsternowana. Czego mogli od niej chcieć? Pieniędzy? Jakich bogactw spodziewali się u skromnej pracownicy laboratorium medycznego, zajmującej jednopokojowe mieszkanie? Musiało im chodzić o co innego. Łamała sobie nad tym głowę, nic jednak nie wymyśliła, choć adrenalina buzująca po całym jej ciele zupełnie ją rozbudziła i podsycała jej wyobraźnię. Wiodła przecież całkiem spokojne życie. Praca, kilkoro przyjaciół, z którymi się spotykała w weekendy. Od czasu do czasu odwiedziny u rodziców nad morzem. To wszystko. Miała dwadzieścia pięć lat, za sobą dwa dłuższe związki z mężczyznami, od prawie dwóch lat pozostawała singielką. Jakie zdarzenie z jej całkiem monotonnego życia przywiodło do niej tych dwóch mężczyzn, wyglądających na szczególnie brutalnych sutenerów?

– Przypominasz sobie może Jérôme'a Deville'a? – zapytał jeden z nich.

Skinęła głową.

– Chcę usłyszeć *tak*.

– Tak.

Jej pierwsza miłość. Miała szesnaście lat, on dziewiętnaście. Byli razem nieco ponad dwa i pół roku. Ona, dziewczyna z porządnej mieszczańskiej rodziny. I on, lekkoduch, awanturnik, czaruś. Niespokojny, radosny, biorący z życia, co się da, bez planów, bez trosk, bez zbędnego namysłu. Aż któregoś dnia poznał inną, i to był koniec. Miała wrażenie, że rozstanie przyprawi ją o śmierć. A jednak, jakżeby inaczej, jakoś zdołała to przetrwać.

Od wielu lat nie miała z nim kontaktu. Doniesiono jej, że wyjechał z Metzu, podobno do Paryża. W gazecie przeczytała o śmierci jego ojca. Nic więcej nie wiedziała.

Chciała o tym wszystkim powiedzieć, lecz się nie odważyła. Miała odpowiadać wyłącznie na pytania. Śmiertelnie się bała.

– A teraz opowiesz nam co nieco o Jérômie – oznajmił mężczyzna, po czym ponownie uderzył ją w twarz. Upadła na podłogę. Szarpnął ją, postawił na nogi, przeciągnął po pokoju i pchnął na fotel.

– Skup się. Chcemy wiedzieć wszystko!

Tulon, Francja, wtorek, 15 grudnia

Inès Rosarde, komisarz policji kryminalnej w Tulonie, potrzebowała mocnej kawy. A raczej kieliszka wódki, choć za dnia i na służbie było to rzecz jasna wykluczone. Nogi się pod nią uginały. Rozmowa z przełożonym, nadkomisarzem, okazała się nad wyraz nieprzyjemna. Choć trudno to nazwać rozmową, gdyż Inès prawie w ogóle nie dopuszczono do głosu. Kilkakrotnie próbowała coś powiedzieć, z miejsca jej jednak przerywano.

– Proszę posłuchać. Proszę mnie uważnie posłuchać!

Była odpowiedzialna za katastrofę, do jakiej doszło pod jej nieobecność, to ona jednak, jako szefowa, musiała ponieść konsekwencje błędów swych ludzi. Że też akurat padło na podkomisarza Pereza, jej najbliższego współpracownika, któremu ta sprawa zwichnęła dalszą karierę. Na razie został zawieszony w obowiązkach. Nie należało raczej oczekiwać, że wróci na swoje dawne miejsce.

To nie powinno się było wydarzyć. Wpadli na trop najważniejszych bossów narkotykowego łańcuszka, których obwiniano o niejedno ciężkie przestępstwo. Perez kierował akcją. Inès, z grypą i niemal czterdziestostopniową gorączką, została w łóżku, teraz jednak zastanawiała się, czy był to wystarczający powód, by nie pojawić się w tak ważnym momencie. Albo czy jej przełożony nie uzna, że nie powinna była poddać się chorobie.

Czy akcja przebiegłaby inaczej, gdyby to ona objęła dowodzenie? Zamiast Pereza?

Zginął cywil, ta okropność w żadnym razie nie powinna się była przydarzyć. Dwóch przestępców zbiegło, na ulicy doszło do wymiany ognia z policją. Choć teren został zabezpieczony przez kordon funkcjonariuszy, niespodziewanie pojawił się przypadkowy przechodzień, którego nie zdołano na czas przeprowadzić w bezpieczne miejsce. Zginął od strzału w głowę, nie z broni policjanta, jak potem ustalono, lecz z pistoletu narkotykowego bonzy, nie zmienia to jednak faktu, że w tamtej chwili nie powinien był przebywać w tym miejscu, a odpowiedzialność za to ponosi policja. Przede wszystkim kierujący akcją podkomisarz Perez.

– Perez jest zbyt młody i niedoświadczony. Jak można mu było powierzyć tak odpowiedzialne zadanie? – zapytał dwu- lub trzykrotnie szef, nie czekając na odpowiedź Inès Rosarde.

Dopiero za czwartym razem zdołała podać przynajmniej kilka słów wyjaśnienia.

– Zasadniczo dorósł do takich akcji, twierdzę tak nawet teraz, po tych strasznych zdarzeniach. Ani przez chwilę nie wahałam się powierzyć mu dowodzenia akcją. To był... to jest mój najlepszy człowiek. To, co się zdarzyło, równie dobrze mogło przydarzyć się mnie.

– Ale pani się to nie przytrafiło. Przytrafiło się Perezowi. I wszyscy musimy za to odpokutować. Zajrzała dziś pani do porannych gazet? Sypią się na nas gromy, najgorsze zarzuty, jesteśmy atakowani, żąda się od nas wyciągnięcia konsekwencji służbowych. Mężczyzna, którego *nieumyślnie* tam zastrzelono, był głową rodziny. Miał trójkę małych dzieci.

Inès pochyliła głowę. To przykre, to naprawdę przykre, prawdziwa tragedia. Nie mogła jednak oprzeć się wrażeniu, że jej szefowi wcale nie chodzi o martwego ojca rodziny ani trójkę osieroconych dzieci. Jego myśli zaprzątały raczej miażdżąca krytyka ze strony prasy oraz głośne wezwania do wyciągnięcia konsekwencji. Tego nigdy by jednak nie powiedziała na głos.

Kiedy wreszcie mogła odejść, miała świadomość, że jej reputacja została boleśnie nadszarpnięta. Przez kilka następnych miesięcy w podległym jej wydziale nie może się wydarzyć nic, co wywołałoby u jej przełożonych choćby cień dezaprobaty.

Straciła Pereza, swego najbliższego współpracownika. Musiała znaleźć na jego miejsce kogoś innego, a szef wyraził nadzieję, że tym razem wykaże się lepszym wyczuciem.

Wracając do swojego pokoju, uzmysłowiła sobie, że wszyscy współpracownicy milkli, gdy tylko się do nich zbliżała. Zapadała ponura, niepokojąca cisza. Co gorsza: cisza litościwa. Wszyscy wiedzieli, że Inès padła ofiarą niepohamowanego gniewu szefa.

Przyniosła sobie kawę z automatu – mocną, czarną, bez mleka i cukru – weszła do swego pokoju i zdecydowanym ruchem zamknęła za sobą drzwi. Czuła się fatalnie, gdyż na domiar złego wciąż doskwierała jej dopiero co przebyta grypa. Nieważne, jej nastrój nie jest teraz istotny. Bądź co bądź uratowała głowę, to pozytywna wiadomość tego przedpołudnia. Mogłaby wyć z wściekłości za Perezem, lecz nikomu to już nie pomoże.

Patrz do przodu. To jej dewiza. Mądrze rozważ następny krok. Zachowaj klarowny umysł.

Potrzebowała nowego człowieka do pomocy. Teoretycznie mogła to być również kobieta, lecz Inès lepiej dogadywała się z mężczyznami. Podeszła do drzwi, otworzyła je i powiedziała do przechodzącej akurat funkcjonariuszki:

– Potrzebuję akt osobowych podkomisarza Jeana Caparosa. Proszę je przynieść do mojego biura.

Musiała wykonać następny krok.

Autoroute du Soleil, Francja, wtorek, 15 grudnia

Przez pierwsze półtorej godziny jazdy nie zamienili z sobą ani słowa. Wciąż padał rzęsisty deszcz, wycieraczki równomiernie ślizgały się tam i z powrotem po przedniej szybie samochodu. Potężne pasmo górskie St. Victoire, rysujące się zazwyczaj imponująco na horyzoncie na tle błękitnego nieba, niknęło w chmurach, ledwie tym razem widoczne. Po lewej i prawej stronie autostrady widniały pogrążone w wilgotnej monotonii niewielkie wioski i pojedyncze zagrody.

Simon zastanawiał się, czy tylko on czuje się obezwładniony przez ową rozpaczliwą beznadzieję i musi się wysilać, by jej zupełnie nie ulec. Inni być może ujrzeliby jedynie deszczowy dzień, nic więcej. Być może źródłem jego przygnębienia była sytuacja życiowa, w jakiej się znalazł. Nathalie być może wcale nie spała w nocy tak dobrze, jak mu się wydawało. Leżała teraz skulona na siedzeniu niemal jak embrion, oddychała głęboko i równomiernie. Długie włosy zakrywały ją niczym pled.

„Albo wciąż jest wycieńczona – rozważał w myślach Simon – albo też zaskakująco opanowana. Bądź co bądź jedziemy właśnie sprawdzić, czy istotnie zabiła człowieka".

Zastanawiał się, dlaczego właściwie uwikłał się w tę historię, ba, sam zaproponował wyjazd do Lyonu. Podróż z zupełnie obcą kobietą, wejście do mieszkania równie obcego mężczyzny – mało tego, prawdopodobnie, a nie miał co do tego złudzeń, do mieszkania będą się musieli *włamać*, bo jeśli Yves nie żyje, nie będzie raczej w stanie otworzyć im drzwi. Cóż za szalony pomysł. Jaki absurdalny. A do tego niebezpieczny. To może się dla niego źle skończyć, Nathalie może się bowiem okazać największą kłamczuchą pod słońcem. Choć miał nieodparte wrażenie, że o swoich okropnych przeżyciach w Lyonie mówiła jednak prawdę. Może jest doskonałą aktorką? Tak czy owak, wypadła nad wyraz autentycznie. Odwołując się do własnej znajomości ludzkiej natury, uznał, że nie kłamała. Niemniej pewne kwestie zachowała dla siebie. Yves i Lyon to niejedyny jej problem.

„Moja uległość wobec wszystkiego ma związek z moją własną sytuacją" – pomyślał. „Z moją samotnością. Z poczuciem, że wciąż zawodzę. I nieustannie wszystko tylko pogarszam. Oraz pragnieniem, by wreszcie wziąć sprawy we własne ręce i zwrócić ku lepszemu".

Wyjazd z Nathalie do Lyonu oraz wyjaśnienie tej przedziwnej historii wydało mu się jednak lepsze niż bezczynne przesiadywanie przy ulewnym deszczu w domu swego ojca w Cadière i trwonienie bez słowa przedświątecznego czasu.

Po półtorej godziny jazdy Nathalie gwałtownie się wyprostowała, sprawiała wrażenie w pełni przytomnej.

– Jesteśmy już na miejscu?

– Właśnie minęliśmy Orange – wyjaśnił Simon. – Przed nami jeszcze jakieś dwie godziny jazdy.

Oparła głowę o szybę drzwi, po czym spojrzała w jego stronę.

– Czemu pan to robi?

Nie chciał jej wyjawiać swoich ponurych myśli.

– Co innego miałbym zrobić? – zapytał. – Odesłać panią z powrotem na ulicę, bez pieniędzy, bez dokumentów i w panicznym strachu przed policją?

– Nie jest pan za mnie odpowiedzialny. Mógłby pan machnąć ręką na to, co ze mną będzie.

– Ale w pewnej mierze stałem się częścią pani historii. Nie jest mi więc obojętna.

Skinęła głową, lecz wyglądało na to, że z taką postawą nigdy się jeszcze w życiu nie spotkała – a jeśli nawet, był to rzadki przypadek.

Poczuł się nagle nieco zawstydzony, gdyż w jej oczach uczynił z siebie świętego, którym wcale nie był.

– Naprawdę, to dla mnie żaden kłopot. To znaczy, moje życie i mój dzień powszedni nie są akurat tłumnie wypełnione.

– Z nikim się pan na nowo nie związał? Czy może od rozwodu nie minęło jeszcze dość czasu?

– Minęły już dwa lata. Nie, z nikim się jeszcze na stałe nie związałem. – Nie chciał rozmawiać o Kristinie. Jego kretyńskie zachowanie nikogo nie powinno obchodzić.

– Znajdzie pan sobie kogoś. Na pewno. Jest pan przystojny.

Miał nadzieję, że się nie zarumieni. Na policzkach poczuł podejrzaną falę ciepła. Nieruchomo patrzył przed siebie na jezdnię.

– Zobaczymy.

– Kim pan jest z zawodu?

– Jestem tłumaczem.

– Tłumacz? Bomba. Co pan tłumaczy?

– Książki. Z francuskiego i angielskiego.

Była chyba pod wrażeniem.

– Można na tym nieźle zarobić, jak sądzę.

Jeśli na czymś nie da się zarobić, to właśnie na tym.

– Ujdzie – odparł wymijająco. Lista jego zleceń nie wyglądała oszałamiająco.

– Mieszka pan w Niemczech. I ma ten piękny letni dom nad Morzem Śródziemnym. Musi pan mieć pieniądze.

– Dom należy do mojego ojca.

– Ach, no tak. Zgadza się, wspomniał pan o tym.

Uznał, że rozmowa zaczyna dotykać spraw nazbyt osobistych.

– A czym się pani zajmuje? – zapytał. Nie miał najmniejszej ochoty rozprawiać o swoim zamożnym ojcu.

Nathalie spojrzała zakłopotana.

– Nie jestem tak utalentowana jak pan. Żeby tłumaczyć książki... Pracuję jako sprzedawczyni. W sklepie z biżuterią.

– Gdzie?

Poprzedniego dnia nie chciała mu wyjawić, gdzie mieszka. Teraz westchnęła, jakby w głębi ducha uznała, że nie ma to już większego znaczenia.

– W Paryżu.

– Paryż? Wspaniałe miejsce do życia!

– Tak, ale miał pan rację. Dorastałam blisko niemieckiej granicy. W Metzu. To dlatego nieźle mówię po niemiecku.

Przez cały czas rozmawiali po francusku, Simon przypomniał sobie jednak, jak świetnie mówiła po niemiecku.

– Nawet więcej niż nieźle. Powinna to pani wykorzystać zawodowo.

– Dobrze jest, jak jest – odparła.

„W twoim przypadku nie jest aż tak dobrze" – pomyślał. „Wpadłaś w niezłe tarapaty". Nie chciał jej pytać o matkę alkoholiczkę, dlatego ponownie poruszył temat przyjaciela.

– Co się wydarzyło, zanim wyjechała pani z Paryża? Czyżby kłótnia z przyjacielem? Co pognało panią do Lyonu i dlaczego siedziała pani w bramie, głodna i tak zmarznięta, że poszła pani z tym podejrzanym Yves'em?

– Nie pokłóciłam się z przyjacielem. Tylko... trudno to wyjaśnić...

Czekał.

– Musiałam po prostu wyjechać – wyznała w końcu. – I to w takim pośpiechu, praktycznie prosto z pracy, że nie mogłam wrócić do domu i czegokolwiek spakować. Miałam przy sobie tylko torebkę, a w niej portmonetkę, komórkę i dowód osobisty. Nic więcej, co mogłoby się przydać.

Co to za nagląca sprawa, żeby na łeb na szyję wyjeżdżać z miasta? Simon przeczuwał, że domaganie się odpowiedzi mija się z celem. I tak wyjawiła już więcej niż poprzednio. W rozmowie z nią musiał wykazać się wyczuciem, jeśli chciał poznać całą historię.

– W pani portmonetce z pewnością znajdowała się karta debetowa, czy tak? Dlaczego nie pobrała pani pieniędzy z bankomatu, by kupić sobie coś do jedzenia, zamiast zadawać się z takim człowiekiem jak Yves?

– Próbowałam podjąć pieniądze. Jeszcze w Paryżu. Na próżno. Na koncie nic nie zostało. A przy sobie miałam niewiele gotówki.

– To pani konto? Czy...?

– Należało do mnie i mojego przyjaciela – odparła. Na jej twarzy pojawił się wyraz dezaprobaty.

Simon zastanawiał się, czy Nathalie i jej przyjaciel nie żyli przypadkiem ponad stan. A może przyjaciel sprzątnął jej pieniądze sprzed nosa?

– Jak bez pieniędzy dotarła pani do Lyonu?

– Autostopem.

– Prowadzi pani niebezpieczne życie.

– Podwiozła mnie bardzo miła kobieta.

Simon podjął ponowną próbę.

– Jak to możliwe, żeby tak spiesznie ruszać w drogę, nie zajrzawszy wcześniej do domu?

Nathalie wzruszyła ramionami.

– Zdarza się.

– I nie chce pani o tym mówić?

– Nie chcę pana w to wciągać.

Prawie się roześmiał.

– Już to pani zrobiła!

Umilkła. Miał niewątpliwie rację.

– Jak się nazywa pani przyjaciel? – zapytał Simon.

– Jérôme – odparła. Nic więcej. Żadnego nazwiska.

Simon miał nieodparte wrażenie, że ów Jérôme stanowi istotę problemu.

– Proponuję, byśmy raz jeszcze zatrzymali się na jakimś parkingu – oznajmił. – Wzmocnimy się kawą i croissantem, a potem zajmiemy się Lyonem i Yves'em.

– Zgoda – przytaknęła.

Lyon, Francja, wtorek, 15 grudnia

Kiedy dotarli do Lyonu, było już po pierwszej. Raczyli się kawą dłużej, niż zakładali, gdyż wcale nie było im spieszno zmierzyć się z tym, co ich czekało w mieszkaniu Yves'a. Albo wyjdzie im żwawo naprzeciw, wpadnie jednak w szał, gdy zobaczy Nathalie. Albo leży martwy. Trzecia możliwość: co prawda żyje, lecz nie zastaną go w domu. Albo będzie zbyt pijany, by otworzyć im drzwi.

Bez względu na wszystko muszą się dostać do mieszkania. Istotne, by Nathalie odzyskała swoje rzeczy, przede wszystkim dowód osobisty. Simon uknuł tymczasem plan, o którym jednak na razie nie wspomniał: postara się, by odzyskała torebkę, przekona ją, z boską pomocą, że nie zabiła Yves'a, potem wróci z nią do Cadière, po raz ostatni pozwoli jej u siebie przenocować, wręczy jej dwieście euro, po czym każde pójdzie w swoją stronę. I tak zrobił już znacznie więcej, niż musiał, nie czuł wyrzutów sumienia. Jeśli w jej życiu pojawią się kolejne poważne problemy, nie jego to sprawa, tym bardziej że najwyraźniej nie miała zamiaru go wtajemniczać. Sama musi sobie radzić, cokolwiek ją czeka.

Podobnie jak on.

Minęli położone przy miejskiej autostradzie osiedle, które mimo rozległych prac modernizacyjnych nadal sprawiało dość ponure wrażenie, przy najbliższej okazji zjechali z autostrady, po czym przez pewien czas krążyli po okolicy. Simon nie raz przejeżdżał tędy od lat wczesnej młodości i znał niszczejące przez dziesięciolecia wielopiętrowe mieszczańskie domy przy quai Perrache, pamiętające z pewnością lepsze czasy. Z wysokich okien i balkonów, zdobnych w kraty z kutego żelaza, roztaczał się niesamowity widok na szeroki w tym miejscu, leniwie płynący Rodan. W pogodne dni, kiedy tafla wody połyskiwała w promieniach słońca, a rosnące na przeciwległym brzegu rzeki drzewa zakwitały, widok ten musiał być naprawdę uroczy. Któż jednak, zważywszy na hałas biegnącej w pobliżu autostrady, przesiadywał na balkonie i choćby tylko w upalne dni lata otwierał okno? Zamożni ludzie czym prędzej się stąd wyprowadzili, zostali jedynie ci, których na nic innego nie było stać. Stąd też przez długi czas nikt nie inwestował w te domy. Dopiero w ostatnich latach przystąpiono do wyburzania starych i wznoszenia na ich miejscu nowoczesnych budynków.

– To tam – powiedziała nagle Nathalie. Patrzyła przez okno, wytężając wzrok. – Rue Marc Antoine Petit. Tam mnie zaczepił.

Simon skręcił w uliczkę i zaparkował tuż za rogiem. Nadal rzęsiście padało, powietrze było chłodne. Nathalie, dygocąc, naciągnęła mocniej płaszcz, na głowę narzuciła kapuzę. Wyglądała na spiętą i wystraszoną.

– Jeśli tylko zdołam odszukać tę bramę – oznajmiła. – Jego mieszkanie mieściło się trzy domy dalej.

Ruszyli ulicą. Na miejscami nierównym asfalcie utworzyły się kałuże, musieli zważać na każdy krok. Na szczęście wokół panowała kompletna cisza, nikogo nie spotkali. Brzydka pogoda zatrzymała wszystkich w domach.

Nathalie z początku nie miała pewności, gdyż wszystkie bramy były do siebie podobne, wyglądały niemal identycznie. W końcu odniosła wrażenie, że rozpoznaje tę właściwą.

– Tak, to tutaj. Te drzwi mają okienko. A pozostałe nie – wyjaśniła. – To tu siedziałam, kiedy mnie zaczepił.

– Okay – odparł Simon. – A zatem trzy domy dalej?

Nathalie skinęła głową. Ruszyła przodem. Stawiała nierówne kroki. Cała była spięta.

– To tu – powiedziała w końcu i przystanęła.

Dom jak każdy inny, przy samym końcu rue Marc Antoine Petit. Simon spojrzał na fasadę. Niektóre okna skrywały chyba pustostany, w pozostałych wisiały firanki, niegdyś pewnie białe, dziś zszarzałe i pożółkłe od starości i papierosowego dymu. W nielicznych stały nawet kwiaty.

Obok drzwi wejściowych zobaczyli domofon, lecz tylko przy niektórych guzikach widniały wywieszki z nazwiskiem. I tak nieprzydatne, gdyż Nathalie nie znała nazwiska Yves'a. Pchnęła drzwi, które bez problemu się otworzyły, za nimi ujrzeli wysoką, ciemną klatkę schodową, odbijającą echem ich kroki. Cuchnęło mieszaniną zestarzałego jedzenia i niemowlęcych pieluch.

– Czwarte piętro – oznajmiła Nathalie. – Tak sądzę.

Nadal szła przodem. Schody skrzypiały pod ich stopami. Na ścianie ktoś napisał *Fuck you!*. Na jednym z podestów leżał mechaty dywan, całkiem zapaskudzony. Wzruszająca próba stworzenia choćby wrażenia przytulności.

Simon zaczął nagle gorzko żałować, że dał się uwikłać w tę przygodę. Nie był typem bohatera. Nie dorósł do tego. Być może Yves rzuci się na niego. Simon jeszcze nigdy w życiu nie został zaatakowany, nigdy też nie musiał się bronić. Zdawał sobie sprawę, że w takiej sytuacji sobie nie poradzi.

Dotarli na czwarte piętro. Po obu stronach schodów ujrzeli drzwi. Nathalie przystanęła przy tych z lewej.

– Tu – powiedziała.

Nic więcej. Simon zauważył, że o ile do tej pory zmierzała prosto do celu, teraz nagle zastygła w miejscu, nie wiedząc, co dalej. Skuliła się. W jednej chwili straciła całą swą siłę i energię. Simon, choć z zawstydzeniem, najchętniej zaproponowałby, aby po prostu zawrócili, powstrzymała go jednak resztka dumy. Minął Nathalie i zapukał do drzwi. Dzwonka nie było.

– Halo?! – zawołał. – Proszę otworzyć.

Kompletna cisza.

– Przecież mówiłam, że nie żyje.

– Może po prostu nie ma go w domu.

Stali przed drzwiami, nie wiedząc, co począć. Stwierdzenie *Może nie ma go w domu* zwyczajnie im nie wystarczało. Musieli odzyskać należące do Nathalie rzeczy.

– Może zaczekamy chwilę – zaproponował Simon.

– On nie przyjdzie.

– Ale nie możemy przecież tak po prostu wyważyć drzwi.

– Czemu nie? Nie sądzę, by ktoś się tym przejął.

Simon nie chciał się przyznać, że nie ma zielonego pojęcia o wyważaniu drzwi. Miał za to coraz silniejsze wrażenie, że znalazł się w nie swoim świecie. Nic w dotychczasowym życiu nie przygotowało go na taką okoliczność.

– Za dużo hałasu – wyjaśnił. – W tym domu mieszkają jeszcze inni ludzie. Nie powinniśmy chyba ściągać teraz na siebie uwagi.

Spróbował przekręcić gałkę. Drzwi bez trudu się otworzyły.

Oboje mimowolnie wstrzymali oddech. W niejednej książce czy filmie szczegółowo opisano woń unoszącą się w pomieszczeniu, w którym całymi dniami leżały zwłoki.

– Ja tam nie wejdę – wyrzuciła z siebie Nathalie. – Ani kroku dalej!

Simon ostrożnie zaczerpnął tchu. Pomijając fakt, że w całym budynku nie pachniało zbyt ładnie, wydawało się, że z mieszkania Yves'a nie dobywa się jakiś szczególnie ostry odór. Simon poczuł dziwną woń, nie umiał jednak określić jej charakteru.

– Jest pani pewna, że to właściwe mieszkanie?

– Tak. Poznaję nawet dywan w przedpokoju. – Wskazała na kawałek sizalowej maty, widocznej przez uchylone drzwi. – To mieszkanie Yves'a.

– Chyba jednak nie leży martwy – uznał Simon. – Wyczulibyśmy po zapachu.

– Ale pachnie dziwnie – stwierdziła Nathalie, zaczerpnąwszy tymczasem ostrożnie tchu.

– Po upływie niemal tygodnia byłoby jednak inaczej.

– Nie wejdę tam – powtórzyła Nathalie.

Simon zrozumiał, że musi teraz odegrać rolę bohatera i wejść do mieszkania tego podejrzanego Yves'a. Albo nie ma go w domu, albo leży pijany w łóżku. Musi tylko zabrać z kuchni torebkę – o ile Yves jej gdzieś nie uprzątnął – musi się też upewnić, że tamten *nie leży martwy w kuchni*, a wtedy będą mogli stąd odjechać i wszystko się ułoży.

Wszedł do mieszkania.

Minutę później wiedział już, skąd się wziął ów dziwny zapach. Kolejne pół minuty później pochylał się nad zlewem i wymiotował.

Zrozumiał wtedy, że decyzja, by pospieszyć z pomocą młodej kobiecie na plaży, była ogromnym błędem.

Stali na klatce schodowej i rozmawiali po niemiecku. Zdecydowali tak w niemym porozumieniu. Nigdy nie wiadomo, kto podsłuchuje za drzwiami.

Nathalie nadal nie chciała wejść do mieszkania. Kiedy Simon z poszarzałą, zlaną potem twarzą wybiegł chwiejnym krokiem na klatkę schodową, wiedziała już, że oto potwierdziły się jej najgorsze obawy.

– Nie żyje. Mówiłam przecież. Ja go zabiłam. O Boże, co mam teraz... – Przytrzymała się poręczy wstrząśnięta i przerażona. Chciała mieć pewność co do losu Yves'a, co innego jednak przekonać się o tym na własne oczy.

– Dobry Boże – odezwał się Simon. Mdliło go, dygotał. Miał wrażenie, że krew przestała w nim krążyć. – Tak pani tego nie opisała, Nathalie. Nie aż *tak*!

– Opisałam tak, jak było naprawdę.

– On... Nathalie, doskonale rozumiem, że broniła się pani przed jego natarczywością, ale czy musiała go pani zwyczajnie *zmasakrować*?

Spojrzała zmieszana.

– Zmasakrować? Uderzyłam go w głowę butelką, a wtedy on…

– Ach, niechże pani przestanie. Ten człowiek został dosłownie zarżnięty. Za pomocą noża, nie butelki. Cała kuchnia tonie we krwi. Stąd ten zapach, Nathalie. Ta metaliczna, słodkawa woń. To krew!

Nadal sprawiała wrażenie niezwykle zmieszanej. I to szczerze, uznał Simon.

– Przysięgam, Simon, ja… ja chwyciłam butelkę, jestem tego pewna. Rozbiłam mu ją na głowie, a potem uciekłam. Zostawiłam nawet moją torebkę, bo nie zdążyłam jej zabrać. Naprawdę pan sądzi, że zamiast tego szukałabym noża i bez pośpiechu… – Nie dokończyła.

– To niech pani tam wejdzie! Niech pani wejdzie do kuchni i sama zobaczy, jak go pani urządziła! – Mówił coraz głośniej.

Nathalie dotknęła jego ramienia.

– Nie tak głośno. Proszę!

Otarł pot z czoła. Zawroty głowy stopniowo ustępowały. Znów widział jaśniej, jaśniej myślał.

– Idę na policję, Nathalie. Przykro mi. Ale nie stanę się milczącym świadkiem… w takiej sprawie jak ta! Tego nie da się uzasadnić nawet obroną konieczną.

Zdawała się bliska płaczu.

– Simon, proszę, przysięgam, że nie miałam żadnego noża. Przysięgam na Boga.

– Skąd mogę wiedzieć, ile znaczy Bóg dla takiej osoby jak pani? – odparł ze złością.

Był rozgniewany. Wściekły. Na Nathalie, ale przede wszystkim na samego siebie. Spojrzeli po sobie. Po chwili oboje spokojniej odetchnęli.

– Zapach jest nie dość intensywny – rzekła w końcu Nathalie.

– Co takiego? Oboje go wyczuliśmy.

– Tak, ale proszę pomyśleć. Nawet jeśli wątpi pan we wszystko, co mówię, musi pan jednak przyznać, że od wczorajszego przedpołudnia byłam u pana w domu nad morzem. Czyli od ponad dwudziestu czterech godzin. Gdybym uprzednio zabiła Yves'a, to doliczając do tego czas, jaki zajęło mi dotarcie z Lyonu do Les Lecques, musiałby mocniej cuchnąć. I to tak, że po otwarciu drzwi odór by nas powalił. Sam pan to przedtem stwierdził. Owszem, dziwnie pachniało. Ale nie aż tak mocno, byśmy spodziewali się najgorszego.

Zamyślił się. Jej rozumowaniu nie sposób było odmówić słuszności. Z drugiej jednak strony nie miał pojęcia, jak zmienia się woń rozkładającego się ciała. A do tego tyle krwi... Czy zapach rzeczywiście był za słaby?

– Znalazł pan moją torebkę? – zapytała Nathalie.

Na torebkę nie zwrócił uwagi. Myślał tylko o tym, by sięgnąć zlewu, zanim zwymiotował do niego całe śniadanie.

– Nie zauważyłem jej – odparł. – I szczerze mówiąc, nie miałem do tego głowy.

– Czy nie...

– Wszedłbym tam jeszcze raz? O nie. Naprawdę. Jeśli chce pani odzyskać swoją torebkę, sama musi się pani pofatygować. Może przy okazji zobaczy pani na własne oczy, co pani zrobiła najlepszego.

Przygryzła wargi. Ponownie otworzyła drzwi. Fala słodkawej woni, która w nich uderzyła, wydawała się silniejsza niż jeszcze parę minut wcześniej.

Złudzenie? Czy może rzeczywiście tak szybko to postępuje? Wówczas teoria Nathalie może być całkiem słuszna. Choć Simon wcale nie chciał tam wracać, ruszył w ślad za nią.

Kuchnia znajdowała się niemal na wprost drzwi wejściowych. Krew widniała już na dywanie – Simon domyślił się, że mogą to być jego własne ślady. Ich zachowanie zjeżyłoby włosy na głowie każdego policjanta: właśnie chodzili po miejscu zbrodni, skutkiem czego późniejsza analiza śladów nie pozwoli na sformułowanie jednoznacznych wniosków. A przy tym sami dopisywali się do listy podejrzanych.

Powinien natychmiast, bez dalszego wahania, zadzwonić na policję. Zamiast tego wszedł do kuchni. Nathalie stała obok stołu i skonsternowana rozglądała się wokół.

Yves – Simon mocno wierzył, że to jego zwłoki – leżał na brzuchu tuż pod oknem. Widać było ciemne, nastroszone włosy, zmaltretowane ciało, znoszone, wyświechtane ubranie. Wokół rozlało się jezioro krwi. Krwiste bryzgi poplamiły ściany, sufit, stół, krzesła. Futrynę okna.

– Jak krew może się tak bardzo rozprysnąć? – zdziwiła się Nathalie.

Pytanie to zabrzmiało zdumiewająco rzeczowo w obliczu koszmarnej scenerii, Simon był jednak rad, że dziewczyna nie wpadła w panikę. Nie zaczęła histerycznie wrzeszczeć ani nie zemdlała.

– Krew tętnicza gwałtownie się rozpryskuje – wyjaśnił. – Tak przynajmniej czytałem.

– A co...

– Wydaje mi się, że poderżnięto mu gardło. Wygląda na to, że zadano mu również ciosy nożem w plecy. Prawdopodobnie także w brzuch. – Zastanawiał się, *komu* prezentuje te mądrości. Morderczyni? Czy może osobie równie mocno zszokowanej jak on sam?

– Ja tego nie zrobiłam – zapewniła Nathalie. – Na litość boską, nie byłabym do tego zdolna! – Pewnie sporo ją to kosztowało, uklękła jednak obok Yves'a i chwyciła jego rękę.

Chwilę potem zerwała się na równe nogi.

– On jest jeszcze ciepły. Simon, niech pan tu podejdzie, niech pan spojrzy! On wciąż jest ciepły.

Simon ostrożnie przeszedł przez kuchnię. Zapach bezsprzecznie stał się intensywniejszy, a to przemawiało na korzyść teorii Nathalie, twierdzącej, że Yves nie leżał tu zbyt długo. Co się jednak wydarzyło? Kto jest za to odpowiedzialny? I czy możliwy byłby aż tak niezwykły splot okoliczności, by mężczyzna został najpierw uderzony butelką przez kobietę, przeżył ów atak, po czym kilka dni później w okrutny sposób zamordował go we własnym mieszkaniu ktoś zupełnie inny? Kim był ten Yves? Na czym polegała jego rola w tej historii?

Ukląkł przy nim, zebrał się na odwagę i chwycił dłoń zmarłego. Nathalie miała rację: dłoń nie była lodowata, jak można by oczekiwać. Istotnie, wciąż pozostawała dość ciepła.

Przerażony puścił ją, opadła na podłogę w kałużę krwi. Krew prysnęła w górę i poplamiła jasnoszary sweter Simona.

– Na litość boską! – zawołał. – To musiało... to mogło się stać dosłownie przed chwilą!

W głowie zaświtała mu kolejna myśl. Czy ten człowiek rzeczywiście jest martwy? Ilość krwi nie pozwalała na sformułowanie innego wniosku, mimo to Simon poszukał pulsu. Nic. Yves już nie żył.

Uniósł głowę, spojrzał na Nathalie. W jej oczach dostrzegł strach, niemal panikę.

– Oni dopiero co tu byli – powiedziała. – A to oznacza, że wciąż są w pobliżu. Simon, musimy uciekać. Jak najszybciej.

– Kim są *oni*? – zapytał, zrywając się na równe nogi, przejęty jej pośpiechem i strachem.

– Później – odparła. – Teraz nie ma na to czasu. Szybko, chodźmy!

Wzięła go za rękę, wybiegli z mieszkania. Dopiero gdy dotarli na parter, Simon przypomniał sobie, że nie zabrali torebki Nathalie. Naraz straciło to jednak wszelkie znaczenie.

– Chcę wyjaśnień, Nathalie – oznajmił, kiedy biegli w strugach deszczu w kierunku samochodu. – I to cholernie dobrych wyjaśnień. W przeciwnym razie natychmiast idę na policję!

– Później – powtórzyła – później.

Tym razem, domyślał się, wyzna mu wszystko.

Sofia, Bułgaria,
wtorek, 15 grudnia

Pożegnawszy się z Danem, Kirił od razu pojechał metrem do Gregora Siemionowa. Miał nadzieję, że zastanie go w domu; skoro wziął zwolnienie lekarskie, nie powinien się włóczyć po mieście.

Gregor Siemionow mieszkał w Ljulinie, na osiedlu z wielkiej płyty wzniesionym na obrzeżach Sofii, na ósmym piętrze bloku z zepsutą windą. Kirił pokonał całą masę schodów, w końcu stanął, ciężko dysząc, przed drzwiami. Nacisnął dzwonek, zdawało mu się, że słyszy odgłosy kroków. Zaraz potem zrobiło się jednak cicho jak makiem zasiał.

Ktoś przebywał w mieszkaniu, lecz nie chciał otworzyć drzwi.

– Halo! – zawołał Kirił. Usiłował nie krzyczeć zbyt głośno, by nie postawić na nogi mieszkańców całego bloku, chciał jednak nawiązać kontakt z człowiekiem kryjącym się za drzwiami. – Jestem przyjacielem Dana. Dana Lukajewa.

Nikt się nie poruszył.

Kirił spróbował ponownie.

– Otrzymałem pańskie nazwisko i adres od Dana Lukajewa. Opowiadał mi, że pan także wysłał swoją córkę za granicę. Za pośrednictwem agentki o imieniu Vjara. – Dopiero w tej chwili uzmysłowił sobie, że nie zna jej nazwiska. Ani adresu. Numeru telefonu. Zupełnie nic.

Odezwiemy się, powiedziała Vjara na pożegnanie. I na tym koniec. Pozwolili się zbyć byle czym.

– Proszę! Wiem, że pan tam jest. Mam tylko pytanie. Oddaliśmy Vjarze naszą córkę, żeby mogła na Zachodzie zacząć lepsze życie. A teraz nie mamy od niej żadnych wieści. Moja żona źle się czuje z tego powodu. Sam się zamartwiam. Potrzebuję od córki jakiegoś znaku życia, miałem nadzieję, że pan mi pomoże.

Z początku nadal panowała niezmącona cisza. Po chwili jednak dało się słyszeć odgłosy kroków. Ktoś zbliżał się do drzwi. Powoli, z wahaniem. Powłócząc nogami. Przystanął tuż przy drzwiach.

– Proszę, niech pan otworzy – odezwał się Kirił.

Wreszcie drzwi się uchyliły. Ukazała się w nich wystraszona twarz starszej kobiety.

– Tak? – szepnęła.

– Kirił Dankow. Czy pani jest żoną Gregora Siemionowa?

Skinęła głową.

– Katarina Siemionowa. Proszę, niech pan wejdzie.

Uchyliła drzwi tylko trochę, by mógł się wśliznąć do środka, po czym natychmiast je zamknęła. Przejęło go dziwne uczucie. Niczym ze starego filmu z czasów komunistycznej Bułgarii. Kiedy ludzie czuli strach przed służbą bezpieczeństwa. Lata potajemnych spotkań, nerwowych szeptów i czym prędzej zamykanych za sobą drzwi. Gdy niebezpiecznie było zaufać sąsiadom, każdy bowiem mógł być szpiclem. Te czasy już minęły. Lecz Katarinę Siemionową niewątpliwie wciąż przejmował strach. I to potworny.

W przedpokoju stały liczne kartony, torby i walizki. Jakby Siemionowowie zamierzali się właśnie przeprowadzić. Albo przynajmniej na dłuższy czas wyjechać.

– Jak już mówiłem – zaczął Kirił – chodzi o naszą córkę...

Katarina skinęła głową i dała znak, by poszedł za nią. Weszli do pokoju dziennego. Także tu pełno było zapakowanych toreb. Przy oknie stał mężczyzna. „To pewnie Gregor" – pomyślał Kirił. Jego wzrok z miejsca przypomniał mu o Iwanie. Zmrożony. Skostniały.

Przy stole w kącie siedziała młoda dziewczyna. Mogła mieć siedemnaście albo osiemnaście lat. Długie czarne włosy. Duże ciemne oczy. Miała na sobie szary dres do joggingu, o wiele za duży, oraz różowe sportowe buty. Patrzyła nieruchomo przed siebie. Kiedy do pokoju wszedł Kirił, tylko na chwilę uniosła głowę.

Wstrzymał oddech. Nigdy przedtem nie widział piękniejszego stworzenia.

– To mój mąż Gregor – przedstawiła Katarina. – I nasza córka Selina.

– Nie powinnaś nikogo tu wpuszczać – odezwał się Gregor. W jego głosie nie pobrzmiewał żaden wyrzut. Jedynie głębokie znużenie.

– On szuka córki – wyjaśniła Katarina.

– Albo kobiety prowadzącej agencję w Rzymie. Ma na imię Vjara – przemówił Kirił. – Nie znam jej nazwiska. Ani adresu.

– My też nie – odparł Gregor.

– Ale nawiązał pan z nią kontakt?

Gregor wskazał na Selinę, która znów spuściła głowę.

– Selinę zaczepiono w dyskotece. Jakiś młody mężczyzna. Nazywa się Michajło. Powiedział jej, że jest niewiarygodnie piękna...

„Wcale nie skłamał" – pomyślał Kirił.

– ...i może zarobić mnóstwo pieniędzy jako fotomodelka. Będzie bogata. Sławna. Jej twarz pojawi się na okładkach wszystkich dużych magazynów. Dała mu nasz adres, odwiedził nas. Razem z Vjarą. Zaufaliśmy tej kobiecie.

Kirił skinął głową. Podobnie było i w jego przypadku. Swoją obecnością, sposobem bycia, powierzchownością Vjara rozpraszała wszelkie przejawy nieufności.

– A czemu jest tu państwa córka? – zapytał. – Czy nie wyjechała na Zachód?

– Byłam temu przeciwna – odparła Katarina. – Od samego początku. Cała ta gadanina o karierze fotomodelki, a może nawet aktorki... Będzie bogata i sławna... Selina odchodziła od zmysłów. Koniecznie chciała jechać. Za wszelką cenę. Tłumaczyłam jej, że to brzmi zbyt pięknie, by było prawdziwe. Nie tak łatwo stać się bogatą i sławną. Dla mnie to były po prostu czcze obietnice. Za dużo gwiazdek z nieba, rozumie pan?

– Nie zdołalibyśmy jej zatrzymać – odezwał się Gregor. – Wciąż to powtarzam Katarinie. Od rana do wieczora dręczą ją wyrzuty sumienia. Ale Seliny nie sposób było powstrzymać. Pojechałaby i bez naszej zgody. Co mieliśmy zrobić? Zamknąć ją w pokoju?

– Czy... otrzymali państwo pieniądze? – zapytał Kirił.

Wydawało się, że Siemionowowie już się pogodzili z faktem, że stracili resztki swej reputacji, gdyż oboje ochoczo przytaknęli.

– Ściśle mówiąc – zaznaczył Gregor – była to zaliczka na poczet pracy Seliny. Połowa dla niej, połowa dla nas.

– Kiedy Selina wróciła, nie miała przy sobie żadnych pieniędzy – dodała Katarina. – Wszystko jej odebrano. Łącznie z paszportem. Nie miała z sobą praktycznie nic oprócz ubrania.

– A dlaczego wróciła? – Kirił czuł się coraz dziwniej, rozmawiając o przebywającej z nimi w pokoju dziewczynie, jakby jej tam wcale nie było. Selina sprawiała jednak wrażenie osoby zupełnie nieobecnej, nie chciała też chyba uczestniczyć w ich rozmowie. Wlepiła wzrok w podłogę u swoich stóp, jej twarz pozostawała bez wyrazu.

– Wczoraj wczesnym rankiem zjawiła się przed drzwiami naszego mieszkania. Jest w kiepskim stanie – oznajmiła Katarina drżącym głosem. – Moje dziecko. Moje jedyne dziecko. Nie może pan tego zobaczyć przez ubranie, ale całe jej ciało wygląda przerażająco. Niebieskie plamy, krwawe zadrapania, stłuczenia. Była bita.

– Przez kogo? – Kirił musiał się przytrzymać oparcia krzesła.

Gregor wzruszył ramionami.

– Tego nie wiemy.

– Byli państwo na policji?

– Nie. Chcieliśmy tam pójść, ale Selina błagała nas, byśmy tego nie robili. Udało jej się jakoś do nas dotrzeć, podróżowała cały tydzień, głównie autostopem. I chce stąd wyjechać. Razem z nami. Mówi, że nie jesteśmy tu bezpieczni. Powtarza, że oni wciąż depczą jej po piętach.

– Ale kto, na litość boską?

Katarina zalała się łzami.

– Zanim jeszcze Selina do nas wróciła, odbieraliśmy telefony. Anonimowe. Wypytywano nas o córkę. Niczego nie podejrzewaliśmy. Potem dwukrotnie zjawili się u nas bardzo dziwni mężczyźni. Naprawdę groźne, brutalne typki. Chcieli wiedzieć, gdzie jest Selina. Nadal o niczym nie wiedzieliśmy, i chyba nam uwierzyli, że jej u nas nie ma. Ile jednak czasu minie, nim znów się tu zjawią? Selina ma rację: szukają jej. A gdyby pan na własne oczy zobaczył tych ludzi, zrozumiałby pan, że policja nie będzie nas w stanie obronić.

– Ale... nie do końca rozumiem. To znaczy... Selina uciekła i pewnie w agencji uważają się za oszukanych. To jednak da się przecież wyjaśnić, można by...

– Agencja! – przerwał mu Gregor. Jego głos zabrzmiał niemal szyderczo. – Agencja!

Kirił spojrzał na niego.

– Agencja z siedzibą w Rzymie.

– Nie istnieje żadna agencja – odparł Gregor. – Tyle już wiem. Selinę zabrano do Francji. Do Paryża.

– Do Paryża?

– I nie miała tam wcale pracować jako modelka. Tylko w burdelu.

Kirił łapał powietrze.

– W burdelu?

– Kiedy się wzbraniała, znęcano się nad nią. Zdołała uciec. A teraz oni poruszą niebo i ziemię, żeby ją odnaleźć. Dlatego musimy stąd zniknąć.

– Kim są *oni*? – zapytał Kirił.

– Tego nie wiem – odparł Gregor.

Kirił miał wrażenie, że traci grunt pod nogami. Zwrócił się do dziewczyny:

– Selino, proszę cię, opowiedz...

– Nic pan od niej nie usłyszy – przerwała mu Katarina. – Opowiedziała nam tyle, ile mogła, od tej pory milczy. To nie ma sensu.

Gregor wskazał na torby i kartony.

– Traktujemy to bardzo poważnie. Uciekamy stąd. Musimy spróbować się ukryć. Tutaj nie jesteśmy już bezpieczni. Proszę nie pytać, dokąd jedziemy, i tak panu nie powiemy.

– Powinien pan już iść – oznajmiła Katarina. – Naraża się pan, zadając się z nami.

Kirił stał jak odrętwiały.

– Co będzie z moją córką? – szepnął.

Lyon, Francja, wtorek, 15 grudnia

– Przed kim uciekasz? – zapytał Simon.

Rozmawiali w bardziej zażyłym tonie. Formalności wydały się naraz niestosowne. Stali razem w tej okropnej, skąpanej we krwi kuchni i patrzyli na zmasakrowane ciało Yves'a. Trzymając się za ręce, zbiegli po schodach, przeskakując po cztery stopnie naraz, po czym ukryli się w samochodzie Simona. Każde z nich mogło wyczuć strach drugiego, choć Simon nawet nie wiedział, jakiego rodzaju niebezpieczeństwo im grozi. Znaleźli się w łodzi, a wokół nich właśnie zerwał się sztorm, tak obrazowo opisałby Simon ich położenie. Nie musieli już dłużej zachowywać wobec siebie sztucznego dystansu, już dawno został zatarty przez zaistniałe zdarzenia.

Nathalie błagała go, by natychmiast wyjechali z Lyonu, Simon jednak pozostał nieugięty.

– Nigdzie cię z sobą nie zabiorę – oświadczył – póki nie dowiem się wszystkiego.

Zaparkowali na obrzeżu starówki, poszli pieszo w głąb starego Lyonu, znaleźli kawiarnię. Usiedli przy kawie z mlekiem i croissancie, którego jednak nie tknęli. Wydarzenia minionej godziny zupełnie odebrały im apetyt.

Oprócz nich w sali przebywały jeszcze tylko dwie osoby – dwie młode dziewczyny, które co prawda siedziały razem przy jednym stoliku, lecz w ogóle z sobą nie rozmawiały, bez reszty zapatrzone w ekrany swoich smartfonów. Za ladą stał ponuro zerkający mężczyzna, ślęczał nad krzyżówką. Za oknem wciąż padał deszcz. Ulicą przechodziło niewielu ludzi. To przez tę pogodę pod psem.

Nathalie zamieszała w filiżance. Zamiast odpowiedzieć na pytanie, sama zapytała:

– Czy już mi wierzysz, że nie zabiłam Yves'a?

Skinął głową.

– Na to wygląda. Rzeczywiście, chyba dopiero dziś został zamordowany, i to tuż przed naszym przybyciem.

Nathalie aż przeszły ciarki.

– Gdybyśmy po drodze nie zatrzymali się na tak długi odpoczynek... Pewnie byśmy się na nich natknęli.

Simon pochylił się do przodu.

– Na *kogo*, Nathalie? Na kogo byśmy się natknęli?

– Tego nie wiem.

– Nie wierzę ci.

Westchnęła.

– Naprawdę niewiele wiem. Tylko tyle, że Jérôme śmiertelnie się bał i że...

– Mieszkacie razem?

– Tak.

– Czym on się zajmuje zawodowo?

Nathalie się zawahała.

– Przed dwoma laty pracował w firmie kurierskiej.

– Okay. A teraz?

– Zarabiał mizernie. Nastały kiepskie czasy. W każdym razie we Francji. Prawie dla każdego.

– Zmienił zatem pracę?

– Tak. Któregoś wieczoru wrócił do domu podekscytowany. Dostał świetną propozycję. Mógłby zarabiać trzy razy tyle co dotychczas, co najmniej trzy razy tyle. Zwerbowała go jakaś firma. Szukali kogoś do transportu. Kierowcy.

– Co to za firma?

– Przedsiębiorstwo transportowe działające na terenie całej Europy. Przewiozą niemal wszystko, do czego ich najmiesz.

– Jak się na niego natknęli?

– Dostarczył przesyłkę kurierską do centrali tej firmy, wdał się tam z kimś w rozmowę, powiedziano mu, że nadal poszukują kierowców. Brzmiało to naprawdę dobrze. Więc mu poradziłam, żeby przyjął propozycję. Choć wiedziałam, co to oznacza: że całymi dniami będzie w drodze i zostanie nam przez to mniej czasu dla siebie. Miałam jednak nadzieję, że przestanie się zamartwiać stanem swych finansów. I tak też się w istocie stało.

– Ale...? – zapytał Simon.

Spojrzała nań poirytowana.

– Ale?

– Ta historia kryje w sobie jakieś *ale*. Jesteście szczęśliwi i zadowoleni, twój przyjaciel ma świetną pracę – ale ty mimo to uciekasz przed ludźmi, których nie znasz, przypadkowo poznany w Lyonie mężczyzna zostaje zamordowany, i to kilka dni po twojej wizycie w jego mieszkaniu, na domiar złego śmiertelnie się boisz. Na sam dźwięk słowa *policja* wpadasz w panikę. A więc: co się wydarzyło? Po tym, jak Jérôme przeszedł z firmy kurierskiej do tej spedycyjnej?

Westchnęła.

– To mężczyzna mojego życia – wyznała. – Wyciągnął mnie z bagna. Z dala od mojej matki, kompletnie pijanej przez dwadzieścia trzy godziny na dobę. Szprycującej się alkoholem i faszerującej tabletkami, tak że nie była w stanie ze mną rozmawiać, o ile w ogóle zdawała sobie jeszcze sprawę z mojego istnienia. Z dala od przybranej matki, u której mnie umieszczono – choć bardzo się starała, nie potrafiła mi pomóc i z czasem straciła cierpliwość. Uchronił mnie przed ludźmi z Jugendamtu, którzy najchętniej zamknęliby mnie w psychiatryku. Ocalił mnie przed zagłodzeniem. Zupełnie przestałam jeść. Po prostu nie byłam w stanie. Pozostawało jedynie kwestią czasu, kiedy padnę nieżywa.

– Rozumiem.

– Założę się, że wcale tego nie rozumiesz! – zawołała w nagłym przypływie złości. – Nie masz pojęcia o warunkach, w jakich dorastałam. O tym, jak wygląda takie dzieciństwo, jak można się czuć, gdy twoja matka ciągle tylko chleje, a ojciec nie chce cię znać. Gdy nigdy nie starcza pieniędzy i trzeba mieszkać w najpodlejszej dzielnicy miasta. Założę się, że ciebie wszyscy tylko hołubili i...

Ponury mężczyzna za ladą uniósł wzrok znad krzyżówki. Natomiast dwojga młodych dziewcząt nawet wybuch bomby nie byłby w stanie oderwać od ich smartfonów.

Nathalie zniżyła głos.

– Przepraszam.

– Nie szkodzi.

– Ja i Jérôme zawsze byliśmy szczęśliwi. Stanowiliśmy jedność. Rzadko padało między nami złe słowo. Aż trudno w to uwierzyć, jeśli się zważy, w jakich warunkach dorastałam... na osiedlu, gdzie każde małżeństwo prowadzi z sobą wojnę, a policja interweniuje po kilka razy dziennie, bo znów doszło do bijatyki... Nie sposób w to uwierzyć, że można spotkać takiego człowieka jak Jérôme.

– Nawet jeśli zaraz znów wybuchniesz: potrafię to zrozumieć – odparł Simon. – Naprawdę.

Sprawiała wrażenie nieco zawstydzonej.

– Bardzo przepraszam – powtórzyła. – Przecież nie mam pojęcia, jak wyglądały twoje dzieciństwo i młodość.

Simon pomyślał o materialnym zbytku, w jakim dorastał, i o tym, jak dobitnie ojciec dawał mu do zrozumienia, że ma go za nieudacznika.

– Inaczej – odparł. – Moje dzieciństwo na pewno wyglądało inaczej. Nie zawsze jednak było łatwe.

Skinęła głową. Szczupłymi palcami przesuwała po obrusie nieprzydatną łyżeczkę do kawy.

– Z początku wszystko się układało. Mam na myśli tę nową pracę. Jérôme często wyjeżdżał, strasznie za nim tęskniłam, lecz kiedy wracał do domu, czułam podwójną radość. Nie narzekał już na brak pieniędzy, był rozluźniony, dużo opowiadał. To były dobre czasy. Może nawet najlepsze, jakie przeżyliśmy. Potem jednak, jakieś dziewięć miesięcy temu...

– Tak?

– Zmienił się. Z początku nie przykładałam do tego zbytniej wagi, myślałam, że cóż, każdy może mieć kiepski dzień. Lecz Jérôme po prostu nie był sobą. Nadal całe dnie spędzał w drodze, lecz już nie wracał do mnie uszczęśliwiony i rozradowany. Nieustannie sprawiał wrażenie przygnębionego, był małomówny. Po prostu... zupełnie odmieniony.

– Z pewnością go o to zagadnęłaś?

– Naturalnie. I to nie raz. Z początku zwyczajnie zaprzeczał, że się zmienił. Uważał, że coś sobie ubzdurałam. Któregoś dnia przyznał jednak, że praca nie sprawia mu już frajdy.

– Podał powody?

– Żadnych, które mogłabym uznać za uzasadnione. Długie trasy, dużo czasu poza domem... tego typu kwestie. Przedtem mu to jednak nie przeszkadzało, wręcz przeciwnie, dodawało mu animuszu. I raptem miałoby się to zmienić? Nie potrafiłam tego pojąć. Nieustannie miałam wrażenie, że kryje się za tym coś więcej. Lecz nieważne, jak długo prosiłam i drążyłam, i tak nie otrzymałam odpowiedzi.

– Czy nabrałaś podejrzeń, że zaczął się zadawać z niewłaściwymi ludźmi?

– Z niewłaściwymi ludźmi?

– Ciągle o nich mówisz. *Oni* dopiero co tu byli, *oni* zamordowali Yves'a, to na *nich* o mały włos się nie natknęliśmy. Wspomniałaś, że Jérôme śmiertelnie się bał. Kogo? *Ich*? Czy to ludzie związani z jego pracą? Skąd *ich* zna?

– Tego dokładnie nie wiem. Wtedy jeszcze nie rozmyślałam o niebezpieczeństwie. O *niewłaściwych ludziach*. Błądziłam po omacku. Nadal błądzę po omacku. – Przeszedł ją zimny dreszcz, skuliła ramiona, spojrzała na niego tym swoim rozpaczliwym, wyzutym z wszelkiej nadziei wzrokiem, który dzień wcześniej skłonił go, by jej pomóc, choć zupełnie jej nie znał i dość miał własnych kłopotów. – Teraz jednak wiem, że grozi nam jakieś niebezpieczeństwo. Jérôme nie jest bezpieczny. Ja także. Podobnie jak nie był ten nieszczęsny Yves, od chwili, kiedy zabrał mnie do swojego mieszkania.

„Ot, informacja z rodzaju tych, które dodają odwagi" – pomyślał Simon.

– W takim razie ze mną jest podobnie – wywnioskował. – Od chwili, gdy zabrałem cię z plaży, a potem byłem na tyle szalony, by przyjechać z tobą do Lyonu. – Sięgnął po portmonetkę, wyjął banknot i położył go na stole. – Idziemy na policję, Nathalie. Czy tego chcesz, czy nie.

Położyła dłoń na jego ramieniu.

– Pozwól mi opowiedzieć, co się wydarzyło.

Początek grudnia dwa tysiące piętnastego roku. Jérôme i ja mieszkaliśmy w Issy-de-Moulineaux, na przedmieściach Paryża. Pracowałam w niewielkim sklepiku z biżuterią, mieszczącym się w bocznej uliczce przy Polach Elizejskich. Oferował mnóstwo okropnych, bezwartościowych błyskotek, cieszących się jednak sporym zainteresowaniem wśród młodych dziewcząt. Sama byłam jeszcze młodym dziewczęciem, dlatego dobrze się rozumiałam z moimi klientkami. Liczyły się z moją opinią. Nie lubiłam biżuterii, którą sprzedawałam, nikt tego jednak nie zauważał, a doradzając klientkom przy zakupie, bardzo się starałam. Moja szefowa, madame Guillot, była ze mnie zadowolona.

– Naprawdę dobrze sobie radzisz, Nathalie – powtarzała często.

Po południu ósmego grudnia mogłam wyjść z pracy już o pół do piątej. To był wtorek, od godzin południowych w sklepiku panował niecodzienny tłok, byłam okropnie zmęczona. Miałam nieznośny ból głowy, czułam się chora, jakby dopadła mnie grypa, dlatego madame Guillot w końcu wysłała mnie do domu.

– Połóż się do łóżka – poradziła. – Może jutro znów będziesz w formie!

Marzyłam przede wszystkim o kąpieli. O ciszy i spokoju naszego małego mieszkania.

Jérôme wyjechał w piątek do Kopenhagi i zamierzał wrócić najpóźniej we wtorek. Lodówka świeciła pustkami, a nie jest to sytuacja, o jakiej marzy mężczyzna powracający do domu po kilkudniowej podróży przez całą Europę. Czułam się jednak zbyt kiepsko. W ostateczności zamówimy pizzę.

Gdy miałam właśnie zejść do stacji metra, zadzwoniła moja komórka. Zasięg nie jest tam za dobry, przystanęłam więc na chwilę przed wejściem. Marzłam. Wyjęłam aparat z torebki i zobaczyłam na ekranie, że dzwoni Jérôme.

– Cześć. Gdzie jesteś? – odebrałam.

Słyszałam go dość dobrze. Widocznie akurat nie prowadził, gdyż rozmowy nie zakłócał natarczywy szum w tle. Za to jego głos brzmiał zupełnie inaczej. Dźwięczał całkiem obco.

– Nathalie? Posłuchaj, jesteś jeszcze w sklepie?

– Wracam już do domu. Mogłam dziś wyjść wcześniej.

– Gdzie dokładnie jesteś?

– Charles de Gaulle-Étoile. Stoję przed wejściem do...

Przerwał mi.

– Nie wolno ci wracać do domu. Słyszysz? W żadnym wypadku nie idź do domu. I nie wracaj do sklepu. Postaraj się wyjechać z miasta. I to natychmiast!

– Jak to?

– Nie mogę ci teraz tego wyjaśnić. Zaufaj mi. Nie wolno ci wracać do domu. Może oni już tam są.

Gapiłam się na ludzi spieszących pod parasolami z torbami pełnymi przedświątecznych zakupów i słuchałam tych dziwacznych słów mojego partnera. Odniosłam naraz wrażenie, że każdą nogą stoję w zupełnie innym świecie. Jedną w świecie normalności. Drugą zaś w świecie, którego nie rozumiałam.

– Ale kto? Jérôme? Kto już tam jest? W naszym mieszkaniu?

– Wszystko ci wyjaśnię. Ale nie teraz. Musisz zadbać o własne bezpieczeństwo. Masz przy sobie pieniądze?

– Tak, ale...

– Wyjedziesz od razu z Paryża. Pociągiem. Na południe. Ja...

– Nie mogę tak po prostu wyjechać! – przerwałam mu. – Bez walizki, bez czegokolwiek. I nie wiedząc, co właściwie...

Jego głos zabrzmiał tak rozpaczliwie, że aż przeszył mnie strach.

– Proszę, Nathalie. Grozi ci niebezpieczeństwo. Mnie także. Musimy ratować nasze życie. Za żadne skarby nie idź do domu i...

Połączenie zostało nagle przerwane.

– Jérôme! – krzyknęłam.

Dwóch mężczyzn przechodzących akurat obok spojrzało na mnie ze zdumieniem. Odwróciłam się, wystukałam w telefonie numer Jérôme'a. Od razu odebrał.

– Muszę ruszać dalej – powiedział. – Nie mogę tu dłużej zostać.

– Jérôme! Co się stało, na litość boską? Czeka nas kolejny atak terrorystyczny?

Wszyscy w Paryżu wciąż mieliśmy w pamięci okropne zamachy z trzynastego listopada. Na terenie całego kraju ogłoszono stan wyjątkowy, ulice patrolowały policja i wojsko. Nakreślony przez Jérôme'a niejasny scenariusz zagrożenia wpisywał się w ogólną atmosferę. A mimo to miałam wrażenie, że chodzi tu o coś zupełnie innego. O coś, co ma związek wyłącznie z osobą Jérôme'a.

– Pamiętasz, jak ci opowiadałem o moim wuju? Tym, który ma apartament w Les Lecques. W departamencie Var. Nad samym morzem.

Przypomniałam sobie.

– Tak.

– W Prowansji. Niedaleko Marsylii. Les Lecques – powtórzył nazwę miejscowości. Następnie podał adres, nazwę ulicy i numer domu. – Pojedziesz tam. I tam na mnie zaczekasz.

– W Prowansji? Jérôme…

– Proszę. Natychmiast. To ważne, Nathalie. Grozi ci śmiertelne niebezpieczeństwo. Musisz natychmiast wyjechać z miasta. Nie wracaj do domu!

Choć wydało mi się to zupełnie idiotyczne, a może właśnie dlatego, że cała ta sytuacja wyglądała na absurdalną, pomyślałam przede wszystkim o mojej kąpieli. I o łóżku, w którym chciałam położyć moją pulsującą od bólu głowę. W tamtej chwili zachciało mi się wyć – oto Jérôme bez dalszych wyjaśnień wysyłał mnie, zmarzniętą i chorą, w co najmniej ośmiogodzinną podróż na południe. I wciąż powtarzał: „Nie wracaj do domu".

A było to jedyne w świecie miejsce, w którym chciałam się teraz znaleźć.

– Dojadę tam – zapewnił. – Do Les Lecques. Nie podejmuj żadnych kroków. Z nikim o tym nie rozmawiaj. Proszę. A przede wszystkim: nie idź na policję. W żadnym wypadku!

– Ale dlaczego? Skoro ścigają nas groźni ludzie…

– Oni mają swoje kontakty – wszedł mi w słowo. – Na najwyższym szczeblu. Mogliby kazać cię aresztować. Nikomu nie możesz ufać. Po prostu uciekaj. I to natychmiast. Do zobaczenia!

Rozłączył się. Gdy zaraz potem spróbowałam ponownie wybrać jego numer, nie odebrał.

Stałam wytrącona z równowagi, niczym ogłuszona, nieruchoma postać pośrodku Paryża. Asfalt pod moimi stopami połyskiwał wilgocią. Nie miałam poczucia, że grozi mi realne niebezpieczeństwo, stałam w zbyt ruchliwym miejscu. Miałam raczej wrażenie, że znalazłam się w kiepskim filmie. Albo w jakimś złym śnie. Absolutnie nierzeczywistym.

A jednak wcale nie śniłam. Głos Jérôme'a był rzeczywisty. Podobnie jak brzmiące w nim strach, natarczywość, rozpacz.

Pogrzebałam w torebce i stwierdziłam, że kiepsko jestem przygotowana do spontanicznej ucieczki, i to na odległość ośmiuset kilometrów od domu. Prócz komórki miałam co prawda portmonetkę, kiedy jednak chciałam przezornie pobrać z bankomatu w najbliższej filii banku zapas gotówki, okazało się, że moje konto jest zupełnie puste. Nic, ani centa. Parokrotnie już tego doświadczyłam, choć nigdy jeszcze w tak krytycznej sytuacji jak obecnie. Jérôme miał skłonność do luksusowych zakupów, przez co regularnie balansowaliśmy na krawędzi aż do dnia najbliższej wypłaty. Nic niezwykłego, lecz w tym przypadku fatalnie. Tym sposobem dysponowałam kwotą ledwie siedemdziesięciu euro, poza tym miałam paczkę papierowych chusteczek oraz szminkę.

To wszystko, co posiadałam.

Niewiele, uznałam.

Postanowiłam, na przekór ostrzeżeniom Jérôme'a, pojechać jednak do domu i sprawdzić, czy w mieszkaniu znajdę jakąś gotówkę. I może jeszcze spakuję do niewielkiej torby podróżnej najpotrzebniejsze rzeczy: bieliznę, rajstopy, drugi sweter. Szczotkę do włosów, szampon i mydło. Szczoteczkę do zębów. Witaminy w tabletkach, by uniknąć grożącej mi grypy. I aspirynę na ból głowy. Mogłabym ją wprawdzie kupić w aptece, nie chciałam jednak szastać pieniędzmi.

Może przy tej okazji dowiem się, co się tak naprawdę dzieje. Może zdołam się zabarykadować w mieszkaniu.

W tej chwili wcale nie byłam pewna, czy rzeczywiście zdecyduję się uciekać.

Po drodze wciąż próbowałam połączyć się z Jérôme'em.

On jednak nie odpowiadał.

Lyon, Francja,
wtorek, 15 grudnia

– A potem? – zapytał Simon.

Obie dziewczyny siedzące obok nich w kawiarni podniosły się jednocześnie z miejsc i razem poszły do toalety, nie przestając się zajmować swoimi smartfonami. W normalnych okolicznościach Simon pomyślałby: dziwne to pokolenie. Często snuł takie myśli. Lecz nie w tej chwili. Był zbyt skupiony na osobie Nathalie.

Pogrążyła się we wspomnieniach. Przeżywała na nowo każdą minutę tamtego ósmego dnia grudnia.

– Wydało mi się to bardzo nierealne – wyznała. – To ostrzeżenie. Wszystko, co mówił Jérôme... Myślałam, że to niemożliwe. To znaczy, żyjemy normalnym życiem w normalnym kraju... Takie rzeczy się nie zdarzają. Sytuacje, w których musisz uciekać i się ukrywać. Z drugiej strony... w jego głosie dosłyszałam autentyczny strach. Panikę. Coś tu nie grało. Nie mogło być mowy o jakimś żarcie. Poza tym Jérôme z tego by nie żartował. Niby dlaczego miałby to robić?

– I rzeczywiście wróciłaś do waszego mieszkania?

Potrząsnęła głową.

– Niezupełnie. Dotarłam tylko *w jego pobliże*. Wydało mi się nie do pomyślenia, by wyruszyć na południe Francji, tak jak stałam, praktycznie bez niczego.

– Dlaczego nie weszłaś do mieszkania?

Zniżyła głos.

– Zobaczyłam *ich*. Ludzi, których Jérôme miał prawdopodobnie na myśli. Przed którymi mnie ostrzegał. Dwóch stało przed drzwiami naszego bloku. Trzeciego dostrzegłam potem w zaparkowanym samochodzie. Dzięki Bogu nie zauważyli mnie. Zapadł już zmrok. Przed domem paliły się latarnie, lecz w miejscu, gdzie stałam, było ciemno jak w grobie.

– A skąd wiesz, że to nie byli jacyś zwykli nieszkodliwi ludzie?

– Bo wcale na takich nie wyglądali. Nosili okulary przeciwsłoneczne – w ciemny grudniowy wieczór! Wyglądali na ponurych brutali. Zabójców, sutenerów. Nigdy przedtem nie widziałam ich w naszej okolicy. Poza tym chyba do nikogo nie dzwonili, nie przyszli w odwiedziny. Najwyraźniej na kogoś czekali. Na kogo? Nawet gdyby Jérôme wcześniej do mnie nie zadzwonił, na ich widok pewnie bym mimowolnie zawróciła. To typki z rodzaju tych, których nikt nie chce spotkać sam na sam.

– Rozumiem – przyznał Simon. I rzeczywiście rozumiał. O ile wcześniej traktował całą tę historię jako dość zagmatwaną i nad wyraz dziwną, o tyle teraz wydawało się, że ma ona przynajmniej realne podłoże. Widząc przerażenie malujące się w oczach Nathalie na samo wspomnienie każdej sceny, przekonał się, że go nie okłamuje. Odebrała telefon. Przed domem czekali jacyś mężczyźni. Jak najszybciej uciekać – to prawdopodobnie najwłaściwsze, co mogła zrobić.

– No cóż – stwierdziła – bezszelestnie wycofałam się za najbliższy róg ulicy. A potem rzuciłam się do ucieczki. Pognałam na stację jak sam diabeł. Pojechałam aż do Gare de Bercy. Tam wysiadłam w pośpiechu, gdyż wydało mi się naraz, że w wagonie siedzi jeden z tych typków, co jednak okazało się pomyłką. Nieważne. Dochodziło pół do ósmej, wsiadłam do pierwszego lepszego pociągu. Jechał do Dijon. Nie był to akurat cel mojej podróży, najważniejsze było jednak, by wyjechać z Paryża. Na dalszy przejazd brakło mi już pieniędzy. Nie potrafisz sobie wyobrazić mojej rozpaczy. Wciąż próbowałam się dodzwonić do Jérôme'a, lecz on wyłączył komórkę. Za ostatnie pieniądze kupiłam sobie coś do jedzenia, przesiadywałam w macdonaldach, by schronić się przed zimnem. W środę jakaś kobieta podwiozła mnie samochodem do Lyonu. Stamtąd nie byłam już w stanie podróżować dalej. Nie miałam przy sobie ani centa... Przykucnęłam w bramie domu przy quai Perrache, by przynajmniej ukryć się przed deszczem. Tam zagadnął mnie Yves... – Wzruszyła ramionami. – Resztę już znasz. Po ucieczce z mieszkania Yves'a dotarłam w końcu autostopem do Les Lecques. Zaszyłam się w mieszkaniu wuja Jérôme'a, czekałam, głodowałam w nadziei, że Jérôme wreszcie się tam zjawi. Zamiast niego przyszedł pomocnik dozorcy...

– Jérôme jednoznacznie wyznaczył ten apartament na miejsce spotkania – stwierdził Simon. – Musimy do niego wrócić i sprawdzić, czy tymczasem tam nie dotarł. Wydaje się, że tylko on może rzucić światło na tę zagadkową sprawę.

Nathalie podparła głowę dłońmi. Na jej czole perliły się kropelki potu.

– Jeśli to oni byli u Yves'a... – szepnęła. – Jeśli to oni zabili Yves'a, w takim razie depczą mi po piętach. Pewnie są już w drodze do Les Lecques. Narażę się na śmiertelne niebezpieczeństwo, jeśli tam wrócę. *Oboje* się narazimy – poprawiła.

– Skąd mieliby wiedzieć o tym mieszkaniu?

– A skąd wiedzieli o Yvie?

Istotnie, pozostawało to zagadką. Yves nigdy przedtem nie pojawił się w życiu Nathalie. Przypadkowa znajomość, mężczyzna, w którego mieszkaniu spędziła ledwie kwadrans. Nie znał jej, nic o niej nie wiedział. A mimo to leży teraz martwy. Zmasakrowany. Ktoś albo chciał jej przekazać wyraźne ostrzeżenie, albo też wyładował na nim swoją wściekłość.

– Czy to możliwe – zastanawiał się Simon – żeby śmierć Yves'a nie miała z tobą żadnego związku?

– Uważasz, że to w ogóle prawdopodobne? – odpowiedziała pytaniem Nathalie.

Skinął głową. Bardzo by sobie tego życzył. Ale w to nie wierzył.

– Wszystko, co mi opowiedziałaś – oznajmił – utwierdza mnie tylko w przekonaniu, że powinniśmy się zgłosić na policję.

– Ja tam nie pójdę – oświadczyła Nathalie.

– Dlaczego?

– I co im opowiemy? Tę całkiem zwariowaną historię? Dla której nie mam najmniejszych dowodów? Nawet nie wiem, kto albo co się za nią kryje. Policja nie znajdzie w niej żadnego punktu zaczepienia. Pomyślą, że oszalałam!

– Może z początku tak pomyślą. Ale przestaną, gdy pokażemy im zwłoki Yves'a. Najpóźniej wtedy potraktują tę sprawę poważnie.

– A co znajdą? Zamordowanego w okrutny sposób mężczyznę. O którym, zgodnie z prawdą, będę musiała powiedzieć, że mnie natrętnie molestował i że rozbiłam mu na głowie butelkę. Pomyślą wtedy, że to ja użyłam noża. Tak jak ty sam z początku sądziłeś.

– Ustalą godzinę śmierci. A wtedy ty masz alibi. Mnie.

– Serio? Ciebie? Pomyśl, co stwierdzą? Że został zamordowany dziś, i to dość dokładnie o tej samej porze, kiedy my dotarliśmy do Lyonu. Na klatce schodowej, w przedpokoju i kuchni z pewnością zostawiliśmy fragmenty DNA – czego z taką samą pewnością prawdziwi sprawcy *nie* zrobili. Na twoim swetrze widnieją ślady krwi...

– Toż to czysty absurd – odparł Simon. – Po co niby mielibyśmy zgłaszać się na policję, gdybyśmy sami go zamordowali? I jaki mielibyśmy motyw?

Nathalie wzruszyła ramionami.

– Simon, boję się, że mi nie uwierzą. Bo kimże ja jestem? Córką nałogowej alkoholiczki, pozostającą od siedemnastego roku życia pod opieką Jugendamtu. Rzuciłam szkołę... Wydam im się podejrzana...

– Ale nie ja – oznajmił Simon. – Poza tym jestem obywatelem niemieckim. Nie mogą mnie ot tak aresztować.

– Jesteś pewien?

Wcale nie był pewien. Nathalie miała zresztą rację w jednej kwestii: w zasadzie nie potrafili wyjaśnić, o co w tym wszystkim chodzi. Nathalie sama tego nie wiedziała.

– Jérôme usilnie mnie przestrzegał przed kontaktem z policją – dodała. – Widocznie ludzie, przed którymi uciekamy, mają tam swoje wpływy.

– Dla mnie to teza całkowicie wyssana z palca. Francja nie jest żadną republiką bananową, w której korupcja i nadużycia władzy są na porządku dziennym.

Spojrzała na niego, zamyślona.

– Mówisz, że od wielu lat wciąż wracasz do Prowansji? Do twojego domu nad morzem?

– Tak. Praktycznie co roku. Dlaczego pytasz?

– Jérôme także często tam bywał. W apartamencie swego wuja. Opowiadał mi o straszliwych pożarach lasów, po których całe połacie zmieniały się w spopielone, na wiele lat bezużyteczne tereny. Było tak w roku dwa tysiące drugim i trzecim. Aż do dwa tysiące piątego pożary szalały prawie każdego lata.

To prawda. Pamiętał. Któregoś roku był tam razem z Mayą i dziećmi. Nagle jego córka wpadła do domu, krzycząc:

– Pada śnieg! Pada śnieg!

Jak się okazało, na ogród i taras sypał się biały popiół, a wzniesienie w oddali spowiły płomienie. Samoloty gaśnicze latały tam i z powrotem, czerpały wodę z morza i zrzucały ją niczym deszcz nad zarzewiami ognia, w rozpaczliwej walce z żywiołem. Simon i Maya spakowali wówczas najpotrzebniejsze rzeczy i przygotowali samochód do drogi, gdyż nikt nie był pewien, czy cała okolica nie zostanie ewakuowana.

– Tak. Pamiętam.

– To może pamiętasz też, jak wciąż wtedy powtarzano, że ogień za każdym razem podkładano celowo? Robili to jakoby spekulanci od działek i nieruchomości, którzy obawiali się spadku cen posiadłości na Lazurowym Wybrzeżu, gdyż coraz większa rzesza zainteresowanych przenosiła się do Prowansji. Mniejsza podaż to mniejszy odpływ nabywców... Tym sposobem przemieniali Prowansję w bezużyteczną krainę. I mawiano też, że podpalacze działali za zgodą i pod ochroną ludzi z Paryża. Po części nawet z ław rządowych.

Również to było prawdą. Prasa otwarcie spekulowała na ten temat. Musiały istnieć jakieś przesłanki i źródła. Dochodzenia miejscowej policji szybko zawieszano. Wedle doniesień niektórych mediów – także pod naciskiem Paryża. Wyglądało na to, że kryminalne intrygi tuszowano na dość wysokim szczeblu, ewentualne zaś źródła skandalu niepostrzeżenie uciszano. Czyżby domysły okazały się bezpodstawne? A może po prostu popłynął wystarczająco obfity strumień łapówek? Czy pociągający za sznurki intryganci okazali się zbyt potężni?

– Chcesz powiedzieć... – zaczął Simon, lecz Nathalie weszła mu w słowo:

– Chcę powiedzieć, że takie rzeczy się zdarzają. Francja nie jest tu żadnym wyjątkiem. Ludzie są przekupni. I nie zawsze używają swojej władzy dla dobrych celów.

Drzwi kawiarni się otwarły, do środka weszło dwóch mężczyzn. Nathalie drgnęła. Momentalnie zamarła niczym królik, który stanął oko w oko z wężem. Mężczyźni usiedli przy stoliku. W tej samej chwili z toalety wróciły obie dziewczyny. Simon nie miał wrażenia, by w pomieszczeniu zrobiło się tłoczno, spojrzał jednak na Nathalie i nieomal poczuł, jak wielki zdjął ją strach i jak wielka panika.

– Za długo już tu siedzimy – oznajmiła. – Chodźmy stąd. Proszę.

– Nikt się nas nie czepia – odparł Simon, mimo to wstał. – Zgoda. Idziemy.

Nim wsiedli do samochodu, zdążyli porządnie przemoknąć. Deszcz nie przestawał padać. Nathalie odetchnęła nieco spokojniej.

– Przepraszam. Nagle... Za dużo ludzi.

– W porządku. I tak nie mogliśmy tam siedzieć bez końca. Musimy się zastanowić, co dalej. – Umilkli, wsłuchiwali się w uderzenia kropel deszczu o dach samochodu. W końcu Simon zapytał: – Ta firma, w której pracuje Jérôme... Znasz tam kogoś? Jego kolegów? Szefa?

– Jeden z kierowców był u nas dwukrotnie. Sympatyczny młodzieniec. Dyskretny.

– Wiesz, jak się nazywa? Gdzie mieszka?

– Znam tylko imię. François.

Simon westchnął.

– Takie imię nosi jakieś kilkaset tysięcy Francuzów. Musimy porozmawiać z kimś, kto... – Wyjął swój smartfon. – Jak się nazywa ta firma?

– Denegri Transports. Z siedzibą w Paryżu.

Simon wpisał nazwę w wyszukiwarce Google. Firma miała swoją stronę internetową. Przedsiębiorstwo oferowało przewozy po całej Europie: przeprowadzki, fracht, do tego transport towarów niebezpiecznych.

– Posłuchaj. Zadzwonisz do nich. Masz tu numer. Każesz się przełączyć do kogoś z wyższego szczebla, jak tylko się da. Pytaj w dobrej wierze. Podaj swoje prawdziwe nazwisko i wyjaśnij, że tęsknisz za Jérôme'em. Że nie wrócił do domu i nie masz z nim kontaktu.

– I dzwonię dopiero teraz? Miał wrócić przed tygodniem!

– Nie było cię w domu. Dopiero teraz odkryłaś jego zniknięcie.

Nathalie się zawahała.

– Boję się.

– Nie przypuszczam, by firma miała cokolwiek wspólnego z tą sprawą. Lecz i oni musieli zauważyć, że Jérôme zniknął. Poza tym prowadził przecież ich ciężarówkę. Trudno mi sobie wyobrazić, by sami nie wszczęli poszukiwań. Jeśli się przedstawisz, prawdopodobnie zostaniesz od razu przełączona do kogoś z kierownictwa, gdyż będą chcieli wyciągnąć od ciebie jakieś informacje. Na wszelki wypadek wyłączę identyfikację mojego numeru. – Wystukał numer, przełączył na tryb głośnomówiący i podał telefon Nathalie. Dostrzegł drżenie jej dłoni, gdy sięgała po aparat.

– Denegri Transports, *bonjour* – przywitała się kobieta o przyjemnej barwie głosu.

Nathalie przełknęła.

– *Bonjour*. Nathalie Boudin.

„Przynajmniej znam już jej nazwisko" – pomyślał Simon.

Nathalie chciała coś powiedzieć, lecz nie zdołała. Dało się słyszeć, jak jej rozmówczyni łapie powietrze.

– Mademoiselle Boudin... proszę się nie rozłączać. Już panią przełączam.

– A nie mówiłem? – szepnął Simon.

Po chwili rozległ się w słuchawce głos innej kobiety.

– Mademoiselle Boudin? Mówi Madeleine Denegri.

Szefowa we własnej osobie. No proszę, najwyższy szczebel. Simon zmarszczył czoło. Spodziewał się raczej kierownika działu.

Głos Nathalie zabrzmiał jak pisk myszy.

– Ja... mój przyjaciel...

– Pani przyjaciel zniknął, wiem o tym. Jérôme Deville. Gdzie pani jest, mademoiselle?

Nathalie z przerażeniem w oczach spojrzała na Simona.

– U znajomych – wyszeptał.

– U znajomych – powtórzyła Nathalie. Jej głos nabrał nieco więcej zdecydowania. – Od kilku dni usiłuję skontaktować się z Jérôme'em. On...

– Gdzie mieszkają ci znajomi? Gdzie pani jest?

Simon potrząsnął głową. Przebieg rozmowy mu się nie spodobał, nie potrafiłby jednak powiedzieć, z jakiego powodu. Chyba głównie dlatego, że Nathalie, partnerkę zwyczajnego kierowcy, od razu przełączono do właścicielki i prezes przedsiębiorstwa.

– Wie pani, gdzie może przebywać Jérôme? – odpowiedziała pytaniem Nathalie. – Bardzo się o niego martwię.

– My także, mademoiselle. Zupełnie straciliśmy z nim kontakt. Dostał zlecenie wyjazdu do Kopenhagi, pojechał jednym z naszych firmowych samochodów, zabrał ładunek, który nie został dostarczony w terminie. To wszystko jest nad wyraz przykre. Mam nadzieję, że nie popełnił jakiegoś głupstwa.

– Głupstwa?

– Może chciał zniknąć razem z samochodem. Sprzedać go. W prosty sposób zarobić pieniądze, czy ja wiem. Nie powinnyśmy jednak omawiać tego przez telefon. Gdzie pani jest, mademoiselle? Możemy zaraz do pani przyjechać.

Simon ponownie potrząsnął głową. *Nie mów im*, napominał bezgłośnie.

– Dokąd miał dostarczyć towar? – zapytała Nathalie. – Co przewoził?

– Kraby z Morza Północnego i ryby z Danii. Zamrożone. – W głosie madame Denegri pobrzmiewała irytacja. – Miały dotrzeć do hurtownika tu, w Paryżu. Chyba nie muszę pani wyjaśniać, że rozmrożony towar z pewnością stanie się bezużyteczny. Wobec Denegri Transports zostaną wysunięte roszczenia zwrotne, co nie nastraja mnie optymistycznie. Proszę mi powiedzieć, gdzie pani jest?

Głos madame Denegri przybrał ostrzejszy ton. Słychać było, że zmusza się do zachowania uprzejmości.

Nathalie nie odpowiedziała. Nie wiedziała, co dalej.

– Nie widzę na wyświetlaczu pani numeru – oznajmiła Denegri.

– Dzwonię z mojej komórki – odparła Nathalie.

Denegri powstrzymała się od komentarza. Czy wiedziała, że Nathalie *nie mogła* trzymać w dłoni własnego telefonu – gdyż jej ludzie zabrali go z mieszkania tego biednego, nikomu nieznanego pijaka Yves'a?

„Zupełnie zwariowałem" – pomyślał Simon.

Mimo to sięgnął po aparat i go wyłączył. Całkowicie, na wszelki wypadek.

Nathalie pobladła jeszcze bardziej niż w chwili odkrycia zwłok Yves'a.

– Simon...

– Czyżby wiedziała, że nie dzwonisz ze swojego telefonu?

– Co to może oznaczać?

– Nie wiem, co to oznacza. Nie wiem też, czy oboje nie zachowujemy się zupełnie paranoicznie.

Nathalie przyszła do głowy całkiem odmienna myśl.

– Ależ to oczywiste! Prawdopodobnie znają w firmie numer mojej komórki. Możliwe, że Jérôme podał go na wszelki wypadek, by można się było ze mną skontaktować, gdyby coś mu się przytrafiło. I tym sposobem znaleźli Yves'a. Namierzyli mój telefon.

– Strasznie to naciągane – uznał Simon. – Nathalie, my naprawdę nie wiemy i nie możemy zakładać, że Denegri Transports ma z tym wszystkim cokolwiek wspólnego. Wręcz przeciwnie: uważam to za mało prawdopodobne.

– Ale ta Denegri zachowywała się dziwnie. Zauważ, że natychmiast mnie do niej przełączono. I chodziło jej tylko o jedno: dowiedzieć się, gdzie przebywam. *To bardzo dziwne!*

– Widocznie mają ogromne kłopoty, bo Jérôme nie dostarczył na czas ładunku.

– I mogą je rozwiązać, dowiadując się, gdzie akurat przebywam?

– Być może przypuszczają, że doskonale wiesz albo przynajmniej się domyślasz, gdzie się podziewa Jérôme. I że lepiej to z ciebie wydobyć podczas spotkania twarzą w twarz niż w rozmowie telefonicznej.

– Wydobyć? Czy ona chce mnie torturować?

– Na litość boską, Nathalie! Bądźmy rozsądni. Aż nie chce mi się wierzyć, że takie rzeczy...

– Się zdarzają? Albo że się przydarzyły *tobie*?

Zamiast odpowiedzieć, zapytał:

– Jak mieliby zlokalizować twoją komórkę? To wcale nie jest takie proste.

– To proste, jeśli mają swoje kontakty w kręgach policji.

– Te ich kontakty to absolutnie bezpodstawne przypuszczenie.

Nathalie uniosła z rezygnacją obie dłonie.

– Ty w to wszystko nie wierzysz.

– Ależ tak. Wierzę we wszystko, co cię spotkało. Wierzę też w to, że Jérôme do ciebie zadzwonił. W jego panikę. We wszystko. Usiłuję tylko nie stracić poczucia rzeczywistości. Nie dać się ponieść emocjom.

– Emocjom? Przecież na własne oczy widziałeś Yves'a!

To prawda. Mimo to nie chciał pozwolić, by Nathalie zaraziła go swoją histerią.

– Wracamy do Cadière. Nie możemy bez końca siedzieć w Lyonie. A potem zobaczymy, co dalej.

Uruchamiając silnik, Simon zastanawiał się, czy po pierwszym ogromnym błędzie – kiedy uwikłał się w kłopoty nieznajomej kobiety spotkanej na plaży – nie podjął właśnie po raz wtóry błędnej decyzji: by wyjechać z Lyonu, zamiast udać się niezwłocznie na najbliższy posterunek policji.

La Cadière, Francja, wtorek, 15 grudnia

Kristina wylądowała w Marsylii z opóźnieniem, odebrała w wypożyczalni zarezerwowany samochód, wstukała w nawigację adres i ruszyła w drogę. I wciąż nurtowały ją wątpliwości, czy postępuje słusznie.

Nie miała w zwyczaju zmieniać raz powziętej decyzji. Świadomość, że zbliżają się święta, w normalnych okolicznościach napełniłaby ją nieufnością. Boże Narodzenie skłania do sentymentalizmu. Wszystkie stacje radiowe torturują kolędami, które budzą wspomnienia z dzieciństwa, we wszystkich witrynach palą się świece, roznoszący się po ulicach zapach pieczonych jabłek i grzanego wina nie tylko pobudza apetyt: roznieca tęsknoty, które trudno zaspokoić. Poczucie bezpieczeństwa, wspólnoty. Rodzina.

„Kompletna bzdura" – pomyślała Kristina.

Zjechała z autostrady i skierowała się w stronę zatoki Cassis. W niewielkiej nadmorskiej wiosce o mocno turystycznym charakterze znalazła restaurację, zamówiła porcję spaghetti i butelkę wody mineralnej. I zamyśliła się.

Świąteczny nastrój był tu odległy, w każdym razie nastrój Bożego Narodzenia, które znała. Co prawda nie ujrzała błękitnego nieba ani połyskującego w promieniach słońca morza. Lało jak z cebra. Wilgotna od deszczu *tricolore* łopotała posępnie w lekkich podmuchach wiatru, wciąż opuszczona do połowy masztu. Na ścianie obok wisiał rozmoknięty plakat wyborczy Frontu Narodowego. Krzywą jodełkę, umocowaną do słupa latarni, przyozdobiono czerwonymi i złotymi wstążkami, które w deszczu dawno już straciły swój kształt. Boże Narodzenie na południowofrancuską modłę.

„Nie popadnę tu w sentymentalizm" – pomyślała Kristina. „Co najwyżej w lekkie przygnębienie".

Z kilku powodów postanowiła zakończyć swój związek z Simonem, a teraz wstydziła się własnej niekonsekwencji. Oczywiście miała w tym swój udział jej przyjaciółka Lena, nieustająca w namowach i czynieniu jej wymówek.

Oszalałaś, to przecież świetny facet, kiedyś będziesz tego żałować. Jasne, że pojawiają się problemy, ale któż ich nie ma? Mogłoby być znacznie gorzej, mógłby cię notorycznie zdradzać, bawić się, pić, zachowywać się brutalnie. Nie może doprowadzić do ładu swych spraw z dziećmi, to głupie, ale cóż z tego? Kiedyś wreszcie się z tym upora. Możesz mi wierzyć. Za rok, dwa nie wspomni już o tym ani słowem.

Sporo w tym racji, uznała Kristina, a jednak argumentacja Leny nie dotykała sedna problemu.

Simon nie potrafił uporządkować nie tylko spraw własnych dzieci. Nie mógł zapanować nad zbyt wieloma kwestiami. Nadal nie zdołał się w pełni uniezależnić od swojej byłej żony. Podobnie jak od swego ojca. Został sam na deszczowym południu Francji, byle tylko stary nie zauważył, że plany wspólnego pobytu z dziećmi spełzły na niczym.

„Jak na czterdziestoletniego mężczyznę to... nie do zaakceptowania" – pomyślała Kristina.

A teraz sama siedziała na deszczowym południu Francji, wlepiając wzrok w ołowianoszare morze i zajadając wystygłe i mdłe spaghetti. Oprócz niej w restauracji nie było innych gości, kelner zaś przez cały czas sprawiał wrażenie, jakby tylko czekał, aż ona wreszcie sobie pójdzie, by mógł, z braku klientów, oddać się nicnierobieniu.

Czemu tak postępuję? Z powodu mężczyzny, który jako partner wydaje się bardziej niż wątpliwy?

Czy może wszystko przez te święta?

Do La Cadière dotarła około piętnastej. Zatrzymując się na obiad w Cassis, dała sobie czas do namysłu, nie doszła jednak do żadnych nowych wniosków. Przynajmniej postanowiła spełnić swój zamiar i dać sobie i Simonowi jeszcze jedną szansę – nawet jeśli koniec końców miałoby to doprowadzić do ostatecznego zerwania.

Rozważała nawet powrót do Marsylii i przelot najbliższym samolotem do Niemiec. Możliwość tę jednak skreśliła. Być może także dlatego, że co prawda nie znosiła niekonsekwencji w postępowaniu, równie mocno jednak wzdragała się przed zarzucaniem rozpoczętych projektów. Kristina nie lubiła zawracać w pół drogi.

Kiedy skręciła w szutrowy trakt, wiodący serpentynami w górę do domu Simona, poczuła nawet pewną radość. I to pomimo deszczowej aury. I faktu, że dom ten tak naprawdę nie należał do Simona, lecz do jego ojca. Nie miała jednak ochoty roztrząsać na nowo tej myśli.

Po prawej i lewej ciągnęły się rozległe ogrody, w głębi których można było dostrzec domy – lub tylko domyślić się ich istnienia. Charakterystyczny jasny, szarobeżowy kamień. Niebieskie okiennice. Kristina ujrzała palmy, kaktusy i kwitnące krzewy. Dywan wysokiej wilgotnej trawy porastającej pobocze drogi był poprzetykany mleczami i stokrotkami. W samym środku grudnia. To wciąż Europa. A jednak po części jakby inny świat.

Celem jej podróży był przedostatni dom na wzgórzu. Kristina ujrzała dużą zieloną bramę z kutego żelaza. Wszystko wyglądało dokładnie tak, jak opisał Simon. Opisał któregoś dnia, kiedy rozmawiali na temat wspólnych wakacji nad Morzem Śródziemnym. Zanim akurat ten temat stał się kwestią, która miała rozstrzygnąć o ich wspólnej przyszłości.

Kristina zaparkowała w niewielkiej zatoczce naprzeciwko działki, wysiadła z samochodu. Natychmiast uderzyły w nią strugi deszczu. Nie miała z sobą parasola. Nieważne. Chodziło o sprawy znacznie istotniejsze niż to, czy zjawi się z suchymi czy mokrymi włosami.

Po krótkich poszukiwaniach znalazła dzwonek. Oparłszy jedną dłoń o bramę, by móc ją niezwłocznie pchnąć, skoro tylko zabrzęczy zamek, spojrzała na szeroki, wysypany żwirem podjazd. Nigdzie nie dostrzegła samochodu Simona. Wiedziała, że nie przyleciał samolotem, lecz przyjechał z Hamburga autem. Być może stał tu gdzieś jeszcze garaż, jeśli nie, brak samochodu oznaczał, że Simona pewnie nie ma w domu.

Zadzwoniła jeszcze dwukrotnie, na próżno. Szarpnęła wtedy lekko za bramę i ku swemu zdumieniu stwierdziła, że łatwo ją otworzyć. Weszła na teren posiadłości, przeszła przez żwirową dróżkę i po kamiennych schodach, prowadzących wśród kwitnącej zieleni ogrodu, ruszyła w kierunku domu. Zauważyła, że w pobliżu nie było innego miejsca do parkowania.

Może Simon wybrał się nad brzeg morza i spaceruje po plaży. Pogoda była wprawdzie okropna, lecz przecież nie mógł z tego powodu dniem i nocą wciąż tylko przesiadywać w domu.

Dotarłszy do budynku, Kristina z ulgą stwierdziła, że wszystkie okiennice są otwarte, co pozwalało wnioskować, że Simon nie wyjechał, lecz istotnie wybrał się na spacer albo na zakupy. Duży, częściowo zadaszony taras przed drzwiami wejściowymi dał jej schronienie przed deszczem. Zapukała do drzwi, szarpnęła bez przekonania za klamkę, lecz dom, jak można się było spodziewać, był zamknięty. Zajrzała przez duże okno do środka. Pokój dzienny, domyśliła się. Wysoki strop z drewnianych belek, murowany kominek, wokół niego barwne sofy i fotele. Na podłodze terakota, tkane chodniki, na ścianie van Gogh, z całą pewnością reprodukcja. Na drewnianym stole przy oknie zastawa śniadaniowa. Kristina zmarszczyła czoło.

Trochę za dużo naczyń jak na samotnego mężczyznę. Dostrzegła wyraźnie dwa talerze, dwa kubki do kawy. Żywność uprzątnięto, jedynie koszyczek na chleb z połową bagietki wciąż stał na stole. Oba nakrycia ułożono naprzeciw siebie.

Z kim Simon jadł śniadanie?

Choć lało jak z cebra, w powietrzu nie wyczuwało się przenikliwego chłodu, przynajmniej nie dokuczał on komuś, kto właśnie przyjechał z północy i przywykł do innych temperatur. Kristina miała na sobie zimowy płaszcz. Na werandzie stały dwa leżaki, postanowiła usiąść i zaczekać. Simon może lada chwila wrócić. Rozejrzała się wokoło. W oddali u swych stóp dostrzegła morze. Spektakularny widok przy pięknej aurze, tego dnia jednak obłoki i morska woda zlewały się w jednolitą szarość, a wrzaski mew, co chwila rozdzierające ciszę, tylko potęgowały wrażenie absolutnej beznadziei.

„Nic dziwnego, że do mnie zadzwonił i prosił, bym tu przyjechała" – pomyślała Kristina. „Można tu poczuć jedynie melancholię".

Mocniej naciągnęła płaszcz i usadowiła się na leżaku. O dach ponad jej głową tłukły się krople deszczu. Jakaś kolczasta roślina zasadzona w terakotowym wazonie poruszała się tuż obok w lekkich podmuchach wiatru. Prawie zasnęła. Prawie. Nie pozwoliło jej na to wewnętrzne napięcie. Czekała. Miała złe przeczucia. Być może to przez tę śniadaniową zastawę na stole.

Zdarzyło się tu coś dziwnego.

Les Lecques, Francja, wtorek, 15 grudnia

Zaparkowali w pewnej odległości od apartamentowca. O tej porze roku i przy takiej aurze parkingi zionęły pustką. Tymczasem zapadł już zmierzch, zapłonęły uliczne latarnie. Na parkingu stał tylko jeden samochód; pod osłoną wysoko uniesionej klapy bagażnika i przy świetle latarni jakaś kobieta, na tyle odważna, by w deszczu i ciemnościach brać kąpiel w morzu, zdejmowała właśnie strój pływacki. Prócz Simona i Nathalie była jedyną osobą w pobliżu.

– Okay – odezwał się Simon. – Kto pójdzie się rozejrzeć?

Nathalie raczej nie była w stanie tego zrobić.

– Oni mogą już tu być.

Oni. Wciąż ci złowieszczy *oni*.

Simon nie potrafił nawet powiedzieć, jak bardzo go irytuje ta ciągła konfrontacja. I fakt, że wciąż pozwalał się zastraszać.

– Jak to możliwe? – zapytał znużony. – Niby skąd *oni* mieliby znać apartament należący do wuja Jérôme'a?

Nathalie wzruszyła ramionami.

– Boję się – odparła.

Simon zdecydowanym ruchem pchnął drzwi samochodu.

– Musimy odnaleźć Jérôme'a. Może on tam jest. Rozejrzę się. Które to mieszkanie?

– Trzecie piętro, po lewej.

– Jak się dostanę do środka?

– Jeśli wciąż nie naprawili zamka, drzwi są otwarte.

Simon ruszył przed siebie. Minął pomalowany w pasy budynek toalet, przy którym trzydzieści sześć godzin wcześniej miała swój początek cała ta historia. Zdarzyło się to ledwie wczoraj. Simon miał jednak wrażenie, że od tej chwili minęło już wiele dni.

Rozejrzał się uważnie dokoła, nim przeszedł na drugą stronę ulicy. Jak okiem sięgnąć, w pobliżu nie było żywego ducha. Nigdzie też nie parkował żaden podejrzanie nierzucający się w oczy samochód. Żadnych mężczyzn w okularach przeciwsłonecznych. Nic nie wskazywało na to, by ktoś obserwował budynek.

W żadnym z okien nie paliło się światło, apartamentowiec rzeczywiście sprawiał wrażenie niezamieszkanego. Brama ogrodowa dała się łatwo otworzyć. Simon ruszył wybrukowaną dróżką. W ogrodzie panowały ciemności, światło ulicznych latarni tu nie docierało, a w całym budynku najwyraźniej wyłączono prąd. Wszędzie pleniły się wysokie krzewy, pędy sięgały aż na dróżkę, dodatkowo przesłaniając widok okolicy.

Simon zauważył, że ma przyspieszone tętno. „Nie bądź śmieszny" – napominał sam siebie. „Pozwoliłeś się zarazić tymi urojeniami".

Rzecz jednak w tym, że nie były to żadne urojenia. Począwszy od wizyty w Lyonie. Od chwili, gdy stanął nad zwłokami zamordowanego Yves'a.

Rzeczywiście, zamka wciąż nie naprawiono, Simon bez trudu otworzył drzwi. Na klatce schodowej czuć było stęchliznę, na szczęście ściany składały się po części z dużych, sięgających podłogi szklanych okien, przez co wewnątrz wcale nie było ciemniej niż na dworze. Simon odczekał chwilę, by przyzwyczaić wzrok, po czym ruszył po schodach. Trzecie piętro, powiedziała Nathalie. Na każdym półpiętrze przystawał i nasłuchiwał. Niczego jednak nie dosłyszał, oprócz własnego oddechu. Musiał zachować ostrożność, gdyż nawet jeśli owi podejrzani wrogowie nie przyczaili się w pobliżu, w mieszkaniu mógł przebywać Jérôme i uznać jego, Simona, za intruza. A Simon wcale nie miał ochoty otrzymać nagle ciosu pięścią w twarz albo kopniaka w żołądek.

Trzecie piętro. W końcu dotarł na miejsce. Znów zaczął nasłuchiwać, czekał. Nic. W całym budynku był chyba zupełnie sam.

Ujrzał liczne drzwi do mieszkań, lecz natychmiast rozpoznał te właściwe, były uchylone. W pierwszej chwili wydało mu się to całkiem logiczne, gdyż Nathalie wyłamała także ten zamek. Zaraz potem spytał jednak sam siebie ze zdumieniem: Czy mimo to nie można ich było zamknąć, tak jak drzwi wejściowych?

Ostrożnie je pchnął.

Jego wzrok zdążył już przywyknąć do ciemności, nadto drzwi balkonowe w przestronnym pokoju dziennym, mieszczącym się tuż przy wejściu, wychodziły na ulicę, rozświetloną bladym blaskiem latarni. Simon dość dobrze orientował się w pomieszczeniu: po lewej znajdował się aneks kuchenny, oddzielony od reszty pokoju ladą. Panował tam spory bałagan; drzwiczki szafek były otwarte, podobnie zresztą jak drzwi wyłączonej lodówki. Również w pokoju dziennym rzucał się w oczy nieopisany nieład: otwarte drzwi i szuflady meblościanki, porozrzucane po podłodze książki, dwuosobowa sofa, którą widocznie przesuwano, przez co leżący pod nią dywan całkiem się zwinął.

Bardzo to dziwne. Czy Nathalie zostawiła w mieszkaniu taki bałagan? Szukając pieniędzy albo czegoś do jedzenia?

Drzwi obok prowadziły do sąsiedniego pokoju. Były otwarte na oścież. Po cichu, z wahaniem, Simon wszedł do środka. Szerokie łóżko, szafa, komoda. Opróżnione szuflady, leżąca na podłodze pościel. Ktoś tu czegoś usilnie szukał. Simon modlił się w duchu, by tym kimś była Nathalie.

Drugie drzwi prowadziły do łazienki, która z uwagi na panujący w niej nieporządek nie różniła się zbytnio od obu pozostałych pomieszczeń. Simon miał pewność co do dwóch kwestii: apartament został dokładnie przeszukany i znajdował się w opłakanym stanie.

I nie ukrywał się w nim Jérôme.

Tymczasem zostali na parkingu sami. Pływaczka odjechała. Nadal padało.

W blasku ulicznych latarni Nathalie wyglądała żałośnie.

– Nie, to nie byłam ja. Nie zostawiłam po sobie bałaganu. Szukałam pieniędzy i jedzenia, to prawda, ale nie w ten sposób. Nie otwierałam szuflad, nie przesuwałam sofy ani nie rozrzucałam rzeczy po podłodze. Wszystko było w najlepszym porządku, kiedy znalazł mnie ten pomocnik zarządcy.

– W takim razie był to ktoś inny – wywnioskował Simon, uznając, że nie jest to bynajmniej nazbyt błyskotliwa konkluzja.

– To byli oni. Simon, oni depczą mi po piętach. Byli w Lyonie. A teraz są tutaj. O Boże, jesteśmy...

– Tylko spokojnie. Może to Jérôme. Pewnie potrzebuje pieniędzy, jest głodny, a podczas poszukiwań nie był tak subtelny jak ty.

– On taki nie jest. Czemu miałby narobić takiego bałaganu? Czemu miałby tak bezwzględnie postępować? Nie, Simon, jestem pewna, że oni tu są. Musimy uciekać!

– Najpierw wrócimy do domu. Tam zastanowimy się, co dalej.

Już chciał uruchomić silnik, lecz chwyciła go mocno za rękę.

– Nie! Oni mogą już tam czekać.

– Nathalie, nie wariuj. Nie znają przecież ani mnie, ani mojego domu.

Ponownie usiłował uruchomić samochód. Nathalie mu jednak przeszkodziła.

– Messenger – szepnęła.

– Co z nim?

– Za jego pomocą kontaktujemy się z Jérôme'em. Może zostawił mi wiadomość.

– Czy nie byłoby to dość lekkomyślne?

Potrząsnęła głową.

– Moje konto zabezpieczyłam hasłem. Nawet jeśli zdobędą moją komórkę, nie tak łatwo się do niego dostaną. To może potrwać, nawet jeśli zatrudnią do tego specjalistę. Daj mi swój telefon!

Niechętnie wyjął smartfon, włączył go i jej podał.

Zalogowała się i od razu wydała z siebie cichy okrzyk.

– Rzeczywiście mam wiadomość! Wysłana... czekaj... w zeszły czwartek. Potem już się nie pojawił.

– I co pisze?

– W zasadzie to, o czym mówił mi przez telefon, tylko w częściowo zaszyfrowanej formie. – Odczytała na głos: – Jedź w uzgodnione miejsce. Czekaj tam. Spróbuję się z tobą skontaktować. Nikomu ani słowa. To bardzo poważna sprawa!

– Hmm – mruknął Simon.

– Dlaczego go tu nie ma? To znaczy, gdziekolwiek w Europie przebywał w chwili, gdy rozmawialiśmy przez telefon i napisał tę wiadomość, już dawno powinien tu być!

– Nie mówi jednoznacznie, że tu przyjedzie. Pisze, że się z tobą *skontaktuje*.

– Ale kiedy do mnie zadzwonił, by mnie ostrzec, powiedział, że przyjedzie. Na dobrą sprawę to przecież jedyna możliwość, czyż nie? On tu przyjedzie. A wtedy zaplanujemy, co dalej.

– Sam nie wiem – odparł znużony Simon. Miał coraz silniejsze wrażenie, że oto wplątuje się w zupełnie zwariowaną historię, wikła się w sprawy ludzi, których ani nie zna, ani też w gruncie rzeczy nie ma ochoty bliżej poznać. Gdyby sam nie stanął w Lyonie nad zwłokami Yves'a, już dawno uznałby to wszystko za jakiś absurd i kazałby Nathalie iść do diabła.

„Właściwie mogę to zrobić choćby i teraz" – przeszło mu przez myśl.

– Posłuchaj... – odezwał się, lecz weszła mu w słowo.

– Nie uważasz, że powinnam mu odpisać?

Zamyślił się.

– Czemu nie? Do *nich* wiadomość prawdopodobnie nie dotrze. Nie wolno ci oczywiście podawać żadnych nazwisk ani miejsca pobytu.

Czytała na głos wystukiwane na klawiaturze słowa:

– Gdzie jesteś? I co się w ogóle dzieje?

To nie było niezręczne, przyznał Simon. Jeśliby ich prześladowcy rzeczywiście włamali się na facebookowe konto

Nathalie, z tej wiadomości będą mogli jedynie wyczytać, że nie ma ona pojęcia, gdzie przebywa Jérôme, a do tego nie wie, o co właściwie w całej tej historii chodzi. Może dzięki temu znajdzie się poza ich ostrzałem.

„Co za idiotyczna sprawa" – pomyślał.

Wysłała wiadomość i oddała mu telefon.

– Przerwałam ci. Chciałeś coś powiedzieć?

– Tak, ja... Nathalie, to jest...

Spojrzała na niego z wyrazem lekkiej pogardy.

– Chcesz się wycofać. Przez cały czas czekałam, kiedy to w końcu powiesz.

Jej nieskrywana pogarda go rozzłościła.

– Twoje sformułowanie nie do końca odpowiada prawdzie. Nie mogę się wycofać z czegoś, na co nigdy nie przystałem. Kiedy ty mniej więcej w tym właśnie miejscu byłaś napastowana przez zarządcę i jego pomocnika, wtrąciłem się, to wszystko, co w całej tej sprawie dobrowolnie i z własnej inicjatywy zrobiłem. Zapłaciłem za te cholerne wyłamane zamki, a potem zamierzałem odejść – *sam* – nie chcąc nawet wiedzieć, kim jesteś, jak się nazywasz i co w tej okolicy porabiasz. Niczego, co nastąpiło potem, nie zrobiłem dobrowolnie.

– Och, czyżbym cię do tego zmusiła?

Zamierzał zaprotestować przeciwko tej sugestii, której Nathalie bez wątpienia użyła ironicznie, potem jednak pomyślał, że pojęcie *przymusu* trafiało w sedno. Istotnie, w sposób subtelny, lecz bardzo skuteczny, krok po kroku do wszystkiego go przymuszała.

– Co miałem zrobić? Zostawić cię, gdy przytrzymałaś się ściany i powiedziałaś, że zaraz się przewrócisz z głodu? Wyprać ci w domu ubranie i w mokrych rzeczach wyrzucić za drzwi?

– Zaproponowałeś, że pojedziesz ze mną do Lyonu, by zobaczyć, co z Yves'em – przypomniała mu Nathalie. – Wcale cię o to nie prosiłam.

– Powiedziałaś, że prawdopodobnie zabiłaś człowieka. Uznałem to, szczerze mówiąc, za jakiś nonsens. Na nieszczęście została tam również twoja torebka. Pomyślałem, że jeśli na własne oczy zobaczysz, że on żyje, a do tego odzyskasz swoje rzeczy, przede wszystkim dowód osobisty, wtedy z czystym sumieniem będę mógł cię poprosić, byś sobie poszła. I wreszcie zająć się własnymi problemami.

– Mogłeś tak zrobić. Wiesz, Simon, coś ci powiem. Tobie wcale nie było to aż tak bardzo nie na rękę. Że się pojawiłam, że odwróciłam twoją uwagę, opowiadając ci tę szaloną twoim zdaniem historię. Z przyjemnością wybrałeś się na całodniową wycieczkę do Lyonu, choć oczywiście nie mogłeś wiedzieć, że trafisz do mieszkania bestialsko zamordowanego alkoholika. Co innego miałbyś robić? Siedzieć w domu twojego ojca i gapić się na deszcz, rozmyślając bez końca o wszystkich swoich życiowych niepowodzeniach?

– W moim życiu nie ma żadnych niepowodzeń – bronił się dziecinnie Simon.

– Jesteś samotny. Sądzisz, że tego po tobie nie widać? Twoje dzieci chciały spędzić z tobą Boże Narodzenie, a jednak do tego nie doszło, i ta świadomość cię zżera. Zastanawiasz się, jak twoje małżeństwo mogło się rozpaść i dlaczego przesiadujesz tu samiuteńki jak palec, podczas gdy twoja była żona najwyraźniej świetnie się miewa i prawdopodobnie ma już nowego faceta. I mnóstwo uciechy i udanego seksu!

– Wysiadaj – oznajmił. – Po prostu wysiadaj i radź sobie sama.

Nathalie się nie poruszyła.

– Wysiadaj – powtórzył Simon.

Obrzuciła go drwiącym spojrzeniem.

– Bo co? Bo co zrobisz?

– Bo pojedziemy na policję – odpowiedział chłodno. – Mam znacznie mniej do stracenia niż ty.

Wyraz triumfalnej pewności siebie zniknął z jej twarzy, nie zamierzała jednak wysiąść z samochodu.

– Simon, bardzo mi przykro...

– Jeszcze tylko ta jedna noc – oświadczył. – Jutro z samego rana odejdziesz. Nie chcę już mieć z tym wszystkim nic wspólnego.

– Ale... czemu tak nagle?

– Bo to czysty obłęd – odparł Simon, po czym wreszcie uruchomił samochód.

Kiedy na przyjęciu urodzinowym przyjaciela Éliane poznałam Jérôme'a, niemal od razu wiedziałam, że moje życie zupełnie się odmieni. Chciałabym móc powiedzieć, że ledwo na niego spojrzałam, z miejsca uznałam go za przystojnego. A jednak odczekałam, aż zacznie zabiegać o moje względy, namyślałam się, by w końcu się zgodzić.

Wcale tak jednak nie było. Spotkaliśmy się, a ja natychmiast zapragnęłam zostać z nim na zawsze.

Wśród mnóstwa osób zgromadzonych w ogrodzie Éliane odnaleźliśmy się prawdopodobnie dlatego, że byliśmy jedynymi młodymi ludźmi, między siedemnastym a dwudziestym czwartym rokiem życia. Pozostali niemal bez wyjątku mieli około pięćdziesiątki, podobnie jak sam solenizant. Jérôme wyznał później, że nieco się nudził, póki mnie nie zauważył, i pomyślał, że oto znalazł wreszcie kogoś, z kim być może da się porozmawiać.

Stałam w cieniu drzewa i z nieszczęśliwą miną trzymałam w dłoni talerz, na który Éliane nałożyła kilka łyżek sałatki makaronowej. Mieliśmy do dyspozycji obfity bufet, od którego trzymałam się z daleka, w końcu jednak wpadłam w sidła mojej przybranej matki, a ona wepchnęła mi do ręki talerz i napełniła go po brzegi.

– Umówiłyśmy się – oznajmiła. Sprawiała wrażenie zestresowanej i rozdrażnionej. – Że codziennie coś zjesz.

Wcale się tak nie umawiałyśmy. Zwyczajnie wysunęła wobec mnie takowe żądanie i z mojego milczenia widocznie wywnioskowała, że się zgadzam. Nasze stosunki w tamtym okresie wyraźnie się ochłodziły. Wiedziałam dlaczego: w rozmowach z pracownikami Jugendamtu Éliane chętnie się przechwalała, że zdołała zapanować nad moimi zaburzeniami w jedzeniu. I dlatego miała mi za złe, że ów triumf jej popsułam.

W skrytości ducha miałam oczywiście nadzieję, że uda mi się dyskretnie pozbyć talerza, a ściślej mówiąc: jego zawartości, Éliane bacznie mnie jednak obserwowała. Stała pośrodku grupy kobiet i uczestniczyła w ożywionej z pozoru rozmowie, lecz wciąż zerkała w moją stronę. Mogłabym obejść dom dokoła i wyrzucić ohydną sałatkę do kosza, ale nie chciałam prowokować madame. Jeśli Éliane zawiedzie, urząd do spraw młodzieży zdecyduje się na kolejne rozwiązanie, a to oznaczało jedno: klinika. Albo poprawczak.

Stałam więc i rozmyślałam, co począć, gdy w pewnej chwili podszedł do mnie Jérôme, uśmiechnął się i wskazując ruchem głowy na nieszczęsny talerz, życzył mi smacznego!

I cóż mam powiedzieć? Wyglądał po prostu świetnie. Przynajmniej jak marzenie każdej nastolatki: wysoki, szeroki w ramionach. Wysportowane ciało. Czarne, nieco przydługie kręcone włosy. Ciemne oczy. Szerokie usta. Nosił dżinsy, do tego białą koszulę z podwiniętymi rękawami. Na nogach miał trochę pobrudzone tenisówki. W dłoni trzymał kieliszek. Na jego widok od razu przyszły mi na myśl określenia w rodzaju: luzacki, odjazdowy, cholernie atrakcyjny.

Mężczyźni o takim wyglądzie często znają siłę swojego oddziaływania, dlatego do tej listy można dopisać przymiotniki w stylu: arogancki czy zarozumiały.

Lecz nie w przypadku Jérôme'a. Na domiar wszystkiego był naprawdę sympatyczny. Jak ktoś, kto co prawda wie, że świetnie się prezentuje, a mimo to nie zachowuje się wyniośle.

I oto on uśmiechnął się do mnie! Do mnie, siedemnastoletniej Nathalie z zaburzeniami odżywiania, córki nałogowej alkoholiczki i nieodpowiedzialnego ojca. Nie muszę chyba wspominać o tym, że do tej pory uważałam się za najbardziej niepozorne stworzenie w całym mieście. Może nawet w całym kraju. Żyłam w dziwnym stanie psychicznego rozdarcia: chciałam być szczupła, szczupła do granic możliwości. Zarazem jednak uznałam, że moja pociągła twarz, zapadłe oczy, chude jak szczapy nogi w rzeczywistości nie wyglądają ładnie. Nie mówiąc już o łamliwych, pozbawionych blasku włosach. Starałam się udawać osobę dość pewną siebie, ale obawiałam się, że on może mi nie uwierzyć.

– Dzięki – odparłam. – Ale tak naprawdę wcale nie mam zamiaru tego jeść.

– Nie? To po co tyle nabrałaś?

– Éliane mi nałożyła. Uważa, że powinnam więcej jeść.

Dziewięciu na dziesięciu ludzi odpowiedziałoby, że Éliane ma całkowitą rację. Albo od razu poczyniłoby uwagę na temat mojego ciała. Coś w rodzaju: Bo cię wiatr przewróci! Albo: Starasz się może o pracę modelki?

Jérôme nic takiego nie powiedział. Skinął tylko głową, po czym zaproponował:

– Usiądźmy gdzieś w głębi ogrodu. A ja zjem wszystko z twojego talerza. Nadal jestem głodny, ale niezręcznie by mi było iść po raz czwarty do bufetu. – A potem dodał: – Jestem Jérôme.

– Nathalie – odparłam.

Zrobiliśmy dokładnie tak, jak zaproponował. Na skraju ogrodu leżał pień drzewa, przysiedliśmy na nim. Ja trzymałam talerz, a Jérôme pałaszował jego zawartość. Pomiędzy nami a Éliane kłębiło się tak wiele osób, że choć mogła mnie widzieć, z pewnością nie była w stanie dostrzec, czy to ja zajadałam z talerza. Jérôme opowiedział mi co nieco o sobie: miał dwadzieścia cztery lata. Dawno już skończył z nauką w szkole. Imał się różnych prac i ciągle wykłócał z ojcem, który chciał, by poszedł na studia. Na co on nie miał ochoty, bo jeszcze nie wiedział, czym chce się w życiu zajmować. A teraz rozważał wyjazd do Paryża. Metz wydawał mu się dość nudny.

Słuchałam go i usiłowałam nie dać po sobie poznać, jak bardzo byłam rozpromieniona. Nie dlatego, że był atrakcyjny i seksowny, a mimo to dotrzymywał mi towarzystwa. Przede wszystkim dlatego, że tamtego wrześniowego popołudnia ofiarował mi coś, czego od dawna już, a może nawet jeszcze nigdy nie zaznałam: poczucie, że się mnie traktuje poważnie. Stwierdzenie, że nie chcę zjeść sałatki, po prostu zaakceptował. Nie zamierzał mnie przekonywać, że powinnam jeść więcej. Nie zanudzał wyjaśnieniami, jak poważne problemy zdrowotne może powodować nadmierne odchudzanie. Nie zaproponował mi nic banalnego w rodzaju: Chodź, będziemy jeść na wyścigi! Albo: Łyżka dla mnie, łyżka dla ciebie. Czym potraktowałby mnie jak dziecko.

Nie, przyjął zwyczajnie do wiadomości to, co powiedziałam. Uszanował moją postawę. A tym samym uszanował mnie. Jako osobę. Jako niedoskonałą, cierpiącą na anoreksję, nieszczęśliwą, pozbawioną swego miejsca na ziemi Nathalie.

W jego oczach byłam w porządku.

Po raz pierwszy, odkąd zaczęłam samodzielnie myśleć, tamtego popołudnia doznałam niejasnego przeczucia tego, jak by to mogło być, gdybym sama zdołała uznać, że ze mną wszystko w porządku.

Gdybym była osobą wierzącą, modliłabym się po cichu: „Dobry Boże, nie pozwól, by po tym jednym dniu tak zwyczajnie zniknął i nigdy już nie wrócił". Pomyślałam więc: „On jest pierwszą prawdziwą szansą w twoim życiu".

Gdybym była starsza i bardziej doświadczona, zamartwiałabym się, że ten mój nadmiar oczekiwań zwyczajnie go przytłoczy. Pewnie bym pomyślała, że taki związek – o ile w ogóle by się zawiązał – od samego początku byłby skazany na niepowodzenie, skoro jedno z partnerów nazbyt potrzebuje pomocy, drugie zaś staje się ostatnią deską ratunku. Każdy dorosły pomyślałby: „To niebezpieczne". Ta sytuacja zbyt mnie osłabi, a jego zanadto wzmocni. Może to doprowadzić do rozmaitych scenariuszy, lecz i tak wszystkie zbyt dobrze mi nie wróżą. On wykorzysta swą przewagę i mnie zdominuje. Albo kiedyś w końcu zatęskni za dorównującą mu poziomem partnerką i mnie porzuci. Albo też wkrótce poczuje się nieszczęśliwy w związku, który przytłoczy jego psychikę dwudziestoczterolatka zbyt wielkim ciężarem odpowiedzialności. Z konsekwencjami jak w punkcie drugim.

Tak jednak nie pomyślałam. Miałam siedemnaście lat i byłam tak niedoświadczona, jak to tylko możliwe.

Dostrzegałam wyłącznie swoją szansę, żadnego niebezpieczeństwa, i byłam zdeterminowana, by po nią sięgnąć.

La Cadière, Francja, wtorek, 15 grudnia

Wyjechali ledwie o świcie, a mimo to Simon, podjeżdżając na wzniesienie, znów miał wrażenie, jakby podróżowali już od wielu dni czy nawet tygodni. Zdawało mu się, że rankiem był kimś innym niż teraz, pod wieczór. Zbyt wiele się wydarzyło. Nathalie nie była już owym nieco ekscentrycznym, wychudłym młodym dziewczęciem, które zrelacjonowało mu tę niesłychaną historię. Był przekonany, że jej opowieść jest pełna przekłamań. To, co z początku uznawał za przerost fantazji, okazało się jednak rzeczywistością.

Nie tylko on stał się kimś innym. Świat wokół niego odmienił swe oblicze, napełniając go lękiem. Nie wiedział, jak powinien postąpić.

Kiedy mijali ostatni zakręt drogi, Nathalie szarpnęła za kierownicę tak gwałtownie i mocno, że samochód aż zarzuciło, o włos uniknęli uderzenia o kamienny mur graniczny.

– Zwariowałaś?! – krzyknął, wciskając mocno pedał hamulca.

– Zatrzymaj się! – syknęła Nathalie.

– Co jest?

Sięgnęła ręką i wyłączyła światła.

– Samochód!

– Jaki samochód?

– Przed bramą. Widzisz?

Nie zauważył go, był głęboko zatopiony w myślach. Z nastaniem zmroku zapaliła się lampa umieszczona przy wjeździe na działkę, w jej poświacie dostrzegł zaparkowane przed bramą auto.

– Francuskie numery rejestracyjne – szepnęła Nathalie.

– Może to do któregoś z sąsiednich domów – oznajmił Simon, nie zabrzmiało to jednak zbyt przekonująco. Od ostatniego domu, usytuowanego powyżej jego posiadłości, dzieliła ich spora odległość, trudno zrozumieć, dlaczego ktoś miałby zaparkować aż tak daleko i pieszo pokonać resztę stromej drogi – i to przy takiej niepogodzie. To samo dotyczyło domu stojącego poniżej. Nie było powodu, by nie zaparkować tuż przed budynkiem, skoro miejsca było tam pod dostatkiem.

– Kto to może być? – zapytała Nathalie. – Spodziewasz się gości?

– Właściwie to nie – przyznał Simon niechętnie. Zamyślił się na chwilę. Samochód był dość duży. Sprzątaczka zajmująca się domem jego ojca jeździła znacznie mniejszym autem, a do tego zawsze parkowała na działce. Poza tym przecież wyjechała.

– Musimy zawrócić – szepnęła Nathalie.

– Może to nic groźnego – odparł Simon, lecz wcale nie miał pewności. – Gdyby to byli... *oni*, nie zaparkowaliby przecież zaraz przed bramą, by zwrócić na siebie uwagę.

– Liczą na to, że niczego nie będziemy podejrzewać – oznajmiła Nathalie. – Nie wiedzą, że byliśmy dzisiaj w Lyonie. Że znaleźliśmy Yves'a. Nie wiedzą też, że byliśmy w apartamencie i widzieliśmy, że został przetrząśnięty. Uważają, że jesteśmy zupełnie nieświadomi.

– Od tygodnia przed nimi uciekasz. Chyba nie uznali cię za nieświadomą niebezpieczeństwa.

– Ale nie wiedzą, że ja wiem, jak bardzo depczą mi po piętach. Simon, ja tam nie wejdę. Za żadne skarby! – Głos Nathalie przybrał ton histeryczny.

Simon uznał, że od dzisiejszego poranka Nathalie istotnie bardzo się zmieniła. Od samego początku wydawała mu się roztrzęsiona i wystraszona, bezradna i zdezorientowana. Teraz miał wrażenie, że od chwili znalezienia zwłok Yves'a to wpada w panikę, to znów zachowuje się jak sparaliżowana. Z początku sama pewnie wierzyła albo przynajmniej miała cichą nadzieję, że ów chaos, w który wpędził ją telefon od Jérôme'a, przeminie, że wszystko ostatecznie okaże się pomyłką. Na to nie mogła już liczyć. Wydawało się, że zaraz zupełnie straci głowę.

– Proszę. Proszę, Simon. Uciekajmy stąd!

Nie znosił, kiedy tak go niepokojono, kiedy wyganiano go z jego własnego domu. Wyłączył jednak silnik, wrzucił wsteczny bieg i pozwolił, by samochód stoczył się bezgłośnie w dół zbocza.

Nathalie, bliska hiperwentylacji, odetchnęła nieco spokojniej.

– Dziękuję. Simon, to pułapka. Oni tam na nas czekają.

– Nie wierzę – odparł Simon, zastanawiając się jednak, w co tak naprawdę wierzy. Problem w tym, że nie przychodziło mu do głowy żadne przekonujące, nieodparte wyjaśnienie faktu, że oto przed bramą parkuje obcy samochód. Może, zważywszy na zaistniałe okoliczności, postępuje słusznie: na razie się wycofa.

Na razie. Nazajutrz tu wróci. Ktokolwiek to jest, raczej nie będzie czekał przez całą noc.

– I co teraz? – zapytał, gdy dotarli na sam dół.

– Jedźmy dokądkolwiek. Możemy przecież spać w samochodzie.

– Nie sądzę, żeby to był dobry pomysł. Nie wiem jak ty, ale ja jestem potwornie zmęczony. Muszę przespać się kilka godzin w łóżku. – Przetarł oczy, zaczerwienione ze znużenia. – Nawet nie potrafię już zebrać myśli. W przeciwnym razie po prostu wróciłbym do domu, a nie wycofywał się jak... jak ten... – Żadne porównanie nie przyszło mu jednak do głowy. – W każdym razie na pewno bym tego nie zrobił – dokończył.

– Dozorca – oznajmiła Nathalie. Jakby się przebudziła ze snu. Prawdopodobnie adrenalina zaczęła krążyć w jej żyłach. – Dozorca i ten Yanis. Podałeś im swoje nazwisko i adres.

– Naprawdę? – Nie przypominał sobie dokładnie.

– Tak. Dobrze to pamiętam. Dozorca chciał wiedzieć, kim jesteś i gdzie mieszkasz, na wypadek gdyby z mojego powodu wpadł w tarapaty.

– Zgadza się. I co z tego? Czy dozorcę też już zaliczasz do kręgu podejrzanych?

– Zastanów się. *Oni* byli w apartamencie i...

– To jedynie *przypuszczenie*, że tam byli – poprawił ją Simon. W rozmowach z nią trzeba uważać. Wszystkie jej twierdzenia, które pominiesz milczeniem, przeinaczy potem w owo *Ty przecież także sądziłeś, że...*

– Jeśli dowiedzieli się o apartamencie, pewnie ustalili też to, kto za niego odpowiada. A wtedy z pewnością odwiedzili dozorcę...

– Niby jak mieli poznać jego nazwisko?

– Wypytywali we wspólnocie mieszkaniowej.

– I tak po prostu udzielono im informacji?

– Mogli się podać za zainteresowanych wynajmem. To przecież żaden problem.

Simon się zamyślił. Miała rację. Rzeczywiście nie było to chyba aż tak trudne.

– A wtedy udają się do dozorcy – ciągnęła Nathalie – i wypytują o mnie. Ten oczywiście mnie pamięta. I mówi im, że pojechałam z tobą. Podaje im twoje nazwisko. I adres.

– Czemu miałby to robić?

– Simon, ja widziałam tych typów. Wierz mi, jeśli cię o coś pytają, odpowiadasz im. Cieszysz się, naprawdę się cieszysz, że znasz odpowiedź. Bo przeczuwasz, że to twoja najlepsza, może jedyna szansa, by sobie poszli i zostawili cię w spokoju.

– To wszystko brzmi zbyt niewiarygodnie – oznajmił Simon.

Przejechali przez wiadukt przerzucony nad autostradą, po czym zaczęli piąć się na wzniesienie, na którym leżało centrum La Cadière. Z powodu deszczu i mroku ulice były opustoszałe, tylko jakaś samotna para spacerowała pod parasolem. W większości domów paliło się światło, a ponad główną uliczką, tak wąską, że nie wyminęłyby się na niej dwa samochody, zawieszono świąteczne oświetlenie. Simon od razu poczuł się lepiej. W okolicy, w której leżała posiadłość jego ojca, domy stały w sporej odległości od siebie, ukryte w rozległych ogrodach, dlatego panował tam upiorny mrok, napełniając mieszkańców poczuciem całkowitej samotności i bezbronności. Tutaj natomiast wszystko wyglądało idyllicznie, uroczo i świątecznie. Tym bardziej groteskowo jawiła mu się ich ucieczka.

A jednak coś nakazywało mu postąpić w ten właśnie sposób – i nie była to jedynie histeria Nathalie. Coś nie pozwalało mu zwyczajnie zawrócić. To instynkt nieustannie podszeptywał mu przestrogi. Nie wiedział, czy popełnił błąd, traktując je poważnie.

Zaparkował przed największym miejscowym hotelem, spiesznie pobiegli przez deszcz w kierunku wejścia.

– W żadnym wypadku nie podawaj naszych nazwisk – syknęła Nathalie.

– Nie jestem głupcem – odparł Simon i pomyślał, że to jednak nieprawda. Gorzej: był kompletnym idiotą.

Musieli dzielić z sobą pokój, gdyż w okresie świątecznym hotel dysponował niewielką ich liczbą, tylko jeden jedyny był jeszcze wolny. Musieli dzielić również łóżko, ponieważ sofa okazała się za krótka, by nawet dość drobna Nathalie mogła na niej spać. Simon czuł tak wielkie znużenie, spowodowane przede wszystkim nadmiernym obciążeniem nerwowym, że było mu wszystko jedno. Pragnął jedynie snu. Pragnął przynajmniej na chwilę pogrążyć się w otchłani zapomnienia.

Inaczej Nathalie. Kiedy stało się jasne, że Simon nie będzie w stanie zasnąć na sofie, położył się do łóżka. Wówczas Nathalie spróbowała pójść jego śladem, lecz także bez powodzenia. W końcu zapaliła światło, po czym ułożyła się we wspólnym łóżku, choć z początku stanowczo się przed tym wzbraniała. Zdjęła co prawda płaszcz i buty, została jednak w ubraniu, co Simon uznał za śmieszne.

– Jedynym mężczyzną w moim życiu jest Jérôme – wyjaśniła. – Nawet jeśli akurat go tu nie ma, sama nie wiem, gdzie przebywa, a my znaleźliśmy się w okropnej sytuacji. Nie chcę żadnych nieporozumień, Simon, chciałabym...

On pragnął tylko zasnąć.

– Proszę, Nathalie, bądźże wreszcie cicho. Nic od ciebie nie chcę. Szczerze mówiąc, nawet gdybym chciał, nie mam teraz na nic siły. Więc nie zastanawiaj się dłużej, tylko śpij.

Miał wrażenie, że poczuła się dotknięta jego słowami, lecz wcale się tym nie przejął. Zapadł w sen, głęboki, mocny sen pozbawiony sennych marzeń. A nawet jeśli jakieś się pojawiły, żadnych nie zapamiętał i nie potrafił ich sobie później przypomnieć.

Tulon, Francja, środa, 16 grudnia

Podkomisarz Jean Caparos z Police nationale w Tulonie domyślał się, dlaczego został wczesnym rankiem wezwany do swojej szefowej. Wciąż rozmawiano o tragicznej śmierci, którą podczas policyjnej akcji poniósł cywil, oraz o zawieszeniu najbliższego współpracownika Inès Rosarde. Podkomisarz Perez był powszechnie lubiany i ceniony, wszyscy ubolewali z powodu tego, co się stało. Tym bardziej że nikt nie miał wątpliwości, iż Perez, nawet po dłuższej przerwie, już nigdy nie powróci na swoje dawne stanowisko.

Inès Rosarde kiepsko wygląda, stwierdził Caparos, wchodząc do jej biura i zamykając za sobą drzwi. Nadal nie doleczyła grypy, powinna raczej leżeć w łóżku, niż siedzieć za biurkiem. Oczy zaczerwienione po nieprzespanej nocy, twarz pozbawiona wszelkiej barwy. Jej „dzień dobry" zabrzmiało chrapliwie.

– Proszę usiąść – rzekła, wskazując mu krzesło po drugiej stronie biurka. – Zakładam, że się pan domyśla, czemu się pan tu znalazł?

– Niezupełnie – odparł ostrożnie Caparos. Przed szefową leżały rozłożone akta. *Pewnie to moje akta osobowe*, domyślił się. Doniesiono mu, że Rosarde zażądała ich poprzedniego dnia.

– Podkomisarz Perez został tymczasowo zawieszony w obowiązkach, jak pan pewnie już wie. Pomyślałam, że jest pan odpowiednią osobą, by go zastąpić. – Inès zawsze od razu przechodziła do sedna. Przydługą gadaninę uważała za stratę czasu.

– Tymczasowo? – zapytał Caparos.

Wykonała niecierpliwy ruch ręką.

– Nie będzie zawieszony do końca życia, niemniej już nie wróci na swe dawne miejsce, nie ma się co oszukiwać. W pana przypadku nie chodziłoby zatem jedynie o tymczasowe stanowisko.

To była wspaniała propozycja, Caparos miał tego świadomość. Zarazem jednak kryła w sobie ogromne wyzwanie: Rosarde i Perez tworzyli doskonale zgrany zespół. Wymarzona para. Potrafili się porozumiewać wzrokiem, oszczędni w słowach, intuicyjnie odgadywali nawzajem swe myśli. Caparos musiałby podążać po niebotycznych śladach swojego poprzednika. Zastanawiał się, czy kiedykolwiek temu podoła.

Rosarde zerknęła do akt.

– Jean Caparos, urodzony trzeciego listopada tysiąc dziewięćset siedemdziesiątego siódmego roku w Marsylii. Ma pan zatem trzydzieści osiem lat. Od sześciu lat pracuje pan w Police nationale, najpierw cztery lata w programie ochrony świadków, od dwóch lat tutaj w policji kryminalnej. – Uniosła głowę, spojrzała na niego. – Kawaler, bezdzietny.

– Zgadza się – potwierdził Caparos. Dla Inès nie był to fakt bez znaczenia. Dla jej najbliższego współpracownika praca po godzinach to codzienność, na życie osobiste pozostanie niewiele czasu. Caparosowi wcale to nie przeszkadzało. Zawsze uważał się za człowieka, który wziął ślub z własną pracą – i takie też życie prowadził. Z tego powodu wszystkie jego związki z kobietami ostatecznie się rozpadły. Mógłby temu zapobiec wyłącznie poprzez ograniczenie pracy zawodowej, gdyby czasem potrafił po prostu odpuścić. To jednak stało w sprzeczności z jego podejściem do własnych obowiązków.

A teraz doczekał się nagrody. W końcu Inès Rosarde nieprzypadkowo się nim zainteresowała. Dobrze wiedział, które spośród jego cech miały dla niej znaczenie: niezawodność, lojalność, powaga, zaangażowanie. Zdawał sobie sprawę, że za takiego właśnie funkcjonariusza uchodził w całym wydziale.

– Nie muszę chyba panu mówić, że będzie się nam bacznie przyglądał nadkomisarz – ciągnęła Inès. – Po tej strasznej historii z martwym cywilem dla ludzi z wyższych pięter znaleźliśmy się na cenzurowanym. Nie może się nam przydarzyć choćby najdrobniejszy błąd.

– Zawsze wychodzę z założenia, że żadne błędy nie powinny się nam przydarzać – oznajmił Caparos, uznając, że zabrzmiało to przesadnie ambitnie. Właściwie chciał powiedzieć, że *ludzie z wyższych pięter* powinni wiedzieć, ile zaangażowania i wysiłku każdy wkłada w swoją pracę i że nie ma to nic wspólnego ze świadomością, że jest się na cenzurowanym. Każdy robi, co w jego mocy. W ten czy inny sposób.

– No tak – odparła nieco szorstko Inès. Wstała, Caparos również podniósł się z krzesła. Rozmowa najwyraźniej dobiegła końca. Również z takich zachowań słynęła Inès: sprawy załatwiała szybko i nigdy nie poświęcała im więcej czasu niż to absolutnie konieczne.

– Od tej chwili jest pan moim przybocznym, Caparos – oświadczyła – moją, by tak rzec, prawą ręką. Jestem przekonana, że stworzymy zgrany zespół.

Podziwiał rzeczowość i spokój, z jakim wypowiedziała te słowa. Domyślał się, jak głęboko dotknęła ją świadomość, że straciła Pereza. Dobrowolnie nigdy nie pozwoliłaby mu odejść, tym razem jednak decyzję powzięli inni, jej zaś nie pozostało nic innego, jak tylko wykorzystać zaistniałe okoliczności. Zaakceptować sytuację i iść do przodu. Uczyniła to z determinacją i wewnętrznym zdyscyplinowaniem.

„Bliska współpraca z kimś takim jak ona bardzo mnie wzbogaci" – pomyślał Caparos.

Podał jej rękę, uścisnęła ją.

– Zrobię wszystko, co w mojej mocy – zapewnił.

– Nie wątpię – odparła Inès – w przeciwnym razie nie wybrałabym pana. – Uśmiechnęła się raczej odważnie niż radośnie, nic dziwnego, zważywszy na okoliczności. – Cieszę się z naszej współpracy. I nie sądzę, by od samego początku czekały nas zbyt dramatyczne wyzwania.

Zdanie to zdawało się nie pasować do Inès Rosarde. Nigdy nie lękała się wyzwań, jakiejkolwiek byłyby natury. Domyślał się, jak bardzo musiała być roztrzęsiona.

– Jestem przekonany, że sprostamy wszelkim trudnościom – oznajmił.

Nie odpowiedziała, znów się jednak uśmiechnęła. Tym razem jej uśmiech zdradzał uznanie. Caparos w głębi ducha odetchnął. Przynajmniej w tej pierwszej rozmowie jako jej nowy najbliższy współpracownik najwyraźniej spełnił oczekiwania swojej szefowej.

La Cadière, Francja, środa, 16 grudnia

Następnego ranka przestało padać, zaświeciło słońce, świat połyskiwał świeżością. Simon zastanawiał się, jak to się stało, że na widok zaparkowanego samochodu pozwolił się zapędzić w kozi róg. Sytuacja z poprzedniego wieczoru wydała mu się całkiem absurdalna. To pewnie przez ten wcześnie zapadający zmrok, przez deszcz oraz potworne znużenie, które dopadło go niczym choroba.

A także, rzecz jasna, przez martwego Yves'a i przetrząśnięty apartament.

Wypoczęty, rozkoszując się jasnym słonecznym blaskiem, skłonny był jednak poszukać innych wyjaśnień. Może Yves został zamordowany przez kogoś innego, kogoś niemającego żadnego związku z Nathalie i jej historią. Okolica, w której mieszkał, cieszyła się złą sławą. Może Yves natknął się na któregoś z działających tam dilerów narkotykowych.

Co do apartamentu: Nathalie wyłamała zamki w drzwiach wejściowych do budynku oraz do mieszkania, każdy bez trudu mógł się dostać do opustoszałego bloku. Może jakiś włóczęga szukał pieniędzy. Albo znudzeni nastolatkowie urządzili imprezę i wszczęli awanturę.

„Istnieje wiele możliwych scenariuszy – pomyślał Simon – i każdy z nich wydaje się prawdopodobniejszy niż opowieść Nathalie".

Spojrzał na nią. Skuliła się niczym embrion, oddychała głęboko i miarowo. Miała lekko rozchylone usta. Nawet we śnie zdawała się spięta, udręczona przez strach. Pozycja, w której leżała, zdradzała potrzebę ochrony. Nie po raz pierwszy zastanawiał się, czy przypadkiem przed nim nie udawała, a jeśli tak, to z jakiego powodu. Do jakiego zmierzała celu?

Z drugiej strony miał nieodparte wrażenie, że jej napady paniki są autentyczne. Jeśli byłyby udawane, znaczyłoby to, że jest utalentowaną aktorką. Może cierpiała na manię prześladowczą, sama jednak głęboko wierzyła we wszystko, czego w swym szaleństwie doświadczyła.

Wstał po cichu, włożył dżinsy oraz sweter, na którym widniały rdzawe plamy zaschniętej krwi Yves'a. Najwyższy czas zmienić ubranie.

Jako jeden z ostatnich gości zasiadł w jadalni do śniadania. W końcu dołączyła do niego Nathalie. Miała ciemne obwódki pod oczami, sprawiała wrażenie równie roztrzęsionej jak poprzedniego dnia. Widocznie nawet dwanaście godzin snu nie zdołało odmienić jej nastroju.

Poprosiła o czarną kawę, nie tknęła ani croissanta, ani bagietki. Pogrążona w myślach, bawiła się serwetką. W końcu zapytała:

– I co teraz?

– Nie wiem, co ty zrobisz – odparł Simon – lecz ja wracam do domu. Wejdę tam bez względu na to, czy przed bramą parkuje jeszcze ten obcy samochód.

– Naprawdę chcesz...?

– Tak. I powinienem był to zrobić już wczoraj wieczorem.

Sprawiała wrażenie niezdecydowanej.

– Nie wiem, dokąd mam się udać – mruknęła w końcu.

Nadeszła chwila, by jej powiedzieć, że jej problemy nic a nic go nie obchodzą, wyglądała jednak tak mizernie i bojaźliwie, że się na to nie zdobył.

– Mogę zaproponować, byś jeszcze raz ze mną pojechała. Dam ci pieniądze na bilet do Paryża. W końcu masz tam mieszkanie, pracę. Nie mogłabyś po prostu spróbować wrócić do dawnego życia?

– Ale Jérôme...

– On się w końcu odnajdzie. Lecz do tego czasu nie możesz nielegalnie nocować w przygodnych apartamentach albo... – Nie dokończył.

– Albo naprzykrzać się nieznajomym ludziom – dodała Nathalie. – Takim jak ty.

Nie odpowiedział. Bądź co bądź miała rację. Stała się dlań ciężarem. Z minuty na minutę coraz bardziej dokuczliwym.

Minęła już dziesiąta, kiedy pięli się na wzniesienie po drugiej stronie doliny, zmierzając w kierunku domu Simona. Światło dnia, a przede wszystkim słoneczny blask rzeczywiście zmieniły wygląd okolicy. Świat wydawał się sielanką.

Samochód zaparkowany poprzedniego wieczoru w zatoczce zniknął.

– No proszę – odezwał się Simon.

Nathalie, która z braku innego rozwiązania zdecydowała się pojechać razem z nim, skuliła się na siedzeniu, z trudem oddychała.

Simon wysiadł, by otworzyć ogrodową bramę, stwierdził jednak, że wcale nie była zamknięta. Poruszała się lekko w podmuchach wiatru. Zmarszczył czoło. Może sam jej należycie nie zamknął, gdy poprzedniego dnia wyjeżdżał z domu.

Ruszyli żwirową dróżką, zaparkowali przed domem, wysiedli. Wspinając się po schodach, Simon z daleka zauważył, że drzwi są otwarte na oścież.

– Niech to szlag!

Nathalie podążyła za jego wzrokiem, a wtedy stanęła jak wryta.

– O nie!

Simon aż kipiał wściekłością, zapomniał o wszelkiej ostrożności. Należało natychmiast zawrócić i powiadomić policję. Tym razem jednak nie zamierzał uciekać. Już raz tak zrobił, drugiego razu nie będzie. Ktokolwiek wtargnął do jego domu, nie zmusi go do odwrotu. Miał już tego dość. Serdecznie dość wszystkiego, co wydarzyło się w jego życiu w ciągu ostatnich czterdziestu ośmiu godzin.

Przeskakując po dwa stopnie naraz, wbiegł po schodach i wtargnął do domu. Stanął jak wryty, przerażony tym, co zobaczył. Wnętrze wyglądało gorzej niż apartament przy plaży. Znacznie gorzej. Strącone ze ścian obrazy. Odwrócona sofa. Rozrzucone po całym pokoju szczapy drewna, ułożone przedtem obok kominka. Wokół stołu przewrócone krzesła. Wszędzie pełno szczątków rozbitych naczyń. Zniszczony zegar naścienny. Zerwane z okien zasłony.

– Dobry Boże – mruknął Simon.

Wszedł do kuchni. Zastał tam podobny widok: stosy rozbitego szkła i porcelany. Rozsypane ziarna kawy. Zrzucone z parapetu donice z kwiatami, wszędzie ziemia, liście i korzenie. Otwarte drzwi lodówki. Jeziorko rozlanego na terakocie mleka.

Simon usłyszał jakiś szmer za plecami, odwrócił się. To Nathalie stanęła w drzwiach.

– Simon... – szepnęła.

– Włamywacze – stwierdził. Przeczesał dłonią włosy. – Cholerni włamywacze. Gdybyśmy w nocy stąd nie odeszli...

– I tak by się zjawili. Oni szukali nas. Mnie. O Boże, Simon, gdybyśmy tu byli... – Na samą myśl o tym pobladła jeszcze bardziej, szybko rozejrzała się za jakimś krzesłem, w końcu jednak osunęła się na podłogę, gdyż w pobliżu nie znalazła żadnego nadającego się do użytku. Przykucnęła pomiędzy porozrzucanymi wszędzie szczątkami. – Simon, oni by nas zabili.

– Bzdura – odparł bardziej szorstko, niż zamierzał. – W ogóle by tu nie weszli. Zobaczyli, że w domu nikogo nie ma, mieli nadzieję, że się wzbogacą, a kiedy nie znaleźli żadnych pieniędzy, ze złości wszystko zniszczyli. Wciąż się o tym słyszy. Cholera jasna! Jak mogłem być takim kretynem, by dać się namówić na tę idiotyczną noc w hotelu! – Wściekły kopnął leżący na podłodze szklany dzbanek do kawy, który bez uszczerbku przetrwał poprzedni akt wandalizmu. A teraz rozpadł się na tysiące kawałków.

– Ale tu przecież jest co ukraść – zaprotestowała cicho Nathalie. Choć była wstrząśnięta, błyskawicznie zyskała ogląd sytuacji. – Świeczniki. Lustra. Ramy obrazów. Nie znam się na tym, ale nawet ja poznaję, że to stare srebro i z pewnością wartościowe. Czemu żadnego z tych przedmiotów nie zabrali?

– Czegoś pewnie brakuje – odparł Simon. – W tej chwili nie potrafię tego ustalić.

– Założymy się, że nie brak najdrobniejszej nawet rzeczy? Oni szukali nas. A cały ten chaos... to ostrzeżenie dla nas. Przede wszystkim dla mnie.

Wlepił w nią wzrok i najchętniej powiedziałby, że powinna po prostu wstać i stąd zniknąć, dać mu wreszcie święty spokój, a swoją psychozą zadręczać innych... Zanim jednak zdążył się zastanowić nad stosownym sformułowaniem, na tyle obraźliwym i cierpkim, by raz na zawsze przegnać Nathalie ze swojego życia, w pokoju rozległ się inny głos.

– A cóż się tutaj stało? – zapytał ktoś po niemiecku.

Była to Kristina. Stała w drzwiach i patrzyła skonsternowana na niewiarygodny rozgardiasz.

I na Simona.

Oraz na przykucniętą na podłodze Nathalie.

Nathalie zamknęła się w łazience, brała prysznic. Simon i Kristina stali obok siebie na tarasie. Kristina zapaliła papierosa. Simon trzykrotnie już powtórzył, że zadzwoni na policję, bał się jednak, że Kristina zniknie, wykorzystując chwilę, gdy będzie rozmawiał przez telefon. Koniecznie chciał jej wszystko wyjaśnić, a jednak miał wrażenie, że ta historia jest po prostu zbyt niewiarygodna. Kristina z pewnością będzie sądzić, że oto wymyślił tę brutalną opowieść po to, by zatuszować wstydliwy fakt, że spędzał wesoły urlop z kobietą dwukrotnie od niego młodszą.

Kristina zwróciła im uwagę, że w miarę możliwości nie powinni niczego w domu dotykać, a pomysł Nathalie, by wziąć porządną kąpiel, uznała za niefortunny. Nathalie jej jednak nie posłuchała, a Simon nawet się ucieszył, że na pewien czas będzie czymś zajęta.

– Zasnęłam w leżaku – wyjaśniła Kristina. – Wczoraj. Kiedy się obudziłam, zapadł już zmrok. I strasznie zmarzłam. – Na samo wspomnienie przeszedł ją dreszcz. – Nadal cię nie było. Więc odjechałam.

– Czy to ty zaparkowałaś samochód przed bramą? – zapytał Simon.

– Tak. To auto z wypożyczalni. Wczoraj w południe wylądowałam w Marsylii.

Westchnął. A więc to Kristina. To przed nią uciekali poprzedniego wieczoru.

– Gdzie byliście? – zapytała. – Zeszłej nocy? Ty i... twoja przyjaciółka?

– Nathalie nie jest moją przyjaciółką. Zdaję sobie sprawę, że musi to dla ciebie wyglądać dość osobliwie, ale...

– *Osobliwie* to mało powiedziane. Wiem, że zakończyłam nasz związek, lecz nie dalej jak przedwczoraj zadzwoniłeś do mnie i prosiłeś, bym do ciebie przyjechała. Czy nie byłoby wskazane powiedzieć mi, że w razie mojej odmowy masz gotowy plan B?

– Nie miałem żadnego takiego planu. Kiedy rozmawialiśmy przez telefon, Nathalie jeszcze nie znałem. Spotkałem ją na plaży krótko po naszej rozmowie...

Kristina uniosła brwi.

– No to szybko wam poszło!

Od czego miał zacząć?

– Wpadła w okropne tarapaty. Chciałem jej pomóc. A teraz, jak widać, sam tkwię w tym po uszy. Co do całego tego rozgardiaszu – wskazał ręką na wnętrze domu – mogę mieć tylko nadzieję, że to sprawka pospolitych włamywaczy szukających pieniędzy i kosztowności... – W tej samej chwili zdał sobie jednak sprawę, że Nathalie miała chyba rację: żadne cenne przedmioty nie zniknęły, choć w domu było ich całkiem sporo.

– Jeśli jednak nie były to zwyczajne złodziejaszki, to pewnie ludzie, przed którymi Nathalie ucieka. A wówczas nie szukali ani pieniędzy, ani sreber, ani niczego z tych rzeczy. Upatrzyli sobie Nathalie. I pewnie także mnie. Bo mogę za dużo wiedzieć.

Kristina spojrzała na niego. Popiół sypał się z jej papierosa na terakotowe płytki tarasu u jej stóp.

– Wiedzieć o czym?

– Nie mam pojęcia. Podobnie Nathalie. Wygląda na to, że jej przyjaciel wplątał się w jakieś podejrzane sprawki i musi się ukrywać. Ostrzegł Nathalie telefonicznie, zaklinał ją, by ona także gdzieś się zaszyła. Nie dostała jednak żadnej wskazówki, o co tu może chodzić. Prawdopodobnie...

– Posłuchaj, Simon – weszła mu w słowo Kristina – czy nie uważasz, że to wszystko jest... zbyt naciągane? To znaczy, czy sam wierzysz w to, co mówisz?

Nie mógł brać jej za złe tego sceptycyzmu. Wyglądała na zmęczoną, postarzałą, zranioną. Pewnie niczego w tej chwili nie żałowała bardziej niż swego spontanicznego wyjazdu do Prowansji.

– Rozumiem twoje wątpliwości. Lecz są jeszcze zwłoki. Mężczyzny z Lyonu, który udzielił Nathalie schronienia – tylko na kwadrans. A teraz leży w swoim mieszkaniu z poderżniętym gardłem...

– Co takiego?

– Widziałem na własne oczy. Byliśmy wczoraj w Lyonie, razem z Nathalie. Kiedy wróciliśmy, zobaczyliśmy przed bramą samochód. Twój samochód, jak się okazuje. Sądziliśmy jednak, że... Uciekliśmy. Do hotelu.

Kristina wydała z siebie cichy okrzyk bólu. Nie zauważyła, że wypaliła całego papierosa. Rzuciła na ziemię niedopałek, lecz zaraz wygrzebała z kieszeni dżinsów kolejnego papierosa i od razu zapaliła.

– Ja też nocowałam w hotelu. Obskurne miejsce. Nawet nie zmrużyłam oka.

– To dobrze, że cię tu nie było, kiedy... zjawili się ci ludzie.

– *Ci ludzie!* Z ręką na sercu, Simon, jesteś pewien, że wraz z tą... *Nathalie* nie sprowadziłeś sobie do domu kogoś, kto wcale nie ma dobrych zamiarów?

– Oczywiście, że się nad tym zastanawiałem – odparł, powoli cedząc słowa.

– To znaczy, ostatecznie udało jej się zeszłej nocy ściągnąć cię do hotelu. A tymczasem ktoś się włamał do twojego domu. Nie wydaje ci się to podejrzane?

– Nic jednak nie zginęło.

– Już sprawdziłeś?

– Widziałem choćby mnóstwo rozrzuconych kosztowności, które z łatwością można by zabrać. Nie było to chyba pospolite włamanie.

Kristina wzruszyła ramionami. Wyglądała na poirytowaną i smutną.

– A ten martwy człowiek w Lyonie... Niby po co Nathalie miałaby to zainscenizować? Skoro chodziło jedynie o zwyczajną kradzież?

– Nie mam pojęcia. Być może w którymś momencie coś wymknęło się spod kontroli. Nie znam za dobrze kręgów, w których najwyraźniej obraca się ta twoja Nathalie.

– To nie jest *moja* Nathalie.

– Mów sobie, co chcesz. Tak czy siak, dałeś się wplątać w tę jej historię. Masz do tego święte prawo. Mnie to jednak w ogóle nie dotyczy.

– To nieprawda – zaoponował. – Kristino, ciebie też to poniekąd dotyczy. Zależy mi na tobie. Tak się cieszę, że przyjechałaś.

– Przykro mi, Simon. Ja twojej radości ani trochę nie podzielam. Popełniłam ogromny błąd, żałuję, że byłam taka głupia. Wypalę tylko tego papierosa, a później wsiadam do samochodu, ruszam do Marsylii i spróbuję złapać najbliższy samolot do Niemiec. A potem byłoby dobrze, gdybyśmy raz na zawsze zerwali z sobą wszelkie kontakty.

– Nie możesz teraz wyjechać – oświadczył Simon. – Dzwonię na policję. Jesteś ostatnią osobą, która tu przebywała, zanim doszło do włamania. Będą chcieli z tobą rozmawiać.

Metz, Francja, środa, 16 grudnia

Valérie Moraux uważała siebie za kobietę energiczną i zaangażowaną – i całkiem słusznie. Życie nie było dla niej łaskawe. W dzieciństwie chorowita i nieśmiała, jako nastolatka cierpiała na nadwagę, a w wieku niespełna lat dwudziestu związała się na domiar złego z niewłaściwym facetem. Kiedy dobiegając trzydziestki, zakończyła wreszcie swe absolutnie traumatyczne małżeństwo, wypełnione upokorzeniami i zniewagami, przeobraziła się w całkiem inną osobę: w kobietę zdecydowaną nigdy więcej nie dać się zastraszyć ani poniżyć. Ani przez mężczyzn, ani przez kobiety.

Ucieszyło ją, że w tym samym bloku mieszka kobieta, z którą blisko się zaprzyjaźniła: dwudziestopięcioletnia Jeanne Berney, pięć lat młodsza od Valérie, rozsądna i sensowna. Zajmowała mieszkanie na najwyższym piętrze, pod samym dachem, którego Valérie, mieszkająca na parterze, trochę jej zazdrościła. Roztaczał się stamtąd wspaniały widok na całe miasto aż po zalesione wzgórza. Valérie mogła co najwyżej zajrzeć na balkon sąsiedniego budynku. Nie narzekała jednak, ponieważ spędzając sporo czasu z Jeanne, miała sposobność razem z nią cieszyć oko rozległą panoramą.

Od dziesięciu dni Jeanne zmagała się z okropną grypą. Valérie od samego początku zatroszczyła się o nią, biegała do apteki, robiła zakupy. Gotowała dla niej pyszne wzmacniające zupy jarzynowe i zanosiła je na górę.

Jeanne wielokrotnie powtarzała:

– Gdyby nie ty, Valérie...

To miłe, uznała. Nie ma nic lepszego niż poczucie, że jest się potrzebnym.

Valérie wiedziała, że Jeanne zamierza wyjechać na Boże Narodzenie do swych rodziców, mieszkających w Saint-Brevin-les-Pins, niewielkiej miejscowości na bretońskim wybrzeżu Atlantyku. Sama dwukrotnie uspokajała w rozmowie telefonicznej zatroskaną matkę Jeanne.

– Zaopiekuję się nią, proszę się nie obawiać, madame Berney. Do świąt wyzdrowieje. Jestem tego pewna.

Przez ostatnie dni Valérie nie mogła odwiedzać Jeanne, ponieważ musiała wziąć udział w wyjazdowym szkoleniu, na które szef wysłał ją na krótko przed świętami. Wcale jej się to nie spodobało, nic jednak nie mogła na to poradzić, potrzebowała tej pracy. Postawiła w kuchni przyjaciółki wielki gar zupy i oznajmiła, że ma ją sobie odgrzewać porcjami. Wieczorem poprzedniego dnia wróciła do domu i zamierzała niezwłocznie zajrzeć do Jeanne, lecz kiedy zadzwoniła do drzwi, nikt nie odpowiedział. W najgorszym okresie choroby Valérie otrzymała od Jeanne klucz do jej mieszkania, by mogła bez przeszkód ją odwiedzać. Przed wyjazdem na szkolenie zostawiła go jednak przyjaciółce na stole w pokoju dziennym. Nie chciała go zgubić.

Valérie pomyślała, że Jeanne śpi, dlatego nie ponowiła próby, lecz wysłała jej wiadomość przez WhatsApp. Ale następnego ranka wciąż nie otrzymała odpowiedzi, a wiadomość nie została nawet odczytana.

Powoli ogarniały ją złe przeczucia. Tak długo nie można przecież spać, prawda? Z drugiej jednak strony po tak gwałtownym ataku choroby Jeanne z pewnością była bardzo osłabiona. Mimo wszystko... wyglądało to dziwnie.

Rankiem ponownie poszła na górę i zadzwoniła do drzwi jej mieszkania, lecz także tym razem nic nie wskórała. Wcale jej się to nie spodobało. Gdyby tylko miała klucz! Czy powinna zadzwonić do dozorcy i poprosić go o otwarcie drzwi? Jeanne mogłaby się zirytować. Tak czy inaczej, Valérie była za bardzo zdenerwowana, by pójść na cały dzień do pracy, dlatego zatelefonowała do firmy i oznajmiła, że ma grypę. Następnie wystukała kolejną wiadomość dla Jeanne: *Jeannie, co się dzieje? Wróciłam, dzwoniłam do drzwi wczoraj i dzisiaj, bez skutku. Czy u ciebie wszystko okay? Odezwij się, proszę. Martwię się.*

Ponownie nie dostała żadnej odpowiedzi.

Późnym przedpołudniem Valérie zrozumiała, że musi coś zrobić. Zastanawiała się, czy nie powinna zadzwonić do rodziców Jeanne, ale obawiała się, że mogłaby niepotrzebnie i bez powodu wystraszyć tym dwoje starszych ludzi. A zatem dozorca, nieważne, czy Jeanne będzie się potem złościć. Najpierw jednak postanowiła po raz ostatni pójść na górę i spróbować zadzwonić do drzwi.

Choć mogła pojechać windą, Valérie zawsze wybierała schody. Z lat młodości zostało jej kilka zbędnych kilogramów, toteż korzystała z każdej okazji, by się ich pozbyć. Akurat częste wchodzenie po schodach usilnie zalecał jej lekarz. Zazwyczaj nikogo nie spotykała na cichej, pogrążonej w półmroku klatce schodowej. Większość mieszkańców korzystała z windy.

Jej kroki odbijały się echem od ścian. Od drugiego półpiętra słyszała nadto cichy odgłos własnego sapania. Wciąż nie wróciła do upragnionej formy, czemu na pewno nie sprzyjał okres przedświąteczny, kiedy to zwyczajnie za dużo się jada. Oraz pije za dużo szampana i grzańca.

„W styczniu koniecznie muszę przystopować" – postanowiła.

Lecz nie tylko pełny żołądek nie pozwalał jej swobodnie oddychać. Obleciał ją strach. Nagle ogarnęło ją bzdurne przeczucie.

„Powinnam była wcześniej zareagować" – pomyślała.

Z góry dobiegł ją odgłos zbliżających się kroków. Ktoś schodził po schodach. Niezwykłe. Valérie przystanęła na chwilę, wzięła kilka głębokich oddechów. Przykro kogoś spotkać, gdy się akurat sapie jak hipopotam.

Ruszyła dalej, dotarła do piątego piętra. Kiedy skręciła, by pokonać kolejne stopnie schodów, stanęła jak wryta przed mężczyzną, który najwyraźniej także usłyszał jej kroki i przystanął na chwilę.

Spojrzeli na siebie przerażeni.

Ten człowiek na pewno tu nie mieszka, stwierdziła bez wahania Valérie. Nigdy wcześniej go nie widziała. Poza tym wyglądał prawie jak bezdomny – był dość zaniedbany. Miał na sobie całkiem pomięte ubranie, na twarzy kilkudniowy zarost, do tego nastroszone włosy. Był młody – nie ma jeszcze trzydziestu lat, oceniła Valérie – wyglądał jednak na głęboko wstrząśniętego, jak ktoś, kto w swym życiu widział już niejedną okropność. Czuć było od niego ostry odór niemytego ciała oraz potu. Lecz nie alkoholu. Mężczyzna nie był pijany.

– Kim pan jest? – zapytała Valérie po chwili konsternacji, z której otrząsnęła się szybciej niż jej rozmówca.

Wlepił w nią wzrok. Oczy miał zaczerwienione ze zmęczenia.

– Jeanne Berney... nie ma jej w domu, prawda?

– Przyszedł pan do Jeanne?

Wskazał na schody za swoimi plecami.

– Byłem na górze. Dzwoniłem kilka razy do drzwi. Ale jej nie zastałem.

– Jak się pan tu dostał?

– Z jednym z lokatorów.

Valérie westchnęła. W tym domu panuje zbyt ożywiony ruch, nikt nie zwraca uwagi na to, kto wchodzi razem z innymi. W dzisiejszych czasach trzeba zachować większą ostrożność, lecz to wspaniałomyślne wpuszczanie każdego, kto przypadkiem szwenda się przed drzwiami, akurat wśród młodych ludzi uchodzi za *cool*. Przecież jesteśmy otwarci i nieustraszeni.

W obliczu aktualnej sytuacji na świecie Valérie uznawała taką postawę za niebezpieczną. W tej jednak chwili bardziej ją zmartwiło stwierdzenie nieznajomego, że kilkakrotnie dzwonił do drzwi Jeanne, lecz nikt nie odpowiada. *To absolutnie nie było normalne.*

– Kim pan jest? – zapytała ponownie.

– Przyjacielem Jeanne. – Wyglądało na to, że nie zamierza podać swojego nazwiska. Wystraszonym wzrokiem rozejrzał się wokół. – Proszę posłuchać, chciałbym porozmawiać z Jeanne, to dla mnie naprawdę ważne. Czy może mi pani powiedzieć, gdzie ona pracuje?

Valérie się zawahała.

– Nie ma jej w pracy.

– Gdzie w takim razie przebywa?

Valérie przecisnęła się obok niego.

– Może mnie otworzy.

Nieznajomy ruszył za nią. Valérie uznała, że co prawda nie wyglądał na kogoś, komu można by zaufać, lecz nie wydawał się niebezpieczny. Był wzburzony i podenerwowany, lecz nie zachowywał się agresywnie.

Kiedy dotarli na górę, zadzwoniła dwa razy krótko i trzy razy długo – to był ich wspólnie ustalony sygnał.

Brak jakiejkolwiek reakcji.

Spróbowała ponownie.

– Czy powinna być teraz w domu? – zapytał nieznajomy za jej plecami. Nerwowo przestępował z nogi na nogę.

– Zupełnie nie rozumiem – mruknęła Valérie.

Zadzwoniła raz jeszcze, po czym postanowiła nie tracić więcej czasu. Sprowadzi dozorcę.

Pół godziny później stała nad zwłokami swojej przyjaciółki Jeanne i krzyczała z przerażenia i wewnętrznego bólu. Na pierwszy rzut oka widać było, że nad Jeanne brutalnie się znęcano, zanim w końcu poderżnięto jej gardło. Lekarz sądowy, który krótko potem przybył wraz z zespołem od zabezpieczenia śladów, ocenił, że nie żyła od jakichś dwudziestu czterech godzin.

W miarę upływu czasu Valérie zaczęła postrzegać wszystko jak przez mgłę. Gdyby ktoś ją potem zapytał, co się wydarzyło w pierwszych godzinach po tym przerażającym odkryciu, nie potrafiłaby udzielić odpowiedzi. Wszystko rozpływało jej się przed oczami i zlewało w jeden obraz: policjanci, liczne głosy, ożywiony ruch obcych ludzi. Ona sama siedziała na krześle w kuchni

Jeanne i dygotała z zimna, choć w mieszkaniu było nad wyraz ciepło. W dłoniach trzymała szklankę, którą pewna miła policjantka już po raz drugi napełniła wodą. Piła małymi łykami, była niezwykle skupiona. Wpatrywała się w szklankę, jakby miała do rozwiązania skomplikowane zadanie matematyczne.

„Picie wody jest teraz bardzo istotne" – powtarzała sobie. Koncentrując się wyłącznie na następnym łyku, nie rozmyślała nieustannie o Jeanne. Bo kiedy tylko o niej pomyśli, pewnie znów zacznie krzyczeć, jak na początku. A tego nie chciała. Od krzyku dostawała zawrotów głowy.

Naprzeciw niej usiadł jeden z policjantów. Przedstawił się, lecz Valérie nie była w stanie zapamiętać jego nazwiska.

– Czy może pani rozmawiać? – zapytał.

Valérie skinęła głową. Kolejny łyk wody. To ważne.

– Jest pani przyjaciółką Jeanne Berney?

– Tak.

– I od jakiegoś czasu jej pani nie widziała?

– Wyjechałam. Na trzy dni. Na szkolenie.

– Gdzie się odbywało?

– W... Reims.

– Kiedy dokładnie?

Kiedy to było? Przed stu laty?

– W poniedziałek i wtorek. Do Reims pojechałam już w niedzielę wieczorem, bo zaczynało się w poniedziałek z samego rana. Wróciłam wczoraj wieczorem.

– Wobec tego po raz ostatni widziała pani Jeanne Berney...

– W niedzielę. W południe. Przyniosłam jej coś do jedzenia. Jeanne miała grypę. Leżała w łóżku.

– Od kiedy?

– Od jakichś dziesięciu dni.

– I pani się nią opiekowała?

– Tak. To moja przyjaciółka.

– Rozumiem. A czy w trakcie tych dziesięciu dni coś zwróciło pani uwagę? Albo też przedtem? Coś niecodziennego?

Valérie upiła kolejny łyk wody. Gdyby tylko jej myśli nie krążyły tak bezładnie...

– Nie. Nie wydaje mi się.

– Czy się bała? Mam na myśli Jeanne. Albo była zdenerwowana? Niespokojna?

– Była bardzo chora. Przez pewien czas miała wysoką gorączkę. Nie, nie sprawiała wrażenia wystraszonej. Martwiła się tylko, że nie wyzdrowieje do świąt. Zamierzała pojechać do swoich rodziców... – Valérie drgnęła. – Jej rodzice. Muszę do nich zadzwonić.

Policjant uspokajającym gestem położył jej dłoń na ramieniu.

– Zajmiemy się tym. W tej chwili chciałbym jedynie, by spróbowała pani sobie wszystko przypomnieć. Ostatni czas spędzony z Jeanne Berney. Może coś powiedziała albo zrobiła, coś, co wydało się pani zupełnie nieistotne, lecz w świetle... tych okropnych wydarzeń zyskało na znaczeniu?

Ostatnie chwile z Jeanne Berney... Valérie poczuła, jak pierwsze łzy spływają jej po policzkach. Wcale tego nie chciała. Myśleć teraz o Jeanne. Nie potrafiła. Poza tym nie zdarzyło się nic niezwykłego czy dziwnego. Jeanne była taka jak zawsze. Pomijając to, że miała gorączkę i czuła się podle. Nie sprawiała jednak wrażenia przestraszonej. Jedynie...

Valérie odstawiła szklankę, którą znów zamierzała zbliżyć do ust.

– Mężczyzna – powiedziała.

– Jaki mężczyzna?

– Ten, który chciał się z nią widzieć. Spotkałam go na klatce schodowej. Zadzwonił do jej drzwi, ale mu nie otworzyła. – Valérie przygryzła wargi. Jakże głupio zabrzmiało to zdanie.

Oczywiście, że Jeanne mu nie otworzyła. Od wczoraj leżała z poderżniętym gardłem...

Spiesznie mówiła dalej:

– Twierdził, że jest jej przyjacielem. Koniecznie chciał się z nią widzieć. Był bardzo dziwny. Całkiem zaniedbany. I zdenerwowany. Stał za mną. Przez cały czas stał tuż za moimi plecami. – Odwróciła się, jakby ów nieznajomy wciąż mógł się tam czaić, nikogo jednak nie dostrzegła.

– Nie znałam go. Nigdy przedtem go nie widziałam.

Policjant nachylił się ku niej. Widać było narastające w nim z każdą chwilą napięcie.

– Czy może pani opisać tego mężczyznę? – zapytał.

La Cadière, Francja, środa, 16 grudnia

Około południa w domu ojca Simona zjawiło się dwoje funkcjonariuszy z Police municipale: Thierry Leboyer i jego koleżanka Thérèse Perrin. Przypuszczali, że chodzi o pospolite włamanie – częsty, niestety, przypadek w tej okolicy.

Kiedy Thierry Leboyer rozglądał się po posiadłości, Thérèse Perrin usiadła przy stole na tarasie obok Simona i Kristiny. Nathalie została w swoim pokoju, Simon słyszał, że płacze.

– Chętnie poczęstowałbym panią kawą – oznajmił. – Ale ekspres został zniszczony, a kawa leży rozsypana w kuchni na podłodze.

– Nie szkodzi. – Thérèse Perrin rozłożyła przed sobą notes, wyjęła pisak – wyglądało to dość staromodnie w epoce wszechobecnych, wszystkomogących telefonów komórkowych. – A zatem pan i pani...

– Nie jesteśmy małżeństwem – zaznaczyła Kristina tonem dającym do zrozumienia, że uważa ten fakt za godny podkreślenia. Mówiła całkiem płynnie po francusku, przyznał Simon, tylko czasem szukała słów. – Nazywam się Kristina Dembrowski. Mieszkam w Hamburgu, w Niemczech.

– Simon Lemberger. Także z Hamburga. Ten letni dom należy do mojego ojca.

Perrin pilnie notowała, musiała jednak poprosić Simona o przeliterowanie nazwiska, a Kristinę nawet dwukrotnie.

– A więc spędzają tu państwo razem urlop?

– Simon spędza tu urlop z młodą dziewczyną – oświadczyła Kristina. – Ja zjawiłam się tu nieoczekiwanie i zupełnie niepotrzebnie.

– Och... – Perrin uniosła wzrok. Sprawiała wrażenie zaskoczonej.

„Nie jest zimna i wyrachowana" – pomyślał Simon. „Miejmy nadzieję, że upora się z tym, co teraz nastąpi".

– Nie spędzam tu urlopu z młodą dziewczyną. – Sam zauważył, jak bardzo defensywnie zabrzmiały jego słowa. – Udzieliłem schronienia młodej osobie, która ucieka przed przestępcami.

– Ucieka przed przestępcami? – powtórzyła z niedowierzaniem Perrin. – Ma pan na myśli...

– Ścigają ją. Niestety, sama nie wie dlaczego. Widocznie jej partner uwikłał się w jakieś podejrzane intrygi. Chce się z nią spotkać tu, w Les Lecques.

– Monsieur...

– Wiem – przerwał jej Simon. – To brzmi dla pani całkiem absurdalnie. Może powinienem opowiedzieć wszystko od początku.

– Najlepiej będzie, jeśli zawołam mojego kolegę – oznajmiła Perrin. Wstała i zniknęła w ogrodzie.

– Co zrobisz, jeśli policja nie uwierzy ci w tę szaloną historię? – zapytała Kristina. – A w końcu się okaże, że uległeś zwyczajnej oszustce?

– Pewnie tego nie zrozumiesz – odparł Simon – ale to by mnie ucieszyło. I to bardzo. Bo wówczas każde z nas mogłoby pójść bez przeszkód w swoją stronę, i wszystko dobrze by się skończyło. Ona nic dla mnie nie znaczy, Kristino. Po prostu chcę się tylko wyplątać z całej tej historii.

– Nie powinieneś w ogóle dać się w nią wciągnąć – oznajmiła Kristina. – Jeśli chcesz znać moje zdanie.

Rozzłościła go jej zdystansowana wyniosłość.

– Ty nigdy nie popełniasz błędów, prawda?

– Ależ tak – odparła Kristina, zapalając kolejnego papierosa. Dym rozpłynął się w czystym, chłodnym powietrzu. – Jak widać. Popełniłam wielki błąd, zadając się z tobą.

– Kristino, czy naprawdę wierzysz, że ja... z tą młodą...?

Zamyśliła się.

– Nie – odparła po chwili. – Nie wierzę. Ale nie w tym rzecz. Po prostu... to do ciebie całkiem podobne. Że coś takiego ci się przytrafia. Że akurat ty popadasz w takie tarapaty.

– Jak to? Że to niby do mnie podobne? Mówisz tak, jakbym wikłał się nieustannie w tego rodzaju historie, a to naprawdę niesprawiedliwa ocena.

– Zgoda, ale nie żyjesz tak, jak byś tego pragnął. Oto istota problemu. Nieważne, czy chodzi o twojego ojca, byłą żonę czy dzieci – każdy robi z tobą, co tylko chce. A to dlatego, że im na to pozwalasz. Wciąż wynajdujesz powody, by się podporządkować żądaniom, wymaganiom albo woli innych osób. Z powodu respektu, współczucia, wyrozumiałości czy czego tam jeszcze. Same dobre, wzniosłe, altruistyczne powody. Lecz nie wiesz, gdzie przebiega granica. Kiedy jest się dobrym człowiekiem, a kiedy tylko zwyczajnym naiwniakiem.

Aż drgnął. Temat tej rozmowy nie był dlań zaskoczeniem, niejednokrotnie go już roztrząsali. A jednak nigdy jeszcze Kristina nie była w swych sformułowaniach tak ostra i tak bezpośrednia.

– Wspomóc to dziewczę kwotą pięćdziesięciu euro to jedno – ciągnęła. – Ale żeby ją potem z sobą zabierać, pozwolić jej wejść do swego życia, dać się coraz głębiej wciągać w to okropnie cuchnące bagno – ot i cały Simon. Typowe.

– Aha – odparł urażony. – A niby co innego miałbym zrobić? W którym momencie można się było wycofać?

– Wiedziałbyś, gdybyś nie był takim mięczakiem – rzekła ostro Kristina.

Za ich plecami rozległo się dyskretne chrząknięcie. Na tarasie stali oboje policjanci. Simon, czując na policzkach palący rumieniec, miał cichą nadzieję, że nie rozumieli ani słowa po niemiecku.

– Możemy usiąść? – zapytał Leboyer.

– Naturalnie. Proszę. – Simon wskazał na dwa wolne krzesła. Po minie Leboyera domyślił się, że jego koleżanka poinformowała go tymczasem o rozwoju wypadków, on zaś był wobec nich bardzo sceptyczny. Na czole miał wręcz wypisane słowa w rodzaju *teorie spiskowe, czyste szaleństwo, ważniactwo*. Gdzieś pomiędzy tymi pojęciami usadowił oboje Niemców z Hamburga. Nathalie jeszcze nie widział na oczy.

– A zatem, po kolei – odezwał się. – Co dokładnie się wydarzyło?

Pół godziny później Leboyer wciąż sprawiał wrażenie nad wyraz sceptycznego.

– Proszę nie brać mi tego za złe – oznajmił – ale to wszystko wydaje się dość... naciągane. Nie uważa pan?

– Ależ tak – przytaknął Simon – podzielam pańskie zdanie. Tyle że stałem nad zwłokami Yves'a. Na własne oczy widziałem przetrząśnięty apartament przy boulevard de la Plage w Les Lecques. A dziś wczesnym rankiem wróciłem do domu i zobaczyłem to... – Wskazał dłonią wyważone drzwi. – Naprawdę chciałbym wierzyć, że Nathalie wciska mi jakąś mrożącą krew w żyłach bajeczkę, lecz szczerze mówiąc, przychodzi mi to z coraz większym trudem.

– W tej okolicy często dochodzi do włamań – wtrąciła Perrin. – Szczególnie o tej porze roku, gdy apartamenty i domy są niezamieszkane. Być może w obu przypadkach to sprawka zwyczajnej bandy złodziejaszków.

– Za jak prawdopodobne uważa pani to zdarzenie? – zapytał Simon. – W przeciągu dwunastu godzin dochodzi do włamań w dwóch domach, mających związek z tą młodą kobietą z Paryża. W dwóch miejscach, w których szukała kolejno schronienia. Czy fakt ten nie przemawia raczej za tym, że istotnie ktoś ją ściga?

– Hmm – mruknął Leboyer. – A ten... Yves z Lyonu – zna pan dokładny adres? Albo przynajmniej jego nazwisko?

– Rue Marc Antoine Petit. Ostatni dom po prawej, na rogu. Czwarte piętro, drzwi po lewej. Zapach pewnie już wskaże, które to mieszkanie. Nazwiska nie znam.

– Powiadomię policję w Lyonie – powiedziała Perrin. – Sprawdzą to. – Jej słowa zabrzmiały tak, jakby sama nie do końca wierzyła, że jej koledzy coś odkryją.

– Chciałbym teraz porozmawiać z Nathalie – oznajmił Leboyer.

Niełatwo przyszło im nakłonić Nathalie do wyjścia z pokoju. Co prawda otwarła drzwi, gdy zapukał do niej Simon, lecz kiedy zobaczyła za jego plecami umundurowanego Leboyera, natychmiast się cofnęła.

– Nie będę rozmawiać z policją. Pod żadnym pozorem!

W końcu to Kristinie udało się skłonić Nathalie do współpracy – siłą, choć bynajmniej nie siłą przekonywania. Przecisnęła się obok obydwu niezdecydowanych, zastygłych w miejscu mężczyzn, weszła do pokoju, chwyciła zaskoczoną Nathalie za ramię i pchnęła przed siebie.

– To pani nawarzyła nam tego piwa, więc teraz proszę z łaski swojej pomóc doprowadzić tę zagmatwaną sytuację do ładu.

Nathalie wcale się nie broniła. Pozwoliła się zaprowadzić na taras i usadzić na krześle. A potem odpowiadała piskliwym głosem na pytania Leboyera. Nazwisko, adres, miejsce pracy.

– Nie posiada pani dokumentów, jeśli dobrze zrozumiałem?

– Nie. Są w mojej torebce, którą musiałam zostawić w mieszkaniu Yves'a.

– Yves. Zamordowany w Lyonie. Napastował panią seksualnie, jak mi doniesiono?

– Tak.

– Uderzyła go pani w głowę butelką?

– Tak.

– I jest pani pewna, że nie to było przyczyną śmierci? I że nie zmyśliła pani całej reszty, by zatuszować fakt, że dokonała pani zabójstwa?

Szukając pomocy, Nathalie zerknęła w stronę Simona. *A widzisz*, zdawało się mówić jej spojrzenie, *wiedziałam, że mnie o to oskarżą!*

Simon pospieszył jej z pomocą.

– Ja tam byłem, monsieur. Ten człowiek na pewno nie zginął od jednego uderzenia w głowę. Poderżnięto mu gardło. Nie może pan zakładać, że Nathalie byłaby do tego zdolna.

– Gdyby wykonywał pan mój zawód – zapewnił Leboyer – wiedziałby pan, do czego zdolni potrafią być ludzie. Nawet ci, po których by się pan tego najmniej spodziewał.

– Kiedy się tam zjawiliśmy, ciało mężczyzny wciąż było ciepłe. Sprawcy musieli tam być tuż przed nami. A Nathalie od dwudziestu czterech godzin przybywała wtedy razem ze mną. Wykluczone, by to ona była zabójczynią.

– Wszystko zostanie dokładnie sprawdzone – rzekł Leboyer zdystansowanym tonem.

Simon zastanawiał się, czy Nathalie nie miała aby racji. Czy zwrócenie się do policji nie było błędem? W mieszkaniu Yves'a odnajdą wyłącznie odciski palców jego i Nathalie. A do tego jeszcze jego wymiociny w zlewie. Bez wątpienia znajdą się na celowniku policji – chociażby z braku alternatywy. Ci drudzy, kimkolwiek byli, to zawodowcy, Simon był o tym święcie przekonany. Nie pozostawili po sobie żadnych odcisków palców ani najdrobniejszych śladów DNA.

Perrin po zakończeniu rozmowy telefonicznej z kolegami z Lyonu wróciła do stołu, a wtedy, zmrużywszy oczy, zmierzyła Simona wzrokiem.

– Czy to krew na pańskim swetrze? – zapytała.

Simon spojrzał na ubranie. Co za głupota, by nadal nosić ten sam sweter. Wciąż się nie przebrał, zanadto wzburzony sprawą włamania oraz nagłym pojawieniem się Kristiny.

Miał wrażenie, że w tej chwili może mu pomóc jedynie szczerość.

– Tak. To krew Yves'a. Sprawdzałem jego tętno. A że wszystko wokół pławiło się we krwi...

– Rozumiem – odparła Perrin, lecz nie przestawała mierzyć go wzrokiem.

Leboyer tymczasem zapytał Nathalie o nazwisko Jérôme'a, a także o nazwę i adres firmy, w której pracował, oraz nazwisko pracodawczyni Nathalie.

– Krok po kroku sprawdzimy teraz wszystkie kwestie – zapewnił, lecz ton jego głosu świadczył o tym, że nadal uważa ten przypadek za zwyczajną kradzież z włamaniem, wokół której osnuto tę zawiłą historię.

Simon odniósł deprymujące wrażenie, że również w oczach obojga francuskich policjantów odgrywał w niej rolę idioty. Czterdziestoletni mężczyzna, który dał się zaczepić na plaży młodej, atrakcyjnej kobiecie, w hormonalnej euforii stracił rozum i pozwolił jej się zwabić do hotelu, by w tym czasie jej kompani mogli w spokoju ograbić jego dom. Wyczuwał wyraźnie nieufność, jaką funkcjonariusze okazywali Nathalie, jego zaś traktowali z wyniosłością i cichym politowaniem.

Musiał odczekać. Odnajdą zwłoki Yves'a. A potem się okaże, że z jego domu nic nie zniknęło.

Leboyer podniósł się z krzesła.

– Muszę wszystkich państwa prosić, by udali się państwo ze mną. Należy spisać zeznania. Czy zamierzają państwo zatrzymać się w tym domu na dłużej?

Simon uznał, że nie jest to dobry pomysł. Po pierwsze, trudno by było mieszkać w domu, którego wyposażenie leżało w nieładzie i w większości zostało zniszczone. Po drugie, siedzieli tu jak na cenzurowanym. Ktokolwiek podążał śladem Nathalie, był nad wyraz zdesperowany i przypuszczalnie nie dał jeszcze za wygraną. Jeśli prześladowcy wciąż przebywają w okolicy, ten dom nie jest bezpiecznym schronieniem.

– Proponowałbym wynajęcie apartamentu w Les Lecques – oznajmił. – Wiele z nich stoi obecnie pustych, nie będzie to raczej trudne.

– Ja zamierzam wyjechać – zapowiedziała Kristina. – Nic nie wniosę do dalszych ustaleń, chciałabym wrócić najbliższym samolotem do Niemiec.

– Byłoby dobrze, gdyby pani została – powiedziała Perrin.

– To absolutnie konieczne – potwierdził Leboyer. Jego głos zabrzmiał uprzejmie, lecz zdecydowanie.

– Na jak długo? – zapytała Kristina.

– Co najmniej do jutra.

– Do jutra. Nie dłużej.

Policjanci na razie na to przystali.

– Muszę znaleźć kogoś, kto naprawi zamek w drzwiach – oznajmił Simon. – Nie chcę, by dom stał otworem.

– Chętnie panu pomogę – zaproponowała Thérèse Perrin. – Także w poszukiwaniu apartamentu.

Simon zastanawiał się, czy miała szczere intencje. A może ta jej gotowość to jedynie forma nadzoru. Nieważne. Akurat w tej chwili przyda mu się każda pomocna dłoń.

Postanowili się rozdzielić i pojechać na posterunek dwoma samochodami, autem Simona i policyjnym radiowozem. Kristina na razie zostawi swój samochód przed domem i zabierze go nazajutrz w drodze na lotnisko. Wydawało się, że niecierpliwie czeka na tę chwilę.

Wszyscy dorośli z mojego otoczenia, dowiedziawszy się, że tworzymy z Jérôme'em parę, z początku reagowali bardzo nerwowo. Z wiadomych powodów nie powiedziałam o tym Éliane od razu, rychło jednak, rzecz jasna, zauważyła, że znacznie rzadziej przesiadywałam w domu, wieczorami wracałam coraz później, pewnie też sprawiałam wrażenie nieobecnej, a czasem roztargnionej.

Któregoś dnia w końcu mnie o to zagadnęła:

– Wydaje mi się, że się zmieniłaś, Nathalie. I gdzie się właściwie przez cały czas włóczysz?

– Wcale się nie włóczę – prychnęłam.

Chyba ją to dotknęło.

– Nie miałam na myśli nic złego. Ale muszę wiedzieć, gdzie się podziewasz. Czy ty w ogóle odrabiasz należycie zadania domowe? Wiesz przecież, urząd do spraw młodzieży…

Wiedziałam. Urzędnicy patrzyli Éliane na ręce. Poza tym z całą pewnością czuła się za mnie odpowiedzialna. Éliane była w porządku. I dlatego – nie miałam zresztą innego wyboru – w końcu wyznałam jej całą prawdę. Osłupiała.

– Ty i Jérôme? Dobry Boże! Sądzisz, że to odpowiedni dla ciebie chłopak?

Wiedziałam, że jest mężczyzną mojego życia, ale zdawałam sobie sprawę, że na takie wyznanie Éliane zareaguje jedynie łagodnym uśmiechem. Mała dziewczynko, pomyśli sobie, co ty wiesz o życiu?

Jasne, że nie mogłam się z nią równać doświadczeniem. Wiedziałam jednak, kiedy mogę zaufać moim własnym uczuciom. A tak mocne i intensywne nigdy dotąd nie były.

– Oczywiście, że to odpowiedni mężczyzna – odparłam.

Éliane rozmówiła się ze swoim znajomym, który powiadomił ojca Jérôme'a, skutkiem czego poczuliśmy się nagle osaczeni przez zatroskanych naszym losem ludzi. Jako że wciąż mieszkałam u Éliane, a Jérôme u swego ojca, niewiele było miejsc, gdzie mogliśmy się swobodnie spotykać. Pozostawały oczywiście kawiarnie, parki. Powoli nadciągała jednak jesień, coraz trudniej było wytrzymać w parku. Jérôme był poirytowany. Miałam siedemnaście lat, niemniej wszyscy zachowywali się tak, jakby poderwał jakąś dwunastolatkę i zamierzał wykorzystać jej dziecięcą niewinność. Powoli ogarniała mnie panika, ponieważ obawiałam się, że może zacząć się rozglądać za jakąś mniej skomplikowaną dziewczyną. Po raz pierwszy zatęskniłam za moim okropnym mieszkaniem w bloku i zapijaczoną matką. Ona ani trochę by się nie przejęła tym, że mam chłopaka, prawdopodobnie nawet by się nie zorientowała.

Éliane próbowała wzbudzić u mnie zrozumienie dla swego zatroskania.

– Nathalie, ty masz przecież problemy z psychiką...

– Nie mam żadnych problemów z psychiką!

Nie traciła cierpliwości.

– Nathalie, nie bądź dziecinna. Wiesz, że twoje zaburzenia odżywiania mają podłoże psychiczne. Chodzisz przecież do terapeutki.

Mojej terapeutki miałam już powyżej uszu, nie wspomniałam jednak o tym ani słowem, gdyż znaleziono by dla mnie kogoś innego i wszystko zaczęłoby się od początku.

– Przecież znowu jadam więcej – oznajmiłam.

To prawda. Nie jadłam wprawdzie oszałamiająco dużo, a według tak zwanych norm z pewnością niewiele, nie odczuwałam już jednak tego okropnego wstrętu do jedzenia. A przynajmniej nie wtedy, gdy spotykałam się z Jérôme'em. Ze względu na dość skomplikowane okoliczności częściej niż inne pary chodziliśmy do kawiarni, restauracji czy barów, i zawsze musieliśmy oczywiście coś zamówić. Zgoda, w barach wystarczały napoje. Lecz Jérôme miał zdrowy apetyt, zamawiał spore porcje ciasta albo makaronu, albo co tam jeszcze serwowano w miejscach, w których akurat szukaliśmy schronienia przed deszczem. Ja również zamawiałam wtedy niewielką porcję i zazwyczaj ją zjadałam. Spożywanie posiłków w towarzystwie Jérôme'a wydawało mi się, o dziwo, całkiem naturalne. Może także dlatego, że podobnie jak na pamiętnych urodzinach, nigdy mnie do niczego nie zmuszał. Po prostu nie wracał do tego tematu. Wesoło pałaszował swoją porcję, zabawiał mnie przy tym rozmową i nie zważał na to, czy akurat jadłam, czy tylko grzebałam w talerzu. Czasem rzeczywiście tak robiłam, lecz kiedy zmartwiony kelner pytał mnie: „Czyżby nie smakowało?", Jérôme odpowiadał zwyczajnym „Nie". I na tym koniec. Éliane i jej stronnicy zawsze się wówczas za mnie wstydzili, podając kelnerowi mało przekonujące wyjaśnienia, które niemal za każdym razem odbierałam jako dyskredytację mojej osoby. W towarzystwie Jérôme'a mogłam jeść, choć nie musiałam, nie miało to dla niego większego znaczenia. I to właśnie wszystko upraszczało. Jedzenie. A ogólniej: życie.

Na szczęście wpadłam na pomysł, by w rozmowie z Éliane zaakcentować tę kwestię.

– Z Jérôme'em lepiej jadam.

Kropkę nad i postawiłam, wskazując, że przybrałam dwa kilogramy na wadze. I nagle nie było już mowy o tym, że Jérôme nie jest dla mnie odpowiednim towarzyszem, nikt zresztą twierdzenia tego nie potrafiłby udowodnić. Przyjaciel Éliane tylko raz oznajmił, że „zasięgnął języka" i dowiedział się, że Jérôme nie jest bynajmniej „niezapisaną kartą". Miał już jakoby na swoim koncie kilka historii z kobietami. Na litość boską! Miał przecież dwadzieścia cztery lata! Bardziej zmartwiłaby mnie wiadomość, że jestem pierwszą kobietą w jego życiu.

Jako że Éliane wciąż zależało na tym, by w kontaktach z Jugendamtem potwierdzić swoje pedagogiczne uzdolnienia, na wieść o dwu kilogramach przybranej wagi wpadła niemal w euforię. Dała mi do zrozumienia, że mogę kontynuować moją znajomość, prosi jednak, bym była „ostrożna".

– Co masz na myśli, mówiąc o ostrożności? – zapytałam zdenerwowana.

Éliane zaczęła odpowiadać wymijająco. W końcu przyznała, że

trochę się boi, bym nie zaszła w ciążę. No jasne, większego minusa od Jugendamtu nie mogłaby przecież dostać.

Do tamtego czasu jeszcze się z Jérôme'em nie przespałam, uznałam jednak za wskazane, by przepisano mi pigułkę. Wizyta u ginekolożki była okropnym przeżyciem, gdyż przeraziła ją moja anoreksja i koniecznie chciała odbyć ze mną dogłębną rozmowę na temat mojej sytuacji rodzinnej. Była zszokowana, kiedy usłyszała o moich rodzicach, zapewniłam ją jednak, że nie ma się czym przejmować, i opowiedziałam jej o Jérômie.

– Najlepsze w nim jest to – wyznałam – że po prostu pozwala mi być sobą. Nie namawia mnie nieustannie do tego, bym się zmieniła. Na przykład w kwestii jedzenia.

Obrzuciła mnie przenikliwym spojrzeniem.

– Uważa to pani za przejaw tolerancji? – zapytała.

– Za przejaw miłości – odparłam.

– Długo to wy się jeszcze nie znacie – zaznaczyła – a miłość to wielkie słowo.

Odwróciłam wzrok. Gwiżdżę na to.

– Tolerancja i obojętność mogą czasem istnieć tuż obok siebie – ciągnęła – a dzielącą je granicę bardzo trudno dostrzec.

Co ona sobie wyobraża?

W końcu dostałam jednak receptę. Uspokoiło to także Éliane.

Ten pierwszy raz przeżyłam z Jérôme'em w jego samochodzie, na rozłożonym siedzeniu pasażera. Nastał już grudzień, pogoda był okropna, w aucie spędzaliśmy sporo czasu. Zatrzymywaliśmy się na parkingach poza miastem, nierzadko przy autostradzie. Słuchaliśmy muzyki i paliliśmy papierosy. W macdonaldach kupowaliśmy sobie ogromne torby jedzenia, wcale nieźle mi szło z ich pałaszowaniem. Tamtego dnia nie mieliśmy jednak przy sobie dość pieniędzy, byliśmy głodni i przemarznięci, a do tego skończyły się nam papierosy. Za oknem ścieliła się nieprzenikniona niemal mgła. Od czasu do czasu na parking, położony tuż za Nancy, zajeżdżał jakiś nowy pojazd. Niewiele mogliśmy dojrzeć przez szyby, prócz mlecznej i rozproszonej przez mgłę poświaty reflektorów. Jérôme zaparkował niemal wśród krzewów, obawiał się, że ktoś mógłby w nas uderzyć, gdyby za późno – jeśli w ogóle – nas zauważył.

Mocno przytuliliśmy się do siebie, nie tylko powodowani miłością i romantyką, lecz także z powodu zimna oraz coraz dotkliwszej wilgoci, wnikającej przez każdą szparę do wnętrza samochodu. Celowo pojechaliśmy aż za Nancy, nastawiając przy tym ogrzewanie na maksimum, w nadziei, że ciepło przez pewien czas się utrzyma. Nie na wiele się to jednak zdało.

– Ależ cholernie zimno – powiedział gniewnie Jérôme. – Niedługo przestanie nam to sprawiać jakąkolwiek przyjemność. A to dopiero początek zimy.

Zauważyłam, że moje serce natychmiast zaczęło bić szybciej. To przez ten panoszący się we mnie strach: bałam się, że on straci cierpliwość. Że wszystko to stanie się dla niego zbyt uciążliwe, mało komfortowe, nazbyt skomplikowane. Już w trakcie jazdy żalił się, że wkrótce nie będzie w stanie zapłacić za benzynę.

– Moglibyśmy przychodzić do mnie – oznajmiłam. – Éliane nic do ciebie nie ma.

– Ona jest totalnie przeciwko mnie – stwierdził Jérôme. – Czuję to na każdym kroku. W tej chwili nie rzuca nam kłód pod nogi, bo zauważyła, że mam na ciebie dobry wpływ, ale czy widziałaś, jak na mnie patrzy?

To prawda, Éliane bynajmniej nie okazywała Jérôme'owi życzliwości. Zwyczajnie go nie lubiła. Uważała go za notorycznego łamacza niewieścich serc i obawiała się, że pewnego dnia sprawi mi ogromny ból. Wiedziałam, że do tego nie dojdzie, przecież oboje długo się szukaliśmy, nim w końcu się odnaleźliśmy, poprzednie zaś kobiety w jego życiu nie były dla niego stworzone. Trudno to było jednak wyjaśnić takiej kobiecie jak Éliane, strasznie zarozumiałej z powodu swego życiowego doświadczenia, choć moim zdaniem niewiele go posiadała. Przypuszczałam, że coś ją kiedyś łączyło z moim ojcem, a to oznaczało, że sama wpakowała się niegdyś w sytuację, przed którą mnie teraz nieustannie ostrzegała: stała się ofiarą jednego z niezliczonych podbojów niepoprawnego casanovy. Może to doświadczenie okazało się dla niej traumatyczne. A teraz nie mogła pojąć, że innych, w przeciwieństwie do niej, instynkt nie zawiódł.

– Ale ona nic przecież nie mówi – odparłam na pytanie Jérôme'a.

– I co z tego? Gdyby spojrzenia mogły zabijać... W każdym razie u was w domu nie czuję się dobrze. Absolutnie nie. A mój ojciec – no cóż, o nim możemy zapomnieć.

Ja także nie potrafiłam ścierpieć jego ojca. Strasznie go irytowało, że jego syn nie poszedł na studia, że nie kontynuował nauki, lecz zadowalał się dorywczymi pracami. Nieustannie raczył go z tego powodu rozwlekłymi kazaniami, także w mojej obecności, co było dość krępujące zarówno dla Jérôme'a, jak i dla mnie. Otwarcie przepowiadał mu, że „źle skończy". Można by się z tego uśmiać, gdyby tylko nie towarzyszyła temu tak nerwowa atmosfera. Pod względem intelektualnym Jérôme o trzy głowy przerastał swego ojca, czego stary nie był w stanie pojąć, ponieważ nie sięgał wzrokiem poza czubek swego nosa.

– Zastanawiam się, czy nie wyjechać do Paryża – oznajmił Jérôme.

O Paryżu wspomniał już podczas naszego pierwszego spotkania, miałam jednak nadzieję, że plan ten spełzł na niczym. Co się zaś tyczy nas i naszego związku, moglibyśmy wyruszyć choćby i na drugi kraniec świata.

– Jérôme! – powiedziałam przerażona.

– Kiedy skończysz osiemnaście lat? – zapytał.

– W kwietniu.

– Mogłabyś wtedy do mnie dołączyć.

– Ale do tego czasu nie skończę jeszcze szkoły.

Obrzucił mnie wzrokiem mówiącym, że to głupia odpowiedź. Po namyśle przyznałam mu rację. Éliane i te baby z Jugendamtu mogły sobie gadać do woli, jaka to ważna jest matura. Słuchając ich, miało się wrażenie, jakby to była sprawa życia i śmierci. A wtedy pomyślałam: ja wybieram życie. Otóż to. Chwytaj chwilę. Nie odhaczaj punktu za punktem, tak jak tego od ciebie oczekują, bo w końcu stwierdzisz, że w ogóle nie żyłaś.

– Nieważne – odparłam. – Jasne, że mogę przyjechać.

– Kurierzy są tam pilnie poszukiwani – stwierdził Jérôme. – Mógłbym nieźle zarabiać.

W owym czasie jeszcze nie wiedziałam, że Jérôme skłonny był szafować stwierdzeniami, których prawdziwości uprzednio nie zweryfikował. Była to zdecydowanie jego słaba strona. Prawdopodobnie ktoś mu o tej pracy kurierskiej opowiedział, on zaś uznał to za pewnik. Jak się miało później okazać, w Paryżu nikt na niego z otwartymi ramionami nie czekał. No dobrze. Kto z nas nie popełnia błędów?

– Pojadę za tobą, dokądkolwiek wyruszysz – zapewniłam.

Spojrzał na mnie, a w jego oczach pojawiło się naraz mnóstwo czułości.

– Wiem – odparł cicho.

I wtedy już wiedziałam. Wiedziałam, że zaraz to się stanie. Choć przed chwilą omal się nie pokłóciliśmy. Mimo że Jérôme przez cały dzień był w kiepskim humorze. Naraz wszystko się zmieniło.

– Kocham cię – szepnął.

– Ja też cię kocham.

Miłość to wielkie słowo, stwierdziła ta durna lekarka. I miała rację. Wielkie słowo, wzniosłe pojęcie, jeszcze potężniejsze uczucie. Wiem, że wielu traktuje to lekkomyślnie. „Kocham cię", łatwo powiedzieć, czasem za tymi słowami nie kryje się nic prócz odrobiny sympatii, może przyjaźni albo namiętności, rodzącej się wyłącznie z cielesnego pożądania. W moim przypadku było inaczej. Wyznałam mu, że go kocham, z głębi duszy i z całego serca. Wiedziałam, że nasza miłość jest wyjątkowa, gdyż stapiała się we mnie z uczuciem nadziei. Przez wszystkie te lata, odkąd ojciec nas opuścił, a matka zniknęła w świecie, do którego nie mogłam za nią podążyć, moja nadzieja na dobre życie wciąż tylko słabła i nikła. Czasem wydawała mi się całkiem pogruchotana i często myślałam sobie, że już nigdy nie odzyska dawnej formy… Odkąd w moim życiu pojawił się Jérôme, poczyniłam istotne odkrycie: w swym jądrze nadzieja kryje niezniszczalną moc, nieważne, jak bardzo usiłuje się ją niweczyć, ona wciąż na nowo się odradza, jest niczym drobna iskierka, której wystarczy ledwie nikły podmuch wiatru, by wystrzeliła w górę płomieniem. Może zabrzmi to jak banał, lecz dla mnie było to niewiarygodne wprost doświadczenie. Moje życie wciąż mogło nabrać rumieńców. Wypełnić się szczęściem. Promienną radością. Kryło w sobie możliwości, szanse, nieoczekiwane i wspaniałe odmiany.

Przespanie się z Jérôme'em jawiło się jako coś zupełnie naturalnego. Fotel w samochodzie nie był akurat najwygodniejszym miejscem, a do tego we wnętrzu wciąż panował potworny ziąb, nie miało to jednak żadnego znaczenia. Ważne, że byliśmy razem, a mnie ogarnęło uczucie, że stapiamy się w jedno, na zawsze.

Nic i nikt nie mógł nas rozdzielić. To był najlepszy dzień mojego dotychczasowego życia.

Od tej chwili moja droga wiodła ku światłu.

Sofia, Bułgaria, środa, 16 grudnia

Po bezsennej nocy pełnej koszmarnych obrazów i przerażających lęków Kirił postanowił tego środowego poranka udać się na policję i poprosić o pomoc. Kiedy się dowiedział, jaki los spotkał Selinę, mimo najlepszych chęci nie potrafił już sobie dłużej wmawiać, że z Ninką wszystko jest w porządku. Oczywiście, wciąż istniał promyk nadziei, że przypadek Seliny był odosobniony, że coś poszło nie tak, że dopiero tam, w Paryżu – dlaczego w Paryżu? – wpadła w ręce niewłaściwych ludzi. A jednak prawdopodobieństwo tego było znikome.

Na tyle znikome, że coś należało przedsięwziąć.

Poprzedniego dnia Iwana zapytała rzecz jasna, jak wypadły odwiedziny u Dana, lecz Kirił, sam wciąż roztrzęsiony, nie chciał jej od razu wyjawić całej prawdy.

– On też nic więcej nie wie – odpowiedział niejasno. – Ale sądzi, że wszystko w porządku.

Tego ranka Kirił zastanawiał się, czy także swej wizyty na komisariacie nie powinien przed Iwaną zataić, obawiał się jednak, że policja być może będzie chciała rozmawiać również z nią. Dziwnie by się poczuł, gdyby wyszło na jaw, że ją okłamał. Przy śniadaniu wyznał jej więc, co zamierza.

Jak można było przewidzieć, Iwana zamarła z przerażenia.

– Masz jakieś nowe informacje – odparła natychmiast. – Ale nie chcesz mi o nich powiedzieć.

Kirił rozważał w myślach, jak dalece sprawa ta wypłynie na światło dzienne, jeśli włączy się w nią policja.

– Naprawdę nie mam o Nince żadnych wiadomości – odparł wymijająco. – Tylko… – Zaczerpnął głęboko tchu. – Pewna młoda kobieta, także zwerbowana przez Vjarę, wróciła do domu. U niej coś poszło nie tak...

– Co dokładnie?

– Trafiła do niewłaściwych ludzi. Coś takiego może się przydarzyć.

– Co masz na myśli, mówiąc o *niewłaściwych ludziach*?

– Wykorzystali ją.

Koniec końców, gdy Iwana domyśliła się, że kluczenie Kiriła miało ją uchronić przed poznaniem niektórych okoliczności, nie pozwoliła odwieść się od zamiaru, by towarzyszyć mężowi w drodze na komisariat. Dzieci przebywały w szkole, najmłodszą córkę zaprowadzono do pani Dimitrowej z drugiego piętra.

A potem Kirił i Iwana udali się na policję.

Musieli dość długo czekać, zanim któryś z funkcjonariuszy znalazł wreszcie czas na spisanie ich historii. Już po pierwszych słowach Kiriła zapytał o nazwisko Vjary.

– Niestety go nie znamy – musiał przyznać Kirił.

– Oddają państwo córkę kobiecie, która nie podała nawet swojego nazwiska? – zapytał z niedowierzaniem funkcjonariusz. – Nie wylegitymowała się ani nie wręczyła państwu przynajmniej wizytówki?

Kirił sam nie potrafił tego pojąć. Dlaczego wtedy – a minęły ledwie dwa tygodnie – nie wypytali jej dokładniej? Nie domagali się konkretnych informacji, nie chcieli zobaczyć dokumentów? Nie zażądali adresów kontaktowych, pod które można by się w razie konieczności zgłosić?

Pocieszał się jedynie świadomością, że Vjara, jeśli rzeczywiście nie była osobą, za którą się podawała, z całą pewnością by ich okłamała, jeśliby sami byli bardziej dociekliwi i wymagający. Fałszywe nazwisko, podrobione dokumenty, nieprawdziwe adresy, zmyślone numery telefonów. Kirił wątpił, czy byliby teraz mądrzejsi, gdyby nie zachowali się tak lekkomyślnie.

– Znajdowaliśmy się w absolutnie beznadziejnej sytuacji –

wyznała Iwana. – I pomyśleliśmy, że przynajmniej jednemu z naszych dzieci stworzymy szansę na lepszą przyszłość.

Funkcjonariusz westchnął. Z całą pewnością wiedział – domyślił się Kirił – w jakiej sytuacji znalazło się wielu ludzi w Bułgarii. Oczywiście, także ich kraj przeżywał okres ożywienia, lecz jak dotąd oznaczało to jedynie, że nielicznym wiodło się o niebo lepiej, natomiast wszyscy borykali się z wyższymi kosztami utrzymania. Codzienne zmagania tych, których ominęły korzyści z przystąpienia do Unii Europejskiej, stały się jeszcze dotkliwsze.

– A więc *Vjara* – rzekł funkcjonariusz, zanotował imię i starannie je podkreślił. – To wszystko, co mamy. Niewiele. Dokąd miała trafić państwa córka?

– Najpierw do Rzymu. Mieści się tam centrala agencji modelek, którą ta Vjara jakoby kieruje.

– Adresu tej agencji także państwo nie posiadają?

Kirił spuścił wzrok. Okazał się kompletnym idiotą.

– Byliśmy u kresu – wyznał cichym głosem. – Zalegaliśmy z czynszem, każdego dnia mogliśmy dostać wypowiedzenie. Wyłączyli nam ogrzewanie. Groziła nam eksmisja na bruk, z piątką dzieci. Od miesięcy rozpaczliwie szukałem pracy, bez skutku. To była... tak, to była prawdziwa katastrofa.

– A więc zaproponowano państwu pieniądze za oddanie córki? – wywnioskował ostrożnie funkcjonariusz.

– Tak – szepnął Kirił.

Nie podniósł wzroku, a mimo to mógł wręcz poczuć, jak jego rozmówca kiwa z niedowierzaniem głową.

Iwana zachowała więcej odwagi. Spojrzała na funkcjonariusza, na którego twarzy malowała się wyniosła mina.

– Pieniądze pomogły nam wybrnąć z tej krytycznej sytuacji – odparła. – Lecz nie był to główny powód naszej decyzji. Chcieliśmy dla naszej córki lepszego życia. Zapewniano nas, że dzięki swej urodzie mogłaby jako fotomodelka zarobić sporo pieniędzy. Zrobić wielką karierę. – Do oczu napłynęły jej łzy. – O tym właśnie marzyłam. Żeby nie musiała żyć w takiej nędzy jak my. Nieustannie martwiąc się o to, co przyniesie jutro. Żeby dostała szansę, jakiej my nie mieliśmy.

Wyraz twarzy policjanta złagodniał.

– Rozumiem – przyznał. – Tylko jak mogli być państwo aż tak łatwowierni?

– Bo nie mieliśmy wyboru – odparła Iwana.

– Nie znamy nazwiska ani adresu w Rzymie – podsumował funkcjonariusz. – Nie znamy nazwiska ani adresu tu, w Bułgarii. Szczerze mówiąc, brak nam jakiegokolwiek punktu wyjścia, by rozpocząć dochodzenie. Tym bardziej że jak dotąd nic nie wskazuje na to, by państwa córce coś się przytrafiło.

– Gdyby *nic* jej się nie przytrafiło, już dawno by się z nami skontaktowała – oznajmiła Iwana.

– Tak, ale dla nas nie jest to wystarczający powód, by już teraz wszcząć poszukiwania. Rozumieją państwo, nic przecież nie mamy. Państwa córka nie została uprowadzona, lecz dobrowolnie i za zgodą rodziców wyjechała za granicę, by podjąć tam pracę fotomodelki. To, co się wydarzyło, nie wymaga interwencji policji.

– Przez cały czas przyglądałam się pańskiej twarzy – odezwała się Iwana. – I zauważyłam, że doskonale pan wie, że coś się w tej historii nie zgadza.

– Bzdura. Ja tego *nie wiem*. Ja jedynie *przypuszczam*, że wszystko, co powiedziała państwu ta Vjara, to fikcja, a jednak nie mam na to żadnych dowodów. Co tak nagle wzbudziło państwa podejrzenia? Rzeczywiście tylko fakt, że państwa córka nie daje znaku życia?

– Tak – przytaknęła Iwana. – Ninka mi to przyrzekła. A ona zawsze dotrzymuje słowa.

Nic to nie da. Kirił był zmuszony ujawnić kilka niezbyt przyjemnych faktów.

Nie zerkając w stronę Iwany, opowiedział o swoim spotkaniu z Danem, który skierował go do Gregora i jego żony. Opowiedział o Selinie, którą w dyskotece zaczepił niejaki Michajło i poznał następnie z Vjarą. Skuszona jego obietnicami, wyjechała z Sofii, a teraz wróciła do domu w traumatycznym stanie. Przyznał, że zastał jej rodzinę w trakcie spiesznych przygotowań do wyjazdu, najwyraźniej pod wpływem strachu i przerażenia. Byli głęboko wstrząśnięci, nie chcieli go wpuścić do mieszkania, nie mówiąc już o jakiejkolwiek szczerej rozmowie. Selina zaklinała swoją rodzinę, by wszyscy razem z nią gdzieś się ukryli.

– Przed kim Selina chce się ukryć? – zapytał policjant, gdy Kirił przerwał na chwilę, by zaczerpnąć tchu.

– Przed ludźmi, od których uciekła. Śmiertelnie się ich boi. Podobnie jak i cała jej rodzina.

– O Boże, Kirił – szepnęła Iwana. Zerknął w jej stronę. Pobladła na twarzy jak płótno.

– Co spotkało Selinę?

Kirił przełknął.

– Prostytucja. – Powiedział to tak cicho, że ledwo dało się zrozumieć to przerażające słowo. – Usiłowali ją zmusić do prostytucji. W Paryżu, nie w Rzymie. Zdołała uciec.

– Prostytucja? – krzyknęła Iwana z przerażeniem w głosie.

– Rozumiem – odparł policjant. Patrzył znużonym wzrokiem. Pełnym politowania. I bezradnym. – Stara śpiewka. Wciąż się o tym słyszy. Pojawia się tyle doniesień. Można odnieść wrażenie, że każdy o tym wie. A mimo to te typki wciąż znajdują ludzi, którzy gotowi są im zaufać. Nie potrafię tego wyjaśnić, nie potrafię tego pojąć. Ale tak właśnie bywa.

– *Te typki* – powtórzyła Iwana. – Kim oni są?

– To handlarze ludźmi. Pozbawieni sumienia, pozbawieni skrupułów handlarze ludźmi. Na tym interesie zarabiają miliony. Towar znajdują głównie u nas, w krajach dawnego bloku wschodniego. Młode kobiety i dziewczęta, które ulegają kuszącym obietnicom lepszego życia. Rodzice, wierzący, że wysyłają swe córki ku lepszemu życiu pełnemu nowych możliwości. Mają państwo zresztą szczęście, że córka ma już siedemnaście lat. Ci ludzie chętnie zabierają nawet dzieci, całkiem małe dzieci. Cieszą się one sporym wzięciem w odpowiednich kręgach.

Kirił nie mógł złapać tchu.

– A policja nie reaguje? – zapytał skonsternowany.

Funkcjonariusz uniósł ramiona.

– Policja nie reaguje, ponieważ mało jest takich zgłoszeń. A kiedy już się pojawią, za każdym razem dysponujemy mniej więcej taką samą ilością istotnych danych jak w państwa przypadku – czyli praktycznie nie mamy żadnych. – Odsunął krzesło i wstał. – Proszę ze mną. Powinni państwo przejrzeć naszą kartotekę przestępców. Może rozpoznają państwo tę Vjarę. Osobiście w to nie wierzę, ale warto spróbować.

Przez następne czterdzieści pięć minut Kirił i Iwana obejrzeli na ekranie mnóstwo twarzy, lecz kobiety o imieniu Vjara wśród nich nie było. Rozczarowani, byli bliscy płaczu, natomiast funkcjonariusz wcale nie wydawał się tym zaskoczony.

– Jak wspomniałem, bardzo by mnie to zdziwiło – oznajmił. – Ci intryganci działają w sposób wyrafinowany, są kuci na cztery nogi. Nie wysłaliby do rodziny kogoś, kto widnieje w tutejszych kartotekach policyjnych. Weźmy choćby siatkę transportową, którą tworzą do przewożenia towaru na zachód: zmieniające się firmy przewozowe, różni kierowcy. Trudno śledzić zarówno osoby, jak i trasy przejazdu.

– I to wszystko wciąż ma miejsce? – dopytywał się Kirił, wybałuszając oczy.

Funkcjonariusz skinął głową.

– Istnieje na to międzynarodowe określenie. *Human trafficking*. Handel ludźmi. To zjawisko ogólnoświatowe. Całe grupy ludzi przewożone są z kraju do kraju, z kontynentu na kontynent. I prawie zawsze kryją się za tym organizacje zbijające na tym majątek. Cała niegodziwość polega na tym, że powodem wszystkiego jest zawsze bieda i nędza ludzi – głód, troski materialne, wojna, prześladowania polityczne. To czyni z nich łatwy łup. Podobnie jak to się stało w przypadku państwa córki.

– Co w takim razie możemy zrobić? – zapytała Iwana.

Po minie policjanta widać było, że zrobiło mu się przykro. Przede wszystkim dlatego, że tak niewiele mógł jej zaoferować, obiecać, tak niewiele mógł jej dać nadziei.

– Bez wątpienia jedną z możliwości byłby kontakt z tą Seliną – oznajmił. – Może byłaby w stanie podać bliższe szczegóły, kim są ludzie, z którymi miała do czynienia. Gdzie dokładnie ją przetrzymywano. Mogłaby złożyć doniesienie przeciwko nieznanemu sprawcy. Miałbym wówczas jakiś argument, który uzasadniałby wszczęcie dochodzenia.

Kirił westchnął.

– Byłem u nich w mieszkaniu. I pozwoliłem im uciec. Co za głupiec ze mnie!

– Niby jak miał pan ich powstrzymać przed wyjazdem? Nie udałoby się to panu.

– Musisz jeszcze raz pójść do Dana – oznajmiła Iwana. – Może on będzie wiedział, gdzie się ukryli.

– Czy policja nie może ich odszukać? – zapytał Kirił, lecz funkcjonariusz potrząsnął głową.

– Przykro mi, lecz brak po temu jakichkolwiek przesłanek. Ta młoda kobieta nie zgłosiła się do nas, nie mamy żadnego zawiadomienia. Sprawa dotyczy rodziny, która wyjechała w nieznanym celu. To nie powód, by wszcząć policyjne poszukiwania.

– Ale tu chodzi o naszą córkę! – krzyknął Kirił.

Iwana uspokajającym gestem położyła mu dłoń na ramieniu. Krzyk nic tu nie pomoże. Nic nie wskóramy, tracąc nerwy. Musimy teraz zachować zimną krew i zebrać się w sobie.

Oficjalnie zgłosili zaginięcie córki, po czym opuścili posterunek policji – wiedząc, że odtąd Ninka co prawda uchodzi za osobę zaginioną, lecz policja nie ma praktycznie żadnej wskazówki, od której mogłaby zacząć poszukiwania. Kirił, jak jakiś starzec, ciężko powłóczył nogami. Aż do tego momentu był z nich dwojga silniejszy, wykazywał energię i zapał do działania, podczas gdy Iwana coraz częściej snuła się jak pozbawiony życia cień, ledwie radząc sobie z obowiązkami dnia codziennego. Lecz oto nagle ich role się odwróciły. Kirił się załamał, natomiast Iwana doznała przypływu nowych sił.

Przystanęła w ponurym świetle tego szarego grudniowego dnia i uniosła głowę.

– Poszukamy teraz Seliny, i ją odnajdziemy – oznajmiła.

Les Lecques, Francja,
środa, 16 grudnia

Apartament mieścił się nad lodziarnią, zamkniętą o tej porze roku, w bezpośrednim sąsiedztwie plaży, od której dzieliła go tylko wąska promenada. Był wilgotny, zimny i z całą pewnością od minionego lata niezamieszkany. Składał się z pokoju dziennego z aneksem kuchennym oraz dwu sypialni.

– Simon, nie będę spać z tobą w jednym pokoju – zapowiedziała od razu Kristina. – Możesz o tym zapomnieć.

Liczył się z tym, niczego nie zapomniał. Niechęć Kristiny wobec niego była wręcz namacalna, tylko kompletny idiota mógłby się łudzić nadzieją na odnowienie łączących ich dawniej więzi. To koniec, kropka.

– Ty i Nathalie zajmiecie osobne pokoje – oznajmił. – Ja prześpię się na sofie w salonie. To przecież tylko jedna noc.

Po podpisaniu na komisariacie protokołu zeznań Simon wystarał się o ślusarza. Zanim jeszcze wyruszyli z Cadière, zabezpieczył dom, na ile to było możliwe, zamknął i zaryglował wszystkie okiennice. Nie wierzył jednak, by doszło do ponownego włamania. Ludziom, którzy wywrócili tam wszystko do góry nogami, wcale nie chodziło o dobra materialne.

Apartament wyszukał dla nich Thierry Leboyer. Okazało się to naprawdę niełatwe, ponieważ większość biur zajmujących się wynajmem była zamknięta i niedostępna nawet telefonicznie. Ostatecznie znaleźli to lokum za pośrednictwem przyjaciela Leboyera, który znał właściciela pobliskiego domu mieszczącego lodziarnię. Kristina oświadczyła, że woli udać się do hotelu, lecz Leboyer dość ostrym tonem zwrócił jej uwagę, by w obliczu tak dziwacznej historii, jaką przedstawił im

Simon, była skłonna współpracować i nie utrudniała działań policji.

– Hotel jest zbyt niepewnym miejscem. *Jeśli* – podkreślam: *jeśli* – coś w tej sprawie jest na rzeczy, podejrzani prześladowcy Nathalie Boudin prawdopodobnie przetrząsają także pobliskie hotele. Dość zresztą nieliczne, gdyż niewiele z nich pozostaje obecnie otwartych. Wytropienie państwa w tym apartamencie będzie dla nich znacznie trudniejsze.

Leboyer surowo im nakazał, by nie opuszczali mieszkania.

– Przekażemy tę sprawę żandarmerii. Koledzy gruntownie zbadają parę kwestii. Zdarzenie w Lyonie zostanie wyjaśnione. Dokładnie sprawdzimy apartament przy boulevard de la Plage. Do tego czasu pozostaną państwo do naszej dyspozycji.

Nathalie niezwłocznie zaszyła się w swojej sypialni. W drodze do mieszkania kupiła sobie w tanim butiku bieliznę i rajstopy na zmianę, za które zapłacił Simon, po czym wszyscy zaopatrzyli się w potrzebne rzeczy w supermarkecie.

Simon zaparzył herbatę, Kristina otworzyła paczkę ciastek. Za oknem zaczynało już zmierzchać. Niebo nad morzem, barwiące się dotąd jasnym błękitem, pociemniało, wiatr gnał po nim z zachodu na wschód kilka czarnych obłoków. Mimo zamkniętych okien słychać było szum morza. Włączyli elektryczne ogrzewanie, lecz wewnątrz wciąż panował chłód. Czuć za to było wyraźnie swąd pokrytych kurzem grzejników.

Kristina nie potrafiła usiedzieć na miejscu, by w spokoju wypić herbatę i zjeść ciastko, przez cały czas chodziła tam i z powrotem. Simon wyczuwał, jak gwałtownie wyrzucała sobie w duchu swoją spontaniczną decyzję, by polecieć na południe Francji i dać ostatnią szansę ich związkowi.

– Nie popełniłaś żadnego błędu – zauważył. – Takiego obrotu spraw nie mogłaś przewidzieć.

– Powinnam była przewidzieć, że ty się nie zmienisz. Jak mogłam pomyśleć, że naraz wszystko będzie inaczej?

– Najpierw to przeczekajmy. A potem...

– Nie będzie żadnego potem. Uświadomiłam sobie, że wiążąc się z tobą, już zawsze będę znajdować się we frustrujących sytuacjach. I nie ma żadnego znaczenia, czy powodem tego będą twoje dzieci, twoja eks czy może jakieś dziewczę, które zgarnąłeś z ulicy.

– Nie możesz jednym tchem porównywać Mai i dzieci z Nathalie. To dwie całkiem różne sprawy. Doskonale wiem, co ci przeszkadza w moich stosunkach z dziećmi. Popełniłem w tej kwestii mnóstwo błędów. A to, co mi się przytrafiło z Nathalie... Niesprawiedliwie mnie oceniasz. Jedynie na samym początku mogłem się wyplątać z tej historii. Kiedy szedłem w deszczu po plaży i jak idiota wmieszałem się w sytuację, która w ogóle mnie nie dotyczyła. Była to niewłaściwa decyzja podjęta w ułamku sekundy, która wiodła potem od jednej katastrofy do drugiej, nie dając mi szans na ich uniknięcie.

Kristina wzruszyła ramionami.

– Tak naprawdę nie ma to już żadnego znaczenia.

– Dla mnie ma, i to ogromne – odparł Simon.

– Ale dla mnie nie.

Z sąsiedniego pokoju wyszła Nathalie. Miała zapłakane oczy.

– Mogę jeszcze raz skorzystać z twojego telefonu, Simon? Chciałabym sprawdzić, czy Jérôme się odezwał.

Kristina westchnęła głośno i odwróciła się, gdy Simon podawał Nathalie swój smartfon.

Nathalie czmychnęła do swojego pokoju.

– Nie mogę dłużej na nią patrzeć – oznajmiła poirytowana Kristina.

– Przecież nic ci nie zrobiła – odparł łagodnie Simon.

– Ma w sobie coś... sama nie wiem... ta jej chudość. Te ogromne oczy. To jej... wołanie o pomoc. Po prostu jej nie znoszę.

– Nie tak głośno. Dość dobrze zna niemiecki.

– Niech wie, co o niej myślę.

– Nie znasz jej na tyle, by ją właściwie ocenić.

– Sądzisz, że to ty będziesz decydować, kogo mogę oceniać? – prychnęła.

Odsunął się o krok. Kristina z każdą sekundą była coraz bardziej wzburzona.

– Wytrwajmy jakoś razem do jutra, nie kłócąc się przez cały czas.

– Tak, kłótni nie potrafisz znieść, prawda? Mogłaby doprowadzić do tego, że ktoś przestałby cię lubić. A to najgorsze, co może cię spotkać. Wiesz, co nie przestaje mnie zadziwiać? Opowiadałeś mi, jak to ojciec przez całe twoje dzieciństwo i młodość dawał ci do zrozumienia, jakim jesteś mięczakiem. Strasznie z tego powodu cierpiałeś. A teraz całym swoim dorosłym życiem potwierdzasz tylko, że miał rację. Ujawniasz wszystkie te cechy, które on ci w gniewie wyrzucał. Nie wydaje ci się, że wychodzisz na kompletnego głupka?

Poczuł, jak blednie.

– Czemu to robisz? Chcesz mnie wyłącznie zranić i poniżyć. Dlaczego?

– Może chcę, byś wreszcie zaczął się bronić.

– Niby jak?

– Sam to musisz wiedzieć. Mam ci napisać scenariusz, najlepiej do każdej z możliwych codziennych sytuacji, żebyś wiedział, jak się normalnie zachować? A zwłaszcza gdy ktoś cię atakuje i prowokuje?

– Może to nie taki zły pomysł – przyznał Simon. – Prawdopodobnie jesteś w tym ode mnie lepsza. Co byś mi poradziła w tej sytuacji?

– A co ty byś najchętniej zrobił? – odpowiedziała pytaniem Kristina.

Wzruszył ramionami. Uznał to za absurdalne.

– Nie mam pojęcia.

– Nie wierzę. Przecież człowiek zawsze ma jakieś wyobrażenie tego, co chciałby zrobić. Tylko że czasem jest ono całkiem pogrzebane. A to dlatego, że przez całe życie starasz się zachować nad tym kontrolę, by w żadnym razie nie zrobić albo nie powiedzieć czegoś, czym mógłbyś się komuś narazić. Lecz w głębi duszy dobrze wiesz, co to jest.

– Nie.

Obrzuciła go prowokującym spojrzeniem.

– A jednak. Co chciałbyś zrobić? Uderzyć mnie w twarz?

Potrząsnął głową.

– Przykro mi. Choć może miałabyś wtedy dla mnie więcej respektu. Ale tak naprawdę chciałbym...

– Co takiego?

– Chciałbym cię wziąć w ramiona i prosić, byśmy dali sobie jeszcze jedną szansę – odparł Simon.

Zamarła, on także. Przez minutę, dwie żadne z nich nie odezwało się słowem.

„Proszę – pomyślał Simon – proszę. Przyjmij moją propozycję".

Gwałtownym ruchem, wylewając przy tym herbatę, Kristina odstawiła swój kubek na tani plastikowy stolik pośrodku pokoju.

– Wychodzę – oznajmiła. – Dłużej z tobą nie wytrzymam, Simon.

Już miał zapytać: *Co znów źle powiedziałem?*. A jednak przełknął te słowa. Sam zauważył, że zabrzmiałoby to tak, jakby błagał o litość.

Do pokoju weszła Nathalie, położyła telefon na sofie.

– Żadnych wieści od Jérôme'a. Nie mam pojęcia, gdzie się ukrywa. Jakby się zapadł pod ziemię.

– To z pewnością dobry znak – stwierdził Simon, lecz powiedział to wyłącznie po to, by ją pocieszyć. Wyczuł jednak, że Nathalie go przejrzała. Bo niby co dobrego miałoby to zwiastować?

Kristina sprawdzała właśnie zawartość swojej torebki. Następnie włożyła płaszcz, przerzucony przez oparcie fotela.

– Wychodzę.

– Dokąd? O tej porze?

– Jadę do Marsylii. Chcę wrócić do domu.

– Sądzisz, że złapiesz teraz jakiś samolot do Hamburga?

– Jeśli nie, to może przynajmniej do Frankfurtu. A potem zobaczę, co dalej. Najważniejsze, by stąd zniknąć. Z całej tej cholernej historii.

Aż dosłyszał niewypowiedziane zdanie: *Z całej tej historii z tobą.*

– Przecież policja stanowczo prosiła, żebyśmy... – zaczął Simon, lecz Kristina odwróciła się gwałtownie niczym jadowity wąż, który zwietrzył ofiarę.

– W odróżnieniu od ciebie ja się do tego nie zastosuję. Nie pozwolę, by ktoś mi rozkazywał. A już na pewno nie jacyś policjanci, którzy wbrew mojej woli zatrzymują mnie w kraju, do którego nigdy nie powinnam była przyjeżdżać. Robię, co chcę. A teraz chcę wrócić do domu!

– Bądźże rozsądna. Nie ma tu twojego auta z wypożyczalni. A przecież musisz je zwrócić. Zaczekaj do jutra, a wtedy...

– Wezmę taksówkę. Pojadę nią do Cadière, a tam przesiądę się do samochodu z wypożyczalni. Nie martw się. Jakoś dotrę na lotnisko. Wrócę do Niemiec.

Zrozumiał, że nie zdoła jej powstrzymać.

– Chodź. Odwiozę cię do Cadière.

– Nie. Nie chcę. Pojadę taksówką. Mam tego wszystkiego powyżej uszu. I ciebie też! – Spiesznie wyszła z mieszkania, głośno zatrzasnęła za sobą drzwi.

Nathalie zamarła.

– Co jej się stało?

Simon stał pośrodku pokoju i zastanawiał się, czy jego życie osobiste może wyglądać jeszcze gorzej. „Bynajmniej, to już ostateczne dno" – pomyślał.

– Czy ona wyjeżdża przeze mnie? – zapytała Nathalie.

Potrząsnął głową.

– Nie. Nie przejmuj się. Byłaś tylko bodźcem, ale to z mojego powodu wyjechała. Po prostu do siebie nie pasujemy.

– Tak mi przykro – wyznała Nathalie. Ponownie zalała się łzami.

Nie miał ochoty jej pocieszać. Na nic nie miał już ochoty. Zwyczajnie chciał zostać sam. Poszedł do drugiej, wolnej teraz sypialni i zatrzasnął za sobą drzwi z takim samym łoskotem jak poprzednio Kristina.

Dzięki temu poczuł odrobinę satysfakcji.

Marignane, Francja, środa, 16 grudnia

Złapawszy taksówkę, kazała się zawieźć pod dom Simona w La Cadière. Po drodze wysłała przez WhatsApp wiadomość do swej przyjaciółki Leny, informując ją, że najpóźniej nazajutrz w południe dotrze do Hamburga i natychmiast się odezwie. Przeczuwała, że po powrocie będą jej potrzebne słowa pociechy.

Nie weszła na teren posiadłości Simona, lecz od razu wsiadła do samochodu z wypożyczalni, zaparkowanego naprzeciw bramy wjazdowej. Odetchnąwszy głęboko, opadła na siedzenie kierowcy i przymknęła na chwilę powieki, usiłując się przynajmniej przez moment zrelaksować. „Postępujesz słusznie – powtarzała sobie – absolutnie słusznie. Simon i ty to po prostu związek bez przyszłości. A zatem wracaj do domu, a potem doprowadź swoje życie do ładu".

Tak naprawdę jej życie wcale nie było nieuporządkowane. Sprawy zawodowe oraz finansowe układały się pomyślnie, a to więcej, niż niejeden mógłby o sobie powiedzieć. Jej *życie osobiste* także nie wyglądało najgorzej, miała dość przyjaciół i znajomych, z którymi mogła spędzać weekendy czy nawet urlop. Oczywiście, byłoby miło mieć kogoś wyłącznie dla siebie, lecz może nie należy wymagać od życia zbyt wiele. Bądź co bądź była w dobrym zdrowiu i formie. Wielu, również w jej wieku, zmagało się z ciężkimi chorobami. W zasadzie wszystko jest w porządku. Nie ma żadnego powodu do irytacji.

Powtarzała to sobie w myślach, jadąc w tamten późny grudniowy wieczór autostradą w kierunku Marignane, lotniska Marseille-Provence. Prócz niej podróżowało niewielu, czasem tylko widziała przed sobą w oddali czerwone światła innego samochodu. Także na pasie w przeciwnym kierunku utrzymywał się umiarkowany ruch.

Kristina przetarła twarz dłonią. Zastanawiała się, czemu płacze. Przecież dopiero co stwierdziła, że wszystko u niej w porządku.

Minęła kilka punktów poboru opłat, użyła karty kredytowej. Drżały jej przy tym ręce. Do diabła, ta sprawa z Simonem zbyt wiele ją kosztuje.

Korzystając z apki Lufthansy, ustaliła, że samolot do Hamburga odlatuje o osiemnastej czterdzieści pięć, z międzylądowaniem we Frankfurcie. Powinna zdążyć. Mogłaby od razu dokonać rezerwacji, a jednak ryzyko, że nie dotrze na czas na lotnisko i będzie musiała ją zmienić, wydało jej się zbyt duże. Chciała zachować minimum swobody, w klasie biznes z pewnością znajdą się jeszcze wolne miejsca. Pieniądze nie grały teraz żadnej roli. Chciała tylko możliwie najszybciej znaleźć się jak najdalej stąd.

Wszystko szło gładko aż do Marsylii. Trasa wiodła drogą szybkiego ruchu przez obrzeża miasta, w pobliżu portu. Kristina widziała światła ogromnych, stojących na kotwicy statków, dostrzegła ciemne kontury potężnych portowych żurawi, sterczących niczym szkielety na tle nocnego nieba. Przejechała obok wspaniałej oświetlonej katedry, stojącej w sercu marsylskiej starówki. Zastanawiała się, jak by to było, gdyby spędziła tu nieco czasu w towarzystwie Simona, obejrzała to wszystko, miasta i miasteczka, o których wiele słyszała, nigdy ich jednak nie zwiedziła: Marsylię, Aix-en-Provence, Sanary, Bandol, Cassis. Byłoby miło poznać je wszystkie razem z nim, on je znał i z pewnością okazałby się świetnym przewodnikiem. Miło przecież spędzili tyle wspólnych chwil.

Łzy popłynęły mocniejszym strumieniem. Kristina sięgnęła do torebki leżącej na siedzeniu pasażera, wygrzebała z niej chusteczkę. Musi, do cholery, przestać o nim myśleć. W przeciwnym razie pojawi się na lotnisku z całkiem zapłakaną twarzą...

Przerwała gwałtownie swe rozmyślania, gdy depnęła na hamulec z taką siłą, że runęła do przodu, powstrzymana dopiero bolesnym szarpnięciem pasów bezpieczeństwa. W ciągu ostatnich dziesięciu minut tłok na drodze wciąż się nasilał, aż w końcu ruch zupełnie zamarł.

Wszystko stanęło w miejscu.

Kristina zaklęła, usiłowała dojrzeć, co się dzieje. Pech chciał, że miała przed sobą kilka ciężarówek, które całkiem przesłoniły jej widok. Ku jej przerażeniu nawet po upływie piętnastu minut żaden samochód nie ruszył z miejsca. Zamiast tego usłyszała syreny karetek pogotowia i policji. Wypadek, i to poważny. Jeśli nie zdarzy się jakiś cud, o planowanym locie może zapomnieć.

Było pół do ósmej, gdy kolumna pojazdów nareszcie ruszyła, choć w żółwim tempie. Kristina minęła miejsce wypadku, zobaczyła zmiażdżone samochody, odłamki szkła, policyjne radiowozy, błyski świateł ostrzegawczych. Karetka dopiero co stamtąd odjechała.

Uderzyła pięścią w kierownicę. Miała wrażenie, że wszystko sprzysięgło się w tej chwili przeciwko niej.

Na lotnisko dotarła o ósmej. Oddała samochód, po czym pognała do hali odlotów. Udało jej się złapać wolnego pracownika punktu informacyjnego, od którego miała nadzieję uzyskać pomoc. Lot Lufthansy do Hamburga oczywiście przegapiła, lecz być może poleci inną linią.

– Muszę się dostać do Hamburga. Jeszcze dziś wieczorem.

Mężczyzna z ubolewaniem potrząsnął głową.

– To będzie trudne. Spóźniła się pani.

– Po drodze zdarzył się wypadek – tłumaczyła Kristina. Wydała się sobie dziecinna. I po co usiłowała to wyjaśnić, czyżby wierzyła, że to coś zmieni? – Utknęłam w korku.

– Bardzo mi przykro.

– Muszę się stąd wydostać. – Kristina zdawała sobie sprawę, że jej głos brzmi histerycznie. Prawdopodobnie *była* rozhisteryzowana. – Czy Air France ma jakieś połączenie?

– O dwudziestej pięćdziesiąt. Do Paryża Orly. Ale stamtąd poleci pani dalej dopiero jutro.

– A coś innego?

– O dwudziestej trzydzieści pięć odlatuje maszyna British Airways, ale boarding już się rozpoczął. I czeka panią co najmniej dwanaście godzin postoju w Londynie. Niezbyt się to opłaca.

– Inne możliwości?

– Wszędzie to samo: będzie pani musiała przeczekać całą noc w którymś z europejskich miast i dopiero jutro poleci pani dalej.

Rzeczywiście, rozsądnie to nie brzmi.

– Czemu nie przenocuje pani w hotelu? – zaproponował mężczyzna. – A jutro rano wsiądzie pani w pierwszy samolot do Hamburga.

– O której?

– Szósta piętnaście Lufthansą przez Monachium. Albo Air France o szóstej pięćdziesiąt pięć przez Amsterdam.

Kristina powoli skinęła głową. Stojąc pośrodku wymarłej niemal hali, uświadomiła sobie, że nikt jej nie pomoże. Nikt nie wsadzi jej do samolotu i nie przetransportuje do Hamburga. Nikt w tej chwili nie zawiezie jej do domu.

– Okay – uspokajała samą siebie. – Okay, niech tak będzie, to w końcu żadne nieszczęście.

– Dokładnie – potwierdził z ulgą pracownik lotniska. Obawiał się, że kobieta lada chwila zbzikuje. – Mamy tu całkiem porządne hotele. A noc szybko minie.

Nagle utkwił wzrok w jakimś punkcie za jej plecami. Kristina się odwróciła. Pojawiło się za nią dwóch mężczyzn. Nosili dobrze skrojone ciemnoszare garnitury i krawaty. Jeden z nich wyciągnął legitymację.

– Kristina Dembrowski?

– Tak.

– Podkomisarz Gaillard. To mój kolega Lambelet.

Drugi z mężczyzn skinął Kristinie głową. Obaj mieli niewzruszone miny, nie zdradzały ich zamiarów.

– Jesteśmy z Police nationale – oświadczył Gaillard.

Miły pracownik okienka informacyjnego uniósł wysoko brwi. Fakt, że ta cudzoziemka chciała niezwłocznie, niemal panicznie opuścić Francję, nabrał w jego ocenie nowej wagi. Czyżby poszukiwana przestępczyni?

– Proszę posłuchać – odezwała się Kristina. Miała wrażenie, że mówi z błędami, jąka się, zdenerwowanie fatalnie wpłynęło na poprawność jej francuszczyzny. – Wiem, że byłam powinna zaczekać do jutra. Ale ja naprawdę... absolutnie nic nowego nie wnosić do wyjaśnienia tego... problemu. Całkiem spontanicznie zdecydowałam się odwiedzenie znajomego, który spędza tu w Prowansji święta, i stwierdziłam, że on najwyraźniej uwikłał się w bardzo... podejrzaną historię. Ale co to wszystko znaczyć... Naprawdę nie mam zielonego pojęcia!

– Wszystko zostanie wyjaśnione – odparł uprzejmie Gaillard. – A teraz muszę panią prosić, by się pani udała z nami.

Jakim sposobem policja tak szybko dowiedziała się o jej ucieczce? Czyżby Leboyer albo Perrin tuż po jej wyjeździe zjawili się przypadkiem w apartamencie w Les Lecques i stwierdzili, że zniknęła? Łatwo mogli sprawdzić, dokąd pojechała, pewnie powiadomili kolegów z Marsylii i wysłali ich na lotnisko.

A może to Simon zadzwonił na policję? Usiłując powstrzymać ją przed wylotem?

– Nie rozumiem, dlaczego jestem aresztowana wbrew mojej woli – odparła.

– Nie jest pani aresztowana – wyjaśnił Gaillard. – Mamy jedynie kilka pytań.

– Już mówiłam, że niestety nie potrafię na nie odpowiedzieć.

– To już nasze zmartwienie – stwierdził Lambelet. Przemówił po raz pierwszy. Był wysokim, przystojnym mężczyzną, którego w innych okolicznościach Kristina uznałaby za charyzmatycznego.

– Sądzę, że mam prawo w dowolnej chwili opuścić Francję – oznajmiła.

– Wygląda na to, że w tej chwili tak czy inaczej to się pani nie uda – odparł Gaillard. – Dlatego też nic chyba nie stoi na przeszkodzie, byśmy odbyli krótką rozmowę, prawda? Zabierzemy panią teraz na posterunek, wyjaśnimy, co trzeba, a potem odwieziemy panią do hotelu. Stamtąd będzie pani mogła skoro świt wyruszyć w drogę.

Kristina się zawahała. Nie chciała pozwolić, by jeszcze bardziej uwikłano ją w coś, o czym nie miała nawet pojęcia, a jednak nie przyszedł jej do głowy żaden rozsądny kontrargument. Gaillard miał rację: do domu i tak się teraz nie dostanie.

– No dobrze – przytaknęła.

Wyszła z hali lotniska w towarzystwie obydwu mężczyzn. Gaillard szedł przodem, za nią podążał Lambelet, który uprzejmie wziął od niej torbę podróżną.

„Gdybym tylko tu nie przyjeżdżała" – pomyślała Kristina, zastanawiając się, jak często owo zdanie kołatało jej się po głowie w ciągu ostatnich czterdziestu ośmiu godzin. Miała wrażenie, że niezliczoną ilość razy.

Lambelet zapłacił przy automacie za parking, natomiast Gaillard od razu skierował się wraz z nią ku dużej czarnej limuzynie. Na ogromnym parkingu stało sporo samochodów, lecz dostrzegli niewielu ludzi. „Zadziwiające – pomyślała Kristina – jak bardzo może nagle ucichnąć lotnisko". Kiedy przyleciała tu przed dwoma dniami, aż roiło się od podróżnych, kierowcy parkowali swoje samochody, trąbiąc i obrzucając się wyzwiskami z powodu ciągłych przestojów. A teraz miejsce to potęgowało jedynie poczucie nagłego osamotnienia. To wina ciszy, lecz także ciemności. Żółtawego światła wysokich ulicznych latarni. Cieni.

Przeszyło ją nagle osobliwe uczucie, że wsiada do samochodu z dwoma obcymi mężczyznami.

„To przecież policjanci" – uspokajała samą siebie. „Nie bądź śmieszna".

– Czyżby z Lyonu nadeszły nowe informacje? – zadała na głos pytanie, które właśnie przyszło jej do głowy. Ta historia z zamordowanym alkoholikiem, którego Simon jakoby widział na własne oczy, była naprawdę niesamowita. W końcu do sprawy włączyła się Police nationale, co mogłoby świadczyć o tym, że rozpoczęto nowy etap dochodzenia. – Na temat mężczyzny, którego znaleziono martwego w mieszkaniu? Należało to sprawdzić.

– Nie mogę niestety w tej chwili udzielić żadnych informacji w tej sprawie – odparł Gaillard z niewzruszoną miną.

– To pomogłoby mi lepiej zrozumieć, co się tu właściwie dzieje – wyjaśniła Kristina.

Otworzył przed nią tylne drzwi limuzyny.

– Proszę wsiadać.

Kristina go posłuchała. Niemal zapadła się w głębokim miękkim siedzeniu. Zaraz potem otwarły się drzwi po przeciwnej stronie, miejsce obok Kristiny zajął drugi z policjantów, Lambelet, który chwilę wcześniej włożył torbę Kristiny do bagażnika. Gaillard usiadł za kierownicą.

– A kajdanek mi panowie nie założą? – zapytała uszczypliwie. Zachowanie mężczyzn uznała za nieco przesadzone. Przecież obaj mogliby usiąść z przodu, chyba się nie obawiali, że w czasie jazdy wyskoczy nagle z samochodu. Miała wrażenie, że traktują ją jak przestępcę. Z drugiej jednak strony funkcjonariusze stosowali się pewnie do rutynowych procedur, nie zastanawiając się, czy mają one w tym konkretnym przypadku uzasadnienie.

Na swe ironiczne pytanie nie otrzymała odpowiedzi. Gaillard wyjechał z parkingu, pokonywał jedno rondo za drugim, aż wreszcie dotarł do autostrady. Tam mocniej wcisnął pedał gazu. Ruszyli żwawo do przodu, Kristinę aż wgniotło w fotel.

Wkrótce potem Gaillard znów zmienił kierunek jazdy. Kristina sądziła, że skręcą do centrum Marsylii, by dotrzeć na posterunek policji. Wyprostowała się i wyjrzała przez okno, a wtedy na tablicach drogowych przeczytała „Avignon, Lyon".

– Chwileczkę, dokąd jedziemy? Gdzie mieści się wasz posterunek?

Żadnej odpowiedzi. Samochód mknął z prędkością co najmniej dwustu kilometrów na godzinę, dużo większą niż dopuszczalne sto trzydzieści.

– Zadałam panom pytanie – odezwała się Kristina. Mogła dosłyszeć pobrzmiewający w jej głosie strach. Nie wyglądało to dobrze.

Ci faceci zachowują się dziwnie, uznała.

Odwróciła się w stronę Lambeleta.

– Czy mogę jeszcze raz zobaczyć pańską legitymację? – zapytała. – Albo pańskiego kolegi?

I znów żadnej odpowiedzi.

Zdesperowana usiłowała sobie przypomnieć wygląd legitymacji, którą na lotnisku podsunął jej pod nos Gaillard. Nie obejrzała jej dokładnie. Szczerze mówiąc, mogło być na niej wszystko – albo i nic. Nie zwróciłaby na to uwagi nawet wówczas, gdyby Gaillard pomachał jej nieaktualną legitymacją z wypożyczalni książek, należącą do jego matki. Bo dała się omamić samym gestem.

Oddychaj głęboko, nakazała sobie. Nie ma w tym nic dziwnego. To pewnie jakieś grube ryby z jednostki specjalnej. Simon dał się chyba wplątać w bardzo kontrowersyjną historię.

A może to nie żadna jednostka specjalna. Może to nie są nawet policjanci.

A niech to szlag.

Najchętniej wyskoczyłaby teraz z pędzącego samochodu. Co przy takiej prędkości bez wątpienia oznaczałoby samobójstwo.

– Chcę wrócić na lotnisko – oznajmiła. Usiłowała nadać własnemu głosowi nieco stanowczości i ukryć strach, który nią wstrząsał. W żadnym wypadku nie chciała dać się zastraszyć. – Zrozumieli panowie? Chcę natychmiast wrócić na lotnisko!

Gaillard niewzruszenie pędził przed siebie z dużą prędkością.

Lambelet odwrócił się w jej stronę. W słabym świetle wewnątrz pojazdu Kristina nie mogła wyraźnie dostrzec rysów jego twarzy, jednak ujrzała bijący z niej absolutny chłód, a w jego oczach brak jakichkolwiek emocji.

– Umówiliśmy się – odparł. – Zadamy pani kilka pytań. A pani udzieli nam odpowiedzi.

– Kim panowie są? – zapytała Kristina, choć dobrze wiedziała, że to jak rzucanie grochem o ścianę. Niczego się nie dowie.

Samochód zniknął w mroku nocy.

Metz, Francja, czwartek, 17 grudnia

W czwartek rano wstrząśnięci rodzice zamordowanej Jeanne Berney mogli obejrzeć sporządzony wedle opisu Valérie komputerowy portret pamięciowy obcego mężczyzny spotkanego na klatce schodowej. Powiadomieni przez policję, przybyli poprzedniego wieczoru do Metzu, oszołomieni, skonsternowani, wciąż niezdolni pojąć, co się wydarzyło.

– Chciała przyjechać do nas na święta – powtarzała raz za razem matka Jeanne, niemal zaklinając rzeczywistość, jakby w obliczu owego zamiaru nagła śmierć jej córki nie mogła okazać się prawdą. – Tak postanowiła. Zamierzała do nas przyjechać i zostać aż do pierwszego stycznia.

Ojciec próbował uspokajać żonę, lecz ona nie potrafiła przestać.

– Chciałam przyrządzić jej ulubione potrawy. Jeanne nie lubi gotować. Niezdrowo się odżywia. I bardzo się cieszy, gdy ktoś dla niej coś ugotuje. Lubi ładnie nakryty stół... – Zalała się łzami. – Chciała przyjechać na święta – powtarzała, łkając.

W czwartkowy poranek o świętach nie wspomniała już ani słowem. Znalazłszy się na posterunku policji, trzymali się z mężem za ręce. Dwoje załamanych ludzi, wyraźnie postarzałych w ciągu ostatniej nocy. Prowadząca dochodzenie funkcjonariuszka zaproponowała im wodę mineralną i kawę, poprosiła, by usiedli przy stoliku, na którym stał komputer.

– Nazywam się Nicole Duroi. Prowadzę dochodzenie w sprawie śmierci państwa córki – przedstawiła się. – Mamy tu portret pamięciowy sporządzony według zeznań Valérie Moraux. To przyjaciółka państwa córki, która jak państwo wiedzą, zawiadomiła wczoraj dozorcę, a na klatce schodowej spotkała obcego mężczyznę, który wydał jej się nieco podejrzany. Koniecznie chciał rozmawiać z państwa córką. A jednak zniknął, zanim zjawiła się policja.

Nikt z funkcjonariuszy nie wierzył, by pokazanie tego portretu rodzicom Jeanne cokolwiek przyniosło, to było raczej rutynowe działanie. Wystarczyło jednak, że nań zerknęli, a od razu wykrzyknęli jednym głosem:

– Jérôme Deville!

– Państwo znają tego człowieka? – zapytała zaskoczona Nicole Duroi.

– Owszem – przytaknął ojciec Jeanne. – Był jej chłopakiem. Chodziła wtedy jeszcze do szkoły.

– Często bywał u nas w domu – dodała madame Berney. Wlepiła wzrok w ekran komputera z taką intensywnością, jakby szukała w nim odpowiedzi. Jej życie legło w gruzach, zastanawiała się chyba nad tym, czy mężczyzna, którego portret miała przed oczami, był za to odpowiedzialny.

Nicole Duroi przysunęła sobie krzesło i usiadła naprzeciw małżonków.

– Jérôme Deville – powtórzyła. – Muszę wiedzieć o nim wszystko. Czy są państwo w stanie rozmawiać ze mną na jego temat?

– Czy to on... zamordował naszą córkę? – zapytał monsieur Berney drżącym głosem.

– Tego nie wiemy, na razie nie uznajemy go za podejrzanego o popełnienie przestępstwa – wyjaśniła Duroi. – Przebywał jednak w budynku i wedle zeznań świadka sprawiał wrażenie roztrzęsionego, niemal wystraszonego. Valérie Moraux uważa, że od pewnego czasu włóczy się po ulicach – jeśli wnosić po jego wyglądzie obdartusa. To oczywiście jeszcze nie czyni z niego przestępcy, w każdym razie wydaje się, że w jego życiu nie wszystko układa się pomyślnie. Być może zauważył coś, co pomoże nam w dalszym dochodzeniu. Wiedzą państwo przypadkiem, gdzie ostatnio mieszkał?

– U swojego ojca – odparła madame Berney. – Tutaj, w Metzu. Ojciec zmarł jednak w zeszłym roku, Jeanne przeczytała o tym w gazecie. Wydaje mi się, że mówiła wtedy, że Jérôme w ostatnim czasie nie mieszkał już z ojcem, lecz wyjechał z Metzu, nie znała jednak bliższych szczegółów.

– Sprawdzimy to. Pamiętają państwo jego adres?

Berneyowie podyktowali go jednym głosem.

– Był niegdyś częścią naszego życia – wyznała madame Berney niemal przepraszającym tonem. – Stąd też wiemy dokładnie, gdzie mieszkał.

– Jak długo był związany z państwa córką?

– Dwa i pół roku. Jeanne miała szesnaście lat, kiedy się poznali. Na szkolnej uroczystości. Był parę lat od niej starszy. Skończyła akurat dziewiętnaście, kiedy ją zostawił.

– Zostawił ją? A więc nie rozstali się w zgodzie?

Matka Jeanne sprawiała wrażenie, jakby lada chwila miała wybuchnąć płaczem.

– Nie. Nie rozstali się zgodnie. On poznał inną dziewczynę i z początku okazał się zbyt wielkim tchórzem, by powiedzieć o tym Jeanne. Zaniepokoiło ją, że coraz rzadziej do niej dzwoni, nie chce się z nią spotykać i nie okazuje za wiele entuzjazmu. Potem wyszło na jaw, że przez kilka miesięcy prowadził podwójną grę. W końcu znajomi zobaczyli go w towarzystwie nowej dziewczyny i donieśli o tym Jeanne. Biedaczka była załamana. Wie pani, on był jej pierwszą wielką miłością. – Madame Berney zalała się łzami. Mąż podał jej chusteczkę, przetarła oczy. – To był trudny okres – ciągnęła. – Naprawdę ciężki. Jeanne długo po nim płakała.

– Z poprzednią dziewczyną postąpił tak samo – dodał monsieur Berney. – Mam na myśli przyjaciółkę, z którą był związany przed poznaniem Jeanne. Zostawił ją z dnia na dzień, kiedy zakochał się w mojej córce. Nieszczególnie mi się to spodobało, ostrzegałem Jeanne. Powiedziałem jej, że kiedyś może potraktować ją tak samo i że nie powinna się do niego zbyt mocno przywiązywać. Ale... no cóż. Była młoda i zakochana po uszy. Nie posłuchała mnie.

Nicole Duroi skinęła głową. Smutna historia, lecz w żadnej mierze nie nadzwyczajna. Nie płynie z niej żadna wskazówka mogąca rzucić światło na tę potworną zbrodnię.

– Lubili państwo Jérôme'a Deville'a? – zapytała. – To znaczy, zanim zostawił państwa córkę? Jakim był człowiekiem?

Matka Jeanne westchnęła.

– Oboje niezbyt go lubiliśmy. Nic mu jednak nie mogliśmy zarzucić. Był bardzo szarmancki. Bardzo miły. Uprzejmy. Sympatyczny. Ale... wszystkiego trochę za dużo. Przez to nigdy nie sprawiał wrażenia autentycznego. Jak ktoś, kto po mistrzowsku wykonuje konkretny program. W naszym przypadku była to rola perfekcyjnego zięcia. Niemniej przez cały czas miałam nieodparte wrażenie, że tak naprawdę jesteśmy mu zupełnie obojętni. Że obojętna jest mu nawet Jeanne. Uznał, że jest ładna, i traktował ją jak ozdobę, lecz równie dobrze mogłaby to być jakaś inna ładna dziewczyna. Wciąż się obawiałam, że któregoś dnia straci zainteresowanie i zamieni ją na inną. I tak się też w istocie stało.

– Czym się zajmuje Jérôme? Szkołę ukończył chyba jeszcze w czasie, gdy był związany z państwa córką?

– Tak. To również nam się nie spodobało. Nie tknął się niczego. Nie podjął studiów, nie kontynuował edukacji. Ot, prace dorywcze, to wszystko. Któregoś lata pomagał w centrum ogrodniczym. Potem taszczył skrzynie w supermarkecie. Rozwoził pizzę. Tego typu rzeczy. Z tego też powodu ciągle sprzeczał się z ojcem, bo żył głównie na jego koszt.

– A matka?

– Rodzice się rozwiedli, kiedy Jérôme był jeszcze mały. Wkrótce po rozwodzie matka zmarła. To dlatego Jérôme dorastał pod opieką ojca.

– Czy wiedzą coś państwo na temat jego ówczesnego środowiska? W jakim otoczeniu dorastał?

Matka Jeanne się zamyśliła.

– Wydaje mi się, że w całkiem dobrym – przyznała po chwili. Z trudem przychodziło jej powiedzieć coś pozytywnego o człowieku, który tak bardzo skrzywdził jej dziecko. – Z początku byli to koledzy ze szkoły, do której chodził razem z Jeanne. Z wieloma przyjaźnił się jeszcze przez długie lata. Wykonując rozmaite prace, poznał tego czy tamtego... ale... Nie, z tego, co nam wiadomo, nie obracał się w podejrzanych kręgach. To się mogło oczywiście zmienić. Po raz ostatni widzieliśmy go przed czterema laty.

– To było...

– Na krótko przed naszą przeprowadzką do Bretanii. Od rozstania z Jeanne upłynął już wtedy ponad rok. Spotkałam go na mieście, na deptaku.

– I?

– Przywitał się ze mną, lecz mu nie odpowiedziałam. Obok niego stała... ta druga.

– Znała ją pani?

– Nie.

– Hmm. – Nicole Duroi się zamyśliła. Wszystko wskazywało na to, że Jérôme Deville to szarmancki, korzystający z życia lekkoduch, który nie troszczył się zbytnio ani o własną przyszłość, ani o los innych ludzi. Jako młody człowiek – jak wynikało z opisu państwa Berneyów – starał się odsunąć w czasie własne dojrzewanie. Lecz czy był brutalnym mordercą? Albo czy szukał towarzystwa ludzi popełniających okropne zbrodnie? Jak dotąd nic za tym nie przemawiało.

A jednak istniała jeszcze wypowiedź przyjaciółki Jeanne, Valérie. *Był bardzo dziwny. Całkiem zaniedbany. I zdenerwowany.*

Nie brzmiało to tak, jakby poprzedniego dnia przypadkiem, całkiem spontanicznie wstąpił do Jeanne, chcąc odwiedzić swoją dawną miłość. Wyglądało na to, że człowiek ten popadł w poważne tarapaty.

– Czy państwa córka utrzymywała kontakt z Jérôme'em? – zapytała Duroi. – Już po ich rozstaniu. Albo może ponownie nawiązała z nim kontakt? Niektórzy ludzie zostają dobrymi przyjaciółmi, kiedy wszystkie rany się zabliźnią.

Madame Berney potrząsnęła głową.

– Nie. Nie miała z nim kontaktu. Wiedziałabym o tym. Jeanne i ja jesteśmy... *byłyśmy* bardzo z sobą zżyte – poprawiła się ochrypłym głosem. – Mówiła mi o wszystkim, co ją poruszało i zajmowało jej myśli. Z całą pewnością powiedziałaby mi, gdyby Jérôme w jakikolwiek sposób znów pojawił się w jej życiu.

– Rozumiem – odparła Duroi. Doświadczenie podpowiadało jej, że matki czasem niewłaściwie oceniają szczerość własnych córek, a jednak uznała, że wspominanie o tym mijałoby się z celem. W każdym razie rodzice Jeanne nic nie wiedzieli o ewentualnym ponownym nawiązaniu przez ich córkę kontaktu z młodym mężczyzną.

Zadała jeszcze kilka dalszych pytań, dotyczących głównie dnia codziennego Jeanne oraz środowiska, w którym się obracała. Nigdzie jednak nie mogła znaleźć żadnego punktu zaczepienia. Życie Jeanne upływało w sposób mało spektakularny, nic nie wskazywało na to, by zadawała się z niewłaściwymi ludźmi lub obracała się w podejrzanych kręgach. Potwierdziła to już poprzedniego dnia jej przyjaciółka Valérie.

– Jeanne była miłą, sympatyczną, nieskomplikowaną osobą. Wszyscy ją lubili. Miała sporo równie sympatycznych przyjaciół. Z pewnością nie była uwikłana w żadne ciemne sprawki. I nie należała do osób, które zadawałaby się z podejrzanymi typkami. Nigdy w życiu. Była mądra i dobrze znała się na ludziach.

Czy rzeczywiście? Czy może zasadniczo się pomyliła, i to akurat co do swej pierwszej wielkiej miłości, Jérôme'a Deville'a, co zupełnie zrozumiałe, zważywszy na jej ówczesny wiek szesnastu lat? Czy tamta pomyłka przyprawiła ją teraz o zgubę?

Berneyowie pożegnali się i wolnym krokiem, wyraźnie przygarbieni wyszli z budynku. Wtem monsieur Berney niespodziewanie wrócił, sam.

– Powiedziałem mojej żonie, że zostawiłem tu telefon komórkowy – wyjaśnił – ale tak naprawdę chciałem jeszcze z panią przez chwilę porozmawiać.

– Tak? – zapytała Nicole Duroi.

Trzęsły mu się ręce.

– Wczoraj wieczorem przyjrzałem się mojej córce. – Uparł się, by to zrobić, mimo ostrzeżeń policjantów. O zwłoki Jeanne jako tako zadbano, lecz nie sposób było zatrzeć śladów niekończących się tortur. Widać było, że młoda kobieta została w okrutny sposób zamęczona na śmierć. Madame Berney nie odważyła się pójść do zakładu medycyny sądowej, Nicole Duroi dziękowała za to niebiosom.

– Moją córkę poddano torturom – ciągnął. – Nie zabito jej ot tak, zwyczajnie. Zamęczono ją. I dlatego musi istnieć jakiś powód.

– Tak. I my go odkryjemy. Zrobimy wszystko, co w naszej mocy, monsieur Berney, przyrzekam to panu.

– Sądzę, że ma to związek z Jérôme'em – oznajmił ojciec Jeanne. – Myślę, że Jérôme wpadł w tarapaty i że ktoś chce się czegoś o nim dowiedzieć. Ktoś, kto wiedział, że Jeanne była z nim przez kilka lat związana.

– To całkiem możliwe, monsieur Berney, i my...

– Marnuje pani czas, przeczesując środowisko mojej córki i rozgrzebując jej życie – wszedł jej w słowo. – Nie znajdzie tam pani niczego, co mogłoby pomóc. Jérôme Deville niekoniecznie jest zabójcą, lecz to zabójstwo ma z nim związek, jestem tego pewien. I dlatego musi go pani odnaleźć, jeśli chce pani złapać mordercę lub morderców mojej córki.

– Zrobimy...

– Jérôme'a nie lubiłem od samego początku – ciągnął niewzruszenie Berney. – I to nie tylko dlatego, że był czarusiem, który zmieniał kobiety jak rękawiczki, nie troszcząc się wcale o ich uczucia. Nie podobała mi się przede wszystkim ta jego obłuda. Jak to uprzednio opisała moja żona: potrafił być przesadnie miły i sympatyczny, a mimo to miało się poczucie, że los drugiej osoby gówno go będzie obchodził, skoro tylko on sam przestanie czerpać z tego jakiekolwiek korzyści. Związek z naszą córką bardzo mu odpowiadał, całkiem dobrze wkupił się w łaski naszej rodziny – kiedy pomyślę o tym, jak często u nas jadał albo ile to razy zabieraliśmy go do restauracji czy nawet na urlopowe wyjazdy... Zawsze to my go zapraszaliśmy. Lecz kiedy tylko mógł to wszystko dostać od kogoś innego, od razu poszliśmy w zapomnienie. W jego naturze kryło się coś zimnego i wyrachowanego, było to dla mnie tym bardziej nieznośne, że nie sposób mu było nic zarzucić z uwagi na tę jego cholerną uprzejmość. Oczywiście od tamtego czasu minęły już całe lata, być może moja ocena jest zbyt ostra, lecz mówię pani, Jérôme Deville zawsze dbał głównie o własny interes. Mogę sobie wyobrazić, że wpadł w niewłaściwe towarzystwo, jeśli tylko pokusa była wystarczająco silna. Nie jest kryminalistą, tego nie twierdzę, niemniej jednak w pewnych okolicznościach być może nie trzyma się jasnych zasad. Jest niebezpieczny, ponieważ jego system wartości szwankuje, gdy tylko w grę wchodzi własny zysk lub strata. Moim zdaniem jest przekupny i sądzę, że niewiele jest rzeczy, których by za żadne skarby nie zrobił, jeśli tylko w ostatecznym rozrachunku odniesie z tego jakąś korzyść. Pani komisarz, proszę, niech pani nie lekceważy moich słów. Proszę go odnaleźć. To on jest kluczem do wszystkiego.

Les Lecques, Francja, czwartek, 17 grudnia

Nazajutrz z samego rana w wakacyjnym apartamencie w Les Lecques zjawił się policjant. Wylegitymował się jako podkomisarz Jean Caparos z Police nationale; był poinformowany o wszelkich wydarzeniach. Na wieść o wyjeździe Kristiny zareagował gniewem.

– Zakładam, że koledzy wyrazili się jasno – parsknął ze złości.

Kiedy Caparos zadzwonił do drzwi, Simon stał na tarasie z filiżanką kawy w dłoni, spoglądał w morze skąpane w różowym świetle poranka i obserwował własny biały oddech unoszący się w zimnym, krystalicznym powietrzu. A teraz wzruszył jedynie ramionami.

– Nie mogłem jej przecież związać i trzymać w zamknięciu. Po prostu chciała wyjechać. Za wszelką cenę i do tego bezzwłocznie. Co niby miałem zrobić? – Zamknął drzwi prowadzące na taras. Na dworze panował chłód. – Mogę poczęstować pana kawą, podkomisarzu?

Caparos skinął głową; sprawiał wrażenie zmęczonego i niewyspanego.

– Tak. Dziękuję. Kawa dobrze mi zrobi.

Simon przyniósł z kuchni kubek, postawił na stole cukiernicę i dzbanuszek z mlekiem, po czym poprosił swego gościa, by usiadł. Sam także zajął miejsce. Niewiele spał. Miał wrażenie, jakby w ciągu ostatnich dwudziestu czterech godzin postarzał się co najmniej o dwadzieścia lat.

– Mademoiselle Nathalie Boudin wciąż tu jednak przebywa? – dopytywał się nieufnie Caparos.

Simon przytaknął.

– Jeszcze śpi. Słyszałem, jak przez pół nocy chodziła po pokoju. Pewnie jest całkiem wyczerpana.

Caparos wypił kilka łyków kawy, wydawało się, że jego poszarzała twarz nabrała nieco koloru.

– Sprawa robi się poważna – oznajmił. – I dlatego Police nationale przejęła dochodzenie.

– W Lyonie znaleziono zwłoki Yves'a – domyślił się Simon.

Caparos skinął głową. Wygrzebał z kieszeni notatkę.

– Według moich informacji ciało znalezione w mieszkaniu przy rue Marc Antoine Petit w Lyonie należy do niejakiego Yves'a Solera. Urodzonego ósmego czerwca tysiąc dziewięćset siedemdziesiątego trzeciego roku w Lyonie.

Tysiąc dziewięćset siedemdziesiątego trzeciego. Ten starzec leżący w zaniedbanej kuchni miał ledwie czterdzieści dwa lata. Nie do wiary. Simon dałby mu co najmniej dwadzieścia pięć lat więcej.

– Od dawna żył z pomocy społecznej – ciągnął Caparos.

– Pańscy koledzy pewnie ustalili, że Yves Soler nie zginął od uderzenia w głowę – oznajmił Simon.

– Bez wątpienia nie było to przyczyną zgonu – potwierdził Caparos. – Poderżnięto mu gardło.

– Owszem, mówiłem już o tym funkcjonariuszom Police municipale.

– Pańskie zachowanie jest bardzo niezrozumiałe. Po znalezieniu zwłok przed dwoma dniami nie powiadomił pan niezwłocznie policji. Tym samym postawił się pan w dwuznacznym położeniu.

– W jakim sensie? Czyżby podejrzewał pan *mnie* o dokonanie tego morderstwa?

Caparos wykonał gest sygnalizujący pewną ambiwalencję.

– Gdybym *poważnie* pana podejrzewał, pewnie już bym zadbał o to, by został pan aresztowany. A jednak pańska rola w tej układance jest trudna do rozszyfrowania. Mogą czekać pana kłopoty, gdyż dokładnie się teraz zajmiemy sprawą, przede wszystkim nasza komisarz śledcza. Radziłbym nie postępować nierozważnie. Nie wyjeżdżać pochopnie z kraju, jak to zrobiła pańska znajoma. Podjęcie współpracy z nami to najrozsądniejsze, co może pan teraz uczynić.

– Przecież cały czas współpracuję.

– W Lyonie pan tego nie zrobił. Po odkryciu zwłok Yves'a Solera.

– Nathalie panicznie się bała wezwać policję. Jej przyjaciel usilnie ją przed tym przestrzegał. Nie chciałem tak po prostu tego zignorować. Teraz uważam, że to był błąd. Proszę jednak spróbować zrozumieć, że sam byłem zszokowany tym odkryciem i w tamtej chwili wszystko, co Nathalie opowiadała mi o swych tajemniczych prześladowcach, miało zupełnie inną wagę. Aż do momentu, gdy znaleźliśmy się w mieszkaniu przy rue Marc Antoine Petit, sądziłem, że to młode, trochę zwichrowane dziewczę plecie mi jakieś wydumane historyjki. Aż tu nagle wszystko, o czym mówiła, stało się nad wyraz realne.

– Na temat tej Nathalie Boudin zasięgnęliśmy wczoraj informacji – oznajmił Caparos.

– Tak?

– Pochodzi z Metzu. Ojciec porzucił rodzinę, kiedy miała siedem lat. Dorastała z matką nałogową alkoholiczką. Tuż przed siedemnastymi urodzinami Nathalie interweniował urząd do spraw młodzieży, oddano ją pod opiekę rodziny zastępczej. Nathalie miała problemy psychiczne, cierpiała na poważną anoreksję. Poznała wtedy Jérôme'a Deville'a, młodego mężczyznę, także pochodzącego z Metzu. W wieku lat osiemnastu, tuż przed maturą, rzuciła szkołę i wyjechała z nim do Paryża.

– Zgoda – przyznał Simon – dość problematyczny życiorys. Ale to jeszcze nie czyni z człowieka kłamcy czy zgoła zabójcy. Jak już mówiłem: Yves Soler bez cienia wątpliwości został zamordowany tuż przed naszym przybyciem. Ona *nie mogła* mieć z tym nic wspólnego.

– Błąd – poprawił go Caparos. – Mogła nie zrobić tego osobiście, a jednak mieć z tym coś wspólnego. W znaczeniu współsprawstwa albo nawet podżegania.

– Jej strach wydawał mi się bardzo autentyczny. Nieudawany.

– Może jest kuta na cztery nogi. Proszę pomyśleć o jej przeszłości. Taki młody człowiek uczy się zażarcie walczyć o swoje.

„Nie" – pomyślał Simon. Może i ma sporo braków – Kristina dopiero co znów mu to jednoznacznie wypomniała – a jednak znajomości ludzkiej natury nie można mu odmówić. Wręcz przeciwnie. Wiedział, że dysponuje sporą dozą empatii i dzięki temu całkiem dobrze potrafi się wczuć w położenie innych ludzi. *Wyczuł* bijący od Nathalie paniczny strach. Przecież wcale nie było tak, że ona mu o nim opowiedziała, a on w swej naiwności przyjął za dobrą monetę jej słowa. Mógł wręcz poczuć jej wewnętrzne drżenie, jej przerażenie, i dlatego był przeświadczony, że jest wobec niego szczera. Tylko z początku sądził, że sama dała się zwieść jakiejś dalece naciąganej, mrożącej krew w żyłach historii. Zważywszy na okoliczności, uznał to jednak za coraz mniej prawdopodobne.

– Poza tym nawiązaliśmy kontakt z Denegri Transports – ciągnął Caparos – firmą z Paryża, w której pracuje Jérôme Deville. Są poirytowani, ponieważ Deville nie wrócił z trasy do Kopenhagi, skąd miał dostarczyć mrożone ryby. Ciężarówka razem z ładunkiem zniknęła, podobnie jak kierowca. Wściekają się, bo stracili ważnego klienta. Nie wydaje nam się jednak, by z tą firmą było coś nie tak.

Simon powrócił w myślach do rozmowy telefonicznej Nathalie z Madeleine Denegri, dyrektorką firmy. Odniósł wtedy wrażenie, że Denegri wykazywała niecodzienne zainteresowanie osobą Nathalie i miejscem jej pobytu, nic jednak na ten temat nie powiedział, gdyż nie był już pewien, czy sobie czegoś nie ubzdurał.

– Przejdźmy do następnego punktu – zaproponował Caparos. Ton jego głosu oraz wyraz twarzy zdradzały, że policja z pewnym wahaniem zaczyna wierzyć relacjom zarówno Simona, jak i Nathalie. – Koleżanka Perrin z Police municipale odwiedziła wczoraj wieczorem dozorcę domu przy Boulevard de la Plage, w którym Nathalie szukała schronienia.

– Tak? – zapytał ostrożnie Simon.

– Wydał jej się nieco podenerwowany. Przedwczoraj późnym popołudniem zjawili się u niego dwaj mężczyźni i wypytywali o to właśnie mieszkanie. Należy ono do krewnego Jérôme'a Deville'a, jego wuja.

– Tak. Wiem o tym.

– Dozorca oczywiście dobrze pamiętał młodą kobietę przyłapaną tam przez jego pracownika, przypominał sobie również pana. *Jakiegoś Niemca,* który akurat tamtędy przechodził i wstawił się za nią, płacąc za szkody, jakie wyrządziła. Nie wiedział, czy ją pan potem zabrał do siebie, choć wcale tego nie wykluczał. Kobieta znajdowała się w stanie, w którym nie sposób ją było zostawić samą na ulicy.

– Przynajmniej ktoś to wreszcie zrozumiał – mruknął Simon.

Caparos pozostawił to zdanie bez komentarza.

– Podał pan wówczas dozorcy swoje nazwisko. A ten chętnie przekazał je obu mężczyznom, wraz z pańskim tutejszym adresem.

– Jak mógł go wyjawić zupełnie obcym ludziom?

– Nie widział w tym nic złego. Ci dwaj nie powiedzieli jednoznacznie, kim są, wyjaśnili tylko, że poszukują Nathalie Boudin. Dozorca podświadomie założył, że są pracownikami jakiegoś urzędu, prawdopodobnie Jugendamtu. Sam uznał Nathalie za młodocianą uciekinierkę. Ma wprawdzie dwadzieścia lat, lecz z tego, co mi opowiadano, jest tak drobna i chuda, że można by ją wziąć za szesnastolatkę. Obawiał się, że sam znajdzie się na cenzurowanym, gdyż nie zaprowadził jej wówczas na policję – czego prawdopodobnie nie zrobił, gdyż zamierzał samodzielnie naprawić zamki, za co chętnie wziął od pana te pięćdziesiąt euro. To dlatego starał się teraz zgodnie współpracować.

– A ci mężczyźni – dopytywał się Simon – wcale nie pracowali w Jugendamcie? Nie byli też z policji czy innego urzędu?

Caparos potrząsnął głową.

– Oczywiście niezwłocznie to sprawdziliśmy. Nie, nie mieli nic wspólnego z jakimkolwiek urzędem. A jako że wkrótce potem doszło w pańskim domu do włamania...

– Uważa pan, że owi podejrzani mężczyźni mogą być zabójcami?

– Nie możemy tego wykluczyć – przyznał ostrożnie Caparos.

– Skąd jednak – zastanawiał się Simon – wiedzieli o mieszkaniu w Les Lecques?

Caparos wzruszył ramionami.

– Bo znają Jérôme'a Deville'a? Sporo o nim wiedzą – na przykład to, że jego wuj ma tu mieszkanie?

– Może należałoby z tym wujem porozmawiać?

– Już się tym zajęliśmy. Mieszka w Châlons-sur-Marne, jest jednak nieuchwytny. Być może wyjechał.

W milczeniu popijali kawę. W pokoju panował ziąb. Simon pomyślał o swoim ładnym, dużym, ciepłym domu, w którym mógłby teraz przebywać razem z Kristiną, gdyby to wszystko się nie zdarzyło. Ogarnął go głęboki smutek, wiedział bowiem, że ich związek został nieodwracalnie zniszczony i nie będą mieć kolejnej szansy. I choć rozpadł się on z powodu tej historii, tak naprawdę nie opierał się na trwałych fundamentach. Nie połączyła ich silna więź, w przeciwnym razie to, co się wydarzyło na południu Francji, z łatwością by przetrzymali. A jednak te racjonalne przemyślenia kołatały się tylko w jego głowie, do serca nie zdołały przeniknąć.

– Chciałbym porozmawiać jeszcze z Nathalie Boudin – oznajmił Caparos. – Koniecznie musimy odnaleźć Jérôme'a Deville'a. Jeśli mademoiselle Boudin jest szczera i rzeczywiście nie wie, o co toczy się ta gra, pozostaje on jedynym człowiekiem, który może nam pomóc rozwikłać tę sprawę. Albo przynajmniej zrozumieć jej naturę.

– Ona nie jest oszustką – stwierdził Simon. – Ta jej panika, gdy ją poznałem, ten jej strach, kiedy byliśmy w Lyonie... Nie sposób tak się maskować.

– Nie oznacza to jednak, że nie zna kulis – odparł Caparos. – Wręcz przeciwnie: jej panika mogła być aż tak bardzo autentyczna, gdyż *dobrze wie*, przed kim ucieka.

Nie dało się temu zaprzeczyć, mimo to Simon nie wierzył, że tak jest w istocie. Nie dysponował argumentami, a jedynie własnym przeczuciem, podszeptami własnego instynktu. Caparos z pewnością nie uzna ich za przekonujące.

– Obudzę Nathalie – zaproponował. – Proszę tymczasem dolać sobie kawy.

Caparos z wdzięcznością ruszył w stronę kuchennej niszy, natomiast Simon, zapukawszy ostrożnie, wszedł do sypialni Nathalie. Panował w niej mrok, okiennice były zamknięte. Dosłyszał jej miarowy oddech.

– Nathalie! – Podszedł do łóżka, delikatnie dotknął jej ramienia. – Musisz wstać. Ktoś chce z tobą porozmawiać.

Widocznie spała niezbyt mocno, gdyż natychmiast się obudziła. Usiadła na łóżku. W ciemności dostrzegł jej błyszczące oczy.

– Jérôme? – zapytała w napięciu.

Przykro mu było ją rozczarować.

– Nie. Podkomisarz Caparos z Police nationale.

Skuliła ramiona.

– Coś się stało? – zapytała.

– Znaleźli ciało Yves'a – wyjaśnił Simon.

Spodziewałam się, że dojdzie do tragedii, gdy w dzień moich osiemnastych urodzin rzucę szkołę i w ślad za Jérôme'em wyjadę do Paryża. Nigdy jednak nie przypuszczałam, że będzie aż tak źle.

Zimą sytuacja finansowa Jérôme'a coraz bardziej się pogarszała, gdyż nie znalazł żadnego zajęcia, czym coraz mocniej drażnił swego ojca. Dlatego też z początkiem lutego spakował manatki i uciekł do Paryża, by tam szukać szczęścia, „zanim – jak wyznał – ojciec i ja się pozabijamy". Błagałam go, by na mnie zaczekał, on jednak oświadczył, że mimo najlepszych chęci dłużej już tego nie zniesie.

– Dołączysz do mnie później. A ja do tego czasu urządzę dla nas przytulne mieszkanko.

Byłam zdeterminowana, by niezwłocznie z nim wyruszyć, ledwie trzy miesiące przed moimi osiemnastymi urodzinami, Jérôme obawiał się jednak komplikacji i poradził mi, bym te parę tygodni zaczekała. Cierpiałam istne katusze. Bałam się, że nasz związek nie przetrwa tej rozłąki. Jérôme pozna pewnie inną kobietę albo wpadnie w złe towarzystwo, albo diabli wiedzą co jeszcze. Często do siebie telefonowaliśmy, przez cały czas zalewałam się wtedy łzami. Jérôme opowiadał mi, że znalazł mieszkanie w Clichy-sous-Bois. To owiane złą sławą miasteczko satelickie na wschód od Paryża, naznaczone nędzą i brakiem perspektyw dla mieszkańców. Tam właśnie w roku dwa tysiące piątym doszło do poważnych zamieszek, które o mały włos nie zakończyły się katastrofą. Jérôme twierdził jednak, że jest tam całkiem w porządku, nie aż tak źle, jak to powszechnie opisują.

W każdym razie w ten właśnie sposób rozmawiał ze mną przez pierwsze cztery tygodnie.

Potem jego nastrój uległ zmianie, przestał zachwalać to swoje – nasze – nowe miejsce zamieszkania. Dostał pracę jako kurier, kiepsko jednak płatną, gdyż brakowało zleceń. Zaczął narzekać na panujący w domu brud, opowiadał o niepewności panoszącej się na ulicach po zapadnięciu zmroku, o włóczących się młodocianych bandach, których należało się wystrzegać. W jego głosie pobrzmiewała to złość, to znów przygnębienie, prawie zawsze był w złym nastroju.

Próbowałam go rozweselić.

– Zaczekaj, aż przyjadę. Poszukam sobie pracy, będziemy mieć więcej pieniędzy. Zobaczysz.

– Miejmy nadzieję, że jakąś znajdziesz – odpowiadał sfrustrowany.

Zauważyłam, że nawet w owe dni, kiedy nasza przyszłość jawiła mu się wyłącznie w ponurych barwach, myśl o moim rychłym przyjeździe i finansowym wsparciu dodawała mu otuchy. Z początku niewiele mówił o tym, jak to będzie, kiedy zjawię się w Paryżu, teraz jednak snuł plany i wyobrażał sobie, że wszystko się ułoży. To było jak balsam dla mojej duszy. Kochał mnie, tęsknił za mną, tak jak ja śnił o naszej wspólnej przyszłości. Któregoś dnia pod koniec marca doniósł mi, że ma dla mnie pracę.

– Pewna kobieta prowadzi niewielki sklepik z biżuterią – oznajmił – w bocznej uliczce przy Polach Elizejskich. Dostarczyłem jej przesyłkę, tak ją poznałem. Szuka sprzedawczyni, na której będzie mogła polegać. Zatrudniona u niej dziewczyna okradła ją, i teraz nikomu już nie ufa. Wychwalałem cię pod niebiosa. Musisz się do niej zgłosić zaraz po przyjeździe do Paryża.

Sprzedawczyni w sklepie jubilerskim przy Polach Elizejskich! Nie były to wprawdzie studia, których życzyłaby sobie dla mnie Éliane, lecz aż tak źle wcale to nie brzmiało.

Wyjrzałam do ogrodu. Za oknem panował piekielny ziąb, dzień był raczej zimowy niż wiosenny. Dwa narcyzy, które pochopnie wystrzeliły z ziemi, uginały się pod naporem ostrego północnego wiatru. „Oto Jérôme i ja – pomyślałam na ich widok – wstrząsani, lecz niezniszczalni i niezłomni". Następnego ranka oba narcyzy leżały złamane na ziemi. Nie przetrwały spóźnionej zimowej nawałnicy. Zdusiłam w sobie myśli z poprzedniego dnia. Same bzdury.

Dwudziestego dziewiątego kwietnia skończyłam osiemnaście lat. Rankiem Éliane powitała mnie idiotycznym tortem, na którym płonęło osiemnaście świeczek, zaśpiewała mi też piosenkę. W ceremonii tej nie wziął udziału jej przyjaciel. Rzadko się pokazywał, sporo czasu spędzał w małym mieszkanku, które zostawił sobie na wszelki wypadek. Czułam, że coś tu dobiega końca, że Éliane jest nieszczęśliwa, jeśli nie zgoła zrozpaczona. Choć usiłowała to przede mną ukryć. Zdałam sobie sprawę, że muszę szybko i zdecydowanie wykonać ten bolesny krok. Éliane, odkąd znów żyła praktycznie jak singielka, coraz bardziej kurczowo się mnie trzymała, a ja nie mogłam pozwolić, by mnie do siebie przykuła. By mnie usidliły jej ból i moje własne współczucie.

– Bardzo dziękuję – powiedziałam, gdy skończyła śpiewać, po czym, zaczerpnąwszy głęboko tchu, oznajmiłam: – Éliane, wyjeżdżam dziś do Paryża.

Spojrzała na mnie zmieszana.

– Do Paryża? Masz dziś przecież lekcje!

Potrząsnęłam głową.

– Do szkoły już nie pójdę.

– O czym ty mówisz? Nie idziesz do szkoły? Chcesz wziąć dziś wolne i...

Naprawdę była tępa.

– Kończę dziś ze szkołą. Dzisiaj. Przenoszę się do Jérôme'a do Paryża.

Éliane oczywiście wiedziała, że Jérôme wyjechał do Paryża, i w głębi ducha pewnie sądziła – albo nawet miała taką nadzieję – że nasz związek z czasem się rozpadnie. Najwyraźniej ani przez chwilę nie liczyła się z tym, że mogę za nim podążyć, gdyż gapiła się na mnie tak, jakbym na jej oczach przemieniała się w Marsjankę.

– Nathalie... niedługo matura. Nie możesz przecież... Proszę, nie mówisz tego poważnie!

Trochę żal mi się zrobiło tak przerażonej osoby.

– Mówię poważnie, Éliane. Kupiłam już bilet na pociąg. Jérôme odbierze mnie ze stacji.

Bilet kupiłam ze swojego kieszonkowego. W nocy spakowałam dwie duże walizki, czekały w moim pokoju.

– Nie pozwolę na to – oznajmiła Éliane. Pobladła na twarzy jak płótno.

– Niby jak chcesz mi w tym przeszkodzić? – zapytałam chłodno. – Mam osiemnaście lat. Jestem pełnoletnia.

– Natychmiast dzwonię do twojej opiekunki z Jugendamtu.

– Już im nie podlegam, nie mam tam żadnej opiekunki. Jestem dorosłą kobietą. Mogę wyjechać, dokąd chcę.

– Nie możesz przekreślać swojej przyszłości!

– Moją przyszłością jest Jérôme.

Éliane sprawiała wrażenie, jakby zaraz miała zacząć targać sobie włosy z głowy. W opinii Jugendamtu oraz w oczach mojego ojca niweczyłam oto jej wizerunek zastępczej supermatki.

– Tuż przed maturą... To szaleństwo! To przecież czyste szaleństwo, Nathalie! Egzaminy zaczynają się w maju. Na litość boską, to kwestia ledwie paru tygodni. Co ty chcesz robić w Paryżu?

– Mam już pracę. Jérôme mi ją załatwił. – W rzeczywistości umówił mnie tylko na rozmowę kwalifikacyjną, lecz mogłam pominąć szczegóły. Po wybałuszonych z przerażenia oczach Éliane poznałam, że właśnie się domyśliła, iż nie był to jedynie spontaniczny pomysł. Że wszystko z Jérôme'em dokładnie zaplanowaliśmy. Tu, pod jej dachem, pod jej nosem, snułam swoje plany, a ona nie miała o tym zielonego pojęcia.

– Będę pracować w sklepie jubilerskim przy Polach Elizejskich – dodałam, gdyż uważałam, że brzmi to całkiem poważnie.

Éliane pokiwała rozpaczliwie głową.

– Dobry Boże – szepnęła – dobry Boże.

Spojrzałam na mój tort urodzinowy. Świeczki wciąż płonęły, wosk kapał na maślano-śmietankowy krem. Nieważne. I tak go nie tknę. Odżywiałam się już nieco lepiej, lecz o skosztowaniu tłustego tortu nie było mowy. Ot i cała Éliane, o tym nie pomyślała. Pewnie znów kierowała się wyłącznie pragnieniem, by napchać mnie mnóstwem kalorii, i sądziła, że uda jej się to za pomocą tortu – bo przez grzeczność będę musiała zjeść kawałek. Zawsze taka była: miła, lecz jakże podstępna. Bezustannie zajęta dyrygowaniem mną wedle własnych życzeń. Za pomocą subtelnych, przyjaznych metod wywołujących we mnie pewną bezbronność. Jakże ja tego nie znosiłam. Jérôme nigdy tak nie postępował.

Uniosła głowę i spojrzała na mnie.

– Jeśli Jérôme rzeczywiście to zrobi – oznajmiła – jeśli odbierze cię ze stacji i zgodzi się na to, byś rzuciła szkołę tuż przed maturą, to znaczy, że jest pozbawionym skrupułów absolutnym egoistą, którego w ogóle nie obchodzi ani twoja przyszłość, ani twoja pomyślność. Jest mu zupełnie obojętne, jak się potoczy twoje dalsze życie. W tej chwili jesteś mu potrzebna, reszta go nie interesuje. Prawdopodobnie w Paryżu wcale nie będzie mu się wiodło lepiej niż tu, w Metzu, ty masz mu tylko pomóc finansować tę jego nędzną egzystencję. A jesteś na tyle głupia, by tego nie dostrzegać!

Atakując Jérôme'a, popełniła zasadniczy błąd. W ten sposób się do mnie nie dotrze.

– Wychodzę – oznajmiłam chłodno. – Nie będę dłużej słuchać tych twoich nienawistnych tyrad, Éliane.

– To nie żadne nienawistne tyrady. To szczera prawda.

Odwróciłam się. Złapała mnie za ramię.

– Nathalie! Proszę!

– Zostaw mnie.

Wzmocniła uścisk.

– Nie pozwolę ci wyjechać. Nie dopuszczę do tego!

Próbowałam się uwolnić. Chwyciła mnie za drugą rękę.

Przez kilka absurdalnych chwil szamotałyśmy się jak na ringu. Byłam zaskoczona jej siłą. Lepiej się odżywiała.

– Natychmiast mnie puść – syknęłam.

– Tylko wtedy, jeśli przesuniesz termin wyjazdu. Jeśli najpierw zatelefonujesz do ojca. Jeśli porozmawiasz z kimś z Jugendamtu.

Omal się nie roześmiałam. Co ona sobie wyobraża? Czy naprawdę sądzi, że może mi stawiać warunki?

– Puszczaj – rozkazałam ponownie.

I rzeczywiście, nagle mnie puściła, tak gwałtownie, że omal się nie przewróciłam. Pewnie sama zrozumiała, że taka awantura jej nie przystoi.

– Proszę, Nathalie – powiedziała cichym głosem.

Roztarłam przegub dłoni. Swym mocnym uściskiem sprawiła mi ból.

– Éliane, pojadę do Jérôme'a, i jeśli chcesz, byśmy pozostały w przyjaźni, nie będziesz mnie powstrzymywać. Spędziłam u ciebie dobre chwile i jestem ci wdzięczna za wszystko, co dla mnie zrobiłaś. Lecz teraz zaczyna się w moim życiu nowy rozdział. I musisz się z tym pogodzić.

– Nie możesz przynajmniej zdać matury? A dopiero potem wyjechać do Paryża?

Potrząsnęłam głową. Wykluczone. Jérôme niecierpliwie czeka na moją pomoc. W głębi serca czułam też, że jeśli teraz, dziś jeszcze do niego nie przyjadę, poszuka pomocy gdzie indziej. Za żadne skarby nie mogłam ryzykować.

– Albo może pójdziesz do szkoły w Paryżu. I tam ją ukończysz – nalegała Éliane.

– Chcę pracować – odparłam. Nie chciałam się przed nią zdradzić, że pracować musiałam, gdyż w przeciwnym razie nie poradzimy sobie finansowo. Pewnie znów zaczęłaby się czepiać Jérôme'a.

Tego ranka nie poszłam już oczywiście do szkoły, po nieszczęsnej rozmowie z Éliane udałam się na górę, by dokończyć pakowanie. Éliane skorzystała z okazji, by zatelefonować do mojego ojca i przedstawić mu sytuację. Weszła do mojego pokoju i oddała mi słuchawkę.

– Ojciec chce z tobą rozmawiać.

W pierwszej chwili pomyślałam, że chce mi złożyć życzenia urodzinowe, on jednak pominął tę część i od razu zaczął nalegać, bym „skończyła z tym kompletnym idiotyzmem". Oświadczył, że zupełnie zwariowałam i zażądał, bym „natychmiast się opamiętała".

Uznałam to niemal za zabawne. Od ponad dziesięciu lat ojciec się mną nie zajmował, byłam mu całkiem obojętna, wolał oddać mnie do rodziny zastępczej, niż wziąć do siebie, gdy moja matka zupełnie zawiodła. A teraz urządza mi scenę z powodu nieukończenia szkoły. Robił to prawdopodobnie wyłącznie dlatego, że wiedział, iż od ojca w jakimś sensie się tego oczekuje. I chciał zachować czyste sumienie. Pragnął móc zawsze powiedzieć, że dołożył wszelkich starań, by mnie od tego planu odwieść. W rzeczywistości jednak, a nie miałam co do tego żadnych wątpliwości, zupełnie nie zajmowała go kwestia, czy w ogóle skończę szkołę i co uczynię z moim życiem.

Kiedy wciąż lamentował, po prostu się rozłączyłam i oddałam Éliane słuchawkę.

– Daj mi wreszcie święty spokój – poprosiłam, nieco już zmęczona.

W południe, kiedy zamierzałam wyjść na pociąg, Éliane zmieniła strategię i uparła się, że odwiezie mnie na stację. Ze względu na dwie ciężkie walizki nie mogłam pojechać autobusem, wybrałam taksówkę, ostatecznie jednak przystałam na propozycję Éliane, by zaoszczędzić każdego centa. Błąd. Éliane powiadomiła tymczasem moją opiekunkę z Jugendamtu; czekała na mnie na peronie. Pociąg jeszcze nie nadjechał. Obie kobiety rozpoczęły swe histeryczne tyrady.

W którymś momencie miałam już dość. Zwyczajnie zignorowałam pracownicę Jugendamtu i zwróciłam się do Éliane – w naprawdę brutalnych słowach.

– Éliane, jesteś już niemłodą kobietą, która właśnie straciła ostatniego faceta, jakiego udało jej się jeszcze złapać, zanim będzie musiała porzucić tę szczególną grę z powodu niedostatków swej atrakcyjności. Kurczowo trzymasz się mnie, bo dobrze wiesz, że sama nie zdołasz znieść tego swojego pustego, nudnego domu i równie pustego, nudnego życia. Owładnął tobą szaleńczy strach przed samotnością, lecz ja nie będę podporą dla twojej starości. Doprowadź swe życie do ładu, a mnie zostaw w spokoju.

Éliane pobladła. Wypominając jej nieudany związek, trafiłam w jej najczulszy punkt.

– Tu chodzi o twoją edukację – trwała dzielnie przy swoim. – O nic innego.

– Chodzi ci o mnie. Od samego początku. Kiedyś, dawno temu, udało ci się uwieść mojego ojca, od tego czasu wciąż nie możesz przetrawić faktu, że oprócz *one night stand* nic więcej od ciebie nie chciał. Zabrałaś mnie do siebie, bo wciąż wierzysz, że zyskasz tym w jego oczach uznanie, mimo że on po prostu cię wykorzystał. Zapomnij o tym, Éliane! On nigdy nie ujrzy w tobie nic więcej niż tylko ofiarę jednego ze swoich niezliczonych łóżkowych numerków, a do tego bardzo tobą pogardza za to, że przejęłaś się problemami jego córki, podczas gdy jemu ani się śni brać cały ten ciężar na siebie. Myślę nawet, że uważa cię za stukniętą.

Éliane nie tyle pobladła, co wręcz poszarzała na twarzy, a wyraz jej oczu przywodził na myśl zranioną sarnę. Przez chwilę obudziło się we mnie współczucie. Czy byłam zbyt ostra?

Pracownica Jugendamtu spojrzała na mnie przerażona, gdyż po raz pierwszy usłyszała o intymnym związku mojego ojca z Éliane. Pewnie sobie uświadomiła, że powierzenie opieki nade mną kobiecie, która miała z moim ojcem romans i wciąż za nim wzdycha, nie było najszczęśliwszym pomysłem. Na tego rodzaju przemyślenia było już jednak za późno.

Nadjechał pociąg.

Kiedy umieściłam walizki na półce na bagaż, wyjrzałam na chwilę przez okno. Éliane stała na peronie i łkała. Pracownica Jugendamtu objęła ją ramieniem i coś jej tłumaczyła.

Opuściłam Metz.

Byłam podekscytowana i szczęśliwa.

Sofia, Bułgaria, czwartek, 17 grudnia

Kirił aż do następnego ranka nie zdołał się otrząsnąć po wizycie na posterunku policji. Siedział teraz w kuchni przy filiżance kawy, wyglądał jak półtora nieszczęścia i ze zdumieniem patrzył na swoją żonę. Słowa o *prostytucji* i *handlu ludźmi* zupełnie go zdruzgotały, podobnie jak wyraźnie wyczuwalne przekonanie funkcjonariusza policji, że w sprawie Ninki nic nie mogą zrobić – a nawet jeśliby udało się cokolwiek przedsięwziąć, nie mieli praktycznie żadnych szans, by odnaleźć jakikolwiek ślad. Ninka wpadła w ręce ludzi pozbawionych wszelkich skrupułów, a do tego działających nad wyraz zręcznie i zmyślnie. Ściśle mówiąc: została w ich ręce oddana przez własnych rodziców.

Kirił przez całą noc nie zmrużył oka, zastanawiając się, jak ma dalej żyć. A potem wstał, ubrał się i poczłapał w stronę kuchennego stołu. Nie potrafił od niego odejść, stracił wszelką energię.

Natomiast Iwana, która przez minione tygodnie snuła się niczym cień samej siebie, teraz krzątała się po kuchni zwinna jak wiewiórka. Uprzątnęła stół, przetarła blat, otwarła okna, by wpuścić do niewielkiego mieszkanka trochę świeżego powietrza, znów je zamknęła, zanim pomieszczenia zbytnio się wychłodziły. Sprawiała wrażenie osoby żwawo dążącej do wyznaczonego sobie celu. Przygotowała kanapki i wyprawiła dzieci do szkoły, tylko najmłodsza, Jannika, wciąż siedziała na ławie w kącie i małymi łykami popijała kakao. Iwana miała na sobie granatową wełnianą suknię i wysokie buty – swoją najlepszą sukienkę i jedyną parę butów. Ubierała się tak wyłącznie na specjalne okazje.

– Wychodzisz? – zapytał pogrążony w letargu Kirił.

Skinęła głową.

– Tak. A ty zostaniesz z Janniką.

– Dokąd się wybierasz?

– Już to wczoraj mówiłam. Muszę odnaleźć tę Selinę. To nasza jedyna nadzieja.

– Nie mamy choćby najdrobniejszej wskazówki, gdzie mogłaby przebywać razem z rodziną.

– Zgadza się, ale cała rodzina nie może się ot tak, po prostu rozpłynąć w powietrzu. Zawsze istnieje ktoś, kto zna kogoś, kto zna kogoś, kto się czegoś domyśla. Rozumiesz? Muszę tylko znaleźć początek tego łańcucha.

Kirił spojrzał na nią z rozpaczą w oczach.

– Tu, w Sofii? W tym ogromnym mieście? To zupełnie bez sensu, Iwana.

– Zacznę od sąsiadów. Będę pukać od drzwi do drzwi. Wypytam każdego, kto zna Siemionowów, nieważne, jak blisko. I choćbym miała przetrząsnąć całe miasto, choćby mi to zajęło tygodnie czy miesiące – znajdę jakiś ślad.

Kirił niemal jej uwierzył. Iwana emanowała niewiarygodną wprost determinacją. Niczego nie pominie, sprawdzi każdą, najdrobniejszą nawet, najbardziej znikomą wskazówkę.

Podziwiał ją. Było mu wstyd, lecz sam nie potrafił jej pomóc. Mógł tylko siedzieć i modlić się, by wszystko dobrze się skończyło.

Iwana wiedziała, że nie może robić sobie zbyt wielkich nadziei ani też oczekiwać rychłego sukcesu. Liczyły się teraz drobne kroczki i zawzięta wytrwałość. Siemionowowie ukryli się przed kryminalistami, zbyt mocno się ich obawiali, by zdać się wyłącznie na policyjną ochronę. Woleli wziąć swój los we własne ręce. Gdzieś się zaszyli. Nie była to łatwa decyzja, świadczyła o skali ich determinacji i strachu. Ukrywanie się oznaczało rezygnację z własnego życia. Całkowite zerwanie wszelkich więzi towarzyskich. Żywot w społecznej pustce. I to na czas bliżej nieokreślony, bez jakiegokolwiek stałego punktu na horyzoncie, który dawałby nadzieję na zakończenie tej wyjątkowej sytuacji. Tylko ogromna panika zmusza ludzi do podejmowania takich kroków.

Swych wrogów musieli uznać za arcyniebezpiecznych.

Iwana miała świadomość, że sama naraża się na niebezpieczeństwo. Prawdopodobnie śladem Siemionowów podążali już ich prześladowcy. Mogli wejść sobie w paradę. Będzie musiała zachować ostrożność i wytężyć wszystkie swoje zmysły. Nie wolno jej lekceważyć żadnego ostrzeżenia. Musi uwzględniać wszelkie złe przeczucia. Nic jej się nie może przytrafić, w przeciwnym bowiem razie Ninka będzie stracona. Iwana nie miała złudzeń: Kirił sam nic w tej sprawie nie wskóra, nie jest do tego stworzony. Był miłym, przystępnym człowiekiem, Iwana nigdy nie żałowała, że za niego wyszła. Nie był jednak silny, dość silny, by zmagać się z życiem najeżonym przeszkodami, pułapkami i przeciwnościami losu. Kirił składał broń, gdy sytuacja stawała się zbyt niebezpieczna. Zwykł pogrążać się w wiecznych żalach i dawać za wygraną, zamiast próbować ratować się z opresji.

A kiedy wreszcie zebrał się w sobie, by coś zrobić, robił to źle. Uchronił rodzinę przed finansową tragedią, lecz za cenę losu swej najstarszej córki, nieświadomie sprzedanej handlarzom ludzi. Także ona, Iwana, wzięła w tym udział. Co prawda z wahaniem i durnym przeczuciem, lecz ostatecznie jednak w tym nie przeszkodziła. Ona także nie zadała właściwych pytań. I dlatego musi to teraz naprawić. Przez wzgląd na Ninkę, lecz także na samą siebie.

Kirił podał jej adres Siemionowów w Ljulinie. Pojechała metrem, dotarła na osiedle z wielkiej płyty, zadzwoniła najpierw do drzwi Siemionowów, choć spodziewała się, że nikogo nie zastanie. Następnie spróbowała u sąsiadów.

Nie wszyscy jej otworzyli, wielu wyszło już o tej porze do pracy. Numery ich mieszkań Iwana zapisała w notesie, by ponownie zapukać do nich w godzinach wieczornych. Każdego, kogo zastała w mieszkaniu, wypytywała o nieobecną rodzinę. Już pierwsza kobieta, z którą udało jej się porozmawiać, zareagowała nieufnym pytaniem.

– Czemu to panią interesuje?

Iwana była na to przygotowana.

– Mój mąż pracuje razem z Gregorem Siemionowem na lotnisku. Gregor, najwyraźniej nieświadomie, zabrał z sobą dokumenty bardzo istotne dla mojego męża. Pilnie ich potrzebujemy. Dlatego koniecznie musimy nawiązać kontakt z jego rodziną.

– Nie mam pojęcia, gdzie się podziewają – mruknęła kobieta i zatrzasnęła drzwi.

Inni wykazali większą chęć współpracy, ale nie potrafili podać żadnych przydatnych informacji. Niektórzy nawet nie wiedzieli, że Siemionowowie zniknęli. Iwana odniosła wrażenie, że mieszkańcy tego osiedla niezbyt interesują się losem swoich sąsiadów, są zajęci wyłącznie własnymi sprawami. A to nie ułatwi jej zadania. Nic jednak nie zdoła jej zniechęcić.

– Zniknęli? – zapytał młody człowiek. – Czyli nie tylko córka wyjechała za granicę? Gdzieś do zachodniej Europy?

W końcu ktoś, kto zdawał się wiedzieć coś więcej.

Iwana udała, że o niczym nie wie.

– Ach tak? Do zachodniej Europy?

– Tak słyszałem. Kto mi o tym opowiadał? – Mężczyzna podrapał się po głowie. – Znajomy tej dziewczyny, tak sądzę...

Iwana uśmiechnęła się ujmująco.

– Wie pan może, jak się nazywa ten znajomy? Albo gdzie mieszka?

– Wydaje mi się, że nazywa się Sarko. Nazwiska niestety nie znam. Mieszka gdzieś w pobliżu. – Wykonał nieokreślony ruch głową w kierunku sąsiednich bloków. Wszystkie były do siebie podobne. – Nic bliższego o nim nie wiem. Spotkaliśmy się tylko parę razy, gdy szedłem na spacer z moją córką. Zawsze wyprowadzał psa. Nawiązywaliśmy wtedy rozmowę. Potem spotkałem go u nas w bloku, powiedział, że jest znajomym

Seliny. Wspominał później, że wyjechała z Sofii, bo gdzieś na Zachodzie dostała świetną propozycję pracy.

Znajomy Seliny. To już naprawdę coś. Może wie więcej o rodzinie, zna miejsce, gdzie Siemionowowie mogli się schronić. Koniecznie musi z nim porozmawiać.

– Czy miałby pan czas na spacer? – zapytała. – Może spotkamy tego Sarka. To dla mnie naprawdę bardzo ważne, muszę odszukać Selinę Siemionową.

Młodzieniec przez chwilę się zawahał, potem jednak skinął głową.

– W porządku. I tak muszę dziś wyjść z Larą. To moja córka. Żona pracuje, więc to ja się nią zajmuję.

Lara, jak się okazało, miała dopiero siedem miesięcy i piszczała z radości, kiedy ojciec wsadził ją do nosidełka, ze względu na panujący na dworze chłód starannie okładając poduszkami i kocami. Iwana patrzyła wzruszona, ile rozwagi i miłości w to wkładał. Łzy napłynęły jej do oczu, gdyż powróciły wspomnienia Ninki, jej pierworodnej córki. Razem z Kiriłem postępowali dokładnie tak samo: aż zanadto ostrożnie, nieustannie zatroskani, pełni obaw, że mogliby coś zaniedbać albo zrobić w niewłaściwy sposób. Przy kolejnych dzieciach byli już wyraźnie bardziej odprężeni.

Młodzieniec – przedstawił się jako Aleko – niósł Larę w nosidełku na ramieniu. Wyszli na zewnątrz. Blok za blokiem jak okiem sięgnąć.

– Wie pan, w którym budynku mieszka? – zapytała Iwana.

Aleko z przykrością potrząsnął głową.

– Jak już mówiłem, czasem przechodzi tędy z psem. Stąd wywnioskowałem, że mieszka na tym osiedlu, ale w którym budynku...? Nie potrafię powiedzieć. Może w ogóle mieszka gdzie indziej, a przychodził tu jedynie do swojej znajomej.

Aż rozpacz brała. Nie znali nazwiska, a osiedle ciągnęło się niemal po horyzont. Stali pomiędzy wieżowcami pod ciemnoszarym niebem w wilgotnym zimowym chłodzie. Nadzieja, która dziś rano kazała Iwanie wyskoczyć z łóżka i wyruszyć na poszukiwania, prysła jak bańka mydlana.

Tym razem nie zdołała powstrzymać łez. Drżąc z rozpaczy, stała na ulicy i zanosiła się płaczem.

Aleko był wstrząśnięty i zmieszany.

– Co się stało? Czy jest aż tak źle? Czy to naprawdę takie ważne, by znaleźć tego Sarka?

– Najważniejsze to odszukać Selinę – szlochała Iwana. – To sprawa życia i śmierci!

Na początku, podobnie jak pozostałym, opowiedziała mu o *dokumentach*, których jej mąż pilnie potrzebował. Teraz nie miała już jednak siły, by nadal podtrzymywać tę wersję historii. Osunęła się na ławkę, Aleko przysiadł obok niej, nosidełko z dzieckiem położył sobie na kolanach, po czym nieporadnie objął ramieniem łkającą kobietę.

– Co się stało? – zapytał.

Opowiedziała mu o wszystkim. O ich nędzy i trudnym położeniu. O przeprowadzce do Sofii. O daremnych staraniach Kiriła o pracę. O Vjarze. Jej wspaniałych, solennych obietnicach. O lepszej przyszłości dla Ninki.

– Tak bardzo kocham Ninkę – mówiła łamiącym się głosem. – Tak bardzo, jak pan kocha Larę.

– Rozumiem – przyznał łagodnym tonem Aleko.

Bez ogródek opowiedziała mu o swoich lękach, nieufności. O wewnętrznym głosie, który od samego początku ją przestrzegał, którego jednak nie posłuchała. By odtąd nie zaznać ani chwili radości. Przeczuwała nadciągające nieszczęście, wyraźne, nieomal namacalne. A potem Ninka się nie odezwała.

– Wszyscy wokół mnie uważają, że to całkiem normalne, gdy taka młoda dziewczyna nie daje znaku życia. Ale ja znam Ninkę. Ona by o mnie nie zapomniała. Skoro nie dzwoni ani nie pisze listów, znaczy to, że nie jest w stanie tego zrobić. A to nie wróży nic dobrego.

– Rozumiem – powtórzył Aleko.

Iwana opowiedziała o tym, czego Kirił dowiedział się od swego przyjaciela Dana, a w końcu także od córki Siemionowów.

– Zmuszają dziewczęta do prostytucji. Znęcają się nad nimi. Trzymają w zamknięciu. Odbierają im dokumenty i pieniądze. Wygląda na to, że traktują je jak niewolnice.

Aleko wybałuszył oczy.

– Na litość boską! Dlaczego ta rodzina nie zgłosi się na policję?

Iwana otarła łzy. Była zbyt wyczerpana, by nadal płakać.

– Boją się. Za bardzo się boją, by pójść na policję. Za bardzo, by zostać we własnym mieszkaniu. Czuli tak wielkie zagrożenie ze strony ludzi, którzy za tym stoją, że zdecydowali się na ucieczkę. Ukryli się. Zapadli pod ziemię. Ale ja muszę ich odnaleźć, rozumie pan? Selina jest moją jedyną szansą na uratowanie Ninki.

– Była pani na policji?

– Tak. Ale oni w zasadzie nic nie mogą zrobić. Oficjalnie zgłosiliśmy zaginięcie Ninki. Lecz funkcjonariusz nie pozostawił nam złudzeń.

– To naprawdę straszne. Tak bardzo mi przykro – zapewnił Aleko. Objął rękoma nosidełko z Larą, jakby musiał jej bronić przed ludźmi pokroju tej podejrzanej Vjary.

– Nie potrafię sobie tego wybaczyć – wyznała Iwana. Jej głos brzmiał bezbarwnie. – Po prostu nie potrafię sobie tego wybaczyć.

– Hmm. – Aleko się zamyślił. – A jednak musi pani sobie wybaczyć – powiedział po chwili. – Musi pani to zrobić, gdyż nie ma pani wyboru. Córka ma teraz tylko panią. Musi pani dla niej walczyć. A nieustannie się obwiniając, traci pani tylko wszelką energię. To do niczego nie prowadzi. Nie pomoże ani jej, ani pani.

– Jak mogłam... własne dziecko...

– Chciała pani jak najlepiej. To był okropny błąd, ale kocha pani swoją córkę i chciała dla niej lepszego życia. Może była pani naiwna, ale nie obojętna. To ważne. To oni są przestępcami, nie pani.

– Naprawdę tak pan uważa?

– Tak – potwierdził z naciskiem Aleko. – Naprawdę tak sądzę.

Iwana wygrzebała z torebki chusteczkę i z całych sił wysmarkała nos. Po raz pierwszy od dawna poczuła się trochę lepiej. Również Kirił wciąż ją pocieszał, lecz on chciał przede wszystkim uspokoić samego siebie, ukoić własne sumienie, dlatego nigdy nie zdoła jej przekonać. Po raz pierwszy spotkała się ze zrozumieniem ze strony kogoś obcego, kto nie miał powodu, by cokolwiek upiększać. Aleko był oddanym ojcem, a mimo to jej nie potępiał. Wyczuwała to. Traktował swoje słowa poważnie.

Jakież to dziwne. Siedzieć na tej ławce obok nieznajomego, otworzyć przed nim swe serce i zaznać odrobiny spokoju.

– Pomogę pani – obiecał Aleko. – Pomogę pani znaleźć tego Sarka, a jeśli Bóg pozwoli, odszukamy też Selinę.

– Naprawdę? Pomoże mi pan?

– Podzielimy się blokami. Będziemy pukać do każdych drzwi i wypytywać o Sarka. Jeśli tu mieszka, w końcu go znajdziemy.

– A jeśli nie? – zapytała bojaźliwie Iwana. – Jeśli on tu nie mieszka?

– Na razie nie pozostaje nam nic innego, jak nie tracić nadziei i zacząć poszukiwania – odparł rozsądnie Aleko. – Nic innego nie mamy.

Iwana zrozumiała, że on ma rację. Wstała.

– A co będzie z Larą?

Aleko również się podniósł. Spojrzał na słodko śpiące niemowlę.

– Zabiorę ją z sobą. Póki śpi spokojnie, nie ma problemu.

– Zatem w drogę – oznajmiła Iwana.

Les Lecques, Francja, czwartek, 17 grudnia

Podkomisarz Caparos dość długo rozmawiał z Nathalie, nie dowiedział się jednak niczego, co przynajmniej na pierwszy rzut oka mogłoby się okazać przydatne dla policji. Raz jeszcze dokładnie przeanalizował jej spotkanie z Yves'em Solerem w Lyonie, a następnie chciał poznać szczegóły jej znajomości z Jérôme'em. Oraz zebrać informacje o samym Jérômie.

– Jakim jest człowiekiem? Czy to do niego podobne, że tak po prostu zniknął?

Nathalie gwałtownie potrząsnęła głową.

– Nie. To zupełnie do niego niepodobne. Poza tym to nieprawda, że on *tak po prostu zniknął*. Przecież do mnie zadzwonił. Musi się ukrywać. Musi uciekać.

– Ale przed kim?

– Tego nie wiem.

Caparos zanotował imię François, przyjaciela, który pracował z Jérôme'em i dwukrotnie był u nich w domu.

– Przyjaciel to chyba za dużo powiedziane. Znali się z pracy i darzyli sympatią.

– Nazwiska jednak pani nie zna?

– Nie.

– Dowiemy się tego w Denegri Transports. Czy to możliwe, by ten François coś wiedział?

Nathalie bezradnie wzruszyła ramionami.

– Być może. Ale aż tak bardzo zżyci nie byli.

Caparos nie wydawał się zadowolony.

– W każdym razie musimy z nim pomówić. Nie mamy zbyt wielu elementów układanki, musimy sprawdzić, jak daleko dzięki nim dotrzemy. – Wyglądał na zestresowanego. – Proszę tu pozostać. W tym mieszkaniu. Póki nie dowiemy się czegoś więcej, nie powinni państwo wychodzić na zewnątrz. Mają państwo wystarczająco dużo jedzenia? I picia?

– Do jutra jakoś sobie poradzimy – oznajmił Simon. Był coraz bardziej przerażony sytuacją. Nie znosił tego okropnego apartamentu i wypełniającego całe wnętrze zimnego, zatęchłego powietrza. Za oknem świeciło słońce, a on nie mógł nawet wyjść na spacer po plaży.

Caparos po wypiciu kolejnej kawy wreszcie sobie poszedł. W nędznym pokoju zaległa cisza. Choć funkcjonariusz nie wydawał się zbyt sympatyczny, Simon nagle za nim zatęsknił. Jego obecność budziła przynajmniej wrażenie, że coś się dzieje, że policja zajęła się ich przypadkiem, że posuwa sprawę do przodu. A teraz znów wszystko zamarło. Simon tłumaczył sobie, że policjanci z pewnością nadal prowadzą dochodzenie, nawet jeśli on tego na własne oczy nie widzi, ale jednak to zupełnie co innego, gdy robią to tuż pod twoim nosem. Musieli cierpliwie czekać na nowe informacje.

– Wyjechała ze względu na mnie, prawda? – zapytała Nathalie piskliwym głosem. Oparła się o kuchenny blat. Wyglądała na zmęczoną i skostniałą. Nieuczesane włosy opadały jej bezładnie na ramiona. Przypominała zagubioną małą dziewczynkę.

– Kto? – zapytał Simon, wciąż pogrążony we własnych myślach.

– Kristina. Ona sądzi, że między nami do czegoś doszło. I dlatego wyjechała.

– Nie. Wyjaśniłem jej okoliczności. Nie wyjechała z twojego powodu. Po prostu nie chciała się uwikłać w tę historię.

– Ale to ma związek ze mną.

– Winy za jej wyjazd nie przypisuję tobie, Nathalie.

– Co się między wami nie udało?

– Co masz na myśli?

– No cóż, to trochę dziwne, że nie przyjechaliście tu razem. Że ona w końcu zjawiła się tu w ślad za tobą, nic ci jednak wcześniej nie mówiąc. I że nie chciała przez to wszystko przebrnąć razem z tobą. To mnie właśnie dziwi.

Kusiło go, by jej powiedzieć, że nic a nic nie powinno jej to obchodzić, wyglądała jednak na tak wyczerpaną i zmizerniałą, że nie chciał się zachować zbyt opryskliwie.

– Inaczej sobie wyobrażała nasz związek – odparł wymijająco.

– Jak bardzo inaczej?

– Chyba widziała we mnie człowieka, jakim nie jestem.

– A jakim jesteś?

To nieustanne wypytywanie powoli zaczynało go nużyć. I złościć.

– Nathalie, szczerze powiedziawszy, nie chcę teraz mówić o sobie. Mamy inne zmartwienia na głowie.

– Z pewnością miałeś lepsze dzieciństwo ode mnie.

O Boże! Znów do tego wraca. To jej okropne dzieciństwo, na które była skazana, podczas gdy jemu, synowi z bogatej rodziny, oszczędzono wszelkiej surowości życia.

– Niby skąd możesz to wiedzieć? – zapytał. – Przecież nie masz o tym pojęcia.

– Macie pieniądze. Widać to po domu w La Cadière.

– A kto ma pieniądze, jest szczęśliwy, tak?

Uniosła ramiona.

– Ma kilka trosk mniej. Wiesz, sądzę, że to z powodu pieniędzy Jérôme wplątał się w coś niedobrego. Bo chciał mieć ich więcej.

Simon spojrzał na nią zaskoczony.

– Należało o tym powiedzieć podkomisarzowi Caparosowi.

– To jedynie przypuszczenie – odparła Nathalie. – Zazwyczaj właśnie pieniądze uwodzą ludzi, by robili to, czego robić nie powinni.

– Czy Jérôme'owi aż tak bardzo zależało na pieniądzach?

– Zależało mu na tym, by udowodnić swemu ojcu, że potrafi sobie poradzić.

– W takim razie rzeczywiście coś nas jednak łączy – odparł Simon, po czym ugryzł się w język. Nie chciał aż tyle o sobie mówić.

Spojrzała na niego. Dziwnie wyrozumiale, jak uznał.

– Jaki jest twój ojciec? – zapytała.

– Jest dupkiem – odparł Simon.

I wtedy zadzwoniła jego komórka.

W pierwszej chwili Simon nie rozpoznał głosu kobiety ani też nie potrafił skojarzyć jej imienia.

– Lena? – zapytał, marszcząc czoło.

– Jestem przyjaciółką Kristiny.

– Ach, przepraszam! – Był zupełnie rozkojarzony, nic dziwnego. – Lena. Oczywiście. Jasne, że wiem, kim jesteś.

Lena kilkakrotnie im towarzyszyła, gdy wychodzili razem do restauracji. Czasem zabierali też innych znajomych Kristiny, lecz Lena wyraźnie zaskarbiła sobie najwięcej sympatii. Simon oczywiście zrozumiał tę niedwuznaczną aluzję: Kristina wprowadzała go w krąg swoich przyjaciół, od niego oczekując tego samego. On zaś nikomu jej nie przedstawił z obawy, że jakimś sposobem dowiedzą się o tym jego dzieci. Nadal większość jego znajomych zaliczała się zarazem do grona znajomych jego byłej żony, przez co od dnia rozwodu oboje byli dość dobrze, zdaniem Simona aż za dobrze, poinformowani o szczegółach życia eksmałżonka.

Tym sposobem doszło do kuriozalnej sytuacji: on znał przyjaciół Kristiny, oni znali jego. Tymczasem jego znajomi nadal byli przekonani, że wciąż jest singlem.

Przypomniał sobie, że któregoś wieczoru wymienili się z Leną numerami telefonów.

– Odtąd chyba częściej będziemy się kontaktować – oznajmiła wówczas Lena. – Bo mam ogromną nadzieję, że zostaniesz z Kristiną.

W osobie Leny znalazł wielką orędowniczkę, od razu to odczuł. „Bez niej – przemknęło mu teraz przez myśl – być może związek z Kristiną zakończyłby się znacznie wcześniej".

– Bardzo się martwię – powiedziała Lena przez telefon. – Kristina miała do mnie zadzwonić zaraz po wylądowaniu w Hamburgu. A nie mam od niej żadnych wieści.

– Może chce zostać sama – odparł Simon. – Nie poszło... nie poszło nam najlepiej...

– Zaczynam to sobie wyrzucać – wyznała Lena. – Namówiłam ją na wylot do Marsylii. „To przecież absurd, byście osobno spędzali Boże Narodzenie" – tłumaczyłam jej. Chciałam, żeby dała wam szansę. Uważam, że jesteście dla siebie stworzeni. Kiedy jestem razem z wami... Sama nie wiem, po prostu wyczuwam między wami tyle harmonii...

„Harmonii – pomyślał Simon – nie zaznałem już od bardzo dawna".

Wiedział jednak, co Lena miała na myśli: w jakiś sposób do siebie pasowali. A tam, gdzie się różnili, uzupełniali się. W wielu kwestiach całkowicie się zgadzali: potrafili się śmiać z tych samych rzeczy. Lubili te same książki i filmy. Uwielbiali te same krajobrazy, tych samych ludzi uznawali za nieznośnych, tym samych za miłych. Namiętnie dyskutowali o polityce i równie namiętnie popijali przy tym dobre czerwone wino. Kristina wiedziała, że bez wahania może go zaprezentować w swoim otoczeniu, gdyż do niego pasował, rozmawiał tym samym językiem i z całą pewnością nie przyniósłby jej wstydu. On ze swej strony uważał podobnie. Każdy spośród jego znajomych uznałby Kristinę za sympatyczną.

Uznałby. Bo przecież pozostała jego najlepiej strzeżoną tajemnicą.

– W normalnej sytuacji... – zaczął Simon, lecz Lena weszła mu w słowo.

– Co się stało, Simon? Dlaczego wyjechała już następnego dnia? Wczoraj wieczorem dostałam od niej wiadomość, że dziś najpóźniej w południe dotrze do Hamburga. Już prawie południe, a ona nadal się nie odzywa. Posłałam jej kilka wiadomości, na które jednak nie zareagowała. Dzwoniłam do niej, ale od razu włącza się poczta głosowa.

– Prawdopodobnie nie czuje się najlepiej.

– Ale przecież mi napisała, że niezwłocznie się odezwie, a kiedy pisze coś takiego, zawsze tak robi. Simon...?

– Uwikłałem się tu w idiotyczną historię. Oto problem.

– Jaką znów historię?

Zastanawiał się, jak miałby ją streścić w kilku słowach, unikając przy tym zbytniej jednoznaczności. Od momentu, w którym spotkał młodą kobietę i zabrał ją do siebie do domu, sytuacja stale się komplikowała. Na nieszczęście był to od razu punkt pierwszy historii. Lena z miejsca niewłaściwie to zinterpretuje.

– Mam tu śledztwo w sprawie morderstwa – oznajmił. – Wyjaśnienie tego wszystkiego byłoby teraz zbyt kłopotliwe.

– *Śledztwo w sprawie morderstwa*? – zapytała przerażona Lena.

Prawdopodobnie nie była to najbardziej odpowiednia forma nakreślenia całej sytuacji.

– Nie mam z tym nic wspólnego – pospieszył z wyjaśnieniem. – Jestem tylko świadkiem, poniekąd. I dlatego musiałem się wynieść z mojego domu, muszę też przez cały czas być do dyspozycji funkcjonariuszy policji. – Spróbował się zaśmiać, lecz zabrzmiało to nienaturalnie. – Nie jest to akurat stosowne towarzystwo podczas krótkiego romantycznego urlopu.

– Byłeś świadkiem morderstwa? – zapytała Lena z konsternacją.

– Mniej więcej.

– Dobry Boże. – Zamyśliła się na chwilę, pewnie analizowała zasłyszane wiadomości. – A Kristina cię w tym nie wspiera? – zapytała w końcu.

– Lena, nie mogę tego teraz wyjaśnić. To wszystko... po prostu potoczyło się trochę niefortunnie.

Lena chyba wreszcie zrozumiała, że nic więcej się od niego nie dowie.

– Ale gdzie w takim razie podziewa się Kristina? Sprawdziłam wszystkie połączenia z Marsylii od wczorajszego wieczoru. Powinna już tu być.

– Nie wiadomo, może złapała jakieś skomplikowane połączenie. Może podczas przesiadki doszło do większych opóźnień. Wydaje mi się, że jeszcze za wcześnie, by się tym martwić.

„Choć rzeczywiście trochę to dziwne" – pomyślał. „Jest w drodze od minionego wieczoru".

– Gdyby gdzieś utknęła – oznajmiła Lena – zareagowałaby na moje próby nawiązania kontaktu. Nawet jeśli nie ma teraz ochoty na rozmowę, wysłałaby mi SMS-a, by mnie uspokoić.

– Może padła jej bateria i nie ma jak jej naładować.

– Jakoś trudno mi to sobie wyobrazić. Kristina i jej komórka są praktycznie z sobą zrośnięte. Musiała... – Lena zaczerpnęła tchu. – Przed wylotem do ciebie do Francji musiała odwołać kilka ważnych spotkań. Wiem, że nie było to łatwe. Musiała pozostać w kontakcie z firmą, bo sprawy trzeba było wyjaśniać przez telefon. Nie wyobrażam sobie, żeby w tej sytuacji zapomniała naładować aparat.

Simon uzmysłowił sobie, że Kristina znalazła się przecież w naprawdę niecodziennej sytuacji. Nathalie, włamanie. Potem dowiedziała się o Yvie, zjawiła się policja. W końcu dla własnego bezpieczeństwa przenieśli się do apartamentu w Les Lecques. Gdy człowiek znajduje się w oku takiego rozgardiaszu, może przecież zapomnieć o naładowaniu telefonu. Nie chciał się jednak nad tym rozwodzić.

– Jestem pewien, że da się to spokojnie wyjaśnić – oznajmił. – I że Kristina wkrótce się zjawi. Może dasz mi wtedy znać? Obawiam się, że sama się do mnie nie odezwie.

– *Dam ci znać* – odparła Lena tonem, z którego Simon wywnioskował, że znów niestosownie się wyraził. – Ale obawiam się, że coś tu jest nie w porządku. Kristina wpadła w tarapaty, i nie potrafię pojąć, dlaczego tę sprawę bagatelizujesz. Tym bardziej że to ty jesteś sprawcą jej kłopotów.

Po tych słowach się rozłączyła.

„Łatwo zrzucać na kogoś winę" – pomyślał Simon. Niemniej informacje Leny go zaniepokoiły.

On także zaczął się martwić o Kristinę.

Verdun, Francja, czwartek, 17 grudnia

Wcześnie zapadający zmrok, bardzo nieprzyjemna cecha grudnia. Praktycznie od godziny siedemnastej zaczyna się noc. W ciemności François co prawda widział równie dobrze jak za dnia, nie miał żadnych problemów z oczami. A jednak znacznie wcześniej padał ze zmęczenia, musiał gwałtownie się bronić, by się nie położyć i po prostu nie zasnąć. Zwłaszcza wtedy, gdy od wielu już godzin był w trasie. Wczesnym rankiem wyruszył z Berlina, od tej pory, zatrzymując się po drodze jedynie na obiad, prowadził ciężki samochód dostawczy przez monotonną szarzyznę zimowego dnia. Zmrok nastał wcześnie, nadto przez cały dzień nie pojawiły się przejaśnienia, świat dokoła tonął w bezbarwności i melancholii. Nisko zwieszone chmury. Opustoszałe pola. Czarne, ogołocone z liści konary drzew, ostro odcinające się na tle bezświetlnego nieba. Przemierzane autostradą kilometry, po obu stronach drogi nie ma na czym zawiesić oka. A to działa usypiająco. I nawet jeśli człowiek zdoła się poniekąd przemóc, wokół zapada mrok niczym ukoronowanie mozolnie pokonanego dnia.

Nic nie pomagało. Musiał się na chwilę zatrzymać. Był na wysokości Verdun, chciał jeszcze dziś znaleźć się w Paryżu. Jakoś tam dotrze, choć o bardzo późnej porze. Rozsądniej – i zgodnie z przepisami – byłoby przejechać jeszcze kawałek drogi, a potem przenocować, by następnego ranka pokonać pozostały dystans. Na to nie miał jednak ochoty. Chciał to już mieć za sobą, za cenę kilku dodatkowych godzin jazdy przespać się we własnym łóżku. Mógłby wówczas z czystym sumieniem pospać trochę dłużej. Przewożony towar, na który składały się rusztowania, zostałby dostarczony przed czasem, a tym samym z nawiązką spełniłby swój obowiązek. W takich przypadkach szefowa okazywała wspaniałomyślność. Można było wtedy przez pół dnia bumelować, nie budząc tym jej zgorszenia.

Musiał jednak zrobić sobie przerwę. Zamierzał przejść się parę kroków w chłodnym, rześkim powietrzu, w nadziei, że ożywi to jego siły witalne. Wystarczy papieros i mocna kawa, a odzyska formę.

Zjechał z autostrady na najbliższy parking. Stało tam już wiele ciężarówek, zaparkował w szeregu, wyłączył silnik i przeciągnął się z ulgą. W restauracji napije się kawy. Już miał wysiąść, kiedy zadzwonił telefon.

Na wyświetlaczu pojawiło się imię Victor. To kolega z firmy. François szedł z nim czasem na piwo i słuchał jego biadolenia na temat rozwodu. Żona Victora chciała mnóstwa pieniędzy i wynajęła najbardziej, zdaniem Victora, cwanego adwokata w całym Paryżu. Procedura rozwodowa się przeciągała, a Victor coraz bardziej wpadał w panikę, o niczym innym już nie rozmawiał.

François westchnął. Miał nadzieję, że to nie jakiś nowy dramat. Był zbyt zmęczony, by kogokolwiek pocieszać.

– Tak, Victor? Co jest?

Głos Victora był nieco stłumiony, jakby starał się mówić ciszej niż zazwyczaj.

– Gdzie jesteś? – zapytał.

– Verdun. Mniej więcej. A co?

– W firmie była właśnie policja. Chcieli koniecznie z tobą rozmawiać.

François przezornie zamknął dopiero co otwarte drzwi pojazdu. Lepiej, żeby nikt nie podsłuchał jego rozmowy.

– Ze mną? Policja?

– Tak. Z powodu Jérôme'a.

François natychmiast oprzytomniał. Szybciej niż po wypiciu najmocniejszej kawy na świecie.

– Jak wpadli na mnie? – zapytał w napięciu.

– Nie mam pojęcia. Pewnie jakimś sposobem wyniuchali, że się z Jérôme'em przyjaźnicie.

– Wcale się z nim nie przyjaźnię – odparł odruchowo François. – Ledwie go znam!

– Ale spotykaliście się też prywatnie.

– Dwa lub trzy razy. Nie więcej. – Serce podeszło mu do gardła. „A niech to szlag" – pomyślał.

– Nieważne. Oni w każdym razie sądzą, że jesteście przyjaciółmi – stwierdził zniecierpliwiony Victor. – I pomyślałem, że powinieneś o tym wiedzieć. Zanim wrócisz.

– Czy to madame Denegri powiadomiła policję?

– O ile mi wiadomo – nie. Krążą tu najdziwniejsze plotki, nie mam pojęcia, ile w nich prawdy. Faktem jest, że Jérôme jest poszukiwany w związku z morderstwem.

– Morderstwem? – zapytał przerażony François. Myśli kołatały mu się po głowie. Jak mogło do tego dojść? Jérôme ma mnóstwo problemów na głowie, że też musiał do tego dołożyć jeszcze ciężką zbrodnię. To po prostu nie mogło być prawdą.

„To tylko plotki" – tłumaczył sobie. Coś jednak sprawiło, że do akcji wkroczyła policja.

– Nie znam żadnych szczegółów – oznajmił Victor. I dodał ciszej: – A ty coś wiesz? To znaczy, gdzie się ukrywa Jérôme? Czemu zniknął wraz z ładunkiem? Co z nim zamierza zrobić? Toż to jakieś szaleństwo!

– Nie mam pojęcia – utrzymywał François. Serce mu waliło jak młot, oblewał się potem.

Dlaczego dał się w to wciągnąć? Jak mógł być aż takim idiotą?

– No więc, skoro nie wiesz, gdzie on się ukrywa, i nie masz pojęcia, co go do tego skłoniło, w takim razie nic ci nie zrobią – odparł Victor. – Chciałem tylko, żebyś był zorientowany. Zawsze to lepiej wiedzieć, co cię czeka.

– Jasne. Dzięki, Victor. To naprawdę miłe.

– Okay. To do jutra.

– Do jutra – odparł François.

Zamiast wysiąść i przynieść sobie kawy, jak zamierzał, pozostał na miejscu i zaczął rozmyślać. Ściśle mówiąc: *usiłował* rozmyślać. Próbował swe myśli przynajmniej nieco uporządkować.

Wpadł w tarapaty, to oczywiste. Popełnił ogromny błąd, z czystej dobroduszności, i uwierzył, że nikt nigdy się o tym nie dowie. Jérôme go o tym zapewniał. „Słowo honoru, François, jeśli mi pomożesz, będę ci dozgonnie wdzięczny. Nigdy ci tego nie zapomnę. I będę milczał jak grób, przysięgam. Nieważne, w jakie wpadnę kłopoty – nigdy nie podam twojego nazwiska!"

François miał głupie przeczucie, a jednak tak naprawdę nie wiedział, jak miałby się wyplątać z tej matni. Problem w tym, że Jérôme dzięki swemu osobistemu urokowi potrafił człowieka omamić, i to w chłopięcy, nieodparty sposób, dając odczuć każdemu, kto miał jakieś wątpliwości, że jest starym, zgrzybiałym kołtunem. François nie zamierzał wyjść na tchórza, który nie ma odwagi porzucić bezpiecznych kolein swego życia. Nie chciał – sam to teraz przyznał – stracić przyjaźni Jérôme'a.

François był samotny, to fakt. Miał dwadzieścia osiem lat, w jego życiu nigdy nie pojawiła się żadna kobieta i wszystko wskazywało na to, że nic się w tej materii nie zmieni. Czasem usiłował winić o to swój zawód – jak można kogoś poznać, skoro nieustannie się podróżuje, pędzi ciężarówką po całej Europie, pracuje o najbardziej niemożliwych porach, o niemożliwych porach zasypia i tak rzadko gości we własnym mieszkaniu, że w zasadzie *mieszkaniem* nie sposób tego lokum nazwać. Stało się miejscem, gdzie się robi pranie i odbiera pocztę. Nic więcej.

W chwilach absolutnej szczerości François uświadamiał sobie jednak, że to nie wina zatrudnienia się w Denegri Transports. Nie pracował tam przecież przez cały czas. Chodził do szkoły, kształcił się na mechanika. Pracował w warsztacie i prowadził uporządkowane życie. A mimo to nigdy nie poderwał żadnej dziewczyny, nigdy też ludzie nie szukali u niego przyjaźni. Przejście do Denegri Transports wcale nie ułatwiło sprawy, lecz i sam François nie żywił złudzeń: w istocie nie miało to żadnego znaczenia, w której firmie zarabiał na życie. Nigdy nie zdoła się związać z kobietą.

Wmawiał sobie, że to głównie kwestia jego nadwagi, nalanej twarzy i ociężałego sposobu poruszania, wiedział jednak, że nie tylko o wygląd tu chodzi – także o sposób bycia. Nie potrafił flirtować. Nie potrafił być zajmujący. W najmniejszym stopniu nie opanował sztuki *small talku*. Wręcz przeciwnie, kiedy nadarzała się okazja do rozmowy z kobietą, zapominał języka w gębie, a na domiar złego zaczynał się jąkać.

Żałosny nieudacznik. Takie określenie przychodziło mu do głowy, gdy o sobie myślał. Przez ostatnie miesiące jedynie Jérôme się z nim zadawał. Akurat on. Jeśli François miałby określić, jakim człowiekiem chciałby być, wyznałby bez ogródek: takim jak Jérôme!

Jérôme miał wszystko, czego mu brakowało: urok, dobrą aparycję, swobodę, umiejętność beztroskiego podejścia do życia. Wiedział, jak żartować z samego siebie, i to ze stosownym umiarem. Kobiety go ubóstwiały. Nie przepracował w firmie nawet dwóch lat, a już zdołał sobie zaskarbić zaufanie madame Denegri – inni potrzebowali na to lat co najmniej dziesięciu. Tę bezwzględną osobę o wąskich ustach, rządzącą Denegri Transports z żelazną surowością, udało mu się nawet owinąć sobie wokół palca.

François walnął pięścią w kierownicę. I co ma teraz zrobić? Grozi mu niebezpieczeństwo, nie miał co do tego żadnych wątpliwości. Co gorsza, od samego początku przeczuwał, że ta sprawa może się źle zakończyć. Jego instynkt, intuicja, wewnętrzny głos, jakkolwiek to nazwać, wszystko w nim krzyczało: Trzymaj się od tego z daleka! Nie daj się uwikłać w tę historię. Zachowaj w stosunku do Jérôme'a dystans, i to jak najszybciej.

A jednak w tym właśnie sęk: lubił Jérôme'a i nigdy nie zdobyłby się na to, by go rozczarować. Wciąż bowiem nie mógł pojąć, jak to się stało, że ten atrakcyjny, uwielbiany przez wszystkich w firmie Jérôme zaprzyjaźnił się akurat z nim, nieudacznikiem François. No cóż, *zaprzyjaźnił się* to może zbyt wiele powiedziane. Wyglądało jednak na to, że obdarzył go zaufaniem, że uznał za sympatycznego. François zupełnie osłupiał. *Jego? Właśnie jego?*

Jérôme dwukrotnie zaprosił go do siebie do domu. François poznał wtedy ładną, lecz – jak w głębi ducha przyznał – niemal chorobliwie chudą Nathalie. Zjedli wspólny posiłek, a François prawie nie odezwał się przy tym słowem, jak zwykle w obecności kobiet. Wolał pójść z Jérôme'em na piwo. Tylko we dwóch. Przynajmniej zdołał wówczas podtrzymać jako tako rozmowę. I mógł się przy tym nacieszyć uczuciem, że nie jest zwyczajnym nieudacznikiem. W końcu miał teraz kogoś w rodzaju... kumpla. Kto chyba polubił jego towarzystwo. To więcej niż François kiedykolwiek przedtem doświadczył.

I jeśli teraz, w ten zimny, mroczny, grudniowy dzień na jakimś parkingu pod Verdun, dygocząc ze strachu, zastanawiał się, dlaczego właściwie był na tyle durny, by posłuchać prośby Jérôme'a, narażając się przy tym na ogromne niebezpieczeństwo, to w istocie dobrze znał odpowiedź: nie chciał utracić Jérôme'a. Jedynego człowieka, który kiedykolwiek się nim zainteresował. To dlatego dał się wciągnąć w to szaleństwo. By nie stracić przyjaźni Jérôme'a. Może nawet sprawić, by Jérôme poczuł się wobec niego zobowiązany. To oczywiste, że skoro wyświadczy mu tak wielką przysługę, podejmując przy tym poważne ryzyko, Jérôme będzie mu dozgonnie wdzięczny. Nawet po upływie trzydziestu lat powie: „François, oto prawdziwy przyjaciel. Nie tylko w dobrych chwilach, lecz także wtedy, gdy rzeczywiście jest potrzebny. François tak wiele dla mnie zrobił. To uczyniło z nas przyjaciół na całe życie".

François poczuł się wspaniale, jak heros, świadomość tego niemal go odurzyła.

Teraz jednak czuł wyłącznie strach.

No dobrze. Musi zachować zimną krew. Tylko bez paniki. Szczęście w nieszczęściu, że Victor go ostrzegł. Victor też był poniekąd kumplem. Lecz nie takim, po którego tak zwanej przyjaźni można by sobie cokolwiek obiecywać. François nie miał co do tego złudzeń: Victor potrzebował kogoś, kto by go słuchał, gdy ustawicznie trajkotał na temat swego rozwodu. A skoro nikt nie był na to gotów, gdyż wszystkim działało to na nerwy, uczepił się dobrodusznego François, na tyle samotnego, by po raz setny słuchać z oddaniem tych samych bredni. Kiedy tylko sprawa rozwodu się zakończy, a rany jako tako zabliźnią, Victor już go nie będzie chciał znać.

Wszystko wskazywało więc na to, że nie powiodło się znacznie więcej, niż z początku mogłoby się wydawać. Już sam fakt, że Jérôme gdzieś się zaszył, nie odstawiwszy uprzednio służbowego samochodu wraz z towarem na miejsce, oznaczał zarzucenie pierwotnego planu.

A teraz poszukuje go policja, i to w związku z morderstwem... Tego nikt nie przewidział. Sytuacja zupełnie wymknęła się spod kontroli. François nie potrafił sobie wyobrazić, by Jérôme mógł się dopuścić morderstwa, nie był człowiekiem stosującym brutalną przemoc.

Czyżby?

Faktem jest, że François tak naprawdę nie znał dobrze Jérôme'a. Nie tylko dlatego, że nieczęsto się spotykali i z sobą rozmawiali. François uzmysłowił sobie, że Jérôme nigdy wiele o sobie nie mówił. Choć plótł nieustannie, śmiał się i gestykulował. Nie był człowiekiem zamkniętym w sobie. A jednak kiedy się zastanowić nad znaczeniem wypowiadanych przezeń słów, można by dojść do wniosku, że w istocie niewiele kryło się w nich treści. W każdym razie nic, co dawałoby wgląd w jego życie wewnętrzne, jego myśli i uczucia. W sposób szarmancki bawił wszystkich rozmową. A jednak nie sposób było odpowiedzieć na pytanie, kim jest człowiek, któremu przez trzy godziny niemal w ogóle nie zamykały się usta.

François zastanawiał się, dlaczego policja akurat nim się zainteresowała. Skąd wiedziała o tej *przyjaźni*, która nie była niczym więcej jak tylko luźną sympatią dwóch kolegów? Do głowy przychodziła mu wyłącznie... Nathalie. Policjanci z całą pewnością z nią rozmawiali, prawdopodobnie chcieli wiedzieć, z kim Jérôme utrzymywał kontakty. Wtedy pewnie podała jego imię. *Ten grubas François z firmy*.

Choć *grubas* pewnie nie powiedziała. To nie w jej stylu.

François rozmyślał gorączkowo. Po zniknięciu Jérôme'a wszystkich w firmie przepytywano. Robił to osobiście kierownik działu kadr, w obecności samej madame Denegri. Wyczuł wtedy wewnętrzne napięcie kryjące się za chłodną nienaganną aparycją Madeleine Denegri. Każdemu zadawano pytania. Czy Jérôme w dniach poprzedzających jego zniknięcie o czymś przypadkiem nie napomknął. O drobnostki, które z pozoru nie miały większej wagi, lecz w kontekście ostatnich wydarzeń zyskiwały obecnie na znaczeniu. Każdy musiał ujawnić miejsce swego pobytu w czasie, gdy Jérôme wracał z Kopenhagi. O ile dane z ewidencji pojazdu nie były w tej mierze jednoznaczne.

François oświadczył, że przebywał w domu. Istotnie miał wtedy kilka dni wolnego.

– W domu – powtórzyła madame Denegri, mierząc go przenikliwym wzrokiem. – W pańskim paryskim mieszkaniu?

Nie posiadał mieszkania w Paryżu.

– W Aubersvillier, madame – wyjaśnił.

– Czy ktoś może to potwierdzić?

– Nie. Mieszkam sam.

Mógł odejść. Uświadomił sobie, że w ciągu kilku zaledwie minut spocił się jak mysz. Miał jednak wrażenie, że nie wzbudził nieufności. Opinia niekontaktowego, flegmatycznego, otyłego indywiduum okazywała się czasem bardzo przydatna. Dobrze, że nikt cię nie docenia. Ludzie niewiele się wtedy po tobie spodziewają, tak w dobrych, jak i złych chwilach.

A jednak – a jednak padło teraz jego nazwisko. Zdecydowanie się wyróżnił spośród masy pozostałych pracowników. Jako *przyjaciel Jérôme'a*. Którym przecież na dobrą sprawę wcale nie był. Ale wiedział, jak szybko plotki zaczynają żyć własnym życiem.

Znalazł się w niebezpieczeństwie, to uczucie go nie opuszczało. Nie wiedział dokładnie, jak ono wygląda, nie potrafił go sobie wyobrazić, nakreślić jego kształtu. François wietrzył jednak nadciągające nieszczęście jak gazela wietrząca obecność lwa, którego nie potrafi dostrzec, choć lew już ją sobie upatrzył. Po raz pierwszy w życiu owładnęło nim owo pradawne, intuicyjne przeczucie zagrożenia, które w epoce kamiennej ostrzegało jego przodków przed drapieżnikami, wojowniczymi plemionami albo katastrofami naturalnymi.

Nie wiedział, co go może spotkać, lecz wewnętrzny głos wyraźnie mu podszeptywał, że lepiej do Paryża nie wracać. Przynajmniej przez jakiś czas. Postąpi tak jak Jérôme: po prostu zniknie razem z ciężarówką i ładunkiem.

Istniała jednak zasadnicza różnica: Jérôme wierzył w siebie, był odważny, i każdy, kto go znał, potrafił sobie wyobrazić, że uda mu się bez szwanku przetrwać najgorsze nawet tarapaty.

François natomiast nie miał ani wiary w siebie, ani odwagi, i każdy, kto go znał, potrafił sobie wyobrazić, że niewielkie nawet tarapaty zdoła przemienić w zgubną tragedię.

Sam też dobrze o tym wiedział. A jednak miał wrażenie, że nic innego mu nie pozostało.

Les Lecques, Francja, czwartek, 17 grudnia

– Czemu twój ojciec jest dupkiem? – zapytała Nathalie.

Stała oparta o kuchenny blat. Stała tam prawie cały dzień i przez duże okno balkonowe patrzyła na morze. Dzień był słoneczny i chłodny, lecz po południu niebo zasnuły chmury i wraz z zapadającym zmrokiem zaczęło padać.

Nathalie wypiła sporo kubków kawy, nic jednak nie zjadła, choć Simon przyrządził w południe spaghetti i podgrzał słoik sosu pomidorowego. Sposób odżywiania dziewczyny – praktycznie jego brak – budził w nim niepokój, lecz do niczego jej nie zmuszał, kiedy oświadczyła, że nie ma apetytu.

– Porzygam się, jeśli teraz coś zjem – oznajmiła. Wyraziła się wystarczająco jasno, uznał Simon.

Po południu, korzystając z jego smartfona, wciąż logowała się na swoje konto na Facebooku, żadna jednak wiadomość od Jérôme'a nie nadeszła, co kompletnie ją zdeprymowało.

– To niemożliwe! Przecież umówił się ze mną w Les Lecques. On musi się w końcu odezwać.

– Pewnie ze względów bezpieczeństwa wyłączył telefon – wyjaśnił Simon.

– To niby jak się odnajdziemy?

Na to pytanie Simon nie potrafił odpowiedzieć. Sam pilnował, by jego telefon pozostawał wyłączony, kiedy Nathalie nie sprawdzała akurat wiadomości. Stopniowo zaraziła go własnym strachem. Obawiał się, że ktoś mógłby go namierzyć.

Z nastaniem ciemności Nathalie była coraz bardziej apatyczna. Pytanie o ojca to były jej pierwsze słowa wypowiedziane po godzinie całkowitego milczenia. Simon stał przy oknie,

nie dostrzegał jednak morza, deszczu i nocy, widział wyłącznie własne odbicie w szybie.

Odwrócił się.

– Cechuje go niewiarygodna wprost despotyczność – odparł. – Odnosi sukcesy, jest mądry, bardzo zamożny – i przekonany, że wszystko w swym życiu robi, jak należy. I zawsze robił.

– A tak nie jest? – zapytała Nathalie.

Simon sam często zadawał sobie to pytanie. Czy jego ojciec był perfekcjonistą i dlatego wszystko w jego życiu toczyło się bez jakichkolwiek przeszkód?

– Nie. Uważam, że odniósł tak wiele sukcesów, ponieważ jest po prostu bezwzględny. Swoje interesy stawia zawsze na pierwszym miejscu. Na drugim także. Podobnie na trzecim. A dalej niczego już więcej nie ma.

– A wy? Jego rodzina?

– W ogóle się nie liczymy. Matka i ja mamy wyłącznie dopełniać jego perfekcyjny wizerunek. Poza tym go nie obchodzimy.

Nathalie na chwilę się zamyśliła.

– A twojej matce zawsze się to udawało? Dopełnić jego perfekcyjny wizerunek?

– O tak. Świetnie jej idzie. Nawet dzisiaj. Jak sobie z tym radzi wewnętrznie, tego nie wiem, bo nigdy o tym nie rozmawia, a przynajmniej nie ze mną. Przypuszczam, że popada w depresję, lecz nigdy się do tego nie przyzna. Robi to, czego on od niej oczekuje, i chyba znalazła w tym swego rodzaju sposób na życie. Sądzę, że czerpie satysfakcję z jego zadowolenia.

– A ty nie zdołałeś mu się przypodobać?

– Ze mnie nigdy nie był zadowolony. Nawet nie wiem, jakie to uczucie.

– Nigdy? *Nigdy* nie był z ciebie zadowolony?

Simon potrząsnął głową.

– Nie przypominam sobie ani jednej takiej sytuacji.

Zamilkli.

– Jak w takim razie przeżyłeś dzieciństwo i młodość? – zapytała w końcu Nathalie.

– Co masz na myśli?

– Cóż, takie dzieciństwo jak twoje i moje można przetrwać tylko wtedy, jeśli człowiek zdoła się czegoś lub kogoś uchwycić. W moim przypadku był to z początku ojciec. Niesamowicie go idealizowałam i zawsze wierzyłam, że któregoś dnia zabierze mnie do siebie. To mi pomogło wytrzymać z moją matką. A kiedy nadzieje związane z ojcem okazały się iluzją... – Nie dokończyła, przełknęła.

„To wciąż boli" – pomyślał Simon.

– Na szczęście pojawił się Jérôme – podjęła w końcu Nathalie. – Bez niego bym nie przetrwała. Może zagłodziłabym się na śmierć albo zaczęłabym brać narkotyki. Albo pić jak moja matka. Jérôme mnie uratował. Ocalił mi życie.

Już kiedyś o tym napomknęła, przypomniał sobie Simon. Z początku to ojciec był dla niej praktycznie Panem Bogiem, potem ten młodzieniec, który niespodziewanie pojawił się w jej życiu, a teraz wpędził ją w poważne tarapaty. Kłóciło się to wyraźnie z jego boskim statusem, o tym Simon jednak nie wspomniał, gdyż pewnie i tak nic by to nie pomogło. Nie była to również odpowiednia chwila na roztrząsanie kwestii zależności oraz zafałszowywania rzeczywistości. „Koniec końców nic mi do tego" – pomyślał.

– A ciebie? – zapytała Nathalie. – Kto ciebie uratował?

Był trochę zaskoczony pewnością, z jaką użyła pojęcia *ratować*. Wydawało jej się, że to jedyny możliwy sposób na uporanie się z własnym losem.

– Nikt mnie nie uratował – odparł. – Wątpię też, czy to w ogóle byłoby możliwe. Nie próbuję żyć ze świadomością, że ojciec mną gardzi. Próbuję żyć ze świadomością tego, co owa pogarda ze mną uczyniła.

Skinęła głową, zamyśliła się, wydawało się, że rozważała, czy to w ogóle możliwe: żyć ze świadomością zadanych ran, pogodzić się z tym, jakimś sposobem próbować obrócić to ku lepszemu.

– Sądzisz, że rozpad twojego małżeństwa ma coś wspólnego z twoim ojcem? – zapytała. – I to, że znów nie powiodło ci się z Kristiną?

Przez krótką chwilę Simon skłonny był przytaknąć – oczywiście, że to wina jego ojca, któż inny ponosi odpowiedzialność za to, że nie potrafił poradzić sobie z własnym życiem oraz, rzecz jasna, ze swoimi związkami? Odpowiedź tę jednak przełknął. Byłaby za prosta.

– Mam czterdzieści lat – odparł. – Za to, co się dzieje z moim życiem, sam jestem odpowiedzialny. Niestety. Na nic się zda negowanie tego faktu. To nie rozwiąże problemu. Jeśli czegoś się w życiu nauczyłem, to właśnie tego.

Nathalie ponownie pogrążyła się w milczących rozmyślaniach. Widocznie Simon odkrył przed nią nowy wymiar spraw, zupełnie jej dotąd nieznany, który musiała teraz dokładnie przeanalizować.

Wykorzystał jej milczenie, włączył telefon i po raz kolejny tego dnia spróbował nawiązać kontakt z Kristiną. Słowa Leny go zaniepokoiły. Niestety, zarówno pod numerem komórkowym, jak i stacjonarnym od razu włączała się poczta głosowa. Kristina, widząc na wyświetlaczu jego numer, mogła oczywiście celowo nie podnosić słuchawki. Być może przez tę swoją niedostępność chciała mu po prostu zakomunikować: *Daj mi wreszcie święty spokój!*.

W końcu postanowił zadzwonić do Leny. Do tej pory próbował tego uniknąć, gdyż już podczas ich pierwszej rozmowy wyczuł w jej głosie wyrzuty i nie chciał ich ponownie wysłuchiwać. Był to jednak jedyny sposób, by się czegoś dowiedzieć.

Lena od razu odebrała, jakby w ogóle nie rozstawała się z aparatem.

– Simon? – zapytała bez tchu. – Masz wieści od Kristiny?

Nadzieje Simona pierzchły.

– Nie. A z twojego pytania wnioskuję, że ty również nie masz żadnych.

– No tak. I tego nie da się wyjaśnić. Obdzwoniłam każdego przewoźnika, którego maszyna wczoraj wieczorem i dzisiaj przed południem przyleciała z Marsylii. Nie mogli mi podać informacji o pasażerach, ale dowiedziałam się, że niemal we wszystkich samolotach były jeszcze wolne miejsca. Kristina mogłaby spokojnie wylecieć z Marsylii. I nieważne, jak skomplikowane miała połączenie: minęły już dwadzieścia cztery godziny. Dawno powinna była wrócić! – Głos Leny świadczył o tym, że jest bliska płaczu.

– Zajrzałaś może do jej mieszkania? – zapytał Simon.

– Dwa razy. Wszędzie ciemno i cicho. Nie mam klucza, ale rozmawiałam z kobietą mieszkającą piętro niżej, twierdzi, że wiedziałaby, gdyby Kristina wróciła do domu. To stara kamienica, podłogi skrzypią pod stopami. Ta kobieta mówi, że z mieszkania Kristiny nie dochodzą żadne odgłosy. Musiałoby się też palić światło... Niby czemu miałaby siedzieć po ciemku?

Coraz trudniej było znaleźć jakieś racjonalne wytłumaczenie. Simon ciężko przełknął. Coś tu się nie zgadzało. „Nie powinienem był pozwolić jej wyjechać" – pomyślał. Cóż jednak mógł zrobić?

– Parę razy próbowałam się z tobą skontaktować – oznajmiła Lena. – Co się dzieje? Czyżbyś wyłączał telefon?

– Tak. Przykro mi, ale na razie muszę tak robić. – Mówił spiesznie, by go nie złapała za słowo. – Posłuchaj, zadzwonię do funkcjonariusza, który prowadzi tutejsze dochodzenie. Poproszę go o wszczęcie poszukiwań. Kristina musi gdzieś tu być.

– Dla mnie to wszystko brzmi coraz dziwniej – odparła Lena. – Ta sprawa, o której mówisz, policja... Na litość boską, co się dzieje, Simon? Jak mogłeś wciągnąć w to jeszcze Kristinę?

Nie rozminąłby się z prawdą, twierdząc, że o przyjeździe Kristiny nic nie wiedział, a zatem mówienie o *wciągnięciu* jej w tę sprawę jest nieuzasadnione. Lena była jednak w fatalnym nastroju, obawiał się, że lada chwila wybuchnie płaczem. Na szczęście w tej samej chwili zadzwonił dzwonek do drzwi.

– Ktoś idzie – powiedział. – Lena, odezwę się. Porozmawiam z policją. Zachowaj zimną krew!

Wyłączył telefon, zanim zdołała cokolwiek odpowiedzieć. A potem otworzył drzwi.

Po minie podkomisarza Caparosa od razu się domyślił, że nie przynosi dobrych wieści. Nadto towarzyszyła mu kobieta, przedstawił ją jako Inès Rosarde, panią komisarz z Tulonu. Inès Rosarde była blada i wyglądała na wyczerpaną, mówiła ochrypłym głosem. Sprawiała wrażenie, jakby dopiero co przeszła poważne przeziębienie albo grypę i wciąż kiepsko się czuła. Caparos oznajmił, że pani komisarz będzie prowadzić dalsze dochodzenie.

– Co się stało? – zapytał Simon.

Usiedli w salonie przy rozchwianym plastikowym stoliku. Nathalie chciała czmychnąć do swojego pokoju, jednakże Inès Rosarde surowym, dość ostrym tonem poleciła jej zostać. Ku zdumieniu Simona dziewczyna posłuchała jej bez wahania.

Simon zaproponował kawę i wodę mineralną, nikt się jednak nie poczęstował. Komisarz od razu przeszła do rzeczy.

– Chodzi o Jérôme'a Deville'a.

Nathalie aż cicho krzyknęła.

– Wie pani, gdzie on się podziewa?

– Nie. Niestety nie. Tymczasem szuka go również policja w Metzu.

– W Metzu? – zdumiała się Nathalie.

– Tak, w rodzinnym mieście pani i pana Deville'a. Czy mówi coś pani nazwisko Jeanne Berney?

Nawet gdyby Nathalie nie udzieliła na to pytanie odpowiedzi, od razu stałoby się jasne, że nazwisko to nie było jej zupełnie obce. Szeroko wybałuszyła oczy.

– Tak – szepnęła.

Wszyscy spojrzeli w jej stronę.

Nathalie przełknęła.

– Była niegdyś dziewczyną Jérôme'a – dodała. Sposób, w jaki wymówiła słowo *dziewczyną*, sprawił na obecnych wrażenie, jakby nawet dawne miłostki Jérôme'a wciąż były dla niej problemem.

– Zna ją pani osobiście? – zapytała Inès Rosarde. Intensywność barwy i wyrazu jej głęboko błękitnych, świdrujących oczu dodatkowo wzmacniały szkła noszonych okularów. Simon wyobraził ją sobie podczas przesłuchań. Z pewnością potrafiła porządnie zastraszyć swych rozmówców.

– Nie – odparła Nathalie. – Nigdy jej nie spotkałam. Jérôme mi o niej opowiadał.

– Jérôme i mademoiselle Berney byli parą od dwa tysiące szóstego do dwa tysiące dziewiątego roku – oznajmiła Rosarde. – Tak przynajmniej twierdzą jej rodzice.

– Jej rodzice? – zapytał zaintrygowany Simon.

Inès Rosarde spojrzała na niego przenikliwym wzrokiem.

– Z Jeanne Berney koledzy z Metzu nie mogli już porozmawiać. Nie żyje. Została zamordowana w swoim mieszkaniu.

Po tych słowach zapadło kłopotliwe milczenie.

– Policja w Metzu rozpoczęła poszukiwania Jérôme'a Deville'a – wyjaśniła Rosarde. – Stąd dowiedzieliśmy się o tej sprawie. A jako że jego nazwisko odgrywa też pewną rolę w historii niejakiego... – zerknęła do notatnika – Yves'a Solera z Lyonu, skontaktowaliśmy się z kolegami z Metzu. Sprawa wygląda na wielce zagmatwaną.

– Kiedy zamordowano Jeanne Berney? – zapytał Simon.

– Według lekarza medycyny sądowej przed dwoma dniami. Jej nieobecność w pracy nie wzbudziła podejrzeń, ponieważ była na zwolnieniu i leczyła w domu grypę. Zaniepokojenie okazała jednakże jej przyjaciółka, mieszkająca w tym samym budynku. Kiedy Jeanne nie reagowała na dźwięk dzwonka ani na jej telefony i SMS-y, poleciła dozorcy otworzyć drzwi jej mieszkania.

– O Boże – szepnęła Nathalie.

– Jeanne Berney została zamordowana w nad wyraz brutalny sposób – oznajmiła Rosarde. – Przed śmiercią bez wątpienia się nad nią znęcano.

– A teraz policja sprawdza wszystkich jej przyjaciół i byłych chłopaków? – dopytywał się Simon.

Rosarde potrząsnęła głową.

– Nie. Poszukujemy tylko Jérôme'a Deville'a. Ponieważ spotkał on na klatce schodowej przyjaciółkę Jeanne, kiedy ta szła do jej mieszkania. Państwo Berneyowie na podstawie opisu jednoznacznie go zidentyfikowali.

– Był u niej? – zapytała przeraźliwie głośno Nathalie.

Simon zastanawiał się, czy z równowagi wyprowadziło ją podejrzenie, że Jérôme mógł być zabójcą, czy może fakt, że jej partner odwiedził swą dawną dziewczynę. Miał dziwne przeczucie, że za gorszą uznała tę drugą możliwość.

– To nie jest do końca jasne – odparła Rosarde. – Jérôme powiedział przyjaciółce Jeanne, że dzwonił do drzwi jej mieszkania, lecz ona nie zareagowała. Potem zniknął. Według jej zeznania wyglądał tak, jakby od wielu dni mieszkał na ulicy. Gdyby w mieszkaniu Jeanne spędził choć jeden dzień, mógłby się umyć i wyprać ubranie, może wyglądałby wtedy w sposób bardziej cywilizowany. To jednak wyłącznie przypuszczenia. Mógł przebywać w mieszkaniu, nie doprowadzając swego wyglądu do porządku.

„Bo był zajęty torturami i mordowaniem" – pomyślał Simon. Przeniknęło go nieprzyjemne uczucie. Kim był ten Jérôme, mężczyzna, którego Nathalie wynosiła pod niebiosa, któremu była bez reszty oddana? Prześladowaną ofiarą w kryminalnej historii? Czy może tymczasem – albo od samego początku – zabójcą?

– A więc żyje – odetchnęła z ulgą Nathalie. – Tak bardzo się bałam, że przytrafiło mu się coś złego.

– W jaki sposób w pani obecności Jérôme wyrażał się o Jeanne Berney? Czy miała pani kiedykolwiek wrażenie, że wciąż pozostawali w kontakcie? Albo że pewne sprawy nie zostały do końca wyjaśnione?

– Jakie sprawy? – zapytała Nathalie.

Rosarde westchnęła.

– Szuka pani motywu, prawda? – odezwał się Simon. – Z jakiego powodu Jérôme Deville mógłby zamordować swoją dawną partnerkę?

– Czegoś takiego on nigdy by nie zrobił – zaoponowała natychmiast Nathalie. – On nie jest mordercą. Poza tym między nim a Jeanne wszystko było skończone. Nie mieli z sobą kontaktu. Jérôme nigdy nie pojawił się w Metzu, odkąd się stamtąd wyprowadził. Opowiadał mi, że byli z Jeanne parą, ale w pewnym momencie przestał się w tym związku dobrze czuć. Jeanne chciała planować ich wspólną przyszłość aż po samą wieczność, on poczuł się tym skrępowany. I dlatego się rozstali. Nie miał powodu, by ją po latach *torturować i zamordować*!

– Według naszych informacji rozstał się z nią, ponieważ w jego życiu pojawiła się inna kobieta – oznajmiła Rosarde i uważnie spojrzała w twarz Nathalie. – I przez długie miesiące ją oszukiwał, zanim ona przejrzała jego sztuczki.

Nathalie spuściła wzrok. Nikt nie odezwał się słowem. Nikt nie wiedział, co powiedzieć.

Rosarde ponownie westchnęła.

– Nie wnikamy tu oczywiście w życie osobiste monsieur Deville'a – podjęła. – Niemniej w sprawie zamordowania jego byłej partnerki bez wątpienia odgrywa on jakąś rolę. Pewnie nieprzypadkowo akurat wówczas pojawił się u niej w domu.

– On ucieka – wyznała Nathalie. – Został zupełnie sam. To dlatego wyglądał na tak zaniedbanego. Prawdopodobnie potrzebował na dzień, dwa bezpiecznego schronienia. Potrzebuje odpoczynku. Jedzenia. Pieniędzy. Miał nadzieję, że Jeanne mu pomoże. Ale widocznie nie otwarła mu drzwi. Bo leżała już martwa.

– To oczywiście możliwe. Ale mogło też być całkiem inaczej. – Rosarde znów zerknęła w notatki. – Powiedziała pani mojemu koledze, że zamierzał przyjechać tu, do Les Lecques. Do apartamentu swego wuja.

– Tak – potwierdziła Nathalie.

Simonowi coś zaświtało w głowie.

– Czy to możliwe? – zapytał. – Apartament... Zastanawialiśmy się, skąd sprawcy, kimkolwiek są, wiedzieli o tym miejscu. Czy możliwe, że Jeanne im o nim powiedziała? I to dlatego ją maltretowano? Bo miała wyjawić miejsca, w których mógłby się ukrywać Jérôme? Można przecież założyć, że jako dawna partnerka coś na ten temat wiedziała.

– Całkiem przekonujące – przyznał Caparos. Odezwał się po raz pierwszy tego wieczoru. – Wie pani może – zwrócił się do Nathalie – czy mademoiselle Berney znała ten adres w Les Lecques?

– Tak, razem z Jérôme'em spędzała tu wakacje – przyznała Nathalie.

– To oczywiście jedynie spekulacje – zaznaczyła Rosarde. – Koledzy z Metzu zabezpieczyli w mieszkaniu Jeanne Berney mnóstwo odcisków palców. Większość należy do niej samej, są jednak także inne. Porównamy je ze śladami pozostawionymi w mieszkaniu Yves'a Solera w Lyonie. Byłoby dobrze, mademoiselle Boudin, gdyby nam pani pozwoliła zabezpieczyć odciski palców także w pani paryskim mieszkaniu.

– Aby udowodnić, że Jérôme jest przestępcą? – zapytała Nathalie. – To nie on. Ani w Lyonie, ani w Metzu. On jest ofiarą. Ścigają go. On nie jest przestępcą!

– W takim razie w obu miejscach nie znajdziemy jego odcisków palców – zauważyła Rosarde.

„Co oczywiście o niczym jeszcze nie świadczy" – stwierdził w myślach Simon. „Ktokolwiek ma na sumieniu Yves'a i Jeanne, niekoniecznie musiał zostawić po sobie jakieś ślady".

– A co z Denegri Transports? – zapytała Nathalie. – Czy oni są zamieszani w tę sprawę?

– Jak dotąd brak jakichkolwiek przesłanek – oznajmiła

Rosarde. – Byli tam koledzy z paryskiej policji. W firmie nie mają pojęcia, gdzie się podziewa Jérôme Deville.

– Szefowa strasznie mnie jednak przyciskała – odparła Nathalie. – Koniecznie chciała wiedzieć, gdzie Jérôme może przebywać.

– Cóż, w końcu zniknął razem z ich ciężarówką i ładunkiem. Wcale mnie nie dziwi, że firma jest zainteresowana miejscem jego pobytu – oświadczyła Rosarde. – Mają z tego powodu niemały kłopot.

– Czy policji udało się porozmawiać z François? Jego kolegą?

– Jest w trasie, ma wrócić jutro z samego rana. Wtedy zostanie bezzwłocznie przesłuchany. – Rosarde spojrzała na Nathalie. – Czy możemy wejść do pani mieszkania? Może znajdziemy jakieś wskazówki, które rzucą nieco światła na tę tajemniczą sprawę.

Nathalie się zawahała. Pragnęła, by odnaleziono Jérôme'a, by udzielono mu pomocy, ale w żadnym razie nie chciała mu przysporzyć kłopotów.

Rosarde postanowiła zagrać ostrzej.

– We Francji wciąż obowiązuje stan wyjątkowy. Możemy przeszukać pani mieszkanie nawet bez nakazu sądowego.

Simon zrozumiał w lot: pani komisarz była zainteresowana pokojową współpracą, w końcu jednak gotowa będzie zrobić wszystko, co uzna za stosowne i konieczne – bez względu na to, czy Nathalie wyrazi zgodę, czy nie.

Pojęła to również Nathalie.

– Okay. Ale nie mam przy sobie klucza. Jest w torebce pozostawionej w Lyonie.

– Koledzy z Lyonu niestety nie zdołali zabezpieczyć pani torebki – oznajmiła Rosarde. – Prawdopodobnie zabrali ją z sobą mordercy Yves'a Solera. Lecz bez obaw, dostaniemy się do pani mieszkania.

Simon zastanawiał się nad inną jeszcze kwestią.

– Jedno wydaje mi się dziwne – przyznał. – Mówi pani, że w Denegri Transports ze zrozumiałych względów są zainteresowani odnalezieniem Jérôme'a Deville'a, ponieważ zniknął wraz z ich własnością. Ale dlaczego właściwie nikt z firmy nie powiadomił policji? Czy po upływie kilku dni nie byłoby to oczywistym krokiem z ich strony?

– Może chcieli dać mu szansę, by wrócił z własnej woli. Aż tak dużo czasu jeszcze nie minęło.

Simon umilkł. Ton wypowiedzi madame Denegri podczas rozmowy telefonicznej świadczył jego zdaniem o tym, że nie jest bynajmniej szefową, która dawałaby swym pracownikom dodatkową szansę w przypadku popełnienia przez nich jakiegoś błędu.

Inès Rosarde wstała, podniósł się również Caparos. Zanim oboje wyszli, Simon napomknął o dziwnym zniknięciu Kristiny.

– Jeszcze jedno. Chodzi o Kristinę Dembrowski. Moją... partnerkę.

Rosarde zmarszczyła czoło, lecz Caparos, mający w pamięci poranną rozmowę, skinął głową.

– Tak. Co z nią?

– Zniknęła – oznajmił Simon. – Obawiam się, że wpadła w ogromne tarapaty.

Tak bardzo się ucieszyłam z ponownego spotkania z Jérôme'em. A jednak pierwszy okres w Paryżu okazał się trudniejszy, niż można się było spodziewać. W którymś momencie przestałam sobie wmawiać, że jest inaczej. Ściśle rzecz biorąc, nie mieszkaliśmy w Paryżu, lecz w Clichy-sous-Bois, a tam było po prostu okropnie. Nasze mieszkanie, mieszczące się na szóstym piętrze wieżowca, było małe, ciasne, ciemne i skąpo umeblowane. W fatalny sposób przypominało mi mieszkanie, w którym dorastałam pod opieką matki. Miało niewielki balkonik mieszczący ledwie dwie osoby, on także wychodził na północny wschód, niewiele docierało tam słonecznego światła. Jakbym była skazana na zimne, zacienione balkony. Od czasu pobytu u Éliane przywykłam do ładnego otoczenia, miałam ogród, a w pobliżu las, w którym mogłam spacerować. Tu zaś stały wyłącznie wieżowce, jeden za drugim jak okiem sięgnąć, paskudne, zrujnowane, podupadłe bloki z wielkiej płyty, pomiędzy nimi popękany asfalt, gdzieniegdzie tylko skrawek zieleni, wcale nie zielonej, lecz zbrązowiałej, gdyż trudno było znaleźć choćby źdźbło trawy. Wszyscy wystawiali śmieci przed drzwi. Z sąsiadami nie mogłam nawet porozmawiać, ponieważ nikt tu nie mówił po francusku.

Kto chciałby zobaczyć doskonały przykład kompletnie nieudanej integracji, powinien tu przyjechać. Wszędzie wokół włóczyli się bezrobotni młodzieńcy arabskiego pochodzenia z głęboko naciągniętymi na twarz kapuzami, kopali puszki po piwie i zaczepiali przechodniów. Szczególnie po zapadnięciu zmroku po okolicy szwendały się bandy kryminalistów, nie miałam odwagi wyjść wtedy na dwór. Nastało lato, czasem z chęcią poszłabym wieczorem na spacer, lecz nawet Jérôme nie miał na to wielkiej ochoty. Nie wiem, czy on także obawiał się tych typków spod ciemnej gwiazdy, czy może z powodu ogólnej frustracji stawał się taki flegmatyczny. Kiedy tylko był w domu, całymi godzinami przesiadywał przed telewizorem. Często także późnym wieczorem musiał jeszcze rozwozić przesyłki.

Jako kurier wciąż nie najlepiej zarabiał. Nie starczało nam na życie. Czasem pomstował wściekły na swojego szefa, zarzekał się, że rzuci tę pracę i się usamodzielni, bo i tak gorzej już być nie może. Na szczęście pozostawał realistą, wiedział, że mogło być znacznie gorzej i pewnie by tak było. Choć jego comiesięczna pensja była nędzna, to jednak regularnie wpływała na jego konto, dzięki czemu mogliśmy snuć jakiekolwiek plany.

W dniu moich urodzin Jérôme przyjechał po mnie na stację i od razu zawiózł mnie stamtąd do sklepiku z biżuterią w bocznej uliczce przy Polach Elizejskich, bym mogła się przedstawić i niezwłocznie, w co głęboko wierzył, podpisać umowę o zatrudnieniu. Był zdenerwowany i małomówny, nie ulegało wątpliwości, że wiele zależało od tego, czy dostanę tę pracę. Zdawałam sobie z tego sprawę, a mimo to byłam zawiedziona. Miałam urodziny, spędziłam wiele godzin w podróży, odważyłam się na śmiały krok. Rzuciłam szkołę, prawdopodobnie bezpowrotnie zerwałam kontakt z Éliane. Opuściłam moje rodzinne miasto. Tamtego ranka postąpiłam na pozór odważnie i zdecydowanie, lecz w głębi serca czułam lęk i zniechęcenie. Zrobiło mi się też przykro z powodu Éliane. Była naprawdę w porządku, opieka nade mną kosztowała ją wiele wysiłku. Gdybym jednak zachowała się mniej arogancko, być może zmieniłabym zdanie. Musiałam postąpić bezwzględnie, by samą siebie ustrzec przed podaniem w wątpliwość mojej własnej decyzji.

Mój pociąg dotarł do Paryża po południu, miałam cichą nadzieję, że Jérôme weźmie na resztę dnia wolne i miło spędzimy czas. Na przykład pokaże mi miasto. Chętnie wjechałabym na szczyt wieży Eiffla, powłóczyłabym się po Polach Elizejskich, moglibyśmy też pojechać do Wersalu albo na cmentarz artystów na Montmartre. Chciałam, byśmy zjedli w jakimś bistro. Trzymali się za ręce. Po prostu byli razem. Byśmy mogli wspólnie zapomnieć o tych ponurych tygodniach, które musieliśmy spędzić z dala od siebie.

– Muszę wracać do pracy – oznajmił Jérôme w drodze do sklepu jubilerskiego, gdy go nieśmiało zapytałam, czy nie napilibyśmy się gdzieś razem kawy. – I szczerze mówiąc, mam nadzieję, że ty także zaczniesz jak najszybciej. Potrzebujemy pieniędzy.

W jego głosie wyczułam napięcie. Nigdy wcześniej go takim nie widziałam. Zazwyczaj był rozluźniony i radosny, chyba że akurat pokłócił się z ojcem. Lecz nawet wówczas dość szybko się z tego otrząsał. Teraz jednak sprawiał wrażenie odmienionego. Jego przygnębienie nie wyglądało na krótkotrwały napad złego humoru, zdawało się bardziej dojmujące. Schudł, miał strapiony wyraz twarzy. Widać było wyraźnie, że od chwili przyjazdu do Paryża zmaga się nieustannie z poważnymi zmartwieniami.

Dotknęłam jego ramienia.

– Jestem przy tobie – zapewniłam. – I razem ze wszystkim sobie poradzimy.

Zerknął w moją stronę.

– Módl się, byś dostała tę pracę.

Dostałam ją, choć prawdopodobnie zawdzięczaliśmy to urokowi Jérôme'a, którym omamił poprzednio właścicielkę sklepiku. Od razu musiałam zostać tam na kilka godzin aż do zamknięcia, by się ze wszystkim zaznajomić. Jérôme zabrał moje bagaże do furgonetki, którą przyjechaliśmy do centrum miasta, i obiecał przywieźć je wieczorem do domu.

– Dziś wrócę późno – oznajmił, wręczając mi klucze do mieszkania oraz karteluszek, na którym zanotował, jak dotrzeć do Clichy-sous-Bois. – Niestety. Nie mogę się wyrwać przed dziesiątą. Będę w domu około jedenastej, może już pół do jedenastej.

– Co takiego?! – aż krzyknęłam przerażona. – Tak późno?

– Nathalie, szef nie da mi wolnego tylko dlatego, że przyjeżdża moja dziewczyna. To naprawdę smutne, ale nie mogę pozwolić, by się rozzłościł. Dasz sobie radę.

Gapiłam się na karteluszek z wykazem stacji metra i dworców oraz szkicem, jak odnaleźć nasz dom.

– A co, jeśli zabłądzę? – Paryż wydał mi się ogromny, Paryż po prostu jest ogromny. Nieprzenikniony gąszcz ulic, ludzi i trąbiących samochodów. Pomylę linie metra. Wyląduję Bóg raczy wiedzieć gdzie. Nigdy nie odnajdę naszego mieszkania.

– Mam stale włączoną komórkę. W razie problemów dzwoń. – Pocałował mnie w policzek. – Muszę lecieć. I postaraj się w pracy, okay? Żeby stara się nie rozmyśliła. Na razie!

I już go nie było. Stałam i walczyłam z naporem łez. Nie rozpłakałam się tylko dlatego, że byłby to najgorszy z możliwych początków w nowej pracy. Tyle zdołałam już pojąć: jeśli chcę odzyskać dawnego Jérôme'a, muszę mu pomóc rozproszyć wszelkie jego troski.

Tamtego dnia dzielnie sobie poradziłam. Trafiłam nawet do naszego mieszkania. Co prawda z przygodami, zajęło mi to ponad godzinę, gdyż kilkakrotnie musiałam się przesiadać, z metra do kolejki podmiejskiej, a potem do autobusu. Głowa aż mi huczała od nadmiaru obcych nazw, jakie nosiły nieznane mi stacje: Charles de Gaulle-Étoile, La Chapelle, Le Raincy Villemomble, La Lorette.

Dopiero w moim nowym domu, w tych skromnie urządzonych dwu pokojach, których ścian poprzedni lokator najwyraźniej nie pomalował – co w tej okolicy było pewnie w zwyczaju – a łazienki nikt nie sprzątał od dziesięcioleci, nie wstrzymywałam dłużej łez. Leżałam na materacu, który służył nam za łóżko, i łkałam do poduszki. Pokój oświetlała wisząca u sufitu żarówka bez oprawy, na zewnątrz jacyś ludzie na siebie wrzeszczeli.

Inaczej to sobie wyobrażałam. Tak bardzo inaczej.

Kolejne dni przypominały w zasadzie ów pierwszy, nie codziennie jednak zalewałam się łzami. Powiedziałam sobie: najważniejsze, że możemy być razem, nic innego się nie liczy. Jakoś sobie poradzimy. Bądź co bądź zarabiałam już pieniądze, Jérôme nie musiał się tak strasznie tym zamartwiać. Mogliśmy sobie nawet pozwolić na kilka drobiazgów do mieszkania: regał i tkany dywan z Ikei oraz wazon, do którego przez całe lato zbierałam polne kwiaty (pokonawszy odpowiednio długi dystans, nawet od nas docierało się w końcu na łąkę). Niestety, Jérôme spędzał w domu niewiele czasu, pracował w większość weekendów, często też był w kiepskim nastroju.

– Wszystko się ułoży – pocieszałam go któregoś dnia, gdy znów miał chandrę, on jednak warknął:

– Niby jak? Nic się nie zmienia. Za rok będziemy zarabiać tyle samo co teraz, i za dziesięć lat tak samo. Co miałoby się zmienić na lepsze?

– Czasem nagle pojawiają się nowe możliwości – odparłam dzielnie.

– Co niby miałoby się pojawić? – żachnął się przygnębiony. – Staliśmy się clichoisami, a to oznacza: jesteśmy na dnie.

Clichoisami nazywano mieszkańców naszego przedmieścia, taka etykietka ogromnie utrudniała jakiekolwiek aspirowanie do lepszego życia.

A jednak mój optymizm miał się wkrótce okazać całkiem uzasadniony.

W grudniu tego roku Jérôme wrócił któregoś wieczoru do domu i po raz pierwszy od wielu miesięcy był w wyraźnie pogodniejszym nastroju.

Pojawiła się wielce obiecująca okazja, relacjonował. Propozycja pracy. W spedycji.

Chciałam rzecz jasna od razu poznać wszystkie szczegóły. Opowiedział mi więc, że miał tego dnia kurs do biura firmy spedycyjnej z siedzibą w Mauregard, tuż przy lotnisku Charles'a de Gaulle'a. Wdał się tam w rozmowę z jednym z pracowników, wyznał mu, że choć pracuje jako kurier, znalazł się w trudnym położeniu. I wtedy ten człowiek poradził, by zapytał u nich w firmie o posadę.

– Powiedział mi, że nadal szukają kierowców – wyjaśnił Jérôme – i do tego nieźle płacą.

Spojrzałam na wizytówkę, którą mi wręczył.

– Denegri Transports – przeczytałam – spedycja międzynarodowa.

– Jeżdżą po całej Europie – informował Jérôme. – A jeśli naprawdę dobrze płacą... Byłoby to wreszcie światełko na horyzoncie.

– Ale w takim razie nie będzie cię całymi dniami w domu – zauważyłam markotnie. Choć jego dobry humor mnie ucieszył, zmartwiła jednak perspektywa, że będziemy spędzać z sobą jeszcze mniej czasu niż obecnie. Mieszkaliśmy razem, a mimo to rzadziej mogliśmy się sobą nacieszyć niż dawniej, w Metzu, choć żyliśmy tam osobno, a do tego w oddalonych od siebie dzielnicach. Przywykłam jakoś do tej sytuacji, niemniej znów czułam rozczarowanie, nadto dręczył mnie jakiś nieokreślony niepokój: czy nasz związek to przetrwa?

– No tak, ale w przerwach pomiędzy kursami będę dłużej zostawał w domu – odparł Jérôme. – Na pewno ze dwa, trzy dni z rzędu. Prawdopodobnie będziemy spędzać z sobą więcej czasu, teraz nigdy nic nie mogę zaplanować.

W głowie zaświtała mi myśl. Zrozumiałam: los naszej miłości zależał również od tego, czy Jérôme odzyska nieco radości życia i ufności.

Już nazajutrz Jérôme umówił się na rozmowę kwalifikacyjną w Denegri Transports, miał się tam zgłosić dzień później. Byłam bardziej zdenerwowana od niego, nawet moja szefowa w sklepiku jubilerskim zapytała w końcu:

– Co się z panią dzieje? Nie jest pani dziś sobą.

– Wszystko w porządku – odparłam spiesznie i wzięłam się w garść.

Kiedy tamtego wieczoru wróciłam do domu, zastałam w nim Jérôme'a. Kupił nawet po drodze butelkę szampana. Zapalił też świece. Od razu się oczywiście wszystkiego domyśliłam.

– Dostałeś tę pracę! – zawołałam i go uściskałam.

Jérôme odkorkował butelkę, z braku kieliszków popijaliśmy szampana z naszych kubków do kawy, wcale to nam jednak nie przeszkadzało i nie zakłóciło radosnego nastroju.

– Zaczynam pierwszego lutego. Teraz wszystko się ułoży, Nathalie – powtarzał bez końca. – Zobaczysz. Uda nam się!

W głębi ducha byłam bardziej sceptyczna od niego. „Miejmy nadzieję, że nic złego się nie wydarzy" – myślałam zatroskana.

Refleksje te zachowałam jednak dla siebie. Nieważne, co się stanie, ten wieczór był tego wart.

Jak się w następnych miesiącach okazało, zupełnie niepotrzebnie się zamartwiałam. Rzeczywiście wszystko zmieniło się na lepsze. Nie staliśmy się wprawdzie bogaczami, mogliśmy jednak przeprowadzić się do lepszej dzielnicy, do Issy de Moulineaux. Trzypiętrowy dom przy rue Édouard Naud nie wyglądał zbyt ładnie, do tego było tam dość głośno z uwagi na przejeżdżające pobliskim wiaduktem w regularnych odstępach czasu podmiejskie pociągi. Lokatorzy z parteru zabezpieczyli swoje i tak już zakratowane okna dodatkowymi deskami, co wcale nie napawało mnie ufnością, że okolica jest bezpieczna. Nasze mieszkanie na pierwszym piętrze miało jednak balkon, co prawda niewielki, lecz skierowany na południe, mogliśmy kupić sobie porządne łóżko, szafę na ubrania i stół z krzesłami. Jérôme całymi dniami był w trasie, lecz tak jak przewidywał, zostawał potem na parę dni w domu. Dzięki temu faktycznie spędzaliśmy z sobą więcej czasu niż dawniej, najważniejsze zaś, że Jérôme'owi dopisywał humor, odzyskał równowagę, znów był pełnym pomysłów optymistą. Nasz los odmienił się na lepsze, dziwił mnie tylko fakt, że każdego dnia w kółko to sobie powtarzałam. Jakbym wciąż na nowo musiała zaklinać coś, w co koniecznie chciałam uwierzyć, lecz w co w głębi serca powątpiewałam. Dlaczego nie dostrzegałam rzeczy takimi, jakie są? Mieliśmy przecież udane życie.

Skąd te moje lęki i wątpliwości?

Aż w końcu zrozumiałam: istotą mojej nieufności wobec losu był strach przed utratą Jérôme'a. Strach ten nosiłam w sobie począwszy od dnia, w którym się poznaliśmy. Dotąd jednak zawsze dostrzegałam jego przyczynę. Nasza miłość nie przetrwa wobec niezrozumienia ze strony otaczających nas dorosłych, nie przetrzyma okresu rozłąki albo niemal depresyjnego nastroju Jérôme'a. Było to przykre uczucie, lecz wiedziałam, skąd się bierze.

A teraz te powody zniknęły. Nie było już Éliane, która zawsze wszystko lepiej wiedziała, nie było ojca, który utrudniał Jérôme'owi życie. Mieszkaliśmy razem, a Jérôme był pełen optymizmu.

Mimo to lęk wciąż mnie nie opuszczał.

Panoszył się we mnie w niezrozumiały sposób, nie potrafiłam mu się przeciwstawić. A to czyniło go groźniejszym niż kiedykolwiek przedtem. Zdawał się nieuzasadniony.

Coś mi jednak podszeptywało, że nic w świecie nie dzieje się bez powodu.

Sofia, Bułgaria, piątek, 18 grudnia

Za oknem było jeszcze ciemno, gdy u drzwi zadzwonił dzwonek. Kirił i Iwana już nie spali. Tej nocy ledwie zmrużyli oczy, od paru godzin leżeli rozbudzeni w łóżku i w milczeniu wpatrywali się w sufit. Nieustannie rozmyślali o Nince. Gdzie się podziewa? Co się z nią dzieje? Jak spędziła noc?

Jak wygląda każda jej noc?

Kiedy zabrzęczał dzwonek, oboje wyskoczyli z łóżka. Nie wybiła jeszcze siódma. To nie mogły być zwyczajne odwiedziny.

– Może to Dimitrowa z dołu – rzekł Kirił. – Może odebrała telefon od Ninki!

Iwana włożyła swój stary, podniszczony szlafrok i uchyliła drzwi. Jako że drzwi wejściowe do budynku bez trudu dało się otworzyć, goście stali już w progu jej mieszkania. Zobaczyła Aleka, miłego młodzieńca, który zaoferował jej pomoc.

Za nim stał drugi mężczyzna, jeszcze młodszy, miał co najwyżej dwadzieścia lat. Na smyczy trzymał dużego czarnego psa. Buty obydwu mężczyzn pozostawiały na wyłożonej linoleum podłodze mokre ślady, z grubej sierści psa kapała woda. Widocznie na dworze padał deszcz.

– Znalazłem go – oznajmił Aleko. Rozpierała go duma. – To jest Sarko!

– Dobry Boże! – zawołała Iwana. – Gdzież go pan złapał tak wcześnie rano?

Aleko popadł w zachwyt nad samym sobą.

– Zastanawiałem się, kiedy ludzie wyprowadzają swoje psy. Zazwyczaj skoro świt, zanim pójdą do pracy. A zatem jeśli Sarko mieszka gdzieś w tej okolicy, najprędzej można go spotkać o tej właśnie porze. Cóż, wstałem więc dziś wcześniej i włóczyłem się między blokami... i nagle go zobaczyłem. Szedł z psem. Tak jak to wydedukowałem. Od razu tu przyszliśmy.

– Specjalnie wyszedł pan na dwór z samego rana, w tym mroku i deszczu? – Iwana wzruszyła się niemal do łez.

– Przecież mówiłem, że pani pomogę – odparł Aleko.

Kirił, narzuciwszy spiesznie dżinsy i sweter, z rozczochranymi włosami pojawił się w drzwiach. Iwana wyjaśniła mu, kim są poranni goście. Zaprosili ich do kuchni, Kirił nastawił wodę na kawę. Wielki czarny pies wyciągnął się pod stołem i zaczął lizać łapy.

– A więc jest pan przyjacielem Seliny? – zapytała Iwana.

Sarko spojrzał niezdecydowany, jakby sam nie miał co do tego pewności. Ten wyrośnięty dryblas sprawiał wrażenie trochę nieśmiałego – i zdziwionego przebiegiem porannych wydarzeń.

– Sarko pracuje na lotnisku – wyjaśnił Aleko, który wykorzystał uprzednio czas na rozmowę. – Tam właśnie poznał Siemionowa, ojca Seliny. A potem, przy jakiejś towarzyskiej okazji, także Selinę. Dobrze zrozumiałem?

Sarko skinął głową.

– Tak. Tak właśnie było.

– Wie pan, że usilnie szukamy Seliny? – odezwała się Iwana. Najchętniej by nim potrząsnęła. *Powiedz nam wszystko, co wiesz. Powiedz wszystko, co ci przychodzi do głowy w związku z Seliną. Potrzebujemy wszelkich informacji. I to szybko!*

– Tak – odparł Sarko. Nerwowo oblizywał językiem spękane wargi. – Ale nie wiem, czy będę mógł państwu pomóc.

– Każda, choćby najdrobniejsza wskazówka może się okazać przydatna – zachęcała Iwana.

– Selina i ja byliśmy zaprzyjaźnieni – wyznał Sarko. – Ale kiedy naprawdę zaczęło mi na niej zależeć, odniosłem wrażenie... – Zawahał się.

– Tak?

– Lubiła mnie, to prawda, ale sądzę, że to jej po prostu nie wystarczało. Tak naprawdę nie marzyła o chłopaku z Sofii, i to jeszcze z tej samej biednej dzielnicy. Selina... mierzyła wyżej. Chciała wyjechać na Zachód. Chciała zrobić karierę.

– Jaką karierę?

– Jako modelka. Albo aktorka. Selina naprawdę świetnie wygląda. I dobrze o tym wie. „Mój wygląd to mój jedyny kapitał” – często to powtarzała.

Iwana skinęła głową. Ludzie, którzy ją wywieźli, pewnie myśleli podobnie.

– Ja pragnąłem naszej wspólnej przyszłości – ciągnął Sarko. Odzyskał nieco pewności siebie. – Spotykałem się z nią codziennie. Czasem, jak sądzę, ją to złościło.

Kirił postawił na stole kubki z kawą. Iwana się pochyliła.

– Sarko, to ważne: czy zna pan ludzi, z którymi Selina ostatecznie odeszła? Ich nazwiska? Wygląd? Cokolwiek?

– Nie. – Sarko potrząsnął głową. – Pewnego dnia przyszła na spotkanie strasznie podekscytowana. Zaczepił ją w dyskotece jakiś mężczyzna, powiedział jej, że ma zadatki na wielką karierę w modelingu. Twierdził, że pracuje dla pewnej kobiety prowadzącej w Rzymie dużą agencję modelek. Zaproponował, że zorganizuje próbne zdjęcia Seliny w Rzymie. To on je później z sobą skontaktował.

Znów Rzym, a nie Paryż. To w niczym nie posuwa sprawy naprzód. „W obliczu posiadanych przez nas informacji moglibyśmy przyjąć, że są fałszywe” – pomyślała Iwana.

– Wie pan może, jak się nazywa kobieta prowadząca rzekomo tę agencję?

Sarko na chwilę się zamyślił.

– Po prostu Vjara, bez nazwiska. Według Seliny to w branży osobistość – znana tylko pod tym imieniem. Vjara.

„A my w to zwyczajnie uwierzyliśmy” – pomyślała zrozpaczona Iwana. „Byliśmy pod wrażeniem kobiety, która jest tak wielką osobistością w świecie modelingu, że używa wyłącznie imienia. Staliśmy się tak łatwymi ofiarami”.

– Nic więcej pan o niej nie wie?

– Nie. Tylko tyle, że Selina była nią absolutnie zachwycona.

– Czy kiedykolwiek widział pan tę Vjarę na własne oczy?

– Nie. Po tamtym spotkaniu nigdy więcej nie zobaczyłem też Seliny. Nie miała czasu, gdyż wszystko kręciło się wokół planowanego wyjazdu. Pewnego razu odwiedziłem jej rodziców, by się z nią spotkać, porozmawiać. Ale ona już wyjechała.

Sarko posmutniał. Iwana zrozumiała, że był w tej dziewczynie zakochany, dostrzegła, jak bardzo wciąż cierpi z powodu nagłego zerwania znajomości. Selina odsunęła go w kąt jak jakiś wybrakowany mebel i obrała drogę, po której więcej sobie obiecywała. Drogę, jak się okazało, prowadzącą donikąd. Gdyby tylko została z tym miłym chłopcem trzymającym na smyczy wielkiego psa...

– Czy Aleko panu opowiedział...? – napomknęła ostrożnie Iwana.

Sarko spojrzał na nią z dziecięcym przerażeniem w oczach.

– Tak. Opowiedział mi. Czy to prawda? Czy ona... musiała...? – Nie potrafił tego wymówić.

Iwana skinęła głową.

– Tak. To nie ma nic wspólnego z karierą modelki. Oni tylko mamią tym młode dziewczęta. A one wszystkie dają się na to nabrać.

„A także ich rodzice" – dodała w myślach.

– O Boże – mruknął Sarko. – To straszne.

Jego pies chyba zwietrzył jakieś kłopoty. Uniósł łeb spod stołu i zaczął lizać dłonie swego pana.

– Moja córka – wyznała z trudem Iwana – zaufała tym samym ludziom. – Wiedziała, że koloryzuje. Selina przynajmniej została zaczepiona w dyskotece i tak długo naciskała na rodziców, aż w końcu dali za wygraną. W przypadku Ninki kontakt nawiązał jej rodzony ojciec. – Ta Vjara była u nas. Sympatyczna kobieta, sprawiająca naprawdę duże wrażenie. Zaufaliśmy jej.

– To straszne – powtórzył Sarko. – Po prostu straszne.

– Tak. Ale lament nam nie pomoże. Musimy odnaleźć ślad Ninki. I dlatego musimy porozmawiać z Seliną. To jedyna osoba, która może nam pomóc. Może nam coś powiedzieć o miejscu, w którym przetrzymują Ninkę. Może nam podać nazwiska. Musimy ją odnaleźć.

– Sarko już po drodze łamał sobie głowę nad tym, gdzie mogłaby przebywać – wtrącił Aleko. – Niestety bez skutku.

– Nie chodziliśmy z sobą długo – przyznał Sarko. – Poza tym ona zawsze zachowywała dystans. Wydaje mi się, że to ja więcej jej o sobie opowiedziałem niż ona mnie.

– Proszę, niech pan pomyśli. Może całkiem mimochodem o czymś wspomniała. Domek letniskowy. Krewni. Bliscy znajomi jej rodziców. Miejsce, gdzie wcześniej mieszkała.

Kirił, dotąd milczący, wmieszał się do rozmowy:

– Ale czy na pewno ukryliby się tam, gdzie już kiedyś przebywali? U przyjaciół albo krewnych? Szukają ich naprawdę niebezpieczni przestępcy. Ludzie ci z pewnością dysponują mnóstwem możliwości sprawdzania tropów. Czy Siemionowowie nie udaliby się raczej tam, gdzie nigdy jeszcze nie byli i gdzie nikt by się ich nie spodziewał?

Iwana potrząsnęła głową.

– Gdyby mieli wybór, z pewnością by tak zrobili. Ale przypuszczam, że sprawa rozbija się o pieniądze. Gregor Siemionow na pewno nie ma żadnych oszczędności. Wątpliwe, czy nadal będzie dostawał pensję, tym bardziej że podejmując pieniądze, naraża się na dodatkowe ryzyko. Z czego mieliby się utrzymać? W żadnym razie nie mogą się też ubiegać o zapomogę, bo tym samym zostawiliby wyraźne ślady. Moim zdaniem musieli się schronić u ludzi gotowych im przez jakiś czas pomagać. A to wyklucza obcych.

Argument ten trafił pozostałym do przekonania.

– To krewni najprędzej im pomogą – rzekła Iwana. – Wyżywienie trzyosobowej rodziny sporo kosztuje.

– Z krewnymi można się jednak poróżnić – zauważył Aleko. – Czasem lepsze stosunki łączą nas z przyjaciółmi.

Wszyscy spojrzeli w stronę Sarka. Iwana patrzyła na niego

niemal hipnotyzującym wzrokiem w nadziei, że coś sobie przypomni. Jakiś szczegół. Drobny, nic nieznaczący, wtrącony mimochodem... a jednak decydujący.

– Jej brat – rzucił nagle Sarko.

– Selina ma brata? – zapytali niemal równocześnie Iwana, Kirił i Aleko.

– Matka Seliny wyraźnie mi powiedziała, że Selina to jej jedyne dziecko – oznajmił zmieszany Kirił. – Jestem tego pewien.

– Jest jedynym dzieckiem Katariny Siemionowej – wyjaśnił Sarko. – Ale Selina opowiadała mi, że jej ojciec był już wcześniej żonaty. Jego żona, o ile dobrze pamiętam, zmarła na gruźlicę. Z tego związku pochodzi brat Seliny – oczywiście brat przyrodni, dla ścisłości. W dzieciństwie często się z nim spotykała, opowiadała mi, że nauczył ją sporo fajnych sztuczek. Była w nim wtedy całkiem zadurzona.

– Gdzie on mieszka?

Sarko potarł skronie.

– Mówiła mi o tym... chwila... w Mirkowie. Tak, Mirkowo. Na sto procent.

– Mirkowo? – podchwycił Kirił. – To niedaleko. Jakieś sześćdziesiąt kilometrów stąd.

– Jej brat prowadzi tam niewielki zakład stolarski.

Iwana zacisnęła dłonie na kancie stołu tak mocno, że uwidoczniły się kostki, a pożółkła skóra napięła jak stary pergamin.

– Mamy! To nasz pierwszy punkt zaczepienia. Nawet jeśli się tam nie schronili, jej brat może będzie nam mógł pomóc. Wie pan przypadkiem, jak układały się ich stosunki rodzinne?

– Chyba dobrze. Selina, jak już mówiłem, spędzała dawniej z bratem sporo czasu. Chciałem dowiedzieć się czegoś więcej, ale jak zwykle... – Sarko wykonał ręką ruch wyrażający rezygnację. – Jak zwykle nie chciała tego roztrząsać.

– Na ten ślad oni też mogą wpaść – zauważył Kirił.

Iwana wstała.

– I dlatego musimy być szybsi. Nie mamy ani chwili do stracenia. Jeszcze dziś musimy pojechać do Mirkowa. Czy ktoś ma samochód?

Zapadło przykre milczenie.

– Dano ma auto – odezwał się w końcu Kirił.

– W takim razie natychmiast pójdziesz do niego i poprosisz, żeby ci pożyczył – oznajmiła Iwana.

Kirił westchnął.

– Nie będzie tym zachwycony.

– Wytłumaczysz mu, że to sprawa życia i śmierci.

Les Lecques, Francja, piątek, 18 grudnia

Wypili całe hektolitry herbaty owocowej. I mocnej czarnej kawy. W szufladzie znaleźli talię kart, zagrali kilka partyjek, po czym kolejno oświadczyli, że gry w karty nie znoszą. W południe Simon znów ugotował spaghetti i nawet nakłonił Nathalie, by skosztowała parę kęsów. Nathalie chciała porozmawiać o dzieciństwie i młodości Simona, ten jednak wciąż odmawiał, żałując, że w ogóle jej cokolwiek o sobie opowiedział. Najgorsze, że w tym apartamencie nie sposób było zejść sobie z oczu. Mogliby się zaszyć w swoich pokojach, te jednak były jeszcze skromniej urządzone niż salon, a do tego nie działało w nich ogrzewanie. Panował ziąb, znów się rozpadało. Morze zrobiło się nieomal nieruchome.

Simon zastanawiał się, jak długo przyjdzie im tu siedzieć. Zniecierpliwiony chciał się wreszcie zająć ważnymi, niecierpiącymi zwłoki sprawami. Zamierzał wszcząć poszukiwania Kristiny. Z każdą upływającą minutą stawał się coraz bardziej niespokojny. Kilkakrotnie rozmawiał przez telefon z Leną, która wciąż miała dla niego przygnębiające wieści. Kristina nadal nie wróciła do swojego mieszkania, prawdopodobnie w ogóle nie dotarła do Hamburga. Nie odbierała telefonów, nie odpowiadała na e-maile ani na wiadomości wysyłane przez WhatsApp. Jakby zapadła się pod ziemię.

Nadto Simon wolałby się zająć własnym domem. Uprzątnąć pozostawiony bałagan, zinwentaryzować poczynione szkody. Wiedział, że o włamaniu powinien pilnie powiadomić ojca. Na myśl o tym przechodziły mu po plecach ciarki, dlatego wciąż odsuwał od siebie tę chwilę. Jak miałby opowiedzieć mu o tym, co zaszło? Ojciec oświadczyłby z pewnością, że włamania dokonali wspólnicy Nathalie, a jego syn był na tyle głupi, by dać się zwabić do hotelu jakiejś przygodnie poznanej osobie. Nie przeszkadzałby mu przy tym fakt, że nie wszystko się w tej kwestii zgadzało. Natychmiast by przyjechał i wpadł w szał, widząc skalę dewastacji.

Mimo to Simon nie mógł oczywiście wciąż trzymać tej sprawy przed nim w tajemnicy. Już dawno powinien był też powiadomić ubezpieczyciela. Simon miał nadzieję, że cała ta historia w końcu zostanie wyjaśniona, a wówczas będzie mógł ojcu przynajmniej wytłumaczyć, co się wydarzyło, nie wychodząc przy tym na kompletnego durnia.

Około godziny szóstej wieczorem na zachodzie pojawiło się nad taflą morza blade światło. Grudniowe dni na Południu były znacznie dłuższe niż w Niemczech. Nie trwały jednak wiecznie, wkrótce potem zapadła noc.

Tuż po szóstej, gdy Simon akurat próbował, choć bez powodzenia, znaleźć na małym telewizorze jakiś kanał, w apartamencie znów pojawiła się Inès Rosarde. Już sam sposób, w jaki zapukała do drzwi, nie zwiastował nic dobrego: była mało zdecydowana. A to do niej nie pasowało. Przyprowadziła z sobą współpracownika, którego Simon jeszcze nie znał. Rosarde go wprawdzie przedstawiła, lecz Simon od razu zapomniał jego nazwisko.

Coś ścisnęło go za gardło. Być może to wyraz jej oczu: nieco mniej surowy. Niemal współczujący.

– Niestety, nie przynoszę dobrych wieści – oznajmiła.

Choć nie wymieniła żadnego nazwiska, Simon od razu się domyślił, o kogo chodzi.

– Kristina.

Rosarde usiłowała złagodzić swoje słowa.

– Nie znamy żadnych szczegółów. Możliwe, że da się to racjonalnie wyjaśnić. Choć sprawa jest co najmniej... dziwna.

– Tak?

– Możemy usiąść?

Ponownie zajęli miejsca przy plastikowym stoliku, tylko współpracownik Rosarde nadal stał z założonymi rękoma przy drzwiach wejściowych. Simon tym razem nie zaproponował kawy ani herbaty. Chciał jak najszybciej wiedzieć, co się stało.

Inès Rosarde odchrząknęła.

– Wszczęliśmy poszukiwania Kristiny Dembrowski. Najpierw ustaliliśmy, że najprawdopodobniej nie opuściła Francji samolotem. Jej nazwisko nie figuruje na żadnej liście pasażerów wylatujących w tym czasie z kraju. A jednak wynajęty przez nią samochód został w środowy wieczór zwrócony na lotnisku Marignane.

– Zgadza się – przyznał Simon. – Zamierzała wracać. Tak przecież oznajmiła.

– Moi koledzy rozejrzeli się dokładnie na lotnisku. I natrafili na pracownika głównego punktu informacyjnego, który pamięta, że w środę wieczorem rozmawiał z kobietą pasującą do opisu Kristiny Dembrowski. Kobieta była Niemką, mówiła jednak całkiem dobrze po francusku. Koniecznie chciała się dostać do Hamburga, co tamtego wieczoru okazało się jednak niemożliwe. Wydała mu się zmęczona i zestresowana.

Ile Niemek o wyglądzie Kristiny rozpaczliwie usiłowało w ów środowy wieczór złapać samolot z Marsylii do Hamburga?

– To na pewno ona – rzekł Simon. – Bez wątpienia.

– Z zasady niczego nie uznaję za absolutnie pewne, jeśli nie zostało udowodnione – oświadczyła Rosarde. – Lecz zgadzam się z panem, owa kobieta to prawdopodobnie pańska zaginiona partnerka.

Partnerka nie było najwłaściwszym słowem opisującym jego związek z Kristiną, Simon zrezygnował jednak z dalszych wyjaśnień.

– I? – zapytał. Miał nieodparte wrażenie, że Rosarde nie powiedziała jeszcze wszystkiego.

– Pracownik lotniska wyraźnie zapamiętał tę kobietę dlatego, że podczas ich rozmowy pojawiło się dwóch mężczyzn, funkcjonariuszy Police nationale. Oświadczyli, że mają kilka pytań do madame Dembrowski, i poprosili ją, by udała się z nimi na komisariat. Zamierzali ją potem odwieźć do hotelu, by następnego ranka mogła złapać pierwszy samolot do Niemiec.

– Police nationale?

Rosarde westchnęła.

– To nie byli policjanci. Szybko to ustaliliśmy.

– Co takiego? – Simon spojrzał na nią wytrącony z równowagi. – Fałszywi policjanci? I Kristina ot tak, po prostu z nimi poszła? Czyżby się nie wylegitymowali?

– Ależ tak. Lecz pańska partnerka widocznie nie przyjrzała się dokładnie legitymacjom. To typowy przypadek. Bądźmy szczerzy: jak dokładnie obejrzał pan nasze legitymacje, podkomisarza Caparosa i moją?

W ogóle tego nie zrobił. Simon zadowolił się tym, że machnęli mu przed oczami czymś, co przypominało legitymację. Rosarde wiedziała, co sobie pomyślał.

– Tak postępuje bardzo wielu ludzi. Sam gest robi na nich wrażenie. W takiej chwili nie zadają dalszych pytań.

– Boże – jęknął Simon. Ukrył twarz w dłoniach. – Kim są ci ludzie? – mruknął. – I jakie mają wobec niej zamiary?

– I skąd wiedzieli, że Kristinę Dembrowski znajdą na lotnisku w Marsylii? – dodała Rosarde. – W fatalny dla Kristiny sposób potwierdziło to jedynie ich wiarygodność: policja mogła oczywiście o tym wiedzieć, skoro miejscowi funkcjonariusze odkryli jej wyjazd z Les Lecques. Albo pan ich o tym poinformował.

Simon uniósł głowę.

– Uważa pani, że Kristina pomyślała, że to ja ją zdradziłem?

Rosarde nie odpowiedziała na to pytanie.

– Rozmawiałam z kolegami z Police municipale w Saint Cyr. Według ich informacji samochód z wypożyczalni stał zaparkowany naprzeciw pańskiego domu w La Cadière. Czy to prawda?

– Tak. Przyjechaliśmy tutaj moim samochodem. W środowy wieczór Kristina pojechała do La Cadière taksówką. Tam zamierzała się przesiąść.

– Rozumiem. Możliwe, że pański dom był pod obserwacją. A wtedy wystarczyło ruszyć w ślad za autem z wypożyczalni, by dotrzeć na lotnisko.

– Ale... czego oni chcą od Kristiny?

– Trudno odpowiedzieć na to pytanie, póki nie wiemy, kim są *oni*. Najwyraźniej jednak chcą was dopaść – za wszelką cenę. Przypuszczalnie bardziej im przy tym zależy na Nathalie Boudin. Dlaczego zatem pańska partnerka? Możliwe, że od Kristiny Dembrowski chcą wydobyć informację o miejscu waszego pobytu. Byłby to uzasadniony powód jej uprowadzenia.

Simon spojrzał jej w twarz.

– Poprzednio mówiła pani, że być może istnieje jakieś niegroźne wyjaśnienie. W rzeczywistości jednak wie pani doskonale, że to nieprawda. Dlatego jestem zaniepokojony. Co zrobią Kristinie, by podała im adres tego cholernego apartamentu?

– To jedynie przypuszczenie...

Wpadł we wściekłość, choć dobrze wiedział, że Inès Rosarde w niczym nie zawiniła.

– Niechże pani przestanie. Ile niewinnych możliwości przychodzi pani do głowy, kiedy się pani dowiaduje, że dwóch mężczyzn udaje francuskich policjantów i porywa z lotniska kobietę, po której ginie wszelki słuch? W tej sytuacji nikt już nie powie o jakimś *przypuszczeniu*. My *wiemy*, że Kristina znalazła się w okropnym położeniu... jeśli w ogóle jeszcze żyje.

– Nie może pan od razu zakładać najgorszego.

– Czyżby? Niby co mam sobie myśleć? Od kilku dni tkwię w jakimś szaleńczym koszmarze i nikt nie potrafi mi wyjaśnić, co się właściwie dzieje. Policja wciąż tylko zadaje pytania, które donikąd nie prowadzą, i nie nadąża za wydarzeniami. Gdyby przynajmniej...

– Może trochę za późno powiadomił pan policję – przerwała mu Rosarde. Jej ochrypły głos zabrzmiał teraz nieco ostrzej. – Według moich informacji upłynęły całe dwadzieścia cztery godziny, zanim po odkryciu zwłok Yves'a Solera uznał pan za wskazane powiadomić przynajmniej funkcjonariuszy miejscowej policji – zamiast kolegów z Lyonu. Wnioskując z przewagi, jaką mają niewątpliwi prześladowcy Nathalie Boudin, ponosi pan sporą część odpowiedzialności. Prosiłabym zatem o większą ostrożność w szafowaniu oskarżeniami.

Miała rację. Umilkł. Wiedział, że popełniał jeden błąd za drugim. Powinien był zadzwonić na policję jeszcze z lyońskiego mieszkania Solera. A teraz płaci za to Kristina. Jeśli nie zobaczy jej żywej, nie wie, jak będzie mógł z tym żyć.

– Znaleziono ciężarówkę, należącą do Denegri Transports, którą prowadził Jérôme Deville – podjęła Rosarde nieco łagodniejszym tonem, uznając milczenie Simona za przyznanie jej racji. – Ładunek wydaje się nienaruszony.

Nathalie, siedząca jak zwykle bez słowa i rozcierająca nerwowo kostki swoich palców, natychmiast uniosła głowę.

– Są jakieś wieści o Jérômie?

– Niestety nie – odparła Rosarde. – Samochód stał od jakichś dziesięciu dni na parkingu na skraju wioski na południe od Paryża. Po pewnym czasie mieszkańcom wydało się to podejrzane, dlatego powiadomili policję. Ani śladu Deville'a. Porzucił ciężarówkę i musiał w inny sposób dotrzeć do Metzu.

– Tu nie chodziło o kradzież – mruknął Simon. Nie wierzył w to ani przez sekundę. Chłopak Nathalie nie zniknął po prostu z ładunkiem. Sprawa wyglądała na bardziej złożoną.

– Owszem, najwyraźniej nie o kradzież – potwierdziła Rosarde. Marszcząc czoło, zerkała do swoich notatek, skreślonych, o ile Simon mógł dojrzeć, zupełnie nieczytelnym pismem w podniszczonym czarnym notatniku.

– François Rigot – oznajmiła. – Przyjaciel Deville'a. Zniknął.

– To niezupełnie przyjaciel Jérôme'a – zaoponowała Nathalie, Simon zaś zapytał skonsternowany:

– On także?

Rosarde skinęła głową.

– Zamierzaliśmy z nim dziś porozmawiać. Wczorajszej nocy miał przyjechać z ładunkiem z Berlina. Dziś powinien mieć dzień wolny, lecz wysłano mu SMS-a, że ma się zgłosić w firmie. Nie odpowiedział. Ciężarówka nie pojawiła się na firmowym parkingu, Rigota nie ma w mieszkaniu. Nikt nie wie, gdzie się podziewa.

– Niesłychane! – Simon potrząsał głową. – Jérôme. Kristina. A teraz ten... ten François Rigot. To bardzo, bardzo dziwne.

– Tak – przyznała Rosarde. – Dla mnie aż za bardzo. Nie możemy ryzykować kolejnych zabójstw. Pan i mademoiselle Boudin nie jesteście tu już bezpieczni.

– W każdej chwili chętnie wrócę do Niemiec – zaproponował Simon, choć zdawał sobie sprawę, że to niemożliwe. „Muszę zająć się domem" – pomyślał. „I co niby miałbym robić w Hamburgu, skoro nie wiem, co się dzieje z Kristiną?"

Strach o nią przygniótł jego pierś niczym ołów. Spotkało ją coś strasznego, był o tym na tyle mocno przekonany, by nie robić sobie żadnych złudnych nadziei. Nie było dla niej ratunku. Nieważne, co zrobi policja, na jakie jeszcze natrafi ślady, jakie powiązania zdoła genialnie ustalić – dla Kristiny będzie już za późno.

Inès Rosarde potrząsnęła głową.

– I to nie wydaje mi się bezpieczne. Wolałabym umieścić państwa w jednej z naszych dziupli.

– Dziupli? – zapytała poirytowana Nathalie.

– To część naszego programu ochrony świadków – wyjaśniła Rosarde. – Domy należą do policji, są dobrze zabezpieczone, dobrze chronione, możemy w nich umieścić ludzi, którzy muszą na pewien czas zniknąć. Będzie z państwem dwóch funkcjonariuszy, którzy zagwarantują państwu bezpieczeństwo.

– Ale... jak w takim razie odnajdzie mnie Jérôme? – zapytała Nathalie.

– Może postąpi w jedyny słuszny sposób – odparła Inès Rosarde. – Zgłosi się na policję.

– A jeśli nie będzie mógł tego zrobić? – dopytywała się Nathalie. – Może jest przetrzymywany.

– W Metzu kręcił się w pobliżu miejsca zbrodni, nie wygląda więc na to, by był przez kogoś przetrzymywany – przypomniała Rosarde. – Miał niewątpliwie okazję do nawiązania kontaktu ze służbami.

Nikt nie odezwał się słowem.

– Jakkolwiek było – podjęła Rosarde – już dziś wieczorem chciałabym zabrać państwa do naszego domu.

– Gdzie on jest? – zapytał Simon.

– Im mniej państwo na ten temat wiedzą, tym lepiej. Nie muszę chyba tłumaczyć, że nie wolno stamtąd nawiązywać żadnego kontaktu ze światem zewnętrznym. *Nikt*, nawet najbliżsi krewni czy przyjaciele, nie może wiedzieć, gdzie przebywacie. Nie mogę skonfiskować państwa telefonów komórkowych, ale usilnie proszę o ich nieużywanie.

– Ja i tak nie mam już komórki – oznajmiła Nathalie. Wyglądała na strasznie roztrzęsioną. – Czuję, że zostawiam Jérôme'a na lodzie – mruknęła.

– Nie wie pani, jaką rolę odgrywa on w tej historii – powiedziała ostrożnie Rosarde. – Być może także przed nim musi się pani mieć na baczności.

– Przecież mnie ostrzegł – odparła oburzona Nathalie. – Chybaby tego nie zrobił, gdyby...

– Może tymczasem znów zmienił front. Skąd może pani wiedzieć, że to nie on wyjawił adres apartamentu w Les Lecques?

– Nie, to z pewnością zrobiła Jeanne. I dlatego była... – Nathalie przełknęła resztę zdania.

– Była torturowana i została zamordowana – dokończyła Rosarde. – Tak właśnie sądzimy. Ale tego nie *wiemy*. A dopóki się dokładnie nie dowiemy, o co tu właściwie chodzi, muszę brać pod uwagę każdą ewentualność. Również tę, że Jérôme Deville jest zabójcą. Życzyłabym sobie bardzo, by tak nie było, lecz nie mogę tego wykluczyć.

Nathalie zacisnęła wargi. Simon jej współczuł, lecz wiedział, że Inès Rosarde ma rację.

Wstał.

– Nathalie, zbierajmy się – oznajmił. – Jérôme zniknął. Zniknęła Kristina. A teraz jeszcze przyjaciel Jérôme'a. Yves Soler nie żyje. Dawna dziewczyna Jérôme'a z Metzu nie żyje. Nie powinniśmy robić niczego, absolutnie niczego na własną rękę. Musimy przystać na propozycję policji.

– Bardzo rozsądnie – przyznała z ulgą Rosarde. Również ona podniosła się z miejsca. – Ile czasu państwo potrzebują, by się spakować?

Le Tholonet, Francja,
piątek, 18 grudnia

Tego chłodnego, deszczowego wieczoru o godzinie dwudziestej drugiej Edmond Girod poczuł pragnienie. Nie było zwyczajne. Do posiłku pili wodę, potem Daria zaparzyła duży dzbanek miętowej herbaty, do której dodała miodu.

Miała dobre chęci. Wszyscy mieli dobre chęci. A tym samym pogarszali tylko sprawę, uznał Edmond. Mógłby tupnąć nogą i wyjaśnić im, że ma już dość tego podporządkowania. Że potrafi sam o siebie zadbać. Że nie cierpi, kiedy się go traktuje jak małe dziecko. Obawiał się jednak ich urażonych min. Tego spojrzenia, w którym kryły się słowa: „Nic ci przecież nie zrobiliśmy".

Jego dzieci miały jak najlepsze chęci, kiedy po śmierci matki sprowadziły mu do domu Ukrainkę Darię. Nawet ją opłacały, by nie musiał naruszać swej skromnej renty.

– Będziesz mógł nadal mieszkać w swoim domu – oznajmił najstarszy syn. – Zaopiekuje się tobą, nie będziesz sam.

Jakby potrzebował opieki! Miał osiemdziesiąt trzy lata, a zatem nie był już taki młody, za to zdrowy jak rydz, sprawny ruchowo i umysłowo. Samotność, owszem, nie była miła. Lecz może nie zostałby całkiem sam. Edmond uważał, że wciąż jeszcze miał szansę u kobiet – tym bardziej że posiadał na własność ładny dom w południowofrancuskim miasteczku Tholonet. Niedaleko Aix-en-Provence, z zapierającym dech widokiem na masyw Sainte-Victoire. W trzy kwadranse można stąd było dotrzeć na wybrzeże i wykąpać się w morzu. Edmond wyobrażał sobie, że wszystko to zrobiłoby wrażenie na potencjalnej kandydatce na żonę, która przymknęłaby oko na jego zaawansowany wiek. Tego jednak, jak przypuszczał, obawiały się dzieci:

nowa żona oznaczałaby konieczność podziału spadku. I dlatego zatrudniły Darię. Uciekła ona przed zamieszkami na Ukrainie i okazała się osobą dość rezolutną, miała wyraziste zapatrywania, których potrafiła bronić. Póki rządziła tu niczym smok, odstraszała każdą inną kobietę.

Edmond mógłby ją oczywiście wyrzucić za drzwi. Wciąż był odpowiedzialnym obywatelem. Nie chciał się jednak poróżnić z własnymi dziećmi. Bądź co bądź tylko one mu pozostały.

Jednego Edmond nie pozwolił sobie odebrać: kieliszka alkoholu przed snem. Wspaniałego garlabanu produkowanego w okolicy i palącego w gardle jak ogień. Każdego wieczoru Edmond wypijał kieliszek i będzie to robił aż do śmierci. Na nieszczęście Daria w kwestii alkoholu nie znała litości. Edmond słyszał, że mieszkańcy krajów dawnego bloku sowieckiego sporo piją, być może Daria była świadkiem zbyt wielu osobistych tragedii. W każdym razie węszyła w domu za każdą butelką niczym pies za heroiną, i póki mogła, nie pozwoliła, by na stole pojawił się alkohol. Edmond, choć niechętnie, na to przystał. Miała przecież rację: alkohol szkodzi zdrowiu. Aż tak bardzo mu nie zależało, by z tego powodu iść z nią na udry.

Jedynie garlaban na dobranoc – za żadne skarby z niego nie zrezygnuje.

Butelkę ukrył w wiacie garażowej, w kącie przed samochodem, tam gdzie stała skrzynka z narzędziami. Dom nie posiadał garażu, lecz na osiemdziesiąte urodziny dzieci sprezentowały mu wiatę. Zimy nie były tu mroźne, lecz deszcz i burze dawały się we znaki, a wtedy zadaszenie nad samochodem bardzo się przydawało. Edmond zyskał tym samym tajny schowek o nieocenionej wprost wartości.

– Pójdę jeszcze rzucić okiem na auto – oznajmiał Darii co wieczór. Ona zaś mówiła:

– W porządku. Ja kładę się spać.

Wiedziała, że popija alkohol, on wiedział, że Daria wie, a jednak w milczącym porozumieniu uzgodnili, że ona nie odmówi mu tej jednej radości, on zaś postara się nie robić tego na jej oczach. Edmond uznał to za uczciwy układ. Tym sposobem żadne z nich nie miało wyrzutów sumienia.

Jak zawsze jesienią i zimą zabrał z sobą latarkę, po czym poczłapał przez ogród w stronę bramy wjazdowej. Jego działka nie należała do małych, był z tego dumny. Niewielu właścicieli posiadłości w Tholonet mogło się pochwalić tak dużym ogrodem. Ceny w tej okolicy nie były jeszcze zbyt wygórowane, gdy ponad pięćdziesiąt lat wcześniej przystąpił do budowy domu.

Przyspieszył kroku ze względu na wzmagający się deszcz. Dotarł wreszcie na asfaltową dróżkę prowadzącą od bramy wjazdowej do wiaty, a wtedy dosłyszał piskliwy dźwięk, przywodzący na myśl odgłos poruszanej wiatrem bramy. Przystanął zaskoczony i się odwrócił. Zawsze starannie zamykał bramę, przez pięćdziesiąt długich lat się nie zdarzyło, by przez nieuwagę pozostawił ją otwartą. Skierował latarkę w stronę ulicy, lecz snop światła nie był zbyt mocny.

„Dziwne" – pomyślał.

Rankiem pojechał z Darią na zakupy, potem zamknął bramę, zasunął zasuwę, upewnił się lekkim szarpnięciem, że wszystko w porządku. Zasuwę bez trudu dało się oczywiście odsunąć z zewnątrz, któż jednak miałby to zrobić? I dlaczego?

Edmond ruszył dróżką i dotarł do bramy. Od razu zauważył: zasuwa była odsunięta, brama tylko przymknięta. Przy każdym mocniejszym podmuchu wiatru poruszała się, wydając piskliwy dźwięk.

Edmond zamknął bramę, pchnął zasuwę, po czym zmarszczył czoło. Nie miał najmniejszych wątpliwości, że przy bramie majstrował ktoś obcy. To na pewno nie była Daria. Zawsze wychodziła przez niewielką ogrodową furtkę, znajdującą się znacznie bliżej drzwi wejściowych do domu, poza tym tego dnia nigdzie się nie ruszała.

Może to kilku młodzieniaszków, którzy nie mając nic lepszego do roboty, zabawiali się zwiedzaniem posiadłości innych ludzi?

Edmonda ogarnęło nieprzyjemne uczucie. Ktoś tu myszkował, bez wątpienia, ale gdzie się teraz ukrył? Może nadal przebywa na działce? Spojrzał w kierunku domu. Z tego miejsca jego fasada niemal całkowicie niknęła za konarami pinii i drzew oliwnych. Dostrzegł nikłe światło, to lampa przy wejściu, którą Daria zapalała z myślą o nim. Sama pewnie już się zaszyła w swoim pokoju, mieszczącym się po drugiej stronie budynku. Gdyby musiał zawołać o pomoc, wątpliwe, czy usłyszałaby jego głos. Zastanawiał się, co powinien zrobić, po chwili wziął się jednak w garść. Wciąż był panem swojej posiadłości i nie pozwoli się zastraszyć. Zrobi dokładnie to, co zamierzał. Wypije swój kieliszek, a potem położy się spać.

Raz jeszcze upewnił się, że brama jest zamknięta, po czym ruszył ku wiacie. Światło latarki rzucało jasną plamę na mokry asfalt pod jego stopami. Z prawej i lewej szeleściły liście, krople deszczu tłukły się o listowie. „Okropny grudzień mamy tego roku" – ocenił w myślach Edmond. „Wilgotny i nieprzyjemny".

Dotarł do wiaty i z ulgą schronił się pod zadaszeniem. Spojrzał na samochód, wydawało się, że wszystko w porządku. Przecisnął się bokiem w stronę skrzyni z narzędziami, stojącej obok prawego błotnika. Wyjął butelkę i niewielki kieliszek, nalał sobie porządną porcję i wypił. Alkohol pozostawił w jego gardle palący ślad, a szorstkie ciepło rozeszło się po żołądku. Edmond lubił tę chwilę, z miejsca się odprężył. Życie wydało mu się piękniejsze i przyjemniejsze. Przestały go złościć otwarta brama i ulewny deszcz. Od razu poczuł się lepiej.

Uznał, że z powodu całego zamieszania zasłużył sobie na drugą porcję, ponownie napełnił kieliszek.

Wspaniale. Zaśnie teraz głębokim, mocnym snem, a rankiem ucieszy go dobra kawa, którą Daria zaparzy mu do śniadania.

„Tak naprawdę życie jest dla mnie łaskawe" – przemknęło mu nagle przez myśl. „A świat jest całkiem w porządku".

Zakręcił butelkę, odstawił ją razem z kieliszkiem z powrotem do skrzynki. Jak co wieczór odruchowo szarpnął za klamkę, by sprawdzić, czy samochód jest zamknięty. Ot, drobny nawyk, gdyż zawsze zamykał pojazd równie starannie jak ogrodową bramę. Czasem jednak zdarzają się dziwne rzeczy, o czym mógł się dziś przekonać.

Ze zdumieniem stwierdził, że tylne prawe drzwi są otwarte. Czy to możliwe? Spojrzał na nie poirytowany. Zdawały się jedynie przymknięte. Wyglądało na to, że zostały wyłamane.

Tego nie dało się już spokojnie wyjaśnić. Nawet jeśli się wypiło dwa spore kieliszki garlabanu.

Edmond potrzebował kilku sekund, by oderwać wzrok od drzwi samochodu. Dopiero teraz zauważył, że na tylnej kanapie leży jakaś kobieta. Miała skrępowane nogi, a ręce związane na plecach. Była skąpo ubrana i cała we krwi. Uniosła głowę i spojrzała rozgorączkowanymi, suchymi oczami.

Coś do niego powiedziała, lecz nie zrozumiał jej języka. Mówiła łamiącym się głosem. Podobnie jak żona Edmonda na krótko przed śmiercią.

– O Boże – jęknął Edmond – o mój Boże!

Zastanawiał się przez moment, czy to nie jakieś urojenie. To niemożliwe, prawda? Przecież nie po to chodzi się wieczorami do garażu, by – zamiast łyknąć alkoholu – znaleźć na tylnej kanapie własnego samochodu umierającą kobietę.

W życiu coś takiego się nie zdarza. Może w filmach, owszem, lecz nie w spokojnym świecie Edmonda.

Kobieta znów coś powiedziała. Miała nabrzmiałe, popękane, szorstkie usta. Edmond nadal nie rozumiał ani słowa, lecz domyślił się instynktownie, że prosi o wodę.

– Chwileczkę – powiedział.

Tuż obok wiaty znajdował się kran z wodą. Edmond rozejrzał się nerwowo. Na regale znalazł jakiś stary kubek, przepłukał go, napełnił wodą i pognał do samochodu. Głowa kobiety znów osunęła się na kanapę. Nie zareagowała, kiedy do niej zagadnął.

– Zaraz wezwę karetkę – oznajmił Edmond – ale niech pani najpierw trochę wypije.

„Prawdopodobnie mnie nie rozumie" – domyślił się.

Obiegł samochód, spróbował otworzyć drzwi po drugiej stronie. Tak jak się tego spodziewał, one także zostały wyważone. Inaczej nie sposób było ułożyć tę dość dużą kobietę na tylnej kanapie.

Ostrożnie uniósł jej głowę. Zwrócił uwagę na jej gęste blond włosy. Oczy miała zamknięte. Przez chwilę pomyślał z przerażeniem, że nie żyje. Potem jednak zauważył pod skórą na szyi niewielkie pulsujące miejsce.

Przystawił jej kubek do ust, delikatnie skropił je wodą. Natychmiast je otworzyła. Napiła się, choć oczy nadal miała zamknięte. Piła małymi łykami, z wyraźnym wysiłkiem. Opróżniła cały kubek.

– Teraz zadzwonię – powiedział Edmond. – Lekarz zaraz tu będzie.

Położył jej głowę na kanapie. Nie dała żadnego znaku świadczącego o tym, że go zrozumiała.

Pognał do domu ile sił w nogach. W głowie mu się kręciło, i to nie tylko z powodu wypitego alkoholu. Miał wrażenie, jakby znalazł się nagle w jakimś zwariowanym koszmarnym śnie. Ktoś wtargnął na jego działkę. Wyłamał drzwi jego samochodu. Zostawił w nim zakrwawioną, półżywą kobietę.

Kto robi coś takiego? Dlaczego? I czemu akurat jego musiało to spotkać?

Otworzył drzwi, wpadł do sieni.

– Daria! – krzyknął. – Daria, chodź tu, szybko! Potrzebna pomoc!

Złapał za telefon. Pogotowie, policja. Za pierwszym razem źle wybrał numer, tak bardzo drżały mu ręce.

A potem opadł na krzesło i ku własnemu zdumieniu zalał się rzewnymi łzami.

To zbyt wiele.

To dla niego po prostu zbyt wiele.

Mirkowo, Bułgaria, piątek, 18 grudnia

Nocleg był śmiesznie tani, a mimo to Kirił i tak lamentował.

– Nie stać nas na to, byś całymi dniami mieszkała teraz w hotelu – powiedział, lecz Iwana pozostała nieugięta.

– Nawet nie wiemy, ile dni to potrwa. A poza tym czy mamy inne wyjście?

Kirił milczał. Nic innego nie przyszło mu oczywiście do głowy.

Pojechali do Mirkowa samochodem pożyczonym od Dana. Nie był tym uradowany, zagroził Kiriłowi zerwaniem przyjaźni, jeśli uszkodzi mu pojazd. I wieczorem chciał go mieć z powrotem.

– Zależy mi na tym. Dziś wieczorem wracacie do domu!

Kirił przysiągł mu to na wszystkie świętości.

Sarko musiał iść do pracy, Aleko zaś zostać w domu i opiekować się małą córeczką. To dlatego żaden z nich nie mógł pojechać. Obaj prosili jednak, by koniecznie informować ich na bieżąco o rozwoju sytuacji. Iwana mocno uściskała Aleka.

– Dziękuję – szepnęła – dziękuję za wszystko!

– Jeszcze nie wiesz, czy to właściwy trop – odparł Aleko.

– Przynajmniej jakiś mamy. A to więcej, niż mogłam się spodziewać w tak krótkim czasie.

Do Mirkowa dotarli około południa, wypytywali o zakład stolarski. Z początku mieli jedynie nazwisko – Siemionow – wkrótce się jednak dowiedzieli, że chodzi o Borisa Siemionowa, dość znanego w tej niewielkiej mieścinie.

Jakiś przechodzień wskazał im drogę. Pech chciał, że stolarnia była zamknięta, również w przylegającym do niej domu nikogo nie zastali. Iwana zadzwoniła do drzwi sąsiadów. Otwarła jej młoda kobieta i spojrzała nieufnie.

– Tak?

– Czy może mi pani powiedzieć, kiedy Boris Siemionow wróci do domu? Muszę z nim pilnie pomówić.

– Kim pani jest?

– Jesteśmy znajomymi jego ojca. – To była wielka przesada, zważywszy na jedno jedyne spotkanie Kiriła z Gregorem Siemionowem, nie powinno to jednak tej kobiety obchodzić. – Pojawił się pewien problem i musimy z nim porozmawiać.

– Nie wiem, gdzie się podziewa. Nie pilnuję swoich sąsiadów.

– Ale może wie pani, czy wyjechał na dłużej? Albo czy wróci jeszcze dziś?

– Nic nie wiem o żadnym wyjeździe.

– Czyli wczoraj jeszcze tu był?

– Tak.

Nieprzystępna ta sąsiadka.

Iwana usiłowała nie dać po sobie poznać, jak bardzo jej zależy na zdobyciu informacji. To wzbudziłoby w rozmówczyni jeszcze większą nieufność.

– Czy Boris mieszka sam? Czy ma rodzinę?

– Jest sam.

– I nikt go w ostatnim czasie nie odwiedzał?

– Czy ja wyglądam na kogoś, kto przez cały boży dzień śledzi swoich sąsiadów? Niech sama go pani zapyta! – Kobieta zatrzasnęła drzwi.

– I co teraz? – zapytał bezradnie Kirił.

– Nie sądzę, by wyjechał na dłużej. Musimy zaczekać.

Przez jakiś czas siedzieli w samochodzie zaparkowanym przed działką, w końcu jednak zaczęli marznąć. Deszcz powoli zamieniał się w śnieg. Iwana i Kirił przeszli się kawałek, ale nie zdołali się rozgrzać. Znaleźli niewielką restaurację, a raczej przydrożną knajpkę, w której podawano tanie posiłki, a od kaflowego pieca biło błogie ciepło. Zostali tam tak długo, aż właściciel zaczął się niecierpliwić, wrócili więc pod dom Borisa Siemionowa. Wciąż panowały w nim mrok i cisza. Zapadł zmierzch, było coraz zimniej, Kirił zaczął się martwić o drogę powrotną. Dziećmi zaopiekowała się tego dnia pani Dimitrowa z drugiego piętra, lecz Dano siedział już pewnie jak na rozżarzonych węglach.

– Musimy wracać do Sofii. Przyrzekłem Danowi.

– Nie mogę wrócić. Muszę tu zostać przynajmniej na weekend.

– A co, jeśli akurat na weekend wyjechał? To możliwe.

– Wtedy wróci w niedzielę wieczorem. Najpóźniej w poniedziałek rano. – Iwana wskazała na widoczną za oknem podupadłą posiadłość Borisa Siemionowa. – Nie wydaje mi się, by mógł sobie pozwolić na zamknięcie zakładu na dłużej. Na pewno wkrótce się zjawi.

– Może spróbujemy wrócić tu w niedzielę?

– A jeśli pojawi się już w sobotę? Kirił, nie mamy czasu do stracenia. *Ninka* nie ma czasu do stracenia. Jeśli *ci drudzy*, kimkolwiek są, dotrą do Siemionowów przed nami, stracimy szansę na odnalezienie Ninki. Nie wiemy też, czy Dano znów nam pożyczy samochód.

– Możemy pojechać pociągiem.

– To uciążliwe i drogie. Po prostu zaczekajmy tu na niego.

Iwana w końcu wysiadła, ponownie zadzwoniła do drzwi sąsiadki i zapytała o niedrogi pensjonat.

– A kiedy Boris Siemionow wróci do domu, proszę mu przekazać, że czekam na niego. I pilnie muszę z nim porozmawiać.

– Jeszcze czego – warknęła sąsiadka, ostatecznie jednak zgodziła się przekazać wiadomość.

Kirił był oburzony cenami w hotelu, choć były naprawdę niskie. W końcu Iwana ucięła dalszą rozmowę:

– Mamy pieniądze. To pieniądze, które dała nam Ninka. Pieniądze, przez które znalazła się w tarapatach. To chyba słuszne, że je wykorzystamy, by ją ratować.

– Nadal nie mam pracy. A pieniądze kiedyś się skończą. Ja...

Musiała zapanować nad sobą, by nie okazać mu swej złości.

– To wreszcie się o nią postaraj. Te pieniądze należą do Ninki i wykorzystamy je, by ją odnaleźć.

Kirił nie odważył się ponownie sprzeciwić.

Ostatecznie ruszył w drogę powrotną do Sofii, by zwrócić Danowi samochód i zaopiekować się dziećmi. Iwana natomiast wprowadziła się do niewielkiego pokoiku na poddaszu. Mansarda była najtańsza, za to nie miała bieżącej wody. By się umyć i skorzystać z toalety, Iwana musiała zejść do mieszczącej się w piwnicy łazienki gospodarzy. Ogrzewanie ustawiono na minimum, toteż w wąskim pokoiku pod skosami dachu panował chłód. Pościel nie wyglądała na czystą, chyba jej nie zmieniano za każdym razem, gdy pojawiał się nowy gość. Ziąb wnikał przez szpary między uszkodzonymi krokwiami... Nieważne. Dla Ninki warto. Dla Ninki warto poświęcić wszystko.

Późnym wieczorem Iwana raz jeszcze udała się do knajpki, w której razem z Kiriłem zjedli obiad. Posiliła się talerzem zupy, po czym ruszyła do hoteliku okrężną drogą obok stolarni.

Wszędzie panował mrok. Żadnego samochodu na podwórzu. Żadnego znaku świadczącego o tym, że Boris Siemionow wrócił.

Iwana dotarła do pensjonatu, wspięła się na górę do swojego pokoiku na poddaszu. Nie zdjęła ubrania, położyła się w nim na łóżku, zostawiła zapalone światło. Rozmyślała o Nince. Wiedziała, że nigdy nie zrezygnuje z poszukiwań. Nieważne, ile sił ją to będzie kosztować. Musi odnaleźć swą córkę, musi się dowiedzieć, co się z nią stało.

Około godziny dziewiątej usłyszała pukanie do drzwi oraz głos gospodyni:

– Halo? Czy pani jeszcze nie śpi? Na dole czeka jakiś mężczyzna i chce z panią mówić.

Iwana zerwała się na równe nogi, włożyła buty i otwarła drzwi.

– Może tu wejść.

Gospodyni zmarszczyła czoło.

– Jest pani pewna?

– Tak. – Gospodyni mogła to uważać za niestosowne, lecz dla Iwany nie miało to żadnego znaczenia. Uznała, że tak będzie bezpieczniej, nie wiedziała, ilu gości przebywa w pensjonacie, na dole ktoś mógłby podsłuchać ich rozmowę. – Proszę przysłać go tu na górę.

Gospodyni odwróciła się na pięcie, mruknęła coś pod nosem i ruszyła na dół. Kilka minut później na schodach pojawił się mężczyzna. Był między trzydziestką a czterdziestką, krępy i krzepki z wyglądu, miał gęste czarne włosy i zaróżowioną z zimna twarz. Sprawiał wrażenie nad wyraz nieufnego, nie miał pewności, czy postępuje słusznie.

– Chciała pani ze mną porozmawiać? – zapytał, stojąc na przedostatnim stopniu schodów.

Wyciągnęła do niego rękę, której jednak nie uścisnął.

– Jestem Iwana Dankowa. Pan jest Borisem Siemionowem?

Ani nie przytaknął, ani nie zaprzeczył.

– Czego pani chce? – zapytał jedynie.

– Proszę, niech pan wejdzie. Lepiej, żeby nikt nie podsłuchał naszej rozmowy.

Wszedł z wahaniem do pokoiku, rozglądając się uważnie na wszystkie strony. Iwana zastanawiała się, czy to przypadkiem nie dowodzi, że jest zaangażowany w sprawę ucieczki rodziny Siemionowów. Zdawał się świadom niebezpieczeństwa, pewnie nie wiedział, czy nie wpada właśnie w pułapkę zastawioną przez prześladowców swego ojca. Być może jednak był po prostu nieśmiałym, zdziwaczałym człowiekiem, którego owo późnowieczorne spotkanie z nieznajomą kobietą zwyczajnie przerosło.

– Od mojej sąsiadki dowiedziałem się, że przez cały dzień węszyła pani wokół mojego zakładu i domu – oznajmił, gdy Iwana zamknęła drzwi. – Czego pani ode mnie chce?

– Niech pan usiądzie – poprosiła, wskazując na jedyne krzesło w pokoju. Wydawało się, że mebel zaraz się rozpadnie pod ciężarem masywnego mężczyzny. Sama przysiadła na brzegu łóżka.

– Potrzebuję pańskiej pomocy – powiedziała.

Dziesięć minut później, kiedy szczegółowo opowiedziała mu swoją historię i wyjaśniła, dlaczego za wszelką cenę musi odnaleźć Selinę Siemionową, nadal spoglądał na nią pogrążony w całkowitym bezruchu.

– Aha – odparł tylko.

Iwana się nachyliła.

– Boris, jest pan moim jedynym ratunkiem. Jedynym krewnym, jakiego udało mi się znaleźć. Jest pan synem Gregora Siemionowa. Przyrodnim bratem Seliny. Mieszka pan niedaleko Sofii. Ja... podejrzewam, że pański ojciec poprosił pana o pomoc.

– Każdy może sobie myśleć, co chce – odparł Boris.

– Proszę. Muszę odnaleźć moje dziecko. Popełniliśmy straszliwy błąd, pozwalając jej wyjechać. Przecież pan wie, co się przytrafiło Selinie?

Nie zareagował.

– To samo prawdopodobnie spotkało moją Ninkę. Gdzieś ją przetrzymują. Zmuszają, by za pieniądze oddawała własne ciało obcym mężczyznom. Znęcają się nad nią i ją gwałcą. – Iwanie załamał się głos. Z trudem zebrała się w sobie, nerwowym ruchem otarła łzę. – Nie potrafię znieść tych obrazów. Myślę o nich dniami i nocami. Nie mogę dłużej żyć, jakby nic się nie stało. Muszę jej pomóc.

Boris skinął głową.

– Rozumiem panią. Ale nic nie mogę dla pani zrobić.

– Ależ może pan! – zapewniła Iwana.

Spojrzała na niego przenikliwym wzrokiem. „Odgradza się murem – pomyślała – bardziej, niż gdyby rzeczywiście nie miał nic na sumieniu. On coś wie. Wie, gdzie Siemionowowie się ukrywają".

– Gdzie pan był dziś przez całe popołudnie? – zapytała.

Sprawiał wrażenie nieco zaskoczonego.

– Co pani do tego? – odpowiedział pytaniem.

– Dziś piątek. Dzień powszedni. Może pan sobie pozwolić na zamknięcie na pół dnia swojej stolarni?

– Może dostarczyłem klientowi gotowe meble – odparł Boris.

– A może był pan u swego ojca i jego rodziny. Zawiózł pan krewnym prowiant. Może ich kryjówka jest daleko stąd. Długo pana nie było.

– Niech pani posłucha – zaczął Boris, lecz Iwana weszła mu w słowo:

– Grozi panu niebezpieczeństwo. Pańskiej rodzinie także. Znalezienie pana zajęło mi tylko dwa dni. Pomogli mi ludzie, którym leży na sercu dobro Seliny, lecz i bez ich wsparcia byłoby to możliwe. Niech pan sobie nie myśli, że ludzie ścigający Selinę tak łatwo dadzą za wygraną, i niech się pan nie łudzi, że nie zdołają jej odnaleźć. W każdej chwili również oni mogą się dowiedzieć o istnieniu syna z pierwszego małżeństwa, i mogę pana zapewnić, że szorstko się z panem obejdą, kiedy dostaną pana w swoje łapy. A *wtedy* z pewnością szybko im pan wyjawi kryjówkę. Pytanie tylko, czy ostatecznie pan i pańska rodzina to przeżyjecie.

– Skąd mogę wiedzieć, że to pani nie jest jednym z tych oprawców?

– Bo wtedy nie siedziałabym tutaj, błagając pana o pomoc. Ci przestępcy znają inne metody zdobywania informacji.

Widać było, że bije się z myślami.

– Koniec końców – powiedział wreszcie – nie wie pani, kim oni są. W tej sytuacji nie pomoże nawet policja.

– Ale Selina może podać ważne wskazówki. Ona zna tych przestępców, przynajmniej niektórych z nich. Jeśli zgłosi się na policję, tych ludzi będzie można znaleźć i aresztować.

– A jeśli nie? Jeśli policja nic tu nie poradzi?

– Jakie mamy inne wyjście? Jak długo może się ukrywać cała rodzina? Co się stanie, gdy znajdą ją prześladowcy? A znajdą z pewnością, to tylko kwestia czasu. Obawiam się, że nie potrwa to długo.

Po wyrazie jego twarzy poznała, że przynajmniej zdołała obudzić w nim strach.

W niewielkim, zimnym pokoju zapadło milczenie.

Nagle Boris wstał z krzesła, zacisnął pięści.

– Mam tego dość. Mam już tego serdecznie dość! Jakby moje życie było nie dość ciężkie. Każdego dnia walczę o przetrwanie. Kto dziś potrzebuje stolarza wyrabiającego piękne meble? Ludzie kupują je tanio w Sofii.

– Wyobrażam sobie, jak trudne jest pańskie życie – odparła łagodnym tonem Iwana. – I dlatego proszę, niech się pan postara wywikłać z tej historii. Niech pan uczyni to, co należy. Niech mi pan powie, gdzie znajdę Selinę.

Znów zamilkł na dłuższą chwilę.

– Proszę przyjść do mnie jutro rano – oznajmił w końcu.

Bała się, że przez noc może się rozmyślić.

– Czemu nie teraz?

– Jutro z samego rana – powiedział z naciskiem. – Skoro świt. Niech pani przyjdzie o szóstej.

– Przyjdę na pewno – obiecała Iwana.

Któregoś dnia zeszłej wiosny Jérôme oznajmił, że zaprosił na kolację swojego kolegę z pracy.

– To François. On także jest kierowcą. Na pewno go polubisz.

Ucieszyłam się. Radowało mnie wszystko, co przydawało naszemu życiu możliwie jak najwięcej normalności. Nie mam pojęcia, dlaczego przypisywałam temu aż tak wielkie znaczenie, być może wciąż żywiłam przekonanie, że nasze życie nie biegnie zwyczajnym trybem. Choć nie było po temu żadnych wyraźnych przesłanek. Jérôme dostał znaczną podwyżkę, więc dość dobrze się nam wiodło. Zważywszy na to, że mieliśmy choć niewielkie, to jednak przytulnie urządzone mieszkanko oraz stałą pracę, można by nas uznać za burżujów. Toteż nie mogłam zrozumieć, czemu wciąż czułam lęk przed nadciągającym nieszczęściem, które nas spotka, jeśli się przed nim nie obronimy. A sposobem na to wydała mi się właśnie mieszczańska egzystencja, choć nie potrafiłabym wyjaśnić dlaczego. Podobnie zresztą nie umiałabym opisać owego złowrogiego zagrożenia, które wciąż wietrzyłam. Pewnie wynikało to po prostu z mojego pesymistycznego nastawienia do życia, zrodzonego z moich doświadczeń z rodzicami. Teraz, w Paryżu, uświadamiałam to sobie wyraźniej niż kiedykolwiek przedtem.

Z Jérôme'em nie rozmawiałam na ten temat. Pewnie by mnie wyśmiał.

A zatem miał go odwiedzić kolega, uznałam to za rzecz jak najbardziej wskazaną. Nie mieliśmy prawie żadnego bliższego kontaktu z innymi ludźmi. Po części przez sam charakter pracy Jérôme'a. Całymi dniami przebywał poza domem. Czasem wracał z tych wyjazdów tak bardzo zmęczony, że nie miał na nic ochoty, wygrzewał się tylko w słońcu na balkonie albo siedział z butelką piwa przed telewizorem i oglądał transmisje sportowe. Ja zaś w mojej pracy nikogo nie poznałam. Klienci zjawiali się przelotnie, nikt nie wdawał się w dłuższą rozmowę. Kupowali nasze błyskotki i znikali. Czy mogło z tego wyniknąć coś poważniejszego?

Jérôme miał tego dnia wolne, obiecał coś ugotować. Kiedy pod wieczór wróciłam do domu, zupełnie wyczerpana i spocona – niespodziewanie zrobiło się ciepło, a ja za grubo się ubrałam – na kuchence nic się nie smażyło, a stół nie był nakryty. Nasz gość już przyszedł, obaj mężczyźni siedzieli na balkonie i popijali piwo. Rozmawiali po cichu. Jérôme sprawiał wrażenie nieco spiętego.

Byłam zdumiona, kiedy poznałam François. Nie musiał być jego serdecznym przyjacielem, lecz Jérôme na pewno by go nie zaprosił, gdyby nie wzbudził w nim sympatii. Tymczasem ten człowiek tak bardzo się różnił od Jérôme'a, a także od jego kolegów z Metzu. Jérôme dobrze wyglądał i przywiązywał dużą wagę do swojego swobodnego stylu, w którym wszystko wydawało się przypadkowe, a jednak, o czym wiedziałam, było wynikiem długich rozmyślań i przymiarek. Lubił też, gdy otaczający go ludzie pasowali swoim wyglądem i zachowaniem do jego atrakcyjnego i luzackiego image'u. Éliane powiedziała kiedyś, że on nie szuka przyjaciół, lecz akcesoriów. Opinia ta wynikała jednak z faktu, że go nie lubiła.

François w żadnym razie nie spełniał tych wymagań. Był ogromny i miał nadwagę, bałam się, że nasz balkonik nie zdoła go utrzymać. Z trudem mogłam go sobie wyobrazić w kabinie ciężarówki, takim był tłuściochem. Miał smutny wyraz twarzy, wyglądał na zmęczonego i nieszczęśliwego, z niewiadomego powodu odnosiło się wrażenie, że nie jest to przejaw chwilowego nastroju, lecz że w tym wyglądzie odzwierciedla się cała jego istota. Człowiek przed trzydziestką, a już rozczarowany życiem, samotny i przygnębiony, a przede wszystkim, jak się zdawało, zupełnie pozbawiony złudzeń. W jego życiu nic się już nigdy nie zmieni na lepsze. On tego nie powiedział. Mówiły jednak o tym jego oczy, na tyle dobitnie, że nie miałam żadnych wątpliwości.

I z takim człowiekiem zaprzyjaźnił się Jérôme? Oniemiałam.

François się zarumienił, podając mi rękę, i jąkał się, odpowiadając na moje powitanie. Zrozumiałam, że na domiar wszystkiego miał poważny problem w kontaktach z kobietami. A może właśnie stąd brały się wszelkie pozostałe? Wyczuwałam, że zaproszeniem do nas był równie mocno zaskoczony jak ja.

– Miałeś coś ugotować – powiedziałam do Jérôme'a. Nie chciałam go upominać w obecności kolegi i przyjaciela, byłam jednak zbyt poirytowana, by to zwyczajnie przemilczeć. Nie może przecież zapraszać kogoś na kolację, a potem, zdobywając się wyłącznie na podanie mu butelki piwa, mieć nadzieję, że ja wyczaruję coś z kapelusza.

– François, bardzo mi przykro – przeprosiłam – ale sądziłam, że Jérôme zajmie się kolacją.

François znów się zarumienił.

– Proszę, nie róbcie sobie z mojego powodu kłopotu – powiedział spiesznie. – To znaczy... wszystko w porządku. Naprawdę.

Jérôme położył mi dłoń na ramieniu.

– Przepraszam, ale czy nie przygotowałabyś dla nas jakiejś małej porcji? – zapytał. – Po prostu nie dałem rady.

Nie dał rady? Cały dzień przesiedział przecież w domu.

– No cóż, ja... – zaczęłam, lecz mi przerwał.

– François i ja mamy coś do omówienia na osobności.

– W takim razie nie przeszkadzam – odparłam ze złością, wróciłam do pokoju i zatrzasnęłam za sobą drzwi.

Byłam wściekła. Bez ogródek dał mi do zrozumienia, że nie powinnam być obecna przy jego rozmowie z François, i po prostu przegnał mnie do kuchni. Nie muszę chyba dodawać, że kolacja, którą podałam pół godziny później, nie należała do udanych. Zresztą przyrządziłam ją tylko dlatego, że sama byłam głodna. Zjedliśmy spaghetti z sosem pomidorowym, ledwie przyprawionym i okropnym w smaku. Byłam gotowa pojedynkować się z każdym, kto z tego powodu ośmieliłby się poczynić choćby najdrobniejszą uwagę, lecz François i tak nigdy by się na to nie zdobył, Jérôme zaś, sam uważający się za smakosza, dziwnym trafem zdawał się nie dostrzegać, jak niesmaczny był ten posiłek. Sprawiał wrażenie bez reszty zatopionego w myślach, pewnie w ogóle by nie zareagował, gdybym podała mu na talerzu smażoną podeszwę.

Co się stało? O czym rozmawiał z François? Nie był to zapewne niezobowiązujący *small talk*, który Jérôme tak chętnie zazwyczaj prowadził. Z jednej strony François nie był odpowiednim partnerem. Z drugiej zaś Jérôme nie popadłby w tak apatyczny nastrój.

Naraz przyszła mi do głowy pewna myśl: nie zaprosił François dlatego, że go lubił. Albo że obu łączył pewien rodzaj przyjaźni. Albo że chciał nam obojgu zapewnić nieco towarzystwa i kontaktu z innymi ludźmi. Nie o to chodziło. Kryło się za tym coś zupełnie innego. Coś, nad czym Jérôme łamał sobie głowę. Miał jakiś problem. Związany z firmą, z jego pracą. Stąd obecność François. Ale na czym mógł polegać ten problem? Przecież wszystko tak dobrze się układało.

Późnym wieczorem, już po wyjściu François, próbowałam zagadnąć o to Jérôme'a, on jednak zaprzeczył, jakoby był małomówny i melancholijnie nastrojony, irytował go upór, z jakim twierdziłam, że coś jest nie w porządku.

– Czy możesz wreszcie przestać dostrzegać trudności tam, gdzie ich nie ma? – zbeształ mnie. – Twoje lęki i zgryzoty powoli zaczynają działać mi na nerwy!

Wcale mu nie opowiadałam o swoich mglistych obawach. Jérôme nie był jednak pozbawiony wrażliwości, nawet jeśli czasem wydawał się nieco szorstki. Widocznie wyczuł mój kiepski nastrój.

– Akurat François nie jest typem przyjaciela dla ciebie – oznajmiłam.

– A kto nim jest? Boże, Nathalie, ależ palnęłaś! Czy wolno mi mieć tylko takich przyjaciół, jakich zawsze miałem? Czy w ogóle mogę mieć przyjaciół? Wolałabyś pewnie, żebym każdą wolną sekundę spędzał tylko z tobą. Najlepiej, żebym w ogóle nie znał nikogo innego!

Czegoś takiego nigdy nie powiedziałam, nigdy się tego nie domagałam. Być może jednak problem tkwił w moim lęku przed utratą: rościłam sobie prawo do posiadania, które tak mu ciążyło. I go paraliżowało.

Ów wieczór zakończył się tym, że ja, zapłakana, zamknęłam się w łazience, a Jérôme kompletnie się upił.

Następnego ranka – ja z napuchniętymi oczami, on z nudnościami i bólem głowy – nie wspomnieliśmy ani słowem o wydarzeniach poprzedniego dnia.

Z perspektywy czasu mogę powiedzieć, że wizyta François stała się punktem zwrotnym. Jérôme nie był już tym dawnym optymistą: radosnym, z głową pełną planów, człowiekiem pewnym siebie i dobrej myśli. Nie był zarazem Jérôme'em z pierwszego okresu naszego pobytu w Paryżu. Wówczas się zamartwiał, był opryskliwy i drażliwy, gdyż sprawy nie układały się po jego myśli. Zrobił się trudny we współżyciu, naprawdę niełatwo z nim było wytrzymać, a jednak przynajmniej wiedziałam, na czym stoję. Znałam powód jego złego nastroju. Teraz natomiast nie potrafiłam go dostrzec, a do tego nie chodziło zwyczajnie o jego kiepski humor. Jérôme zamknął się w sobie, sprawiał wrażenie, jakby nieustannie o czymś rozmyślał. Coś leżało mu na sercu, lecz się tym ze mną nie podzielił.

Kilkakrotnie próbowałam go zagadnąć o ten jego dziwny nastrój, ale on, tak jak się tego obawiałam, wciąż zaprzeczał, że dzieje się coś złego.

– Wszystko w porządku. Nie martw się.

Jego stan się nie poprawił, z czasem nawet było gorzej. Nadeszło lato, wkrótce przeminęło, zbliżała się jesień, nastała zima, a Jérôme zupełnie się ode mnie wewnętrznie odsunął. Najwyraźniej też nie dostrzegał, jak źle się czułam z tego powodu. Choć jak dotąd odżywiałam się dość rozsądnie, teraz znów zaczęłam odczuwać dawny ucisk w gardle, skoro tylko usiadłam przed pełnym talerzem, bardzo często wyrzucałam nietknięty posiłek do kosza. Lecz nawet i to go nie wzruszało, mimo że od pewnego momentu wcale się z tym nie kryłam i nie próbowałam niczego zatajać. Wyraźnie straciłam na wadze. Moja szefowa, zazwyczaj nieszczególnie zainteresowana problemami innych ludzi, w końcu mnie o to zagadnęła.

– Co z panią, Nathalie? Wygląda pani jak upiór. Jest pani na diecie czy może coś pani dolega? Wydaje mi się, że strasznie pani schudła.

Chciałam to spokojnie wyjaśnić, lecz nie zdołałam się przemóc. Zamiast tego, ku mojemu własnemu przerażeniu, zalałam się łzami.

Madame Guillot wyglądała na skonsternowaną, na szczęście w sklepiku nie było akurat żadnych klientów, w przeciwnym razie pewnie by się rozzłościła.

– Na litość boską! Co się dzieje?

– Myślę, że mój partner ma romans – wyrzuciłam z siebie, wciąż łkając.

Po raz pierwszy powiedziałam to na głos. Myśl ta kołatała mi się po głowie już od tygodnia albo dwóch i nie potrafiłam się jej pozbyć. Wszystko do siebie pasowało: zamknięty w sobie Jérôme. Fakt, że prawie w ogóle mnie nie zauważał. Od wieków już z sobą nie spaliśmy. Wciąż mnie od siebie odpychał, tłumacząc się ustawicznym stresem. Od rana do wieczora coś nieustannie go zajmowało – czemu nie miałaby to być kobieta? Okazji mu nie brakowało, bądź co bądź całe dnie spędzał w trasie, często nie wiedziałam nawet, gdzie dokładnie przebywa. Bez trudu mógłby prowadzić podwójne życie, a ja nic bym o tym nie wiedziała.

– Romans? – zapytała zdumiona madame Guillot. – Jest pani pewna?

– Nie. Ale dziwnie się zachowuje.

– To może wynikać z wielu powodów. Może ma kłopoty w pracy?

Potrząsnęłam głową.

– Powiedziałby mi o tym. Zawsze mi mówił takie rzeczy. Tylko nie tym razem. Co pani o tym sądzi?

– Na pewno bym go o to zagadnęła – odparła madame Guillot.

I ja o tym pomyślałam, jak dotąd nie miałam jednak odwagi. Bałam się, że Jérôme wpadnie w złość. Poza tym i tak pewnie by wszystkiemu zaprzeczył.

– Jest bardzo atrakcyjnym mężczyzną – przyznała madame Guillot. Znała go, rozmawiał z nią w sprawie mojego zatrudnienia. – Myślę, że ma powodzenie u kobiet i czerpie z tego zadowolenie.

Uwaga ta wcale mnie nie uspokoiła. Nadto potwierdzała opinię wygłoszoną niegdyś przez Éliane, która twierdziła, że Jérôme jest bardzo lekkomyślny, szczególnie w kontaktach z kobietami, i pewnego dnia spotka mnie z tego powodu niemiłe zaskoczenie.

„To notoryczny łamacz niewieścich serc" – oznajmiła. „Szybko się nudzi, gdy związek zaczyna grzęznąć w utartych koleinach. Wierz mi, Nathalie. Ten mężczyzna nie da ci szczęścia".

Uznałam to za durną gadaninę, teraz jednak madame Guillot wyraziła podobną opinię. A co najważniejsze: ja także nie potrafiłam inaczej wyjaśnić jego zachowania.

– Proszę wracać do domu – powiedziała madame Guillot. – Jest pani kompletnie skołowana. Niech pani wyjaśni tę sprawę. Niech go pani zmusi, by wyznał prawdę. I proszę coś zjeść, na litość boską! Wygląda pani okropnie.

Pojechałam do domu. Był zimny, deszczowy dzień, drugi grudnia. Do dziś pamiętam, że w metrze strasznie rozbolała mnie głowa, mnóstwo osób mi się przyglądało, gdyż miałam zapłakane oczy. Pamiętam jednak głównie powrót do naszego mieszkania. Wiedziałam, że zastanę tam Jérôme'a, w nocy wrócił właśnie z kilkudniowej trasy, a wtedy zawsze dostawał wolne. Zazwyczaj odsypiał do późnego popołudnia. Liczyłam się z tym, że zostanę go w łóżku.

On jednak siedział w pokoju dziennym. I to nie sam, towarzyszył mu François. To były jego drugie odwiedziny u nas, tym razem w ogóle nie zostałam uprzedzona. Oczywiście nie spodziewali się mojego wcześniejszego powrotu.

Od razu wyczułam, że rozmawiają o czymś, o czym w żadnym wypadku nie mogę się dowiedzieć.

Hyères, Francja, sobota, 19 grudnia

Nie ulegało wątpliwości, że są niedaleko od Les Lecques. Jechali samochodem nieco ponad godzinę, nim dotarli na miejsce. Kierowca wybierał wyłącznie lokalne drogi, kilkakrotnie nawet nieutwardzone i wyboiste – zapewne zamierzał zmylić pasażerów oraz sprawdzić, czy ktoś ich przypadkiem nie śledzi. Z początku Simon próbował zachować orientację i zapamiętać, dokąd prowadzi droga. Nie miał zamiaru kogokolwiek informować o miejscu swego pobytu, zdawał sobie sprawę z powagi sytuacji i był oczywiście gotów współpracować, dla własnego dobra. Nie chciał jednak zupełnie stracić nad wszystkim kontroli, nie wiedząc, dokąd się go zabiera. Za oknem panowała kompletna ciemność, przy nieuczęszczanej drodze nie było żadnych tablic. Tylko jeden jedyny raz dostrzegł oznaczenie drogi, która rozwidlała się w tej bezludnej okolicy. Ale informacja ta okazała się zupełnie nieprzydatna z powodu braku dalszych wskazówek topograficznych. W którymś momencie Simon dał w końcu za wygraną. Policjanci nie byli głupi, doskonale wiedzieli, jak najlepiej utrudnić swym podopiecznym orientację w terenie.

Towarzyszyło im dwóch mężczyzn. Podkomisarz Hasnainy Halabi siedział za kierownicą. Miał gęste kruczoczarne włosy, ciemne oczy i śniadą cerę, był chyba arabskiego pochodzenia. Drugim z ochraniających ich policjantów był podkomisarz Caparos, najbliższy współpracownik Inès Rosarde.

Simon i Nathalie siedzieli na tylnej kanapie. Nathalie uparcie patrzyła przez okno. Simon pomyślał, że pewnie i ona chce się dowiedzieć, dokąd ich wiozą. Zdawał sobie sprawę, że musi na nią uważać – dziewczyna na pewno skorzysta z pierwszej nadarzającej się okazji, by powiadomić Jérôme'a o miejscu swego pobytu. Założył, że podobnie jak on straciła w trakcie jazdy wszelką orientację, nie mógł jednak wykluczyć, że dotarłszy do celu, spróbuje zapamiętać adres albo jakieś charakterystyczne punkty w okolicy. Nie miała z sobą telefonu, lecz pewnie zrobi wszystko, by skorzystać z jego komórki. A to oznaczało dla niego konieczność zachowania najwyższej czujności. Podobnie jak Inès Rosarde uważał za całkiem możliwe, że Jérôme jest w tej grze przestępcą, a nie ofiarą. Rozumiał powody, dla których Nathalie teorię tę bezwzględnie odrzucała, nie miał jednak zamiaru podejmować żadnego ryzyka.

Inès Rosarde powiedziała im przy pożegnaniu, by zachowali spokój, ich przymusowy pobyt w kryjówce nie potrwa długo.

– Dowiemy się, co się właściwie dzieje, i rozwiążemy tę sprawę. Bądźcie spokojni, wypocznijcie.

– Będziecie też szukać Kristiny? – zapytał natychmiast Simon.

– Oczywiście. Proszę nam zaufać, zrobimy wszystko, co w naszej mocy.

Następnie przedstawiła im funkcjonariusza Halabiego i wyjaśniła, że będzie im towarzyszył także podkomisarz Caparos.

– Jean Caparos pracował dawniej w programie ochrony świadków, Halabi aktualnie jest tam przydzielony. Obaj są bardzo doświadczonymi funkcjonariuszami. Zawiozą państwa do domu i zostaną tam razem z wami. Mogą się państwo do nich zwracać w każdej sprawie. Pozostaję z nimi w kontakcie, stąd będę też przez cały czas dla państwa dostępna.

Obaj mężczyźni mieli przy sobie broń. Simon głęboko wierzył, że nie dojdzie do sytuacji, w której będą zmuszeni jej użyć.

Poprzedniego wieczoru, mimo deszczu i mroku, zdołał się zorientować, że dom stał na odludziu i był otoczony wysokim ogrodzeniem. Nie zauważył żadnych przydrożnych latarni, żadnych świateł świadczących o bliskości innych domostw, żadnych ulic rozświetlonych przez reflektory przejeżdżających samochodów. Absolutną ciszę zakłócał jedynie szum deszczu.

Simon miał wrażenie, że dostrzega w oddali łagodnie pofałdowane pola porośnięte krzewami winorośli. Nic więcej. Żadnego domu czy żywego ducha. Nic.

Caparos pierwszy ruszył do ogrodu, z latarką w dłoni obszedł całą działkę i sprawdził, czy ogrodzenie nie jest uszkodzone i czy nic nie wzbudza jakichkolwiek podejrzeń. Wrócił co prawda przemoknięty, lecz stwierdził z zadowoleniem: nie ma powodu do niepokoju.

W sobotni poranek wciąż padało. Poprzedniego wieczoru Simon czuł tak potworne zmęczenie, że nawet nie rozejrzał się po domu, lecz od razu poszedł na piętro do wyznaczonego mu pokoju. Teraz usiadł na łóżku i popatrzył dokoła. Pokój był dość skromnie umeblowany: łóżko, szafa na ubrania, komoda, fotel. Na podłodze z drewnianych desek leżał mizerny dywan. W kącie stał grzejnik elektryczny, lecz widocznie go nie włączono, gdyż wewnątrz panował ziąb. Powietrze było wilgotne i zatęchłe, jak w domach niezamieszkanych na stałe.

Simon wstał i podszedł do okna. Nisko zwieszone ciemne chmury. Deszcz. Pola i wzgórza pełne bezlistnych krzewów winorośli, które zauważył już minionego wieczoru. Jak okiem sięgnąć żadnego innego domostwa. W pewnej odległości dostrzegł niewielki zagajnik oraz wąską szutrową drogę prowadzącą na działkę. Dom był otoczony niewielkim, dość zapuszczonym ogrodem oraz wysokim ogrodzeniem z drucianej siatki, które podkomisarz Caparos sprawdził zaraz po przyjeździe. Gdyby nie ono, można by sądzić, że dom należy do właścicieli winnicy – ogrodzenie świadczyło o tym, że jego mieszkańcom w nietypowy jak na tę okolicę sposób zależy na ochronie i bezpieczeństwie.

Stan wegetacji przekonał Simona, że znaleźli się w głębi lądu, w sporej odległości od morskiego wybrzeża. Gdzie dokładnie przebywali? Nie miał zielonego pojęcia.

Wyszedł z pokoju, w sąsiedniej łazience wziął prysznic, włożył ubranie i zszedł na dół. Poczuł błogą woń kawy. Na skrzypiących schodach przyszła mu nagle do głowy deprymująca myśl: co będziemy tu robić przez cały dzień? W tym zimnym, pustym domu? W deszczu? Czy będzie nam wolno przynajmniej pójść na spacer?

W kuchni zastał obu swych opiekunów. Caparos siedział przy stole i właśnie wyjmował z tostera kromkę chleba. Halabi z kubkiem kawy w dłoni oparł się o okno. Simon zauważył, że policjant stał tak, by przez cały czas mieć oko na okolicę. To, co wyglądało na niewinne, spokojne śniadanie spożywane w tej prostej kuchni, w rzeczywistości było sytuacją ściśle kontrolowaną.

– Proszę – odezwał się Caparos – niech pan siada. Kawy?

– Chętnie. – Zajął miejsce przy stoliku.

Kuchnia była urządzona skromnie i funkcjonalnie. Na ścianie wisiał niewielki, dość podniszczony kalendarz; przy bliższym spojrzeniu Simon stwierdził, że pochodzi z roku dwa tysiące drugiego.

– Czy Nathalie wciąż śpi? – zapytał.

– Jeszcze się nie pokazała – potwierdził Caparos, podając Simonowi kosz pełen świeżych tostów z białego chleba. Widocznie obaj policjanci zaraz po otrzymaniu przydziału zrobili wczoraj zakupy.

– Musimy na nią uważać – oznajmił Halabi. – Mam na myśli mademoiselle Boudin.

Czy sam na to wpadł? Pewnie otrzymał te instrukcje od Rosarde.

– Strasznie się martwi o swojego partnera – odparł Simon. – Spróbuje go tu ściągnąć. Dla jego bezpieczeństwa.

– Jeśli dobrze zrozumiałem słowa komisarz Rosarde, on sam stanowi pewne niebezpieczeństwo – oświadczył Halabi.

– A przynajmniej nie można tego wykluczyć – przyznał ostrożnie Simon.

Rozsmarował na toaście trochę marmolady.

„Jakoś to przetrzymamy – pomyślał – jakoś przetrwamy, a potem będzie już po wszystkim”.

„To się nigdy nie skończy” – przemknęło mu przez myśl chwilę potem. „Nie, jeśli coś złego przytrafi się Kristinie”.

– Jakieś nowe wieści? – zapytał.

Przez ułamek sekundy dostrzegł ledwie zauważalną reakcję obu funkcjonariuszy. Była tak subtelna, że już sekundę później nie potrafiłby powiedzieć, dlaczego w ogóle zwrócił na nią uwagę. Mrugnięcie powieką? Ruch w kąciku ust? Czy może jedynie cień na zmieniającej się na moment twarzy, zanim znów przybrała nieprzenikniony wyraz?

– Jest coś nowego – oznajmił. Poczuł przyspieszone bicie serca. – Co się stało?

– Nic się nie stało. Proszę się nie denerwować.

– Mają panowie wieści od Kristiny? Kristiny Dembrowski? Od środy uznanej za zaginioną. Komisarz Rosarde zamierzała wzmóc jej poszukiwania.

– Komisarz Rosarde wkrótce do nas przyjedzie – odparł Caparos. – Będzie pan mógł z nią porozmawiać.

Wcale go to nie uspokoiło.

– Czemu miałaby tu przyjeżdżać? Tak szybko?

– Wiemy tylko tyle, że ma się tu zjawić – oznajmił Halabi. – Nic bliższego nam nie przekazała.

Simon usiłował przejrzeć minę Halabiego, by się dowiedzieć, czy aby mówi prawdę. Nic jednak nie wskórał. Zastanawiał się, czy da się tego nauczyć w trakcie specjalnych treningów: zachowania absolutnie niewzruszonego wyrazu twarzy.

Nie czuł zbytniego apetytu, ale zmusił się do zjedzenia tosta i wypił przy tym łapczywie dwa duże kubki kawy. Następnie rozejrzał się po domu. Na parterze oprócz kuchni mieścił się pokój dzienny oraz jeszcze jeden niewielki pokoik, w którym spali Halabi i Caparos – spali na zmianę, jak przypuszczał Simon, gdyż prawdopodobnie jeden z nich musiał nieustannie czuwać. Pokój dzienny był mizernie umeblowany: stały tam sofa, dwa fotele oraz niska ława z nadtłuczonymi rogami. Meble wyglądały zresztą dość nędznie i zostały dobrane raczej przypadkowo. Zakup takiego domu i przystosowanie go do szczególnych wymagań pochłonęło sporo pieniędzy, najwyraźniej lwią część budżetu przeznaczono na środki bezpieczeństwa, takie jak wysokie ogrodzenie, szczelnie oddzielające posesję, oraz pewnie wiele innych zabezpieczeń technicznych. Pytanie, czy mieszkańcy będą się tu dobrze czuć podczas swego przymusowego pobytu, pozostawało drugorzędne. Latem było tu pewnie znośnie, ale o tej porze roku... Po prostu przygnębiająco. Simon wyjrzał przez okno. Winnice jak okiem sięgnąć. Kwitnące na wiosnę, ciemnozielone latem, płomiennie czerwone na jesieni. Teraz zaś jedynie bezlistne, czarne, wyrastające z ziemi pnie. A nad nimi nisko zwieszone szare chmury. I ten nieustanny deszcz. Okolica tonęła w wilgoci i beznadziei.

Na pierwszym piętrze mieściły się dwie sypialnie oraz łazienka. Simon zauważył jeszcze właz w suficie. Przy nim opartą o ścianę drabinę. Nie sposób ocenić, czy na górze znajdowała się rupieciarnia, czy dodatkowe pomieszczenie, mogące w razie potrzeby służyć za sypialnię.

Wszedł do pokoju i ułożył w szafie kilka swoich rzeczy. Przezornie wyjął uprzednio z telefonu baterię, by utrudnić jego namierzenie, teraz ponownie ją włożył, włączył aparat i sprawdził, czy nadeszły jakieś wiadomości. Dostał kilka służbowych e-maili, które nie wymagały natychmiastowej reakcji. Oraz trzy wiadomości w poczcie głosowej, z czego dwie pierwsze od Leny.

„Proszę, Simon, zadzwoń. Kristina nadal nie daje znaku życia, wpadam w popłoch". Nie były to słowa rzucone na wiatr. W głosie Leny rzeczywiście brzmiały panika i absolutna desperacja. „Coś musiało się stać. To nie jest normalne. Nie mam pojęcia, ile już razy nagrałam się jej na pocztę głosową, błagając, by się odezwała. Ona wie, że kiedy się martwię, wychodzę z siebie. Nigdy by mnie nie zostawiła bez wieści. Ona widocznie *nie jest w stanie* się odezwać!"

Druga wiadomość była podobna w treści, lecz głos Leny świadczył o hiperwentylacji.

„Proszę, proszę, zadzwoń do mnie" – błagała. „Nie znikaj i ty!"

Było mu jej żal, niemniej jednak zawarli umowę, że od tej pory nie będą wykonywać żadnych połączeń ani wysyłać wiadomości. I Simon zamierzał jej dotrzymać. Niewiele sensu miało podążanie raz obraną ścieżką i zatrzymanie się w pół drogi. Zaufał wskazówkom Inès Rosarde, nie chciał ryzykować. Bądź co bądź i tak nie miał dla Leny żadnych słów pocieszenia.

Odsłuchał ostatnią nagraną wiadomość. Niespodzianka. Pochodziła od Mai.

„Cześć Simon, jak się miewasz w tej samotni nad Morzem Śródziemnym? Posłuchaj, mam dla ciebie dobre wieści: dzieci chcą jednak do ciebie przyjechać. Wczoraj miały ostatni dzień szkoły, a już dziś pałętają się bez celu, kłócą, jęczą i śmiertelnie nudzą się w domu".

Czy w sztucznie wesołym głosie Mai nie pobrzmiewa aby nuta frustracji? Co na to jej nowy facet, ów „Mister Jestem Najlepszym Zabawiaczem Dzieci na Świecie"? Czyżby jakieś zgrzyty? Czy dzieci się z nim pokłóciły? A może miał już dość towarzystwa ukochanych maluchów? Jak dotąd zarówno Maya, jak i nowy mężczyzna u jej boku znajdowali wielkie upodobanie w traktowaniu dzieci instrumentalnie, chcąc Simona rozzłościć i przypiąć mu łatkę wiecznego nieudacznika. A Simon ochoczo ich w tym wspierał. Naraz jednak zrozumiał, że wydarzenia ostatnich dni, okropne i coraz bardziej przerażające, w sposób paradoksalny doprowadziły do pierwszej pozytywnej zmiany w jego stosunku do byłej żony. Nawet przez myśl mu nie przeszło, by zadzwonić do Mai i porozmawiać z dziećmi. Nie poprosił dzieci, by przyjechały do niego po świętach, choćby tylko na parę dni. Maya bez wątpienia na to liczyła, w przeszłości zawsze tak bywało. Tymczasem zabawa z zastygłym w bezruchu Simonem straciła cały swój urok. Dwójka kłótliwych, znudzonych dzieciaków, spędzających przy tak fatalnej pogodzie dwa tygodnie ferii to wybuchowa mieszanka dla młodego związku, w którym jednego z partnerów nie łączy żadne pokrewieństwo ze stworzeniami potrafiącymi – o czym Simon, mimo ojcowskich uczuć, doskonale wiedział – przemienić się w szargające nerwy potwory. I najwyraźniej to właśnie czyniły.

„Sprawdziliśmy, że moglibyśmy dostać niedrogie bilety już na jutrzejszy lot do Marsylii" – ciągnęła Maya. „Musiałbyś tylko odebrać ich z lotniska. Proszę, oddzwoń jak najszybciej, byśmy mogli wszystko ustalić".

Po tych słowach się rozłączyła. Simon gapił się na telefon. Oto i cała Maya. Nawet nie zapytała, czy ta zmiana planów jest mu na rękę. Z góry założyła, że z wdzięczności ucałuje jej stopy. W swej wiadomości nie zadała żadnego *pytania*, jedynie poinformowała go o swoim postanowieniu. Prosząc o oddzwonienie, chciała się tylko upewnić, że wiadomość odebrał. Nie zależało jej na tym, by wyraził zgodę. Sama już jej sobie udzieliła.

Przyjazd dzieci był oczywiście wykluczony, Simon nie mógł też do Mai oddzwonić i jej wyjaśnić, w jakim znalazł się położeniu. Potrafił sobie wyobrazić, z jakim niedowierzaniem by zareagowała, on zaś nie miał po prostu ochoty wystawiać się na cel jej drwin i kąśliwej ironii. Nie wspominając o tym, że złamałby tym samym umowę z Inès Rosarde. Nie miał ochoty grać roli dzielnego Simona, który zawsze niezawodnie oddzwania. Nie miał ochoty działać. Nie miał ochoty reagować. Nie miał ochoty spełniać oczekiwań innych ludzi.

Nie zadzwoni. Zaszył się w ukryciu – tego, jak bardzo dosłownie, Maya nie wyobraża sobie w najśmielszych nawet snach. Jak dotąd słyszał w sprawie wspólnych świąt wyłącznie odmowę. A teraz... zobaczymy, jak sobie bez niego poradzą. Dzieci również. Nie zaszkodzi, jeśli nauczą się wreszcie ponosić konsekwencje własnego postępowania.

Zrobił coś, czego nigdy jeszcze nie uczynił: zignorował żądanie Mai, wyłączył telefon i wyjął z niego baterię.

Postanowił zejść na dół i sprawdzić, czy Nathalie zjawiła się na śniadaniu. Już na schodach spotkał jednak podkomisarza Halabiego.

– Czy Nathalie Boudin jest może u pana? – zapytał policjant.

– Nie. – Simon potrząsnął głową. – Nie ma jej na dole?

– Nie. Może jeszcze śpi. Musimy to sprawdzić. – Halabi westchnął. – Powinna nam towarzyszyć funkcjonariuszka, lecz wszystkie były zajęte. Nie chciałbym wchodzić do jej pokoju. Czy może pan tam zajrzeć?

– W porządku. – Simon zawrócił, wszedł po schodach i zapukał do drzwi. – Nathalie? Jesteś tam?

Żadnej odpowiedzi. Zapukał ponownie i jeszcze raz, a gdy znów nikt się nie odezwał, otworzył drzwi. Pokój wyglądał niemal tak samo jak jego sypialnia. I był pusty.

– Nie ma jej – powiedział osłupiały.

– Co takiego? – Halabi, skacząc po dwa schody naraz, stanął obok Simona. Pchnął go w bok, wszedł do środka, rozejrzał się. Podszedł do okna, sprawdził je. Było zamknięte. – Niech to szlag – mruknął.

– Może jest gdzieś na dole – odezwał się Simon.

Halabi znów znalazł się na schodach. Krzyknął coś do swego kolegi, Simon nie zrozumiał jego słów. Drugi funkcjonariusz wybiegł z kuchni. Simon zamierzał zejść na dół, jednak Halabi nakazał mu gestem, by został na piętrze.

– Proszę wracać do swojego pokoju! – zawołał. – I zaryglować drzwi! – Wyjął broń, odbezpieczył ją. Podobnie uczynił Caparos. W ciągu minuty w niewielkim domu na deszczowym odludziu zapanował stan gotowości.

„Czy obaj sądzą, że wrogowie zdołali tu dotrzeć?" – zastanawiał się Simon. „I że porwali Nathalie?".

Nie potrafił sobie tego wyobrazić, wiedział jednak, że *tamci* są cwani i przebiegli i wciąż mieli dostęp do istotnych informacji. Przypomniał sobie ostrzeżenie Jérôme'a, którego nikt prócz Nathalie nie potraktował poważnie: żadnej policji. Nawet tam pełno jest ludzi pracujących dla *tej drugiej* strony.

Czy pojawił się przeciek? Czy ktoś wyjawił miejsce ich pobytu? A przez to naraził na śmiertelne niebezpieczeństwo nie tylko Nathalie i Simona, lecz także własnych kolegów?

Siedział w zamkniętym pokoju, miał wrażenie, że znalazł się w jednoosobowej celi. Z pozostałej części domu nie dochodziły żadne odgłosy. Halabi i Caparos pewnie zabezpieczali teren i jednocześnie usiłowali sprawdzić, co się stało z Nathalie, gdzie się podziewa.

Czy zastanawiali się nad tym, gdzie, kiedy i w którym miejscu zawiedli? W tej chwili prawdopodobnie uznali wyjaśnienie tej kwestii za stratę czasu. Zajmą się tym później. Simon przypomniał sobie ostre i przenikliwe spojrzenie Inès Rosarde. Nie chciałby się znaleźć w skórze któregokolwiek z nich.

Godzinę później Nathalie wciąż nie odnaleziono, nadto stało się jasne, że w pobliżu domu nie przebywał nikt obcy, zgoła żaden człowiek. Policjanci znaleźli za to uszkodzone miejsce w ogrodzeniu, otwór na tyle duży, by przy odrobinie wysiłku mógł się przez niego przecisnąć człowiek.

Simonowi pozwolono wyjść z pokoju. Próbował się dowiedzieć, co dalej, nie otrzymał jednak odpowiedzi. Policjanci, powiadomiwszy go o uszkodzeniu ogrodzenia, porozumiewali się w jego obecności wyłącznie za pomocą wzroku. Halabi ponownie zajął miejsce przy kuchennym oknie i lustrował okolicę. Caparos natomiast stanął przy oknie w pokoju dziennym. Simon krążył między dwoma pomieszczeniami. Zauważył, że obaj mężczyźni wykazują pewne niezdecydowanie.

Nagle Halabi wydał z siebie okrzyk zdumienia, wyjmując broń i ją odbezpieczając. Simon, będący akurat w kuchni, podążył za jego wzrokiem. Szutrową drogą szła w najlepsze Nathalie. Nie spieszyła się, sprawiała wrażenie całkiem zrelaksowanej. Zmierzała w kierunku działki.

– Bramka ogrodowa! – zawołał Halabi.

Caparos pognał ku bramie, wyjął i odbezpieczył broń. Pół minuty później stanął razem z Nathalie w drzwiach domu. Dziewczyna była przemoknięta do suchej nitki i pobrudzona, lecz uśmiechała się przyjaźnie.

– Poszłam na spacer – wyjaśniła. Dopiero teraz spostrzegła napięcie na twarzach obu funkcjonariuszy. – Co się stało?

– Czy to pani wydostała się na zewnątrz przez uszkodzone miejsce w ogrodzeniu? – zapytał ostrym tonem Caparos.

Nathalie wskazała ręką w stronę tylnej części ogrodu.

– Tak. Zgadza się.

To wyjaśniało, dlaczego była umorusana jak prosię.

– A więc jednak – odparł Halabi.

– I co ty sobie myślałaś? – zapytał Simon.

Nathalie spojrzała na niego urażona.

– Naprawdę chciałam tylko pójść na spacer. Nie wiedziałam, że będziemy tu siedzieć jak w więzieniu.

– Jeszcze wczoraj wieczorem sprawdzał pan stan ogrodzenia? – Simon skierował to pytanie do Caparosa.

Caparos, który prawdopodobnie usłyszał już kilka gorzkich słów od swojego kolegi, wyglądał tak, jakby sam sobie chciał dać po gębie.

– Było strasznie ciemno. A do tego ta okropna ulewa.

Po prostu to przeoczył. Z całą pewnością nie obejdzie się bez konsekwencji. Choć usiłował nad sobą panować, Simon zauważył, że podkomisarz jest wstrząśnięty.

– Tak nie można – odezwał się Halabi. – Odpowiadamy za państwa bezpieczeństwo. – Wyglądał na mocno poirytowanego.

To niemożliwe, by Nathalie zdołała sama uszkodzić stabilne ogrodzenie, a zatem dziura pojawiła się już wcześniej. Nawet jeśli to Caparos zawalił sprawę, obaj za to odpowiedzą. Incydent okazał się niegroźny, niemniej będą musieli zameldować o tym Rosarde, a bez trudu można się było domyślić jej druzgocących komentarzy. Nathalie wyszła z domu bez przeszkód, przez nikogo niezauważona, odkryła dziurę w ogrodzeniu, godzinami włóczyła się po okolicy, podczas gdy jej ochroniarze sądzili, że wciąż śpi.

Dyletanci to pewnie najłagodniejsze z określeń, jakimi uraczy ich szefowa. Doprawdy nieudany debiut.

Mirkowo, Bułgaria, sobota, 19 grudnia

Iwana przez całą noc nie zmrużyła oka. O pół do piątej wstała w końcu z łóżka, gdyż na nic się zdało bezsenne przewracanie się z boku na bok. Obleciał ją strach. Od wczorajszego wieczoru miała absolutną pewność, że Boris jest uwikłany w sprawę zniknięcia rodziny Siemionowów – wcale nie okazał zdumienia, słysząc opowiedzianą mu historię, nadto Iwana wyraźnie wyczuwała dręczący go lęk. Założyła, że umówił się z nią, by ją zawieźć do kryjówki, prawdopodobnie w nadziei, że uda jej się przekonać rodzinę, by zgłosiła się na policję. Nie chciał dźwigać ciężaru odpowiedzialności, nie chciał już dłużej narażać się na niebezpieczeństwo. Pytanie tylko, czy przez tę noc się nie rozmyśli. Wciąż mógł mieć przecież wątpliwości, czy Iwana powiedziała mu prawdę, i w końcu dojść do przekonania, że wtajemniczając ją w tę sprawę, narobi sobie jeszcze większych nieprzyjemności.

Miała niedobre przeczucie, że nie będzie na nią czekał do szóstej. W końcu postanowiła się ubrać i od razu pójść na spotkanie. Nie pozwoli mu się wywieść w pole.

W hotelu wszyscy jeszcze spali, nie było oczywiście mowy, by ktoś podał kawę czy śniadanie. Iwana miała nadzieję, że po drodze znajdzie jakąś otwartą już o tej porze piekarnię albo kawiarnię, prześladował ją jednak pech – całe miasteczko wciąż było pogrążone w głębokim letargu. Panował ziąb, w nocy spadł śnieg. Choć maszerowała żwawym krokiem, zanim dotarła przed dom Borisa, przemarzła do szpiku kości. Było dwadzieścia po piątej, w warsztacie paliła się lampa, oświetlając także podwórko. Boris Siemionow zajęty był ładowaniem drewnianych mebli do niewielkiej furgonetki. Właśnie sprawdzał linki, którymi umocował sprzęty. Iwana miała wrażenie, że zamierza ruszyć w drogę w ciągu najbliższych dziesięciu minut. Gratulowała sobie instynktu, który nakazał jej pójść na spotkanie wcześniej, niż planowała. Pozostawało jednak pytanie, czy Boris ją z sobą zabierze.

Mężczyzna wystraszył się na jej widok.

– Już pani tu jest? Byliśmy umówieni na szóstą.

Iwana zamierzała ukryć przed nim swoją nieufność.

– Po prostu nie mogłam zasnąć. W końcu postanowiłam pójść na spotkanie, bo nie mogłam dłużej wysiedzieć w pokoju.

– Hmm. – Wydawał się niezdecydowany. – Proszę posłuchać – odezwał się w końcu – raz jeszcze to sobie przemyślałem...

– Tak?

– Chyba nie będę mógł pani pomóc.

– Boris, proszę. Jest pan moją jedyną nadzieją.

Wskazał na załadowaną furgonetkę.

– Rozwożę dziś zamówione meble. To długa i daleka podróż.

– Na pewno wstąpi pan do swojego ojca. Może mnie pan tam wysadzić i pojechać dalej.

– Zakłada pani, że wiem, gdzie on przebywa.

Wlepiła w niego wzrok. W końcu spuścił oczy.

– Do diabła – odezwał się. – Czy nie można mnie po prostu zostawić w spokoju? Nikomu nic nie zrobiłem. Nie wplątałem się w żadne podejrzane historie. Zmagam się z trudami codziennego życia. Bóg raczy wiedzieć, ile wysiłku to kosztuje.

– Nie zawsze można stać z boku, Boris – odparła cichym głosem Iwana. – Życie jest pełne zmian i nikt nie zdoła wyjść z tego bez szwanku.

– A jednak – zaoponował rozzłoszczony Boris – niektórym się to udaje. Są ludzie, którzy nie dają się wciągnąć w tarapaty... Którzy myślą wyłącznie o sobie i własnych korzyściach... i nie dają się zwariować. Oni zawsze są górą. Im nic się nie przytrafia.

Z pewnością miał rację. Iwana milczała. Bo i cóż mogła powiedzieć?

Patrzyła na niego wyczekująco.

Skapitulował. Gdyby nie przyszła wcześniej niż o umówionej godzinie, dałby drapaka. Okazała się od niego sprytniejsza. Chyba pogodził się z tym, że się jej nie pozbędzie.

– Niech pani wsiada – powiedział szorstko. – Założę tylko plandekę.

Iwana z wdzięcznością wdrapała się na siedzenie pasażera. Wewnątrz furgonetki panował taki sam ziąb jak na dworze, lecz przynajmniej chroniła przed podmuchami ostrego wschodniego wiatru. Objęła się wpół, kołysała się w przód i w tył. Była głodna, dałaby majątek za kubek gorącej kawy. Nieważne. Nie czas o tym myśleć.

Boris Siemionow usiadł za kierownicą. Bez słowa uruchomił silnik. Wyjechali z podwórka. Wokół panowała głęboka ciemność, tylko cienka warstwa śniegu przykrywająca ulice i zabudowania jasno połyskiwała. Kiedy opuścili Mirkowo, znów zaczął padać śnieg, tym razem gęsty i obfity. Jakby ktoś sypnął z nieba puchem.

„Miejmy nadzieję, że nie utkniemy gdzieś po drodze" – pomyślała Iwana.

Około południa wciąż sypało, a oni nadal zmierzali przed siebie. Jechali po lokalnych drogach, mijali wsie, w których czas chyba się zatrzymał. Boris rozwiózł tymczasem kilka mebli. Prawie nic nie mówił, raz tylko, nim znów usiadł za kierownicą, spojrzał zatroskany w niebo.

– Sypie coraz mocniej – oznajmił. – Jeśli wkrótce nie przestanie, będzie problem.

Po obu stronach drogi dostrzegli już kilka samochodów unieruchomionych przez śnieżną nawałnicę. Furgonetka Borisa miała znacznie większe koła, dzięki czemu wciąż podążali naprzód. Zważywszy jednak na padające z góry masy śniegu, także oni wkrótce pewnie ugrzęzną. Na szczęście Boris nie zaproponował, by zawrócili, czego Iwana najbardziej się obawiała. Z pewnością zdawał sobie sprawę, że w drodze powrotnej czekają go podobne trudności. Znajdowali się zbyt daleko od Mirkowa, by bezpiecznie tam dotrzeć. Poza tym chciał dostarczyć meble, pilnie potrzebował pieniędzy.

W którymś momencie zatrzymał się na poboczu i sięgnął na tylne siedzenie po termos.

– Kawa – oznajmił. – Chce pani?

Kawa była czarna, mocna i wciąż gorąca. Iwana nigdy jeszcze z taką wdzięcznością nie skosztowała pierwszych paru łyków. Ciepło rozeszło się po jej ciele, wróciły jej utracone siły życiowe. Zmrużyła oczy, usiłując dojrzeć cokolwiek przez śnieżną zawieruchę. Pustka. Ciągnące się bez końca pola. Nie dostrzegła nawet horyzontu, gdyż niebo i ziemia już dawno stopiły się w wirze śnieżnych płatków w jednolitą szarość. Miała wrażenie, że znaleźli się na krańcu świata.

– Zaraz będziemy na miejscu – oznajmił Boris, po czym wypił kilka łyków kawy.

– To koniec pańskiej podróży? To znaczy, zaraz dostarczy pan ostatnie meble?

Potrząsnął głową.

– Zaraz dotrzemy tam, gdzie chciała się pani znaleźć. Ja muszę jeszcze pojechać kawałek na północ, a potem szerokim łukiem wracam do Mirkowa.

– Może powinien pan zrobić sobie w nocy przerwę. Śnieg...

– Nie. Chcę jechać dalej.

– I nie wstąpi pan tam w drodze powrotnej?

– Nie wcześniej niż w następny weekend.

Sama mu to zaproponowała: *Wysadzi mnie pan po drodze i pojedzie dalej.*

Niby jak miałoby być inaczej? I tak nie zdołałaby w kilku zdaniach nakłonić Gregora i jego rodziny, by pojechali razem z nią i zgłosili się na policję. Iwana spodziewała się, że przekonanie Gregora wcale nie będzie łatwe, jeśli w ogóle okaże się możliwe.

A potem? Jak się wydostaną z tego pustkowia?

„Pomyślę o tym, kiedy przyjdzie pora" – postanowiła Iwana.

Ruszyli w dalszą drogę. Koła powoli przedzierały się przez coraz większe zwały śniegu. Kilkakrotnie samochód wpadł w poślizg, Iwana obawiała się, że zaraz wylądują w przydrożnym rowie. Nawet nie miała odwagi sobie tego wyobrazić. Od kilku godzin nie minęli po drodze żadnego innego pojazdu, znaleźli się w okolicy, przez którą widocznie nikt nie podróżował, a już na pewno nie w taką pogodę. Jeśli coś im się przytrafi, nikt tego nie zauważy. Zastanawiała się, czy Boris ma telefon komórkowy, lecz już chwilę później naszły ją wątpliwości, czy w ogóle na coś by się przydał. Mało prawdopodobne, by był tu zasięg.

Dochodziła trzecia, najwyżej dwie godziny pozostały do zapadnięcia zmroku, gdy naraz Boris przerwał milczenie.

– To tam, przed nami.

Mimo wysiłku Iwana nie mogła nic *przed nimi* dojrzeć, gdyż płatki śniegu tworzyły niemal nieprzeniknioną kurtynę. Kiedy podjechali nieco bliżej, dostrzegła zarys chaty, wyzierający ze śnieżnej zamieci. Był to dom z bali, niewielki, lecz jak się wydawało, dość trwały. Przycupnął w dolinie i niemal zupełnie zniknął pod śniegiem, piętrzącym się na jego rozłożystym dachu.

Boris się zatrzymał.

– Bliżej nie mogę podjechać, tam w dole nie zdołam nawrócić i wyjechać pod górę przy tej pogodzie. Musi pani tu wysiąść.

Iwana przełknęła.

– Ale rodzina na pewno jest w domu? – Zważywszy na przenikliwy ziąb i absolutne odosobnienie, znalazłaby się w groźnym dla życia położeniu, gdyby została tu sama.

Boris skinął głową.

– A dokąd mieliby pójść? Stąd nie prowadzi żadna droga, a do tego ta aura... – Wskazał głową w stronę chaty. – Drzwi się nieco uchyliły. Zauważyli mnie. A teraz są nieco skołowani. Wczoraj przywiozłem im żywność. Nie spodziewali się mnie wcześniej niż w następny weekend.

– Wczoraj także przebył pan taki szmat drogi? Choć dziś miał pan tędy przejeżdżać?

Nie patrzył na nią.

– Nie miałem dziś zamiaru tędy przejeżdżać. Nadłożyłem sporo drogi, by tu panią podrzucić.

– Och, to...

Machnął ręką.

– Nie musi mi pani dziękować. Dziś rano miała pani rację, dobrze, że przyszła pani wcześniej. Zamierzałem wyruszyć bez pani. Nie chciałem wszystkiego jeszcze bardziej komplikować.

– Rozumiem – odparła Iwana. Naprawdę to rozumiała.

– Ale kiedy już się pani zjawiła... To znaczy, bardzo mi przykro z powodu pani córki. To okropna sytuacja. Wprawdzie nie wiem, czy mój ojciec pani pomoże, ale... – Wzruszył ramionami.

W drzwiach ukazał się mężczyzna.

– To mój ojciec – oznajmił Boris.

– Czy to wasz dom? – zapytała Iwana.

Zaprzeczył ruchem głowy.

– Należy do starej kobiety, której sklep regularnie zaopatrywałem niegdyś w meble. To dacza, letnia chata. Mam klucze, bo jej doglądam, kiedy jestem w okolicy. Ta staruszka z trudem się porusza i dlatego mnie o to poprosiła. – Boris najwyraźniej nie potrafił się przyznać, że jest usłużnym człowiekiem, gdyż zaraz dodał: – Ona nie ma rodziny. Mam nadzieję, że zapisze mi ten dom. Wraz z przyległym kawałkiem ziemi. Z dobrym drzewostanem.

– Rozumiem – odparła Iwana. Dzięki absolutnemu odosobnieniu była to kryjówka idealna. Lecz nie na długo. Będzie musiała to Siemionowom uświadomić.

– Nie mam pojęcia, co sobie myśli mój ojciec – odezwał się Boris, jakby wiedział, co tak bardzo niepokoi Iwanę. – I dokąd to wszystko zmierza? Latem można tu spokojnie mieszkać, ale teraz, zimą... To nie jest dom całoroczny. W środku panuje potworny ziąb, mimo że dzień i noc palą w piecu. Są całkowicie ode mnie uzależnieni. Ojciec dał mi swoje oszczędności, kupuję za nie żywność, ale pieniądze wkrótce się skończą. Nie zdołam wyżywić trojga ludzi, sam ledwie mogę się utrzymać. Mamy dopiero grudzień, a proszę spojrzeć na pogodę. To nie jest jeszcze prawdziwa zima, ta nadejdzie w styczniu i lutym. Co, jeśli nie zdołam tu dotrzeć? Z czego będą wtedy żyć?

– To naprawdę istne szaleństwo – odparła Iwana.

Strach Siemionowów musiał być przerażający. Czy mieli do niego powody?

– Moim zdaniem – podjął Boris – wpadli w panikę, decydując się tu schronić. Panikę absolutną. Tylko wówczas robi się coś takiego.

Otworzył drzwi. Do wnętrza pojazdu natychmiast wniknął zimny powiew. Boris wyskoczył w sięgający mu do kolan śnieg i pomachał ręką.

– To ja! – zawołał. – Boris!

Gregor, wyczekujący dotąd w drzwiach domu, poruszył się. Iwana widziała, z jakim trudem brnął naprzód przez zwały śniegu. Kasłał, gdy wreszcie dotarł do pojazdu. Miał zaczerwienione od zimna policzki.

– Boris! Co się stało? Miałeś przyjechać dopiero w przyszłym tygodniu.

Z samochodu wysiadła Iwana. Gregor wlepił w nią wzrok.

– Kim pani jest?

– Ta pani chce z tobą rozmawiać, ojcze – oświadczył Boris. – I powinieneś jej wysłuchać.

Hyères, Francja, sobota, 19 grudnia

– Czego szukałaś na dworze? – syknął Simon. Był wściekły, musiał nad sobą zapanować, by nie wybuchnąć krzykiem. Razem z Nathalie siedzieli w jej pokoju. – Tylko nie opowiadaj mi bajek o spacerowaniu! Nie należysz do osób, które całymi godzinami włóczą się po okolicy przy tak kiepskiej pogodzie.

– Niby skąd wiesz, jaka jestem? – Nathalie nadal miała na sobie mokrą odzież. Nic nie mogła zrobić, brakowało jej ubrania na zmianę. Siedziała brudna w fotelu, kapała z niej woda, jedynie włosy zawinęła w ręcznik. Wydawało się, że wcale nie poczuwa się do winy, choć Halabi i Caparos w dobitnych słowach ocenili jej postępowanie. – W ogóle mnie nie znasz!

– I bardzo żałuję, że cię w ogóle spotkałem – odparł Simon. – Przez ciebie znalazłem się w najbardziej niebezpiecznym położeniu w moim życiu. Nie mówiąc już o tym, że Kristina może być w jeszcze gorszych tarapatach.

Był tak rozgniewany, że najchętniej cisnąłby o ścianę jakimś przedmiotem. Kiedy to siedzące przed nim dziecinne stworzenie wreszcie zrozumie, co zrobiło najlepszego?

– Wiesz, co sobie myślę, Nathalie? Myślę, że zupełnie świadomie lustrowałaś okolicę, by się dowiedzieć, gdzie właściwie jesteśmy. Bo wciąż nie porzuciłaś zamiaru, by zwabić tu tego swojego Jérôme'a. I jest ci cholernie obojętne, czy narazisz przy tym nas wszystkich na śmiertelne niebezpieczeństwo!

– Jérôme'owi także grozi śmiertelne niebezpieczeństwo!

– Przecież tego nie wiesz. Nie masz pojęcia, jaką rolę odgrywa w tej historii. Nie wiesz nawet, o co toczy się gra. Jak możesz być taka łatwowierna?

– Nie ostrzegłby mnie, gdyby...

– Ach, przestań do cholery, Nathalie, obudź się! Mógł mieć tyle różnych powodów, by cię ostrzec! Może po prostu chciał się ciebie pozbyć, bo z jakiegoś względu stanowisz dla niego pewne ryzyko. Musiał cię odwieść od zamiaru zgłoszenia się na policję, stąd ta śpiewka o wplątanych w tę sprawę skorumpowanych policjantach. To wszystko jest tak zagmatwane i...

– To czemu ścigają mnie ci ludzie, skoro miałam jedynie wyjechać z Paryża?

– Pewnie sądzą, że coś wiesz, choć w rzeczywistości nie masz o tym zielonego pojęcia. To wszystko jest bez znaczenia! Ważne, byśmy teraz współpracowali. Są już dwie ofiary śmiertelne, a Kristina zniknęła. Sprawa jest zbyt poważna, by podejmować jakiekolwiek ryzyko. Nie wolno nam opuszczać tego domu i nikt nie może się dowiedzieć, gdzie jesteśmy. Nawet twój ukochany Jérôme!

– I tak nie mogę się z nim skontaktować – odparła Nathalie.

Skinął głową.

– I będę miał cię na oku, możesz być pewna. Nie dostaniesz do rąk mojej komórki.

– Jasne – obruszyła się Nathalie. – To było do przewidzenia, że spuścisz z tonu.

– Nie pozwalając, byś pogorszyła jeszcze naszą sytuację? I ty to nazywasz *spuszczaniem z tonu*?

– Jesteś uległym konformistą, Simon, zawsze taki byłeś i taki już pozostaniesz. Robisz *siad* i *do nogi*, w zależności od tego, co akurat ta Inès Rosarde rozkaże. To takie śmieszne. Ale ja jestem inna. Robię to, co chcę.

– Uległy konformista? Nie przyszło ci do głowy, że może zgadzam się z Inès Rosarde i uznaję jej przestrogi oraz środki bezpieczeństwa za uzasadnione?

Nathalie wzruszyła ramionami.

„Ona chce mnie tylko sprowokować" – pomyślał Simon. A mimo to poczuł się dotknięty. I urażony.

Ponieważ w jej słowach tkwi ziarenko prawdy. Niekoniecznie chodziło o jego postępowanie w obecnej sytuacji. Lecz o całe dotychczasowe życie.

I nie było to tylko drobne ziarenko. Całkiem duże ziarno. Miał czterdzieści lat, a jeśli się dobrze zastanowić, dopiero dzisiejszego ranka po raz pierwszy w życiu świadomie nie spełnił oczekiwań bliskiej mu osoby – zignorował wiadomość od Mai i do niej nie oddzwonił. Przypomniał sobie, jak silny i wolny się wtedy poczuł.

A jednak tę chwilę poprzedzało czterdzieści zmarnowanych lat.

Skierował się ku drzwiom.

– Będę na dole. Inès Rosarde ma potem wpaść.

Nathalie odwróciła głowę w stronę okna. Milczała.

Przemknęło mu przez myśl, że oto w fotelu zamiast Nathalie widzi paczkę dynamitu. Takie właśnie sprawiała wrażenie. Nie porzuci swego zamiaru ponownego spotkania z Jérôme'em, to oczywiste. A przy tym będzie działać bez skrupułów, nie myśląc o możliwych skutkach swego postępowania.

Będzie musiał cholernie uważać.

Inès Rosarde miała złe wieści. Simon od razu to zauważył. Przybyła o pół do piątej po południu, znacznie później, niż zapowiadała. Towarzyszący jej funkcjonariusz został w samochodzie, do domu weszła sama. W sprawie samowolnego porannego spaceru Nathalie musiała już odbyć rozmowę telefoniczną z Halabim i Caparosem, gdyż spojrzenia, które kierowała ku obu mężczyznom, były druzgocące, odnosiła się do nich z lodowatym chłodem. Wyglądała na wyczerpaną, niemal zdeprymowaną.

– Proszę ze mną – powiedziała do Simona. – Muszę z panem pomówić.

Weszli do pokoju dziennego. Powietrze wciąż było tam wilgotne i zatęchłe. Grzejnik prawie w ogóle nie dawał ciepła.

– Mało przytulne miejsce, prawda? – zagadnęła Rosarde. –

Przykro mi. Ale o tej porze roku... Dziwnym trafem wiele domów tu, na południu, nie jest dostosowanych do zimy. A przecież zima tu też w końcu nadchodzi – i to co roku.

Simon zamknął za sobą drzwi. Stanął pośrodku pokoju.

– Co z Kristiną? – przeszedł od razu do rzeczy.

Stojąc, zaczerpnęła głęboko tchu.

– Przykro mi, Simon – powiedziała. Zwróciła się do niego po imieniu. Gest współczucia?

– Tak?

– Ona nie żyje.

Miał wrażenie, jakby jego myśli gwałtownie przyhamowały, zamarły, stały się naraz powolne i ociężałe.

– Nie żyje? – powtórzył, jakby nie do końca rozumiał znaczenie tych słów.

– Wczoraj wieczorem znalazł ją pewien człowiek. W swoim garażu. W samochodzie. Położono ją na tylnej kanapie.

– Jest pani pewna, że to Kristina? – zapytał z niedowierzaniem.

– Niestety tak. Jeszcze żyła, lecz była ciężko ranna. Zmarła w karetce.

– Co... na co dokładnie zmarła?

Inès potrząsnęła głową.

– Proszę mi oszczędzić przytaczania szczegółów. Nie chce pan wiedzieć, co jej zrobili.

– O Boże. – Nie wiedział, co ma powiedzieć. Znieruchomiał oszołomiony.

– Sadystycznie się nad nią znęcano, a tak się postępuje wtedy, gdy chce się dokonać zemsty albo pozyskać informacje. Jako że według wszelkiego prawdopodobieństwa nie mamy do czynienia z zemstą, przypuszczalnie chodziło o poznanie miejsca pobytu pana i Nathalie Boudin. – Inès wzdrygnęła się na myśl, co mogło z tego wyniknąć. – Powinnam była znacznie wcześniej was tu umieścić. Pobyt w Les Lecques był dla państwa śmiertelnie niebezpieczny.

– Ale nikt się tam nie pojawił?

– Obserwujemy apartament dzień i noc. Nie pojawił się nikt, kto w jakikolwiek sposób zwracałby na siebie uwagę.

Przetarł dłonią oczy. Miał wrażenie, że zaraz popłyną mu łzy, a jednak do tego nie doszło. Był jak zmrożony.

– Sądzi pani, że nas nie wydała? Dręczyli ją, torturowali, a ona nic nie wyjawiła?

„Kristina" – pomyślał. „Dzielna, silna, odważna kobieta. Jak można być tak nieustraszonym?"

– Z dużą dozą prawdopodobieństwa tak właśnie było – potwierdziła Inès. – Oczywiście można założyć, że się wycofali, widząc, że apartament jest pod policyjną obserwacją, niemniej jednak bardzo możliwe, że pańska partnerka rzeczywiście milczała. Tym samym przypuszczalnie uratowała państwu życie.

– Tak naprawdę nie była moją partnerką. – Nie wiedział, dlaczego zdecydował się na to wyznanie wobec Inès Rosarde. Być może jedynie dlatego, że akurat nikogo innego przy nim nie było. – To właśnie najgorsze. Znaliśmy się od pół roku. Jak pani wie, jestem rozwiedziony. A ona była pierwszą kobietą, z którą... z którą potrafiłem sobie wyobrazić wspólną przyszłość...

Nie mógł w to uwierzyć, lecz w zimnych oczach Inès dojrzał ciepło i współczucie.

– Jakie to straszne – odparła – na samym początku czegoś nowego... po rozwodzie... Bardzo, bardzo mi przykro, Simonie. Naprawdę mi przykro.

– Ale najgorsze w tym wszystkim jest to, że ja wcale tego nie podjąłem. Nie potrafiłem doprowadzić do ładu własnego życia. Wprowadzić jej do mojego życia. W rozmowach z większością osób z mojego otoczenia przemilczałem jej istnienie, gdyż obawiałem się reakcji byłej żony, złości moich dzieci... Kristina bardzo z tego powodu cierpiała... Nasz związek praktycznie się rozpadł, zanim jeszcze na dobre się rozpoczął. Kristina przyjechała do Francji, by po raz ostatni spróbować nas uratować. A spotkała ją śmierć. Bolesna, przerażająca śmierć. – Zamknął oczy, jakby chciał w ten sposób wyrugować obrazy gnieżdżące się w jego głowie. – To... niepojęte – jęknął.

– Simon...

Usiłował zebrać się w sobie. Inès nie była osobą, z którą mógłby dzielić swój smutek, której mógłby opowiadać o nieudanym życiu prywatnym, swoich błędach i poczuciu winy. Nie była mu bliska – i miała teraz inne sprawy na głowie.

– Ma pani stuprocentową pewność, że to *ona*? Kristina?

– Tak. Jednoznacznie ją zidentyfikowaliśmy. W samochodzie na dywaniku leżała jej torebka z wszystkimi dokumentami. A do tego sama podała sanitariuszom swoje nazwisko.

– A to miejsce... Gdzie ją znaleziono?

– Le Tholonet. Niewielka miejscowość w pobliżu Aix-en-Provence. Niedaleko od Les Lecques.

– Ten człowiek, w którego garażu... czy on może mieć z tym coś wspólnego?

– Nie. Wciąż to sprawdzamy, ale z niemal absolutną pewnością bym go wykluczyła. Ma ponad osiemdziesiąt lat, był zupełnie zszokowany tym, co go spotkało. Moim zdaniem żaden człowiek nie zdołałby się w ten sposób maskować. Znalazł się tymczasem w szpitalu, gdyż przeżył załamanie nerwowe i potrzebował kilku zastrzyków uspokajających.

– Ale czemu w takim razie... jego samochód?

Inès wzruszyła ramionami.

– Sądzę, że to czysty przypadek. On nie ma garażu z prawdziwego zdarzenia jak pozostali mieszkańcy tej miejscowości, tylko łatwo dostępną wiatę. To ostatnia działka przy końcu ulicy. Dom stoi w głębi, z jego okien nie widać bramy wjazdowej. Przypuszczamy, że sprawcy trzymali Kristinę w swoim samochodzie i szukali sposobności, którą w tym akurat miejscu znaleźli.

– Czy nie można jej było... – Przełknął. Zabrzmiało to tak, jakby rozmawiali nie o Kristinie, lecz o jakimś worku śmieci.

Inès domyśliła się, o co chciał zapytać.

– Tak. Z łatwością mogliby się jej pozbyć, zostawiając w miejscu, gdzie nikt nigdy by jej nie znalazł. Zaraz za Le Tholonet ciągną się góry pełne wąwozów i rozpadlin. Widocznie chcieli, by ją znaleziono.

– Ale ona przecież jeszcze żyła. Mogła przeżyć. Nie obawiali się, że będzie mówić?

– Najwyraźniej nie. Mamy opis obydwu mężczyzn, którzy na lotnisku w Marsylii podawali się za policjantów, ale i tak na niewiele to się zdało. Można go odnieść do tylu osób... Przypuszczam, że Kristina i tak nie miała pojęcia, gdzie ją przetrzymywano.

– Pewnie nie w Le Tholonet?

– Szukamy także tam, ale uważam to za mało prawdopodobne. Z pewnością gdzieś w dalszej okolicy. Musielibyśmy jednak mieć sporo szczęścia, żeby znaleźć to miejsce.

Simon skinął głową. Aż sam się sobie dziwił, że tego rodzaju pytania wypowiadał tak rzeczowym tonem. W głębi serca był przerażony, tak potwornie przerażony, że nie miał odwagi o tym myśleć. Pewnie dlatego zadawał te wszystkie pytania. By nie zwariować.

– Dlaczego? Dlaczego... chcieli, żebyśmy ją znaleźli?

– Zastraszenie. Chcieli pokazać, jak są silni i pozbawieni skrupułów. Wydaje się, że czują się dość pewni siebie. Z doświadczenia mogę panu powiedzieć, że pewnego dnia ta ich arogancja obróci się przeciwko nim. Nie raz już tego doświadczyłam.

To nie przywróci życia Kristinie. Zastanawiał się, czy świadomość, że jej mordercy znajdą się za kratkami, przyniesie mu pocieszenie. Tego nie wiedział. To miejsce w jego głowie było teraz puste, mroczne i nic nieznaczące.

– Co teraz będzie? – zapytał.

– Ciało Kristiny zostanie przebadane w zakładzie medycyny sądowej – wyjaśniła Inès. – Możliwe, że znajdziemy jakieś ważne ślady. À propos: nasi koledzy byli tymczasem w paryskim mieszkaniu Nathalie Boudin i Jérôme'a Deville'a. Niestety, nie zabezpieczono nic istotnego dla sprawy. Deville chyba zabrał z sobą swój laptop. Zdjęliśmy odciski palców i porównamy je z odciskami pozostawionymi w mieszkaniu Jeanne Berney w Metzu. Nawet jeśli nie będą do siebie pasować, w żadnym razie nie skreślimy Deville'a z listy podejrzanych, w końcu mógł przecież włożyć rękawiczki. Mimo to każdy sprawca coś jednak po sobie zostawia... cząsteczki naskórka, włókna. Wkrótce stanie się jasne, w jakiej on uczestniczy grze.

Jeanne Berney. Jeszcze jedna martwa kobieta opłakiwana przez rodzinę. Do tego Yves Soler. I Kristina. Trzy ofiary śmiertelne.

– Dobry Boże – szepnął.

Inès zdawała się podążać tym samym tokiem myślowym.

– Cieszę się, że pan i Nathalie schroniliście się tutaj. Każde inne rozwiązanie byłoby w tej chwili dowodem nieodpowiedzialności. Na Nathalie musimy jednak uważać. Słyszałam, co się wydarzyło dziś z rana.

– Ten spacer...

Inès parsknęła.

– Spacer! Oboje dobrze wiemy, że wcale nie zapragnęła odetchnąć świeżym powietrzem. Szukała punktów odniesienia, które pomogłyby jej ustalić, gdzie się znajdujemy.

Dokładnie o tym samym pomyślał.

– Zależy jej na bezpieczeństwie Jérôme'a Deville'a – powiedział.

– A mnie zależy na państwa bezpieczeństwie – odparła Inès. – Nie chciałabym, żeby Deville się tu pojawił.

– Może nie byłoby to wcale takie złe. To znaczy, wygląda na to, że jest on jedynym człowiekiem, który może nam powiedzieć, o co w całym tym szaleństwie chodzi.

– I dlatego usilnie go szukamy. Ale nie akceptuję zabaw z przynętą – wyjaśniła zdecydowanym tonem Inès. – Nathalie Boudin nie zostanie w to włączona. Zaraz dokładnie jej wyjaśnię, czego od niej oczekuję.

Simon miał wątpliwości, czy słowa Inès zrobią na Nathalie jakiekolwiek wrażenie i zdołają ją odwieść od powziętych zamiarów. Mimo to skinął głową, jakby uznał pomysł za dobry. Zresztą w tej chwili i tak było mu to niemal zupełnie obojętne. Myślał wyłącznie o Kristinie i jej śmierci. Jakimś sposobem wszystkie jego myśli ostatecznie zmierzały w tym właśnie kierunku: ku jej śmierci. Jakby również dla niego wszystko się skończyło. Jakby po takich potwornościach życie nie mogło się już toczyć dawnym trybem.

– Zastanawiam się, co to właściwie jest? – zapytała Inès. – Co ją z nim łączy? Zależność? Uległość?

– Miłość – odparł Simon – to chyba po prostu miłość.

Inès ważyła to słowo w myślach, jakby musiała zdać sobie sprawę z jego prawdziwego znaczenia.

– Być może – uznała z powątpiewaniem.

– Niektórzy ludzie wspierają tych, których kochają – wyjaśnił Simon. Głos mu się łamał. – Wbrew wszelkiemu rozsądkowi, wbrew wszelkim przestrogom. Wbrew całemu światu, jeśli to konieczne. On może być uwikłany w niecne sprawki, może być zamieszany w wielokrotne morderstwa, a ona i tak na to nie zważa. Będzie niewzruszenie trzymać jego stronę.

Nasłuchiwał własnych słów.

Ona jest twoim przeciwieństwem – zabrzmiał bezlitośnie jego wewnętrzny głos. *Daje Jérôme'owi to, czego Kristina nigdy od ciebie nie otrzymała, choćby w niewielkim tylko stopniu.*

Dopiero kiedy usłyszał słowa Inès: „Aleź nie, Simon!", uświadomił sobie, że się rozpłakał.

Południowa Dobrudża, Bułgaria, sobota, 19 grudnia

Zgodnie ze słowami Borisa wewnątrz domu panował potworny ziąb. W żeliwnym piecu płonął co prawda ogień, lecz jego ciepło nie miało szans w starciu z chłodem przenikającym przez cienkie ściany. Wszyscy członkowie rodziny Siemionowów mieli na sobie liczne warstwy ubrań. Selina owinęła się dodatkowo wełnianym kocem. Wszyscy byli bladzi, zaniedbani, mieli nastroszone włosy, roztaczali nieprzyjemną woń.

Gregor Siemionow za to przeprosił.

– Nie mamy tu bieżącej wody. Roztapiamy śnieg w niewielkiej wannie. Ale to trudne... umyć się, zrobić pranie...

„Co oni sobie myślą? Jak długo jeszcze zdołają wytrzymać?" – zastanawiała się Iwana.

Jej pojawienie się wywołało prawdziwy popłoch. Nawet jeśli Siemionowowie wkrótce zrozumieli, że nie przybyła w złych zamiarach, nadal byli przerażeni faktem, że ktoś zdołał odnaleźć ich kryjówkę. Że ktoś potrafił odszukać Borisa, nieznanego syna z pierwszego małżeństwa, i za jego pośrednictwem nawiązał z nimi kontakt.

Miało to jednak również pozytywną stronę: Iwana wiedziała już, że nie musi ich zanadto przekonywać. Siemionowowie umieli liczyć do trzech. Skoro odnalazła ich Iwana, mógł to zrobić każdy.

– Gdzie się właściwie znajdujemy? – zapytała.

Siedzieli ściśnięci wokół pieca, rozgrzewali dłonie, ściskając kubki z gorącą kawą. Poprzedniego dnia Boris zaopatrzył rodzinę w świeżą żywność, dzięki czemu przynajmniej mieli pod dostatkiem jedzenia i picia.

– To Dobrudża – oznajmiła Katarina Siemionowa. Mówiła niemal bezdźwięcznym głosem. – Niedaleko stąd do granicy rumuńskiej.

Dobrudża, rozległa, lekko pofałdowana kraina rozpościerająca się aż do brzegów Morza Czarnego. Północna Dobrudża leży w południowo-wschodniej Rumunii, Południowa Dobrudża zaś na północnym wschodzie Bułgarii. Kilka większych miast dzieli ciągnące się kilometrami całkowite pustkowie. Pola i lasy jak okiem sięgnąć. Bliżej morza klimat łagodniał, stawał się niemal śródziemnomorski.

Oni jednak przebywali daleko w głębi lądu. Okolica słynęła z mroźnych zim i obfitych opadów śniegu. Lodowaty wiatr ciągnął z terenu Rosji.

– Najbliższa miejscowość...? – zapytała Iwana.

– Dulowo – odparł Gregor. – Jakieś piętnaście kilometrów stąd.

Możliwe do pokonania. A może jednak nie, zważywszy na pogodę? Od Sofii dzieliło ich pięć do sześciu godzin jazdy samochodem, Boris ma wrócić dopiero w następny piątek. Do tego czasu powinna wyruszyć w drogę powrotną.

„Później się nad tym zastanowię" – zdecydowała. „Nie to jest najważniejsze".

Tymczasem przedstawiła rodzinie Siemionowów powód swej wizyty. Część informacji znali już od Kiriła. Katarina dodawała jej otuchy, trzymając ją za rękę, gdy opowiadała o Nince. O swym potwornym strachu i zwątpieniu. Katarina ją rozumiała. Jakżeby inaczej. Która matka by tego nie potrafiła?

– Proszę – odezwała się Iwana – niech państwo idą na policję. Złóżcie zawiadomienie i wyjawcie wszystko, co wiecie. To moja jedyna szansa, bym kiedykolwiek zobaczyła jeszcze Ninkę.

Gregor kiwał głową zatroskany.

– Policja nie zdoła nas ochronić. W tym właśnie sęk.

– Mogą schwytać ludzi, których tak bardzo się obawiacie.

– Jest ich zbyt wielu – odparł Gregor. – Mają niesamowite

powiązania. Nawet jeśli rzeczywiście kilku z nich aresztują, nawet jeśli przed sądem coś się im udowodni i trafią za kratki, na ich miejscu pojawią się następni. Nie unikniemy niebezpieczeństwa.

– Ale przecież nie możecie się tu wiecznie ukrywać. – Iwana rozejrzała się po wnętrzu spartańsko urządzonej chaty, wzdrygnęła się, czując chłód i widząc panujące w niej warunki. – Tak nie da się żyć. Nie przetrzymacie tego. Boris tego nie wytrzyma. Będziecie mieć szczęście, jeśli przetrwacie zimę. Może także lato. Ale w żadnym razie kolejnej zimy. Tyle lat... bez żadnych perspektyw...

– Traktujemy to jako rozwiązanie przejściowe – oznajmił Gregor. – Wiedziałem o istnieniu tego domu, o tym, że Boris się o niego troszczy. Liczy na otrzymanie go w spadku. Uznałem to za dobre rozwiązanie na początek. Musieliśmy czym prędzej wyjechać z Sofii. Nie mieliśmy czasu na szukanie odpowiedniego miejsca.

– Rozumiem. Ale...

– Oczywiście nie zostaniemy tu na zawsze – ciągnął Gregor. – Prawdopodobnie wyjedziemy do Rumunii. Gorzej niż w Bułgarii nam tam nie będzie.

– W Sofii ma pan pracę. Nie wie pan, czy w Rumunii coś pan znajdzie.

Wzruszył ramionami.

– Muszę spróbować. I tak nie mamy wyboru.

– Nieprawda – zaprzeczyła zrozpaczona Iwana. – Jest policja. Powinniście walczyć z tą... bandą. Postawcie się im. Nie zgadzajcie się na życie, które będzie dla was oznaczać wieczną tułaczkę!

Nikt nie odpowiedział. Siemionowowie co prawda nie byli sparaliżowani przez strach, Iwana to dostrzegła, wydawało się jednak, iż nie mają złudzeń co do tego, że zdołają przeżyć, jeśli wrócą do Sofii. To wszystko. Rumunia, nowy niewiadomy początek w obcym kraju wydał im się lepszym rozwiązaniem.

Może rzeczywiście mieli tam większe szanse: gdyby najpierw zaszyli się gdzieś w Rumunii, przedarli się stamtąd aż do Mołdawii albo dotarli jeszcze dalej na północ, na Ukrainę, być może w końcu udałoby im się wymknąć prześladowcom. Zwłaszcza zważywszy na chaos i zamęt panujący w całym regionie, nie wyłączając samego Kijowa. Kto będzie mógł i chciał nieustannie podążać śladem tej trzyosobowej rodziny?

Myśl ta pociągnęła za sobą inne pytanie, które przez cały czas kołatało jej się po głowie, choć sobie tego nie uświadamiała: właściwie dlaczego prześladowcy jak opętani wciąż podążają śladem Seliny? Zmuszają rodzinę do podjęcia tej ryzykownej ucieczki w nieznane? Dlaczego? Czy Selina mogłaby opisać któregoś ze sprawców? Przecież sporządzono portret pamięciowy Vjary, a i tak nic to nie dało, tamci zaś najwyraźniej wcale się tym nie przejęli.

Czy chodziło o zemstę za ucieczkę ofiary, za którą zapłacili? Czy to próba odzyskania pieniędzy? Iwana miała wątpliwości. To byli pozbawieni skrupułów profesjonaliści, którzy z pewnością nie wystawiają rachunków zysków i strat. Dziewczęta znajdowali całymi pęczkami, kusząc fałszywymi obietnicami, zwabiali je na Zachód, by tam wykorzystywać, zarabiając na nich krocie. Jedna zbiegła Selina, a wraz z nią kilka tysięcy zmarnowanych euro – ile zaangażowania, gniewu i stresu było to wszystko warte? Ludzie, którzy wysłali pościg za rodziną Siemionowów, pewnie mogliby w tym samym czasie zrekrutować nowe dziewczęta, co w ostatecznym rozrachunku przyniosłoby im znacznie większy zysk.

Po co zatem to polowanie? Gdzie jego sens?

– Ale dlaczego, Selino? – zapytała, obserwując przy tym dziewczynę. – Czemu oni wciąż panią ścigają? Dlaczego koniecznie chcą panią dostać w swoje ręce?

Selina odstawiła kubek z kawą. Dłonie jej drżały. Jak dotąd nie odezwała się ani słowem, jakby w obliczu wszystkich tych przeżyć straciła głos albo nawet zdolność mówienia. Nawet teraz długo milczała, Iwana zaczęła się obawiać, że nie otrzyma żadnej odpowiedzi. W chwili, gdy już miała się odwrócić i powtórzyć to pytanie rodzicom, Selina w końcu otworzyła usta. Jej głos brzmiał chropawo, jak to często bywa u ludzi, którzy milczeli przez długi czas.

– Tak. Czekałam, kiedy pani o to zapyta.

– Ma pani coś, co oni chcą odzyskać – domyśliła się Iwana.

Selina skinęła głową.

– Wszystko pani opowiem.

Od dnia, w którym nieoczekiwanie wróciłam wcześniej do domu i w pokoju dziennym zastałam Jérôme'a razem z François, przestałam sobie wmawiać, że w zasadzie wszystko jest w najlepszym porządku, a Jérôme tylko przypadkiem bywa nieobecny myślami, rozdrażniony, melancholijny i zamknięty w sobie. Kiedy zaskoczyłam ich podczas rozmowy, z miejsca odniosłam wrażenie, że im przeszkodziłam. Że uznali mnie za osobę niepożądaną. I że nie mogę w niej uczestniczyć. Podobnie jak w dzieciństwie, gdy chciało się przysiąść do większej grupy i od razu się wiedziało, że nikomu nowemu nie pozwolą dołączyć do zabawy. Umilkli, zastygli w bezruchu, patrzyli po sobie. Wyczuwało się niewidzialny mur i trzeba było uznać, że nie jest się mile widzianym.

Tak samo poczułam się w obecności Jérôme'a i François: nie byłam mile widziana.

Wieczorem zagadnęłam o to Jérôme'a.

– Byliście dziś bardzo zaabsorbowani rozmową, ty i François. Co takiego ważnego mieliście do omówienia? – Starałam się, by zabrzmiało to swobodnie, mimochodem, niewinnie. Może ta moja niefrasobliwość skłoniła go do odpowiedzi.

– Nic – odparł. – To nic ważnego.

– Nie spodziewałam się, że tak blisko zaprzyjaźnisz się z takim człowiekiem jak François. Bardzo się różnicie.

– Wcale się blisko nie przyjaźnimy.

– Ale dziś spotkałeś się z nim już po raz drugi. Odniosłam wrażenie, że była to bardzo poufna rozmowa.

Jérôme zrobił się niecierpliwy.

– Na litość boską, Nathalie, co właściwie chcesz wiedzieć? Co cię to obchodzi, z kim się przyjaźnię i o czym rozmawiam z François?

– Sądziłam, że wszystko, co dotyczy ciebie, powinno obchodzić i mnie – odparłam urażona. – I odwrotnie.

– To nie jest definicja związku. – Jego głos zabrzmiał niemal groźnie. – To definicja niewoli.

Tamtego wieczoru znów zalałam się łzami. A Jérôme po prostu wyszedł z domu. Trzaskając drzwiami. Nie miałam pojęcia, dokąd poszedł. Wrócił dopiero po dwóch godzinach, przesiąknięty zimnem i wilgocią, chyba nie był w knajpce. Czy włóczył się tak długo w deszczowym, nieprzyjemnym mroku tego jesiennego wieczoru? Sam? Czy może z nią? Czy ona w ogóle istniała? Nie miałam żadnych podstaw, by żywić jakiekolwiek podejrzenia, w każdym razie takie, które odpowiadałyby zwyczajnym stereotypom: tajemnicze telefony, woń obcych perfum, ślady szminki na ubraniu. Mniej lub bardziej wiarygodne usprawiedliwienia dłuższej nieobecności... Tych zresztą wcale nie potrzebował. Jego zawód stwarzał niezliczone okazje. Mógłby mieć pięć albo sześć romansów jednocześnie, a ja nie potrafiłabym tego z całą pewnością potwierdzić. Mogłabym zadzwonić do firmy i zapytać o jego rozkład dnia. Czy naprawdę wciąż tylko pracował dla Denegri Transports, jak sam twierdził? Czy może całkiem blisko, gdzieś w Paryżu, leżał w łóżku z inną kobietą? W firmie nie miałam jednak z kim porozmawiać, nie znałam tam nikogo prócz François, a on nie wpędziłby Jérôme'a w kłopoty. Poza tym tak nisko jeszcze nie upadłam, by szpiegować mojego partnera. Być może kiedyś do tego dojdzie, może któregoś dnia strach i zwątpienie pokonają moją dumę i poczucie własnej wartości.

Nigdy nie czułam się mizerniej niż przez następne dni, z których każdy zdawał się ciągnąć bez końca. Nawet w najgorszych czasach spędzonych z matką. Wówczas miałam przynajmniej poczucie, że nie zostało mi nic do stracenia, teraz nabrałam przekonania, że wcale nie było to takie złe. Dziś natomiast gra toczyła się o wszystko. Wszystko, czego pragnęło moje serce. Wszystko, na czym opierałam moją przyszłość. Wszystko, czego chciałam i czego potrzebowałam. Jérôme był moim życiem. Moim obrońcą. Jego miłość uchroniła mnie przed zagłodzeniem. Przed znienawidzeniem samej siebie. Przed zwątpieniem. Strachem. Osamotnieniem. Przed żalem za ojcem. Rozczarowaniem matką.

Jego miłość ocaliła mnie od śmierci. Otóż to. Jakby jedynie ona stanęła między mną a kostuchą.

Byłam zrozpaczona, a jednak kurczowo uchwyciłam się nadziei, że to nic takiego. Że tę naszą obcość, nasze oddalenie tylko sobie uroiłam. I że wkrótce wszystko będzie jak dawniej.

A potem nadszedł ów czwarty grudnia, kiedy Jérôme wyruszył do Kopenhagi. Tamtego ranka widziałam go po raz ostatni. Cztery dni później zadzwonił do mnie, by mnie ostrzec.

Nic więcej nie wiem. Prócz tego, że muszę go zobaczyć. Że muszę z nim pomówić. Muszę wiedzieć, że on wciąż żyje, a między nami wszystko jest w porządku.

Dlatego on musi tu przyjechać. Wiem mniej więcej, gdzie się znajdujemy. Jeśli zdołam go powiadomić, przyjedzie, wiem to na pewno.

On przyjedzie.

Hyères, Francja, sobota, 19 grudnia

Chętnie wyszedłby teraz z domu. Pognałby przez deszcz, przez tę zimową beznadzieję bezlistnych winnic. Zapragnął zostać sam. Z wszelkimi wyrzutami kierowanymi przeciw niemu. Dla których nie było żadnego usprawiedliwienia. Ani zrozumienia. Ani wybaczenia.

Chciał rozmyślać o Kristinie. Zapragnął zadręczać się myślami na jej temat – jakby miał to być drobny gest zadośćuczynienia. Choć myśl ta była oczywiście całkiem absurdalna.

Inès Rosarde odjechała. Nie omieszkała go zapewnić, że dołoży wszelkich starań, by wyjaśnić sprawę i ująć morderców Kristiny.

– Robimy więcej, niż mogę panu w szczegółach powiedzieć – wyjaśniła. – Proszę nam zaufać, Simon. Proszę zaufać mnie.

Czy jej zaufa, czy też nie – losu Kristiny już to nie odmieni.

Nie mógł rzecz jasna opuścić domu. A przynajmniej terenu działki. Kilka razy obszedł ogród, by nie zwariować. Deszcz momentalnie przemoczył mu ubranie. Przyglądał się, jak podkomisarz Caparos łata dziurę w ogrodzeniu, przez którą Nathalie wydostała się na zewnątrz. Sprawiał wrażenie spiętego, usta miał zaciśnięte. Bo wciąż nie przetrawił słów, którymi zbeształa go Inès? Bo tak samo przemókł do suchej nitki? Czy może z powodu śmierci Kristiny? Czy jedna ofiara mniej lub więcej w ogóle go interesowała? Nie znał jej. Była dlań jedynie imieniem, niczym więcej. Rubryką w statystyce. A może odebrała mu resztki optymizmu, gdyż ostatecznie stało się jasne, z jak zdeterminowanym i pozbawionym skrupułów przeciwnikiem mają do czynienia? Także policjanci byli coraz bardziej świadomi grożącego im niebezpieczeństwa. Przebywali w tym całkowitym odosobnieniu razem z dwojgiem ludzi, których mieli ochraniać, choć jedno z nich było nieobliczalne i krnąbrne. Z drugiej jednak strony zostali do tego przeszkoleni, to profesjonaliści. Pewnie nic nie było w stanie poważnie nimi wstrząsnąć.

Simon wrócił do domu. Na płytkach pozostawił mokre ślady. Wchodząc po schodach na piętro, natknął się na Nathalie, która właśnie pojawiła się w drzwiach swojego pokoju. Sprawiała wrażenie wystraszonej i przygnębionej.

– Simon... – Podeszła do niego, on jednak wykonał obronny gest.

– Zostaw mnie w spokoju. Mam tego dość. Mam już tego naprawdę dość...

– Inès Rosarde opowiedziała mi o Kristinie. Tak mi przykro. – Jej olbrzymie oczy odcinały się od zmizerniałej, bladej twarzy.

Te nad wyraz duże oczy, smukła, drobna sylwetka, zmierzwione włosy, w których niknęła jej twarz – wszystko to poruszyło go tamtego dnia na plaży. Obudziło w nim instynkt opiekuńczy, który doprowadził go do zguby. Nie rozumiał, jak mogło do tego dojść. Nie żywił już do niej żadnych uczuć, jedynie niechęć i antypatię. Dałby wszystko, by jej nigdy nie spotkać. Dałby wszystko, by teraz czym prędzej się jej pozbyć. Zamiast tego zamknięto ich tu razem – nie wiadomo na jak długo.

– Trochę późno – odparł szorstko. – Z tym *przykro mi.* Kristinie to już nie pomoże.

Miała łzy w oczach.

– Nie wiedziałam... O Boże, sama nie wiem, w jakie wpadłam tarapaty...

– Ale nic też nie robisz, żeby się z nich wydostać. Twoja dzisiejsza próba rozeznania okolicy niewiele tu pomoże.

– Naprawdę potrzebowałam tylko trochę ruchu. Nie mogłam dłużej wytrzymać w tym domu. Już wcześniej siedzieliśmy zamknięci w apartamencie w Les Lecques. Po prostu nie potrafiłam dłużej tego znieść.

Trochę ją rozumiał. Sam ledwie to znosił.

– Po prostu mnie zostaw – poprosił. – W tej chwili... nie potrafię tego pojąć. I przetrawić. To takie... niewyobrażalne, że Kristiny już tu nie ma. Że musiała umrzeć w tak potworny sposób.

Nathalie skinęła głową. Z jej oczu popłynęły łzy.

– To jakiś koszmar – załkała.

Zostawił ją. Nie potrafił teraz nikogo pocieszyć. Nie potrafił poradzić sobie z samym sobą. Odszedł do swojego pokoju, zatrzasnął za sobą drzwi.

Wyjął telefon komórkowy, włożył baterię, włączył. Tak jak się tego spodziewał, pocztę głosową zapchały wiadomości pozostawione przez Mayę. Odsłuchał je, napawając się po trosze jej coraz bardziej krzykliwym głosem. *Słuchaj, dzieci są kompletnie znudzone. Pilnie muszą zmienić otoczenie. Leon także uważa, że południe Francji byłoby teraz dla nich idealnym miejscem. Dlaczego się nie odzywasz?*

Leon także uważa... Simon potrafił sobie naraz wyobrazić kryzys ich związku. Leon, którego jak dotąd niezwykle bawiło udawanie wzorowego ojca zastępczego, najwyraźniej stracił wszelką po temu ochotę. Simon mógł wręcz usłyszeć jego rozmowę z Mayą.

Dzieciaki zrobiły się naprawdę nieznośne. Nie mogłabyś ich wysłać do swojego eks?

Maya być może przez sekundę miała jakieś skrupuły. *Sama nie wiem... Po całym tym początkowym zamieszaniu... To znaczy, wygląda to tak, jakby...*

Na litość boską, nieważne, do cholery, jak to wygląda. Dzwoń do Simona. Oszaleje ze szczęścia. Jasne, z początku to nie było sympatyczne, ale czy Simon był kiedykolwiek pamiętliwy? Można z nim przecież robić, co się chce, a on i tak będzie ci jadł z ręki.

Uważasz, że powinnam po prostu zapytać?

Jasne. Nie będzie ci miał tego za złe. Za bardzo jest wdzięczny.

Miał tego serdecznie dość. Miał dość bycia miłym. Wyrozumiałym. Otwartym na sprawy innych. Tak uległym. Tak gorliwym. Zrównoważonym. Tak zatroskanym o szczęście wszystkich tych ludzi wokół siebie – tylko nie o swoje własne.

A może miało to raczej związek ze sposobem, w jaki definiował własne szczęście. Od czego je uzależniał. Od tego mianowicie, by wszyscy go lubili. By wszyscy się z nim zgadzali. By nikt nie żywił do niego urazy. By wszyscy powtarzali: *Lubimy cię, Simonie. Zawsze robisz to, co należy.*

Nikt jednak tak nie mówił. To, co mówili naprawdę, może nie wprost, lecz w sposób zawoalowany w niedwuznacznym przekazie spojrzeń i czynów, brzmiało: *Gardzimy tobą, Simonie. Zawsze tylko starasz się wszystkim dogodzić. Jakież to żałosne!*

Przez cały czas trwania krótkiego związku z Kristiną był niewolnikiem własnego schematu postępowania, choć Kristina usiłowała go nakłonić do zmiany sposobu myślenia. Nie do końca pojmował, o co jej chodzi, czuł się niezrozumiany i krytykowany. Mimo rozwodu chciał być dla dzieci ojcem doskonałym, dla Mai perfekcyjnym eksmałżonkiem, dla Kristiny idealnym nowym partnerem, nie rozumiejąc, że to próba uporania się z kwadraturą koła, która zakończy się fiaskiem. W którymś momencie powinien był zapytać: A czego ja chcę? Co dla mnie jest najlepsze?

Pragnął się związać z Kristiną. Pragnął wspólnego życia. Oczywiście takiego, w którym obecne będą jego dzieci, nie mogąc jednak o nim decydować. Tym bardziej że w rzeczywistości nawet tego nie próbowały. Były jedynie narzędziem w rękach Mai, dobrze o tym wiedział. A jednak, no właśnie, nie chciał ściągać na siebie jej gniewu.

Koniec końców Kristina z tego powodu umarła. Nie bezpośrednio. Lecz wskutek nieszczęśliwego zbiegu okoliczności, wynikających z jego potrzeby harmonii, z jego niezdolności do radzenia sobie z gniewem innych ludzi. Z Kristiny uczynił tajemnicę swego życia, bez przekonania starając się dbać o jej dobry nastrój, podobnie zresztą jak wszystkich innych – i tym właśnie ją zdradził.

Zdradzał też samego siebie, odkąd tylko przyszedł na świat, gdyż robił wszystko, by zaskarbić sobie uznanie i miłość ojca. O ironio, właśnie dlatego coraz bardziej oddalał się od celu. Ojciec bez reszty nim pogardzał.

Szanował Nathalie. Mógłby z jej powodu oszaleć ze złości. Lecz miał dla niej respekt. Nathalie, która z Jérôme'a, bez względu na to, czy był tego wart, czy też nie, uczyniła główną oś swego życia. Tak wyraźnie brała jego stronę, że w razie potrzeby pojedynkowałaby się z każdym, kto tylko odważyłby się wyrazić choćby drobną wątpliwość co do postawy tego mężczyzny i łączącej ich miłości. Nathalie wymknęła się ukradkiem, by rozeznać się w okolicy, nie zważając na to, co powiedzą Halabi i Caparos. Robiła, co chciała, nieważne, czy było to absurdalne, niebezpieczne, ryzykowne czy lekkomyślne. Nie przejmowała się tym, co powiedzą inni. Podążała własną drogą.

On natomiast, z czystego zatroskania o to, która droga jest właściwa, ostatecznie nie podążał żadną z nich. Zamiast tego pozwalał się tylko przytłoczyć zdarzeniom.

Trzymając w dłoni telefon, z którego wciąż sączył się protekcjonalny głos Mai, rozbrzmiewający w pozostawionych przez nią wiadomościach, cisnął nim o ścianę. Aparat z trzaskiem uderzył o drewnianą podłogę. Podeptał go butem, po czym podniósł. Niektóre części urządzenia odprysnęły, wyświetlacz nie działał.

Zepsuty. I bardzo dobrze.

Ponownie cisnął go w kąt i wyszedł z pokoju.

Nie chciał nikogo widzieć na oczy, skoro jednak w tym niewielkim domu przebywały prócz niego jeszcze trzy inne osoby, życzenie to się pewnie nie spełni. Dosłyszał, że ktoś na dole wchodzi właśnie do środka, pewnie to Caparos uporał się z naprawą ogrodzenia. Nie spędzili tu jeszcze nawet dwudziestu czterech godzin, a już zapanowała nerwowa, napięta atmosfera, wynikająca nie tylko z poczucia zagrożenia, lecz przede wszystkim z przymusu przebywania w ciasnym pomieszczeniu, bezczynności, na którą zostali skazani, bezruchu.

Pewnie też z deszczowej aury.

Simon nigdy jeszcze nie pragnął znaleźć się dalej od tego miejsca.

I znów zwrócił uwagę na właz w suficie oraz stojącą obok drabinę. Jedyne możliwe miejsce odosobnienia. Kusząca to myśl: wdrapać się na górę, wciągnąć drabinę, zamknąć właz. Być niedostępnym. Łaknął samotności, jakby od tego zależało jego życie.

Drabinę można było zahaczyć za klamrę znajdującą się na brzegu włazu i tym sposobem go otworzyć. Cicho zatrzeszczał, Simon wstrzymał oddech. Nikt go chyba nie usłyszał. Oparł drabinę i wspiął się na górę. Powitały go kurz i mrok, rozświetlony jedynie przez niewielkie okrągłe okienko, coś w rodzaju bawolego oka umieszczonego w szczycie poddasza. Krople deszczu dudniły o dach. Nic tam nie było, żadnego krzesła, żadnej poduszki, zupełnie nic, to jednak Simonowi kompletnie nie przeszkadzało. Bezcenna zaleta tego pomieszczenia kryła się w jego odosobnieniu.

Przykucnął w kącie. Przeczytał gdzieś, że człowiek pragnący doświadczyć rozstrzygającego zwrotu w swym życiu musi nierzadko przeżyć najpierw tragedię, jakiś głęboki, traumatyczny wstrząs. Znaleźć się w sytuacji, w której nie będzie już w stanie pogodzić się z samym sobą, zostanie odarty z wszelkich złudzeń, nie będzie już dłużej mógł przymykać oczu na prawdę o sobie.

Pomyślał, że być może dotarł właśnie do tego punktu. Tu, na tym poddaszu, w odosobnieniu domu, znalazłszy się w tym groźnym, idiotycznym położeniu. W chwili, w której dowiedział się o śmierci Kristiny. W tej bolesnej samotności, która zawładnęła jego duszą. Pogrążony w żalu, zbyt mocno zmieszanym z poczuciem winy, by się łudzić, że kiedykolwiek go opuści.

Nic, już nigdy nic nie będzie takie samo.

Stał na gruzach własnego życia, nie mając pojęcia, czy zdoła je na powrót poskładać w całość.

Południowa Dobrudża, Bułgaria, niedziela, 20 grudnia

Iwana spała płytko i niespokojnie, obudziła się wczesnym rankiem. Zegar wskazywał dwadzieścia po czwartej. W oknach nie było zasłon, do wnętrza wpadał zimny, błękitnawy blask księżyca. Wstała i od razu objęła ramionami tułów. Marzła nawet pod kołdrą, choć wcale nie zdjęła ubrania, położyła się do łóżka w długich spodniach i dwóch grubych wełnianych swetrach. Teraz jednak w pokoju panował taki ziąb, że nie zdziwiłby jej widok własnego oddechu. Rzut oka na żeliwny piec potwierdził, że ogień wygasł.

Podeszła do jednego z okien i wyjrzała na zewnątrz. Wciąż panował mrok nocy, lecz chmury się rozpierzchły, a księżyc rzucał poświatę odbijającą się od śniegu. Przejrzysta, mroźna noc. Śnieg przestał sypać, lecz wszędzie panoszyła się bezkresna, nietknięta, biała samotność. Na kilka sekund Iwana poddała się urokowi tego widoku, potem jednak nagle powróciła do rzeczywistości, z każdą kolejną chwilą coraz słabiej dostrzegała piękno tego krajobrazu, za to coraz wyraźniej jego groźne oblicze. Uświadomiła sobie niebezpieczeństwo czyhające w lodowatym odosobnieniu tego miejsca.

Tam za oknem czaiła się śmiercionośna, potwornie groźna dla życia bułgarska zima.

Poczuła, że jej stopy zamieniają się w bryły lodu, czym prędzej wskoczyła z powrotem na sofę, naciągnęła kołdrę po sam podbródek, zwinęła się jak embrion, by się choć trochę rozgrzać. W domu znajdowały się dwa pomieszczenia oraz niewielki aneks kuchenny. W jednym pokoju spała cała rodzina Siemionowów, Iwana zaś otrzymała do dyspozycji pokój dzienny.

Poprzedniego wieczoru Gregor objaśnił jej warunki sanitarne swego domostwa.

– Nie mamy toalety. W kuchni stoi wiadro, może pani z niego skorzystać. Opróżniamy je kilka razy dziennie. Umyć musi się pani w małej wanience z roztopionym śniegiem, stoi w kuchni. Nic lepszego nie możemy zaoferować.

Bez bieżącej wody, bez prądu. Roztopiony śnieg i lampy naftowe. Iwana miała wrażenie, jakby nagle przeniosła się do innego stulecia.

Poprzedniego dnia Selina o wszystkim jej opowiedziała. Otwarcie i bez ogródek. Iwana nadal się zastanawiała, jak zdołała to przetrzymać: słuchała historii Seliny, wiedząc, że to także historia jej własnego dziecka. Prawdopodobnie wytrwała jedynie dlatego, że zmusiła się do tego całą siłą woli.

Wysłucham jej teraz. Bo istotny jest każdy szczegół, jeśli chcę pomóc Nince. Nie chodzi tu o mnie ani o moje własne uczucia. Chodzi wyłącznie o Ninkę.

Selina opowiedziała o mężczyźnie, który zaczepił ją w dyskotece. Michajło. Młody, sympatyczny. Budzący zaufanie.

– Mówił, jak świetnie wyglądam. Że mając taką twarz, mogłabym zarobić mnóstwo pieniędzy. Że mam niesamowicie piękne oczy. I świetną figurę. W zasadzie to czyste frazesy, ale strasznie na mnie podziałały.

Michajło powiedział jej, że cały czas poszukuje się takich niezwykłych modelek i że jego zdaniem ma zadatki na wielką karierę.

– Sesje zdjęciowe na całym świecie. Nowy Jork, Paryż, Rzym, Londyn. Najlepsi fotograficy. Cały splendor międzynarodowego świata mody. I pieniądze. Dużo pieniędzy. Powiedział, że powinnam się zastanowić, co by to oznaczało także dla mojej rodziny. Z dnia na dzień zmieniłoby się życie nas wszystkich. Odmalował to w najjaśniejszych barwach. A ja, głupia, naiwna i młoda, w to uwierzyłam.

Działo się to ledwie kilka tygodni wcześniej, Selina była

więc niewiele starsza niż wówczas. *Głupia* i *naiwna*, jak to określiła, z pewnością już dziś nie była. Iwana wyobrażała sobie tę młodą dziewczynę tańczącą swobodnie w dyskotece i dającą się omamić pochlebstwom i obietnicom przystojnego mężczyzny. Ale teraz nie siedziała już przed nią młoda dziewczyna, lecz kobieta. Poważna, niemal rozgoryczona. Odarta z ufnej wiary w życie, ludzi, świat. Zupełnie zmieniła swe nastawienie, pewnie żywiła nieufność do wszystkiego i wszystkich, skutkiem czego oceniała ludzkość równie niesprawiedliwie, jak dawniej w swym zaślepieniu wierzyła w dobro. Bez wątpienia jednak postawa ta lepiej chroniła przed zagrożeniami.

– Wręczył mi potem wizytówkę i powiedział, żebym zadzwoniła. Zrobiłam to już następnego dnia. Nie mogłam się doczekać, kiedy zacznę karierę top modelki. Zaaranżował spotkanie z Vjarą.

Słysząc to, Iwana się nachyliła.

– Vjara. Nie zna pani jej nazwiska?

– Nie. O dziwo, wcale mnie to nie zaniepokoiło. Michajło powiedział, że Vjara to znana w świecie mody osobistość. Głupio bym się poczuła, gdybym nagle zapytała, jakie ona nosi nazwisko.

Iwana skinęła głową. Rozumiała. Oni z Kiriłem także o to nie zapytali, lecz dali się oślepić rzekomą sławą i reputacją tej kobiety.

– Ninkę widzieliśmy po raz ostatni, gdy Vjara ją z sobą zabrała – wyznała. – Miała od razu wyruszyć na Zachód. Razem z kilkoma innymi dziewczętami. Najpierw do Rzymu, a stamtąd możliwie jak najszybciej na pierwsze sesje zdjęciowe. Ninka miała do nas zadzwonić, kiedy tylko dotrze na miejsce, tak nas zapewniano. Ale tego nie zrobiła.

Selina skinęła głową.

– Nie miała okazji. To wszystko ukartowana gra. Michajło zaczepia dziewczęta w barach i dyskotekach, a Vjara pojawia się, by przekonywać rodziców. Większość miałaby wątpliwości, nim zdecydowałaby się puścić własną córkę z obcym mężczyzną, lecz kobieta poważna, sprawiająca wrażenie wykształconej i eleganckiej jak ta Vjara rozprasza ich nieufność. To szaleństwo, prawda? Tylko dlatego, że jest kobietą, człowiek myśli sobie, że nie kryje się za tym nic groźnego. Kilka kobiet odgrywa zresztą w całej tej historii istotną rolę, i nie są one w niczym lepsze od mężczyzn.

Tak, tak, tak... Iwana mogła tylko potakiwać głową po każdym pojedynczym słowie. Ta gra była tak prosta, tak przewidywalna, a mimo to również w ich przypadku się powiodła. Nie sposób było sobie wyobrazić, że Vjara ma złe zamiary.

„Jakby człowiek miał to wypisane na twarzy!" – pomyślała Iwana.

Selina ciągnęła swoją opowieść. Otrzymała pieniądze, z których połowę od razu oddała rodzicom. A potem odjechała razem z kierowcą. Nie znała go, nie był to Michajło, lecz jakiś inny mężczyzna. Vjara, która miała jechać razem z nimi, w ostatniej chwili zrezygnowała.

– Powiedziała, że musi się zatroszczyć o dwie inne dziewczyny, które miały jakiś problem z dokumentami. Dojedzie później. Wówczas w to uwierzyłam. Dziś jednak jestem przekonana, że Vjara nigdy nie wyjeżdża. Jest odpowiedzialna wyłącznie za werbowanie dziewcząt w Sofii. Któryś z kierowców mówił mi też, że zazwyczaj przewożą ich kilka naraz. Przypuszczam, że to się zmieniło w obliczu niejasnej sytuacji na granicach państw europejskich. Wiele krajów ze Wschodu uszczelnia je ze względu na napływ uchodźców. Od trzynastego listopada doszły do tego wzmożone kontrole nie tylko na granicy francuskiej. Przejazd z więcej niż jedną, najwyżej dwiema dziewczynami byłby zbyt ryzykowny.

– Mówi pani *któryś z kierowców*. Było ich więcej?

– Zmieniali się. Co chwila inny samochód, inny kierowca. Nie potrafię już powiedzieć, ile razy się przesiadałam.

– Zmyślny system. Nikt nie jest w stanie podążyć ich śladem.

– Zgadza się. Opowiedzieli mi co nieco o zasadach. Każdy mógł przemierzyć tylko jeden konkretny odcinek drogi, a to ze względu na zmęczenie i związane z tym niebezpieczeństwo. Brzmiało to przekonująco.

– Ci mężczyźni... jak panią traktowali?

– Okay. Nie było żadnych ekscesów, jeśli o to pani chodzi. Nocowaliśmy w dość podłych zajazdach, z dala od ruchliwych tras. Czasem także w samochodzie. Byłam wyczerpana, nieustannie znużona, czułam się zaniedbana. Ale myślałam sobie, że wszystko się ułoży, kiedy wreszcie dotrzemy na miejsce.

Iwana skinęła głową.

– A... gdy dotarliście na miejsce?

Selina wykrzywiła twarz.

– Wtedy zaczęło się piekło.

Pierwsze wątpliwości ogarnęły ją wkrótce po przekroczeniu granicy słoweńskiej, kiedy stwierdziła, że z torebki zniknęły jej komórka oraz paszport. Zdenerwowana zwróciła się do kierowcy, Chorwata, który tylko trochę znał bułgarski, a po angielsku nie mówił w ogóle.

– Zniknęły moje dokumenty! I mój telefon komórkowy!

Noc spędzili w rozklekotanym busie, gdzieś na odludziu, na skraju leśnej drogi niknącej w nieprzeniknionym mroku leśnych ostępów. Selina spała na tylnej kanapie na kilku rozłożonych wełnianych kocach, w niezbyt czystym śpiworze. Panował jednak chłód, musiała z niego skorzystać. Kierowca drzemał z przodu na rozłożonym siedzeniu. Nikt prócz niego nie miał dostępu do jej torebki. Przypuszczała, że w nocy ukradł jej rzeczy.

Na jej wyrzuty odpowiedział potokiem chorwackich słów, z których nic nie zrozumiała.

– Moje dokumenty – powtarzała ze złością. – I moja komórka. Chcę je odzyskać!

– Komórka – powiedział.

– Masz moją komórkę? I mój paszport?

Sięgnął do wewnętrznej kieszeni swojej poplamionej, wytartej marynarki i wyjął poszukiwane przedmioty. Chciała mu je odebrać, lecz on włożył je z powrotem do kieszeni, znów serwując jej rozwlekłe, niezrozumiałe wyjaśnienie.

Była oburzona i zaniepokojona, na szczęście wkrótce nastąpiła ponowna zmiana kierowców. Nowy szofer był Bułgarem, dzięki temu mogła się z nim porozumieć. Wyjaśnił, że przechowa jej paszport, robi to jedynie ze względów bezpieczeństwa, kiedy dotrą do celu, przekaże dokument administracji agencji. Później Selina oczywiście go odzyska.

– Czemu nie mogę mieć przy sobie paszportu?

– Takie są przepisy.

– Ale to nie w porządku. To *moje* dokumenty – oznajmiła rozzłoszczona Selina. – I *mój* telefon!

Nie otrzymała żadnej odpowiedzi.

Dręczyły ją strach i nieufność, lecz nie straciła panowania nad sobą. Miała wiele możliwości ucieczki. By z nich skorzystać, musiałaby jednak przestać tak zawzięcie ignorować swój wewnętrzny głos, wciąż jej podszeptujący: *Uważaj, tu coś nie gra!*

Dowiedziała się, że celem ich podróży jest Paryż, wkrótce się przekonała, że to prawda. Mimo to wciąż była zmieszana i nieufna. Dlaczego wcześniej mówiono o Rzymie? Czemu w takim razie zmierzają do Paryża?

Bądź co bądź chodziło jednak o stolicę świata mody. Selina Siemionowa trafiła z Bułgarii do Paryża. Była kompletnie wycieńczona podróżą, tęskniła za gorącą kąpielą. Czuła ból w kościach, nie miała przy sobie dokumentów ani telefonu, Paryż zaś, miasto pełne nerwowości, traumy i szoku po niedawnych zamachach, wcale nie błyszczał, lecz tonął w listopadowej mgle. Ona wciąż jednak żywiła nadzieję, że wszystko się ułoży. Starała się myśleć pozytywnie: oto Selina na światowych wybiegach. Muzyka, burza rozbłyskujących fleszy, fotograficy leżący u jej stóp. Nosi zapierające dech ubrania. Jej twarz pojawia się na okładkach wszystkich czasopism. *Jesteś absolutnie fascynująca*, powiedział jej Michajło, przyglądając się jej z podziwem, *zrobisz wielką, wielką karierę!*

Wykazała się ogromną determinacją i odwagą. Zostawiła za sobą wszystko i w chwili, którą los jej ofiarował, sięgnęła po szczęście. Nie namyślając się długo. Nie zwlekając, bez wahania.

„Życie nagradza odważnych" – powtarzała sobie. A przynajmniej próbowała to sobie wmówić.

Póki nie wysiedli na jakimś przedmieściu. Nie było tam nic prócz kilku domów, wyglądających na podniszczone i niezamieszkane. Okolica sprawiała wrażenie wymarłej, domy stały w sporej od siebie odległości. Pomiędzy nimi ciągnęły się tylko brązowawe, rozmokłe łąki. Rozpoczęta budowa z ogromnym wyasfaltowanym placem... Pewnie zaplanowano tam jakieś centrum handlowe z parkingiem, w którymś momencie inwestorzy jednak zrozumieli, że nikt w nim nie będzie robił zakupów. Wydawało się, że budowę wstrzymano już jakiś czas temu. Mury zaczynały kruszeć.

Było zimno, padał deszcz.

Selinę przekazano jakiemuś mężczyźnie, który poprowadził ją do jednego z nędznych domów. Wewnątrz panował wilgotny chłód. Podniszczone meble. Kraty w oknach. Selina ujrzała młodą dziewczynę, mniej więcej w jej wieku. Przemknęła korytarzem i gdy tylko ją zauważyła, natychmiast zniknęła za drzwiami.

Do Seliny podeszła starsza kobieta. Pod wpływem jej spojrzenia dziewczynie po plecach przeszły ciarki. Wyglądała staro, sprawiała wrażenie osoby zimnej i pozbawionej wszelkich emocji. Niemal wrogiej.

– Selina Siemionowa – odezwała się, stanąwszy przed nią.

Selina skinęła głową. Kobieta podjęła łamaną angielszczyzną:

– Jestem Taisa. Pokazać ci pokój. Potem zaopiekować się tobą. – Wyciągnęła rękę, rozczesała palcami jeden z długich kosmyków ciemnych włosów Seliny, po czym wydała z siebie odgłos obrzydzenia. Mruknęła coś po rosyjsku. Selina zrozumiała kilka słów, przerażona łapała powietrze. – Brudna – powiedziała Taisa. – I marna. Co za marna twarz!

Wiedziała, że jest brudna, od wielu dni nie miała okazji porządnie się umyć. Czyżby stara nie wiedziała, w jakich warunkach podróżowała?

I marna? *Masz twarz jak prawdziwa bogini*, powiedział jej Michajło. Powtarzało jej to wielu mężczyzn. Pewnie lepiej się na tym znali niż to stare babsko, które młodość dawno już miało za sobą i zwyczajnie pękało z zazdrości.

Selina odrzuciła głowę do tyłu.

– Proszę tak do mnie nie mówić – odparła po rosyjsku.

Chwilę potem leżała na podłodze, wijąc się z bólu. Taisa wbiła jej łokieć w żołądek, Selina zgięła się wpół i padła na ziemię. Potem otrzymała jeszcze kopniaka w żebra i kolejnego w biodra.

– Nie! Nie! – krzyczała Selina.

Stara chwyciła ją za ramię i postawiła na nogi. Jej palce zaciskały się niczym żelazne klamry. Była silna jak niedźwiedź, nikt by się tego po niej nie spodziewał. Selina zrozumiała, że nie dorównuje jej siłą.

– Jeśli nie będziesz mnie słuchać, znowu to zrobię – powiedziała Taisa. – A jeśli i to nie pomoże, oddam cię w ręce Siergieja i Igora. Kiedy z tobą skończą, już się nikomu nie postawisz, nigdy więcej, mogę ci to obiecać.

Selina umilkła zszokowana i zupełnie zmieszana. Coś jest nie tak, kompletnie nie tak.

Wciąż nie chciała się z tym pogodzić, ostatecznie jednak zrozumiała, że wpadła w pułapkę.

Nie zdawała sobie sprawy, jak to wszystko się zakończy, ale wiedziała, że w żadnym razie nie wyniknie z tego nic dobrego.

Marznąc pod kołdrą, Iwana jeszcze mocniej podkurczyła nogi na wspomnienie tej sceny. Dygotała nie tylko z powodu potwornego zimna, czuła również wewnętrzne zmrożenie. Pokazała Selinie fotografię Ninki.

– Czy ta dziewczyna... także przebywała w tamtym domu?

Selina przyglądała się zdjęciu.

– Nie. Ale ja uciekłam siódmego grudnia. Kiedy pani córka opuściła Bułgarię?

– Pierwszego grudnia. Pewnie minęłyście się o włos.

– Albo zabrano ją gdzie indziej. Nie zdołałam dowiedzieć się wszystkiego, a już na pewno zajrzeć za kulisy, wydaje mi się jednak, że stoi za tym dość duża organizacja, rozbudowana, o licznych powiązaniach. Z pewnością przetrzymują dziewczęta w wielu domach, pewnie nie tylko w Paryżu. Przy czym w Paryżu mieści się chyba centrala. Stamtąd wszystkim kierują.

Może znajdować się wszędzie. Ninka mogła pojechać całkiem inną drogą niż Selina. Nieważne. Tylko się nie zniechęcaj. Selina stanowi klucz. Z jej pomocą odnajdziesz Ninkę.

Selina uciekła po dziesięciu dniach. Dziesięć dni, które spędziła na paryskim przedmieściu, chora z rozpaczy, kompletnie odarta z iluzji, a zarazem bezwzględnie zdeterminowana, by nie poddać się swemu losowi. Wiedziała, do czego to wszystko zmierza, inne dziewczęta nie pozostawiły jej w nieświadomości: będzie musiała pracować jako prostytutka w klubach i burdelach. I zwrócić całą sumę, którą organizacja w nią zainwestowała, to jedyna szansa, by odzyskać paszport. Jeśli w ogóle kiedykolwiek go odzyska.

Wydawało się, że nie sposób stamtąd uciec. Pilnowano jej. Przez całą dobę.

– Jak tego dokonałaś? – zapytała Iwana.

– Dzięki pomocy. Tylko dzięki pomocy.

– Kto ci pomógł?

Selina się zawahała.

– Nie chcę nikogo wpędzić w kłopoty.

– Komu miałabym przysporzyć kłopotów?

Dziewczyna zamyśliła się, po czym skinęła głową. Zdała sobie chyba sprawę, że nikt z nich nie może już wpaść w większe tarapaty niż te, w których tkwili.

– Ostatni kierowca – odparła – ten, który mnie tam przywiózł. Dał mi komórkę. Pozostał ze mną w kontakcie. Zorganizował moją ucieczkę.

– Ostatni kierowca?

– Tak.

– Czemu to zrobił?

– Wiedział, o co w tym wszystkim chodzi. Domyślał się, co mnie czeka. Nie chciał tego. Chciał mi pomóc.

– Podjął w ten sposób ogromne ryzyko – powiedziała ostrożnie Iwana. – Dlaczego?

Selina wzruszyła ramionami.

– Zakochał się we mnie. Oszalał na moim punkcie.

Iwana spojrzała na ładną dziewczynę i pomyślała, że to nic dziwnego. Selina była niezwykle urodziwa. Nawet w tej chacie, nawet zaniedbana, wycieńczona, nieumalowana, naznaczona przez swe okropne przeżycia. Wyglądała fantastycznie. Przez to właśnie stała się ofiarą handlarzy ludźmi. Lecz dzięki temu zyskała też szansę, którą potrafiła wykorzystać.

– Gdzie go znajdę?

– Nie mam pojęcia. Sądzę, że w ostatniej chwili się wystraszył. Wycofał się. Ale ja zdążyłam się już wydostać z tego domu. A potem poradziłam sobie sama.

– Ale nie był to ten Michajło, prawda?

– Nie, na Boga – odparła Selina – nigdy więcej go nie widziałam. Nie. – Wyjrzała przez okno, patrzyła na śnieg i całkowitą pustkę okolicy. – Nie. Tamten był Francuzem. Mogliśmy się tylko trochę porozumieć po angielsku, ale wcale nie potrzebowaliśmy wielu słów. Był po prostu... jak rażony gromem.

Bez wątpienia widziała to już u innych mężczyzn. Nie sprawiała wrażenia jakoś szczególnie zaskoczonej tą sytuacją.

– Miał na imię Jérôme – dodała. – Jérôme Deville. Szczerze mówiąc, nie wiem, co się z nim stało.

Hyères, Francja, niedziela, 20 grudnia

Miał wrażenie, jakby spał przez sto lat. Wybudził się z pozbawionej sennych marzeń otchłani, potrzebował kilku chwil, by dojść do siebie. Gdzie się znajdował? Wokół niego półcień zmierzchu. Skośne ściany wsparte na drewnianych krokwiach. Kurz. Pustka. Szmer deszczu uderzającego o dach.

Sekundę później powrócił do rzeczywistości. Południe Francji. Dom chroniony przez policję. Ucieczka przed nieznanymi prześladowcami.

Kristina nie żyje.

Ból był paraliżujący, musiał łapać powietrze. Powoli się wyprostował, stanął na chwiejnych nogach. Spał tak głęboko, że krążenie krwi nie od razu się ustabilizowało. Przetarł dłońmi oczy. Powieki mu się kleiły. Musiał być potwornie zmęczony, całkowicie wypalony, u kresu sił. W przeciwnym razie w obliczu obecnej sytuacji nie zdołałby zasnąć tak głębokim i długim snem. Zerknął na zegarek, była dziesiąta. Przez niewielkie okno w szczytowej ścianie domu wnikało do wnętrza szare światło deszczowego grudniowego dnia. A zatem dziesiąta przed południem.

Otworzył właz i zszedł na piętro. W domu panowała cisza, w pierwszej chwili miał wrażenie, że jest zupełnie sam. Kiedy jednak zszedł po schodach, zauważył w kuchni obu policjantów. Halabi stał jak zwykle przy oknie. Caparos opróżnił właśnie na stojąco filiżankę, po czym usiadł na krześle i włożył gumowce.

– Dzień dobry – powiedział do Simona przytłumionym głosem.

Simon przeczesał włosy. Nie mył się, nie uczesał, nie umył też zębów.

– Dobry. Przepraszam, że zaspałem. Byłem na poddaszu. Chyba się panowie nie zamartwiali?

„Co za bzdura" – pomyślał. Wcale nie wyglądali na zmartwionych!

Halabi uśmiechnął się chłodno.

– Wiedzieliśmy, gdzie się pan podziewa. Bez obaw, panujemy na sytuacją.

„No tak, Nathalie też wczoraj upilnowaliście" – pomyślał Simon. „Mogła sobie spokojnie wyjść na spacer, a wy wciąż myśleliście, że przebywa w swoim pokoju".

Zauważył, że obaj mężczyźni są spięci. Uwaga Halabiego zabrzmiała sztucznie, jak wymuszona. Obaj ze wszystkich sił starali się zachować pozory.

– Muszę znów wyjść – oznajmił Caparos. – Wczoraj nie dokończyłem naprawy ogrodzenia.

Stąd to jego wyczuwalne podskórne rozdrażnienie. Deszcz nie ustawał, a on znowu będzie się musiał użerać z tą cholerną siatką. Widocznie miał z nich obu większe zdolności manualne, w każdym razie zadanie to znów spadło na jego głowę.

– Mam tu na wszystko oko – zapewnił Halabi.

Caparos wyszedł na dwór. Simon opadł na krzesło.

– Nathalie jeszcze śpi?

Halabi skinął głową.

– Tym razem na pewno.

– Musiałem pobyć trochę w samotności – oznajmił Simon. – Stąd to poddasze...

Halabi kiwnął głową.

– Rozumiem. Brak tu spokoju. I jeszcze ta sprawa z... Naprawdę mi przykro. Z powodu pańskiej partnerki.

Simon darował sobie korektę tego określenia. Jego ból brał się po części stąd, że Kristina właśnie *nie była* jego partnerką.

Halabiego nie powinno to obchodzić.

Kto miał kiedyś okazję przebywać w towarzystwie ich obojga, niezwłocznie uznawał ich za parę. Być może łączyło ich jednak więcej, niż to sobie uświadamiał. Lena wielokrotnie powtarzała, że idealnie do siebie pasują. „Jesteście dla siebie stworzeni" – oznajmiła pewnego razu.

Lena! W jednej chwili uzmysłowił sobie, że ona jeszcze nie wie o śmierci Kristiny. Wciąż się pewnie zamartwia i obdzwania cały świat, by się dowiedzieć, co się stało. Już dawno powinien był ją zawiadomić. Nie wolno mu jednak korzystać z telefonu, który w tej chwili i tak nie nadawał się do użytku. Było mu to na rękę – przechodził go dreszcz na myśl, że musiałby jej o tym powiedzieć. Obawiał się, że sprawi jej ból, ona zaś będzie mu czynić wyrzuty.

Ekspres do kawy wciąż był włączony, dzbanek stał na podgrzewaczu. Simon napełnił kubek. Lubił pierwszy łyk porannej kawy, ale nigdy jeszcze nie miała tak intensywnego smaku. Kojące ciepło, uczucie nieśmiało budzących się do życia sił witalnych. Jakimś sposobem przetrwa ten dzień. Jakimś sposobem to wszystko przetrzyma. Życie potoczy się naprzód.

Na górze otwarły się drzwi. Obaj mężczyźni spojrzeli w kierunku schodów. Zeszła po nich Nathalie. Włosy opadały jej w nieładzie na plecy, jakby dopiero co wstała z łóżka. Miała na sobie jedynie skąpe czarne figi oraz obcisły, krótki zielony T-shirt, na którym widniał wyblakły napis *Make me happy*. Odsłaniał płaski brzuch z wystającymi kośćmi miednicy. Poruszała się ospale, jak kotka.

„Bezwiednie?" – zastanawiał się Simon.

Zauważył, że Halabi odruchowo podąża za nią wzrokiem, nie mógł mu wziąć tego za złe. Wyjrzał na moment przez okno, by równie szybko i całkiem mimowolnie znów skierować oczy w stronę Nathalie.

Dziewczyna weszła do kuchni.

– Czy ja także dostanę kawy? – zapytała.

Simon wyjął z regału drugi kubek, napełnił go kawą i podał Nathalie. Liczył na to, że usiądzie przy stole, ona jednak nadal stała pośrodku pokoju i ostrożnie dmuchała na napój.

– Gorąca – szepnęła.

Simon odchrząknął.

– Dobrze spałaś?

Skinęła głową.

– Tak. Ta pogoda mnie męczy. Ten nieustanny deszcz. – Obejrzała się za siebie. – Monsieur Caparos nadal na dworze? Widziałam go przed chwilą z okna pokoju. Biedaczek.

– Musi naprawić ogrodzenie – wyjaśnił Simon. – Niestety, nie można ci ufać, że znów nie spróbujesz stąd uciec.

Obrzuciła go wyniosłym spojrzeniem.

– Nie pozwolę się więzić, Simon. Nikomu.

– Ogrodzenie i tak trzeba naprawić – wtrącił Halabi. – Stanowi ryzyko, a to niedopuszczalne. To nasz błąd, że nie zauważyliśmy tego od razu pierwszego wieczoru.

– Było ciemno i lało jak z cebra – stwierdził Simon.

– To nieistotne. Zachowaliśmy się nieprofesjonalnie. To nie powinno się zdarzyć. – Znów spojrzał na Nathalie, jej drobne piersi były doskonale widoczne pod zbyt ciasnym T-shirtem. – Mój Boże, mademoiselle Boudin, czy nie mogłaby pani czegoś na siebie włożyć?

Uśmiechnęła się do niego.

– Przecież jestem ubrana.

– Dobrze wiesz, o co mu chodzi – odezwał się Simon. – Ten twój strój to jakiś absurd. Jeszcze się przeziębisz.

– Ach tak, jeszcze się przeziębię? Simon, ty kołtunie, gadasz jak stara guwernantka – szydziła Nathalie.

Podeszła do lodówki, otworzyła drzwi, nisko się pochyliła i zaczęła sprawdzać jej zawartość. Halabi wlepił w nią wzrok.

Coś tu nie gra. Simon żałował, że wciąż był zamroczony snem i poczuciem żalu. Miał wrażenie, że jego głowa nie działa tak szybko i sprawnie, jak powinna. Nathalie zupełnie nie była sobą. Ta pruderyjna dziewczyna, która tamtej nocy w hotelu spała w ubraniu, skuliwszy się na samym brzegu łóżka... Zarówno w jego domu w La Cadière, jak i w apartamencie w Les

Lecques, a potem także w tym domu zawsze pokazywała się kompletnie ubrana. Nigdy jeszcze nie poruszała się tak nieprzyzwoicie jak teraz. I nigdy nie potraktowała go tak wyniosłym szyderstwem.

„Cóż to za przedstawienie nam zgotowała?" – zastanawiał się. „I dlaczego?"

Poprzedniego wieczoru płakała z powodu śmierci Kristiny. *To jakiś koszmar*, załkała. Wydała mu się wtedy wiarygodna: wstrząśnięta, bezradna, śmiertelnie smutna mała dziewczynka.

A teraz półnaga femme fatale... Gra jakąś rolę. Niezbyt udanie, ocenił Simon. Niezdarnie i nieumiejętnie. Halabi najwyraźniej tego nie zauważył. Wyraz jego twarzy świadczył o zmieszaniu, zarazem jednak zdradzał pewną fascynację.

Nathalie się wyprostowała. Znalazła w lodówce jabłko. Zanim je ugryzła, posłała Halabiemu promienny uśmiech.

W głowie Simona momentalnie rozbłysły ulotne skojarzenia: Ewa, jabłko, wąż, początek nieszczęścia. Chwilę później w drzwiach kuchni pojawił się jakiś mężczyzna, w dłoni trzymał broń. Halabi, który celowo odwrócił wzrok od Nathalie i znów patrzył przez okno, drgnął gwałtownie, lecz spóźnił się o ułamek sekundy. Nie zlustrował otoczenia, nie dosłyszał otwieranych drzwi. Odwrócono jego uwagę. Błyskawicznym ruchem wyjął broń, lecz było już za późno. Padł strzał. Halabi zachwiał się, rozpaczliwie usiłując utrzymać się na nogach, w końcu runął na ziemię, przewracając przy tym krzesło. Leżał na brzuchu na terakotowych płytkach. Nigdzie nie było śladów krwi, lecz Halabi się nie poruszał.

Simon stał jak wryty, trzymając w dłoni kubek z kawą. Na krótką chwilę, która wydała mu się wiecznością, zastygł w bezruchu.

Zamarła również Nathalie.

Podobnie jak obcy stojący w drzwiach.

Jakby każde z nich zapuściło nagle korzenie.

Nathalie wydała z siebie dziwny dźwięk. Nie był to krzyk,

zabrzmiał cicho i ochryple, nie wyrażał ani zbytniego zaskoczenia, ani też szczęścia czy przerażenia. Był to okrzyk odnalezienia. Simon wyobrażał sobie, że tak właśnie wołają samice zwierząt, gdy znajdują swe uznane za zaginione młode.

– Jérôme! – zawołała.

Jérôme spojrzał na trzymany w dłoni pistolet, następnie na Halabiego, potem znów na pistolet.

– Zastrzeliłem go – powiedział.

– Jérôme – powtórzyła Nathalie. W jej głosie pobrzmiewało teraz poczucie błogiego szczęścia.

Halabi wydał z siebie cichy bulgot. Z przerażeniem patrzyli, jak unosi głowę i spogląda w ich stronę oczami, w których kryły się panika i śmiertelny strach. Po chwili z jego ust chlusnęła krew i zalała terakotę. Halabi chciał chyba coś powiedzieć, lecz znów wydał z siebie jedynie niezrozumiały dźwięk. Rozpaczliwie próbował złapać oddech. Aż w końcu jego głowa opadła na podłogę. Ciało przeszyły drgawki.

Hasnainy Halabi nie żył.

Południowa Dobrudża, Bułgaria, niedziela, 20 grudnia

Gregor zdołał ponownie rozpalić ogień w piecu, lecz minie wieczność, zanim płomienie choćby połowicznie ogrzeją pokój. Iwana, usiadłszy na sofie, zarzuciła na ramiona kołdrę, pod którą spała, mimo to nadal marzła.

Selina siedziała w kucki tuż przy piecu. Miała na sobie tyle warstw odzieży, że trudno było pod nimi rozpoznać wątłą, szczupłą sylwetkę. Dygotała z zimna, kurczowo zaciskała dłonie na kubku z kawą.

Z przyległej kuchni dochodził niewyraźny pomruk głosów. Iwana domyślała się, że to Gregor i Katarina, zajęci topieniem świeżego śniegu, omawiali sytuację. Przy śniadaniu – paczkowany chleb i marmolada – wciąż im powtarzała: musicie odpuścić. Zgłosić się na policję. Powiedzieć wszystko, co wiecie. Poprosić o ochronę. I mieć nadzieję, że uda się rozbić ten gang.

– Czy mogę zadać osobiste pytanie? – zapytała Iwana. – Czy pani także zakochała się w tym Jérômie?

Selina potrząsnęła głową.

– Nie. Nie byłam w nastroju, by się w kimkolwiek *zakochać*. Zresztą znałam wtedy ledwie jego imię. Nazwiska wolał mi nie zdradzać. Poznałam je dopiero później. Jérôme kierował samochodem na ostatnim odcinku trasy, a wówczas byłam już zdenerwowana. Zabrano mi paszport i komórkę, sposób, w jaki to zrobiono... Po prostu mnie to zaniepokoiło. Co prawda nadal miałam nadzieję, że wszystko dobrze się skończy, i wciąż sobie wmawiałam, że wszystko się ułoży, lecz mimo to dręczyły mnie wątpliwości...

– Jérôme nie opowiedział pani od razu, co panią czeka?

– Nie. Sądzę, że sam dokładnie tego nie wiedział. Był kierowcą w międzynarodowej firmie spedycyjnej, dopiero trzeci albo czwarty raz przewoził ludzi, to znaczy młode kobiety. Przypuszczam, że się nad tym zastanawiał, lecz nie miał konkretnych informacji. Mówił, że za te przewozy otrzymuje ogromny dodatek finansowy, to dlatego się zgodził. Odniosłam wrażenie, że miał złe przeczucia, lecz tak naprawdę nie chciał znać zbyt wielu szczegółów. Zależało mu na pieniądzach.

Iwana spojrzała na nią uważnie.

– Nieszczególnie go pani polubiła, prawda?

Selina na chwilę się zamyśliła.

– Nie chcę być niesprawiedliwa. Zawdzięczam mu możliwość ucieczki. Tuż przed dotarciem na miejsce wystarał się dla mnie o komórkę na kartę prepaidową. Sporo przez to ryzykował. Ale to prawda, nie był zbyt sympatyczny. To człowiek lekkomyślny, egocentryczny, tak bym go na pierwszy rzut oka opisała. Nieco zarozumiały i próżny. Bardzo pilnował własnych korzyści. Zależy mu na pieniądzach. Przede wszystkim na łatwo zarobionych pieniądzach. To nie jest ktoś, kogo stać na wspaniałomyślną pomoc.

– Snuł z panią jakieś plany na przyszłość?

– Z początku cała ta sytuacja zupełnie go przerosła. Mówił, że jestem najpiękniejszą kobietą, jaką w życiu widział, i koniecznie chce mnie znów zobaczyć. Dodało mi to nieco otuchy, rozumie pani? W tych słowach pobrzmiewała obietnica normalnego życia, pełnego randek i wspólnych wyjść, romansów, miłostek, bo ja wiem? Oczywiście nie widziałam się u boku takiego mężczyzny. Ja, ciesząca się międzynarodowym uznaniem top modelka, z tym kierowcą... Wręczył mi jednak telefon komórkowy i podał swój numer, powtarzałam go bez końca, aż wyuczyłam się na pamięć... Mój cichy, przenikliwy, wewnętrzny głos, przestrzegający mnie przed niebezpieczeństwem, który nieustannie próbowałam zignorować, radził mi, bym potraktowała tego mężczyznę jako ostatnią deskę ratunku i go od siebie nie odpychała, póki się nie dowiem, czy jego pomoc nie okaże się pilnie potrzebna. Powiedziałam mu więc, że ja także chcę się z nim znów zobaczyć.

Zadzwoniła do niego, gdy ostatecznie się okazało, że znalazła się w pułapce. Gdy wreszcie się dowiedziała, dlaczego przywieziono ją do Paryża. Gdy została pobita przez Siergieja i Igora, bo wzbraniała się włożyć wyzywający strój, który kazano jej przymierzyć. Gdy dygocąc i krwawiąc, potwornie obolała, leżała w kącie pustego pomieszczenia z zakratowanym oknem pozbawionym klamki, za którym widziała ołowiane niebo. Wtedy już wiedziała, że musi uciec, i to jak najszybciej. Komórkę ukryła w majtkach, było to bardzo ryzykowne. Zdawała sobie sprawę, że choćby z tego względu nie ma czasu do stracenia. Znalezienie przy niej telefonu to prawdopodobnie była tylko kwestia dni.

Zadzwoniła do Jérôme'a.

– Pomóż mi, ratuj mnie, proszę, przyjedź tutaj, ja umieram – jęczała do słuchawki, bezładnie i rozpaczliwie, zdjęta paniką, że mógłby się rozmyślić albo po prostu wystraszyć.

Mieli do czynienia z naprawdę brutalnymi typami, kryminalistami, dlaczego Jérôme miałby się narażać na takie niebezpieczeństwo? On jednak zachował spokój, obiecał jej pomóc.

– Odezwę się. Bądź spokojna. Ustaw w telefonie alarm wibracyjny, żeby nie zadzwonił, gdy wybiorę twój numer. Wyciągnę cię stamtąd, ale to wymaga czasu i planu działania.

Minęły dwa dni i dwie noce, nim się odezwał. Nigdy jeszcze czas jej się tak nie dłużył. Omal nie oszalała ze strachu, że mógłby ją zostawić na lodzie. Wymiotowała i dostała gorączki, co przynajmniej miało tę dobrą stronę, że zostawiono ją w spokoju. W takim stanie nie sposób było przymierzać nowych strojów ani przysposabiać jej do przyszłych obowiązków. Zostawili ją w pustym pomieszczeniu, dali jej koc i coś do jedzenia. Taisa zapowiedziała jednak, że najpóźniej od następnego wtorku musi zacząć pracować, nieważne, co jeszcze sobie ubzdura, by do woli leniuchować. Selina wiedziała, że do tego czasu musi uciec.

Bateria w telefonie była coraz słabsza, nie miała przy sobie ładowarki. Ogarniała ją rozpacz, gdy wreszcie zadzwonił Jérôme.

– Posłuchaj – oznajmił – sam zawiozę cię z powrotem do Sofii. Rzucam to. Rezygnuję z tych przewozów.

Z bólu szczękała zębami.

– J-j-j... j-j-ak t-t-to z-z-r-rob-bim-my?

– Musisz jakoś wydostać się z domu. Dasz radę?

– T-t-t... t-ter-raz ś-siedz-dzę w z-z-za-amknięciu.

– A kiedy indziej? Dasz radę wyjść?

Zamyśliła się. Okna były oczywiście zaryglowane, drzwi wejściowe zamknięte. Na parterze mieściły się jeszcze prywatne pokoje Taisy oraz jej biuro, w którym jak Selina zdołała zauważyć, nie odkręcono klamek, a do tego okno nie było zakratowane. Taisa pewnie nie lubiła nieustannie przesiadywać w tym więzieniu. Wychodząc ze swojego biura, zawsze jednak zamykała za sobą drzwi, a klucz dzień i noc nosiła przy sobie. Mimo wszystko jej biuro było jedynym słabszym punktem w systemie zabezpieczeń całego domu. Któregoś dnia Selina rozmawiała ze swoją współlokatorką o możliwości ucieczki.

– Nikt jeszcze nie próbował uciec przez pokój Taisy? – dopytywała się.

W domu przebywało wówczas sześć dziewcząt. Selina odniosła wrażenie, jakby miała przed sobą marionetki. Apatyczne, sterowane obcą ręką stworzenia, zamknięte w sobie i pozbawione wszelkiej inicjatywy.

– Niby jak miałybyśmy zdobyć klucz? – odparła jej współlokatorka. – A nawet gdyby... Jak tu dalej uciekać? To przecież pustkowie. Jedna kiedyś spróbowała, przez drzwi wejściowe, których przez nieuwagę nie zamknięto. Szybko ją złapano, gdy wciąż błądziła po tym opustoszałym mieście. Lepiej, żebyś nie wiedziała, co Siergiej i Igor z nią zrobili.

Selina wróciła myślami do swego dzieciństwa. Do Borisa, swego brata. I do sztuczek, których ją nauczył. Sztuczki z drutem. Była niemal pewna, że zdoła otworzyć drzwi do pokoju Taisy.

– Mogę spróbować – powiedziała do Jérôme'a. – Istnieje pewien sposób. Ale na zewnątrz ktoś musi na mnie czekać, żeby mnie natychmiast stąd zabrać.

– Okay. Słuchaj uważnie. Za trzy dni. W poniedziałek. Późnym wieczorem. Godzina dwudziesta trzecia. Wydostaniesz się z domu, prawda? Ktoś będzie na ciebie czekał w samochodzie. Na terenie tej ogromnej przerwanej budowy. Bliżej nie może podjechać, mogliby go zauważyć. Przybiegniesz tam ile sił w nogach. Jasne?

– Tak. Tak, to znaczy... mam nadzieję, że się uda... o Boże... czemu sam nie przyjedziesz?

– Jestem w drodze do Kopenhagi. Nie chciałem się wymówić, bo od razu powiązaliby mnie z twoją ucieczką. Musimy mieć pewną przewagę, nim się tego domyślą. Wrócę w poniedziałek albo we wtorek, przy tak dalekiej trasie nie potrafię dokładnie przewidzieć, kiedy dotrę do Paryża. To zbyt niebezpieczne, musiałabyś zbyt długo czekać, a nie wiesz, jak szybko zauważą twoje zniknięcie. Moglibyśmy odsunąć to najwyżej o jeden dzień, będę miał wtedy wolne, ale...

– Nie! – Z przerażenia łapała powietrze. – Musimy się spieszyć. Poniedziałek. Najpóźniej!

– Dobrze. A więc ustalone. Mojemu przyjacielowi możesz zaufać. Będzie czekał na parkingu, nie zwlekajcie ani chwili. On wie, dokąd ma cię zawieźć. Tam na mnie zaczekacie.

– Tak, dobrze. Dziękuję. – Teraz, gdy ratunek był na wyciągnięcie ręki, Selina jeszcze bardziej traciła nerwy. Nic nie mogło pójść nie po jej myśli. Musi dopilnować, by nie zamykano jej dłużej w tym pomieszczeniu, gdyż stąd nie było ucieczki. Zarazem jednak nie mogła pozwolić na to, by przed zapowiedzianym przez Taisę wtorkiem po raz pierwszy wysłano ją do *pracy* – sądziła, że tej chwili nie przeżyje.

Na szczęście następnego ranka wypuszczono ją z pokoju, by ponownie dokonać przymiarki. Chętnie tym razem współpracowała, przymierzyła bieliznę, rajstopy, przygotowane przez Taisę ubrania. Były to drogie stroje, nawet Selina się tego domyśliła, choć miała w tej kwestii niewielkie doświadczenie. Czuła się w nich jednak całkiem obco, w lustrze zobaczyła odbicie kobiety, z którą nie chciała mieć nic do czynienia, której zupełnie nie znała. Podniecająca, seksowna, tajemnicza... Może w innych okolicznościach nawet by jej się to spodobało. Lecz nie teraz. Nie ze świadomością, do czego to przebranie ma służyć. Będzie musiała zadowalać mężczyzn, których nie zna i do których nie czuje nic prócz głębokiej odrazy. Na samą myśl o tym dostawała mdłości, cieszyła się, że ma pusty żołądek.

Dygotała ze strachu, że Taisa może ją wysłać wcześniej, niż to zapowiedziała. Dziewczęta były rozwożone przez kierowcę do poszczególnych klubów rozrywkowych. Często zmieniały lokale, gdyż klienci oczekiwali urozmaicenia. Tak przynajmniej opowiadała współlokatorka Seliny.

– Możesz oczywiście mieć szczęście, jakiś gość tak się na ciebie napali, że będzie cię chciał mieć na zawsze – stwierdziła. – Spędzi z tobą cały wieczór, wystarczy, że zaliczysz jeden numerek. A przez resztę czasu będziesz mu siedzieć na kolanach i popijać szampana.

Także ten wariant Selina uznała za niezbyt pociągający. Chciała tylko wrócić do domu. Wrócić do dawnego życia.

Do południa bateria w jej telefonie zupełnie się rozładowała. Nadal okropnie się bała, że ktoś może go przy niej znaleźć. Gdyby odkryli, że zdołała nawiązać kontakt ze światem zewnętrznym, szybko pozbyliby się jej i pozostałych dziewcząt. Nie brakowało domów, w których można by je ukryć. W końcu mogła przecież powiadomić policję. Istotnie, zastanawiała się nad tym przez chwilę, a jednak zarzuciła tę myśl. Nie znała francuskiego, nie wiedziała, gdzie się w ogóle znajduje. Rozmowa potrwałaby za długo, a przez to byłaby zbyt ryzykowna.

Pozostała jej tylko ucieczka. I wiara w człowieka, który chciał jej pomóc.

Taisa przez cały dzień narzekała, że wybór Seliny okazał się błędem, gdyż dziewczyna wymagała tylko opieki, a nic nie robiła dla swego utrzymania. Ostatecznie jednak zdecydowała, że rzeczywiście nie można jej wysłać do pracy przed wtorkiem: jej ciało wciąż jeszcze nosiło zbyt wiele śladów obrażeń. Selina przypadkiem dosłyszała, jak z tego powodu Taisa czyniła Siergiejowi i Igorowi wyrzuty.

– Nie róbcie tego tak, żeby całymi tygodniami widać było ślady, przeklęci idioci! Ile razy mam wam to powtarzać? W takim stanie nie mogę wysłać dziewczyny do pracy. Czy kiedyś wreszcie dotrze to do waszych cholernych ptasich móżdżków?

Poczuła odrobinę satysfakcji. Siergiej i Igor wyładowali się na niej, lecz tym samym ją poniekąd uratowali, choć z całą pewnością nie było to ich zamiarem.

„Wkrótce wyjdziecie na jeszcze większych debili" – pomyślała.

Ostatecznie wszystko potoczyło się zgodnie z planem, Selina wprost nie mogła w to uwierzyć, wciąż towarzyszyła jej myśl, że w końcu coś jednak *musi* się nie udać. Pod wieczór dziewczęta pojechały do pracy, została w domu tylko z Taisą i obydwoma mężczyznami. Taisa wcześnie położyła się spać. Mężczyźni mieli później wpuścić powracające dziewczęta, jak zwykle siedzieli w jednym z pomieszczeń na tyłach domu, grali w karty, oglądali filmy na wideo i cicho rozmawiali po rosyjsku.

Sztuczka z drutem się powiodła. Weszła do biura Taisy, zabrała stamtąd leżący na biurku laptop i przez okno wydostała się na zewnątrz.

Pobiegła ulicą ile sił w nogach. Przyjaciel Jérôme'a czekał w umówionym miejscu. Miał na imię François, powiedział jej to nieco później. I wyjawił jej też nazwisko Jérôme'a. Jérôme Deville. François miał zupełnie zszargane nerwy. Bał się, jeśli to w ogóle możliwe, bodaj jeszcze bardziej niż Selina.

Zdołali jednak uciec, nim ktokolwiek ich zauważył.

***

– Ten komputer – podjęła Iwana. – Wie pani, co w nim jest?

Selina potrząsnęła głową.

– Nie, jest zabezpieczony hasłem. Ale dla kogoś, kto się na tym zna, złamanie go to z pewnością żaden problem.

– I pewnie dowiedzielibyśmy się paru interesujących rzeczy – uznała Iwana. – Wygląda to na dużą i dobrze zorganizowaną szajkę przemytniczą. Domyślam się, że na dysku znajduje się mnóstwo nazwisk: dostawców, kierowców, naganiaczy i klientów. – Wstała. Wełniany koc zsunął jej się z ramion, lecz mimo zimna tego nie zauważyła. Nerwowo bębniła palcami o parapet. – Ten laptop to z pewnością powód, dla którego szukają pani jak szaleni. Czemu od razu nie poszła z nim pani na policję? Prawdopodobnie ma pani w rękach nad wyraz obciążający materiał.

– Nie wiem jednak, czy ten materiał kogoś obciąży. Nie wiem, czy to wystarczy, by wszystkich aresztować. Nie wiem, czy policja będzie w stanie ochronić mnie i moich rodziców. Już to pani wyjaśniałam.

– Wasza sytuacja nie może się już pogorszyć – stwierdziła Iwana. – Może się najwyżej poprawić. Selina, oni nie dadzą za wygraną. Jeśli w tym komputerze znajdują się nazwiska mocodawców albo choćby tylko popleczników, którzy po aresztowaniu mogliby złożyć zeznania dla ratowania własnej skóry... W Paryżu jest pewnie mnóstwo osób, dla których ta gra toczy się o wszystko. Kariera, pieniądze, prestiż... Mają naprawdę wiele do stracenia. Będą panią ścigać, póki pani nie złapią. Czy chce pani tego? Nie chce pani już nigdy poczuć się bezpiecznie?

Selina spuściła głowę. Długie włosy opadły jej na twarz niczym zasłona.

Iwana wyjrzała przez okno. Śnieg jak okiem sięgnąć, nic, tylko śnieg. Absolutne odosobnienie, absolutna cisza. Nikogo, prócz czwórki ludzi w tej małej chatce na końcu świata.

A jednak Iwana miała wrażenie, że nadciąga niebezpieczeństwo. Niemal namacalne.

– Musimy stąd uciekać – powiedziała zaniepokojona. – I to jak najszybciej. Musimy uciekać.

Selina uniosła głowę.

– Niby jak? Wokół metrowe zaspy!

– Mimo wszystko. Porozmawiam z pani rodzicami. Musimy uciekać. Po prostu to wiem.

Hyères, Francja, niedziela, 20 grudnia

Nathalie rzuciła się na Jérôme'a i objęła go ramionami, on jednak natychmiast odsunął ją od siebie. Nadal trzymał w dłoni broń, skierował ją na Halabiego, choć nie było to już konieczne: mężczyzna leżał martwy, wszyscy to widzieli.

– Musimy zająć się tym drugim – oznajmił. – Jest w ogrodzie.

Simon w końcu odzyskał mowę.

– Czy on też nie żyje?

Jérôme potrząsnął głową.

– Nie. Powaliłem go i zabrałem mu broń, ale w każdej chwili może odzyskać przytomność.

– Powinniśmy niezwłocznie wezwać lekarza – oświadczył Simon.

Jérôme wymierzył do niego z pistoletu.

– Nie. Nie teraz. Może pan to zrobić, kiedy już stąd zniknę.

– Kiedy *my* stąd znikniemy – poprawiła go Nathalie.

Jérôme nie zareagował. Simon zmierzył go wzrokiem. Mężczyzna był u kresu sił, zdawał się śmiertelnie wyczerpany, był zaniedbany, przemoknięty, brudny i wygłodzony. Choć jego twarz pokrywał nastroszony zarost, rzucały się w oczy zapadnięte policzki. Szeroko wybałuszał oczy. Jego ubranie nadawało się wyłącznie do prania.

A zatem wszystko się zgadza: jeśli Nathalie mówiła prawdę, Jérôme Deville od dziesięciu dni uciekał przed groźnymi prześladowcami. Ledwie sobie radził, prawdopodobnie nie miał już pieniędzy, rzadko znajdował dach nad głową. I to zimą. Nic dziwnego, że był kompletnie wycieńczony. Gdyby nie broń w jego rękach, Simon nie uznałby go nawet za niebezpiecznego przeciwnika.

– Ten człowiek na zewnątrz – powtórzył nerwowo Jérôme. – Musimy go unieszkodliwić.

W końcu Jérôme i Simon wyszli razem z domu, w ślad za nimi ruszyła Nathalie z pistoletem w dłoni. Simon nie wierzył, że zdolna jest strzelić, lecz w tej chwili porzucił myśl o ucieczce. Nie będzie w stanie dość szybko opuścić terenu działki, poza tym miał do czynienia z dwójką przeciwników. Musiał się zastanowić, w jaki sposób zdoła na nich później wpłynąć.

Caparos siedział skulony za ogrodzeniem, opierał się o nie w miejscu, które usiłował naprawić. Obok niego leżały rozrzucone w mokrej trawie narzędzia. Wydawał się na wpół przytomny, był oszołomiony, jakby nie wiedział, gdzie się właściwie znajduje ani co się wydarzyło. Miał przymknięte powieki. Mruczał coś pod nosem, lecz nikt go nie rozumiał. Był przemoczony do suchej nitki, Simon nie miał wątpliwości, że jeśli dłużej tu zostanie, wkrótce nabawi się zapalenia płuc.

– Musimy go przeciągnąć przez dziurę w ogrodzeniu – oznajmił Jérôme.

– Prościej byłoby przez ogrodową furtkę – zauważył Simon.

– Nie da się. Jest zamknięta, zakładam, że nie wie pan, gdzie można znaleźć klucz.

Przeczołgali się na czworakach przez otwór, przeszukali kieszenie funkcjonariusza, żadnego klucza jednak nie znaleźli. Caparos cicho jęknął. Kosmyk włosów z boku jego głowy, w miejscu, gdzie Jérôme go uderzył, sklejony był krwią.

Jérôme musiał wiedzieć, że jeden z policjantów przebywa w ogrodzie, zajęty naprawą ogrodzenia. Nathalie w stosownym momencie odwróciła uwagę Halabiego. Skoordynowana akcja, którą dało się wyjaśnić wyłącznie tym, że Jérôme i Nathalie w jakiś sposób zdołali się skontaktować.

Simon przeklinał własną lekkomyślność, z jaką zostawił na podłodze swój popsuty telefon.

– Pan bierze za nogi – polecił Jérôme. – Ja za tułów.

Jakoś udało im się przeciągnąć ciało Caparosa przez otwór w ogrodzeniu, potem wnieśli go do domu. Był ciężki, obaj mężczyźni zalewali się potem. Przynajmniej nie stawiał oporu. Caparos był co prawda przytomny, lecz zbyt zamroczony, by zdawać sobie sprawę z tego, co się dzieje. Simon miał nadzieję, że nie jest poważnie ranny. Szrama nie wyglądała na dużą, ale mógł doznać wstrząsu mózgu albo czegoś gorszego. Simon obarczał się w myślach winą za całą tę nieszczęsną sytuację. Miał graniczące z pewnością wrażenie, że jego telefon jest zepsuty, a mimo to powinien był go z sobą zabrać. W tamtej chwili o tym jednak nie pomyślał, był zszokowany i przerażony, głęboko zrozpaczony z powodu śmierci Kristiny. Zaszył się jak ranne zwierzę, na nic nie zważał, niczego nie dostrzegał ani nie odczuwał poza własnym bólem. Odciął się od świata, i to w chwili, w której pod żadnym pozorem nie powinien był tego robić. A Nathalie wykorzystała swoją szansę. Poprzedniego wieczoru wydała mu się taka roztrzęsiona, ale kiedy nadarzyła się okazja, działała sprytnie i bardzo sprawnie. Kiedy on zaszył się na poddaszu, musiała wejść do jego pokoju i znaleźć części roztrzaskanego aparatu. Zabrała je z sobą i mozolnie poskładała w całość. Uruchomiła komórkę, skontaktowała się z Jérôme'em przez Facebooka i widocznie wkrótce potem otrzymała odpowiedź.

Ułożyli Caparosa na sofie w pokoju dziennym, Jérôme związał mu ręce i nogi sznurem do bielizny.

– Trzeba mu zmienić mokre ubranie – oznajmił Simon. – Za zimno tu, by tak go zostawić.

– Zajmie się pan tym później – odparł Jérôme. Znów trzymał w dłoni broń.

Nathalie stała tuż obok, wpatrywała się w niego.

Simon ponowił próbę:

– Proszę mi pozwolić zadzwonić po lekarza. Caparos jest w kiepskim stanie.

– Nie. Przykro mi. Wezwanie lekarza oznacza pojawienie

się policji, a to dla mnie zbyt niebezpieczne. Zastrzeliłem policjanta. Kto mi uwierzy, że zrobiłem to w obronie własnej?

Simon miał wątpliwości, czy zastrzelenie Halabiego można uznać za akt obrony koniecznej, zważywszy na fakt, że Jérôme najpierw powalił Caparosa i bezprawnie wtargnął na teren posiadłości. Myśl tę jednak przezornie zachował dla siebie.

– Mogę o tym zaświadczyć. Halabi wyjął broń. Strzeliłby do pana, gdyby go pan nie uprzedził.

Jérôme ponownie potrząsnął głową.

– Za duże ryzyko. – Po chwili zwrócił się do Nathalie: – Przynieś broń zastrzelonego. Leży gdzieś w kuchni.

Nathalie natychmiast wykonała polecenie. Zaraz potem wróciła z pistoletem Halabiego i oddała go Jérôme'owi. Zabezpieczył broń i wsunął do kieszeni dżinsów. Sprawiał wrażenie zestresowanego. Prawdopodobnie od dawna nic nie jadł ani nie zmrużył oka, a w zaistniałej sytuacji nie było mowy o odpoczynku.

– Jérôme – odezwał się Simon – jak długo jeszcze chce pan działać w tym stanie? Ucieka pan przed przestępcami. A teraz jeszcze przed policją. Musi pan zdawać sobie sprawę, że pan... że to wszystko jest skazane na porażkę.

Jérôme natychmiast w niego wycelował.

– Proszę sobie nie łamać nad tym głowy. Niech się pan po prostu zamknie, okay?

– Nathalie... – odezwał się Simon, lecz ona tylko prychnęła:

– Cicho bądź!

Jérôme rozejrzał się po pokoju.

– Trzeba go – wskazał na Simona – na pewien czas unieszkodliwić. Muszę odpocząć. Muszę coś zjeść, przespać się, i muszę wysuszyć ubranie.

– Żaden problem. Zamkniemy go w jego pokoju. Nie zdoła stamtąd wyjść.

Simon ponownie spróbował:

– Nathalie, nawet nie wiesz, jak działa tutejszy system. Być może Halabi i Caparos muszą się meldować w regularnych odstępach czasu. Jeśli tego nie zrobią, wkroczy tu oddział specjalny. Co wtedy? Wdacie się w strzelaninę z elitarną jednostką francuskiej policji?

– Możesz wyjaśnić swemu przyjacielowi, żeby trzymał gębę na kłódkę? – zapytał poirytowany Jérôme.

– On nie jest moim przyjacielem – zaoponowała natychmiast Nathalie.

Simon mógłby iść o zakład, że tak właśnie odpowie.

– Gdzie jego pokój?

– Na górze. Pierwsze drzwi po lewej.

– Czy mógłby się pan udać na piętro? – zapytał grzecznie Jérôme.

Simon nie wierzył, że będzie gotów z zimną krwią użyć broni – strzał do Halabiego oddał raczej odruchowo, wydawało się, że Jérôme był wstrząśnięty tym, co się stało. Nie widział jednak możliwości jakiejkolwiek obrony. Przerażony Jérôme mógłby znów nacisnąć spust, zresztą razem z Nathalie mieli nad nim przewagę. Od chwili pojawienia się Jérôme'a zachowywała się, jakby była w transie, nie spuszczała go z oczu, podczas gdy on był po prostu śmiertelnie wyczerpany. Simon odniósł nagle wrażenie, że to Nathalie mogła okazać się bardziej niebezpieczna od Jérôme'a. On bał się o swoje życie, lecz w gruncie rzeczy nie chciał nikomu wyrządzić krzywdy. Ona natomiast jak fanatyczka broniła swego związku. Jeśli Jérôme znajdzie się w niebezpieczeństwie, gotowa jeszcze oszaleć. Simon ruszył po schodach, za nim szedł Jérôme, wciąż celując do niego z pistoletu.

– Wasza jedyna szansa – spróbował ponownie, gdy znaleźli się na piętrze – to zgłoszenie się na policję.

– Nic pan nie rozumie – odparł Jérôme. – Proszę wejść do pokoju. Nathalie pana wypuści, gdy stąd zniknę.

Najwyraźniej nie zamierzał uciec razem z nią. A to oznaczało kolejne komplikacje.

Zamknął drzwi, przekręcił klucz. Simon został sam. Wyjrzał przez okno. Deszcz wcale nie ustawał.

Południowa Dobrudża, Bułgaria, niedziela, 20 grudnia

Niełatwo było nakłonić Gregora do wyjazdu. Był przekonany, że w tej chacie nic im nie grozi – a przynajmniej są bezpieczniejsi niż gdzie indziej. Owszem, panował przejmujący ziąb, piec słabo grzał, nie można było mówić o przytulnym wnętrzu, lecz na pewno nie zamarzną tu na śmierć. Drewna na opał mieli pod dostatkiem, a żywności wystarczy im co najmniej na cały następny tydzień. Potem przyjedzie Boris i uzupełni zapasy. Wtedy można będzie się zastanawiać nad opuszczeniem tej kryjówki. Mając do dyspozycji samochód i gruntownie do tego czasu przemyślany plan.

Iwana zaoponowała:

– Czy Boris za tydzień tu dotrze, to jeden wielki znak zapytania. Proszę spojrzeć na aurę za oknem. Znów się chmurzy, spadnie jeszcze więcej śniegu. Już wczoraj zakrawało na cud, że zdołał tu dojechać. Założę się, że w przyszłym tygodniu nie przedrze się tu żaden samochód.

– W takim razie prześladowcy też się nie zjawią. Zresztą nie wiedzą, gdzie nas szukać.

– Mogą się tego dowiedzieć. I nie spoczną, dopóki tego nie zrobią. – Od kiedy Iwana wiedziała o komputerze, wyczuwała niebezpieczeństwo wyraźniej niż kiedykolwiek dotąd. – Jestem święcie przekonana, że Selina, zabierając laptop, zyskała dostęp do listy nazwisk. Prawdopodobnie mocodawców tamtych handlarzy ludźmi. Z pewnością są wśród nich również ludzie zajmujący wpływowe stanowiska, którzy mogą stracić wszystko: karierę, pieniądze, społeczne uznanie. Grożą im wyroki i kara więzienia. Oni muszą odzyskać te materiały, i to zanim pańska córka przekaże je dalej.

– Niby jak mieliby nas znaleźć?

Iwana wyobraziła sobie ów łańcuch zdarzeń, wydawał jej się logiczny, i to w przerażająco prosty sposób.

– Zainteresują się pańskimi znajomymi z pracy, Gregor. I tym sposobem trafią na Dana. A Dano nie jest człowiekiem gotowym się narażać i nadstawiać za kogoś głowę. Wystarczy, jeśli im wyjawi, że mój mąż usiłował pana znaleźć. Potem pójdą do niego.

Głos Iwany się załamał. Ogromnie się bała o Kiriła. Nie był bohaterem. Wkrótce będzie śpiewał, jak mu zagrają.

– Jeśli przycisną Kiriła, wyda im Borisa. I pójdą do niego. Czy stawi im opór? Oni z pewnością nie będą się z nim cackać. Powiedziałabym, że to tylko kwestia czasu, zanim opisze im drogę do waszej kryjówki. *Długo* to nie potrwa.

– Wszystko to tylko teoria – odparł Gregor. Mimo to poszarzał na twarzy. Zrozumiał, że on i jego rodzina w żadnym razie nie zniknęli bez śladu. Potrzebowali pomocy Borisa, a tym samym pozostawili po sobie trop. Kto znajdzie jego początek, wkrótce może tu dotrzeć.

– Niby dokąd mielibyśmy pójść? – zapytał.

– Najbliższa miejscowość to Dulowo? Zgadza się?

– Tak. Ale *najbliższa* miejscowość... to brzmi tak, jakby leżała tuż za miedzą. To piętnaście do dwudziestu kilometrów stąd. I niech się pani rozejrzy! Nim dotrzemy do najbliższej drogi, musielibyśmy brnąć przez metrowe zaspy. A i na drodze leży pełno śniegu. Jeśli ją w ogóle znajdziemy.

– Ślady opon samochodu Borisa...

– ...zostały wczoraj po południu i wieczorem całkowicie zasypane przez śnieg. Może pani o nich zapomnieć! Jesteśmy zdani wyłącznie na własną pamięć i orientację. Jeśli nas zawiodą i zabłądzimy, umrzemy. W takich warunkach nie przeżyjemy nocy.

Iwana przygryzła wargi. Miał rację. To niosło ogromne ryzyko. Pytanie tylko: co było bardziej ryzykowne? Zostać czy wyruszyć w drogę?

– Pozostanie tu oznacza większe niebezpieczeństwo – odparła. Znów odezwał się ten jej wewnętrzny głos, intuicja. – Oni tu przyjdą, Gregor. Może nawet jeszcze dziś. Musimy uciekać. I to daleko.

Gregor całkiem zszarzał na twarzy. Nieustannie zwilżał usta językiem.

– Gdyby tylko pani tu nie przyjeżdżała! Dano nic nie wie o Borisie. Tę informację mogą zdobyć wyłącznie od pani męża. Gdyby tylko się pani nie wtrącała...

Czego on od niej żądał?

– Tu chodzi o moją córkę – odparła Iwana. – Nie może pan oczekiwać, że nie będę się *wtrącać*.

Umilkł.

– Wyruszymy – zadecydował krótko. – Ale nie dziś. Dochodzi dwunasta. Za cztery godziny zapadnie zmrok, za pięć godzin – nieprzenikniona noc. Wyruszymy jutro tuż przed świtem, zyskamy więcej czasu za dnia. Musimy dotrzeć do Dulowa, zanim znów nastanie zmierzch.

A więc jeszcze jedna noc. Iwana uznała to za ryzykowne, czuła jednak, że to jedyny kompromis, jaki mogła osiągnąć.

Przez następne godziny Siemionowowie pakowali najpotrzebniejsze rzeczy i sprzątali wnętrze chaty. Stopiony śnieg zagotowano, po czym napełniono nim plastikowe butelki, by mieć zapas wody pitnej na drogę. Katarina przygotowała kanapki. Iwana i Selina przepakowały rzeczy pierwszej potrzeby do plecaka.

– Nie będziemy taszczyć dodatkowych ubrań – nakazał Gregor. – Dość się namęczymy, brnąc przez zaspy, musimy mieć jak najlżejszy bagaż. Każdy włoży na siebie, ile tylko zdoła. Kilka warstw bielizny, długie spodnie, swetry. Za oknem mamy prawie dwadzieścia stopni mrozu. Będzie cholernie zimno.

Po jego słowach zapadło niespokojne milczenie. Wszyscy zdawali sobie sprawę, co się z nimi stanie, jeśli nie dotrą do Dulowa przed nastaniem wieczoru albo zabłądzą w mrocznych leśnych ostępach.

Gregor miał rację: o godzinie piątej było już kompletnie ciemno. Iwana wzdrygnęła się na myśl, że mogliby teraz być w drodze.

O siódmej zjedli kolację. Katarina otworzyła kilka konserw, których zawartość podgrzała na piecu. We wnętrzu domu było już nieco cieplej niż nad ranem, a może – pomyślała Iwana – przywykła już do chłodu.

O godzinie dziewiątej Gregor oznajmił, że wszyscy powinni położyć się spać.

– Czeka nas jutro bardzo ciężki dzień. Musimy wypocząć.

Przygotowania zajęły im niewiele czasu, nikt nie zdjął ubrania. Gregor postanowił nie podtrzymywać płomienia w palenisku. Przez większość nocy działo się podobnie, gdyż wszyscy mocno spali, zbyt wyczerpani, by się troszczyć o ogień. Tym razem jednak miał zgasnąć, bo przestał być potrzebny.

– Nad ranem zrobi się tu piekielnie zimno – dodał. – Dobrze się przykryjcie. I spróbujcie zasnąć.

Iwana wątpiła, czy zdoła choćby zmrużyć oko. Była zbyt zdenerwowana, zbyt roztrzęsiona i wystraszona. Wciąż rozmyślała o Kirile i dzieciach. Czy im także grozi niebezpieczeństwo? Czy są prześladowani? A może spotkało ich już coś gorszego?

Choć przez cały dzień, nie licząc przygotowań do drogi, niewiele zrobiła, kładąc się na łóżku, zauważyła, że jest zupełnie wyczerpana. Wyniszczał ją strach, lecz również mało gościnne warunki życiowe w tym domu. Sądziła, że to niemożliwe, lecz już po kilku minutach od chwili, gdy wyciągnęła się na sofie, zapadła w głęboki, mocny sen.

Obudziło ją szarpnięcie za ramię. Zerwała się. W bladej poświacie księżyca ujrzała twarz Gregora Siemionowa, który przykucnął obok sofy. Przycisnął palec do ust.

– Psst. Bądź cicho!

Obejrzała się zmieszana. Czy to już świt?

– Musimy ruszać – szepnął Gregor.

Natychmiast opuściła nogi na podłogę.

– Która godzina?

– Dochodzi północ – szeptał tak cicho, że ledwie go rozumiała. – Musimy się pospieszyć.

– Skąd pan wie...?

Potrząsnął głową.

– *Nie wiem.* Ale to czuję. Wyczuwam niebezpieczeństwo. Musimy uciekać.

Dziwnym trafem ani przez chwilę nie sądziła, że coś sobie ubzdurał. W gruncie rzeczy to szaleństwo, wyruszać w środku lodowatej nocy, której najzimniejsza i najgroźniejsza pora miała dopiero nadejść. Przecież to właśnie Gregor zwlekał, przestrzegał ich, wciąż wyżej oceniał ryzyko ucieczki niż szanse jej powodzenia. I dlatego jego słowa potraktowała teraz poważnie. Instynkt podszeptywał mu, że muszą czym prędzej uciekać, ona zaś zrozumiała, że jeśli teraz to zakwestionuje, już będzie po nich.

– Nie mamy wyboru – powiedział tak cicho, że jego słowa raczej odczytała z ruchu jego warg, niż je dosłyszała.

– Wiem – odparła, po czym wstała.

Hyères, Francja, poniedziałek, 21 grudnia

Noc mijała powolnie, jakby każda jej pojedyncza minuta trwała w nieskończoność. Krople deszczu tłukły się o dach, wybijając jednostajne staccato, które każdego potrafiłoby uśpić. Simon nie zdołał jednak odzyskać spokoju. W którymś momencie wyciągnął się na łóżku, lecz wciąż wyczuwał przyspieszone bicie serca i spostrzegł, że nie potrafi przestać nasłuchiwać odgłosów domu. Co się wydarzyło? Co się jeszcze wydarzy? W kuchni na dole leżał zastrzelony policjant, w pokoju dziennym na sofie jego ranny, związany sznurem kolega. Jérôme Deville wreszcie pojawił się jako człowiek z krwi i kości, ale Simon wciąż nie potrafił zrozumieć jego roli w tej historii. Odniósł w każdym razie wrażenie, że nie ma do czynienia z naprawdę groźnym przeciwnikiem – dziwna myśl, zważywszy na to, że zaraz po wtargnięciu do tego domu Jérôme zastrzelił podkomisarza Halabiego. A jednak nie był brutalnym, pozbawionym skrupułów mordercą. W gruncie rzeczy strzelił jedynie dlatego, że Halabi sięgał po broń. Jérôme, u kresu sił, śmiertelnie wyczerpany, był strzępkiem nerwów. Chyba rzeczywiście sam uciekał przed prześladowcami, sprawiał wrażenie człowieka, który wpadł w poważne tarapaty. Jego irytacja mogła się okazać groźna.

A Nathalie...

Simon obserwował tych dwoje przez jakieś dziesięć minut. Nie był psychologiem, lecz niejednokrotnie w swym życiu miał okazję się przekonać, że posiadł dobrą znajomość ludzkich charakterów. Zauważył zupełny brak równowagi dzielący Nathalie i Jérôme'a. Nathalie go ubóstwiała, ba, popadła w stan niepokojąco silnego uzależnienia. Jérôme był sensem jej życia, był dla niej przystanią, kotwicą, oparciem, nieważne, które z tych pojęć się wybierze. Rozstanie z nim doprowadziło ją niemal do szaleństwa, wypełniały ją strach i przerażenie. Choć sytuacja właśnie się zaostrzała – jej przyjaciel bądź co bądź zastrzelił człowieka i będzie musiał ponieść tego konsekwencje – wydawało się, że Nathalie odzyskała spokój. Opadło z niej napięcie. Jérôme był przy niej. Tylko to się liczyło.

Problem w tym, że on nie podzielał jej uczuć. Ani nie była dla niego pępkiem świata, ani też nie cieszyły go choćby uwielbienie i bezgraniczna miłość, które mu okazywała. A powodem tego wcale nie było jego chwilowe potworne zmęczenie. Simon mógłby przysiąc, że Jérôme już od pewnego czasu nie odwzajemniał ogromnego zainteresowania, którym darzyła go Nathalie. Ona z pewnością to podświadomie wyczuwała, co w fatalny sposób spowodowało, że tym mocniej się go uczepiła. Sprowadziła go tutaj, on zaś jej posłuchał, lecz nie dlatego, że się za nią stęsknił. Był u kresu sił. Potrzebował schronienia, by wypocząć. Musiał coś zjeść i czegoś się napić. Potrzebował pieniędzy. Musiał się zatrzymać, by przemyśleć swój następny krok. Jérôme w jakiś sposób ściągnął na siebie oddział zabójców, uciekał, by ratować własne życie, Nathalie była zaś jedyną osobą, od której mógł oczekiwać pomocy. Oto wartość, jaką dla niego przedstawiała. Nie mniej, lecz i nie więcej.

A jej to nie wystarczy.

Kiedy wreszcie zrozumie swoją sytuację, może stać się nieobliczalna i niebezpieczna. Ta kobieta była niezrównoważona, Simon wyczuwał to od samego początku. Stąd właśnie brała się głęboka ambiwalencja, w którą wtrąciła go już od pierwszej chwili. Jej młodość przy matce alkoholiczce, traumatyczne rozstanie z ojcem... Kilkakrotnie o tych sprawach wspominała, domyślił się, że nigdy ich tak naprawdę nie przetrawiła. Anoreksja, pobyt w rodzinie zastępczej, wciąż prześladujący ją urząd do spraw młodzieży i groźba, że umieszczą ją w placówce opiekuńczej. Jérôme ją uratował. Tak to postrzegała. Jemu takie sformułowanie pewnie nigdy nie przyszłoby do głowy, ot, po prostu pociągała go młoda, ładna dziewczyna. Jérôme zdobywca. Z początku jej uwielbienie może mu nawet imponowało. Ale w końcu zaczęło mu działać na nerwy.

Jérôme z całą pewnością nie był złym człowiekiem. Był egoistą. Przystojnym mężczyzną, przed którym kobiety rozwijały czerwony dywan. Na dłuższą metę żadnej jednak nie pragnął, nie chciał brać na siebie odpowiedzialności za niczyj los. Nie był człowiekiem tego pokroju. Przerastała go już sama odpowiedzialność za własne życie.

Minęła północ. Simon znów wstrzymał oddech, nasłuchiwał. Nic. Tylko plusk deszczu.

Kiedy zaprowadzili go do jego pokoju, natychmiast rozejrzał się za swoim telefonem, ściśle mówiąc – za jego roztrzaskanymi fragmentami, które ostatnio widział leżące w kącie. Zniknęły. Jak Nathalie zdołała je złożyć w działającą całość, pozostawało zagadką. Widocznie aparat wyglądał na bardziej zniszczony, niż był w rzeczywistości.

Wstał i przeszedł parę kroków po pokoju. Był zbyt niespokojny, by zasnąć. Zastanawiał się, kiedy Inès Rosarde zauważy, że coś jest nie w porządku. Nie znał procedur, przypuszczał jednak, że Halabi i Caparos muszą się regularnie meldować w centrali. Czyżby nikt nie zwrócił uwagi na to, że brak od nich wiadomości? A może jakiś funkcjonariusz drzemał sobie w najlepsze, zadowolony, że nikt mu nie przeszkadza?

Co teraz robią Jérôme i Nathalie? Jérôme wyglądał tak, jakby ledwie trzymał się na nogach, prawdopodobnie zasnął. Nathalie zaś pewnie siedzi obok niego i strzeże jego snu.

W którymś momencie wyruszą w drogę, i to wedle wszelkiego prawdopodobieństwa policyjnym radiowozem. Bez odpowiedzi pozostawało jedynie pytanie, czy Jérôme odjedzie sam. Simon nie potrafił sobie wyobrazić, że Nathalie się na to zgodzi. Pewnie go tu zostawią w zamkniętym pokoju, aż kiedyś, *kiedyś* ktoś wreszcie zainteresuje się brakiem meldunków z tego opuszczonego domu.

„Jeśli nikt inny tu nie wtargnie – pomyślał – nikt więcej też nie zginie".

Podszedł do okna, wyjrzał w mrok nocy. Zerwał się porywisty wiatr, przyginał drzewa. Dostrzegł jedynie niewyraźny ich zarys, gdyż widok przesłaniało mu własne odbicie w szybie. Nawałnica i deszcz.

Pragnął, by to wszystko wreszcie się skończyło. Pomyślał o leżącym na sofie Caparosie. O krwi na jego głowie. Miał nadzieję, że policjant nie odniósł żadnych wewnętrznych obrażeń. Pomyślał o leżącym w kuchni martwym Halabim. O Jeanne Berney. O Kristinie. O Yvie Solerze.

Za dużo trupów. To musi się wreszcie skończyć.

Dosłyszawszy, że ktoś przekręca klucz w zamku, odwrócił się. Ku swemu zaskoczeniu ujrzał Jérôme'a. Mężczyzna widocznie zdrzemnął się kilka godzin, nie był już tak upiornie blady i wyczerpany jak w południe. Poza tym wziął prysznic i się ogolił, choć z konieczności ponownie włożył stare ubranie. Mimo wszystko wyglądał inaczej, był sprawniejszy, żwawszy, przytomniejszy. W dłoni trzymał broń Caparosa, wymierzył w Simona.

– Wie pan, gdzie się podziewa Nathalie? – zapytał.

– Nathalie?

– Zniknęła – oznajmił Jérôme. – A wraz z nią broń martwego policjanta. Martwię się.

– Ja też się martwię – odparł Simon. Wskazał na pistolet. – Może pan przestać tym we mnie celować? Nie zaatakuję pana. Chciałbym wyjść z tego szaleństwa bez szwanku.

Jérôme opuścił broń.

– Musimy ją znaleźć – oznajmił. – Mam na myśli Nathalie.

– Dom nie jest aż taki duży, żeby…

– Szukałem już wszędzie. Ten… martwy policjant nadal leży w kuchni. Drugi na sofie w pokoju dziennym. Panuje tam spokój.

Nic dziwnego, zważywszy na stan Halabiego. Simon miał nadzieję, że spokojne zachowanie Caparosa nie świadczy o poważnej ranie głowy.

– Poddasze…

– Też sprawdziłem. Pusto.

Rzeczywiście dziwne.

– I na pewno zniknęła z bronią? – upewniał się Simon.

– Tak. I to mi się nie podoba. Nathalie jest kompletnie niezrównoważona. Powinienem był od razu to zauważyć, te jej problemy z jedzeniem, całe jej zwariowane zachowanie. Straszna z niej czepialska. Sam nie wiem… czemu w ogóle się z nią zadawałem.

– Chyba jej pan tego nie powiedział?

Jérôme uniósł ramiona w geście mówiącym, że popełnił błąd i sam nie pojmuje, jak mógł postąpić tak nierozważnie.

– Nie tymi słowami. Ale opowiedziałem jej o Selinie.

– A kim jest Selina? – zapytał Simon.

On tu jest. Tylko o tym z początku myślałam. Nareszcie. Odnaleźliśmy się. Po tym okropnym, chaotycznym, wypełnionym strachem okresie, kiedy czasem z trwogą myślałam, że już nigdy więcej go nie zobaczę, nagle stanął przede mną. W ogrodzie leżał ranny policjant, przed nami w kuchni jego martwy kolega, a poczciwy, dzielny Simon zrobił minę, jakby właśnie ujrzał zjawę. Lecz to wszystko nie miało dla mnie znaczenia.

Liczyło się tylko to, że znowu byliśmy razem.

Ledwie mogłam pojąć, jak szybko to wszystko się potoczyło. Dzień wcześniej dowiedzieliśmy się o śmierci Kristiny, Simon ukrył się na poddaszu. Był u kresu sił, w katastrofalnym stanie psychicznym. Zaszyłam się w moim pokoju, równie zrozpaczona. Przede wszystkim z powodu Jérôme'a. Podczas tak zwanego spaceru dokładnie zlustrowałam okolicę, zapamiętałam nazwy dróg, lecz nic mi to nie dawało, póki nie mogłam zidentyfikować miejscowości na mapie. Brak możliwości kontaktu z Jérôme'em doprowadzał mnie niemal do szaleństwa. W końcu postanowiłam zejść na dół i przynieść sobie coś do picia. Drzwi do pokoju Simona były otwarte na oścież, zauważyłam telefon.

Dramat Kristiny sprawił, że nie zachował zwyczajnej ostrożności. Był jeszcze bardziej przybity, niż sądziłam.

Za pomocą Google Earth dość szybko sprawdziłam, gdzie się znajdujemy. Wiedziałam, że nie mogliśmy się zanadto oddalić od Les Lecques. Na Facebooku zostawiłam Jérôme'owi wiadomość, prosiłam, żeby natychmiast się odezwał. Drżałam ze strachu, lecz miałam nadzieję, że wciąż ma przy sobie telefon i regularnie sprawdza wiadomości. Przejęta strachem nasłuchiwałam odgłosów. Panicznie się bałam, że Simon wróci z poddasza, zanim zdołam nawiązać kontakt z Jérôme'em.

Po dwudziestu minutach dostałam odpowiedź. Był w Les

Lecques. Usiłował dotrzeć do apartamentu, gdzie mieliśmy się spotkać, zauważył jednak, że budynek jest pod obserwacją policji. Włóczył się po okolicy na wpół skostniały, wygłodniały i spragniony.

„Gdzie jesteś?" – napisał. „Pomóż mi, Nathalie!".

O Boże, tak! Oczywiście, że mu pomogę.

Niezwłocznie do niego zadzwoniłam. Zadrżałam, gdy usłyszałam jego głos. Dokładnie mu opisałam, gdzie się znajdujemy. Na obrzeżach Hyères. Podałam mu nazwy ulic, określiłam, gdzie stoi samotny dom.

– Pilnują nas dwaj policjanci – wyjaśniłam. – Bądź ostrożny. Zadzwoń pod ten numer, gdy będziesz w pobliżu. I pospiesz się. W każdej chwili mogą mnie przyłapać z telefonem, a wtedy stracimy wszelki kontakt.

Nigdy jeszcze noc mi się tak nie dłużyła. Czy uda mu się tu dotrzeć? I to szybko? Opowiedział mi, że podróżował autostopem. Gdy o tym pomyślę, muszę przyznać, że mieliśmy więcej szczęścia niż rozumu. Aż dziw bierze, że ktoś w ogóle zechciał podwieźć tak zaniedbanego człowieka.

Ostatni odcinek drogi pokonał pieszo.

Zadzwonił następnego przedpołudnia, około dziesiątej. Ustawiłam w telefonie alarm wibracyjny, żeby nikt niczego nie zauważył. Byłam już strzępkiem nerwów.

– Gdzie jesteś?

– Na miejscu – odparł. – Widzę wasz dom. Jak zdołam wejść do środka?

Wtedy właśnie Caparos wyszedł do ogrodu. Dosłyszałam, jak mówił koledze, że dokończy naprawę ogrodzenia. W jego głosie pobrzmiewała złość. Jasne, to żadna przyjemność siedzieć w strugach deszczu w trawie i dłubać zdrętwiałymi palcami przy idiotycznej siatce.

W moim planie liczyła się każda sekunda. Wyjaśniłam Jérôme'owi, że jeden z policjantów jest zajęty na zewnątrz naprawą ogrodzenia i że musi spróbować go obezwładnić. Było to jak zrządzenie losu, gdyż Caparos, skupiony na swej pracy, nie będzie w stanie obserwować okolicy. Ja zaś spróbuję w tym czasie odwrócić uwagę Halabiego.

– Pamiętaj, by zabrać mu broń – nakazałam stanowczo Jérôme'owi. Jego głos świadczył o tym, że to zadanie go przerasta, był zrozpaczony, wiedziałam jednak, że nie mamy wyboru. Jérôme'a podejrzewano o to, że ma coś wspólnego z zabójstwem Jeanne Berney, szukała go policja. Nie mógł ot tak, po prostu wejść do domu i poprosić o pomoc, ufając, że zostanie uratowany. Natychmiast by go aresztowano, prawdopodobnie nikt by mu nie uwierzył, że nie zrobił nic złego.

Pomyślałam też o tym, co dalej. Jérôme trochę wypocznie, a potem zostawimy tu Simona oraz obu policjantów i uciekniemy ich samochodem. Koniec końców – nie miałam co do tego złudzeń – będziemy musieli opuścić teren Francji i gdzieś daleko stąd zacząć nowe życie. Perspektywa ta wcale mnie jednak nie przerażała. Zgodziłabym się nawet, gdybyśmy resztę życia mieli spędzić razem na krze lodowej gnanej wiatrem po Morzu Arktycznym.

A jednak wszystko potoczyło się inaczej. Jérôme powiedział mi, że obezwładnienie Caparosa okazało się banalnie proste. Siedział w trawie za ogrodzeniem i je reperował, szum deszczu i wiatru sprawił, że nic nie usłyszał. Jérôme zakradł się od tyłu i uderzył go w głowę kamieniem, zabrał mu broń, po czym przeczołgał się przez dziurę w siatce i wszedł do domu. Tam doszło do incydentu z Halabim. Oczywiście, że tego nie chcieliśmy. Ale Halabi sięgnął po broń. Co Jérôme miał zrobić? Czekać, aż go zastrzelą?

Nadal nie potrafiłam myśleć o niczym innym – tylko o tym, że on tu jest, on tu jest, on tu jest. Wszystko się ułoży. Będziemy bezpieczni, będziemy szczęśliwi.

Kiedy związaliśmy Caparosa, a Simona zamknęliśmy na piętrze, usiedliśmy w moim pokoju. Jérôme popijał herbatę. Był strasznie głodny, lecz nie mógł jeść. Wciąż tylko mówił o Halabim.

– Zabiłem człowieka – powtarzał. – O Boże, Nathalie, jak mam z tym żyć?

– Nie myśl o tym. Przecież on by cię zastrzelił. – Nachyliłam się, spojrzałam mu w oczy i powiedziałam: – Jérôme, ja nic nie wiem. Zupełnie nic. Co, na litość boską, się stało? Przed kim uciekamy? I dlaczego?

I wtedy opowiedział mi o Selinie.

Hyères, Francja,
poniedziałek, 21 grudnia

– Handlarze ludźmi – powiedział powoli Simon. – To o nich przez cały czas chodzi. Przewożą do Francji młode kobiety ze Wschodu. I zmuszają je do prostytucji.

Jakże często o tym słyszał. Kwitnący interes. A jednak są to sprawy, o których się sądzi, że zdarzają się gdzieś daleko. Zupełnie gdzie indziej. I nie mają z nami nic wspólnego.

Jérôme przestał traktować Simona jak przeciwnika. Co prawda wciąż trzymał w dłoni broń, zrozumiał jednak, że nie musi się obawiać z jego strony żadnego ataku – już raczej ze strony Nathalie. Ciągnąc swoją opowieść, nie spuszczał z oczu drzwi wejściowych.

– Denegri Transports jest w to uwikłane – stwierdził. – Choć moim zdaniem nie wszyscy pracownicy i kierowcy o tym wiedzą. Oficjalnie to poważna firma transportowa. Ale jej szefowa jest zamieszana w kryminalne intrygi. Tylko kilku kierowców uczestniczy w tych przewozach. Czemu wybrała również mnie? Nie mam pojęcia.

„Psychologia" – pomyślał Simon. Wybierano właśnie takich ludzi jak Jérôme. Cechowała go odpowiednia mieszanina chciwości – dla pieniędzy zrobiłby to, do czego niektórzy nie byliby zdolni – oraz egoizmu. Zawsze bardziej mu zależało na własnym powodzeniu niż na losie jakichś tam obcych młodych kobiet ze Wschodu. A do tego stosowna dawka poczucia rzeczywistości – nie trzeba się było martwić o to, że w którymś momencie nagle zapragnie zgrywać bohatera. Jérôme nie był typem macho, choć zdołał unieszkodliwić dwóch uzbrojonych policjantów. Działał powodowany chwilową koniecznością. Na co dzień był kimś, kto unika kłopotów, nie chce brudzić sobie rąk, usilnie się stara omijać na swej drodze wszelkie przeszkody. Stanowił, jeśli można tak powiedzieć, właściwy wybór. Nikt jednak nie wziął pod uwagę jednego: cechującej go ogromnej słabości do kobiet.

On rzeczywiście zakochał się w tamtej Selinie z Bułgarii.

„Najpiękniejsza kobieta, jaką w życiu spotkałem" – powiedział. I tak w istocie mogło być. Prawdopodobnie Selina faktycznie była niezwykle urodziwa. Na domiar złego Jérôme przeżywał kłopoty w swym dotychczasowym związku, o których w Denegri Transports także nie wiedziano. Uwikłał się w romans z Nathalie i rozpaczliwie się zastanawiał, jak mógłby się od niej uwolnić. Uratowanie Seliny mogło w pierwszym rzędzie służyć dobru młodej kobiety, jednakże Jérôme myślał również o sobie. Simon uznał go za człowieka, który jeden związek mógł zakończyć jedynie poprzez nawiązanie nowej znajomości. Znał wiele takich przypadków z własnego otoczenia. Tacy mężczyźni przez długie lata trwali w swych nieszczęśliwych małżeństwach albo frustrujących romansach, na zerwanie decydowali się jednak dopiero wówczas, gdy jakaś inna kobieta gotowa była wziąć ich w swe ramiona.

– A więc zorganizował pan ucieczkę tej Seliny? I coś poszło nie tak?

Jérôme skinął głową.

– Zgadza się. Wróciłem z Kopenhagi. Jeszcze przed wyjazdem pobrałem z mojego konta wszystkie pieniądze, stąd miałem dość gotówki.

Rachunek bankowy nie należał tylko do niego. Było to ich wspólne konto, jego i Nathalie. Simon przypomniał sobie, że Nathalie musiała wyjechać z Paryża bez grosza, bo konto zostało opróżnione.

„To bezwzględny egocentryk" – pomyślał.

– Razem z kolegą, który zabrał ją zaraz po ucieczce, Selina miała czekać na umówionym parkingu na obrzeżach Paryża – ciągnął Jérôme. – François. To jemu postanowiłem się zwierzyć, gdy ogarniały mnie coraz większe wątpliwości z powodu owych... specjalnych przewozów. I to jego poprosiłem o pomoc w zorganizowaniu ucieczki Seliny. Nie potrafiłem określić dokładnej godziny mojego przyjazdu, jedynie przybliżoną porę. I wtedy zdarzył się wypadek. W Belgii, niedaleko francuskiej granicy. Kolizja kilku samochodów, zablokowana autostrada. Miałem przed sobą jeszcze jakieś dwie i pół godziny jazdy, lecz w tej sytuacji nie dało się niczego przewidzieć. Karetki pogotowania, policja, helikoptery... Stało się jasne, że potrwa to wiele godzin. Zadzwoniłem do François. Powiedziałem, że może się to przeciągnąć do następnego ranka. François wyznał mi później, że Selina, dowiedziawszy się o opóźnieniu, zupełnie zbzikowała. Chciała uciekać jak najdalej, o szaleństwo przyprawiała ją myśl, że będzie musiała czekać tak blisko Paryża oraz ludzi, z rąk których dopiero co się wywinęła. Z każdą mijającą godziną widocznie traciła też zaufanie do mnie. W końcu François nie zdołał jej dłużej zatrzymać, wysiadła z samochodu i oznajmiła, że wróci do Sofii autostopem. Dał jej przynajmniej trochę pieniędzy, by mogła kupić coś do jedzenia i gdzieś przenocować. – Jérôme powoli pokiwał głową. – Przypuszczam, że był zadowolony, gdy się jej pozbył. I tak całe to przedsięwzięcie wykończyło go nerwowo, a wyczekiwanie nie poprawiło sytuacji. W tamtej chwili nie dostrzegał niebezpieczeństwa wynikającego z faktu, że pozwolił jej odejść. Podał jej nawet swoje imię, kiedy go o to zapytała – a przy okazji również moje. Od razu się domyśliłem, że będą jej szukać i mogą ją złapać. I zmuszą, rzecz jasna, do wyjawienia naszych imion. Ale nic już nie można było poradzić. Nie mam pojęcia, gdzie ona przebywa. Nie wiem nawet, czy udało jej się dotrzeć do Sofii. Nie wiem, czy już ją znaleźli.

– I dlatego pan również ucieka? – zapytał Simon. – Bo obawia się pan, że Selina mogła zostać złapana i wyjawiła imiona ludzi, którzy pomogli jej w ucieczce?

– Trudno sobie wyobrazić, by dotarła daleko. W zimie. Ponad dwa tysiące kilometrów od domu. No dobrze, François dał jej co prawda pieniądze. Ale nie miała przy sobie żadnych dokumentów. A przecież mamy teraz w Europie zaostrzone kontrole graniczne, choć raczej w przeciwnym kierunku. Mimo wszystko, jak długo zdoła uciekać, nim wpadnie w ręce policji?

Simon się nachylił.

– Tego właśnie przez cały czas nie rozumiałem. Skąd pański strach przed policją? Dlaczego nie szukał pan u niej pomocy?

Jérôme znużony przetarł twarz dłonią, sprawiał przez moment wrażenie bezradnego, jakby sobie pomyślał: jak zdołam to wyjaśnić zwykłemu człowiekowi żyjącemu zwyczajnym życiem?

– Wiąże się to z rozmową – oznajmił – jaką odbyłem z madame Denegri, szefową Denegri Transports. Nie powiedziała tego dosłownie, podobnie zresztą jak nie mówiła o nielegalnym charakterze całego procederu, gdyż oficjalnie te młode kobiety przewożono do Francji, by pracowały jako modelki albo aktorki. A jednak przez cały czas było jasne, że chodzi o coś innego. W jej słowach pobrzmiewała sugestia, że ewentualna rezygnacja z pracy pociągnie za sobą fatalne skutki. Podobnie jak zgłoszenie się na policję. „Mamy świetne kontakty" – powiedziała do mnie. „Wszędzie. Rozumie pan?" Zrozumiałem, że ma na myśli także policję. Wszyscy dobrze wiemy, co za typki odwiedzają te ekskluzywne kluby i burdele. To wysoko postawieni ludzie. Ludzie odwiedzający Pałac Elizejski. Bogaci bossowie. Może i niejeden prokurator. Czemu nie jakiś wysoki rangą funkcjonariusz policji?

– Ale nie wie pan tego dokładnie?

– Nie. Oczywiście równie dobrze mogła to być jedynie czcza groźba. Nie chciałem jednak ryzykować. A tamtego dnia... i tak spanikowałem.

– Tamtego dnia, kiedy zadzwonił pan do Nathalie, by ją ostrzec?

Na wspomnienie imienia Nathalie Jérôme mimowolnie się wzdrygnął i ze wzmożoną uwagą spojrzał w kierunku drzwi, jakby w każdej chwili spodziewał się ją tam ujrzeć.

– Tak. Dotarłem do Paryża dopiero przed południem. Selina dawno już zniknęła. Pojechałem do François. Uznał, że powinienem dostarczyć ładunek do siedziby firmy i udawać, że o niczym nie wiem. Wydało mi się to jednak zbyt ryzykowne. Co, jeśli Selinę już złapali? Nie miałem żadnych złudzeń: oni mają swoje metody i znajdą sposób, by wydobyć z niej prawdę. Byłem przecież kierowcą, z którym pokonała ostatni odcinek drogi, z całą pewnością by mnie sprawdzili. A zgłosić się na policję? Która może być częścią całego procederu?

– Na pewno nie cała policja – odparł Simon. – To byłoby absurdalne przypuszczenie. Nawet jeśli mają kontakty z tym czy innym funkcjonariuszem, nie dotyczy to *wszystkich* policjantów. Oczywiście, że znaleźlibyście ochronę. Znaliście nawet dom, w którym przetrzymywano te młode kobiety. Moglibyście zaprowadzić tam funkcjonariuszy i w ten sposób dostarczyć dowodów na potwierdzenie swoich słów.

Jérôme potrząsnął głową.

– Idę o zakład, że do tego czasu ten dom został zlikwidowany. To znaczy, budynek oczywiście nadal stoi, ale zabrano stamtąd kobiety. I wszystko, co mogłoby wskazywać na ich obecność w tym miejscu. Wraz z ucieczką Seliny zrobiło się terenem spalonym. Oni są perfekcyjnie zorganizowani. Mają rozliczne możliwości. Zabrakłoby jakiegokolwiek dowodu, jestem o tym święcie przekonany.

Może Jérôme zbyt mocno się bał. Może uznał tę organizację za dużo większą i potężniejszą, niż była w rzeczywistości. Z drugiej jednak strony Simon musiał pamiętać o zamordowanych. Jakże szybko ci ludzie natrafili na ślad Nathalie. Po spotkaniu z nią Yves Soler nie przeżył nawet tygodnia. Znaleźli apartament w Les Lecques. Na lotnisku porwali Kristinę. Wszystko to świadczyło o działaniu sprawnych profesjonalistów.

– Niezwłocznie wyjechałem z Paryża – podjął Jérôme – choć miałem świadomość, że tym samym ściągnę na siebie podejrzenia. Nadal wiozłem ładunek, który już dawno należało dostarczyć. Ponownie zadzwoniłem do François, bo chciałem wiedzieć, czy już mnie szukają. Nie miał pojęcia, lecz przejeżdżając obok naszego mieszkania, zauważył, że kręci się tam kilku podejrzanych typów, którzy bez wątpienia obserwują budynek. Poradził mi, bym się tam nie pokazywał. Zaraz potem skontaktowałem się z Nathalie. To znaczy, nasz związek się rozpadł, od miesięcy myślałem wyłącznie o rozstaniu, nie chciałem jej jednak wpędzić w kłopoty. Nie miała z tym przecież nic wspólnego.

– Także pańska przyjaciółka Jeanne Berney z Metzu nie miała z tym nic wspólnego – zauważył cicho Simon.

W oczach Jérôme'a pojawił się wyraz bólu, Simon nie miał wątpliwości, że nie był udawany.

– Wiem – przyznał. – Nathalie już mi mówiła, że policja mnie podejrzewa. Przysięgam na Boga, że nic jej nie zrobiłem. Byłem u niej, bo chciałem ją prosić o pomoc, nic więcej.

– Wydobyli od niej informacje – oznajmił Simon. – Policja przypuszcza, że podała im adres apartamentu w Les Lecques. Skąd wiedzieli o Jeanne? Od lat nie byliście już razem.

Jérôme zaśmiał się krótko, zabrzmiało to niemal pogardliwie.

– Oni dokładnie sprawdzają życiorysy kierowców, zanim przydzielą ich do tych specjalnych... zadań. Madame Denegri poleciła to zrobić. Żeby wiedzieć o mnie wszystko, poznać ludzi, którzy są lub byli mi kiedyś bliscy. Nie powierzono by mi przewozu kobiet, gdyby nie przejrzano mnie na wylot i nie poznano dość faktów, by trzymać mnie w garści. – Ponownie przetarł dłonią wychudłą, znużoną twarz. – Nie wiem też, co się stało z François.

– Zniknął – oznajmił Simon.

– O Boże – mruknął Jérôme. – Wie pan, Nathalie opowiedziała mi także o pańskiej przyjaciółce. Tak strasznie mi przykro. Wciąż nie do końca zrozumiałem, jak został pan w to wszystko wciągnięty, ale proszę mi wierzyć... wcale tego nie chciałem. Nie chciałem wyrządzić krzywdy tak wielu osobom.

Wręcz przeciwnie. Chciałem uwolnić Selinę i zacząć z nią nowe życie.

– To czysta naiwność. Nawet gdyby zdołał pan uciec razem z Seliną, gdyby wasz zamiar się powiódł, oni zajęliby się kręgiem pańskich znajomych. Poczynając od Nathalie. Nie pomyślał pan o tym?

– Musiałem naprędce ułożyć jakiś plan dla Seliny. Okropnie się nad nią znęcano. Musiała stamtąd uciec. Dałem jej telefon. Musiała zniknąć, zanim ktoś go znajdzie. Nie mogłem... Nie mogłem w takim pośpiechu wszystkiego przewidzieć...

– Gdyby zgłosił się pan na policję – zaczął Simon, lecz Jérôme przerwał mu szorstko:

– Już panu wyjaśniłem, dlaczego tego nie zrobiłem. A teraz i tak na to za późno. Zastrzeliłem policjanta. Drugiego raniłem. A w sprawie morderstwa Jeanne jestem głównym podejrzanym. Została mi tylko ucieczka.

– Jeśli teraz się pan podda... jeśli uwolni pan Caparosa i sprowadzi dla niego lekarza, zyska pan szansę. Wierzę, że nie ma pan nic wspólnego z zabójstwem Jeanne, nie znajdą przeciwko panu żadnych dowodów. Jérôme, na samym początku chciał pan postąpić dobrze: chciał pan pomóc młodej kobiecie i uwolnić ją od tego straszliwego losu. To będzie przemawiać na pańską korzyść.

– A jednak nie powinienem był w ogóle brać w tym udziału, nie powinienem był przewozić tych kobiet do Paryża. A ten martwy policjant leżący w kuchni... – Jérôme gwałtownie potrząsnął głową. – Nie. Nie mogę ryzykować. Zabieram samochód i znikam.

Simon uniósł dłonie w bezradnym geście.

– Jest pan uzbrojony. Ja nie. Nie zdołam pana powstrzymać.

– Muszę wyjechać, zanim ktokolwiek zauważy, że coś tu nie gra. Obaj funkcjonariusze nie meldują się od wielu godzin... Już dawno powinienem był stąd zniknąć. Cholera jasna, nie mam pojęcia, gdzie się podziewa Nathalie. Ona wie, że nie zabiorę jej z sobą. Wie o Selinie. Ma przy sobie broń martwego policjanta. Prawdopodobnie czai się gdzieś na zewnątrz i tylko czeka, żeby mnie kropnąć, gdy podejdę do samochodu. Ta kobieta jest chora, Simon, niczego pan nie zauważył?

Czy nie odniósł wrażenia, że Nathalie jest *chora*? W znaczeniu: *niezrównoważona*? Tak, czasem tak myślał, jeśli miał być szczery.

– A do tego jest całkiem sprytna – przyznał. – Złożyła do kupy mój rozbity smartfon, by dało się z niego wysłać e-mail i zatelefonować... Niezły wyczyn. Nigdy bym nie pomyślał, że w ogóle można go jeszcze naprawić.

– To z pańskiego telefonu się ze mną skontaktowała? – zapytał Jérôme.

Simon skinął głową.

– Z wściekłości i rozpaczy cisnąłem nim o ścianę. Rozsypał się w drobny mak, części leżały na podłodze. Musiała go naprawić. Pozostaje dla mnie zagadką, jak tego dokonała, ale najwyraźniej jej się to udało.

– Nie twierdzę, że jest głupia. Wręcz przeciwnie, to szczwana lisica. Ale też psychicznie niezrównoważona. Gdybym lepiej to sobie przemyślał, od początku omijałbym ją szerokim łukiem.

– Ale pan tego nie zrobił. Coś się w niej panu spodobało.

– No cóż... – odparł niejasno Jérôme. Simon doszedł do wniosku, że kiedy to *coś* mu się w kobietach spodobało, nie zastanawiał się długo nad tym, czy rzeczywiście jest to trwały fundament nowego związku. Jeśli potem pojawiały się problemy, po prostu szukał sobie nowej partnerki.

„Jest trochę niedojrzały" – przemknęło mu przez myśl. „Ale nie jest kryminalistą".

Również teraz Jérôme wydał mu się mało zdecydowany. Zamierzał przecież uciekać. A jednak wciąż z tym zwlekał. Czyżby się bał, że Nathalie gdzieś na niego czyha? Czy może zwyczajnie nie miał żadnego planu działania? Od wielu dni był w drodze. Nadal chciał uciekać, lecz w gruncie rzeczy nie wiedział dokąd.

Nie wiedział też, jak się to wszystko zakończy, do jakiego celu właściwie podąża – i czy w ogóle ma przed sobą jakiś cel. Ten samotny dom gdzieś na skraju francuskiego wybrzeża stanowił ostoję, w której wreszcie mógł odetchnąć. Zdawał się go chronić przed deszczem, mrokiem oraz niepewnością, ale były to tylko pozory. Tak naprawdę zbyt długo już w nim przebywał, a przecież grunt palił mu się pod nogami. Najchętniej by tu został i schował głowę pod kocem, takie wrażenie odniósł Simon. Lecz w kuchni na parterze leżał martwy człowiek, zastrzelony kilka godzin wcześniej. Jérôme pewnie nie ma nawet odwagi zaparzyć sobie kawy ani wziąć nic do jedzenia, gdyż nie chce wchodzić do tego pomieszczenia.

– Pójdę już – oznajmił Jérôme. Machnął trzymaną w dłoni bronią. – Zabieram ją z sobą. Może mi się jeszcze przydać. A pan?

– Ja?

– Co zamierza pan teraz zrobić? Powiadomić policję?

– Przede wszystkim wezwać lekarza, by opatrzył podkomisarza Caparosa.

– To nie będzie konieczne – rozległ się jakiś głos za ich plecami.

Simon i Jérôme drgnęli i się odwrócili.

W drzwiach pokoju stał Jean Caparos. W dłoniach trzymał pistolet.

– Rzuć broń, monsieur Deville – rozkazał.

Jérôme go posłuchał. Poszarzał na twarzy.

– To już koniec, Deville – oznajmił Caparos.

Nie byłam kompletnie zaskoczona. Odkąd zamieszkaliśmy razem w Paryżu, nieustannie się bałam, że go stracę. Przez ostatnie pół roku mój lęk wciąż się wzmagał, praktycznie z każdym upływającym dniem. Jérôme odsunął się ode mnie. Stał się kimś obcym. Już do niego nie należałam, wzniósł między nami mur.

Zakochał się w innej kobiecie.

Kiedy mi o tym powiedział, nie byłam więc zaskoczona tą nowiną. Myślałam tylko o niecodziennych okolicznościach: o tym, że straciłam mężczyznę mojego życia, dowiedziałam się w deszczowy dzień w grudniu, w chronionym domu należącym do francuskiej policji, gdzieś w okolicach Hyères. Mężczyzna mojego życia chwilę wcześniej zastrzelił policjanta, drugi funkcjonariusz leżał ranny i związany sznurem na sofie. Mężczyzna mojego życia pracował dla organizacji kryminalnej o strukturach mafijnych, pomagając przewozić młode kobiety ze wschodniej Europy do Francji, gdzie zmuszano je do prostytucji. Mężczyzna mojego życia pomógł jednej z tych kobiet w ucieczce, coś jednak nie poszło zgodnie z planem. I dlatego się tutaj znaleźliśmy, tkwiąc po uszy w potwornych tarapatach.

– Okay – powiedziałam – okay. Romans. A więc miałeś romans.

Siedzieliśmy w moim pokoju. Nie chcieliśmy przebywać w kuchni, w której leżał na podłodze martwy Halabi, ani też w pokoju dziennym, wypełnionym cichym jęczeniem Caparosa. Simona zamknęliśmy w jego pokoju, gdyż stało się jasne, że będzie chciał powiadomić Inès Rosarde, jeśli tylko nadarzy się po temu okazja. Chodziło mu przede wszystkim o sprowadzenie lekarza do rannego Caparosa. Rozumiałam go, lecz w tamtej chwili oboje z Jérôme'em nie mogliśmy sobie pozwolić na żadne sentymenty.

– Nie miałem wcale romansu – odparł Jérôme. Wyglądał na tak zmęczonego i zmizerowanego, że najchętniej wzięłabym go w ramiona, przytuliła i zapewniła, że wszystko się ułoży. Musiałam się pilnować, by tego nie zrobić.

Mężczyzna mojego życia mnie zdradził. Nie zasługiwał na pocieszenie. Pewnie i tak nie przywiązywał do tego żadnej wagi.

– Do romansu wcale nie doszło – podjął. – Ale zakochałem się w niej. To prawda.

Zawsze sobie wyobrażałam, że w dniu, w którym mi o tym powie, nastąpi koniec świata, dosłownie, zapadnie się w mrok i rozwieje jak dym, przestanie istnieć. Ale nic takiego nie nastąpiło. Wiatr hulał. Krople deszczu dudniły o dach. Belkowanie starego domu cicho skrzypiało. Elektryczne ogrzewanie, zamiast ciepła, emitowało dziwne dźwięki. Wszystko toczyło się po staremu.

– Zakochałeś się? Przecież prawie jej nie znasz.

Wiedziałam jednak, że Jérôme wcale nie musiał dobrze znać kobiety, by się w niej zakochać. Wręcz odwrotnie: zakochiwał się w iluzji, którą mu dawała, dopiero kiedy bliżej ją poznał, zaczynały się kłopoty. Im bardziej stawała się człowiekiem z krwi i kości, osobą z jej słabościami, problemami i wymaganiami, tym mniej go fascynowała. To dlatego nasza miłość rozbiła się o paryską codzienność. W Metzu, kiedy jeszcze żyłam w ryzach Éliane, on zaś pod bacznym okiem swego ojca, kiedy z trudem przychodziło nam się spotkać, mogliśmy żyć romantyką, nieuchronnie związaną z sytuacją zakochanej pary, która zmaga się samotnie z całym światem. Byłam na tyle naiwna, by tego nie dostrzegać. Marzyłam o wspólnym mieszkaniu, które przytulnie dla nas urządzę. Na stole będą stały kwiaty, a w oknie będzie paliła się lampa, razem będziemy popijać kawę, a w niedziele czytać gazety. Rzuciłam wszystko, byleby tylko być razem z nim, on natomiast prawdopodobnie potrzebował mnie w Paryżu wyłącznie po to, by poprawić swoją fatalną sytuację finansową.

I choć, pozbawiona iluzji, wreszcie to zrozumiałam, mimo wszystko nadal go kochałam. Równie gorąco, boleśnie i tęsknie jak pierwszego dnia. Uczucie szaleńczej miłości po prostu nie wygasło. Wiedziałam, że muszę ją odrzucić, ale skąd: podobnie jak nie można miłości przymusić, gdy już odejdzie, nie można jej też zmusić, by odeszła, kiedy wciąż jeszcze się tli.

To istota miłości, że wymyka się naszej kontroli. Ot, robi, co chce.

– To prawda – przyznał Jérôme, słysząc moją uwagę, że tak naprawdę wcale nie znał tej Seliny z Bułgarii. – Ale tak się jednak stało. Ona jest… – Nie dokończył zdania. Wiedział, że nie wypada opowiadać mi ze szczegółami o tym, dlaczego ta młoda dziewczyna rozbudziła w nim aż takie uczucia.

Właściwie ja także nie chciałam tego wiedzieć. Nie, w zasadzie chciałam. Lecz pewnie bym tego nie zniosła.

– Być może stało się tak również dlatego, że między nami już od dłuższego czasu się nie układa. – Spojrzał na mnie wyczekująco, jakby miał nadzieję, że miło się uśmiechnę i wyrozumiale przyznam mu rację.

Oczywiście, masz rację, już od dawna nie byliśmy parą, uczucie się ulotniło, oddaliliśmy się od siebie, to naturalne, że bez pamięci zakochałeś się w jakiejś pierwszej lepszej bułgarskiej wywłoce, porzucając wszystko, co istniało między nami. A do tego naraziłeś nas na śmiertelne niebezpieczeństwo. Zastrzeliłeś policjanta, który wykonywał tylko swoje zadanie, usiłując nas chronić. Nie wspominając o Yvie, Jeanne i Kristinie, którzy stracili życie, bo ty nie potrafisz zapanować nad swoimi cholernymi hormonami…

Tego mu jednak nie powiedziałam.

– Nie uważasz – ofuknęłam go za to – że byłoby fair, gdybyś mi najpierw opowiedział co nieco o tym lukratywnym zajęciu? I pozwolił wspólnie zdecydować, czy powinieneś przyjąć tę propozycję? W końcu także na mnie ściągnąłeś niebezpieczeństwo!

Sprawiał wrażenie szczerze skruszonego.

– Tak. Oczywiście. Musiałem się zobowiązać, że przed nikim, absolutnie nikim nie zdradzę się ani słowem, ale… nie powinienem był tak postąpić. Należało się trzymać od tego z daleka. Teraz to dla mnie jasne, ale… na litość boską, Nathalie, co mam powiedzieć? Nie da się już tego wszystkiego odwrócić!

– Jak trafili akurat na ciebie?

Nie odpowiedział, lecz ja wiedziałam, czemu tak łatwo dał się zwieść. Forsa. Jérôme pragnął dobrego życia, miał słabość do pewnych symboli statusu materialnego. Chciał mieć świetne mieszkanie, fajny samochód, modne ciuchy. Na nieszczęście jego gotowość do poprawienia swojej sytuacji poprzez wzmożenie własnych wysiłków była odwrotnie proporcjonalna do rozmiarów jego pragnień. Słowem: gdy nadarzyła się okazja do zarobienia szybkich pieniędzy niewielkim nakładem pracy, oczywiście z niej skorzystał.

– Nie od razu ich przejrzałem – przyznał. – To zmuszanie do prostytucji... Myślałem, że chodzi o pracę fotomodelek.

Jak można być takim kretynem! Tajne przewozy fotomodelek przez całą Europę? Dobre sobie! O takich sprawach zbyt wiele już powiedziano i napisano.

Przetarł oczy.

– Nathalie, przykro mi, ale padam z nóg. Muszę się przespać. Dłużej tak nie dam rady.

Było to po nim widać. Drżał z wyczerpania. Dalsza rozmowa nic by teraz nie dała. Gotów jeszcze zasnąć w pół słowa.

– W takim razie zdrzemnij się – przyznałam rozsądnie. – Ja będę czuwać i mieć na wszystko oko.

Sama chyba nie zdawałam sobie sprawy, co to właściwie oznacza. Uznałam w końcu, że dopilnuję, by ani Simon, ani Caparos nie zdołali się oswobodzić i wezwać pomocy. Wtedy przyszła mi do głowy pewna myśl.

– Jasne, że musisz się przespać, ale zostało niewiele czasu. Nie wiem, w jakich odstępach obaj policjanci muszą się meldować, a może ich przełożeni telefonicznie sprawdzają, czy wszystko w porządku. Jeśli ktoś nabierze podejrzeń, nagle może się tu zaroić od policji. Do tego czasu musimy stąd zniknąć.

Spojrzał na mnie zaskoczony. W jego małych, zaczerwienionych z powodu braku snu oczach czaiło się rozgorączkowanie.

– My? Po tym wszystkim, co ci powiedziałem, nadal chcesz ze mną jechać?

Zerknęłam na niego chyba nie mniej zaskoczona.

– A niby co sobie myślałeś?

– Cóż, wydawało mi się... – Umilkł na chwilę. – Czy myślisz, że to dobry pomysł?

– Uważam, że wciąż jesteśmy parą – odparłam.

Chyba chciał coś powiedzieć, lecz przełknął swoją uwagę.

– Ta sprawa z Seliną... – powiedziałam za niego. – Oboje dobrze wiemy, że to było urojenie. Jesteś mężczyzną, który szybko daje się kobietom zauroczyć. – Słowa te mnie zabolały, lecz odpowiadały prawdzie. – Może nie dość mocno troszczyliśmy się o siebie. – To znów przeczyło prawdzie, ja się o niego troszczyłam, o nasz związek i nasze wspólne szczęście. Niestety, tylko ja. On postępował z coraz większą obojętnością. – Ale znów doprowadzimy to do porządku. Zaczniemy na nowo. Gdziekolwiek. Byle daleko stąd.

– Nathalie...

– Ta Selina już dawno wzięła nogi za pas. Albo nie żyje. Zapomnij o niej. Zrobiłeś dobry uczynek, pomogłeś jej w ucieczce. Czy jej się udało, czy nie... to już nie twoja sprawa.

– Nathalie, chyba nie rozumiesz...

– To była wyjątkowa sytuacja – przerwałam mu ostro. – Ta praca cię przerosła. Nie wmawiaj sobie, że to coś więcej, niż było w istocie.

– Było tak, jak powiedziałem. Ja się...

Jeśli jeszcze raz wyzna, że się w tej małpie zakochał, zacznę krzyczeć. Zmusiłam się do zachowania spokoju.

– Nie mamy teraz czasu, by to dokładnie omówić, później do tego wrócimy. Musisz się przespać. Musisz nabrać sił. – Podeszłam do niego i wyjęłam z kieszeni jego spodni broń Halabiego. – Może ja też powinnam mieć przy sobie pistolet.

Nie zaprotestował. Nie miał już sił.

– Prześpij się – powiedziałam łagodnie. Patrzyłam w jego śliczną twarz. Kochałam go tak bardzo, że od nadmiaru uczuć mogłabym się rozpłakać.

Opadł na moje łóżko, zdjął ubłocone tenisówki. Zaśnie, gdy tylko jego głowa dotknie poduszki.

Ruszyłam ku drzwiom. W progu raz jeszcze się odwróciłam.

– Jednego nie rozumiem, Jérôme. Dlaczego oni tak uparcie cię ścigają? Z taką zawziętością? Mordują wszystkich po kolei. Dlaczego? To znaczy, jasne, że byłeś częścią tego perfidnego interesu i postanowiłeś się wycofać, ale jeśli dobrze zrozumiałam, oni są tak świetnie zabezpieczeni i zorganizowani, że cokolwiek byś zrobił, i tak nie mógłbyś im niczego udowodnić. Naraziłbyś się tylko na kłopoty. Dlaczego więc…?

Już prawie spał.

– Nie wiem – mruknął tylko. – Nie mam pojęcia. Nie wiem.

Więcej nie zdołał z siebie wykrzesać.

Hyères, Francja, poniedziałek, 21 grudnia

Podkomisarz Caparos wyglądał fatalnie: po prawej stronie głowy kleiła się do włosów czarna, zaschnięta krew, twarz miał bladą jak płótno, na czole perlił mu się pot. Został powalony na ziemię, był ranny, na pewien czas stracił przytomność, dopiero teraz wracało mu krążenie. Mimo to dłoń, w której dzierżył broń, nie drżała. Może i ledwo trzymał się na nogach, lecz jego spojrzenie oraz zawzięcie zaciśnięte usta nie skłaniały, by go nie doceniać. Nim się przewróci, gotów jeszcze unieszkodliwić swego przeciwnika. A pojęcie *przeciwnik* dotyczyło każdego przebywającego w tym domu.

– Niech pan pchnie do mnie po ziemi swoją broń, Deville – nakazał.

Jérôme niezwłocznie wykonał polecenie. Pistolet ślizgał się po podłodze, aż w końcu zatrzymał się tuż przed stopami Caparosa. Policjant ją podniósł.

– A teraz pański telefon.

Jérôme sięgnął do kieszeni dżinsów, wyjął aparat i cisnął go po podłodze w kierunku Caparosa. Ten znów się po niego schylił, nie spuszczając jednak Jérôme'a i Simona z oczu, wymierzona w nich broń nie drgnęła ani o milimetr.

– Powiadomiłem moich kolegów – oznajmił. – Zaraz będzie tu mnóstwo policji, Deville. Zostaniesz aresztowany. Za zabójstwo podkomisarza Halabiego. I jako podejrzany o zabójstwo Jeanne Berney.

Jérôme marniał w oczach.

– Nie zabiłem Jeanne – szepnął.

– Ustalenie tego to już na szczęście nie moje zadanie – wyjaśnił Caparos. Wolną ręką dotknął rany na głowie. – Co do mojej osoby, może się pan przygotować na kilka zarzutów: uszkodzenie ciała, jeśli nie usiłowanie zabójstwa. Trafi pan na długie lata do więzienia, Deville.

– Podkomisarzu... – odezwał się Simon, lecz Caparos przerwał mu szorstko:

– Proszę uważać, monsieur. Pańska rola jest dla mnie coraz bardziej niejasna. Po czyjej stronie pan stoi? Po naszej? Czy po stronie tego nieobliczalnego szaleńca?

Jérôme nie był szaleńcem. Simon rozumiał jednak, że Caparos może go tak postrzegać. Zastrzelono jego kolegę. On sam został ciężko ranny, widać po nim było, w jak kiepskim jest stanie. Sytuacja w domu całkowicie wymknęła się spod kontroli, głównie dlatego, że osoby, które należało chronić, zaczęły grać nieczysto. Nathalie działała wyłącznie we własnym interesie i wywołała tym chaos.

– Gdzie jest Nathalie? – zapytał.

– Ona ma broń – oznajmił Jérôme.

Caparos potrząsnął głową.

– Błąd. To *ja* mam broń.

W jaki sposób broń trafiła w ręce Caparosa? Simon dziwił się, jak wolno kojarzy fakty.

– Gdzie jest Nathalie? – ponowił natarczywie pytanie.

Jérôme szukał jej wszędzie. Wydawało się, że zniknęła. Za to Caparos w tajemniczy sposób oswobodził się z więzów, a do tego zdobył broń.

– Gdzie ona jest? – zapytał po raz trzeci.

– Tutaj – rozległ się głos za plecami podkomisarza Caparosa. Nathalie weszła do pokoju. Wyglądała nienaturalnie, niemal... upiornie.

Simon przypomniał sobie słowa Jérôme'a: *Ona jest chora. Psychicznie niezrównoważona.*

Jérôme spojrzał na nią skonsternowany.

– Gdzie się podziewałaś? Wszędzie cię szukałem.

– Leżałam na sofie w pokoju dziennym – wyjaśniła Nathalie.

– W pokoju dziennym na sofie? – powtórzył Jérôme zmieszany. – Tam przecież leżał podkomisarz Caparos!

– Nieprawda. – Usiłowała się uśmiechnąć, lecz na jej twarzy pojawił się tylko smutny grymas. – On był w swoim samochodzie. Wezwał posiłki.

– To ty...

– Tak, to ja go uwolniłam. On zaś uznał, że powinnam się położyć, żeby nie od razu dało się zauważyć, że zniknął. Gdybyś przypadkiem tam zajrzał.

– Nathalie Boudin jako jedyna z was trojga postąpiła odpowiedzialnie i rozsądnie – oświadczył Caparos. – Cała reszta to czyste szaleństwo. Nie miał pan żadnych szans, Deville, nawet gdyby pan stąd zniknął. Jak pan myśli, dokąd, jak daleko zdołałby pan uciec?

„Jakże ona jest zdeterminowana” – pomyślał Simon. „I jaka zdesperowana. Uwalnia Caparosa. Oddaje mu broń. Przystaje na jego plan zmylenia Jérôme'a, by mógł powiadomić komisarz Rosarde”.

Oddaje w ręce policji mężczyznę, którego kocha.

– Prowadzisz mnie prosto do więzienia – powiedział wytrącony z równowagi Jérôme.

Skinęła głową. W najmniejszym stopniu nie sprawiała wrażenia, że przepełnia ją poczucie triumfu. Jedynie rozdzierający serce rozpaczliwy smutek.

– A co sobie myślałeś, Jérôme? Że pozwolę ci stąd uciec beze mnie? Że będę patrzeć, jak mnie porzucasz? Że od dziś będę się dzień i noc zmagać z tymi obrazami? Ty i ta dziewczyna w szczęśliwym związku? Że będę sobie wyobrażać, jak ją kochasz? Jak razem mieszkacie? Jak planujesz z nią wspólną przyszłość?

– Ale w ten sposób także mnie tracisz. Nic przecież nie zyskujesz.

– Odrobinę spokoju – wyjaśniła Nathalie. Wyglądała tak, jakby miała się rozpłakać. – Nie wiem, jak mam bez ciebie żyć,

Jérôme. Ale wolę cię widzieć w więzieniu niż w ramionach innej kobiety.

Na chwilę zapadło milczenie, słychać było wyłącznie wycie nawałnicy. Jérôme, który przez ostatnie tygodnie czuł się zagrożony i osaczony z każdej możliwej strony, nie mógł chyba pojąć, że ostatecznie do zguby doprowadzi go Nathalie – jedyna osoba, w której bezwarunkową lojalność mógł ślepo wierzyć. Sprawiał wrażenie, jakby uderzono go obuchem w głowę.

Caparos natomiast z coraz większym wysiłkiem starał się działać zdecydowanie i niewzruszenie. Jak policjant, który czuje się panem sytuacji. Był ciężko ranny, zdawał się zmagać z nudnościami i zawrotami głowy. „Pewnie doznał wstrząśnienia mózgu" – pomyślał Simon. „Usiłuje postępować w sposób opanowany i świadomy, przypuszczalnie jednak uporczywie modli się w duchu o szybkie nadejście posiłków. Długo tak nie zdoła wytrzymać".

– Nathalie, proszę – powiedział w końcu Jérôme.

Wzruszyła tylko ramionami.

– Już za późno.

– Niech go pani nie słucha – ostrzegł Caparos. – On jest pani nieszczęściem.

– Jest mężczyzną, którego kocham – odparła Nathalie.

Jérôme natychmiast się wtrącił:

– Nathalie, porozmawiajmy jeszcze raz o wszystkim. Nigdy cię nie okłamałem. Między mną a tą kobietą do niczego nie doszło. To był... chwilowy kaprys...

– Chwilowy kaprys? Swoją decyzją doprowadziłeś do tragedii, która od dwóch tygodni dotyka nas wszystkich!

– Nie wiedziałem... ja nie...

– Dość tego – nakazał Caparos.

Byłoby fatalnie, gdyby Jérôme zdołał teraz przeciągnąć nieco chwiejną Nathalie na swoją stronę. Policjant zdawał sobie sprawę, że stąpa po kruchym lodzie. Miał co prawda broń, pytanie tylko, jak długo jeszcze będzie w stanie z niej w kogokolwiek wycelować. Nathalie wciąż trwała u jego boku, lecz jeśli ona nagle zmieni front, zostanie całkiem sam. Nie był pewny zamiarów Simona, musiał liczyć się z tym, że przyjdzie mu się zmagać z trojgiem przeciwników. A w każdej chwili mógł dostać zapaści.

– Deville, pójdzie pan do sąsiedniego pokoju.

Jérôme ani drgnął. Zniecierpliwiony Caparos poruszył bronią.

– No już! Nie zawaham się strzelić, tego może być pan pewny.

Jérôme ruszył ku drzwiom. Kiedy mijał Nathalie, zwrócił się do niej:

– Nathalie, jesteś jedyną osobą, która...

Caparos przystawił mu pistolet do pleców.

– Zamknij się, Deville, nie będę powtarzał. Jazda. Do drugiego pokoju!

Simon miał wrażenie, że razem z Jérôme'em zdołaliby teraz obezwładnić podkomisarza, lecz próba taka byłaby zbyt ryzykowna, zważywszy na posiadaną przez Caparosa broń. Poza tym to dobrze, że policja przejęła w końcu kontrolę nad sytuacją. Jérôme musi odpowiedzieć za swoje czyny. Gdyby Simon pomógł mu w ucieczce, oznaczałoby to współudział w przestępstwie.

Caparos wciąż nie był pewien, po czyjej stronie stoi Simon, dlatego nie zamierzał ryzykować. Kiedy tylko Jérôme wyszedł z pokoju, policjant zamknął drzwi od zewnątrz. Simon dosłyszał też odgłos zamykanych drzwi do sąsiedniego pokoju. Tym sposobem Caparos miał obu mężczyzn pod kluczem.

Pozostało mu tylko czekać na przybycie kolegów.

Dulowo, Bułgaria, poniedziałek, 21 grudnia

W domu panował tak przeraźliwy ziąb, że Zala Dobrewa przebudziła się tego ranka skostniała. Za oknem wciąż było ciemno, niemowlę jak dotąd się nie rozpłakało, mogłaby więc pospać dłużej. Śniła jednak, że przykucnęła w zimnej, mrocznej studni, na samym dnie, a chłód boleśnie wżera się w jej kości. W którymś momencie przemarzła zbyt mocno, by nadal móc ten nieprzyjemny fakt rugować ze świadomości w krainę snów.

Niechętnie otworzyła oczy.

Jurew udał się już do pracy, miejsce w łóżku obok niej było puste. Pracował przy wywozie śmieci i dlatego wstawał wcześnie. Zwłaszcza zimą Zala ogromnie mu współczuła. Przed świtem, przy takim mrozie, musiał wychodzić na dwór... Jak potworny panował tam ziąb, skoro wewnątrz domu było tak chłodno?

Podniosła się, zapaliła światło i dotknęła grzejnika pod oknem. Nic. Od jesieni mieli ogrzewanie elektryczne, wydawało im się, że sięgnęli tym szczytu luksusu. Okazało się jednak, że urządzenie wciąż się psuło, nikt nie wiedział, z jakiego powodu. Nie wspominając o tym, że ciągłe sprowadzanie fachowców, by choć na chwilę przywrócili jego sprawność, było drogie i mało opłacalne.

Zala westchnęła. Gorsze rzeczy się zdarzają. Przynajmniej wszyscy byli zdrowi. Będzie musiała rozpalić ogień w piecu kaflowym w kuchni, do wieczora wnętrze domu wypełni przyjemne ciepło.

Zerknęła do dziecięcego łóżeczka stojącego tuż obok drzwi. Mały wciąż spał, oddychał spokojnie i równomiernie. Wsunęła na chwilę dłoń pod stertę koców i z ulgą stwierdziła, że ma ciepło. Postanowiła dać mu dłużej pospać. Póki leży spokojnie, będzie mogła zająć się domem.

Kiedy weszła do kuchni, oba koty, leżące dotąd na ławie przed zimnym piecem kaflowym, zeskoczyły na podłogę i żałośnie miaucząc, zaczęły się ocierać o jej nogi. Schyliła się, by je pogłaskać.

– Tak, jest zimno. Biedaki. Zaraz rozpalę ogień. – Podniosła się, wyjęła z szafy dwie miski, napełniła je mlekiem, dolała nieco ciepłej wody, po czym postawiła naczynia na podłodze.

Koty natychmiast do niej doskoczyły. Zala zajrzała do kosza stojącego obok pieca i po raz drugi tego ranka westchnęła, tym razem donośniej i smętniej. Ani jednego polana. A to oznaczało, że będzie musiała wyjść z domu, przejść przez podwórko i przynieść z szopy drewno. Wciąż miała na sobie koszulę nocną, lecz jeśli teraz wróci do sypialni i zapali światło, by się ubrać, obudzi małego i narobi tym sobie kłopotów. Postanowiła więc włożyć buty na gołe stopy, a płaszcz i szal narzucić na koszulę. To musi wystarczyć.

Kiedy uchyliła drzwi, gęsta śnieżna zamieć smagnęła ją po twarzy. Sypało nieprzerwanie od poprzedniego dnia, zadymka przycichła tylko na krótką chwilę. Jak długo to jeszcze potrwa? Zupełnie ich zasypie. Zala zastanawiała się, czy dziś w ogóle będzie mogła pójść na zakupy. Mieszkali poza granicami miejscowości, na odludziu, tuż przy lokalnej drodze prowadzącej dalej do centrum Dulowa. Dom, nieco solidniejszy niż chata, kupili tanio od gminy, przez wszystkie te lata zdołali wyremontować pomieszczenia, ułożyć nowe podłogi, wstawić nowe okna, pokryć na nowo dach. Na szczęście Jurew był zręcznym rzemieślnikiem. Zdaniem Zali wyszło wspaniale. Przywiązała się do tego domu, nigdzie indziej nie chciałaby mieszkać. W dni takie jak dzisiejszy czuła się jednak nieco osamotniona. Świat tonął w śniegu, od domu najbliższego sąsiada dzieliło ją dobre dwadzieścia minut piechotą. Przy takiej aurze, do tego z niemowlęciem w nosidełku, wyprawa do miasta nie była prostą sprawą. Musi niezwłocznie sprawdzić stan zapasów. Może obejdzie się bez zakupów.

Oba koty czmychnęły obok niej w śnieżne zaspy. Jeden od razu zniknął w ciemnościach, drugi natomiast stanął jak wryty, niezdecydowany. Zjeżył sierść, wydał z siebie ciche prychnięcie.

– Co tam masz? – zapytała Zala.

Kot patrzył w kierunku szopy. Coś przykuło jego uwagę, coś niepokojącego.

Zala poczuła, jak mimowolnie udziela jej się napięcie. Co to może być? Uświadomiła sobie nagle, że jest tu zupełnie sama, nie licząc dwóch kotów oraz sześciomiesięcznego niemowlęcia. Serce waliło jej jak młot.

– Halo?! – zawołała. Śnieg pochłaniał wszelkie odgłosy, świat wypełniała osobliwa cisza. Głos Zali zabrzmiał głucho. – Czy ktoś tam jest?

Nic się nie poruszyło. Mimo to Zalę przeniknęło dziwne uczucie. Koty mieszkały z nimi od dawna, nauczyła się już nie lekceważyć ich zachowania.

– Halo?! – zawołała ponownie.

Od ściany szopy oddzielił się jakiś cień. Zala mimowolnie cofnęła się o krok. Stał tam jakiś człowiek. Dlaczego ktoś stoi przy jej szopie o tak wczesnej porze, w gęstej śnieżycy, w ten lodowaty ziąb? Nie mogło to oznaczać nic dobrego. Zala zrobiła jeszcze jeden krok wstecz.

– O Boże – mruknęła. – Jurew!

Jurewa jednak przy niej nie było. Nie wróci do domu przed obiadem.

Postać ruszyła naprzód. Wydawało się, że chwieje się na nogach. Zala odwróciła się, chciała czym prędzej wejść z powrotem do domu, zatrzasnąć za sobą drzwi, zaryglować je.

– Proszę! – rozległ się cichy głos. Urywany. Należał do kobiety. – Proszę. Nie odchodź!

A więc to kobieta. Zala przystanęła. Zobaczyła, że postać rzeczywiście chwieje się na nogach i potyka.

– Proszę! – powiedziała delikatnym głosem. Jakby była śmiertelnie wyczerpana. – Proszę mi pomóc!

Zala nie mogła postąpić inaczej. Ruszyła ku obcej, brnąc przez sięgający jej wyżej kolan śnieg. Przytrzymała ją ramionami, gdy ta nagle się osunęła.

– Pozostali... – jej głos był ledwie słyszalny – są w stodole. Potrzebujemy pomocy.

– Co się stało? Skąd idziecie, i to w taką pogodę? – Zważywszy na sytuację w Europie, Zala pomyślała najpierw o uchodźcach z Syrii lub Afganistanu, jednakże ta kobieta bez wątpienia była Bułgarką.

– Policja – szepnęła kobieta. – Czy może pani wezwać policję? Proszę!

Słowa te raczej nie świadczyły o tym, że jest włamywaczką.

– Proszę najpierw wejść do środka. Prawie pani zamarzła.

– Pozostali też...

Zala dostrzegła, że ze stodoły wychodzą kolejne osoby. Przez krótką chwilę miała wrażenie, że panika znów zawładnie nią bez reszty, lecz dzielnie stłumiła w sobie strach. To nie byli kryminaliści. Coś tu się nie zgadzało, lecz nie wyglądało na to, by dybali na jej życie. Zresztą nie mieli już sił.

– Co się stało? – zapytała.

Ujrzała zbliżające się dwie kobiety i mężczyznę. Wszyscy byli u kresu wytrzymałości, do tego niemal sparaliżowani przez ziąb. Musieli długo podróżować. Skąd przybywają? Czyżby z bezkresnej Dobrudży? Nocą? W taką zamieć?

Wprowadziła ich do domu. W kuchni wszyscy osunęli się na podłogę, nie byli w stanie zrobić ani kroku więcej. Śnieg zaczął tajać i kapać z ich ubrań. Apatycznie patrzyli na tworzące się wokół nich kałuże.

Kobieta, która pierwsza podeszła do Zali, wciąż trzymała się prosto. Ona także przysiadła na podłodze, oparła się plecami o zimny piec.

„Muszę czym prędzej rozpalić ogień” – pomyślała Zala.

– Niech pani porządnie zamknie drzwi – poprosiła kobieta. – Szybko! – Zziębnięta ledwie mogła poruszać ustami. – A potem… proszę zadzwonić na policję. Niech… się pospieszą.

– Ale dlaczego? – zapytała Zala.

Kobieta sięgnęła do leżącego obok plecaka. Wyjęła z niego laptop i podała go Zali.

– Kiedy przyjdą… to ważne. Musi pani ukryć ten laptop. Musi go dostać policja!

– Co w nim jest?

– Nazwiska – wyjaśniła kobieta. Osunęła się, oparła głowę o piec. – To tych nazwisk szukają. Nie mogą ich dostać w swoje ręce.

– Nazwiska?

– Przestępców. Proszę zaryglować drzwi. Szybko!

Zala jej posłuchała. A potem drżącymi palcami wybrała numer policji.

Nie mogłam pojąć, jak zdołałam zasnąć. Moje życie właśnie się rozpadło, a to nie jest chwila, którą należałoby przespać. Prawdopodobnie byłam bardziej wyczerpana, niż chciałam przyznać. Może sen był też próbą chwilowej ucieczki od rzeczywistości. Lecz dość tych rozmyślań, dojdzie do tego, że jeszcze zwariuję.

Jérôme mnie zdradził i opuścił.

To ja go zdradziłam i opuściłam, tak przynajmniej musiało to wyglądać z perspektywy Jérôme'a. Moje życie legło w gruzach. Nie miałam przed sobą przyszłości, a jedynie pogruchotaną przeszłość. Jeśli minione tygodnie były dla mnie koszmarem, to ostatnie wydarzenia osiągnęły właśnie swój przerażający punkt kulminacyjny. Miałam wrażenie, że gram w jakimś horrorze, żywiąc się nadzieją, że ten film zaraz się skończy. Tyle że już wiedziałam, że nigdy to nie nastąpi. Nigdy, aż po kres mojego życia.

Simon i Jérôme siedzieli w zamknięciu, osobno, bez szans na ucieczkę. Jérôme zostanie aresztowany, Simona z pewnością będą potrzebować jako świadka. Jérôme brał udział w procederze handlu ludźmi i zastrzelił policjanta. Mało prawdopodobne, by w najbliższej przyszłości jego związek z bułgarską pięknością zakończył się happy endem. Myśl ta nie nastrajała mnie jednak radośnie. Ponieważ dla nas także nie było już cienia nadziei. On nigdy mi nie wybaczy tego, co zrobiłam.

Podkomisarz Caparos nie pozwolił mi zostać na piętrze z jednym z mężczyzn, najwyraźniej zależało mu na tym, by każde z nas trojga mieć osobno na oku. Nie ufał nam, również mnie, to oczywiste, choć przecież to ja go uwolniłam. Prawdopodobnie nie był pewien, czy nie zmienię zdania i znów nie przejdę na stronę Jérôme'a. Musiał zadbać o to, by nic więcej się nie wydarzyło do czasu przybycia posiłków. Zaproponował mi, bym trochę wypoczęła w pokoju dziennym, położyłam się więc na tej samej sofie, na której za jego namową leżałam godzinę wcześniej dla zmylenia Jérôme'a. Wciąż medytując o tym, jak zdołam żyć z piętnem zdrady, zasnęłam. Zmęczona fizycznie, wyczerpana nerwowo.

Kiedy się obudziłam, zdałam sobie sprawę, że ustawiczny szum towarzyszący nam od wielu dni ucichł. Przestało padać. Okna rozjaśniał nieśmiały ciemnoszary blask poranka. Świtało.

Podniosłam się, wyjrzałam przez okno. Szalejący przez całą noc wiatr, wciąż wyginający korony drzew, rozproszył zakrywające niebo chmury. Było teraz zimne, pogodne i nieziemsko przejrzyste. Barwy antracytu, z purpurowym pasmem po wschodniej stronie. Wyglądało wspaniale. Wiatr osuszy wilgotne łąki. Nastanie słoneczny i rześki dzień. Dwudziesty pierwszy grudnia. Najkrótszy dzień roku. Za trzy dni Wigilia. A ja zaprzepaściłam całe moje życie.

Wstałam, zerknęłam na zegarek. Dochodziła siódma.

Gdzie jest policja? A może już po wszystkim? Jérôme aresztowany i wyprowadzony? Bez pożegnania?

Nasłuchiwałam. Dom zdawał się wymarły, choć huczący za oknem wiatr i tak zagłuszyłby wszelkie odgłosy. To niedorzeczne, bym mogła przespać pojawienie się policyjnych posiłków. Może odbyło się to jednak w mało spektakularny sposób. W końcu Jérôme siedział w zamknięciu, bez broni. Może Inès Rosarde zjawiła się z dwoma tylko współpracownikami, którzy go wyprowadzili. Po cichu, bez nerwów. W filmach mamią nas scenami wielkich akcji z udziałem funkcjonariuszy oddziałów specjalnych, ubranych w hełmy ochronne i kamizelki kuloodporne, z bronią automatyczną gotową do strzału. Skradają się w ciemności, szturmują budynki, ciskają oślepiające granaty. Dochodzi do prób ucieczki i strzelaniny. Dramatyczne sceny i mnóstwo rannych.

Może w rzeczywistości odbywa się to zupełnie inaczej.

Przeczesałam palcami włosy i doprowadziłam je do porządku, po czym schyliłam się nad sofą, by złożyć i wyrównać leżące na niej wełniane narzuty. Dziwne, że w tej chwili uznałam za ważne, by nie zostawić po sobie bałaganu. Prawdopodobnie chciałam przez to odzyskać nieco spokoju.

Kiedy zamierzałam poprawić narzutę, w rogu sofy zauważyłam coś błyszczącego, srebrnego, metalicznego. W pierwszej chwili przyszło mi na myśl, że to moneta. Pochyliłam się niżej, pogrzebałam palcami. W dłoni trzymałam coś, czego nie potrafiłam zidentyfikować. Płaski, matowosrebrny kawałek metalu. Było tam tego więcej. Grzebałam dalej. Wydobyłam pojedyncze części telefonu komórkowego. A więc to komórka. Roztrzaskana na wiele drobnych fragmentów.

Gapiłam się na nie i usiłowałam zrozumieć, co to oznacza. Czyj to telefon? Dlaczego został zniszczony? I czemu ktoś upchnął jego fragmenty głęboko w rogu sofy? Czy był własnością kogoś spośród nas? Przypomniałam sobie, że Simon miał bardzo podobny model. A może ten należał do ludzi nocujących niegdyś w tym domu?

Zadziwiające. Niekoniecznie miało to jednak związek z nami. Odłożyłam wszystkie części na stół, po czym wyszłam z pokoju.

Podkomisarz Caparos siedział w kuchni przy oknie, przysunął sobie krzesło i zajął miejsce, z którego przez ostatnie dni Halabi obserwował otoczenie. Wyglądał na zmęczonego, w dłoni trzymał kubek. Wokół roznosił się zapach świeżej kawy. Halabi wciąż leżał na podłodze, Caparos nakrył jego ciało prześcieradłem. Słodkawa woń krwi mieszała się w kuchni z zapachem kawy. Halabi nie żył prawie od dwudziestu czterech godzin, jeszcze trochę, a w tym pomieszczeniu – i pewnie w całym domu – nie będzie można dłużej wytrzymać. Domyśliłam się, że nikt się nie zjawił. Nie zabrano by Jérôme'a, pozostawiając nietknięte zwłoki Halabiego.

Caparos odwrócił głowę.

– Długo pani spała – powiedział.

Skinęłam głową, wciąż zawstydzona obojętnością i niewrażliwością, o jakich świadczyło moje zachowanie.

– Poczułam się nagle śmiertelnie wyczerpana.

– Nic dziwnego – przyznał. Rana na jego głowie wciąż wyglądała okropnie, krwawy strup całkiem skleił mu włosy. – Za dużo tego wszystkiego.

Rozejrzałam się dokoła.

– A gdzie... gdzie jest policja? Przecież pan zadzwonił?

Caparos znużonym gestem przetarł twarz dłonią.

– Burza zeszłej nocy. Zalane ulice, przewrócone drzewa. Autostrada między Tulonem a Hyères całkowicie zablokowana. Wszędzie pełno strażaków. Minie jeszcze trochę czasu, zanim pozostali tu dotrą.

Wyglądał mizernie. Pomyślałam, w jak dramatycznym znalazł się położeniu. Siedział unieruchomiony w tym domu na odludziu, zmuszony patrzeć na martwego kolegę, ujął co prawda Jérôme'a, nikt jednak się nie zjawił, by go zastąpić, prawdopodobnie nie ufał ani mnie, ani Simonowi, a do tego czuł się źle. Bardzo, ale to bardzo źle, było to po nim widać.

– Co z Jérôme'em? – zapytałam.

Wzruszył tylko ramionami.

– Nie zaglądałem na górę.

– On i Simon potrzebują czegoś do jedzenia. A przynajmniej do picia.

Obrzucił mnie nieufnym spojrzeniem.

– Wytrzymają.

– Mogę im zanieść trochę wody?

– Do Deville'a pani nie pójdzie. Pozostanie w zamknięciu!

– A co z Simonem? – Szczerze powiedziawszy, było mi obojętne, czy Simon dostanie coś do picia. Pomógł mi, to prawda, lecz jednak nigdy się tak naprawdę nie zżyliśmy. To jego ciągłe wahanie, zwlekanie, te wątpliwości... Ta jego uległość wobec zwierzchności... Cała sprawa wymknęła się spod kontroli, odkąd po włamaniu do domu swego ojca powiadomił policję. Wbrew moim błagalnym prośbom, by tego nie robił. Zamiast mi pomóc odnaleźć Jérôme'a, złożył nasz los w ręce pani komisarz. To dlatego tu trafiliśmy. To dlatego podkomisarz Halabi nie żyje. I dlatego Jérôme ma na sumieniu zabójstwo.

A jednak Simon nie miał nic wspólnego z faktem, że Jérôme mnie zdradził i oszukał. Najchętniej obarczyłabym go choć częścią odpowiedzialności za to, by umniejszyć nieco winę Jérôme'a, ale nic nie mogło go usprawiedliwić: Jérôme porzucił mnie wewnętrznie. Prawdopodobnie już wiele miesięcy temu. Zanim jeszcze poznał to dziewczę z Sofii i poczuł się zobowiązany, by odegrać rolę bohaterskiego wybawcy.

Tak naprawdę chciałam podać Simonowi wodę tylko dlatego, żeby z nim porozmawiać. By mu wyjaśnić, dlaczego to uczyniłam, dlaczego wydałam Jérôme'a w ręce policji. Pragnęłam jego zrozumienia. Chciałam, by przyznał, że postąpiłam słusznie, ostatecznie również dla dobra Jérôme'a. Simon zawsze był taki wyrozumiały. Jego słowa ukoją mój ból. Choć trochę.

Ze zrozumiałych poniekąd względów podkomisarz Caparos nikomu nie ufał.

– Okay – oznajmił w końcu – może pani wejść do pokoju Niemca. Ale zamknę za panią drzwi na klucz. Zawoła pani, kiedy będzie chciała stamtąd wyjść.

Jakby akurat ze strony Simona można się było spodziewać ataku na organy władzy państwowej.

– W porządku – zgodziłam się.

Zabrałam z lodówki butelkę wody i ruszyłam po schodach, Caparos podążył za mną. Ucieszyłam się, że mogę wreszcie wyjść z kuchni, w której leżał martwy Halabi. Stanąwszy przed drzwiami pokoju Simona, Caparos wyjął najpierw broń, dopiero potem przekręcił klucz. Rzut oka do wnętrza pokoju upewnił nas, że Simon leży na łóżku. Podniósł się. Caparos schował broń.

– Proszę mnie zawołać – powiedział i pchnął mnie do środka, po czym zamknął drzwi. Usłyszałam odgłos przekręcanego w zamku klucza.

Simon wstał i podszedł do mnie.

– Nathalie! Co się dzieje? Gdzie policja? Już dawno powinni tu być!

– Zalane ulice – odparłam. – Przewrócone drzewa. Zablokowana autostrada. Trochę to potrwa, zanim się tu zjawią.

Simon patrzył z niedowierzaniem. Podszedł do okna. Na dworze pojaśniało, niebo zmieniało barwę z antracytowej na krystalicznie błękitną. Kilka różowych postrzępionych obłoków gnało po nieboskłonie niczym małe potargane żaglówki po wzburzonym morzu. Drzewa uginały się niemal do samej ziemi. Łąki połyskiwały wilgocią, na bezlistnych winoroślach perliły się krople deszczu.

– Mistral – oznajmił Simon.

Ten chłodny wiatr z północy hulał po dolinie Rodanu, rozlewał się po polach Prowansji i sprawiał, że niektórzy ludzie zupełnie bzikowali. To dzięki niemu przez długi czas utrzymywała się ładna i stabilna pogoda. Szklił powietrze, przez co wszystko widać było ostrzej i jakby w zbliżeniu. Wiele o mistralu słyszałam, nigdy jednak nie doświadczyłam jego wpływu.

– Nawałnica rzeczywiście była tym razem ekstremalna – przyznał Simon. No tak, od dziecka tu przyjeżdżał, dobrze go znał. – Zalane ulice? Powalone drzewa?

Wzruszyłam ramionami.

– Tak twierdzi Caparos. Myślę, że rozpaczliwie czeka na przyjazd kolegów. – Podałam mu butelkę z wodą. – Masz. Pewnie jesteś spragniony.

Natychmiast przystawił butelkę do ust, pił łapczywie. Przez ostatnie dni wychudł, widać to było po jego twarzy. Już wcześniej nie była krągła, ale teraz wydawała się wymizerowana, niemal zapadnięta. Przez chwilę nurtowały mnie wyrzuty sumienia: ja wciągnęłam tego człowieka w tę dramatyczną historię. Zaraz jednak otrząsnęłam się z poczucia winy. Takie myśli do niczego nie prowadzą, w tej chwili nie mogłam sobie na nie pozwolić.

– Co z Jérôme'em? – zapytał, gdy już się napił.

Niestety, nie wiedziałam, lecz przypuszczałam, że pewnie kiepsko. Na domiar złego to wyczekiwanie stawało się coraz bardziej nieznośne – dla Caparosa, dla nas, lecz przede wszystkim dla niego.

– Nie wolno mi do niego zajrzeć. Caparos nie chce ani trochę ryzykować.

– Zastrzelił Halabiego. Caparos nie może ryzykować.

– Strzelił, bo Halabi sięgał po broń.

– Nieważne. Halabi nie żyje. Caparos nie chce, by spotkał go podobny los.

– Przecież sam widziałeś, że działał w obronie własnej – usprawiedliwiałam Jérôme'a. – Halabi chciał do niego strzelić!

– Tak, ale Jérôme nie powinien był wcześniej unieszkodliwiać Caparosa i zabierać mu broni, by następnie wejść do domu z odbezpieczonym pistoletem – wyjaśnił Simon. – Obawiam się, że nawet bardzo zdolny adwokat nie zdoła przeforsować tezy o obronie koniecznej.

Strapienie wpędziło mnie w głęboką melancholię. Nawet moje ciało, ręce i nogi, wszystkie moje członki zaczęły mi nagle ciążyć. Czyżbym jednak popełniła błąd? Czy Jérôme zostanie oskarżony o morderstwo?

Simon chyba się domyślał, jakie targają mną rozterki. Położył mi dłoń na ramieniu.

– Słusznie postąpiłaś, Nathalie, uwalniając Caparosa i oddając tym samym policji kontrolę nad sytuacją. Na dłuższą metę Jérôme nie miał żadnych szans. Ścigany w Paryżu przez handlarzy ludźmi, a teraz także przez francuską policję. Tak czy siak, zostałby w końcu ujęty. Pewnie nie obyłoby się przy tym bez kolejnych ofiar. Tak jest lepiej.

Jego słowa mnie uspokoiły, a mimo to do oczu napłynęły mi łzy. Nie potrafiłam ich powstrzymać, wezbrały we mnie, popłynęły, niemal mnie zalały. Nim się obejrzałam, tuliłam głowę do piersi Simona, on objął mnie ramionami, a ja wypłakiwałam się w jego sweter. Płakałam bez końca. Z powodu utraconej miłości. Zdrady Jérôme'a. Mojej własnej zdrady. I tego, że coś, co tak pięknie się zaczęło, tak okropnie musiało się zakończyć.

– Wszystko będzie dobrze – słyszałam wciąż słowa Simona. – Słusznie postąpiłaś, Nathalie. Zrobiłaś to, co należało, kiedyś nawet Jérôme zrozumie, że uczyniłaś to dla jego własnego dobra. Jesteś taka młoda, twoje życie znów się ułoży. Znajdziesz kogoś, z kim będziesz mogła planować wspólną przyszłość.

Wciąż przytulona do jego piersi, gwałtownie potrząsnęłam

głową. Nigdy więcej nikogo już nie pokocham. Nie w taki sposób. Nie tak, jak Jérôme'a.

– Pokochasz – szepnął Simon, gładząc moje włosy. – Zobaczysz.

Po chwili usłyszałam jego cichy śmiech.

– Bystra z ciebie kobieta, serio. Sama złożyłaś w całość kompletnie zniszczony telefon… Ja bym tego nie potrafił. Nikt by tego nie potrafił. Ale ciebie nic nie zdoła zniechęcić, jeśli coś sobie postanowisz. Zaciśniesz zęby i przezwyciężysz wszelkie trudności. I dlatego nie martwię się o twoją przyszłość. Osiągniesz to, co sobie zaplanujesz.

Choć cała rozpływałam się we łzach, a błogie słowa Simona koiły moje myśli, zaczęła do mnie docierać ich treść. Tak naprawdę wcale nie chciałam się w nie wsłuchiwać, chciałam tylko szlochać i zatracić się w jego ciepłych objęciach, a jednak nie zdołałam zupełnie wyłączyć świadomości. Pewnie dlatego, że sytuacja nie pozwalała zamknąć oczu i oderwać się od rzeczywistości.

Uniosłam głowę.

– Co masz na myśli? – zapytałam zmieszana.

Spojrzał na mnie zaskoczony.

– Telefon. Moja komórka. Była całkiem zepsuta. Roztrzaskałem ją o ścianę. A ty złożyłaś ją w całość.

Uwolniłam się z jego ramion. Rękawem swetra otarłam łzy.

– O czym ty mówisz?

Hyères, Francja, poniedziałek, 21 grudnia

Miał wrażenie, jakby owładnęło nimi nagle coś nieprzenikniononego, mylącego, nie potrafił jednak dociec, co tak bardzo go zirytowało. Coś tu się nie zgadzało, i w tej niezgodności kryło się jakieś zagrożenie.

– Zabrałaś przecież z tego pokoju mój telefon.

– Tak.

– Był popsuty. Tak bardzo, że nabrałem przekonania, iż nikt już nie będzie w stanie go uruchomić. To dlatego zostawiłem go na podłodze. Uznałem, że jest bezużyteczny.

Najwyraźniej nie rozumiała, o czym mówi.

– Leżał tu, na stole. Twój telefon. Ale wcale nie był zepsuty. Działał. Pomyślałam, no cóż, byłeś taki roztargniony... Mogłeś zapomnieć o ostrożności.

Zamyślił się. Nie mogło być mowy o nieporozumieniu, jego telefon z pewnością był popsuty. Ona *nie mogła* uznać, że jest *sprawny*, bo bez wątpienia nie był. Musiała go przecież złożyć w całość. Nie mogłaby o tym zapomnieć.

– To dziwne – odparła.

– Tak, rzeczywiście...

– To dziwne – weszła mu w słowo – bo zepsuty telefon znalazłam w pokoju dziennym. Był kompletnie roztrzaskany. Ktoś upchnął poszczególne jego części w rogu sofy. Zastanawiałam się, czy... należał może do ludzi, którzy przebywali tu wcześniej. Byłby to jednak wyjątkowy przypadek. Po tym, jak zniknęła twoja zepsuta komórka. On musiał należeć do ciebie.

– W takim razie jaki telefon leżał tu na stole? I kto ukrył mój?

Spojrzeli po sobie.

– Już wcześniej korzystałaś z mojego aparatu – zauważył Simon. – Nie zauważyłaś, że trzymasz w ręce jakiś inny?

Wzruszyła ramionami.

– Byłam za bardzo zdenerwowana, wzburzona. Czas naglił. Musiałam ustalić, gdzie się znajdujemy, musiałam się skontaktować z Jérôme'em, a do tego strasznie się bałam, że zejdziesz na dół i zauważysz, co robię... Nie zwracałam uwagi na żadne szczegóły. Kiedy jednak teraz o tym pomyślę... powinien był mnie zastanowić brak blokady klawiatury.

W jego głowie aż się kotłowało od nadmiaru myśli. Ktoś zebrał fragmenty jego komórki i najwyraźniej w pośpiechu ukrył w pokoju dziennym. Ktoś położył na stole w jego pokoju inny, sprawny telefon.

Kto? I dlaczego?

– Masz jeszcze ten aparat? – zapytał. – Z którego kontaktowałaś się z Jérôme'em?

Potrząsnęła głową.

– Musiałam go oddać Caparosowi. On mi nie ufa. Nieważne. Już do nikogo nie muszę dzwonić.

Simona przeszyło tępe, groźne przeczucie.

Coś się tu zwyczajnie nie zgadzało.

– Czemu wciąż nie ma policji? – zapytał nerwowo. – To za długo już trwa.

– Może rzeczywiście nie sposób tu dotrzeć – uznała Nathalie.

– To nie było żadne tsunami. Gwałtowna burza, to prawda, ale od tego czasu minęło już wiele godzin. Nie podoba mi się to.

– Czemu? O czym myślisz?

– Sam nie wiem. Ta sprawa z telefonem... Wydaje mi się, że w zasadzie tylko dwie osoby mogły zabrać z tego pokoju moją zepsutą komórkę i podłożyć na jej miejsce sprawny aparat. To obaj policjanci, Halabi i Caparos.

Nathalie zmarszczyła brwi.

– Czemu mieliby to robić?

Zamyślił się.

– Żebyś zwabiła tu Jérôme'a. Wiedzieli, że praktycznie o niczym innym nie myślisz, tylko o tym, jak do niego dotrzeć. Stało się jasne, że wystarczy podsunąć ci jakąś sposobność, a ty z niej skorzystasz.

– Chcieli zastawić pułapkę na Jérôme'a? Zwabić go do tego domu? I w tym celu po prostu mnie wykorzystali?

– To była jedyna możliwość jego ujęcia. Jérôme jest główną postacią tej historii. Mamy już kilka ofiar, a nikt jak dotąd nie rozwikłał tej sprawy. Jérôme jako jedyny mógł nas wszystkich oświecić, także policję. Musieli go znaleźć. I z nim pomówić.

– Czemu zatem nie grali w otwarte karty? Przecież chciałam do niego zadzwonić. Zrobiłabym to, gdyby tylko mnie o to poprosili!

– Może nie byli pewni, czy to zrobisz, kiedy zrozumiesz, że możesz go przez to narazić na niebezpieczeństwo – odparł Simon. – Policja nigdy nie była przekonana o jego niewinności, wciąż przypuszczała, że jest uwikłany w bezprawne działania. Nie chcieli ryzykować, że się wycofasz i uciekniesz, ponieważ nie zdołaliby potem zwabić cię w pułapkę.

Zwiesiła głowę. Nie tylko widział, poczuł wręcz, w jak mizernym jest nastroju. Policja miała rację: Jérôme był uwikłany w nielegalne machlojki. Chciał się wycofać, lecz mimo to w nich uczestniczył.

A teraz... teraz obciążało go oskarżenie o zabójstwo. Z tego już się nie wywinie.

– Musiałam go powstrzymać – szepnęła. – Musiałam to zrobić.

– Postąpiłaś słusznie – powtórzył. – W końcu go uratowałaś.

– Trafi na wiele lat do więzienia.

– Jestem pewien, że zostanie zwolniony przedterminowo. Pomógł tej Selinie w ucieczce, narażając się przez to na niebezpieczeństwo. Sąd to uwzględni.

Na wspomnienie imienia *Selina* aż się wzdrygnęła. Simon potrafił sobie wyobrazić jej ból, wiedział bowiem, ile znaczył dla niej związek z Jérôme'em. Zrobiło mu się jej żal. Przez ostatnie dni często był poirytowany, w głębi ducha ją przeklinał, teraz jednak musiał przyznać, że los zbyt srogo się z nią obszedł. Sprawiała wrażenie osamotnionej, zagubionej i dotkliwie zranionej. Znów chciał ją wziąć w ramiona, pozwolić jej się wypłakać i zwyczajnie ją pocieszyć, lecz coś go powstrzymywało.

Uczucie... dziwne, dokuczliwe uczucie niepewności. Wydawało mu się, że nie czas teraz na żale, łzy i słowa pocieszenia. Może później. Lecz nie teraz.

Bo coś tu się nie zgadzało.

Działali z rozmysłem. Halabi, Caparos oraz przede wszystkim ich szefowa, Inès Rosarde. Wieczór, kiedy Caparos sprawdzał stan ogrodzenia... Prawdopodobnie wtedy właśnie wyciął w siatce otwór. Umożliwili Nathalie wydostanie się na zewnątrz, od razu to wykorzystała. A potem wystarczyło podsunąć jej telefon, gdyż nie ulegało wątpliwości, że skontaktuje się z Jérôme'em. Caparos dobrowolnie dał się powalić na ziemię... Potem jednak nic już nie poszło zgodnie z planem. Jérôme zastrzelił Halabiego. Tego rzecz jasna nie przewidzieli.

Simon zmarszczył czoło.

Nad wyraz ryzykowny sposób postępowania. Choćby to, że Caparos pozwolił się uderzyć i rozbroić... On także mógł przy tym stracić życie, a wtedy mieliby przed sobą dwóch martwych policjantów. I bez tego prawdopodobnie doznał wstrząśnienia mózgu – świadczył o tym jego kiepski stan. Tak naprawdę już w ogrodzie pierwotny plan zawiódł – nie należało przecież dopuścić, by Jérôme wszedł w posiadanie broni palnej.

Simon pomyślał o komisarz Inès Rosarde.

Nie ze mną te zabawy w polowanie z przynętą! Słowa te zabrzmiały bardzo zdecydowanie. Czy jako kobieta i przełożona pozwoliłaby sobie na tak brawurowy plan?

Coś tu nie pasowało. Coś tu zwyczajnie nie pasowało.

Nathalie spojrzała na niego.

– Co się dzieje? O czym rozmyślasz?

– O Inès Rosarde. Cały ten plan zwabienia Jérôme'a... To do niej niepodobne. W stosownej odległości od domu powinien czekać w ukryciu oddział specjalny i ująć Jérôme'a, *zanim* on obezwładnił Caparosa, odebrał mu broń i zastrzelił Halabiego. A tak Jérôme mógł nawet wziąć nas jako zakładników i zabarykadować się tutaj, narażając również nasze życie. Nigdy, Nathalie, przenigdy Rosarde nie zgodziłaby się na takie rozwiązanie. Wielce ryzykowne i jeśli się dobrze przyjrzeć, absolutnie dyletanckie.

– Może Halabi i Caparos działali na własną rękę – odparła Nathalie. Była zniecierpliwiona. – Simon, to zupełnie bez znaczenia, kto wpadł na ten pomysł...

– Wcale nie. To ma ogromne znaczenie. – Towarzyszyło mu przeczucie, że znalazł się o krok od rozwiązania tej zagadki, domyślał się jednak, że rozwikłanie jej wszystko jeszcze pogorszy. – Caparos i Halabi działali na własną rękę... Halabi nie żyje...

Przywołał w myślach scenę w kuchni. Gdy pojawił się w niej Jérôme z pistoletem w dłoni... Przerażony Halabi sięga po broń... Simon mógłby przysiąc, że Halabi o niczym nie wiedział. Gdyby został wtajemniczony, musiałby przecież wiedzieć, że scena, w której Nathalie paradowała przed nim półnaga, miała w założeniu służyć wyłącznie odwróceniu uwagi, być znakiem, że za moment pojawi się Jérôme. Czyżby dał się aż tak bardzo omamić? Nie zachował żadnych środków ostrożności, pozwalając Jérôme'owi błyskawicznie do siebie wymierzyć.

Nazbyt to dziwaczne. Najprawdopodobniej Halabi nie miał zupełnie pojęcia, co się dzieje.

Pozostaje więc Caparos.

Simon potarł palcami skronie. Czyżby Caparos całkiem na własną rękę wykonał arcyniebezpieczny manewr?

Nie ulegało wątpliwości, że to on podsunął Nathalie pod nos telefon. To on wyciął w siatce otwór. Zarówno Halabi, jak i komisarz Rosarde nie ukrywali tamtego ranka swej wściekłości z powodu ucieczki Nathalie, podobnie zresztą jak irytacji na wieść o niedbalstwie Caparosa, który przeoczył dziurę w ogrodzeniu. Caparos wszystko przygotował i najwyraźniej liczył się z ryzykiem, że cała ta sprawa może zakończyć się tragicznie. Prawdopodobnie zakładał, że obezwładni Jérôme'a przy ogrodzeniu, co się jednak nie udało. Choć przecież musiał i taką ewentualność przewidzieć.

Dlaczego doświadczony policjant podejmuje tak ogromne ryzyko? By później stanąć przed swymi przełożonymi w glorii bohatera, jako człowiek, który zdołał zwabić w pułapkę poszukiwanego Jérôme'a Deville'a? O co mu chodziło? O awans?

O tym może zapomnieć. Nie tylko dlatego, że jego kolega nie przeżył tej akcji. Nawet gdyby obyło się bez ofiar śmiertelnych... Simon nie znał się na pracy policji, niemniej był pewien, że zważywszy na sposób swego postępowania, Caparos może zapomnieć o dalszej karierze.

Wydawał mu się mądrym i rozsądnym człowiekiem. Czemu zatem ktoś taki daje się ponieść szaleństwu?

Bo tu nie chodzi o karierę. Nie chodzi o tytuł najprzebieglejszego policjanta wszech czasów. Caparos wcale nie zamierzał zabłysnąć przed swoją szefową.

Simon wyjrzał przez okno. Mistral z każdą minutą przybierał na sile. Wydawało się, że za chwilę zacznie wyrywać drzewa z korzeniami. Niebo połyskiwało błękitem, przezroczyste niczym szkło.

– Niech to szlag – zaklął na głos. – A niech to szlag!

Zrozumiał.

Jean Caparos został przekupiony.

W żadnym razie nie czekali na przybycie policji.

Tulon, Francja, poniedziałek, 21 grudnia

Inès Rosarde nie wiedziała, skąd się bierze jej wewnętrzny niepokój. Może z faktu, że sprawa nie posuwała się naprzód. Nie cierpiała dreptać w miejscu, nie mając pojęcia, co się wkrótce wydarzy ani też co następnie powinna zrobić. Oczywiście już nie raz przeżyła takie chwile, wiedziała zatem z doświadczenia, że w końcu pojawią się nowe fakty, które odsłonią niewidoczne dotąd powiązania. Niezwykłe było jednak to, że prowadziła dochodzenie w sprawie, o której nawet nie wiedziała, czego właściwie dotyczy.

Musiała przyznać, że to rzeczywiście szczególna, szargająca nerwy historia. Na domiar złego przytrafiła jej się akurat teraz, po dramacie z zastrzelonym cywilem. W chwili, kiedy ona i jej ludzie znaleźli się, jak nigdy wcześniej, pod baczną obserwacją przełożonych.

To jej pierwsza sprawa bez Pereza. Z mało jej znanym Jeanem Caparosem u boku. A do tego absolutnie nieprzenikniona.

Apartament w Les Lecques, należący do wuja Jérôme'a Deville'a, był obserwowany przez całą dobę, nie pojawił się tam jednak nikt, kto wydałby się w jakikolwiek sposób podejrzany. Nie mówiąc o Jérômie we własnej osobie. Jakby się zapadł pod ziemię.

Sprawdzili osoby z jego środowiska, a także firmę Denegri w Paryżu oraz znajomych Jeanne Berney w Metzu. Ale nigdzie nie natknęli się na żaden przydatny ślad. Inès wysłała kolegów do rodziców Nathalie Boudin, lecz i to niczego nie wniosło do sprawy. Matka Nathalie była pod wpływem alkoholu, zdołała jednak poinformować, że już od dłuższego czasu nie miała kontaktu z córką i nic nie wie o jej życiu. Nazwisko Jérôme'a

Deville'a co prawda niejasno kojarzyła – „Czy przypadkiem się z nim nie przyjaźniła? Kiedy jeszcze mieszkała u tej drugiej kobiety?" – lecz tak naprawdę nic o nim nie wiedziała. Nigdy go też osobiście nie spotkała.

Ojciec Nathalie, mieszkający ze swoją nową rodziną w Paryżu, od wielu lat nie miał o niej żadnych wiadomości. „Ostatni raz rozmawiałem z nią przez telefon w dniu jej osiemnastych urodzin. Postanowiła rzucić szkołę. Przemówiłem jej do rozsądku, nic jednak nie dało się zrobić. Chciała jechać do tego chłopaka, do Paryża... I tak właśnie zrobiła, nigdy więcej się do mnie nie odezwała. To absurd, zważywszy na to, że mieszkamy w tym samym mieście. Lecz trzeba pozwolić dzieciom podążać własną drogą, prawda?"

Również Éliane, u której Nathalie mieszkała w Metzu, nie przekazała żadnych nowych wiadomości. Jérôme'owi Deville'owi nigdy jednak nie ufała. „To lekkoduch. Ktoś, kto życie traktuje na luzie i wzbrania się wziąć na siebie odpowiedzialność. I jest pozbawiony skrupułów, naprawdę. Nathalie rzuciła szkołę tuż przed maturą, a on ją w tym postanowieniu utwierdzał, a może nawet do tego nakłonił. Potrafi to sobie pani wyobrazić? Jak można być tak bezwzględnym, by zrobić coś podobnego?"

Dawny partner Éliane także nie miał na temat Jérôme'a najlepszego zdania. „To zadufek. Egocentryk. Uważa się za najfajniejszego gościa na ziemi, a przecież niczego w życiu nie osiągnął. Nathalie go jednak ubóstwiała. Zgoda, dobrze wyglądał, potrafił być szarmancki. Tacy faceci mają u kobiet powodzenie, prawda? A Nathalie... no cóż, totalnie jej odbiło. Jako mężczyzna trzymałbym się od niej z daleka, widać było, jak bardzo kłopotliwą jest osobą... z zaburzeniami... same z nią tylko problemy... Lecz z początku Jérôme się za nią uganiał. Była bardzo atrakcyjna. Pomijając fakt, że to sama skóra i kości".

„Nic – pomyślała Inès – zupełnie nic. Nic, co by nas choć trochę posunęło naprzód. Nic, co dałoby nam wskazówkę, w jakie tarapaty popadło tych dwoje młodych ludzi".

Wygrzebała z torebki paczkę papierosów, wstała i wyszła z pokoju, by zapalić. Skinęła głową współpracownikowi siedzącemu za biurkiem w przedpokoju i stukającemu w klawiaturę.

– W Hyères wszystko w porządku? – zapytała.

Przytaknął.

– Caparos zameldował się przed kwadransem. Spokój.

Już chciała odejść, lecz odwróciła się zdumiona.

– Znowu Caparos? To już trzeci raz z rzędu.

– Zgadza się.

– Ustaliliśmy, że mają się meldować na zmianę – oznajmiła Inès.

Przyjęło się, że funkcjonariusze mają się zgłaszać w regularnych odstępach czasu, nierzadko ustalano też specjalny sposób meldowania: albo wyłącznie jeden albo drugi, albo też obaj na zmianę, albo dwukrotnie jeden funkcjonariusz, następnie drugi... Było to coś w rodzaju dodatkowego kodu bezpieczeństwa. Gdyby w domu doszło do sytuacji krytycznej, a czuwający policjanci zostaliby zmuszeni do zgłaszania meldunków, poprzez zakłócenie ustalonego schematu mogliby wysłać w świat swego rodzaju sygnał alarmowy.

– Naprawdę? – zapytał funkcjonariusz. – Mieli się meldować na zmianę?

– Tak. Dziwne.

Nie należało od razu podejrzewać najgorszego. Czasem policjanci mylili się w liczeniu albo też jeden z nich położył się spać, a kolega nie chciał go budzić.

A jednak.

– Przy następnym meldunku zażądaj rozmowy z podkomisarzem Halabim – oznajmiła Inès. – W przeciwnym razie wyruszamy. Jasne?

– Tak jest – potwierdził funkcjonariusz.

Hyères, Francja, poniedziałek, 21 grudnia

Jean Caparos nie czuł się dobrze. Dygotał z zimna, choć ogrzewanie w pokoju dziennym działało całkiem dobrze, dotykając go, można było sparzyć sobie dłonie. Miał zawroty głowy, dręczyły go też lekkie mdłości, miał wrażenie, że powoli, lecz nieustannie się nasilają. Otrzymał mocny cios w głowę, przypuszczał, że doznał przy tym co najmniej wstrząśnienia mózgu. Jeśli nie czegoś gorszego. Przydałby się lekarz, z tym musi jednak poczekać.

Zastanawiał się, kiedy to wszystko wreszcie się skończy.

Cholerna blokada na autostradzie. Wyrywane z korzeniami drzewa, zalane ulice. Nawałnica okazała się mordercza, szalejący mistral z każdą godziną przybierał na sile, nie poprawiając sytuacji.

Policja oczywiście już dawno zdołałaby dotrzeć na miejsce. Nie powstrzymałaby jej blokada, mogłaby też przysłać, nawet z najodleglejszej górskiej wioski, jakiegoś funkcjonariusza, choćby i z Police municipale. Mistral uniemożliwiał jednak wykorzystanie śmigłowca. Może Nathalie tak to sobie właśnie tłumaczy. Mimo to Caparos zastanawiał się, kiedy ta młoda kobieta nabierze podejrzeń. Dość długo siedzi już u tego Niemca w pokoju. Czy zaczęli się domyślać, że coś tu nie gra?

Nieważne. Byli przecież pod kluczem. To zaleta tego specjalnie zabezpieczonego domu: nikt tak łatwo nie zdoła się wydostać z zamkniętego pokoju. Nie musiał się obawiać, że się stamtąd wymkną i nagle zajdą go od tyłu. Spokojna głowa.

Ale spokoju wcale nie zaznał. Z powodu bólu głowy? Nudności? Czy może dlatego, że cała ta sytuacja go przerosła?

Zaczął nasłuchiwać. Nic, żadnych odgłosów.

Nie cierpiał wchodzić do kuchni, gdyż leżał tam Hasnainy Halabi, jego kolega. Kiedy myślał o jego roli w tej historii, czuł się jeszcze gorzej i jeszcze bardziej marzł. Nigdy o to nie zagadnął, lecz zgodnie z planem musiałby trzymać Halabiego pod kluczem tak samo jak Jérôme'a i pozostałych. Zdawał sobie jednak sprawę, że ostatecznie Halabi może tej akcji nie przeżyć. Bez szwanku wyjdzie z niej tylko on, Jean Caparos. Nowy paszport, bilet lotniczy do Ameryki Południowej, zdeponowana na koncie pokaźna sumka. Z wiadomych powodów nie pytał, co się stanie z pozostałymi. Ale potrafił to sobie wykalkulować. I dlatego starał się o tym nie myśleć.

Jérôme Deville zastrzelił Halabiego, sam Caparos także mógł zginąć. *W najlepszym razie* doznał wstrząśnienia mózgu. A może czegoś poważniejszego.

Przemógł się, wszedł do kuchni, siłą woli zignorował martwe ciało przykryte prześcieradłem i wyjrzał przez okno. Doskonale było stąd widać zamkniętą bramę i ulicę. Kiedy *oni* wreszcie się zjawią? Jak długo jeszcze będzie w stanie mamić kolegów z Tulonu, że wszystko w porządku? Składał regularnie meldunki, wiedział jednak, że zgodnie z umową kolej teraz na Hasnainy'ego Halabiego. Dureń, z którym rozmawiał, albo nie miał pojęcia o ustaleniach, albo o nich zapomniał. To jednak tylko kwestia czasu, nim Inès Rosarde zwróci na to uwagę, a z nią nie pójdzie tak łatwo. Zazwyczaj nie wysyłano od razu jednostki specjalnej, Rosarde będzie się jednak domagała rozmowy z Halabim. A wtedy pojawi się problem.

Nikogo w pobliżu. Ale to nie potrwa długo. *Oni* się zjawią. Chcieli dopaść Jérôme'a. Nie miał pojęcia, czemu tak zawzięcie go ścigają, nic nie wiedział o ludziach, z którymi się zadawał. Półtora roku wcześniej odwiedził go w biurze pewien człowiek, nie przedstawił się z nazwiska, wyjaśnił jedynie, że jest z Paryża, po czym wyliczył wszystkie punkty zapalne w życiorysie Caparosa. Funkcjonariusz pamiętał, że oblał go pot, zwłaszcza gdy obcy zaczął mówić o jego długach.

– Sto pięćdziesiąt tysięcy euro? Mniej więcej?

Mniej więcej. Caparos sam nie wiedział, jakim sposobem zdołał narobić takich długów. Żył ponad stan, to prawda, a do tego jeszcze te spekulacje giełdowe przez Internet. Kuszące, gdyż z początku sporo na nich zyskał. A to sprawiło, że stał się lekkomyślny. Historia stara jak świat, wciąż ta sama. Wpadł w spiralę zadłużenia, musiał się zapożyczać, po części u ludzi, u których jako policjant w żadnym wypadku nie powinien. Zaczął być poddawany presji, tańczył nad przepaścią, gdyż pozostawało jedynie kwestią czasu, nim przełożeni dowiedzą się o jego fatalnym położeniu.

Ów człowiek zasygnalizował mu, że mógłby otrzymywać wcale niemałe sumy, jeśliby czasem okazał gotowość do współpracy. Potem odszedł, pozostawiając Caparosa w rozterce. Podkomisarz wiedział, że również wśród policjantów zdarzały się przypadki korupcji, lecz jak dotąd przynajmniej pod tym względem nie miał sobie nic do zarzucenia. Także tym razem nie przystał na to, by *czasem okazać gotowość do współpracy*, ale miał wrażenie, że jego wyraźna zgoda nie ma tu nic do rzeczy. Między wierszami dano mu do zrozumienia: albo będzie współpracował, albo przełożeni dowiedzą się o jego problemach. A wtedy z pewnością straci pracę.

Przez osiemnaście miesięcy wciąż otrzymywał wskazówki, musiał postępować inaczej, niż powinien. A to ukryć zeznanie jakiegoś świadka, a to zmienić coś w protokole, to znów przemilczeć jakąś informację. Pocieszał się tym, że nigdy nie chodziło o poważne kwestie. Największą jednak pociechą stały się wpływy na jego koncie. Wciąż ratowały go przed ostatecznym upadkiem, choć wewnętrzny głos uparcie mu podszeptywał, że *ostateczny* stryczek tak naprawdę sam sobie ochoczo kręci. Kiedy wyświadczył im pierwszą przysługę i wziął pierwsze pieniądze, nie było już odwrotu. Stał się skorumpowanym funkcjonariuszem policji. Wkroczył tym samym na ścieżkę, z której nie sposób zawrócić.

Ostatnie zlecenie było mu na rękę. Tym razem chodziło o coś więcej, stało się też jasne, że wedle wszelkiego prawdopodobieństwa po jego wykonaniu nie będzie mógł już wrócić do dawnego życia. Miał zwabić w pułapkę Jérôme'a Deville'a.

Jak miałbym to zrobić niepostrzeżenie? Przecież będzie ze mną kolega. Muszę być w stałym kontakcie z centralą w Tulonie. Nie mam pełnej swobody działania, a przynajmniej takiej, by ostatecznie zatuszować mój udział.

Na wypadek, gdyby powinęła mu się noga, wystarano się dlań o przelot do Argentyny, bilet na samolot oraz zagraniczne konto. Znalazła się na nim suma, która pozwoli mu przez dłuższy czas prowadzić beztroskie życie. Nie miał pojęcia, czego bardziej miałby sobie życzyć: czy tego, by zdołał oddać Jérôme'a Deville'a w ręce jego prześladowców, nie zwracając przy tym uwagi na rolę, jaką sam w tej akcji odegrał – co zresztą wydawało się mało prawdopodobne – czy też tego, by jego ucieczka rzeczywiście stała się koniecznością, do czego w istocie doszło. Oszukując od wielu godzin swoich kolegów w Tulonie i nie wyjawiając im prawdy o sytuacji, ostatecznie i jawnie przeszedł na stronę *tych drugich*. Nie pozostało mu nic innego, jak porzucić dotychczasowe życie. Miał przed tym pewne obawy, lecz napełniała go również nadzieja, jaka zawsze wiąże się z każdym nowym początkiem. We Francji nie miał już czego szukać, zbyt wiele narobił w przeszłości głupstw. A przecież nie skończył jeszcze czterdziestki, miał przed sobą wiele lat życia, rozsądnie było zacząć gdzieś od nowa.

Mimo wszystko to było istne szaleństwo. I to akurat teraz. Kiedy Inès Rosarde mianowała go swoim najbliższym współpracownikiem. Miał szansę zrobić karierę – i w tym właśnie momencie wszystko się zawaliło.

Ból głowy stał się tymczasem na tyle silny, że Caparos miał zaburzenia widzenia. Martwą, nakrytą prześcieradłem postać, leżącą na podłodze, widział podwójnie. Odwrócił natychmiast wzrok i spróbował skupić go w jednym punkcie za oknem –

bezskutecznie. Może to wpływ szalejącej wichury i gwałtownie uginających się drzew? Tak czy owak, nie miał przed oczami klarownego obrazu. Wszystko za oknem przybierało kształt falujących linii. Popatrzył na meble kuchenne, na blat z napoczętymi butelkami wody i paczką płatków kukurydzianych, lecz i tu wszystko się rozmywało, choć przedmioty, niewystawione na podmuchy wiatru, pozostawały przecież nieruchome.

Szlag. Niech to szlag. W takim stanie za nic w świecie nie zdoła wsiąść na pokład samolotu do Buenos Aires i wyruszyć ku niepewnej przyszłości. Potrzebował lekarza. Coś się dzieje z jego głową...

Dostał takich zawrotów, że czym prędzej chciał usiąść, ale nie osunął się na kuchenne krzesło, tylko twardo klapnął o podłogę. Głową uderzył o nogę stołu. Nawet nie poczuł za bardzo, ten nagły przypływ bólu sprawił mu wręcz chwilową ulgę w tępym, świdrującym cierpieniu, nasilającym się z każdą upływającą minutą. Zaraz potem poczuł jednak we włosach ciepłą, lepką ciecz, dotknął jej i stwierdził, że palce ma poplamione krwią. Jeszcze i to. Rana znów się otwarła.

Caparos z trudem się pozbierał, wstał, przytrzymując się stołu, znieruchomiał na kilka chwil na chwiejnych nogach, pochylony do przodu, nim w końcu poczłapał ku sąsiedniej sypialni. Mocno krwawił, obficiej niż przedtem. Potrzebował opatrunku.

Podręczna apteczka leżała w szafie wnękowej. Caparos wyjął z niej bandaż, usiłował owinąć nim głowę. Nie udało mu się go zawiązać, zbyt mocno drżały mu dłonie. Po trzech próbach, zlany potem, dał za wygraną. Miał coraz większe problemy z krążeniem. No dobra, jeśli *oni* wkrótce się nie zjawią i mu nie pomogą, straci w końcu przytomność, a może nawet umrze. Dlaczego tak kiepsko widzi? To niesamowite, że żaden przedmiot w pokoju nie spoczywał w miejscu, a żadna linia nie pozostawała prosta.

Caparos usiłował spokojnie oddychać. Nie miał złudzeń, jego stan wcale się nie poprawiał, a wręcz pogarszał.

Potrzebuję pomocy. Do jasnej cholery, potrzebuję szybko pomocy.

Krwawił zbyt mocno, wpadł w panikę. Ponowił próbę założenia opatrunku, lecz znów się nie udało.

Okay, Jean, pomyśl. Albo się tu wykrwawisz, albo dasz sobie pomóc.

Dziewczyna. Właściwie zamierzał pozostawić Nathalie w pokoju Niemca, gdyż wydało mu się to najlepszym rozwiązaniem, biorąc pod uwagę jego ciężki stan. Ktoś jednak musiał mu założyć opatrunek i przyrządzić coś do jedzenia – nie żeby czuł głód, wręcz przeciwnie, mdliło go, ale miał nadzieję, że odzyska nieco sił, jeśli wreszcie zapełni żołądek. O ile od razu nie zwymiotuje.

Dziewczyna była drobna i chuda, liczył więc na to, że zdoła utrzymać ją w szachu. Choć zdawał sobie sprawę, że nie wolno mu popełnić błędu i jej zlekceważyć. Wpadła w jego pułapkę, zgodnie z planem wykorzystała zarówno dziurę w ogrodzeniu, jak i podsunięty jej telefon. Nie zmieniało to jednak faktu, że postępuje w sposób przebiegły, zdeterminowany i konsekwentny. I potrafi być bezwzględna, dała tego dowody. Uwolniła go, by wydać swego przyjaciela Jérôme'a w ręce policji. Caparos nie miał pojęcia, czemu to zrobiła, widocznie coś w zachowaniu Jérôme'a spowodowało wyraźną zmianę jej nastawienia.

Gdyby go nie uwolniła, a zamiast tego uciekła razem z Jérôme'em, koledzy z Tulonu już dawno by tu dotarli, plan uzgodniony z *tamtymi* spełzłby na niczym, Caparos nie ściągnąłby jednak na siebie podejrzeń i trafiłby pod opiekę lekarza. Scenariusz ten wcale nie wyglądał źle. Po fakcie. Teraz nic już nie dało się zrobić. Nie oglądać się za siebie, iść naprzód. Nic innego nie wchodziło w rachubę.

Jeśli miał wykorzystać pieniądze i zakosztować nowego życia w Ameryce Południowej, musiał podjąć ryzyko i sprowadzić Nathalie. Ledwie trzymał się na nogach, lecz miał przy sobie broń. A to przewaga, której nie sposób przecenić.

Wyszedł powolnym krokiem z pokoju, podpierając się o ścianę. Schody stanowiły poważniejszy problem, zdołał jednak wspiąć się po stopniach, przytrzymując się poręczy. Krew spływała mu po plecach. Pewnie przedstawiał sobą przerażający widok.

Dotarłszy na górę, odbezpieczył broń, po czym, trzymając ją możliwie jak najmocniej w drżącej dłoni, otworzył drzwi. Ujrzał Simona i Nathalie siedzących na łóżku. Nathalie przyciągnęła nogi do tułowia i objęła je rękoma. Była blada na twarzy, również Simon kiepsko wyglądał. Caparos mógł to dość wyraźnie ocenić, gdyż wspinaczka po schodach przynajmniej na chwilę ustabilizowała mu krążenie. Wszelkie obrazy znów odzyskały klarowne kontury.

Od razu zrozumiał: oboje domyślili się prawdy.

– Nathalie – wykonał nakazujący ruch bronią – pójdzie pani ze mną!

Nathalie wstała, podniósł się także Simon. Caparos natychmiast do niego wymierzył.

– Pan tu zostanie, Simon. Ani kroku dalej!

– Podkomisarzu Caparos – zaklinał go Simon – niech pan nie robi głupstw. Proszę. Wszedł pan w układy z bezwzględnymi gangsterami, nie może pan mieć pewności, że zdoła wyjść z tego bez szwanku. Oni pewnie nie będą się z nami patyczkować, kiedy odkryją, że...

– Stul gębę! – przerwał mu Caparos.

Simon nie dał się jednak zbić z tropu.

– Kiedy odkryją, że nie ma tutaj tego, czego szukają.

Na chwilę zapadło milczenie.

– Nie wiem, o czym pan mówi – odezwał się w końcu Caparos. – Nic mnie to nie obchodzi. Ja...

– A powinno, podkomisarzu. Długo rozmawiałem z Jérôme'em. Pracował dla handlarzy ludźmi. Z Europy Wschodniej szmuglują na Zachód młode kobiety i zmuszają je do prostytucji. Nie ścigają Jérôme'a z obawy, że mógłby się zgłosić na policję. Sądzą, że posiada on coś, co mogłoby ściągnąć na nich realne niebezpieczeństwo. Jérôme nie ma jednak pojęcia, co by to mogło być. A to moim zdaniem może oznaczać tylko jedno: oni chyba są w błędzie. Być może Jérôme naprawdę nie posiada tego, czego szukają. Co wtedy?

– Wszystko mi jedno – odparł Caparos. – Już mnie tu nie będzie.

– W pańskim stanie? – zapytał Simon.

Caparos mocniej zacisnął palce na rękojeści pistoletu.

– Ze mną wszystko w porządku. Niech się pan o mnie nie martwi. A teraz niechże się pani wreszcie ruszy, Nathalie. Tylko bez żadnych numerów. Nie mam nic do stracenia.

Nathalie w żółwim tempie podeszła do niego. Kiedy znalazła się odpowiednio blisko, chwycił ją za ramię i szarpnął w stronę schodów. Następnie zatrzasnął drzwi i przekręcił klucz w zamku.

Przypłacił to gwałtownym poceniem. Nieważne, Nathalie musi teraz zadbać o to, by jakoś to przetrzymał.

Zanim zjawią się *oni*.

Handlarze ludźmi?

„Nie myśl teraz o tym” – nakazał sobie.

Nie mogliśmy z Simonem przygotować żadnego planu działania, ponieważ nie mieliśmy pojęcia, jak się rozwinie sytuacja. Wraz z upływem czasu zyskiwaliśmy coraz więcej pewności, że Caparos nie wypuści mnie z pokoju. Simon usiłował zachować spokój, zauważyłam jednak, że coraz mocniej wzbiera w nim panika. Czułam się podobnie, wystarczyło pomyśleć o losie Yves'a, Kristiny, Jeanne... Mieliśmy do czynienia z bezwzględnymi zabójcami. Mogli pojawić się tu lada chwila. Nie mieli powodu, by darować nam życie. A policja w Tulonie, karmiona uspokajającymi meldunkami Caparosa, pewnie nie ma pojęcia, co się tutaj dzieje.

Dwa lub trzy razy spróbowałam znaleźć jakieś inne wyjaśnienie. Pomyślałam o pogodzie, która mogła sprawić, że nikt się jeszcze nie zjawił: ani policja, ani lekarz, nikt, kto pochowałby zwłoki Halabiego... Choć mocno się wzbraniałam, musiałam przyznać rację Simonowi: policja z całą pewnością znalazłaby sposób, by do nas dotrzeć.

Pomijając ów fakt, zdawałam sobie również sprawę, że Inès Rosarde nigdy nie wydałaby zgody na tak brawurową akcję, jaką rozpoczął podkomisarz Caparos. Musiał działać na własną rękę, podejmując przy tym nieproporcjonalnie duże ryzyko, które mogło go kosztować utratę pracy. Również to przemawiało za przypuszczeniem, że został zabezpieczony na przyszłość przez *drugą stronę*.

Coś się jednak zmieniło, skoro wypuścił mnie z pokoju. Nie siedziałam już bezczynnie, czekając wraz z Simonem na spotkanie z grożącym nam niebezpieczeństwem. Caparos, będąc wyraźnie u kresu sił, potrzebował mojej pomocy. W tym kryła się szansa, choćby znikoma, niemniej świadomość tego napełniła mnie raczej rozpaczą niż entuzjazmem. Wszystko zależało teraz ode mnie, ani Simon, ani Jérôme nic nie mogli zrobić, a jeśli zawiodę, doprowadzę nas wszystkich do zguby. Nie miałam pojęcia, co należało uczynić. Caparos ledwie trzymał się na nogach, lecz wciąż dzierżył w dłoni pistolet, nie miałam złudzeń, że jako wyszkolony policjant nawet w tak złym stanie potrafi celnie wymierzyć. Jeśli spróbuję go zaatakować, może mnie zastrzelić. W duchu modliłam się o to, by dostał zapaści, i to szybko. Paradoksalnie musiałam jednak zrobić wszystko, by w jakiś sposób ustabilizować jego stan.

Kiedy znaleźliśmy się na dole, usiłowałam założyć mu na głowie opatrunek. Usiadł na kuchennym krześle, ja stałam obok niego – całkiem niezła pozycja do ataku, gdyby nie przystawił mi do żeber odbezpieczonej broni.

– Nie bądź nierozsądna – ostrzegł. – Trzymam palec na spuście. Jasne?

Skinęłam głową.

– Tak – powiedziałam zduszonym głosem. Wiedziałam, że cokolwiek zrobię, wystarczy mu ułamek sekundy, by nacisnąć spust, a do tego nie zabraknie mu sił.

Rana na głowie obficie krwawiła, poczułam niejakie zadowolenie z faktu, że Jérôme mocno go uderzył. Szkoda, że nie wziął większego zamachu. Oszczędziłoby nam to wielu problemów.

Opatrunek się trzymał, lecz zaraz pojawiła się na nim krwawa plama. Pewnie niedługo będę zmuszona założyć nowy.

– Traci pan za dużo krwi – oznajmiłam. – Pilnie potrzebuje pan lekarza.

Jego twarz była niemal bezbarwna.

– Dam radę. Nie martw się. Muszę coś zjeść, wtedy poczuję się lepiej.

Wątpiłam, by posiłek był dobrym rozwiązaniem, lecz zabrałam się do gotowania. W zamrażalniku znalazłam kilka gotowych potraw. Wybrałam coś z makaronem, włączyłam kuchenkę i wsypałam mrożoną zawartość torebki do garnka. Caparos siedział tuż za mną i bacznie mnie obserwował. Nie było mowy o tym, by dosypać do potrawy czegoś, co by go powaliło. Nie wspominając o tym, że niczego takiego nie miałam pod ręką.

Usiedliśmy przy kuchennym stole naprzeciw siebie i zabraliśmy się do jedzenia, a ściśle mówiąc: oboje zmuszaliśmy się do przełknięcia kilku kęsów. Znów miałam problemy z przyjmowaniem pokarmów, a w tak niecodziennych okolicznościach mój żołądek po prostu odmówił posłuszeństwa. Tym bardziej że siedzący naprzeciw mnie policjant nawet podczas posiłku mierzył do mnie z pistoletu. To wcale nie poprawia apetytu.

Także Caparos zdołał zjeść ledwie parę płaskich łyżek. Szarość na jego twarzy się pogłębiała, na czole perlił mu się pot. Wyglądał tak, jakby w lada chwila miał dostać torsji. Czy zdołam go wtedy unieszkodliwić? Wymiotujący mężczyzna prawdopodobnie nie jest w stanie strzelać jednocześnie do kobiety. Czy w razie konieczności mam błyskawicznie przewrócić stół? Chwycić pistolet, gdyby wypadł mu z dłoni?

Chyba dostrzegł napięcie na mojej twarzy, gdyż się odezwał:

– Zapomnij, Nathalie. Czuję się podle, ale panuję nad sytuacją. Nie rób głupstw.

– Ale już niedługo – odważyłam się odpowiedzieć. – Bardzo z panem kiepsko. Opatrunek na głowie znów nasiąkł krwią. Igra pan z własnym życiem, nie pozwalając mi wezwać lekarza.

– Przestań wreszcie pieprzyć! – naskoczył na mnie.

Niestety, ani nie wymiotował, ani nie doznał zapaści z wyczerpania. Wręcz przeciwnie, realizował swój plan, a skromny posiłek rzeczywiście ustabilizował jego stan. Nie wyglądał bynajmniej na zdrowego, lecz na jego wargach znów pojawił się cień koloru. Zmieniłam mu opatrunek, po czym na jego polecenie zaparzyłam kawę. I tak siedzieliśmy w kuchni obok martwego podkomisarza Halabiego, czekaliśmy. Dzień dobiegał końca, zapadł zmierzch. Na zewnątrz wzmagał się mistral, przez szpary kuchennego okna wpadało do wnętrza lodowate powietrze. Ramiona oplotłam wokół tułowia. Było mi okropnie zimno – to przez ten strach, lecz także dlatego, że północny wiatr wychłodził i tak już wyziębione wnętrze domu.

– Mogę zanieść Simonowi i Jérôme'owi coś do jedzenia? – zapytałam w końcu, lecz Caparos od razu potrząsnął głową.

– Nie umrą z głodu. Zostaniesz tutaj.

– Mogę do toalety? – Musiałabym pójść na górę, może pojawiłaby się wówczas szansa, by otworzyć któreś drzwi. Caparos dobrze jednak o tym wiedział.

– Nie.

– Ale ja muszę...

– Nie! – warknął.

Zapaliliśmy lampkę nad kuchenką, dawała niewiele światła, lecz dzięki niej można było cokolwiek zobaczyć. Ponownie zmieniłam opatrunek. Głęboko zdeprymowana stwierdziłam, że to dzięki mnie Jean Caparos pozostawał przytomny i zachował życie.

Za oknem zapadły ciemności, w kuchni było niezbyt jasno, toteż oboje zauważyliśmy poświatę reflektorów mknącego przez mrok nocy samochodu. Nigdy byśmy go nie dosłyszeli, na dworze szalała nawałnica. Światło jednak zdradziło, że nie jesteśmy już sami.

Caparos stanął na chwiejnych nogach.

– To oni – stwierdził. – Nareszcie!

W ułamku sekundy uświadomiłam sobie, że nie mam nic do stracenia. Nie wiedziałam, z kim tak naprawdę przyjdzie mi się zmierzyć, ale byłam przekonana, że nikt z obecnych w tym domu nie przeżyje najbliższej godziny, jeśli natychmiast nie zacznę działać. Ani Jean Caparos, który sądził, że nadciąga dla niego ratunek. Ani Jérôme, któremu deptali po piętach, on zaś prawdopodobnie nie mógł im dać tego, czego szukali. Ani Simon i ja, choć w niczym nie zawiniliśmy, a tylko zostaliśmy wplątani w coś, o czym przez długi czas nie mieliśmy pojęcia. Nie potrafiłabym powiedzieć, skąd brała się ta moja pewność, ot, po prostu wiedziałam. Dla tamtych będzie to najczystsze, najszybsze i najmniej skomplikowane rozwiązanie. Zabiją nas, po czym znikną w mroku nocy. Być może zabiorą z sobą Jérôme'a, by wycisnąć z niego jeszcze jakieś informacje, dla niego będzie to jednak oznaczać jedynie odsunięcie w czasie wyroku śmierci.

Zrobiłam to, co już wcześniej, choć z wahaniem, rozważałam w myślach: gniewnym, gwałtownym ruchem przewróciłam stół.

Blat uderzył Jeana Caparosa, który odwrócił się na chwilę, by wyjrzeć przez okno. Stojące na stole szklanki, talerze i filiżanki rozbiły się z hukiem o podłogę. Policjant się zachwiał, padł strzał. Skoro nie poczułam bólu, uznałam, że we mnie nie trafił. Caparos osunął się na kolana, po czym runął jak długi na podłogę. Uderzył głową o posadzkę. Widziałam, jak przewraca oczami.

A potem już się nie poruszył.

Obiegłam stół, przykucnęłam obok Caparosa, przezwyciężyłam strach i obrzydzenie, po czym zaczęłam przetrząsać kieszenie jego kurtki i spodni. Znalazłam klucz, miałam nadzieję, że będzie pasował do zamków drzwi w pokojach na piętrze. Nie wiedziałam, co powinniśmy zrobić, skoro tylko uwolnię Simona i Jérôme'a. Za drzwiami czaili się nasi wrogowie. Znaleźliśmy się w potrzasku.

Chwyciłam pistolet leżący na podłodze pod zlewem. W końcu mieliśmy już broń. Nigdy wcześniej nie trzymałam jej w dłoni, Simon także nie wyglądał mi na kogoś, kto umie się nią posługiwać, lecz Jérôme dowiódł nam już swych umiejętności. Nie potrafiłam sobie jednak wyobrazić, by był gotów utorować nam z bronią w ręku drogę do samochodu, a następnie wyruszyć razem z nami w nieznane. Nikogo z nas życie nie przygotowało na to, co miało teraz nastąpić.

Wyjrzałam przez okno, dostrzegłam rozmyty kolaż czarnego nieba, drzew oraz odbijającego się w szybie wnętrza słabo oświetlonej kuchni. Żadnej poświaty samochodowych reflektorów, nic, tylko noc i nawałnica. Przez chwilę się zastanawiałam, czy poprzednio widziane światło nie było przypadkiem urojeniem, lecz przecież Caparos także je zauważył. Musieliśmy zachować ostrożność. Wedle wszelkiego prawdopodobieństwa ktoś czaił się na zewnątrz.

Po chwili uświadomiłam sobie, że jestem na widoku, schyliłam się więc i poczłapałam w kierunku kuchenki, by zgasić światło. Caparos wydał cichy jęk. A więc wciąż żył, nie sądziłam jednak, by w tej chwili mógł okazać się dla nas groźny. Już przedtem był w kiepskim stanie, a upadek na podłogę zrobił swoje.

Czym prędzej pognałam na górę. W korytarzu na piętrze paliło się światło, lecz to nie stanowiło problemu, gdyż przy schodach nie było okien. Wsunęłam klucz do zamka drzwi pokoju Simona. Pasował, drzwi się otwarły.

Simon natychmiast wyszedł mi naprzeciw.

– Słyszałem wystrzał. Co...?

Potrząsnęłam głową.

– Nie trafił nikogo. Caparos leży nieprzytomny. Ale oni tu są. Prześladowcy. Są na zewnątrz.

– A niech to szlag! – zaklął Simon. Spojrzał w dół ku drzwiom wejściowym. – Czy drzwi są zamknięte?

Tego nie sprawdziłam. Nie pomyślałam też o tym, by zabrać Caparosowi telefon. Przez kilka cennych sekund gapiliśmy się na drzwi wejściowe, niemal barykadując je wzrokiem. To przecież dobrze zabezpieczony budynek. Jeśli drzwi są zamknięte, zdołamy przetrzymać do przyjazdu policji.

Gdy Simon wciąż patrzył niezdecydowany, ja spróbowałam otworzyć drzwi do pokoju Jérôme'a. Z niesamowitą ulgą stwierdziłam, że klucz pasuje także do tego zamka. Jérôme pewnie już nas dosłyszał w przedpokoju, gdyż stał tuż za drzwiami.

– Dzięki Bogu. Co się dzieje? Gdzie policja?

Nic nie wiedział o rozwoju sytuacji.

– Na zewnątrz czają się ludzie, którzy cię ścigają – wyjaśniłam. – Caparos przez cały czas oszukiwał!

– Co takiego? – zapytał skonsternowany Jérôme.

Wcisnęłam mu do ręki pistolet.

– Masz. Tylko ty umiesz strzelać.

Jérôme obejrzał broń, jakby nigdy dotąd czegoś podobnego nie widział.

Tymczasem Simon wpadł na pewien pomysł.

– Właz. Szybko. Na górze możemy się zabarykadować.

Zyskamy trochę czasu. Nic więcej.

Kiedy Simon otwierał właz i przystawiał drabinę, pomyślałam, jak niewiele ma to sensu, jeśli nie będziemy w stanie nawiązać kontaktu ze światem zewnętrznym. Nasi wrogowie zaczną przecież strzelać w zamknięcie klapy i w końcu zdołają wtargnąć na poddasze.

Co ze mnie za idiotka! Żeby zapomnieć o telefonie! Nim któryś z mężczyzn zdołał mnie powstrzymać, ruszyłam w dół po schodach. Nie, nie biegłam, zeskakiwałam po dwa stopnie naraz.

– Nathalie, na litość boską, wracaj! – usłyszałam głos Simona.

Wcale się tym nie przejęłam. Przeszedł mnie dreszcz na myśl, że muszę jeszcze raz przeszukać na wpół żywego Caparosa, a jednak nie miałam wyboru.

Telefon był nam potrzebny.

Tulon, Francja, poniedziałek, 21 grudnia

Minęła właśnie siódma, za oknem zapadł zmrok. Inès Rosarde postanowiła wracać do domu. Wciąż dręczył ją nerwowy niepokój, skoro jednak nie potrafiła ustalić jego przyczyny, postanowiła go zignorować. Nie czuła się całkiem zdrowa, miała nawet lekką gorączkę, była przepracowana, od wielu tygodni niewiele spała, a tajemnicza sprawa szargała jej nerwy. Poza tym wielkimi krokami zbliżały się święta, a ona nie znalazła nawet czasu na kupienie prezentów. Lewa powieka drżała jej w niekontrolowany sposób, działo się tak zawsze, gdy narastał w niej stres.

Zabrała torebkę, wyszła z pokoju. Jej współpracownik wciąż siedział przy komputerze. Marszcząc czoło, czytał coś z tak napiętą uwagą, że nawet nie zauważył swojej szefowej.

– W Hyères wszystko w porządku? – zapytała.

Aż drgnął.

– Mam tu dziwną...

– Dostał pan wiadomość z Hyères?

Skinął głową.

– Ostatnią przed dwiema godzinami. Wszystko w porządku.

– Rozmawiał pan z Hasnainym Halabim?

Kolega spojrzał na nią z poczuciem winy.

– Spał. Nie nalegałem, by Caparos...

– Do jasnej cholery! – Inès miała wrażenie, że widzi grom eksplodujący w jej głowie. Miało to zbawienny wpływ na jej napięcie nerwowe. – Czy wyraziłam się nie dość jasno? Po co te nasze zasady, skoro nikt ich nie przestrzega? Natychmiast połączy mnie pan z podkomisarzem Halabim. Czekam! Nim minie minuta, chcę go usłyszeć w słuchawce.

Mówiła coraz głośniej.

– Przepraszam, madame, ale...

– Może pan wreszcie zrobić to, o co proszę?

– Mam tu wiadomość z Paryża. Z ministerstwa spraw wewnętrznych.

– I co z tego?

Pokręcił głową, ponownie wlepił wzrok w ekran komputera.

– No więc... trochę to zagmatwane, ale o ile dobrze zrozumiałem, dziś po południu skontaktowała się z nimi bułgarska policja.

– Bułgarska policja?

– Tak. Weszła ona w posiadanie obszernych danych komputerowych, zawierających mnóstwo nazwisk, adresów, a po części także stanowisk francuskich obywateli. Wydaje się, że wszyscy oni są uwikłani w działalność siatki przemytniczej, która przewozi młode kobiety głównie z Bułgarii i Rumunii do Francji, lecz także do innych krajów europejskich. Kobiety te...

– Wiem – weszła mu w słowo. – Ponura sprawa. W tej chwili jednak...

Teraz z kolei on jej przerwał. Rzadko to robił, gdyż niebezpiecznie było przerywać Inès Rosarde, ale tym razem się przemógł.

– Pani komisarz, kontaktują się z nami, ponieważ w tejże bazie danych widnieje nazwisko naszego pracownika. Sam nie mogę w to uwierzyć...

– Któż to taki? – zapytała zniecierpliwiona Inès. Powieka mocniej jej zadrżała.

Funkcjonariusz zerkał to na nią, to znów na ekran komputera.

– Jean Caparos. Tu widnieje nazwisko Jeana... Nie wierzę... Co to może znaczyć?

Inès już po raz drugi w przeciągu kilku minut poczuła grzmot eksplodujący w jej głowie – tym razem jaśniejszy, ostrzejszy i bardziej przerażający niż poprzedni.

W jego blasku ujrzała osamotniony dom na obrzeżach Hyères, Simona i Nathalie, którzy jej zaufali i tam się ukryli, podkomisarzy Jeana Caparosa i Hasnainy'ego Halabiego. Obaj zgłosili się do tej akcji dobrowolnie, a jeden z nich zrobił to z premedytacją... Halabi nie meldował się już od wieków...

Teraz zrozumiała, skąd brał się jej niepokój. Intuicyjne przeczucie zagrożenia, którego nie wolno jej było lekceważyć.

– Powinnam już wcześniej... – zaczęła, lecz wzięła się w garść. Nie czas teraz, by się uskarżać na przeszłe zaniedbania i stwarzać tym samym kolejne. Nie czas na rozmyślania o dalszej karierze, kiedy po wszystkim, co się uprzednio stało, najwyraźniej znów popełniła katastrofalną pomyłkę w sprawie Jeana Caparosa. – Potrzebujemy natychmiast oddziału do zadań specjalnych – oznajmiła. – Szybko!

Miała okropne przeczucie, że może już być za późno.

Hyères, Francja, poniedziałek, 21 grudnia

W kuchni panowały mrok i cisza, lecz od strony schodów docierało nieco światła, dzięki czemu Nathalie mogła dostrzec zarysy poszczególnych przedmiotów. Kuchenny blat ze zlewozmywakiem, szafa, krzesła, przewrócony stół. Dojrzała leżące na podłodze przykryte zwłoki podkomisarza Halabiego, a obok nich wystającą zza stołu stopę jego kolegi Caparosa. Musiała się przemóc, by unieść głowę i spojrzeć w kierunku okna, przez chwilę miała upiorne wrażenie, że zobaczy tam twarz jednego ze swych prześladowców. Na zewnątrz nikogo jednak nie było.

Gdzie *oni* są?

Przykucnęła, obeszła stół na czworakach. Nie wiedziała, jak wyraźnie widać ją zza okna, nie chciała się wystawić na cel. Natknęła się na coś miękkiego i ciepłego. Ciało Jeana Caparosa.

Nie potrafiła stwierdzić, czy wciąż żyje, musiała zebrać całą swą determinację, by podczołgać się bliżej i sięgnąć do jego kieszeni. Oddychała płytko – wokół unosił się nieprzyjemny odór zwłok nieżyjącego już od ponad dwudziestu czterech godzin Halabiego. Mimowolnie usiłowała zachowywać się bezgłośnie. Prawdopodobnie nie miało to większego sensu, lecz pytanie o jakikolwiek sens i tak było w tej chwili pozbawione wszelkiego znaczenia. Liczyło się tylko jedno: przeżyć.

Pod palcami nie wyczuła nic, co przypominałoby kształtem telefon. Ściślej mówiąc, nie wyczuła żadnego przedmiotu. Wyłącznie ciało Caparosa. Ciepłe. Nie wiedziała, co napełniało ją większym lękiem: czy to, że żył, czy że był martwy.

Telefon mógł mu się wysunąć z kieszeni podczas upadku i gdzieś się potoczyć. A może leżał na stole? Caparos kontaktował się z centralą w Tulonie i meldował, że wszystko jest w najlepszym porządku. Przypomniała sobie, że chciała wtedy głośno krzyknąć. Nie odważyła się – przecież on wciąż mierzył do niej z pistoletu.

Ostrożnie się wycofała, postanowiła poszukać na podłodze. Było to o tyle trudne, że nadal nie mogła zapalić światła. Oparła się o stół, po raz pierwszy od chwili wejścia do kuchni odważyła się głęboko odetchnąć. I wtedy właśnie poczuła, że ktoś ją chwyta od tyłu, zaciska rękę wokół szyi, a do skroni przystawia chłodny metal.

– Tylko spokojnie – odezwał się Jean Caparos. – Jeśli spróbujesz stawiać opór, zginiesz!

Wydała z siebie cichy okrzyk przerażenia, zachowała jednak spokój, sparaliżowana dotykiem wycelowanej w nią broni. Jak mogła być taka głupia? Zabrała mu pistolet, lecz zapomniała, że miał przecież drugi – broń swego martwego kolegi. Nie zachowując żadnych środków ostrożności, przeszukiwała kieszenie uzbrojonego mężczyzny. Co prawda rannego, lecz żywego.

– A teraz bardzo powoli i ostrożnie wstaniemy – oznajmił Caparos. – A jeśli spróbujesz jakiejś sztuczki, nie zawaham się strzelić. Nie mam absolutnie nic do stracenia, kapujesz? Ty cholerna mała zdziro, z ogromną przyjemnością cię kropnę. Zrozumiano?

Skinęła głową. Poczuła, że jego ręka zaciska się mocniej na jej szyi.

– Tak – wydusiła z siebie.

Powoli podniosła się z podłogi. Ranny policjant ciążył jej niczym ołów, lecz nie miała wyboru, musiała go podciągnąć, by stanął na nogach. Jego jęki świadczyły o dotkliwym bólu, sapał, prawdopodobnie z rany na głowie znów sączyła się krew. Mimo to drzemało w nim jeszcze sporo sił, Nathalie wręcz nie mogła oddychać, tak mocno zaciskał rękę wokół jej szyi.

– Idziemy teraz do drzwi wejściowych. Powoli. Krok za krokiem. A potem je otworzymy. I będziesz ochoczo współpracować.

A więc drzwi były jednak zamknięte. To dlatego nikt jeszcze nie wszedł do środka. Na zewnątrz czekali wrogowie, otoczyli dom, pewnie się dziwili, czemu nikt im nie otwiera. Prawdopodobnie zwietrzyli jakiś problem, może nawet pułapkę. W żadnym jednak razie nie uciekli. Znaleźli się zbyt blisko celu.

Ostrożnie przeszli przez kuchnię. Kiedy dotarli do jaśniej oświetlonych schodów, Nathalie aż zamrugała powiekami, oślepiona jaskrawym światłem. Spojrzała w górę, dostrzegła Jérôme'a i Simona, patrzących na nią z przerażeniem.

Caparos aż wwiercił lufę pistoletu w jej skroń.

– Mała zginie – oświadczył – jeśli wy na górze zrobicie coś nie tak.

– Podkomisarzu Caparos – odezwał się Simon błagalnym tonem – niech pan nie pogarsza swojej sytuacji. Jeśli zastrzeli pan Nathalie, stanie pan przed sądem za morderstwo. Jak dotąd nie zrobił pan nic naprawdę złego, ale...

– Niech mi pan nie zawraca głowy – odparował Caparos. – Za chwilę będzie miał pan pełne ręce roboty, by ratować swoje gówniane życie. A teraz otworzymy drzwi.

A zatem drzwi rzeczywiście były zamknięte, obaj mężczyźni rozumieli jednak, że teraz czeka ich prawdziwa katastrofa. Nathalie poruszała się możliwie jak najwolniej. Na szczęście Caparos nie mógł jej zbytnio ponaglać, zupełnie opadł z sił. Samodzielnie nie zdołałby zrobić ani kroku. Mimo to z pewnością da radę pociągnąć za spust. Nathalie nie miała co do tego złudzeń.

Jérôme zdał sobie sprawę, że jego prześladowcy w ciągu najbliższych dwóch minut wtargną do wnętrza domu. Błyskawicznie wspiął się po drabinie na poddasze.

– Pospiesz się! – zawołał do Simona.

Simon stał jak wryty. Jérôme zamierzał się tam razem z nim zabarykadować – a Nathalie pozostawić własnemu losowi. Obaj mężczyźni schronią się na jakiś czas na poddaszu, lecz Nathalie będzie stracona.

– Chodźże, no już! – ponaglał go Jérôme.

Simon nie mógł się poruszyć, był jak sparaliżowany. Instynkt nakazujący jak najszybciej szukać bezpiecznego schronienia walczył w nim z niezachwianym przekonaniem, że do końca życia nie będzie mógł sobie spojrzeć w oczy, jeśli teraz zostawi Nathalie samą. W dziwny, zwariowany, lecz nieunikniony sposób przez cały ten czas, choć niechętnie, działali wspólnie. Od chwili, gdy tamtego dnia na plaży pospieszył jej z pomocą, razem zmagali się z niesamowitym obłędem wydarzeń, które w końcu stały się ich wspólną historią. W Lyonie, w Les Lecques, w tym okropnym niewielkim apartamencie, w domu na odludziu... Wszystko to razem przetrzymali. Po to, by na samym końcu on zostawił ją strasznemu losowi? Czy miała umrzeć sama, tak jak sama umarła Kristina?

– Broń! – krzyknął do Jérôme'a. – Szybko!

Jérôme zrzucił mu pistolet, po czym zaczął wciągać drabinę. Los Simona był mu obojętny. Zależało mu wyłącznie na ocaleniu własnego życia.

Simon schylił się, podniósł z podłogi pistolet. Nigdy jeszcze nie trzymał w dłoni broni palnej. Czuł, że to dla niego zbyt wiele, czuł przypływ ogarniającej go paniki – a jednak w głębi ducha doznał spokoju. Dlatego że nie uciekł. Wiedział, że postępuje słusznie – nawet jeśli miałby przypłacić to życiem.

Nathalie i Caparos dotarli do drzwi. Caparos wolną ręką zaczął grzebać w kieszeniach. Krwawił, dygotał, nie był w stanie skupić się na wszystkim jednocześnie: na szukaniu klucza, na swym zakładniku. I na stojącym na schodach Simonie, który ściskając oburącz broń, uniósł ją i wycelował.

I strzelił.

Caparos osunął się na bok i padł na podłogę. Przewróciła się także Nathalie, Simon nie wiedział, czy pociągnął ją w dół ciężar rannego, czy też w ostatniej chwili policjant zdołał do niej wystrzelić.

Zauważył jedynie, że drzwi prowadzące na zewnątrz, chroniące ich drzwi pozostawały zamknięte.

La Cadière, Francja, czwartek, 24 grudnia

Pracował przez dwa dni praktycznie bez przerwy, dzięki temu dom został jako tako uprzątnięty. Zamiótł rozbite szkło i wyniósł je w dużych workach na śmieci, ustawił poprzewracane meble, a te całkiem zniszczone wywiózł na wysypisko. Znalazł też kilka nieuszkodzonych talerzy, filiżanek i kieliszków, dzięki czemu mógł nawet przygotowywać sobie posiłki, choć w jego nowoczesnej kuchni brakowało wielu sprzętów. Przy tej okazji przekonał się jednak, że równie dobrze można przetrwać, nie posiadając wszystkiego, a zredukowanie swego trybu życia do znacznie prostszego poziomu w niczym nie przeszkadza. Telefon stacjonarny działał bez zarzutu, zadzwonił więc do ojca, który z początku łapał tylko powietrze, a potem zaczął go bombardować pytaniami.

– Co masz na myśli, mówiąc *włamywacze*? I gdzie się podziewałeś, gdy się zjawili? Dlaczego natychmiast nie wezwałeś policji? Jak mogli wszystko zniszczyć? To znaczy, *nic przeciwko nim nie przedsięwziąłeś*? Nic z tego nie pojmuję. A tu jeszcze idą święta. Będę...

– Możesz spokojnie świętować Boże Narodzenie – przerwał ojcu, zresztą, jak sobie potem uświadomił, po raz pierwszy w życiu. – Nie musisz od razu przyjeżdżać. Tymczasem doprowadzę tu wszystko do ładu. Skontaktuj się z ubezpieczycielem. Policja wszystko udokumentowała. Przypuszczam, że pokryją wszelkie szkody.

– Wciąż jednak nie rozumiem...

– To długa historia. Za długa i za skomplikowana, by o niej rozmawiać przez telefon. Kiedyś ci wszystko opowiem. Zostanę tu jeszcze przez święta, a potem zobaczymy.

Jego ojciec nie był człowiekiem o wyrobionej wrażliwości, niemniej czasem czuł się zaintrygowany.

– Co się stało? Twój głos brzmi inaczej niż zazwyczaj. Czy coś jeszcze się wydarzyło? Coś, o czym powinienem wiedzieć?

„Właściwie to nie" – pomyślał Simon.

– Nie – odparł. – Nic więcej nie musisz wiedzieć.

Szybko się pożegnał. Następnie zadzwonił do Mai. Na szczęście nie zastał jej w domu, mógł zostawić wiadomość w poczcie głosowej.

– Mówi Simon. Przepraszam, nie mogłem się wcześniej odezwać. Pojawiło się parę problemów, dlatego nie mogę zabrać dzieci. Później to wyjaśnię. – I się rozłączył. Może to kiedyś wyjaśni. A może wcale. Podobnie jak w przypadku swego ojca: nie miał teraz ochoty na jakiekolwiek tłumaczenia.

Zadzwonił również do Leny, przyjaciółki Kristiny. Była to najtrudniejsza rozmowa. Nie mógł powiedzieć, że w zasadzie wszystko jest w porządku i że w stosownym czasie dokładnie wyjaśni jej wszelkie okoliczności. Lena, którą zastał w stanie załamania nerwowego i głębokiej depresji, zasługiwała na obszerną i pełną relację z przebiegu wydarzeń. Po rozmowie Simon był zlany potem, a Lena wytrącona z równowagi. A przecież jej nie dopowiedział, co się zdarzyło na samym końcu, o tym, że zastrzelił podkomisarza Caparosa. Mówił wyłącznie o Kristinie, a jej ostatnie wydarzenia nie dotyczyły. Lena pozna kiedyś wszystkie szczegóły, postanowił ją odwiedzić, skoro tylko wróci do domu.

W poniedziałek, dwudziestego czwartego grudnia, pojechał do Tulonu i odebrał Nathalie ze szpitala.

Nic jej się nie stało, nie odniosła żadnych obrażeń, doznała jednak załamania nerwowego, po tym jak musiała przez pięć minut wytrwać przygnieciona ciężkim tułowiem martwego Jeana Caparosa, zanim Simon zdołał ją wyciągnąć. Nie odezwała się ani słowem, jedynie dygotała i patrzyła dokoła szeroko rozwartymi, dziwnie zastygłymi oczami. Była w głębokim szoku.

Simon pobiegł do kuchni, gdzie wśród rzeczy zrzuconych z przewróconego stołu znalazł komórkę Caparosa. Ciągnąc Nathalie po schodach na piętro, wystukiwał numer alarmowy policji. Jérôme już dawno wciągnął drabinę i zamknął właz, przez co poddasze jako miejsce schronienia stało się dla nich niedostępne. Zabarykadowali się w pokoju Simona, choć wiedzieli, że drzwi ich nie ochronią, jeśli prześladowcy wtargną do wnętrza domu.

Nathalie przysiadła na łóżku, nadal dygocąc i patrząc przed siebie nieruchomym wzrokiem. Simon dowiedział się tymczasem, że na ratunek wysłano już do nich oddział specjalny.

– Proszę pozostać na miejscu – nakazał im surowo przez telefon funkcjonariusz. – Proszę nie podejmować żadnego ryzyka. Proszę zachować całkowity spokój.

Usiadł obok Nathalie i objął ją ramieniem. Tak też zastała ich policja: w mocnym uścisku. Nathalie nadal nie reagowała na słowa. To dlatego zabrano ją do szpitala, gdzie ponownie stwierdzono znaczną niedowagę.

Powietrze było krystalicznie czyste i mroźne, gdyż mistral przywiał z sobą chłód, za to niebo pozostawało promiennie błękitne, świeciło słońce, a nawałnica całkiem ucichła. Usiedli najpierw na tarasie, lecz Simon zauważył, że Nathalie zsiniały wargi, dlatego wrócili do środka. Była przeraźliwie chuda, nawet w swetrze i płaszczu oraz narzuconym na ramiona grubym wełnianym kocu nie zdołała wytrzymać na dworze. Usiadła więc przy ogromnym oknie z widokiem na morze, na jednym z trzech ocalałych krzeseł. W dłoniach trzymała filiżankę herbaty, nie upiła jednak ani trochę.

Przynajmniej otrząsnęła się z szoku. Jej źrenice znów się zwężały, nie były już tak nadnaturalnie duże.

Simon, odbywszy dwie długie rozmowy z Inès Rosarde, poinformował Nathalie o ostatnich wydarzeniach, a przede wszystkim przekazał jej najświeższe ustalenia. Prześladowcy, przybyli do Hyères na wezwanie Caparosa, zdołali uciec, gdy na miejsce dotarła policja, natychmiast jednak zorganizowano wielką policyjną obławę w Denegri Transports, aresztowano szefową. Wedle pierwszych doniesień to właśnie ona kierowała handlem młodymi kobietami z krajów Europy Wschodniej. Wielka firma spedycyjna nie była jej najważniejszym polem działalności, przede wszystkim stanowiła przykrywkę dla interesów, które madame Denegri przynosiły znacznie większe dochody, jak handel ludźmi, ich przewóz oraz prostytucja. Posiadała liczne domy, w których niczym niewolnice przetrzymywano bezbronne młode kobiety. Prowadziła kluby, lokale rozrywkowe i burdele na terenie całej Francji. Dorobiła się na tym ogromnego majątku.

– Na początku grudnia Jérôme pomógł Selinie w ucieczce – relacjonował Simon. – Z biura pracownicy madame Denegri zniknął wówczas laptop. Nadzorowała ona dom, w którym przetrzymywano Selinę. W komputerze znajdowały się pliki zawierające nazwiska i adresy klientów, a także dane kierowców i osób kontaktowych w Rumunii i Bułgarii. Dla madame Denegri oznaczało to prawdziwą katastrofę. Byłaby skończona, gdyby te dane wpadły w ręce policji. Musiała odzyskać laptop, i to jak najszybciej. Nie wiedziała jednak, kto go zabrał: Selina czy Jérôme. A może nawet ty. Mogło się zdarzyć i tak, że tamtego wieczoru w Paryżu nawiązałaś kontakt z Jérôme'em, który przekazał ci kontrowersyjne materiały. To dlatego ścigano całą waszą trójkę. I to w bezwzględny sposób. Dla madame Denegri była to gra o wszystko. Stawką było całe jej dalsze życie.

– Czemu zginął Yves z Lyonu?

– Yves miał po prostu potwornego pecha. W Denegri Transports znali numer twojego telefonu, wciąż do ciebie dzwonili, aż w końcu Yves odebrał i powiedział, że zatrzymałaś się u niego. Prawdopodobnie chciał się pochwalić albo miał nadzieję, że za tę cenną wskazówkę dostanie jakieś pieniądze.

– Podałam mu fałszywe imię – mruknęła Nathalie. – Aurelie. Powiedziałam, że mam na imię Aurelie. Widocznie jednak na nic się to zdało.

– Oczywiście, że na nic. Miał twoją komórkę, opis także się zgadzał. Ludzie madame Denegri niezwłocznie wyruszyli do Lyonu i go odnaleźli. Nie przeżył tego spotkania. Prawdopodobnie usiłowali wydobyć z niego dalsze informacje na temat miejsca twojego pobytu, lecz w tej kwestii nie mógł im pomóc. Pozostawienie go przy życiu byłoby zbyt ryzykowne, więc... – Simon wykonał zrezygnowany ruch ręką. Nathalie wiedziała przecież, co spotkało Yves'a.

– Jakoś mi go żal – szepnęła. – Był odrażający, ale... na to jednak nie zasłużył.

Jeanne Berney wyjawiła im adresy kryjówek, w których Jérôme mógł szukać schronienia, w tym także apartamentu w Les Lecques, gdzie spędzili razem niejedne wakacje. Uwzględniwszy fakt, że Nathalie przebywała właśnie w Lyonie, uznano, że prawdopodobnym celem jego ucieczki jest południe Francji.

– I tak właśnie dotarli tutaj – oznajmił Simon.

Nathalie nie miała odwagi spojrzeć mu w oczy.

– I dopadli Kristinę – szepnęła.

Zastanawiał się, czy poczucie winy i porażki kiedykolwiek go opuści. Mógł mieć jedynie nadzieję, że czas działa na jego korzyść. Świadomość, że z tak wielkim ciężarem będzie musiał się zmagać przez następne czterdzieści albo pięćdziesiąt lat życia, wydała mu się nie do zniesienia.

– Obserwowali dom. A potem podążyli za nią, gdy pojechała zwrócić samochód do wypożyczalni i udała się na lotnisko.

Oboje umilkli, popijali herbatę, patrzyli przez okno na słoneczną poświatę i połyskujące błękitne morze. Był to wymarzony dzień, by pójść na spacer po plaży, usiąść ciepło ubranym w przydrożnej kawiarence albo wyruszyć na wycieczkę w góry i rozkoszować się niewiarygodnymi widokami w tym przejrzystym powietrzu. To oczywiście nie dla nich. Pozostaną w domu, będą popijać herbatę, rozmawiać. Wyglądać promyków nadziei, które dałyby im wyobrażenie o tym, jak miałoby się ułożyć ich dalsze życie. Simon powtarzał sobie, że koniec końców miał sporo szczęścia, gdyż przynajmniej zewnętrzne ramy jego egzystencji pozostały nienaruszone. Mógł wrócić do swojego hamburskiego mieszkania, nadal pracować jako tłumacz, a w weekendy grać rolę ojca. O nowym związku jeszcze długo nie będzie mowy, pozostanie w nim trauma, niemniej miał przynajmniej dom i pracę. I swoje dawne życie, choć przeczuwał, że pewnie nie będzie w stanie na nowo go podjąć, przynajmniej w niezmienionym kształcie, gdyż sam stał się innym człowiekiem.

A co z Nathalie? Jérôme przebywał w areszcie śledczym, za zabójstwo zostanie skazany na wieloletnie więzienie. Za pensję otrzymywaną w sklepie z biżuterią dziewczyna nie będzie mogła sobie pozwolić na wynajęcie mieszkania. Jej dotychczasowe życie finansował Jérôme, i to głównie dzięki dochodom ze swojej nielegalnej działalności. A teraz Nathalie została sama. Całkiem sama. Ojciec zupełnie się od niej odwrócił wiele lat temu. Matka nadal bezskutecznie walczyła z alkoholowym nałogiem. Z Éliane bezpowrotnie się poróżniły. Nie miała zawodu ani wykształcenia.

Spojrzał na nią. Wyglądała na chorą i zranioną. A jednak prócz bólu i uczucia całkowitego osamotnienia jej oczy wyrażały coś jeszcze: gniew. Jérôme ją oszukał, okłamał i zdradził. Była na niego wściekła.

„To mógłby być jakiś początek” – pomyślał Simon.

Policjanci sprowadzili Jérôme’a z poddasza, na którym się ukrył. Nie stawiał oporu, był nieuzbrojony i wystraszony. Schronił się w bezpiecznym miejscu, w ogóle nie przejmując się losem Simona i Nathalie. Przyglądał się bezczynnie, jak Jean Caparos usiłuje otworzyć swoim wspólnikom drzwi, ciągnąc z sobą Nathalie jako zakładniczkę. Gdyby mu się udało, Nathalie nie przeżyłaby kolejnych minut. Jérôme nie kiwnął nawet palcem, by jej pomóc, ratując wyłącznie własną skórę.

Jak to powiedział kiedyś do Simona? „Ona jest kompletnie niezrównoważona!”

Nathalie cierpiała na anoreksję, żyła w chorobliwym uzależnieniu od swego przyjaciela, miała za sobą potwornie trudne dzieciństwo i młodość, lecz kiedy sytuacja stała się poważna, działała, zdaniem Simona, w sposób roztropny, mądry i w żadnym razie nie niezrównoważony. Słusznie postąpiła, wstrzymując ucieczkę Jérôme'a i oddając go w ręce policji. A w tamtej nadzwyczajnej sytuacji wykazała się odwagą i determinacją, zbiegając w dół po schodach i usiłując odzyskać telefon komórkowy Jeana Caparosa. Simon znał niewielu ludzi, którzy byliby do tego zdolni. Właściwie nie znał nikogo takiego.

Chwycił na chwilę jej dłoń.

– Byłaś bardzo dzielna – wyznał. – Nie zapominaj o tym. Kto robi coś takiego, ten poradzi sobie także z innymi wyzwaniami.

– Nie wiem, co będzie dalej – odparła cichym głosem.

Nie chciał powiedzieć nic banalnego, w rodzaju *Zawsze znajdzie się jakieś rozwiązanie* albo *Życie toczy się dalej*, dlatego też znów tylko uścisnął jej dłoń. Pewnie nic jej to nie da, lecz może przynajmniej poczuje, że jest po jej stronie.

Upiła jeszcze jeden łyk herbaty, po czym zapytała całkiem rzeczowo:

– Policja już do nas jechała. Skąd wiedzieli...?

Również na ten temat Inès Rosarde rozmawiała z Simonem.

– Selina zabrała z sobą laptop, a tym samym weszła w posiadanie tak niebezpiecznych dla Denegri danych – wyjaśnił Simon. – Ścigano ją, lecz udało jej się uciec i przekazać cały materiał bułgarskiej policji. Specjaliści dość szybko złamali hasło i odczytali pliki. Znaleźli mnóstwo nazwisk i adresów, wśród nich nazwisko i miejsce pracy Jeana Caparosa. Wszystkie informacje przekazano ministerstwu spraw wewnętrznych w Paryżu, stamtąd wysłano ostrzeżenie do komisariatu w Tulonie. Na szczęście Inès Rosarde od razu wyciągnęła właściwe wnioski: że grozi nam ogromne niebezpieczeństwo. Akurat człowiek, którego wyznaczyła do naszej ochrony, okazał się naszym wrogiem.

– A ja z nim jeszcze współpracowałam – dodała Nathalie.

– Skąd mogłaś wiedzieć? Nawet ja ani przez chwilę nie przestałem mu ufać. Teraz już wiadomo, że przez ostatnie lata potwornie się zadłużył. I przez to łatwo było go przekupić.

Skinęła głową. Czasem dzieje się to tak szybko i łatwo: ludzie nie rodzą się przestępcami. Warunki życia mogą ich jednak zmusić do tego, by uznali, że nie mają innego wyjścia, jak tylko obrać ścieżkę występku.

– Czy wiadomo, co się stało z François Rigotem? – zapytała Nathalie.

Simon potrząsnął głową.

– Wciąż się nie ujawnił. Lecz dotychczasowe przesłuchania wykazały, że raczej nie stał się kolejną ofiarą madame Denegri i jej oddziału zabójców. Chyba gdzieś się ukrywa. Kto wie, kiedy odważy się wrócić.

– Biedny François. Chciał się przypodobać Jérôme'owi. Tak jak ja. Kompletnie fałszywie go postrzegaliśmy.

– To atrakcyjny i charyzmatyczny mężczyzna. Jérôme wie, jak zjednać sobie ludzi. Takie osoby istnieją. Ulec ich urokowi to żaden wstyd.

Potrząsnęła głową.

– Ja nie uznałam go po prostu za szarmanckiego czy przystojnego. Naprawdę go kochałam. Dobrze mi było w jego towarzystwie. Czułam się bezpieczna. Wydawało mi się, że jestem w dobrych rękach, że on mnie ochroni. Dał mi tyle ciepła... – Znów pokręciła głową, jakby nie potrafiła pojąć, jak mogło do tego dojść, dlaczego w którymś momencie zatraciła rozsądek.

Jérôme przestał ją kochać. Uwikłał się w podejrzane interesy. Zadurzył się w innej kobiecie, umożliwił jej ucieczkę i planował z nią wspólną przyszłość. W ostatnich dramatycznych chwilach w Hyères myślał wyłącznie o sobie i własnym bezpieczeństwie, cała reszta była mu zupełnie obojętna. A ona przez długi czas w ogóle nie dostrzegała symptomów jego przemiany.

A może jednak?

Powróciła myślą do osobliwego uczucia lęku, który nieustannie ją gnębił, a którego nie potrafiła sobie wyjaśnić.

– Tak bardzo się bałam – wyznała szeptem. – Właściwie to już od dnia przeprowadzki do Issy, od kiedy wiodło się nam lepiej. Wcześniej wszystko było w najlepszym porządku, choć mieszkaliśmy w Clichy w okropnych warunkach. A jednak w Issy wciąż żyłam w stanie zagrożenia, nie potrafiłam tylko zrozumieć, skąd się to bierze. Prawdopodobnie...

– Prawdopodobnie to był podszept instynktu – podpowiedział Simon. – Jérôme zaczął chadzać tajemnymi ścieżkami, zadawać się z niewłaściwymi ludźmi w podejrzanych interesach. Zaczął się od ciebie oddalać. Twoja podświadomość doskonale to wyczuła, te niewidzialne drgnienia, choć z zewnątrz nie sposób było cokolwiek zauważyć. Jak miałabyś dostrzec, co się za tym kryje?

Po wyrazie jej twarzy zrozumiał, że przyznała mu rację, choć w jego słowach nie znalazła pocieszenia. Tak bezwzględnie została oszukana przez mężczyznę, którego kochała. Aż za dobrze potrafił sobie wyobrazić jej ból.

Zadzwonił stojący na stole telefon. Simon zerknął na wyświetlacz. Maya. Widocznie odsłuchała wiadomości pozostawione w poczcie głosowej. Zignorował ją. Wciąż nie miał ochoty na rozmowę.

Podniósł się z miejsca.

– Może ustawimy choinkę? Dziś dwudziesty czwarty grudnia. Będąc u siebie w domu, wstawiłbym dziś drzewko do pokoju.

Spojrzała na niego ze zdumieniem, jakby święta były ostatnią rzeczą, o jakiej w tej chwili można by pomyśleć.

– Boże Narodzenie?

– Wiem. Ja także nie jestem w nastroju. Lecz życie toczy się dalej, a my musimy się czymś zająć. Przystrójmy dom i ugotujmy coś smacznego. To lepsze niż... – Nie wiedział, jak dokończyć.

– Lepsze niż co? – zapytała Nathalie.

– Lepsze niż bezczynne siedzenie – dopowiedział.

Nathalie głęboko westchnęła.

– Czy mogę zostać jeszcze przez święta?

Omal nie wypalił: *A dokąd miałabyś pójść?*. Lecz zabrzmiałoby to mało przyjaźnie.

– Oczywiście – rzekł zamiast tego. – Jasne, że możesz zostać.

Prawdę mówiąc, poczuł dla Nathalie głęboką wdzięczność za jej obecność.

Bo nie zniósłby, gdyby musiał pozostać sam.

Sofia, Bułgaria, czwartek, 24 grudnia

– Wciąż nic – oznajmił Kirił. Właśnie wrócił z posterunku policji. Chodził tam codziennie, by wypytywać o Ninkę.

Wniósł z sobą do mieszkania podmuch zimnego powietrza oraz zapach śniegu. Z jego butów ciekła brudna woda, pozostawiając na podłodze ciemne kałuże.

Iwana stała przy kuchennym oknie. Patrzyła na ociężałe od śniegu niebo i nisko zwieszone ciemnoszare chmury. Tego dnia gór Witosza prawie nie było widać.

Chleba z ukrytą w środku monetą wciąż nie upiekła, Kirił o tym wiedział. Choć Boże Narodzenie już nadeszło.

Podszedł do niej, położył jej dłoń na ramieniu.

– Odnajdą ją – powiedział. – Francuska policja zrobi wszystko, co w ich mocy.

– Francuska policja szuka zamachowców z ISIS – odparła szeptem Iwana. – Nie ma czasu, by się przejmować losem zaginionej bułgarskiej dziewczyny.

– Ależ oczywiście, że ma. Życie, *normalne* życie także we Francji toczy się dalej.

– A co w historii Ninki jest normalne?

– Wiesz, co mam na myśli – odparł Kirił.

Skinęła głową. Wiedziała, o czym myślał, lecz to nie zdołało jej przekonać.

– Być może Ninka już od dawna nie przebywa we Francji – mruknęła.

– Ale przecież odkryli tam całą siatkę i sprawdzają wszelkie ślady – odparł Kirił. Udawał pewnego siebie. Lecz pewności wcale nie miał, a jedynie nadzieję.

„Niech pan nie traci nadziei” – powtarzali mu policjanci. „Jeśli tylko pojawi się jakiś ślad pańskiej córki, zostaniemy o tym poinformowani i natychmiast się z panem skontaktujemy”.

Zachodząc codziennie, a czasem nawet dwukrotnie tego samego dnia na posterunek, doprowadzał tam wszystkich do szału. Jak jednak zdołałby wytrzymać, siedząc bezczynnie w domu?

Obserwował żonę, która wciąż spoglądała przez okno, patrzył na napiętą linię jej szyi, wychudłych ramion, kościstych pleców. Była taka dzielna, brnąc przez śnieg i chłód w jedną z najmroźniejszych nocy tej zimy, gdzieś wśród śmiertelnie groźnego pustkowia Dobrudży. Postarała się, by policja otrzymała informacje potrzebne do podjęcia działań przeciwko organizacji, której macki sięgały wielu krajów. Jak się okazało, prześladowcy wciąż jeszcze nie podążali jej śladem, nie odszukali ani Dana, ani Kiriła, a tym samym nie dotarli do Borisa Siemionowa. Poczucie osaczenia, które zawładnęło tamtej nocy Gregorem Siemionowem, miało swe źródło w napięciu nerwowym, a nie w rzeczywistym zagrożeniu. Niemniej nawet policja uznała, że odnalezienie ich kryjówki pozostawało jedynie kwestią czasu, a dzięki zdecydowanym działaniom Iwany obciążający materiał dotarł na czas do odpowiednich władz. Iwana przekroczyła granice wytrzymałości, gnana desperackim pragnieniem uratowania swego najstarszego dziecka. Kirił był przekonany, że byłaby gotowa pomaszerować nawet boso przez pustkowie albo przepłynąć Morze Arktyczne, byleby tylko odzyskać Ninkę.

I miała oczywiście nadzieję, że będzie ją mogła od razu wziąć w ramiona.

Tyle młodych kobiet, a także nieletnich dziewcząt uwolniono z rozmaitych domów – lecz nie wszystkie były z tego powodu szczęśliwe. Niektóre, jak Selina, w dobrej wierze dały się zwabić w pułapkę, inne jednak doskonale wiedziały, co je czeka, i z rozmysłem podążały tą drogą, by się wzbogacić i uwolnić od pozbawionego perspektyw życia w swoim ojczystym kraju.

Ninki jak dotąd nie odnaleziono. Nie oznacza to jeszcze nic strasznego, zapewniano Kiriła na posterunku policji, i wcale nie świadczy o tym, że przytrafiło jej się coś złego ani że już nie żyje.

– Znaczy tylko tyle, że my i nasi francuscy koledzy wciąż jeszcze nie zdołaliśmy zweryfikować wszelkich informacji – oznajmił funkcjonariusz – a ludzie, których schwytaliśmy, nie wyśpiewali jeszcze wszystkiego, co wiedzą. Cała ta sprawa zostanie jednak dokładnie wyjaśniona, może być pan tego pewien.

Cóż mu pozostało, jeśli nie wierzyć w te zapewnienia? Nic więcej nie mógł przecież zrobić. Francuska policja aresztowała kierownictwo, lecz można się było spodziewać, że ci ludzie będą się bronić na wszelkie sposoby. To kryminaliści kuci na cztery nogi. Będą kluczyć i składać obszerne zeznania.

– Z każdym upływającym dniem Ninka jest w coraz trudniejszej sytuacji – stwierdziła Iwana. – Być może gdzieś ją przetrzymują i nikt się o nią nie troszczy. Wciąż myślę o przypadku Dutroux z Belgii, o dzieciach umierających w piwnicy, bo ich porywacze zostali ujęci i odmawiali zeznań.

– Ninka nie jest już dzieckiem.

– Ależ to nie ma znaczenia! – Iwana uniosła się gniewem i zaraz potem przygryzła wargi. Niemal krzyknęła, choć nie chciała, by pozostałe dzieci cokolwiek usłyszały. – Wiesz, że to nie ma żadnego znaczenia – powtórzyła ciszej. – Ninka może się znajdować w okropnym położeniu, które na domiar złego pogorszyło się wskutek mojej interwencji. Może byłaby w stanie uciec, lecz teraz wszystko się jeszcze bardziej skomplikowało, i może... – Nie dokończyła. Wyobraźnia podsuwała jej obrazy zbyt przerażające, by opisać je słowami.

– Nie możesz zakładać najgorszego – rzekł bezradnie Kirił.

– To niby o czym mam myśleć?

– O najlepszym wariancie. O historii, w której wszystko dobrze się kończy. A Ninka do nas wraca.

Iwana spuściła głowę i zalała się łzami.

Bezradnie pogładził jej ramiona. Mógł wyczuć każdą kość,

każdy mięsień, każde ścięgno, tak bardzo wychudła. Tak bardzo wyczerpała ją ta walka.

– Wszystko będzie dobrze – powiedział, wiedząc, że to frazes, dla którego nie mieli jakiegokolwiek potwierdzenia. Wszystko mogło się zakończyć szczęśliwie, Ninka wróci do domu. Równie dobrze mogą jednak otrzymać wiadomość, że Ninka nie żyje. Albo najgorsza z możliwości: że niczego się nie dowiedzą. Ninka zostanie uznana za zaginioną, a rodzice nigdy nie poznają jej losu.

To jakby zostać skazanym na życie w piekle na ziemi.

Cóż za potworność: wystarczy przez chwilę rozejrzeć się po świecie, by wiedzieć, że takie piekło istnieje, a dla wielu ludzi stało się ono codziennością. Nie było powodu, by samemu tego uniknąć. Nie było powodu, by przeżyć własne życie bez szwanku.

Odwróciła się i spojrzała na męża.

– Chleb z monetą... – wyznała – nie upiekę go, póki ona nie wróci.

Skinął głową, wiedząc, że nie tylko chleb miała na myśli. Chciała dać mu do zrozumienia, że nie wyobraża sobie powrotu do normalności, póki nie dostaną od Ninki wiadomości. Dotyczy to również jego oraz całej rodziny. Oni wszyscy zastygną w tym dziwnym stanie, niezwiązanym ani z dniem wczorajszym, ani z jutrzejszym, który zdaje się również oderwany od teraźniejszości. Teraźniejszość nie stoi w miejscu, z każdą sekundą postępuje krok naprzód. Ich życie tego nie zrobi. Będzie jak zmrożone. W lęku. Niepewności. Wyczekiwaniu.

Lecz także w nadziei.

Nadzieja. Ona podtrzyma ich wszystkich przy życiu. Może to i złudna, perfidna sojuszniczka.

Lecz jedyna, jaka im została.